KB083567

금석이야기집 일본부〔二〕

今昔物語集 二

금석이야기집 일본부【二】

1판 1쇄 인쇄　2016년 2월 20일
1판 1쇄 발행　2016년 2월 29일

교주 · 역자 | 馬淵和夫 · 国東文麿 · 稲垣泰一
한역자 | 이시준 · 김태광
발행인 | 이방원

발행처 | 세창출판사
신고번호 · 제300－1990－63호 | 주소 · 서울 서대문구 경기대로 88 냉천빌딩 4층 | 전화 · (02)723－8660
팩스 · (02)720－4579 | http://www.sechangpub.co.kr | e－mail: sc1992@empal.com

ISBN 978－89－8411－598－9 94830
ISBN 978－89－8411－596－5 (세트)

· 이 책은 한국연구재단의 지원으로 세창출판사가 출판, 유통합니다.
· 잘못된 책은 구입하신 서점에서 바꾸어 드립니다.
· 책값은 뒤표지에 있습니다.

이 도서의 국립중앙도서관 출판시도서목록(CIP)은 e－CIP홈페이지(http://www.nl.go.kr/ecip)와 국가자료공동목록시스템(http://www.nl.go.kr/kolisnet)에서 이용하실 수 있습니다.(CIP제어번호: CIP2016004912)

금석이야기집 일본부

今昔物語集 (권13 · 권14)

A Translation of **"Konjaku Monogatarishu"**

【二】

馬淵和夫 · 国東文麿 · 稲垣泰一 교주 · 역

이시준 · 김태광 한역

세창출판사

머리말

『금석이야기집今昔物語集』은 방대한 고대 일본의 설화를 총망라하여 12세기 전반에 편찬된 일본 최대의 설화집이며, 문학사에서는 '설화의 최고봉', '설화의 정수'라 일컬어지는 작품이다. 작품의 내용은 크게 천축天竺(인도), 진단震旦(중국), 본조本朝(일본)의 이야기로서 본 번역서는 작품의 약 3분의 2의 권수를 차지하고 있는 본조本朝(일본)의 이야기를 번역한 것이다.

우선 서명을 순수하게 우리말로 직역하면 '옛날이야기모음집' 정도가 될 성싶다. 『今昔物語集』의 '今昔'은 작품 내의 모든 수록설화의 모두부冒頭部가 거의 '今昔' 즉 '이제는 옛이야기이지만'으로 시작되기 때문에 붙여진 서명이다. 한편 '物語'는 일화, 이야기, 산문작품 등 폭넓은 의미를 포괄하는 단어이며, 그런 이야기를 집대성했다는 의미에서 '集'인 것이다. 『금석이야기집』은 고대말기 천화千話 이상의 설화를 집성한 작품으로서 양적으로나 문학사적 의의로나 일본문학에서 손꼽히는 작품의 하나이다.

하지만 작품성립을 둘러싼 의문은 여전히 남아 있어, 특히 편자, 성립연대, 편찬의도를 전하는 서序, 발拔이 없는 관계로 이 분야에 대한 연구는 많은 이설異說들을 낳고 있다. 편자 혹은 작가에 대해서는 귀족인 미나모토노 다카쿠니源隆國, 고승高僧인 가쿠주覺樹, 조순藏俊, 대사원의 서기승書記僧 등이 거론되는가 하면, 한 개인의 취미적인 차원을 뛰어넘는 방대한 양과 치

밀한 구성으로 미루어 당시의 천황가天皇家가 편찬의 중심이 되어 신하와 승려들이 공동 작업을 했다는 설도 제시되는 등, 다양한 편자상이 모색되고 있다. 한편, 공동 작업이라는 설에 대해서 같은 유의 발상이나 정형화된 표현이 도처에 보여 개인 혹은 소수의 집단에 의한 것이라고 보는 반론도 설득력을 가지고 공존하고 있다. 성립의 장소는 서사書寫가 가장 오래되고 후대사본의 유일한 공통共通 조본인 스즈카본鈴鹿本이 나라奈良의 사원(도다이지東大寺나 고후쿠지興福寺)에서 서사된 점으로 미루어 봤을 때, 원본도 같은 장소에서 만들어졌으리라 추정되고 있다.

그리고 성립연대가 12세기 전반이라는 점에서 대부분의 연구자가 일치된 견해를 보이고 있다. 출전(전거, 자료)으로 추정되는 『도시요리 수뇌俊頼髓腦』의 성립이 1113년 이전이며 어휘나 어법, 편자의 사상, 또는 설화집 내에서 보원保元의 난(1156년)이나 평치平治의 난(1159)의 에피소드가 다루어지고 있지 않다는 점이 이를 뒷받침한다.

전체의 구성(논자에 따라서는 '구조' 혹은 '조직'이라는 용어를 사용)은 천축天竺(인도), 진단震旦(중국), 본조本朝(일본)의 삼부三部로 나뉘고, 각부는 각각 불법부佛法部와 세속부世俗部(왕법부)로 대별된다. 또한 각부는 특정주제에 의한 권卷(chapter)으로 구성되고, 각 권은 개개의 주제나 어떠한 공통항으로 2화 내지 3화로 묶여서 분류되어 있다. 인도, 중국, 본조의 삼국은 고대 일본인에게 있어서 전 세계를 의미하며, 그 세계관은 불법(불교)에 의거한다. 이렇게 『금석』은 불교적 세계와 세속의 경계를 넘나들면서 신앙의 문제, 생의 문제 등 인간의 모든 문제를 망라하여 끊임 없이 그 의미를 추구해 마지않는 것이다. 동시에 『금석』은 저 멀리 인도의 석가모니의 일생(천축부)에서 시작하여 중국과 일본의 이야기, 즉 그 당시 인식된 전 세계인 삼국의 이야기를 망라하여 배열하고 있다. 석가의 일생(불전佛傳)이나 각부의 왕조사와 불법 전래사, 왕법부의 대부분의 구성과 주제가 그 이전의 문학에서 볼 수 없었던 형태였음을 상기할 때, 『금석이야기집』 편찬에 쏟은 막대한 에너지는 설혹 그것이 천황가가 주도한 국가적 사업이었다손 치더라도 가히 상상도 못 하리라는 사실을 인정하지 않을 수 없다. 과연 그 에너지는 어디서 기인하는 것일까? 그것은 편자의 현실에 대한 인식에서부터라 할 수 있으며, 그 현실은 천황가, 귀족(특히 후지와라藤原 가문), 사원세력, 무가세력이 각축을 벌이며 고대에서 중세로 향하는 혼란이 극도에 달한 이행기移行期였던 것이다. 편자는 세속설화와 불교설화를 병치併置 배열함으로써 당시의 왕법불법상의 이념을 지향하려 한 것이며, 비록 그것이 달성되지 못하고 작품의 미완성으로 끝을 맺었다 하더라도 설화를 통한 세계질서의 재해석·재구성에의 에너지는 희대의 작품을 탄생시킨 것이다.

『금석이야기집』의 번역의 의의는 매우 크나 간단히 그 필요성을 기술하면 다음의 세 가지를 들 수 있다.

첫째, 『금석이야기집』은 전대의 여러 문헌자료를 전사轉寫해 망라한 일본의 최대의 설화집으로서 연구 가치가 높다.

일반적으로 설화를 신화, 전설, 민담, 세간이야기(世間話), 일화 등의 구승口承 및 서승書承(의거자료에 의거하여 다시 기술함)에 의해 전승된 이야기로 정의 내릴 수 있다면, 『금석이야기집』의 경우도 구승에 의한 설화와 서승에 의한 설화를 구별하려는 문제가 대두됨은 당연하다 하겠다. 실제로 에도江戶시대(1603~1867년)부터의 초기연구는 출전(의거자료) 연구에서 시작되었고 출전을 모르거나 출전과 동떨어진 내용인 경우 구승이나 편자의 대폭적인 윤색으로 해석하는 경향이 있었다. 하지만 새로운 의거자료가 확인되는 가운데 근년의 연구 성과에 의하면, 『금석이야기집』에는 구두의 전승을 그대로 기록한 것은 없고 모두 문헌을 기초로 독자적으로 번역된 것으로 확인되고 있다. 이하 확정되었거나 거의 확실시되는 의거자료는『삼보감응요략록三寶感應要略錄』(요遼, 비탁非濁 찬撰),『명보기冥報記』(당唐, 당림唐臨 찬撰),『홍찬법화전弘贊法華傳』(당唐, 혜상惠祥 찬撰),『후나바시가본계船橋家本系 효자전孝子傳』,『도시요리 수뇌俊賴髓腦』(일본, 12세기초, 源俊賴),『일본영이기日本靈異記』(일본, 9세기 초, 교카이景戒),『삼보회三寶繪』(일본, 984년, 미나모토노 다메노리源爲憲),『일본왕생극락기日本往生極樂記』(일본, 10세기 말, 요시시게노 야스타네慶滋保胤),『대일본국법화험기大日本國法華驗記』(일본, 1040~1044년, 진겐鎭源),『후습유 와카집後拾遺和歌集』(일본, 1088년, 후지와라노 미치토시藤原通俊),『강담초江談抄』(일본, 1104~1111년, 오에노 마사후사大江匡房의 언담言談) 등이 있다. 종래 유력한 의거자료로 여겨졌던『경률이상經律異相』,『법원주림法苑珠林』,『대당서역기大唐西域記』,『현우경賢愚經』,『찬집백연경撰集百緣經』,『석가보釋迦譜』등의 경전이나 유서類書는 직접적인 자료라고 할 수 없고,『주호선注好選』, 나고야대학장名古屋大學藏『백인연경百因緣經』과 같은 일본화日本化한 중간매개의 존재를 생각할 수 있으며,『우지대납언이야기宇治大納言物語』,『지장보살영험기地藏菩薩靈驗記』,『대경大鏡』의 공통모태자료共通母胎資料 등의 산일散逸된 문헌을 상정할 수 있다.

둘째,『금석이야기집』은 중세 이전 일본 고대의 문학, 문화, 종교, 사상, 생활양식 등을 살펴보는 데에 있어 필수적인 자료이다.

전술한 바와 같이 인도, 중국, 일본의 삼국은 고대 일본인에게 있어서 전 세계를 의미하며, 삼국이란 불교가 석가에 의해 형성되어 점차 퍼져나가는 이른바 '동점東漸'의 무대이며, 불법부에선 당연히 석가의 생애(불전佛傳)로부터 시작되어 불멸후佛滅後 불법의 유포, 중국과 일본으로의 전래가 테마가 된다. 삼국의 불법부는 거의 각국의 불법의 역사, 삼보영험담三寶靈驗譚, 인과응보담이라고 하는 테마로 구성되어 불법의 생성과 전파, 신앙의 제 형태를 내용으로 한다. 한편 각부各部의 세속부는 왕조의 역사가 구상되어 있다. 특히 본조本朝(일본)부는 천황, 후지와라藤原(정치, 행정 등 국정전반에 강력한 영향력을 가진 세습귀족가문, 특히 고대에는 천황가의 외척으로 실력행사) 열전列傳, 예능藝能, 숙보宿報, 영귀靈鬼, 골계滑稽, 악행惡行, 연예戀愛, 잡사雜事 등의 분류가 되어 있어 인간의 제상諸相을 그리고 있다.

셋째, 한일 설화문학의 비교 연구뿐만이 아니라 동아시아 설화, 민속분야의 비교연구에 획기적인 계기가 될 것으로 기대된다.

먼저 동아시아에서 공통적으로 신앙되고 고대부터 현대에 이르기까지 막대한 영향력을 끼치고 있는 불교 및 이와 관련된 종교적 설화의 측면에서 보면, 『금석이야기집』 본조부에는 일본의 지옥(명계)설화, 지장설화, 법화경설화, 관음설화, 아미타(정토)설화 등이 다수 수록되어 있다. 이와 같이 불교의 세계관에 의해 형성된 설화, 불보살의 영험담 등은 일본뿐만 아니라 한국, 중국에서 또한 공통적으로 보이는 설화라 할 수 있다. 불교가 인도에서 중국, 그리고 한국, 일본으로 전파·토착화되는 과정에서, 각국의 독특한 사회·문화적인 토양에서 어떻게 수용·발전되었는가를 설화를 통해 비교 고찰함으로써, 각국의 고유한 종교적·문화적 특징들이 보다 객관적이고 명확하게 이해될 수 있을 것으로 판단된다.

한편, 『금석이야기집』 본조부에는 동물이나 요괴 등에 관한 설화가 다수 수록되어 있다. 용과 덴구天狗, 오니鬼, 영靈, 정령精靈, 여우, 너구리, 멧돼지 등이 등장하며, 생령生靈, 사령死靈 또한 빼놓을 수 없다. 용과 덴구는 불교에서 비롯된 이류異類이지만, 그 외의 것은 일본 고유의 문화적·사상적 풍토 속에서 성격이 규정되고 생성된 동물들이다. 근년의 연구동향을 보면, 일본의 '오니'와 한국의 '도깨비'에 대한 비교고찰은 일반화되고 있다고 판단된다. 이제는 더 나아가 그 외의 대상에 대해서도 관심을 가지고 문화적인 비교연구가 활성화되어야만 할 것이며, 『금석이야기집』의 설화는 이러한 연구에 대단히 유효한 소재원이 될 것으로 기대하는 바이다.

전술한 바와 같이 본 번역서는 『금석이야기집』의 약 3분의 2를 차지하는 본조本朝(일본)부를 번역한 것으로 그 나머지 천축天竺(인도)부, 진단震旦(중국)부의 번역은 금후의 과제로 삼고자 한다.

권두 해설을 집필해 주신 고미네 가즈아키小峯和明 교수님께 감사를 드린다. 교수님은 일본설화문학을 중심으로 동아시아 설화문학, 기리시탄 문학, 불전 등을 연구하시며 문학뿐만이 아니라 역사, 종교, 사상 등 다방면의 학문에 큰 업적을 남기신 분이다. 개인적으로는 일본 유학시절부터 지금까지 설화연구의 길잡이가 되어 주셨고, 교수님의 저서를 한국에서 『일본 설화문학의 세계』란 제목으로 번역·출판하기도 하였다. 다시 한 번 흔쾌히 해설을 써 주신 데에 대해 심심한 감사를 드린다.

마지막으로 방대한 분량의 원고를 꼼꼼히 읽어 교정·편집을 해주신 세창출판사 임길남 상무님께 감사를 드리는 바이다.

2016년 2월

이시준, 김태광

차례

부록

일러두기

1. 본 번역서는 新編 日本古典文學全集『今昔物語集 ①~④』(小學館, 1999년)을 저본으로 한 것으로 모든 자료(도판, 해설, 각주 등)의 이용을 허가받았다.

2. 번역서는 총 9권으로 구성되어 있고 각 권의 수록 내용은 다음과 같다.

①권－권11 · 권12	②권－권13 · 권14
③권－권15 · 권16	④권－권17 · 권18 · 권19
⑤권－권20 · 권21 · 권22 · 권23	⑥권－권24 · 권25
⑦권－권26 · 권27	⑧권－권28 · 권29
⑨권－권30 · 권31	

3. 각 권의 제목은 번역자가 임의로 권의 내용을 고려하여 붙인 것임을 밝혀 둔다.

4. 본문의 주석은 저본의 것을 기본으로 하였으며, 독자층을 연구자 대상으로 하는 연구재단 명저번역 사업의 취지에 맞추어 가급적 상세한 주석 작업을 하였다. 필요시에 번역자의 주석을 첨가하였고, 번역자 주석은 '*'로 표시하였다.

5. 번역은 본서『금석 이야기집』의 특징, 즉 기존의 설화집의 설화(출전)를 번역한 것으로 출전과의 비교 연구가 중요하다는 점을 고려하여 가능한 한 직역을 위주로 하였다. 단, 가독성을 위하여 주어를 삽입하거나, 긴 문장의 경우 적당하게 끊어서 번역하거나 하는 방법을 취했다.

6. 절, 신사의 명칭은 다음과 같이 표기하였다.
   예 東大寺 ⇒ 도다이지 예 賀茂神社 ⇒ 가모 신사

7. 궁전의 전각이나 문루의 이름, 관직, 연호 등은 우리 한자음으로 표기하였다.

예 一條 ⇒ 일조 예 淸涼殿 ⇒ 청량전 예 土御門 ⇒ 토어문 예 中納言 ⇒ 중납언

예 天永 ⇒ 천영

단, 선사의 명칭이 사람의 호칭으로 사용될 때는 일본어 원음으로 표기하였다.

예 三條院 ⇒ 산조인

8. 산 이름이나 강 이름은 전반부는 일본어 원음으로 표기하되, '山'과 '川'은 '산', '강'으로 표기하였다.

예 立山 ⇒ 다테 산 예 鴨川 ⇒ 가모 강

9. 서적명은 우리 한자음과 일본어 원음을 적절하게 혼용하였다.

예 『古事記』⇒ 고사기 예 『宇治拾遺物語』⇒ 우지습유 이야기

10. 한자표기의 경우 가급적 일본식 한자를 한국에서 일반적으로 통용하는 글자로 변환시켜 표기하였다.

금석이야기집今昔物語集

권 13

【三寶靈驗】

주지主旨 앞 권의 지경자持經者 이야기를 이어받아, 본권에서는 지경선持經仙의 이야기로 옮겨지며, 이어 전국 각지의 『법화경法華經』 영험담靈驗譚을 소개한다. 수록된 이야기의 전거는 대부분 『법화험기法華驗記』를 따르고 있는데, 『법화경』 신앙의 중심이었던 히에이산比叡山에 편중되지 않고 전국적으로 이야기가 퍼져 있다는 점에 주목해야 한다.

권13 제1화

수행승 기에이義睿가 우연히 오미네大峰의 지경선인持經仙人과 만난 이야기

전국을 돌며 수행하는 기에이義睿의 체험담. 요시노 산吉野山의 지경자持經者의 신선적神仙的인 모습을 전하는 이야기로 당시의 사람들이 지경持經 성인聖人에 대해 품고 있던 신비하고 환상적인 이미지를 짐작케 한다.

이제는 옛이야기이지만, 불도를 수행하며 다니는 승려가 있었다. 이름은 기에이義睿[1]라고 했다. 많은 산들을 돌아 바다를 건너고 여러 지방을 다니며, 곳곳의 영장靈場을 찾아 수행을 쌓고 있었다.

어느 날, 구마노熊野[2]를 참배하고 그곳에서 오미네大峰[3]란 산을 지나 미타케金峰山[4]를 참배하고 돌아가던 중, 산에서 나오려다 길을 헤매고 방향을 잃었다. 하는 수 없이 법라法螺[5]를 불어 그 소리로 길을 찾으려 했지만, 아무리 해도 길을 알 수 없었다. 그래서 산 정상에 올라 사방을 둘러보니, 어느 쪽

1 『승강보임僧綱補任』 원경元慶 2년(878)에 율사律師로서 야쿠시지藥師寺 승려 기에이義叡란 이름이 있지만, 다른 사람임.
2 → 사찰명.
3 → 지명. 오미네大峰 입산은 구마노熊野 쪽에서 들어가는 것을 순방향으로 하고, 미타케金峰山 쪽에서 들어가는 것을 역방향으로 함. 이 부분은 전자前者에 해당.
4 → 지명(긴푸 산金峰山).
5 수행자의 휴대품의 하나. 그것을 불어 서로의 위치를 확인하거나 신호를 보냄. 혹은 맹수를 퇴치하는 등에 사용함. 이 부분은 전자에 해당.

을 보아도 아득히 깊은 계곡이 이어질 뿐이었다. 이런 상태로 십수 일간 계속 괴로워하던 기에이는 탄식하고 슬퍼한 끝에, 평소 신앙하고 있던 본존불本尊佛에게 아무쪼록 마을로 나가게 해달라고 기도했다. 그러자 어느샌가 평탄한 숲으로 나왔고, 그 가운데 승방僧房 한 채가 있었다. 매우 훌륭한 구조로 파풍破風,[6] 현어懸魚,[7] 격자格子,[8] 미닫이, 덧문,[9] 툇마루, 천정 모두가 훌륭하게 만들어져 있었다. 앞뜰은 넓었고 흰 모래가 뿌려져 있었다. 정원에는 많은 나무들이 빽빽이 심어져 있었고 게다가 각양각색의 꽃이 피고 열매가 열려 있어 참으로 아름다웠다.

기에이는 이것을 보고 매우 기뻐하며 가까이 다가가 보자, 승방 가운데에 승려 한 사람이 있었다. 나이는 겨우 스무 살 정도로 『법화경法華經』[10]을 독송하고 있었다. 그 음성이 참으로 존귀하여 이루 말할 수 없이 감명 깊었다. 기에이가 자세히 보니 승려가 『법화경』 제1권을 다 읽고 그것을 책상에 올려두자마자 그 경은 공중으로 튀어 올라 축에서부터 표지[11]까지 다시 감겨, 끈이 묶여 원래대로 책상 위로 놓여졌다. 승려가 이렇게 한 권씩 되감으면서 『법화경』 한 부를 다 읽었다. 기에이는 이것을 보고 기이하기도 하고 존귀하게 여기기도 하고, 또한 두렵기도 하였는데 이윽고 이 성인聖人[12]이 일어났다. 기에이를 발견하고 의아한 얼굴을 하고는 몹시 놀란 듯이,

"이곳에는 예로부터 지금까지 누구도 찾아온 사람이 없었습니다. 산은 깊

6 마룻대의 양 끝에서 좌우로 흐르는 지붕 위의 산 모양. * 일본 건축에서 합각머리에 대는 삼각형의 장식판.

7 파풍破風의 마룻대 끝을 감추기 위해 설치한 장식.

8 격자는 각재角材를 종횡으로 짜서 만든 건축도구.

9 원문은 "시토미蔀". 기둥과 기둥 사이에 넣어서 빛이나 비바람을 막아주는 건축도구.

10 → 불교.

11 표지標紙는 권자본卷子本의 모두冒頭 부분에 붙은 기름종이로, 끝까지 감으면 겉을 감싸게 되는 것. 책자본冊子本의 표지에 해당. 경권經卷이 손도 대지 않았음에도 공중부양하고, 축軸에서 표지까지 다시 감겨 끈으로 묶인다는 초능력적 기이奇異를 나타냄.

12 → 불교.

고 계곡의 새소리조차 드문 곳이지요. 하물며 사람이 오는 일은 전혀 없었는데, 대체 누구시옵니까?"

라고 말했다. 기에이는

"저는 불도 수행을 위해 이 산을 지나고 있었습니다만, 길을 헤매다 여기로 오고 만 것입니다."[13]

라고 답했다. 성인은 이것을 듣고 기에이를 승방 안으로 불러들였다. 그러자 모습이 단정한 한 동자가 나와서 기에이에게 훌륭한 식사를 대접하였다. 기에이는 이것을 먹자 그간 수일의 굶주림이 완전히 가시고 만족스런 기분이 되었다.

기에이는 성인에게 물었다.

"성인께선 언제쯤부터 여기서 사셨습니까? 그리고 어째서 이렇듯 무엇이든 생각하는 대로《되는 것인지요?》"[14]

"제가 여기서 산 지 어느덧 여든 해 정도가 됩니다. 전 원래 히에이 산比叡山의 승려로 동탑東塔[15]의 산마이三昧 좌주座主[16]라 불리는 사람의 제자였습니다. 사사로운 일로 그 분이 절 꾸짖으셨기에 저는 어리석게도 본산本山[17]을 뛰쳐나와 제멋대로 유랑을 시작했습니다. 혈기 왕성한 때는 한 곳에 머무르지 않은 채 여기저기를 수행하며 걸었고, 나이가 든 후론 이 산에 머물며 죽을 때를 줄곧 기다리고 있는 것입니다."

라고 성인은 답했다. 이것을 듣고서 기에이는 더욱 '기이하다.'라고 생각하고,

"좀 전에 누구 한 사람 오는 이 없다고 말씀하셨습니다만, 단정한 세 명의

13 지금까지의 경위를 요약하고 설명하고 있음.
14 저본의 파손에 의한 결자. 『법화험기法華驗記』를 참조하여 보충.
15 → 사찰명.
16 → 인명. 제17대 천태天台 좌주座主 기쿄喜慶를 가리킴.
17 히에이 산比叡山 엔랴쿠지延曆寺(→ 사찰명)를 가리킴.

동자가 따르고 있지 않습니까? 성인의 말씀은 아무래도 납득이 가지 않습니다."

라고 말했다. 이에 대해 성인은

"경經에 '천제동자天諸童子 이위급사以爲給仕'[18]라고 설하고 있습니다. 어찌 이상하다고 하십니까?"

라고 답했다. 기에이는 또

"성인께선 '나이 들었다.'라고 말씀하셨습니다만, 모습을 보면 젊고 건강하십니다. 이것도 저를 속이려는 것인지요?"

라고 말하자, 성인은

"경에 '득문시경得聞是經 병즉소멸病即消滅 불로불사不老不死'[19] 라고 설하고 있습니다. 결코 거짓을 말하고 있는 것이 아닙니다."

라고 답했다.

그 후 성인은 기에이에게 어서 돌아갈 것을 권했다. 기에이는 탄식하며

"저는 며칠이나 산 속을 헤매고, 방향도 알 수 없어 불안한 마음인데다가 몸도 약해져 있는 탓에 아무래도 걸을 수 없을 것 같습니다. 아무쪼록 이 점을 헤아려 주셔서 제가 여기서 섬길 수 있도록 하여 주시옵소서."

라고 부탁했다. 성인은

"전 당신을 싫어하는 것이 아닙니다. 다만 이곳은 오랜 세월 인간계의 속취俗臭에서 벗어나 있었습니다. 그 때문에 굳이 돌아가시라고 하는 것입니다. 허나 만약 오늘밤 여기서 묵으시려 하신다면 절대로 몸을 움직이지 말

18 『법화경法華經』 권5 · 안락행품安樂行品 제14게偈에 "중생락견衆生樂見 여모현성如慕賢聖, 천제동자天諸童子, 이위급사以爲給使"라고 하며, 『법화험기』는 "천제동자天諸童子, 이위급사以爲給仕"라 함. 『법화경』의 지자持者를 천계 제천諸天이 호법동자護法童子로서 봉사하고 신변을 돌본다는 의미로 쓰임.

19 『법화경』 권7 · 약왕보살본사품藥王菩薩本事品 제23에 "약인유병若人有病, 득문시경得聞是經 병즉소멸病即消滅 불로불사不老不死"에 있는 문구임. 만약 병든 이가 있어 법화경을 듣게 된다면, 병이 순식간에 치유되어 불로불사의 몸이 된다는 의미.

고, 말도 하지 말고 조용히 앉아 계십시오."

라고 말했다. 기에이는 그 밤은 그곳에 머물며 성인의 지시대로 조용히 가만히 앉아 있었다.

초야初夜[20] 무렵, 갑자기 미풍이 불기 시작했고 주위가 심상치 않은 분위기가 되었다. 기에이가 문 사이로 엿보니 다양한 이류異類[21]의 귀신이 나타났다. 말의 머리를 한 것, 소의 머리를 한 것, 새의 머리를 한 것, 사슴 모양을 한 것 등 많은 귀신이 나타나 각자 향화香花를 공양하거나 과일이나 음식 등을 바치고, 앞뜰에 놓여 있는 높은 선반 위에 모두 올려놓았다. 그리고 모두가 절하고 합장하고 나서 차례로 앉았다. 무리 중의 우두머리가 말했다.

"아무래도 오늘밤은 이상하구나. 어쩐지 평소와는 다르게 인간의 냄새가 난다.[22] 누가 찾아온 겐가?"

이것을 들은 기에이는 간담이 서늘하여 몸이 계속 떨렸다. 한편 성인은 발원發願[23]하며 한밤중 내내 『법화경』을 계속 독송했다. 드디어 날이 밝을 무렵이 되어서 회향回向[24]한 후 이 이류들은 모두 되돌아갔다.

그리하여 기에이는 살그머니 나오자마자 성인을 향해 "오늘 밤의 이류들은 대체 어디서 온 것입니까?"라고 물었다. 단지 성인은

"경에는 '약인재공한若人在空閑 아견천룡왕我遣天龍王 야차[25]귀신등夜叉鬼神等 위작청법중爲作聽法衆'[26] 이라 설하고 있소이다."

20 → 불교. 오후 8시.

21 인간과 다른 생물. 금수·용사龍蛇·요괴·정령 등.

22 귀신鬼神이 인간의 냄새를 민감하게 알아채는 모티브는 권14 제42화에도 보임.

23 성인이 일과인 초야初夜의 근행勤行에 임하여 중생제도衆生濟度·득생보리得生菩提를 위해 기원하는 것.

24 → 불교. 독경을 마칠 즈음, 그것을 청문聽聞하던 이류異類들에게 선근善根·공덕功德을 돌려주는 것. 또한 이류나 도소신道祖神이 『법화경』을 청문하는 모티브는 본집 권12 제40화, 『우지 습유宇治拾遺』(1) 등에 보임.

25 야차夜叉→ 불교.

26 『법화경』 권4·법사품제십法師品第十에 있는 게문구偈文句. 만약 (법화경을 청문하는) 사람이 없다면 나는 제천諸天·용왕龍王·야차夜叉·귀신鬼神 등을 보내 청중으로 삼겠다는 의미. 성인은 『법화경』의 문구로 답하여 이류가 모인 이유를 설명하고 있음.

라고 답할 뿐이었다.

그 후 기에이는 '원래 있던 곳으로 돌아가겠습니다.'라고 말했지만 방향을 알 수 없었다. 그러자 성인이 "남쪽을 향해 계속 가십시오."라고 일러주고 수병水瓶[27]을 들어 올려서 툇마루 위에 놓았다. 그 수병[28]은 저절로 마루에서 뛰어 내려 통통 뛰어 갔다. 기에이는 그것을 따라 가는 사이에 네 시간 만에 산꼭대기에 당도했다.[29] 산 정상에 서서 산기슭을 내려다보니 큰 마을이 보였다. 여기까지 온 수병은 하늘로 뛰어 올라서 보이지 않게 되고 말았다. 원래 있던 장소로 돌아간 것이라고 생각됐다. 기에이는 마침내 촌락으로 나올 수가 있었고, 눈물을 흘리며 깊은 산의 지경선인持經仙人[30]에 대해서 이야기하였다. 이것을 들은 자는 모두 고개를 숙이고 존귀하게 여겼다.

지성을 다하는[31] 법화法華의 지경자持經者[32]에게는 이와 같은 일이 있는 것이다. 그 후 지금에 이르기까지 그곳에 간 자는 한 사람도 없다고 이렇게 이야기로 전하여 내려오고 있다 한다.

27 → 불교.

28 수행자가 수병을 날게 하거나 주발을 공중에 띄워서 그 험력驗力을 나타낸 모티브는 전형적임. 비병飛甁·비발飛鉢에 관해선 권11 제36화, 권19 제2화, 권20 제7화·39화에도 있음.

29 기에이는 여기서 처음 산 정상에 이르렀음을 알 수 있음.

30 지경자持經者를 신선시神仙視한 용어. 지경자를 선인仙人이라 하는 이야기는 다음 이야기와도 같은 양상. 또 『본조신선전本朝神仙傳』은 그들과 관련된 일화를 집성한 것임.

31 진실, 마음을 담은 것으로 지성至誠. 본집本集에서 등장인물의 이상적인 마음의 상태로서 추구한 주제 중 하나.

32 지경자. 특히 『법화경』 지자持者를 가리킴.

⊙제1화⊙ 수행승 기에이義睿가 우연히 오미네大峰의 지경선인持經仙人과 만난 이야기

修行僧義睿値大峰持経仙語第一

今昔、仏ノ道ヲ修行スル僧有ケリ。名ヲバ義睿[一]ト云フ。諸ノ山ヲ廻リ海ヲ渡テ、国々ニ行キ所々ノ霊験[二]ニ参テ、行ヒケリ。

而ルニ、熊野[三]ニ参テ、其レヨリ大峰[四]ト云フ山ヲ通テ金峰[五]ニ参リ出ヅルニ、山[六]ノ中ニシテ道ニ迷テ東西[七]ヲ失ヒツ。只、宝[八]螺ヲ吹テ其ノ音ヲ以テ道ヲ尋ヌト云ヘドモ、道ヲ知ル事無シ。山[九]ノ頂ニ登テ四方ヲ見レバ、皆遥ニ幽[一〇]ナル谷ナリ。如此クシテ十余日辛苦悩乱[一一]ス。然レバ、義睿歎キ悲デ、憑ミ奉ル所ノ本尊ニ人間[一二]ニ出ム事ヲ祈請ズ。而ル間、地直キ林ニ至ヌ。其ノ中ニ一ノ僧房有リ。微妙[一三]ニ造タリ。破風[一四]、懸居[一五]、篇子[一六]、遣[一七]戸、蔀[一八]、簀[一九]、天井、皆吉ク造タリ。前ノ庭[二〇]ニハ広クシテ白沙[二一]ヲ蒔タリ。前栽[二二]ノ木立隙[二三]無クシテ、諸ノ花[二四]栄キ実成テ妙ナル事無限ナシ。

義睿此レヲ見テ、心ニ喜テ、近ク寄テ見レバ、房ノ内ニ一ノ僧居タリ。年僅ニ二十許也。法花経ヲ読誦ス。其ノ音貴キ事無限シ。身[一]ニ染ムガ如シ。見レバ、一ノ巻ヲ読畢テ経机ニ置クニ、其ノ経空ニ踊テ、軸ヨリ標紙[二]ニ至マデ巻返シテ紐ヲ結テ、本ノ如クニ机ニ置ク。如此ク巻毎ニ巻返シツ。一部ヲ読畢ヌ。義睿[三]此レヲ見ルニ、奇異ニ貴ク恐シク思フ間ニ、此ノ聖人立ヌ。義睿ヲ見付テ、奇異ニ思ヘル気色ニテ、大ニ驚テ云ク、「此ノ所ニハ古ヨリ于今人来ル事無シ。山深クシテ谷ノ鳥[四]ノ音ソラ猶[五]シ希也。況ヤ人来ル事ハ絶タルニ、何人ノ来リ給ヘルゾ」ト。義睿答テ云ク、「我レ[六]仏ノ道ヲ修行ゼムガ為ニ此ノ山ヲ通ル間、道ニ迷テ来レル也」ト。聖人此ノ由ヲ聞テ、義睿ヲ房ノ内ニ呼ビ入レツ。見レバ、形端正[七]ナル童微妙ノ食物ヲ捧テ来テ令食ム。義睿[八]此ヲ食テ、日来ノ餓皆直テ、楽シキ心ニ成ヌ。

義睿聖人ニ問テ云ク、「聖人ハ何レノ程ヨリ此ノ所ニハ住給フゾ。亦、何ニ依テ如此ク諸ノ事心ニ任セテ［　　］[九]」。聖人答テ云ク、「我レ此ノ所ニ住テ既ニ八十年ニ余レリ。我レ本比叡ノ山ノ僧也。東塔[一〇]ノ三昧[一一]ノ座主ト云シ人ノ弟子也。其ノ人少事ニ依テ勘当[一二]シ給ヒシカバ、愚ナル心ニ本山[一三]ヲ去テ、心ニ任セテ流浪シテ、若ク盛ナリシ時ハ、在所ヲ不定ズシテ所々ニ修行ジキ。年老テ後ハ、此ノ山ニ跡ヲ留メテ、永ク死ナム時ヲ待ツ也」ト。義睿此レヲ聞テ、弥ヨ[一四]「奇異也」ト思テ、問テ云、「人不来ズト宣フト云ヘドモ、端正ノ童子三[一五]人随ヘリ。此レ聖人ノ虚言ゾ」ト。聖人答テ云ク、「経ニ『天諸童子[一六] 以為給仕』ト説ケリ。何ゾ此レヲ怪マム」ト。義睿亦云ク、「聖人『老耄也[一七]』ト宣フト云ヘドモ、形ヲ見レバ若ク盛也。此レ亦、言ノ計フ所カ」ト。聖人答テ云ク、「経ニ『得聞是経[一八] 病即消滅 不老不死』ト説ケリ。更ニ妄語ニ非ズ」ト。

其ノ後、聖人義睿ヲ勧メテ、速ニ可返キ由ヲ云フ。義睿歎テ云ク、「我レ日来山ニ迷テ、方角ヲ不知デ、心弱ク身痩、行キ歩バムニ不堪ズ。然レバ、聖人[一]ノ威力ニ依テ此ノ所随遂[二]セムト思フ」ト。聖人ノ云ク、「我レ汝ヲ猒フニハ非ズ。此ノ所ハ、人間ノ気分ヲ離テ、多ノ年ヲ経タリ。此ノ故ニ強ニ可返キ由ヲ云フ也。但シ、今夜若シ留ラムト思ハバ、身ヲ不動ズ音ヲ出ズシテ、静ニ可坐シ」ト。義睿[三]其ノ夜留リテ、聖人ノ言ニ随テ、静ニシテ隠レ居タリ。

初夜[四]ノ程ニ、俄ニ微風[五]吹テ常ノ気色ニ非ズ。義睿迫[六]ヨリ見レバ、様々ノ異類[七]ノ形ナル鬼神共来ル。或ハ馬ノ頭、或ハ牛頭、或ハ鳥ノ首、或ハ鹿ノ形、如此クノ多ノ鬼神出来テ、各香花ヲ供養ジ、菓子飲食等ヲ捧テ、前ノ庭ニ高キ棚ヲ構テ、其ノ上ニ皆膳ヘ置テ、礼拝シテ掌ヲ合セテ次第[八]ニ居ヌ。此ノ中ニ第一ノ者ノ云ク、「今夜怪キカナ。例ニモ非ズ人間[九]ノ気有ル輩有リ。誰人ノ来レルゾ」ト云ヲ聞クニ、義睿心迷ヒ身動ク。而間、聖人発願[一〇]シテ法花経ヲ読誦スル事終夜也。曙ル程ニ成ヌレバ、廻向[一一]ジテ後、此ノ異類ノ輩ラ皆返リ去ヌ。

其後義睿和ラ出ヌ。聖人ニ値テ申サク、「今夜ノ異類ノ輩、此何方ヨリ来ルゾ」ト。聖人答テ云ク、「経ニ『若人在空閑　我遣天竜王　夜叉鬼神等　為作聴法衆』ト許云フ。

其ノ後、義睿、「返ナムトス」ト云ヘドモ、其ノ行方ヲ不知ズ。聖人教テ云ク、「速ニ南ニ向テ可行シ」ト云テ、水瓶ヲ取テ簀子ニ置ク。水瓶踊リ下テ漸ク飛テ行ク。義睿其レニ随テ行ク間、二時許ニ行テ山ノ頂ニ至ヌ。山ノ頂ニ立テ麓ヲ見下セバ、大ナル里有リ。其ヨリ水瓶虚空ニ飛テ不見ズ成ヌ。本ノ所ニ返ヌル也ケリト思フ。義睿遂ニ里ニ出ル事ヲ得テ、涙ヲ流シテ深山ノ持経仙人ノ有様ヲ語ケリ。此レヲ聞ク人、皆首ヲ低テ貴ビケリ。

牛頭と馬頭(春日権現験記)

実ノ心ヲ至セル法花ノ持者ハ如此クナム。其ノ後于今其ノ所ニ至レル人無シトナム語リ伝ヘタルトヤ。

권13 제2화

가즈라 강葛川 은둔승이 히라 산比良山에서 우연히 지경선인持經仙人을 만난 이야기

내용과 구성이 앞 이야기와 유사하여 여기에 배정된 이야기. 가즈라 강葛川의 승려가 꿈의 계시를 따라 히라 산比良山 지경선인持經仙人을 찾아가, 그 신선과 같은 생활과 법화고수法華苦修의 공덕功德을 견문하여 동학승同學僧에게 전했다고 하는 내용. 앞 이야기와 마찬가지로 산중고행山中苦行의 법화지경자法華持經者를 신비시한 당시의 시대상을 반영하고 있다.

이제는 옛이야기이지만, 가즈라 강葛川[1]이라는 곳에 칩거하며 수행하는 승려가 있었다. 곡기를 끊고 산채를 먹으며[2] 몇 달에 걸쳐 열심히 수행하고 있었는데, 어느 날 꿈속에 고귀한 승려가 나타나서

"히라 산比良山[3] 봉오리에 선인仙人[4]이 있고 『법화경法華經』[5]을 독송하고 있다. 너는 속히 그곳으로 가서 그 선인과 결연結緣[6]하도록 하라."

라고 했다. 꿈에서 깨자마자 서둘러 히라 산속을 헤치고 들어가 선인을 찾

1 시가 현滋賀縣 시가 군滋賀郡 오쓰 시大津市에 흐르는 강. 비와 호琵琶湖의 서안西岸 아도 강安曇川의 상류로, 히라 산比良山의 북쪽 기슭 계곡 사이를 흐름. 중류에 소오相應가 수행 도장으로 창건한 명왕원明王院이 있음. 그 밖에 작은 절도 있었던 것으로 추정.

2 버섯 등을 포함한 산채류. 오곡을 단식하고 산채를 주식으로 삼는 것은 산악 수행자의 상도常道.

3 → 지명.

4 지경선인持經仙人. 권13 제1화 주 참조.

5 → 불교.

6 → 불교.

았지만 찾을 수 없었다.

며칠이나 필사적으로 찾고 있는데 아득히 멀리서『법화경』을 읽는 목소리가 희미하게 들렸다. 그 목소리는 실로 존귀하여 비할 데가 없었다. 승려는 기뻐하며 그 목소리를 찾아서 동분서주했지만, 경 읽는 목소리만 들릴 뿐 목소리 주인은 아무리해도 찾을 수 없었다. 온종일 계속해서 힘닿는 대로 찾던 중 바위 동굴이 보였다. 옆에는 큰 소나무가 있어 삿갓 같은 모양을 하고 있었다. 동굴 속을 들여다보니 한 명의 성인聖人[7]이 앉아 있었다. 몸에 살이 없었고, 단지 뼈와 가죽만으로 푸른 이끼를 의복[8]으로 삼고 있었다. 그 성인이 승려를 발견하고 말했다. "대체 누가 오셨나요. 이 동굴은 이제까지 아무도 온 적 없는 곳이지요." 승려가 답했다.

"저는 가즈라 강에 은둔하여 수행하고 있는 자입니다. 꿈속에서 계시를 받고 당신과 결연하고자 온 것입니다."

그 선인이 말했다.

"자네는 당분간 나에게 가까이 오지 말고 멀리 떨어져 있으시게나. 아무래도 인간 냄새나는 연기[9]가 눈에 들어와서 눈물이 나와 참을 수 없구먼. 이레 지나서 가까이 오면 될게야."

이에 승려는 선인이 말한 대로 동굴에서 한두 단段[10] 정도 떨어져 있는 곳에 머물기로 했다. 이레 동안 선인은 밤낮으로『법화경』을 계속해서 독송하고 있었다. 승려가 그것을 듣고 있자 존귀하고 거룩하게 여겨져서 무시이래無始以來[11]의 자신의 죄장罪障이 사라져 가는 것만 같았다. 그러는 동안, 많은

7 → 불교.

8 이른바 태의苔衣. 승려·은자隱者·선인 등이 입는 소박한 의복.

9 인간계의 연기. 취사나 불을 밝힐 때의 연기를 가리킴. 선인은 화기火氣를 사용하지 않기에 이와 같이 말한 것임.

10 단段은 거리 단위. 한 단은 6간六間으로 약 11m를 말함.

11 한없이 머나먼 과거. (독경讀經·청문聽聞의 공덕功德에 의해) 무시이래無始以來의 죄나 더러움이 모두 사라

사슴, 곰, 원숭이 등 그 밖의 날짐승들이 차례차례 나무 열매를 가져와서는 선인에게 공양했다. 선인은 그 자리에서 원숭이 한 마리에게 명하여, 그 나무 열매를 승려가 있는 장소로 전하게 했다. 이렇게 이레가 지났기에 승려는 동굴 근처로 방문했다.

그러자 선인이 승려에게 이야기했다.

"이 사람은 원래 고후쿠지興福寺[12]의 승려로 이름은 렌자쿠蓮寂라 했다네. 법상대승교法相大乘敎[13]의 학자로서 법상종法相宗의 교의敎義를 즐겨 공부하고 있던 무렵, 『법화경』을 배독拜讀했는데 그 '여약불취汝若不取 후필우회後必憂悔'[14]란 글귀를 본 이후 보리심菩提心[15]이 일어났던 것이네. 그리고 '적막무인성寂寞無人聲 독송차경전讀誦此經典 아이시위현我爾時爲現 청정광명신淸淨光明身'[16] 이란 글귀를 보고 나선 완전히 고후쿠지를 떠나서 산림에 들어가 불도를 수행했고, 그 공덕功德이 쌓여서 저절로 선인이 될 수 있었던 것이라네. 지금은 전세의 인연으로 이 동굴에 와 있다네. 인간계를 떠난 후론 『법화경』을 부모로 삼고 계율戒律을 몸의 수호守護로 삼고 있다네. 법화일승法華一乘[17]을 눈으로 삼아 멀리 있는 것을 볼 수 있고, 자비심慈悲心을 귀로 삼아 모든 소리를 듣는 것이 가능하다네. 그리고 마음속으로 일체의 것들을 알 수도 있지. 또 도솔천兜率天[18]에 올라 미륵보살彌勒菩薩[19]과 만나거나 이곳저

진 것 같다는 의미.

12 → 사찰명. 그 창건에 대해서는 권11 제14화 참조.

13 법상종法相宗은 대승大乘 불교의 일파인 것에서 나온 용어. → 불교. 일본으로의 전래에 대해서는 권11 제4화·6화 참조.

14 『법화경法華經』 권2·비유품譬喩品 제3의 게偈의 문구. 만약 네가 이 『법화경』을 취하지 않는다면 후에 반드시 후회할 것이라는 의미.

15 → 불교.

16 『법화경』 권4·법사품法師品 제10의 게偈 문구. 사람 소리 하나 없는 고요한 장소에서 이 경전(법화경)을 독송하면, 그때 자신(석가)이 청정하게 찬란히 빛나는 몸을 나타낼 것이라는 의미.

17 → 불교.

18 → 불교.

곳을 방문하여 성자聖者와 가까이 하기도 했다네. 무서운 천마파순天魔波旬[20] 도 이 사람 옆에 가까이 못했고, 두려움도 재액災厄도 그 이름조차 들을 일이 없었지. 마음만 먹으면 부처를 만나 법문法門을 들을 수 있다네. 또한 이 앞에 있는 소나무는 삿갓과 똑같아서 비가 내려도 동굴 앞으론 비가 들어오지 않는다네. 더울 때는 그늘을 만들어 주고 추울 때는 바람을 막아주지. 이것들도 모두 저절로 그렇게 된 것이라네. 한데 자네가 이곳에 찾아온 것은 전세의 인연이 없는 것도 아닐 걸세. 그러니 자네는 이곳에서 지내면서 불도수행을 하는 것이 좋을 걸세."

승려는 선인의 말을 듣고서 선인을 존경함과 동시에 그 삶의 방식을 바람직하다고 생각했지만, 도저히 수행을 견뎌낼 수 없는 몸[21]이라고 생각하고 선인에게 배례하고 돌아갔다. 그리고 선인의 신통력 덕택에 하루 만에 원래의 가즈라 강으로 돌아올 수 있었다. 이 이야기를 동료 승려[22]에게 자세히 이야기해 들려주자 더없이 존귀하게 여기는 것이었다.

진심을 담아 수행하는 사람은 이와 같이 선인이 되는 법이라고 이렇게 이야기로 전하여 내려오고 있다 한다.

19 → 불교.

20 → 불교.

21 천성天性이 부족하여 선인과 동일한 산중수행을 견딜 수 없다고 생각함.

22 원문에는 "동행同行"(→ 불교).

가즈라 강葛川 은둔승이 히라 산比良山에서 우연히 지경선인持經仙人을 만난 이야기

籠葛川僧値比良山持経仙語第二

今昔、葛川[五]ト云フ所ニ籠テ修行スル僧有ケリ。穀ヲ断テ菜[六]ヲ食テ、懃ニ行テ月来ヲ経ル間ニ、夢ニ気高キ僧出来テ告テ云ク、「比良山[七]ノ峰ニ仙人[八]有テ、法花経ヲ読誦ス。汝速ニ其ノ所ニ行テ、彼ノ仙人ニ可結縁シ[九]」ト。夢覚テ後、忽ニ比良ノ山ニ入テ尋ヌルニ、仙人無シ。

日来ヲ経テ強ニ尋ネ求ル時ニ、遥ニ法花経ヲ読ム音許髣ニ聞ユ。其ノ音貴クシテ可譬キ方無シ。僧喜テ、其ノ音ヲ尋テ東西ニ走リ求ルニ、経ノ音許ヲ聞テ、主ノ体ヲ見ル事ヲ不得ズ。心[一〇]ヲ尽シテ終日ニ求ルニ、巌ノ洞有リ。傍ニ大ナル松ノ木有リ。其ノ木笠ノ如シ。洞ノ中ヲ見ルニ聖人居タリ。身ニ肉無クシテ只骨皮許也。青キ苔ヲ以テ服物[一一]ト為リ。僧ヲ見テ云ク、「何[一二]ナル人ノ此ニハ来リ給ヘルゾ。此ノ洞ニハ未ダ人不来ザル所也」ト。僧答[一三]テ云ク、「我レ葛川ニ籠リ行フ。夢ノ告ニ依テ結縁ノ為ニ来レル也」ト。仙人ノ云ク、「汝ヂ[一四]我レニ暫ク不近付ズシテ、遠ク去テ可居シ。我レ人間[一五]ノ烟ノ気眼ニ入テ、涙出デ、難堪シ。七日ヲ過テ可近付キ也」ト。

然レバ、僧仙人ノ云フニ随テ、洞ヨリ一二[一六]段許ヲ隔テ、宿ヌ。其ノ間、仙人昼夜ニ法花経ヲ読誦ス。僧此レヲ聞クニ貴ク悲ニ、「無始[一七]ノ罪障皆亡ビヌラム[一八]」ト思フ。而ル間、見レバ、諸ノ鹿、熊、猿及ビ余[一九]ノ鳥獣、皆菓ヲ持来テ、仙人ニ供養ジ奉ル。而ルニ、仙人一猿ヲ以テ使トシテ、菓ヲ僧ノ所ニ送ル。如此クシテ七日ヲ過ヌレバ、僧仙人ノ洞ノ辺ニ詣ヅ。

其ノ時ニ、仙人僧ニ語テ云ク、「我ハ此レ本、興福寺[二〇]ノ僧也。名ヲバ[一]蓮寂ト云ヒキ。[二]法相大乗ノ学者トシテ其ノ宗ノ法文ヲ学ビ[三]翫ビシ間ニ、我レ法花経ヲ見奉リシニ、『[四]汝若不取後必憂悔』ト云フ文ヲ見テシヨリ、始テ[五]菩提心ヲ発シキ。『[六]寂寞無人声　読誦此経典　我尓時為現　清浄光明身』ノ文ヲ見シヨリ、永ク本寺ヲ出デヽ、山林ニ交テ仏道ヲ修行シテ、功至リ徳ヲ重テ、自然ラ仙人ト成ル事ヲ得タリ。[七]今宿因有テ此ノ洞ニ来レリ。人間ヲ離レテ後ハ、法花ヲ父母トシ、[八]禁戒ヲ防護トシテ、[九]一乗ヲ眼トシテ遠キ色ヲ見、慈悲ヲ耳トシテ諸ノ音ヲ聞ク。亦、心ニ一切ノ事ヲ知レリ。亦、[一〇]兜率天ニ昇テ[一一]弥勒ヲ見奉テ、亦、余ノ所々ニ行テ聖者ニ近付ク。[一二]天魔波旬モ我ガ辺ニ不寄ズ。[一三]怖畏災過モ更ニ名ヲ不聞ズ。仏ヲ見、法ヲ聞ク事、心ニ任セタリ。亦、[一四]此ノ前ニ有ル松ノ木ハ笠ノ如クシテ、雨降ルト云ヘドモ洞ノ前ニ雨不来ズ。熱キ時ニハ蔭ヲ覆ヒ、寒時ニハ風ヲ防ク。[一五]此レ亦自然ラ有ル事也。汝ヂ亦此ニ尋ネ来レル、宿因無キニ非ズ。然レバ、汝ヂ此ニ住シテ仏法ヲ修行ゼヨ」ト。

僧仙人ノ言ヲ聞テ、敬テ、此レヲ好モシト思フト云ヘドモ、[一六]性不堪ズシテ、礼拝恭敬シテ返リ去ヌ。仙人ノ神力ヲ以テ日ノ内ニ本ノ葛川ニ至ヌ。[一七]同行ニ此ノ事ヲ具ニ語ル。[一八]同行此レヲ聞テ[一九]貴ム事無限シ。

[二〇]誠ノ心ヲ至シテ修行ズル人ハ仙人ニ成ル事如此クトナム語リ伝ヘタルトヤ。

권13 제3화

요조陽勝가 고된 수행을 하여 선인仙人이 된 이야기

전 이야기의 히라 산比良山의 지경선인持經仙人 렌자쿠蓮寂와 같이 본사本寺를 떠나 산속으로 들어가 고수苦修·연행練行한 끝에 신선으로 된 지경持經 성인聖人 요조陽勝의 사적事蹟을 전기적으로 기록한 이야기.

이제는 옛이야기이지만, 요조陽勝[1]란 사람이 있었다. 노토 지방能登國[2] 사람으로 속성俗姓은 기紀 씨였다. 열한 살 때[3] 처음 히에이 산比叡山에 올라가, 서탑西塔[4] 승련화원勝蓮華院[5]의 구니치空日 율사律師[6]라는 사람을 스승으로 하여 천태天台[7]의 가르침을 배우고 『법화경法華經』[8]을 수지受持하게 되었다. 총명하여 한 번 들은 것은 두 번 다시 질문하지 않았다. 또한 어렸을 때부터 도심道心이 깊어 다른 것에는 흥미를 가지지 않았다. 게다가 장시간의 수면

1 → 인명.
2 → 옛 지방명.
3 『법화험기法華驗記』, 『요조 선인전陽勝仙人傳』에는 "원경元慶 3년"이라고 되어 있음.
4 → 사찰명.
5 → 사찰명.
6 미상.
7 천태종天台宗의 경론.
8 → 불교.

睡眠[9]은 취하지 않았고 쓸데없는 휴식을 취하지도 않았다. 많은 사람들을 측은하게 여기는 마음이 깊어서 알몸인 사람을 보면 자신의 옷을 벗어주고 굶주린 사람을 보면 자신의 음식을 주는 것을 일상으로 했다. 또한 모기나 이가 몸을 찌르거나 물더라도 꺼리지 않았다. 그리고 스스로 『법화경』을 서사書寫하며 밤낮으로 그것을 독송讀誦하고 있었다.

그런데 도심이 강하게 일어 히에이 산을 떠나기로 마음먹고 결국 산을 나와 미타케金峰山[10]의 선인仙人이 이전에 살고 있던 암자에 찾아갔다. 또 남경南京[11]의 무타데라牟田寺[12]에 머물며 신인의 법을 배웠다. 처음에는 곡기를 끊고 산채山菜만을 먹었다. 다음에는 그 채식도 끊고 나무 열매, 풀 열매를 먹었다. 후에는 전혀 아무것도 먹지 않았다. 다만 하루에 좁쌀 한 톨만을 먹으며 몸에는 등나무 옷[13]을 입을 뿐으로, 마지막에는 완전히 식욕에서 벗어났다. 그리고 완전히 의식衣食에 대한 욕망을 끊고 오로지 보리심菩提心[14]으로 살게 되었다. 그래서 영원히 인간의 생활을 떠나 현세에 자취를 남기지 않고 입고 있는 가사袈裟를 벗어 소나무 가지에 걸어 놓은 채 행방을 감춰 버렸다. 그 가사는 교겐지經原寺[15]의 엔묘延命 선사禪師[16]라는 승려에게 물려주겠다고 말을 남겼기에, 선사는 그 가사를 얻고 요조를 깊이 연모하였다. 선사는 산산곡곡山山谷谷을 돌아다니며 요조를 찾았지만 그 거처는 누구도 알 수 없었다.

9 오개五蓋(5개의 번뇌)의 하나.
10 → 지명(긴푸 산金峰山).
11 보통은 나라奈良를 가리키지만 여기서는 더욱 남쪽에 있는 요시노吉野의 옛 도읍지(별궁)를 가리킴.
12 → 사찰명.
13 등藤이나 칡으로 기운 허술한 의복.
14 → 불교.
15 미상. 교겐지經原寺는 나라 현奈良縣 요시노 군吉野郡 구로타키 촌黑瀧村 도바라堂原에 소재했던 절.
16 미상. '선사禪師'는 선정행禪定行에 통달한 사승.

그 후 요시노 산에서 고행苦行하고 있는 승려 온신恩眞[17] 등이 말했다.

"요조는 이미 선인이 되어 몸에는 피와 살도 없고 이상한 뼈와 기이한 털만이 있다. 그 몸에 두 개의 날개가 돋아 기린이나 봉황[18]과 같이 하늘을 날았다. 우리들은 류몬지龍門寺[19]의 북쪽 봉우리에서 그것을 본 적이 있다. 또한 요조는 요시노의 마쓰모토노미네松本 峰에서 본산本山[20]의 동료 승과 만나 오랫동안 품고 있던 불법의 의문점을 서로 이야기했다."

또한 이런 일도 있었다. 쇼 굴笙窟[21]에 머물며 수행하고 있던 승려가 있었는데 며칠이나 곡기를 끊고 있었다. 아무것도 먹지 않고 『법화경』을 독송하고 있자, 그때 파란 옷을 입은 동자童子[22]가 와서 하얀 것을 승려에게 건네며 "이것을 드시오."라고 말했다. 승려는 그것을 받아먹었는데 매우 맛있어서 허기가 즉시 사라졌다. 그래서 승려는 동자에게 "당신은 도대체 누구십니까."라고 묻자 동자는

"나는 히에이 산의 천광원千光院[23] 엔사이延濟 화상和尙의 동자였지만 산을 떠나 몇 년 동안이나 고행을 거듭하여 선인이 된 자입니다. 요즘 모시고 있는 스승은 요조 선인입니다. 그 음식은 그 선인이 특별히 베풀어주신 것입니다."

라고 대답하고 떠나갔다.

그 후 또 도다이지東大寺에 살고 있던 승려를 요조가 만나

17 미상. 『요조 선인전陽勝仙人傳』에는 "요시노 산吉野山을 오래 왕래하던 선승禪僧"이라고 되어 있음.

18 길조의 상징인 이상 속의 영수靈獸와 영조靈鳥.

19 → 사찰명. 권11 제37화 참조.

20 히에이 산比叡山 엔랴쿠지延曆寺(→ 사찰명)를 가리킴.

21 나라 현奈良縣 요시노 군吉野郡 가미키타야마 촌上北山村 오아자니시바라大字西原에 소재. 몬주다케文殊岳의 산자락에 남면한 석굴. 고래로부터 산악 수행의 행장으로 오미네오구大峰奧駈의 하나. 도켄道賢이 단식행斷食行을 한 후에 지옥을 돌며 자오藏王 보살의 교시를 받고 소생한 땅이라 전해짐.

22 호법護法(→ 불교) 동자.

23 → 사찰명.

"나는 이 산에 살게 된 지 오십여 년이 되었소. 이미 나이는 팔십여 살[24]이오. 선술仙術을 습득하여 자유롭게 하늘을 날 수 있고 하늘에 올라가거나 땅에 들어가는 것을 자유자재로 할 수 있지요. 또한 『법화경』의 힘으로 마음대로 부처를 뵙고 불법을 들을 수 있으며, 세상을 구하고 일체 중생에게 이익을 줄 수 있소이다."
라고 이야기했다.

또한 요조 선인의 부모가 고향에서 병에 걸려 고통스러워 했는데 그 부모가 한탄하며

"우리에게는 자식은 많지만 요조 선인은 그중에서도 가장 사랑하는 아이다. 혹시 나의 이 마음을 안다면 찾아와서 나를 간병해 주었으면 좋으련만…."
하고 말했다. 요조는 신통력으로 이 사실을 알고 부모의 집 위로 날아와서 『법화경』을 독송했다. 어느 사람이 밖으로 나가 지붕 위를 보았는데 소리는 들리지만 모습은 보이지 않았다. 그러자 선인은 부모에게

"저는 영원히 이 화택火宅[25]을 떠나 있기 때문에 인간계에는 오지 않습니다만 효양孝養을 위해 애써 찾아와서 경을 읽고 대화를 주고받는 것입니다. 매월 18일[26]에 향을 피우고 꽃을 흩뿌려[27] 저를 기다려 주십시오. 저는 향 연기를 따라 이곳에 내려와 경을 읽고 불법을 설파하여 부모의 은혜에 보답하겠습니다."
라고 말하고 날아가 버렸다.

24 『법화험기』는 연희延喜 23년(923)으로 하고 있고, 『요조 선인전』, 『본조신선전本朝神仙傳』은 연희延喜 18년으로 하고 있음. 연희延喜 18년, 23년 어느 쪽을 취하더라도 주 3)의 원경元慶 3년(879)에 11살이라는 것은 연령이 맞지 않음.

25 → 불교. 여기서는 사바세계.

26 매월 18일은 관음觀音의 연일緣日.

27 원문에는 '산화散花'(→ 불교).

또한 요조 선인은 매월 8일에 반드시 히에이 산에 와서는 부단염불不斷念佛[28]을 청문聽聞하고 지카쿠慈覺[29] 대사의 유적遺跡[30]을 참배하였다. 다른 날에는 오지 않았다. 그런데 서탑 천광원[31]에 조간淨觀[32] 승정僧正이란 사람이 있었다. 평소의 근행勤行으로 매일 밤 존승다라니尊勝陀羅尼[33]를 철야로 독송하였다. 다년간의 수행의 공덕이 쌓여 이것을 듣는 사람은 누구나 깊이 존귀하게 여겼다.

한편 요조 선인이 부단염불을 청문하러 찾아와서 하늘을 날며 이 승방 위까지 왔을 때, 승정은 존승다라니를 소리 높여 외우고 있었다. 요조 선인은 그것을 듣고 존귀하게 여기고 감동하여 승방 앞의 삼나무에 내려가 청문하자, 그것이 더욱더 존귀하게 들렸기에 다시 나무에서 내려와 승방 난간 위에 와 앉았다. 그러자 승정이 그 모습을 이상하게 여겨 "당신은 누구십니까."라고 물었다.

"요조입니다. 하늘을 날고 있었습니다만, 당신께서 존승다라니를 외우고 계신 소리를 듣고 찾아온 것입니다."

라고 대답했다. 이것을 듣고 승정은 여닫이문을 열고 안으로 불러들이자 선인은 새가 날아들듯이 들어와서 승정 앞에 앉았다. 그리고 지금까지의 갖가지 이야기를 밤새도록 서로 이야기하였고 새벽이 되자 선인이 "돌아가겠습니다."라고 하며 날아오르려 했지만 인간세계의 기를 받아 몸이 무거워져

28 → 불교. 히에이 산比叡山의 부단염불不斷念佛은 『삼보회三寶繪』 권卷 하下 · 히에이 부단염불 및 오에노 마사후사大江匡房의 『이와시미즈 부단염불연기石淸水不斷念佛緣起』에 의하면 지카쿠慈覺 대사大師 엔닌圓仁이 정관貞觀 7년(865)에 창시한 행법으로, 8월 중의 7일간 주야 끊이지 않고 염불을 외우는 것. 권11 제27화 참조.

29 부단염불不斷念佛의 창시자, 지카쿠慈覺 대사大師(→ 인명) 엔닌圓仁을 가리킴.

30 여기서는 엔닌圓仁이 건립하고 부단염불不斷念佛이 거행된 동탑東塔의 상행당常行堂(→ 사찰명)을 가리킴. 반주삼매원般舟三昧院이라고도 함.

31 → 사찰명.

32 → 인명. 정확히는 조간靜觀.

33 → 불교. 불정존승다라니佛頂尊勝陀羅尼의 약어. 14권 제42화 참조.

날아오를 수가 없었다. 그러자 선인은 “향 연기를 가까이에 대주십시오.”라고 말했다. 승정이 향로香爐[34]를 가까이 대자 선인은 그 연기를 타고 하늘에 올라가버렸다. 그 일이 있은 후부터 이 승정은 항상 향로에 불을 피워 연기가 끊이지 않도록 하였다.

이 선인은 서탑에 살고 있을 때에는 이 승정의 제자였다. 그렇기에 선인이 돌아간 후 승정은 매우 그리워하며 슬퍼했다고 이렇게 이야기로 전하여 내려오고 있다 한다.

34 → 불교.

⊙제3화⊙

요조陽勝가 고된 수행을 하여 선인仙人이 된 이야기

陽勝修苦行成仙人語第三

[二一]今昔、[二二]陽勝ト云フ人有ケリ。[二三]能登ノ国ノ人也。俗姓ハ紀ノ氏。[二四]年十一歳ニシテ始テ比睿ノ山ニ登テ、[二五]西塔ノ[二六]勝蓮花院ノ[二七]空日律師ト云フ人ヲ師トシテ、[二八]天台ノ法文ヲ習ヒ法花経ヲ受ケ持ツ。其ノ心聡敏ニシテ一度聞ク事ヲ二度不問ズ。亦、幼ヨリ道心ノミ有テ余ノ心無シ。亦、永ク[二九]睡眠スル事無ク、戯レニ休息ム隙無シ。亦、諸ノ人ヲ哀ム心深クシテ、裸ナル人ヲ見テハ衣ヲ脱テ与へ、餓タル人ヲ見テハ我ガ食ヲ与ル、[一]此レ常ノ事也。亦、[二]蚊蟣ノ身ヲ螫シ噉ムヲ不厭ズ。亦、自ラ法花経ヲ書写シテ日夜ニ読誦ス。

而ル間、[三]堅固ノ道心発テ、本山ヲ去ナムト思フ心付ヌ。遂ニ山ヲ出テ、[四]金峰ノ仙ノ[五]旧室ニ至リヌ。亦、[六]南京ノ[七]牟田寺ニ籠リ居テ、仙ノ法ヲ習フ。始ハ穀ヲ断テ菜ヲ食フ。次ニハ亦[八]菜ヲ断テ菓蓏ヲ食フ。後ニハ偏ニ食ヲ断ツ。但シ、日ニ粟一粒ヲ食フ。身ニハ[九]藤ノ衣ヲ着タリ。遂ニ食ヲ離レヌ。永ク衣食ノ思ヲ断テ永ク[一〇]菩提心ヲ発ス。然レバ、[一一]烟ノ気ヲ永ク去テ跡ヲ不留ズ。着タル袈裟ヲ脱テ松ノ木ノ枝ニ懸ケ置テ失ヌ。袈裟ヲバ[一二]経原寺ノ[一三]延命禅師ト云フ僧ニ譲レル由ヲ[一四]云ヒ置ク。禅師袈裟ヲ得テ、恋悲ム事無限シ。禅師山々谷々ニ行テ、陽勝ヲ尋ネ求ムルニ、更ニ居タル所ヲ不知ズ。

其ノ後、吉野ノ山ニ苦行ヲ修スル僧[一五]恩真等ガ云ク、「陽勝ハ[一六]既ニ仙人ニ成テ、身ニ血肉無クシテ、異ナル骨奇キ毛有リ。身ニ二ノ翼生テ、空ヲ飛ブ事[一七]麒麟鳳凰ノ如シ。[一八]竜門寺ノ北峰ニシテ此レヲ見ル。亦、吉野ノ松本ノ峰ニシテ本山ノ同法ニ会テ、年来ノ不審ヲ請談シケリ」告グ。

亦、笙ノ石室ニ籠テ行フ僧有ケリ。食絶テ日来ヲ経タリ。不食ニシテ法花経ヲ読誦ス。其ノ時ニ、青キ衣ヲ着タル童子来テ、白キ物ヲ持テ僧ニ与ヘテ云ク、「此レヲ可食シ」ト。僧此レヲ取テ食フニ、極テ甘クシテ餓ル心直ヌ。僧童子ニ問テ云ク、「此レ誰人ゾ」ト。童子答テ云ク、「我レハ此レ、比叡ノ山ノ千光院ノ延済和尚ノ童子ナリシガ、山ヲ去テ年来苦行ヲ修シテ仙人ト成レル也。近来ノ大師ハ陽勝仙人也。此ノ食物ハ、彼ノ仙人ノ志シ遣ス物也」ト語テ去ヌ。

其後、亦、東大寺ニ住ケル僧ニ陽勝仙人値テ語テ云ク、「我レ、此ノ山ニ住シテ五十余年ヲ経タリ。年ハ八十二余レリ。仙ノ道ヲ習ヒ得テ空ヲ飛ブ事自在也。空ニ昇リ地ニ入ルニ障無シ。法花経ノ力ニ依テ、仏ヲ見奉リ法ヲ聞奉ル事、心ニ任セタリ。世間ヲ救護シ有情ヲ利益スル事皆堪タリ」。

麒麟（鳥獣戯画）

亦、陽勝仙人ノ祖、本国ニシテ病ニ沈テ苦ミ煩フニ、祖歎テ云ク、「我レ子多シト云ヘドモ、陽勝仙人其ノ中ニ我ガ愛子也。若シ我ガ此心ヲ知ラバ、来テ我レヲ可見シ」ト。陽勝、通力ヲ以テ此ノ事ヲ知テ、祖ノ家ノ上ニ飛ビ来テ、法花経ヲ誦ス。人出デ、屋ノ上ヲ見ルニ、音ヲバ聞クト云ヘドモ形ヲバ不見ズ。仙人祖ニ申シテ云ク、「我レ永ク火宅ヲ離レテ人間ニ不来ズト云ヘドモ、孝養ノ為ニ強ニ来テ、経ヲ誦シ詞ヲ通ズ。毎月ノ十八日ニ、香ヲ焼キ花ヲ散ジテ我レヲ可待シ。我レ香ノ烟ヲ尋テ此ニ来リ下テ、経ヲ誦シ法ヲ説テ、父母ノ恩徳ヲ報ゼム」ト云テ飛去ヌ。

亦、陽勝仙人毎月ノ八日ニ必ズ本山ニ来テ、不断ノ念仏ヲ聴聞シ、大師ノ遺跡ヲ礼ミ奉ル也。他ノ時ハ不来ズ。而レバ、西塔ノ千光院ニ浄観僧正ト云フ人有ケリ。常ノ勤トシテ夜ル[一五]尊勝陀羅尼ヲ終夜誦ス。年来ノ[一六]薫修入テ、聞ク人皆不貴ズト云フ事無シ。

而ル間、[一七]陽照仙人、[一八]不断ノ念仏ニ参ルニ、空ヲ飛テ渡ル間ダ、此ノ房ノ上ヲ過グルニ、僧正音ヲ挙テ尊勝陀羅尼ヲ誦スルヲ聞テ、[一九]貴ビ悲デ、房ノ前ノ椙ノ木ニ居テ聞クニ、弥ヨ貴クシテ、木ヨリ下テ房ノ[二〇]高蘭ノ上ニ居ヌ。其ノ時ニ、僧正其ノ気色ヲ怪ムデ、問テ云ク、「[二一]彼レハ誰ソ」ト。[二二]答テ云ク、「陽勝ニ候フ。空ヲ飛テ過ル間、尊勝陀羅尼ヲ誦シ給ヘル音ヲ聞テ、参リ来ル也」ト。其ノ時ニ、僧正[二三]妻戸ヲ開テ呼ビ入ル。仙人[二四]鳥ノ飛ビ入ルガ如クニ入テ前ニ居ヌ。[二五]年来ノ事ヲ終夜談ジテ、暁ニ成テ、仙人「[二六]返リナム」ト云テ立ツニ、[二七]人気ニ身重ク成テ、立ツ事ヲ不得ズ。然レバ、仙人ノ云ク、「香ノ烟ヲ近ク寄セ給ヘ」ト。僧正、然レバ、[二八]香炉ヲ近ク指シ寄セツ。其ノ時ニ、仙人其ノ烟ニ乗テゾ空ニ昇ニケル。此ノ僧正ハ、[二九]世ヲ経テ香炉ニ火ヲ焼テ烟ヲ不断ズシテゾ有ケル。

此ノ仙人ハ西塔ニ住ケル時、此ノ僧正ノ[一]弟子ニテナム有ケル。然レバ、仙人返テ後、僧正極テ恋シク悲ビケリトナム語リ伝ヘタルトヤ。

권13 제4화

시모쓰케 지방下野國의 승려가 옛 선인仙人의 동굴에 머무는 이야기

앞 이야기에 이어서 인련이 지경持經 선인仙人의 영이담靈異譚을 다루고 있다. 지경 선인 호쿠法空의 수행 생활과 호쿠의 동굴에 온 수행승 로겐良賢이 급사給仕인 미녀로 모습을 바꾼 나찰녀羅刹女에게 욕심을 품었기 때문에 마을로 추방당한 사정을 기술하고 있다.

이제는 옛이야기이지만, 시모쓰케 지방下野國[1]에 한 승려가 있었다. 이름은 호쿠法空라고 하며 호류지法隆寺[2]에 살며 현교顯教·밀교密教[3]의 경전을 배우고 있었다. 한편 『법화경法華經』[4]을 수지受持하여 매일 낮에 세 부, 밤에 세 부를 독송讀誦하며 게을리하는 일이 없었다.

그러는 동안에 이 호쿠가 갑자기 현세를 꺼리고 선인仙人의 길을 걷고자 하는 마음이 생겨 본사인 호류지를 떠나 태어난 고향으로 돌아가 동국東國의 산들을 돌며 수행을 거듭했다. 호쿠는 "어느 인적 없는 산 속에 오래된 선인의 동굴[5]이 있다."라고 전해 들었기에 그곳을 찾아갔다. 찾아가 그 동굴

1 → 지방명.
2 사찰명.
3 → 불교.
4 → 불교.
5 옛날 선인이 수행한 동굴.

을 보니 오색[6]의 이끼가 지붕이나 문, 방 칸막이, 마루, 깔개 등으로 사용되어 있었고 앞뜰에도 깔려 있었다. 호쿠는 이 광경을 보고 '이곳이야말로 내가 불도 수행을 하는 데에 적합한 장소다.'라고 기뻐하며 이 동굴에 머문 채 다년간 오로지 『법화경』을 독송하고 있었다. 그러자 어느 날 갑자기 참으로 아름다운 여자가 나타나 훌륭한 음식을 받쳐 들고 이 지경자持經者에게 공양했다. 호쿠는 두려워하며 의심하였지만 조심조심 음식을 먹어보니 이루 말할 수 없을 만큼 맛있었다. 호쿠는 여자에게 물었다.

"당신은 도대체 어떠한 분이시며 어디에서 오셨습니까. 여기는 인간계를 벗어난 곳입니다. 정말 불가사의한 일입니다."

여자는

"저는 인간이 아니옵고 나찰녀羅刹女[7]입니다. 당신의 『법화경』 독송이 오랜 동안의 공덕을 쌓았기 때문에 제가 자연스럽게 이곳에 와서 공양하게 되었습니다."

라고 대답했다. 이것을 들은 호쿠는 더없이 존귀하게 여겼다. 이렇게 여자가 항상 나타나 공양하였기에 호쿠는 먹는 것에 부족함이 없었다. 그 사이에 많은 새나 곰, 사슴이나 원숭이 등이 찾아와서는 매일 앞뜰에서 경을 들었다.

그 무렵 한 승려가 있었다. 이름은 로겐良賢으로 □□[8]의 승려였다. 오로지 한 다라니多羅尼[9]만을 독송하며 여러 지방의 영험소靈驗所[10]를 돌아다니며 한곳에 머무르지 않고 수행을 하고 있었는데 공교롭게도 길을 헤매다 이 동

6 보통은 적·청·황·백·흑의 오색을 말함. 여기서는 갖가지 색의 이끼라는 뜻.

7 『법화험기法華驗記』에는 "십나찰녀十羅刹女"로 되어 있음. 『법화험기』 권8·다라니품陀羅尼品 제26에서 설파하는, 『법화경法華經』 지자持者를 옹호하는 10명의 나찰(→ 불교)녀.

8 로겐良賢이 소속된 사찰명의 명기를 위한 의도적인 결자.

9 → 불교.

10 → 불교.

굴로 오게 되었다. 호쿠는 로겐을 보고 '기이한 일이다.'[11]라고 생각하여

"당신은 누구시며 어디에서 오셨습니까. 이곳은 깊은 산 속으로 마을과는 멀리 떨어져 있습니다. 그리 쉽게는 사람이 올 수 있는 곳이 아닙니다."

라고 말했다. 로겐이 대답했다.

"저는 산과 숲을 헤치며 불도 수행을 하던 중, 길을 잃어 어느새 이곳에 오게 되었습니다. 그런데 이곳에 사시는 성인[12]께서는 누구시며 어떻게 이곳에 계십니까."

이에 호쿠는 자세히 자초지종을 이야기해 주었다.

이렇게 며칠 동안 이 동굴에 같이 머물렀는데, 이 나찰녀가 항상 와서는 지경자持經者에게 공양하는 것을 보고 로겐은 성인에게 물었다.

"이곳은 마을과는 멀리 떨어져 있습니다. 어찌 이런 단정하고 아름다운 여성이 항상 와서 음식을 공양하는 것입니까. 도대체 어디서 오는 것입니까."

그러자 성인은

"저도 어디에서 온 사람인지 모릅니다. 다만 『법화경』을 독송하는 것을 수희隨喜[13]하여서 이같이 항상 찾아오는 것입니다."

라고 대답했다. 그런데 로겐은 이 여자의 단정하고 아름다운 모습을 보고 있는 사이 '이 여자는 마을 여자로 지경자를 공경하여 마을에서 먹을 것을 가져올 뿐이다.'라고 생각을 했는지 갑자기 여자에게 애욕의 마음을 품었다.

그 때 나찰녀는 즉시 로겐의 마음을 읽고 성인을 향하여

"파계무참破戒無慙[14]인 자가 이 적정寂靜[15]하고 청정淸淨[16]한 곳에 찾아왔습

11 속계俗界에서 온 사람을 보고 기이하여 놀라는 것은 본권 제1화·2화와 공통.

12 → 불교.

13 기꺼이 부처에게 귀의하는 일. 여기서는 '마음으로부터 감사히 여겨'라는 뜻.

14 계율을 어기더라도 마음에 부끄러움이 없는 자. 로겐良賢은 애욕심을 일으켜서 오계五戒(→ 불교)의 하나인 사음계邪淫戒를 범했음.

15 * 불교에서 번뇌를 떠나 고苦를 멸한 해탈·열반의 경지를 이르는 말.

니다. 당장 현세에서 받는 벌現罰을 내리어 목숨을 거두어 주십시오."
라고 말했다. 성인은 이에
"이곳에서 벌을 주고 살생을 해서는 안 됩니다. 목숨만은 살려주어 인간계로 쫓아내는 것이 좋겠습니다."
라고 대답했다. 그러자 나찰녀는 그 단정하고 아름다운 모습을 순식간에 벗어 버리고 본래의 사납고 노여운 모습으로 변했다. 로겐은 이것을 보고 몹시 두려워했다. 나찰녀는 그 로겐을 들고 공중으로 날아올라 며칠 걸려 가는 길을 두 시간 만에 마을까지 데리고 나와 그곳에 버려두고 돌아갔다. 로겐은 죽은 듯이 있었는데 잠시 후 정신이 들어
"아아, 나는 아직 범부凡夫의 마음에서 벗어나지 못해서『법화경』을 수호하는 나찰녀에게 애욕을 품게 되었다."
라고 그 죄를 깊게 후회하고 즉시 도심을 일으켰다. 로겐은 몸도 마음도 심하게 상처를 받아 간신히 목숨만 건진 상태였으나 겨우 겨우 원래의 마을로 도착하여 지금까지의 일을 사람들에게 전하였고 그 이후『법화경』을 믿고 익혀 성심으로 독송하게 되었다.

이것을 생각하면 모두 로겐의 우치愚癡[17]가 초래한 결과였다.

나찰녀는 의심할 여지없이『법화경』수호의 선신善神[18]임을 알아야 한다고 이렇게 이야기로 전하여 내려오고 있다 한다.

16 깨끗하여 더러움이 없는 것. '적정寂靜'과 함께 깨달음의 경지를 나타냄.
17 → 불교.
18 불법 수호의 선신. 호법선신護法善神.

⊙제4화⊙ 시모쓰케 지방下野國의 승려가 옛 선인仙人의 동굴에 머무는 이야기

下野国僧住古仙洞語第四

今昔、下野[二]ノ国ニ僧有ケリ。名ヲバ法空[三]ト云フ。法隆寺[四]ニ住シテ顕蜜[五]ノ法文ヲ学ブ。亦、法花経ヲ受ケ持テ、毎日ニ三部、毎夜ニ三部ヲ読誦シテ、懈怠[六]スル事無シ。

而ル間[七]、法空世ヲ猒テ[八]、仏[九]ノ道ヲ求メムト思フ心忽ニ発テ、本寺ヲ棄テ[一〇]、生国ニ至テ、東国ノ諸ノ山ヲ通リ行フ間ニ、「人跡絶タル山ノ中ニ古キ仙[一一]ノ洞有リ」ト伝ヘ聞テ、其ノ所ニ尋ネ至テ、其ノ洞ヲ見レバ、五色[一二]ノ苔ヲ以テ上ニ葺キ、扉トシ、隔トシ、板敷、々物トセリ。亦、前ノ庭ニ敷ケリ。法空此ノ所ヲ見テ、「此レ我ガ仏道ヲ可修行キ所也」ト喜テ、此ノ洞ニ籠居テ、偏ニ[一三]法花経ヲ読誦シテ年月ヲ経ル間、忽ニ端正美麗[一四]ノ女人出来テ、微妙ノ食物ヲ捧テ持経者ヲ供養ズ。法空此レヲ怖レ怪ブト云ヘドモ、恐レ此レヲ食フニ、其ノ味ヒ甘美ナル事無限シ。法空女人ニ問テ云ク、「此レハ何ナル女人ノ、何レノ所ヨリ来リ給ルゾ。此ノ所ハ遥ニ人気[一五]ヲ離タリ。甚ダ怪ブ所也」ト。女人答テ云ク、「我レハ此レ人ニハ非ズ。羅刹女[一六]也。汝ガ法花ヲ読誦スル薫修[一七]入レルガ故ニ、自然ラ我来テ供給[一八]スル也」ト。法空此レヲ聞クニ、貴キ事無限シ。如此ク常ニ供給スル間[一九]ニ、法空飲食ニ乏シキ事無シ。而ル間、諸ノ鳥熊鹿猿等来テ、前ノ庭ニ有テ常ニ経ヲ聞ク。

其ノ時ニ、世ニ一人ノ僧有リ。名ヲバ良賢[二〇]ト云フ。□[二一]ノ僧也。一[二二]陀羅尼ヲ以テ宗トシテ、諸ノ国々ノ霊験[二三]所ヲ廻リ行ヒテ、住

羅刹女（十二因縁絵巻）

所ヲ定タル事無クシテ修行ズル間ニ、不慮[一]ノ外ニ道ニ迷テ、此ノ洞ニ至ヌ。法空[二]良賢ヲ見テ、「奇異也[三]」ト思テ云ク、「此ハ何ル人何レノ所ヨリ来リ給ヘルゾ。此ノ所ハ山深クシテ遥ニ人気離タリ。輒ク人ノ可来キ所ニ非ズ」ト。良賢答テ云ク、「我レ山林ニ入テ仏道ヲ修行スル間、道ニ迷テ自然ラ[四]来レル也。亦、聖人ハ何ナル人ノ此ノ所ニハ在マスゾ」ト。法空事ノ有様ヲ具ニ答フ。

如此クシテ、日来ヲ経テ此ノ洞ニ相ヒ住スル間ニ、此ノ羅刹女常ニ来テ持者[五]ニ供給スルヲ良賢見テ、聖人ニ問テ云ク、「此ノ所、遥ニ人気ヲ離レタリ。何[六]ゾ如此ク端正[七]美麗ナル女人常ニ来テ供給スル。此レ何レノ所ヨリ来レルゾ」ト。聖人答テ云ク、「我レ此レヲ何レノ所ヨリ来レル人ト不知ズ。法花経ヲ読誦スルヲ随喜[八]スルガ故ニ、如此ク常ニ来レル也」ト。而ル間、良賢此ノ女人ノ端正美麗ナルヲ見テ、「此ハ只郷ヨリ持者ヲ貴ビテ食物ヲ持来ル女人ゾ」ト思ケルニヤ、忽ニ愛欲ノ心ヲ発ス。

其時ニ、羅刹女空ニ[九]良賢ガ心ヲ知テ、聖人ニ告テ宣ハク、「破戒[一〇]無慙ノ者寂静[一一]清浄[一二]ノ所ニ来レリ。当ニ現罰[一三]ヲ与ヘテ其ノ命ヲ断ム」ト。聖人答テ云ク、「現罰ヲ与ヘテ殺ス事不可有ズ。只身ヲ全クシテ人間ニ可返遣シ」ト。其ノ時ニ、羅刹女忽ニ端正美麗ノ形ヲ棄テ、本ノ忿怒[一四]暴悪[一五]ノ形ト成ヌ。良賢此ヲ見テ、怖レ迷フ事無限シ。而ルニ、羅刹女良賢ヲ提テ、数日ヲ経テ出ル道ヲ一時ニ人里ニ将出デ、棄置テ返リ給ヌ。良賢[一六]絶入タルガ如クニシテ、暫ク有テ悟メ驚テ、我レ凡[一七]夫ヲ不離ザル故ニ法花守護ノ十羅刹女ニ愛欲ノ心ヲ発セル咎ヲ悔ヒ悲デ、忽ニ道心ヲ発ス。身損ジ心迷テ僅ニ命ヲ存セル許也ト云ヘドモ、遂ニ旧里[一八]ニ返テ此ノ事ヲ人ニ語リ伝ヘテ[一九]、始メテ法花経ヲ受ケ習テ、心[二〇]ヲ至シテ読誦シケリ。

此レ[二一]ヲ思フニ、良賢愚痴[二二]ナルガ致スガ所也[二三]。豈ニ[二四]、此レ、守護[二五]ノ善神也ト可知キ也トゾ語リ伝ヘタルトカヤ。

권13 **제5화**

셋쓰 지방攝津國 우바라菟原의 승려 교니치慶日 이야기

교니치慶日 성인이 법화연행法華練行의 공덕으로 부처와 천신天神의 명조冥助를 입어서 극락왕생을 했다는 영험담靈驗譚. 이야기 속의 호법선신護法善神이 성인을 보호하고 시중드는 모티브는 앞 이야기의 나찰녀羅刹女가 성인에게 시중드는 모티브와 연결됨.

이제는 옛이야기이지만, 셋쓰 지방攝津國[1]에 교니치慶日라는 승려가 있었다. 어릴 때에 히에이 산比叡山[2]으로 출가하여 현顯과 밀蜜의 법문法文을 배웠는데 조금도 막힘이 없었고 외전外典[3]에도 정통하였다.

그러던 중에 도심道心이 강하게 일어 곧바로 본산本山[4]을 떠나 고향으로 돌아가서 우바라菟原[5]라는 곳에 칩거하며 방장方丈[6]의 암자庵子를 만들었다. 그리고 그 안에서 밤낮으로 『법화경法華經』[7]을 독송하고 삼시三時[8]에 법화참

1 → 옛 지방명.
2 → 지명地名.
3 → 불교佛敎. 내전內典의 반의어.
4 히에이 산比叡山 엔랴쿠지延曆寺(→ 사찰명)를 가리킴.
5 현재의 고베 시神戶市 중·동부 지역으로, 아시야 시芦屋市 부근 일대.
6 가로·세로 1장丈의 초암草庵. 1장은 10척. 약 3m.
7 → 불교.
8 → 불교.

법法華懺法을 수행하며, 그 외의 시간에는 천태天台[9]의 지관止觀[10]을 공부하였다. 암자 안에는 경전 이외에 쓸데없는 물건은 아무것도 없었고, 삼의三衣[11] 이외에는 여분의 옷은 없었다. 또한 암자 주변에 여인이 오는 일도 없었고, 하물며 여인과 마주하고 이야기를 나눌 일도 없었다. 행여나 그에게 음식을 가져다주고 의복을 가지고 찾는 이가 있으면, 그는 가난한 이를 찾아 건네주어 결코 자기 것으로 쓰지 않았다.

그런데 성인聖人[12]이 계신 곳에 불가사의한 일이 자주 일어났다. 비가 내리는 어두컴컴한 밤에 성인께서 암자를 나와 변소로 가려고 하면, 암자에 사람이 없는데도 불구하고, 성인의 앞에 불을 든 사람이 있었고, 뒤에는 우산을 들고 있는 이가 있었다. 이 광경을 본 사람이 저게 누군가 싶어 가까이 다가가보면 불도 없고 우산도 없었다. 수행하는 자는 아무도 없었고 성인만이 홀로 가고 있었다.

또 어느 때는 경험이 많고 나이가 든 상달부上達部[13]로 보이는 사람이 아름답게 치장한 말을 타고 성인의 암자를 찾았다. 어느 분이신가 가서 확인해보면 말도 없고, 사람도 없었다. 사람들은 이는 천신天神[14]과 명도冥道[15] 등이 성인을 수호하고자 오셨던 것이 아닌가 하고 의아해 했다.

이윽고 성인께서 임종을 맞이하실 때, 몸에 병이 없었고, 그저 홀로 암자 안에서 서쪽을 향해 소리를 높여『법화경』을 독송하였다. 그리고 정인定印[16]

9 → 불교.
10 → 불교.『마하지관摩訶止觀』.
11 → 불교.
12 → 불교.
13 삼위三位 이상의 공경公卿과 사위四位의 참의參議의 통칭. 섭정·관백·대신·대납언·중납언·참위가 해당.
14 → 불교.
15 보통은 명계冥界를 가리키지만 여기에서는 '천신天神'의 반대로 명계의 신불神佛이라는 뜻. 불법수호佛法守護의 신불. 천신·명도가 관리 차림을 하고 있었다고 생각하였던 사실을 알 수 있음.
16 → 불교.

을 맺고 입정入定[17]하시는 것처럼 숨을 거두셨다. 그런데 주변 이웃들은 성인이 돌아가셨다는 사실을 몰랐는데, 단지 암자 안에서 수많은 사람들이 성인을 애도하며 통곡하는 목소리가 났다. 이웃 사람들이 이것을 듣고 놀라서 이상해 하며 암자로 가 봤더니 아무도 없었고 성인은 정인을 맺은 채로 죽어 있었다. 암자 안에는 향기로운 냄새가 가득했다. 성인이 평소보다 높은 목소리로 독송한 것에 맞추어, 암자 안에서 많은 사람들이 통곡하는 소리가 들렸던 것은 호법護法[18]께서 성인의 죽음을 애석해 하며 슬피 울고 있었던 것이 아니냐고 사람들은 의아해 했다.[19] 성인께서 돌아가실 때, 하늘에서 음악이 울리고 있었다.

그러므로 성인은 의심할 여지없이 극락極樂[20] 왕생往生[21]을 한 분이라고 이렇게 이야기로 전하여 내려오고 있다 한다.

17 '정定'(→ 불교).

18 → 불교.

19 * 근처 이웃들은 평소보다 성인이 큰 소리로 독송을 한 것이라고 생각했지만, 실은 임종이 다가와 성인과 많은 호법동자가 같이 독송을 하였기 때문에 평소보다 독송소리가 크게 들린 것임.

20 → 불교.

21 → 불교.

⊙제5화⊙ 셋쓰 지방攝津國 우바라菟原의 승려 교니치慶日 이야기

摂津国菟原僧慶日語第五

今昔、摂津国ニ慶日ト云フ僧有ケリ。幼ニシテ比睿ノ山ニ登テ出家シテ、顕蜜ノ法文ヲ習フニ皆不暗ズ。亦、外典ヲモ吉ク知レリ。

而ル間、道心盛ニ発テ、忽ニ本山ヲ去テ生国ニ行テ、菟原ト云フ所ニ籠居テ、方丈ノ庵室ヲ造テ其ノ中ニシテ日夜ニ法花経ヲ読誦シ、三時ニ其ノ法ヲ修行ジテ、其ノ暇ノ迫ニハ天台ノ止観ヲゾ学シケル。庵ノ内ニハ仏経ヨリ外ニ余ノ物無シ。三衣ヨリ外ニ亦着物無シ。亦、庵ノ辺ニ女人来ル事無シ。況ヤ女人ヲ相見テ談ズル事有ラムヤ。若シ食物ヲ与ヘ衣服ヲ訪フ人有レバ、貧キ人ヲ尋ネ求テ与ヘテ、更ニ我ガ用ニ不充ズ。

而ル間、聖人ノ所ニ奇異ノ事時々有ケリ。雨降テ極テ暗キ夜、聖人庵ヲ出デ、厠ヘ行ク間ニ、庵ノ内ニ人無シト云ヘドモ、前ニハ火ヲ持タル人有リ、後ニハ笠着タル人有リ。人如此ク此レヲ見テ、誰人ナラムト思テ、近ク寄テ見レバ、火モ無シ、笠モ無シ。聖人ノ共ニ人無クシテ、独リ行ク。

或ル時ニハ、飾馬ニ乗レル宿老ノ上達部ト思シキ人、聖人ノ庵ニ来ル。此ヲ誰人ト不知ズシテ行テ見レバ、馬モ無シ、人モ無シ。此レ天神冥道ナドノ、守護ノ為ニ来給フニカ、トゾ人疑ケル。

遂ニ聖人最後ニ臨デ、身ニ病無クシテ、只独リ庵ノ内ニシテ、西ニ向テ音ヲ高クシテ法花経ヲ読誦ス。後ニハ、其ノ定印ヲ結テ定ニ入ルガ如クシテ命絶ニケリ。然レドモ、近辺ノ人死タリト云フ事ヲ不知ズシテ聞ニ、庵ノ内ニ百千ノ人ノ音有テ、聖人ヲ恋悲デ哭キ合ヘル音有リ。近隣ノ人等此レヲ聞テ驚キ怪ムデ、庵ニ行テ見レバ、人一人無シ。聖人ハ定印ヲ結乍ラ死テ有リ。庵ノ内ニ馥キ香満テリ。聖人ノ、例ニ非ズ経ヲ高声ニ読誦シツルニ合セテ、庵ノ内ニ多ノ人ノ哭キ悲シム音ノ聞ツルハ、護法ノ聖人ヲ惜ムデ悲シビ哭キ給ヒケルニヤ、トゾ人疑ヒケル。聖人ノ死ヌル時ニハ空ニ楽ノ音有ケリ。

然レバ、疑ヒ無ク極楽ニ往生ジタル人也トゾ語リ伝ヘタルトヤ。

셋쓰 지방攝津國의 다다원多多院 지경자持經者의 이야기

절의 스님과 시주자의 관계에 있던, 다다원多多院의 지경자持經者와 재가在家 남자에 관한 법화영험담法華靈驗譚으로, 남자는 지경자 공양의 공덕으로 명도冥途에서 소생하고 지경자는 남자의 명도에 관한 이야기를 듣고 진에瞋恚를 멈추고 법화독송法華讀誦에 전념하여 왕생往生을 이룸. 법화지경자라는 점에서 앞 이야기와 연결된다.

이제는 옛이야기이지만 셋쓰 지방攝津國[1]의 데시마 군豊島郡[2]에 다다원多多院[3]이라는 곳이 있었다. 그곳에 한 승려가 살고 있었는데 산림山林에 들어가 살며 불도를 수행하였다. 그는 또한 오랜 세월 『법화경法華經』[4]을 밤낮으로 독송讀誦하며 지냈다. 그런데 그 곁에 한 명의 속인俗人이 있었는데 이 지경자持經者의 근행勤行을 존귀하게 여겨 깊이 귀의歸依[5]하는 마음을 가지고 항상 공양을 게을리하지 않았다.

그러던 중에 이 속인이 몸에 병이 들어서 며칠을 앓더니 결국 죽어버렸고 집안사람이 관에 넣어 나무 위에 놓아두었다.

1 → 옛 지방명.

2 셋쓰 지방攝津國(오사카 부大阪府 북서부와 효고 현兵庫縣 남동부)의 동부에 위치한 군郡. 현재의 오사카 부 도요나카 시豊中市·이케다 시池田市 전역, 미노오 시箕面市·스이타 시吹田市 일부에 걸친 지역.

3 → 사찰명寺刹名.

4 → 불교.

5 → 불교.

이후 닷새가 지나 죽은 사람이 되살아나서 관을 두드렸다. 사람들은 두려워 가까이 가는 자가 없었다. 그러나 죽은 이의 목소리를 듣고 '이것은 되살아난 것이리라.'라고 생각해서 관을 내려서 열어 보니 역시 죽은 이가 살아나 있었다. 사람들은 '불가사의한 일이로구나.'라고 생각해서 집으로 데려갔다. 남자는 처자에게 이야기했다.

"나는 죽어서 염마왕閻魔王[6]의 거처로 갔다. 왕은 장부帳簿[7]를 넘기고, 선악의 업業을 기록한 패[8]를 살펴, '너는 생전의 죄업이 무겁기 때문에 지옥[9]에 보내야 하지만 이번만은 죄를 용서하고 즉시 본래의 곳[10]으로 되돌려 보내주마. 그 이유는 네가 오랫동안 성심誠心으로 법화法華 지경자를 공양했었는데, 그 공덕[11]이 그지없기 때문이니라. 너는 원래의 곳으로 돌아가서 한층 신심信心을 가지고 그 지경자를 공양한다면 삼세三世[12]의 제불諸佛을 공양하는 것보다 나을 것이다.'라고 말했다. 나는 이 가르침을 얻고 염마왕의 관청을 나와 인간 세상[13]으로 돌아오게 되었는데, 도중에 야산野山을 지나가고 있는데 칠보七寶[14]의 탑塔[15]이 있었다. 장엄莊嚴하기 그지없었다. 그런데 내가 공양하고 있는 지경자가 그 보탑寶塔[16]을 향해 입에서 불을 뿜어 그 보탑을 태우고 있었다. 그때 허공에서 목소리가 들려 내게 고했다. '너는 잘 들

6 → 불교.
7 소위 염마장閻魔帳이라는 것으로 죽은 이의 생전의 선악善惡의 행동을 기록해 놓은 장부.
8 염마장처럼 죽은 이의 생전의 죄악을 기록해 놓은 것. 이것을 감안하여 죄의 경중을 판단했음.
9 → 불교.
10 명도에서 현세의 셋쓰 지방攝津國을 가리키는 말.
11 → 불교.
12 → 불교.
13 원문은 '人間'으로 되어 있음. → 불교(인계人界).
14 → 불교.
15 → 불교.
16 → 불교.

어라. 이 탑은 그 지경자 성인聖人[17]이 『법화경』을 보탑품寶塔品[18]까지 독송했을 때 출현出現한 탑이니라. 그런데 그 성인은 진에瞋恚[19]의 마음을 품고 제자弟子와 동자童子를 몹시 꾸짖곤 한다. 그 진에의 불이 즉시 나타나서 보탑을 태우고 있는 것이다. 만약 진에를 거두고 경을 외우면 실로 아름다운 보탑이 세계[20]에 충만할 것이다. 너는 원래의 곳으로 돌아가면 즉시 성인에게 이 말을 전해야 할 것이니라.' 나는 이 말을 듣자마자 소생한 것이다."

처자와 집안 식구들이 남자가 소생한 것을 보고 더할 나위 없이 기뻐했다. 주변 사람들은 성인의 이야기를 불가사의하게 생각했다. 그 후 이 남자는 성인의 처소로 가서 명도冥途[21]에서의 일을 들려주었다. 성인은 이것을 듣고 부끄러워하고 반성하며 제자를 돌려보내고, 동자를 버리고 혼자서 지성으로 『법화경』을 독송하게 되었다. 속인俗人 남자도 전보다도 한층 지경자를 열심히 공양하였다. 이윽고 몇 년인가 흘러 성인은 임종 시에, 몸에 병病이 없었고 『법화경』을 독송하며 숨을 거두었다.

그러므로 혹여 성인이라고 할지라도 진에를 일으켜서는 안 된다고 이렇게 이야기로 전하여 내려오고 있다 한다.

17 → 불교.
18 → 불교.
19 → 불교.
20 → 불교.
21 → 불교.

⊙제6화⊙ 셋쓰 지방攝津國의 다다원多多院 지경자持經者의 이야기

摂津国多々院持経者語第六

[三]今者昔、[四]摂津国ノ[五]豊島ノ郡ニ[六]多々ノ院ト云フ所有リ。其ノ所ニ一人ノ[七]僧住ケリ。[八]山林ニ交テ仏道ヲ修行ズ。亦、法花経ヲ日夜ニ読誦シテ年ヲ積メリ。而ニ、其ノ傍ニ一人ノ[九]俗有リ。此ノ持経者ノ勤メヲ貴ビテ、[一〇]志ヲ運テ常ニ供養ジケリ。

而ル間、此ノ俗身ニ病ヲ受テ、日来悩テ遂ニ死ヌ。家ノ人有テ、死人ヲ棺ニ入レテ[一一]木ノ上ニ置ツ。

[一二]其ノ後、五日ヲ経テ、人蘇テ棺ノ[一三]叩ク。人怖レテ不寄ズ。然レドモ、死人ノ音ヲ聞テ、「此レ蘇レル也」ト思テ、棺ヲ取リ下シテ開テ見レバ、死人蘇レリ。「[一四]奇異也」ト思テ家ニ将行ヌ。妻子ニ説テ云ク、「我レ死テ、[一五]閻魔王ノ所ニ至ル。[一六]王帳ヲ曳キ、[一七]札ヲ勘ヘテ、『汝ヂ罪業重キニ依テ地獄ニ可遣シト云ヘドモ、此ノ度ハ罪ヲ免シテ速ニ[一八]本国ニ可返遣シ。其ノ故ハ、汝ヂ年来誠ノ心ヲ発シテ、法花ノ[一九]持者ヲ供養ズ。其功徳無限キニ依テ也。汝ヂ本国ニ返テ、弥ヨ信ヲ[二〇]凝テ彼ノ持者ヲ供養ゼバ、[二一]三世ノ諸仏ヲ供養ゼムヨリハ勝レタリ[二二]』ト。我レ此ノ誡ヲ蒙テ、[二三]閻魔王ノ庁ヲ出デヽ人間ニ返ルニ、野山ヲ通テ見レバ、[二四]七宝ノ塔有リ。[二五]荘厳セル事云ハム方無シ。此ノ我ガ供養ズル持経者、彼ノ[二六]宝塔ニ向テ口ヨリ火ヲ出シテ、其ノ宝塔ヲ焼ク。其ノ時ニ虚空ニ音有テ、我レニ告テ云ク、『汝ヂ当ニ可知シ、此ノ塔ハ彼ノ持経ノ聖人ノ法花ヲ誦スル時、[二七]宝塔品ニ至テ出現シ給ヘル所ノ塔也。而ルニ、彼ノ聖人[二八]嗔恚ヲ以テ[二九]弟子童子ヲ[三〇]呵嘖シ[三一]罵詈ス。其ノ嗔恚ノ火忽ニ出来テ宝塔ヲ焼也。若嗔恚ヲ止メテ経ヲ誦、微妙ノ宝塔世界ニ充満ラム。汝ヂ本国ニ[三二]返ル、速ニ聖人ニ此ノ事ヲ可告シ』ト

聞ツル程ニ、蘇テ来レル也」ト云フ。

妻子眷属蘇タルヲ見テ喜ブ事無限シ。近キ辺ノ人、此ノ聖人ノ事ヲ聞テ怪ミ思フ。其ノ後、此ノ人聖人ノ許ニ行テ冥途ノ事ヲ語ル。聖人此レヲ聞テ、恥ヂ悔テ、弟子ヲ離レ童子ヲ棄テヽ、独リ居テ一心ニ法花経ヲ読誦ス。俗亦弥ヨ持経者ヲ供養ズル事無限シ。聖人年来ヲ経ルニ、命終ル時ニ臨デ、身ニ病無クシテ法花経ヲ誦シテ死ニケリ。

然レバ、聖人也ト云フトモ嗔恚ヲバ不可発ズトナム語リ伝ヘタルトヤ。

권13 **제7화**

히에이 산比叡山 서탑西塔의 승려 도에이道榮의 이야기

히에이 산比叡山의 도에이道榮가『법화경法華經』의 서사공양에 전념한 공덕에 의해 꿈에서 도솔천兜率天으로 왕생한다는 보증을 얻었다는 이야기.

이제는 옛이야기이지만, 히에이 산比叡山[1]의 서탑西塔[2]에 도에이道榮라는 승려가 살고 있었다. 원래는 오미 지방近江國[3] □□[4]군郡의 사람이다. 어린 시절 히에이 산에 올라 출가하여,『법화경法華經』[5]을 수지하여 밤낮으로 독송하고 십이 년을 수행 기간으로 정하여 산에서 나오지 않았다. 꽃을 꺾어 물을 떠다가 부처님께 공양하고, 경을 독송하는 일을 게을리하지 않았다. 어느새 십이 년 정도가 지나, 처음으로 고향으로 돌아왔는데 마음속으로

'나는 히에이 산에서 살고는 있었지만 현교顯敎·밀교密敎의 훌륭한 가르침에 대해서는 전혀 배우지 않았다. 금생今生[6]이 헛되이 지나가려고 하고 있

1 → 지명.
2 → 사찰명.
3 → 옛 지방명.
4 군 이름의 명기를 위한 의도적 결자.
5 → 불교.
6 → 불교.

다. 후세後世[7]를 위한 선근善根[8]을 쌓지 않으면 나는 이 세상에서도, 후세에서도 성불할 수 없는 처지가 될 것이다. 그러므로 『법화경』을 서사해서 바치리라.'
라고 결심하고 『법화경』의 일부를 서사했다. 서사를 마치고 다섯 명의 강사講師[9] 승려를 청하여 공양한 후, 그 승려들에게 경經의 깊은 교의를 강의하게 하고, 또 불법의 의의를 명확하게 하기 위한 문답[10]을 행하도록 하였다. 이런 식으로 한 달에 한두 번 혹은 다섯 번 여섯 번, 서사공양을 하였다.

이리하여 오랜 세월동안 선근[11]을 닦으며 수명이 다하는 때를 기다리고 있었는데, 어느 날 도에이는 꿈을 꾸었다. 히에이 산 서탑의 보당원寶幢院[12] 앞 정원에 금으로 된 다보탑多寶塔[13]이 서 있었다. 탑은 이루 말할 수 없이 아름답게 장식되어 있었다. 도에이가 보고 마음속으로 존귀하게 여겨 절을 하자, 거기에 한 사람의 고귀한 남자가 있었다. 그 차림새는 보통 사람으로 보이지 않았고 풍채는 범천梵天[14]이나 제석帝釋[15]과 닮았다.

그분이 도에이에게 고하셨다. "너는 이 탑이 무엇인지 알고 있는가?" 도에이는 "모르옵니다."라고 대답했다. 그러자 다시 말씀하셨다. "이것은 너의 경장經藏이다. 어서 문을 열어 보도록 하라." 도에이가 명령대로 탑의 문을 열어보니 탑 안에는 많은 경권經卷이 쌓여있었다. 그분께서 다시 말씀하셨다. "너는 이 경권이 무엇인지 알고 있는가?" 도에이는 "모르옵니다."라고

7 '내세를 위한 선근 공덕을 쌓지 않으면'이라는 의미. '후세後世'. → 불교.
8 → 불교.
9 지식·덕행이 훌륭한 승려. 여기에서는 강사講師, 문자問者 등의 공양을 맡은 승려.
10 '문답을 통해서 경론의 의심스러운 점을 이해하게 했다.'라는 의미. 그것이 공덕이 되는 것임.
11 → 불교.
12 → 사찰명.
13 → 불교.
14 → 불교.
15 → 불교.

대답했다. 다시 말씀하셨다.

“이 경은 네가 금생今生에 서사한 경을 이 탑 안에 가득 쌓아 놓은 것이다. 너는 어서 이 탑을 가지고 도솔천兜率天[16]에 태어나도록 하여라.” 이러한 계시를 받고 꿈에서 깨어났다. 그 후로는 더욱더 지성으로 경의 서사공양을 계속했다.

그런데 아주 나이가 들어 더 이상 걷는 것도 뜻대로 할 수 없었지만, 어떠한 연緣이 있어서 시모쓰케 지방下野國에 내려가게 되어 그곳에서 생활하며 수명이 다했을 때 보현품普賢品[17]을 서사공양해서 그 경문을 독송하면서 숨을 거두었다.

꿈의 계시대로 틀림없이 도솔천에서 태어난 사람이라고 이렇게 이야기로 전하여 내려오고 있다 한다.

16 → 불교.
17 → 불교.

⊙제7화⊙ 히에이 산比叡山 서탑西塔의 승려 도에이道榮의 이야기

比叡山西塔僧道栄語第七

今昔、比叡[6]ノ山ノ西塔[7]ニ道栄[8]ト云フ僧住ケリ。本、近江[9]ノ国、[10]□ノ郡ノ人也。幼[11]ニシテ比叡ノ山ニ登テ、出家シテ法花経ヲ受ケ持テ日夜ニ読誦シテ、十二年[12]ヲ限テ山ヲ出ル事無シ。花ヲ採ミ水ヲ汲テ仏ニ供養ジ奉テ、経ヲ読誦スル事弥ヨ不怠ズ。

既ニ十二年ヲ過テ、始テ旧里ニ行テ□[13]心ニ思ハク、「我レ、本山ニ住スト云ヘドモ、顕蜜ノ正教[14]ニ於テ習ヒ得タル所無シ。今生ハ徒ニ過ナムトス。後世[15]ノ貯無クハ、此レ二世[16]不得ノ身也。然レバ、法花経ヲ書写シ奉ラム」ト思テ、一部ヲ書畢テ後、智者[17]ノ僧五人ヲ請ジテ供養ノ後、経ノ深キ義ヲ令説メ、問答[18]ヲ令決シム。如此[19]キ、一月ニ一度二度、若ハ五度六度、書写供養ジケリ。

年来ノ間、此ノ善根[20]ヲ修シテ、遂ニ命終ラム時ヲ待ツ間、道栄夢ニ、本山西塔ノ宝幢院[21]ノ前ノ庭ニ、金ノ多宝[22]ノ塔ヲ起タリ。其ノ荘厳[23]セル事云ハム方無シ。道栄此レヲ見テ、心ヲ至シテ敬ヒ礼ム間、一人ノ気高キ俗有リ。其ノ形只人ト不見ズ。人ノ体ヲ見ルニ、梵天[24]、帝尺[25]ニ似タリ。道栄[26]ニ告テ宣ハク、「汝ヂ、此ノ塔ヲバ知ヤ否ヤ」ト。道栄「不知ズ」ト答フ。亦宣ハク、「此レハ汝ガ経蔵也。速ニ戸ヲ開テ可見シ」ト。道栄此ノ言ニ随テ、塔ノ戸ヲ開テ見レバ、塔ノ内ニ多ノ経巻ヲ積置ケリ。俗亦告テ宣ハク、「汝ヂ此ノ経巻ヲバ知ヤ否ヤ」ト。道栄「不知ズ」ト答フ。亦宣ハク、「此ノ経ハ汝ガ今生ニ書写シタル経ヲ此ノ塔ノ内ニ積ミ満奉レル也。汝ヂ速ニ此ノ塔ヲ具シ奉テ兜率天ニ可生シ」ト告グ、ト見テ夢覚ヌ。其ノ後、弥ヨ心ヲ至シテ書写供養ズル事不闕ズ。

而ルニ、衰老ニ至テ行歩ニ不堪ズト云ヘドモ、事ノ縁有ルニ依テ、下野ノ国ニ下リ住シテ、最後ニ至ル時、普賢品ヲ書写供養ジ奉テ、其ノ文ヲ読誦シテ失ニケリ。

夢ノ告ノ如クニハ、疑ヒ無ク兜率天ニ生ゼル人也トナム語リ伝ヘタルトヤ。

권13 **제8화**

호쇼지法性寺 존승원尊勝院의 승려 도조道乘의 이야기

호쇼지法性寺 존승원尊勝院의 도조道乘가『법화경法華經』독송의 공덕에 의해 극락에 태어나는 것을 꿈에서 약속받는 점은 앞 이야기와 연관이 있으나, 진에瞋恚의 마음을 일으키는 결점을 지적당해 이를 후회하며 고친다고 하는 점에서는 전전 화와 연관된다.

이제는 옛이야기이지만, 호쇼지法性寺[1] 존승원尊勝院[2]의 본존本尊의 공승供僧[3]이던 도조道乘라는 승려가 있었다. 히에이 산比叡山 서탑西塔[4]의 쇼잔正算 승도僧都[5]의 제자로서 처음에는 히에이 산에 살고 있었지만 나중에 호쇼지로 옮겨가 오랜 세월이 지났다. 젊은 시절부터『법화경法華經』[6]을 독송하여 노령이 될 때까지 게을리하는 법이 없었다. 하지만, 화를 매우 잘 내는 성격으로 때때로 제자인 동자에게 입정 사납게 호통을 치곤했다.

그런데 언젠가 도조가 이런 꿈을 꾸었다. 호쇼지를 나와 히에이 산으로

1 → 사찰명.
2 → 사찰명.
3 → 불교.
4 → 사찰명.
5 → 인명.
6 → 불교.

가던 도중 니시사카西坂[7]의 가키노모토柿の本[8]까지 오게 되어 머나먼 산 위를 올려다보니 기슭의 사카모토坂本[9]에서 정상의 오타케大嶽[10]에 이르기까지의 사이에 많은 당사堂舍·누각樓閣[11]이 겹겹이 늘어서 있었다. 기와로 지붕을 이어 금은金銀으로 장식되어 있었고, 그 안에는 많은 경권經卷이 안치되어 있었다. 그것들은 노란색의 종이에 붉은 축,[12] 혹은 감색의 종이에 옥으로 된 축, 문자는 전부 금이나 은[13]으로 쓰여 있었다. 도조는 이를 보고 '다른 때와 모습이 다르구나. 도대체 어찌된 일일까.'라고 생각해 그곳에 있던 노승을 향해 여쭈었다. "이 경經은 참으로 그 수가 많아 노서히 셀 수 없습니다. 누가 놓아둔 것입니까?" 노승은 대답했다.

"이것은 네가 긴 세월 동안 독송해온 『법화대승경法華大乘經』[14]이다. 오타케로부터 미즈노미水飮[15]에 이르기까지 쌓여 있는 경은 네가 서탑에 살고 있을 때 독송했던 경이다. 미즈노미에서부터 가키노모토까지 쌓여 있는 경은, 호쇼지에 살며 독송했던 경이다. 이 선근善根에 의해 너는 정토淨土[16]에 태어날 수 있을 것이다."

이것을 들은 도조가 '불가사의한 일이다.'라고 생각하고 있자 갑자기 불이

7 히에이 산의 서쪽으로 올라가는 입구로 현재의 교토 시京都市 사쿄 구左京區 니시사카모토西坂本로부터 올라가는 언덕길. 적산선원赤山禪院이 있는 수학원修學院 입구 부근.

8 현재의 교토 시京都市 사쿄 구左京區 니시사카모토西坂本, 수학원修學院 부근의 지명을 가리킴. 열매를 맺지 않는 감나무가 있었다고 함.

9 여기서는 니시사카모토西坂本의 의미. 니시사카에서 올라가는 입구. 히에이 산 동쪽의 올라가는 입구인 오쓰 시大津市의 사카모토坂本가 아님.

10 히에이 산의 주봉主峰. 848.3m.

11 불각佛閣이나 삼중탑三重塔, 오중탑五重塔 등을 이름.

12 경문經文은 노란 종이에 묵墨으로 서사書寫하고, 붉은 축을 사용하는 경우가 많음.

13 경문이 금니金泥, 은니銀泥로 서사되어 있었음.

14 → 불교.

15 니시사카모토구치에서 올라가 기라라자카雲母坂 길에 용수湧水가 있었던 지점. 미즈노미는 히에이 산 서쪽의 결계結界에 해당한다. 때문에 서탑에서 독송한 경은 오타케와 미즈노미 사이에 쌓여 있었던 것임.

16 → 불교.

나서 『법화경』의 일부가 불타 버렸다. 도조는 이것을 보고 노승에게 "왜 이 경은 타 버린 것입니까?"라고 물었다. 노승은 이에

"이것은 네가 진에瞋恚[17]의 마음을 일으켜 동자에게 호통을 쳤을 때, 그 노여움의 불이 독송했던 경을 태워버린 것이다. 그러므로 네가 노여움의 마음을 끊는다면 선근은 점점 늘어나, 반드시 극락極樂[18]에 갈 수 있을 것이니라."라고 답하였다. 도조는 이와 같은 꿈을 꾸고 잠에서 깨어났다.

그 후, 도조는 후회하고 슬퍼하며 부처를 모시고, 오래도록 진에를 끊고 마음을 다잡아 『법화경』을 독송하는 데 여념이 없었다.

그러므로 진에瞋恚는 더할 나위 없는 죄[19]이다. 선근을 수양할 때에는 절대로 진에를 일으켜서는 안 될 것이라고 이렇게 이야기로 전하여 내려오고 있다 한다.

17 → 불교.

18 → 불교.

19 성불成佛의 장해가 되는 죄과罪過.

⊙제8화⊙ 호쇼지法性寺 존승원尊勝院의 승려 도조道乘의 이야기

法性寺尊勝院僧道乗語第八

今昔、法性寺[11]ノ尊勝院[12]ノ供僧[13]ニテ道乗[14]ト云フ僧有ケリ。比叡ノ山ノ西塔[15]ノ正算僧都[16]ノ法弟[17]トシテ、初ハ[18]比叡ノ山ニ住ケルガ、後ニハ法性寺ニ移テ年来ヲ経ケリ。若ヨリ法花経ヲ読誦シテ、老ニ至ルマデ怠タル事無カリケリ。但シ、極テ[19]心僻ミテ、時々童子ヲ罵リ[20]罸ツ事ゾ有ケル。

而ル間、道乗夢ニ、法性寺ヲ出デヽ比叡ノ山ニ行クニ、西[21]坂ノ柿[22]ノ木ノ本ニ至テ、遥ニ山ノ上ヲ見上グレバ、坂本[24]ヨリ初メテ大嶽[25]ニ至ルマデ、多ノ堂舎楼閣[26]ヲ造リ重ネタリ。瓦ヲ以テ葺キ金銀ヲ以テ荘レリ。其ノ中ニ、多ノ経巻ヲ安置シ奉レリ。黄ナル紙[27]朱ノ軸、紺ノ紙玉ノ軸也。皆金銀[28]ヲ以テ書タリ。道乗此レヲ見テ、「例ニ非ズ。此ハ何ナル事ゾ」ト思テ、年老タル僧ノ有ルニ向テ、問テ云ク、「此ノ経極テ多クシテ計ヘ不可尽ズ。此レ誰人ノ置ケルゾ」ト。老僧答テ云ク、「此レハ汝ガ年来読誦セル所ノ法花大乗也[29]。大嶽ヨリ始テ水飲[30]ニ至ルマデ積置ケル経ハ、汝ヂ西塔ニ住セシ時読誦セル所ノ経也。水飲ヨリ始テ柿ノ木ノ本マデ積置ケル経ハ、法性寺ニ住シテ読誦セル所ノ経也。此ノ善根ニ依テ汝浄土[31]ニ可生シ」ト。道乗此レヲ聞テ、「奇異也」ト思フ間ニ、俄ニ[2]火出来テ一部ノ経焼ヌ。道乗此レヲ見テ、老僧ニ問テ云ク、「何ニ依テ此ノ経ハ焼ケ給ヒヌルゾ」ト。老僧答テ云ク、「此レハ、汝ガ嗔恚[3]ヲ発シテ童子ヲ勘当[4]セシ時ニ読誦セシ経ヲ嗔恚ノ火ノ焼ツル也。然レバ、汝ヂ嗔恚ヲ断テバ[5]、善根弥ヨ増テ必ズ極楽[6]ニ参ナム」ト云フ、ト見テ夢覚ヌ。

其ノ後、悔ヒ悲デ、仏ニ向ヒ奉テ、永ク嗔恚ヲ断テ、心ヲ励シテ法花経ヲ読誦シテ、更ニ余[7]ノ心無シ。

然レバ[8]、嗔恚ハ無限キ罪障[9]也。善根ヲ修セム時、専ニ嗔恚[10]ヲ不発ズトナム語リ伝ヘタルトヤ。

권13 제9화

리만理滿 지경자持經者가 경전의 영험을 나타낸 이야기

여러 화 계속된『법화경法華經』지경자의 이야기지만, 지금까지의 지경자는 비교적 평온하게『법화경』독송이나 서사의 공덕을 쌓아 왔다. 이에 대해 이 이야기의 리만은 자신의 육체를 희생하고 적극적으로 사회에 봉사하며 사신행捨身行을 실천하는 행자行者이며, 당시의 법화행자의 하나의 이상을 그린 것이라고 생각된다.

이제는 옛이야기이지만, 리만理滿이라고 하는 법화지경자法華持經者가 있었다. 가와치 지방河內國[1] 사람으로 요시노 산吉野山의 니치조日藏 상인上人[2]의 제자였다. 리만은 도심이 일어난 초기에는 니치조 상인을 가까운 곳에서 모시며, 그분의 뜻에 반하는 적이 없었다.

그런데 리만 성인聖人[3]은

'나는 현세를 꺼려해 불도수행을 하고 있지만 범부의 몸으로 아직까지도 번뇌[4]를 끊지 못했다. 혹시 애욕의 마음이 생길지도 모른다. 그것을 멈추기 위해서 애욕을 억누르는 약을 먹어야겠다.'

라고 생각하여, 스승인 니치조에게 부탁하자 스승은 그 약을 구해 와서 리

1 → 옛 지방명.

2 → 인명.

3 → 불교.

4 → 불교.

만에게 먹게 했다. 그러자 곧바로 효과가 나타나서 드디어 오랫동안 여인을 생각하는 마음을 지울 수 있었다.[5] 그리고 밤낮을 가리지 않고 『법화경法華經』[6]을 독송하고 거처를 정하지 않은 채 이곳저곳으로 유랑하면서 불도를 수행하며 걷고 있는 중에 '선착장에서 사람을 배로 건너게 하는 일이야말로 더할 나위 없는 공덕[7]이 된다.'라고 생각했다. 그리고 나니와難波의 오에大江[8]로 가서, 거기에 살면서 배를 준비해서 왕복선의 뱃사공이 되어 오고가는 많은 사람을 건너게 하는 일에 종사했다. 또 어느 때는 도읍에 있으며 비전원悲田院[9]에 가서 여러 가지 병으로 고통받는 사람을 불쌍히 여겨, 그들이 필요로 하는 것을 구하여 주었다. 이런 식으로 여기저기를 걸어서 돌아다녔지만 『법화경』의 독송을 결코 게을리하지 않았다.

한때 도읍에 있었을 때에는 오두막에 틀어박힌 채 이 년여 동안이나 『법화경』을 계속해서 독송했다. 어떠한 사정에 의한 것인지는 알 수 없었다. 다만 그 오두막의 집주인이 '성인이 하고 있는 일을 보자.' 하고 생각해서 몰래 들여다보니 성인은 책상을 앞에 두고 『법화경』을 독송하고 있었다. 한 권을 다 읽고 그것을 책상 위에 두었다. 다음 권을 집어 읽으려고 하면 전에 다 읽은 경이 한 척尺정도 춤추며 올라가 축軸의 끝에서 표지 부분까지 저절로 감겨서 책상 위로 돌아갔다. 집주인은 이를 보고 '불가사의한 일이다.'라고 생각하며 성인 앞에 나아가

5 일생불범一生不犯의 결의를 했음.

6 → 불교.

7 가교架橋나 왕복선의 뱃사공은 자선사업으로 민중을 구제하는 선행으로 크나큰 공덕으로 여겨졌다. 그것은 번뇌의 세계로부터 피안彼岸으로 중생을 제도하는 중개역할의 비유이기도 함.

8 큰 강의 입구라는 의미. 현재의 오사카 시大坂市 주오 구中央區 덴마 교天滿橋와 덴진 교天神橋 부근. 나카노지마中之島 일대.

9 고아, 병자 등을 수용하여 보호, 구제救濟하는 시설. 헤이안平安 초기에는 『연희식延喜式』 좌경직左京職으로 동서비전원東西悲田院의 두 개의 원院이 있었으나 소실燒失되었다. 센뉴지泉涌寺(교토 시京都市 히가시야마 구東山區) 안으로 이전했음.

"참으로 진기한 일입니다. 성인께서는 보통 사람이 아니십니다. 이 경이 춤추며 올라가 다시 감겨서 책상위에 놓이다니, 실로 불가사의한 일입니다."
라고 말했다.

성인은 이를 듣고 놀라서 집주인에게 대답했다.

"그건 나로서도 생각지 못했던 일이오. 전혀 사실일 리가 없소이다. 이 일을 결코 다른 사람에게 이야기하지 않았으면 좋겠소. 만일 이를 다른 사람에게 말한다면 언제까지고 당신을 원망할 것이오."

이 말을 들은 집주인은 겁을 내어 성인이 세상에 살아 계실 적에는 이 사실을 입 밖에 내지 않았다.

언젠가 리만 성인이 이런 꿈을 꾸었다. 자신이 죽고 그 유해를 들에 버려두자[10] 엄청난 수의 개들이 모여들어 유해를 먹었다. 그 옆에 리만성인 자신이 있어, 자신의 유해를 개가 먹는 것을 보고는 "어째서 수많은 개가 와서 내 유해를 먹는 것인가."라고 생각하고 있었다. 그때 하늘에서 목소리가 있어

"리만이여, 확실히 알아두어라. 이것은 진짜 개가 아니다. 전부 가짜의 모습으로 나타난 것이다. 옛날 인도[11]의 기원정사祇園精舍[12]에서 설법을 들은 사람들이다. 그것이 지금 너와 결연結緣[13]하고자 개의 모습을 하고 나타난 것이다."
라고 고했다.

리만은 꿈에서 깬 뒤, 더욱 지성을 다해 『법화경』을 독송하고 다음과 같은

10 일종의 풍장風葬으로 사체를 들에 버려두고, 부식腐食되게 하거나 날짐승들이 먹게 하였다. 또한 같은 형태의 사체유기의 모습은 본집 권15 제26화에서도 보임.

11 인도의 옛 이름은 천축. 오천축五天竺으로 나누어짐.

12 → 불교.

13 → 불교.

서원을 하였다.

"내가 만약 극락[14]에 태어난다면, 석존釋尊[15]께서 입멸하신 2월 15일에 이 승에서 숨을 거두고자 한다."

성인이 일생동안 독송한 『법화경』은 이만여 부였고, 열여섯 번이나 비전원의 병자들에게 약을 구해 주었다.

임종하실 때 약간의 병 기운이 있으셨으나, 그것도 중병이라고는 할 수 없고 오랜 세월동안 염원하신 대로 2월 15일 밤, 입으로 보탑품寶塔品[16]의 "시명지계행두타자是名持戒行頭陀者 속위질득무상불도速爲疾得無上佛道"[17]라는 경문을 읊으시며 입멸했다. 입멸하실 때를 생각하면 후세後世[18]의 극락왕생은 실로 의심할 여지가 없다.

경전이 춤추며 올라간 일은 성인께서 당부하신 대로, 성인이 세상에 살아 있는 동안에는 집주인이 다른 사람에게 발설하지 않았다. 입멸하신 후, 집주인이 발설한 것을 듣고서 널리 이야기로 전하여 내려오고 있다 한다.

14 → 불교.

15 석가모니불의 존칭. 2월 15일은 석가입멸의 날로서 열반회涅槃會가 행해졌다. 권20 제6화 참조.

16 → 불교.

17 『법화경』 권4 · 보탑품寶塔品 제11의 게揭의 문구. '이를 지계持戒하여 두타頭陀(걸식수행)를 행하는 자라고 명명하겠다. 이러한 자는 일찍 무상無上의 부처의 깨달음을 얻는 자이다.'라는 의미.

18 → 불교.

◉ 제9화 ◉

리만理滿 지경자持經者가 경전의 영험을 나타낸 이야기

理満持経者顕経験語第九

今昔、理満[一一]ト云フ法花ノ持者有ケリ。河内[一二]ノ国ノ人也。吉野ノ山ノ日蔵[一三]ノ弟子也。道心ヲ発シケル始メ、彼ノ日蔵ニ随テ供給[一四]シテ、彼ノ人ノ心ニ不違ズ。

而ルニ、理満聖人[一五]思ハク、「我レ世ヲ猒テ仏道ヲ修行ズト云ヘドモ、凡夫ノ身ニシテ未ダ煩悩ヲ不断ズ。若シ、愛欲ノ発心ヲテハ。其レヲ止メムガ為ニ不発[一六]ノ薬ヲ服セム」ト願ヒケレバ、師其ノ薬ヲ求テ、令服メテケリ。然レバ、薬ノ験有テ、弥ヨ女人[一七]ノ気分ヲ永ク思ヒ断ツ。日夜ニ法花経ヲ読誦シテ棲[一八]ヲ不定ズシテ、所々ニ流浪シテ仏道ヲ修行ズル程ニ、「渡リ[一九]ニ船ヲ渡ス事コソ無限キ功徳[二〇]ナレ」ト思ヒ得テ 大江[二一]ニ行居テ、船ヲ儲[二二]テ渡子[二三]トシテ諸ノ往還ノ人ヲ渡ス態[二四]ヲシケリ。亦、或ル時ニハ、京ニ有テ、悲田[二五]ニ行テ、万ノ病ニ煩ヒ悩ム人ヲ哀デ、願フ物ヲ求メ尋ネテ与フ。如此クシテ所々ニ行ク卜云ヘドモ、法花経ヲ読誦スル事更ニ不怠ズ。

而ル間ニ、京ニシテ、小屋ニ籠居テ二年許ヲ経テ法花経ヲ読誦ス。此レ何事ニ依テト云フ事ヲ不知ズ。而ルニ、其ノ家ノ主、「聖人ノ所行ヲ見ム」ト思テ、蜜ニ物ノ迫[二六]ヨリ臨クニ、聖人[二七]経机ヲ前ニ置テ、法花経ヲ読誦ス。見レバ、一巻ヲ読畢テ机ノ上ニ置ク。次ノ巻ヲ取テ読ム時ニ、前ニ読畢タル経、一尺[一]許踊リ上ガリテ、軸本ヨリ標紙一巻キ返シテ机ノ上ニ置ク。家主此レヲ見テ、「奇異也」[二]ト思テ、聖人ノ御前ニ至テ、向テ申ク、「忝[三]ク、聖人ハ只人ニモ不在ザリケリ。此[四]ノ経ヲ、踊リ上テ巻キ返シテ机ニ置ク事、此希有ノ事也」ト。聖人此レヲ聞テ驚テ、家主ニ答テ云ク、「此ノ事、不慮[五]ル外ニ有ル事也。更ニ実ノ事ニ非ズ。努々[六]他人ニ此ノ事不可令語聞ズ。若シ此ノ事他人ニ令聞バ、永ク汝ヲ可恨シ」ト。家主此レヲ聞テ、恐レテ、聖人ノ在生ノ間[七]、此ノ事ヲ口ノ外ニ不出ズ。[八]

理満聖人夢ニ、我ガ死タルヲ野[九]ニ棄置タレバ、百千万[一〇]ノ狗集リ来テ我死骸ヲ噉フ。理満聖人其ノ傍ニ有テ、我ガ骸ヲ狗ノ噉フヲ見テ思ハク、「何ノ故有テカ、百千万ノ狗有テ我ガ骸ヲ噉フゾ」ト。其ノ時ニ、空ニ音有テ告テ云ク、「理満当ニ可知シ、此レハ実ノ狗ニハ非ズ。此レ皆権[一一]ニ化セル所也。昔天竺[一二]ノ祇薗精舎[一三]ニシテ仏ノ説法ヲ聞キシ輩[一四]也。今汝ニ結縁セムガ為ニ狗ト化セル也」ト告グ、ト見テ夢覚テ、其ノ後弥ヨ心ヲ至シテ法花経ヲ読誦シテ、誓[一五]ヲ発シテ云ク、「我レ若シ極楽ニ可生クハ、二月十五日ハ、此レ尺尊[一六]ノ入滅ノ日也。我レ其ノ日此ノ界[一七]ヲ別レム」ト。聖人一生ノ間法花経ヲ読誦スル事二万余部也。悲田[一八]ノ病人ニ薬リヲ与フル事十六度也。

遂ニ最後ニ臨デ、聊ニ病ノ気有リト云ヘドモ、重病ニ非ズシテ、年来ノ願ヒニ叶テ、二月十五日ノ夜半[一九]ニ臨デ、口ニハ宝塔品[二〇]ノ「是名持戒行頭陀者[二一]速為疾得無上仏道」ト云フ文ヲ誦シテ、入滅シニケリ。実[二二]ニ、入滅ノ時ヲ思フニ、後世ノ事疑ヒ無シ。

彼[二三]ノ経ノ踊リ給タル事ハ、聖人ノ誡ニ依テ、家主ノ聖人ノ在生ノ時ニハ他人ニ不語ズ。入滅ノ後ニ語リ伝フルヲ聞テ広ク語リ伝ヘタルトヤ。

권13 제10화

슌초春朝 지경자持經者가 경전의 영험을 나타낸 이야기

앞 이야기의 리만의 자선에 이어 지경자 슌초春朝의 자비와 영험을 설한 이야기로 슌초가 죄인의 제도濟度의 방편으로 옥獄에 몇 번이나 들어가서 그때마다 불·보살의 명호冥護에 의해 처형을 면하게 되었다는 기이奇異가 기술되어 있다. 또 이야기 끝에 슌초의 독루(해골)독경髑髏讀經은 법화지경자의 사후의 영이를 전하는 유형적 모티브이다.

이제는 옛이야기이지만, 슌초春朝라고 하는 지경자가 있었다. 밤낮으로 『법화경法華經』[1]을 독송하여 거처를 정하지 않은 채 여기저기 유랑하며 그저 『법화경』을 독송하고 있었다. 사람을 불쌍히 여기는 마음이 깊어 고통받는 사람을 보면 괴로움을 느끼고, 기뻐하는 사람을 보면 즐거움을 느꼈다.

언젠가 이 슌초는 도읍의 동쪽과 서쪽의 옥사獄舍[2]를 보고 깊은 자비의 마음을 일으켜 '이 수인囚人들은 죄를 범하여 형벌을 받고 있지만, 나는 어떻게든 해서 이들을 위해 앞으로 성불할 수 있는 선근善根의 씨앗을 심어, 괴로움으로부터 구해주고 싶다. 이대로 옥사에서 죽는다면 후세後世에도 또

1 → 불교.

2 도읍의 왼쪽과 오른쪽에 있었던 옥사獄舍. 좌옥左獄(동옥東獄)은 근위近衛의 남쪽, 서동원西洞院의 서쪽에 위치하며, 우옥右獄(서옥西獄)은 중어문中御門의 북쪽, 굴하堀河의 서쪽에 있었음.

다시 삼악도三惡道[3]에 빠져 버릴 것임에 틀림없다. 나는 일부러 죄를 범하여 체포되어 옥사에 들어가야겠다. 그리고 지성으로 『법화경』을 독송하여 죄인들에게 들려줘야겠다.'라고 생각했다. 그리고 슌초는 어느 귀족의 집에 몰래 숨어들어가 금은으로 만든 그릇 한 벌을 훔쳐 내어, 그것을 들고 바로 도박장으로 가서 쌍륙雙六[4]을 치고 금은으로 된 그릇을 사람들에게 꺼내 보였다. 거기에 모여 있던 사람들이 이것을 보고 수상해 하여 "이것은 어느 귀족의 집에서 최근에 도둑맞은 것이다."라고 말하며 술렁거렸다. 그 소문은 자연스럽게 퍼져서 검비위사檢非違使[5]가 슌초를 포박해서 사세히 캐묻자 슌초가 훔쳤다는 사실이 밝혀져 그는 옥사에 들어가게 되었다. 슌초 성인[6]은 옥사에 들어가자 기뻐하며 자신의 서원을 이루고자 전심으로 『법화경』을 독송하여 죄인에게 들려주었다. 그 목소리를 들은 많은 죄인은 모두 눈물을 흘리고 머리를 숙이며 진심으로 존귀하게 여겼다. 슌초는 기뻐 밤낮으로 독송을 멈추지 않았다.

그런데 이 일을 알게 된 상황上皇과 여원女院, 황족들은 검비위사청의 장관에게 "슌초는 오랜 세월 법화경의 지경자였다. 결코 고문 따위를 해서는 아니 되느니라."라는 서면을 보냈다. 또 장관이 꿈을 꾸었다. 보현보살普賢菩薩[7]이 백상白象[8]에 타고 빛을 발하며 식사를 주발에 담아 들고, 옥사의 문 앞에 서 계셨다. 어떤 사람이 "무슨 연유로 서 계시는 것입니까?"라고 묻자

3 → 불교.

4 중국에서 전래된 유희遊戲. 대국자 두 사람이 흑백의 말을 나누어 가지고 목판 위의 좌우 12조의 진지에 흑백 각 15개의 말을 늘어놓아 중앙의 공지空地를 지나 적진으로 말을 보내 넣는 유희. 번갈아가며 목통木筒과 죽통竹筒에 넣은 두 개의 주사위를 던져서 나온 수만큼 말을 전진시킴. 빨리 자신의 말을 전부 적진에 넣는 쪽이 승리. 도박에 이용되는 일이 많았다. 『하세오 이야기長谷雄草紙』의 기노 하세오紀長谷雄와 오니鬼의 승부, 그리고 『도연초徒然草』 제110단의 이야기는 유명함.

5 헤이안 경平安京의 사법司法과 경찰警察을 맡고 있던 기관.

6 → 불교.

7 → 불교.

8 → 불교.

보현보살은

“법화경의 지경자, 슌초가 옥사에 계시기에 그에게 주려고 나는 매일 이렇게 식사를 가지고 오는 것이다.”

라고 대답하셨다. 장관은 이러한 꿈을 꾸고 잠에서 깨어났다. 장관은 매우 놀라서 두려워하며 슌초를 옥사에서 내보냈다. 이런 식으로 슌초는 대여섯 번이나 옥사에 들어갔으나, 언제나 심문을 받는 일은 절대로 없었다.

그러나 다시 죄를 범해 슌초가 잡혀 왔다. 검비위사들은 관청에 모여 회의를 하였다. 그 결과

“슌초는 매우 큰 중죄인임이 틀림없으나 잡혀올 때마다 처벌되지 않고 방면되었다. 그 때문에 제멋대로 다른 사람의 물건을 훔치는 것이다. 이번에야말로 큰 중벌을 내려야 할 것이다. 그러므로 그의 양 다리를 잘라 몸을 못 쓰게 만들어야 마땅하다.”

라고 결정했다. 관리들이 슌초를 우근마장右近馬場[9] 부근으로 끌어내서 양 다리를 자르려고 하자 슌초는 소리를 높여 『법화경』을 독송했다. 이를 들은 관리들은 더할 나위 없는 존귀함에 눈물을 흘릴 뿐이었다. 그리하여 슌초는 방면되었다. 그러자 또 다시 검비위사의 장관의 꿈에 품위 있고 단정한 아름다운 동자童子가 머리를 동자머리[10]로 묶고, 속대束帶[11]차림으로 나타나 장관에게 말했다.

“슌초 성인은 옥사의 죄인을 구하기 위해서 일부러 죄를 범해 일곱 번[12]

9 우근위부右近衛府의 마장馬場. 대내리大內裏의 북서쪽 일조대로一條大路와 서대궁대로西大宮大路가 교차하는 지점의 북쪽에 있었다. 현재의 기타노텐만궁北野天滿宮(교토 시京都市 가미쿄 구上京區)의 동남쪽 일대.

10 원문은 '미즈라鬢'로 되어 있음. 머리를 좌우로 나누어 양 귀 근처에 동그랗게 말아서 묶는 머리모양. 상대上代에는 성인남녀가 했고, 후세에는 성인식 이전의 소년의 머리모양이었음.

11 귀족의 정장. 정규 조복朝服으로 천황 이하 백관百官이 공사를 볼 때 착용했음

12 일곱 번 옥에 들어간 것은 극악인을 상징하는 말.

옥에 들어갔다. 이것은 부처의 방편方便[13]과 같은 것이다."

꿈에서 깨어난 장관은 그 후로 더욱 슌초를 두려워하였다.

그 후 슌초는 머물 집도 없이 지내다 일조一條의 우마다시馬出[14]의 집 근처에서 숨을 거두었다. 두개골은 그 근처에 놓인 채로 처리해 주는 이 하나 없었다. 그러나 그로부터 그 근처의 사람은 매일 밤이 되면 『법화경』[15]을 독송하는 목소리를 듣고 더할 나위 없이 존귀하게 여기는 것이었다. 그러나 누가 읊고 있는 것인지도 모르고 그저 불가사의하게 여기고 있었는데, 어떤 성인이 나타나서서 이 두개골을 주워 깊은 산으로 가져가 장례를 치르고 왔다. 그러자 그 후로는 경을 독송하는 목소리가 들려오지 않게 되었다. 그리하여 그 주변의 사람은 그 두개골이 경을 읊었다는 것을 알게 되었다.

사람들은 슌초 성인을 보통 사람이 아닌 권화權化[16]였다고 말했다고 이렇게 이야기로 전하여 내려오고 있다 한다.

13 부처가 중생을 구제하기 위해서 편의상 사용하고 있는 수단과 방법. 여기서는 슌초가 투도계偸盜戒를 범하여 옥에 들어가 죄인을 구제한 일을 부처의 방편으로 비유한 것.

14 마장에서 말을 타고 나가는 장소.

15 해골 독경의 모티브는 권12 제31화, 권13 제11화 · 29화 · 30화에도 보임.

16 신불神佛이 가짜로 인간의 모습으로 변해서 나타난 자. 화인化人.

⊙제10화⊙ 순조春朝 지경자持經者가 경전의 영험을 나타낸 이야기

春朝持経者顕経験語第十

今昔、春朝ト云フ持経者有ケリ。日夜ニ法花経ヲ読誦シテ、棲ヲ不定ズシテ所々ニ流浪シテ、只法花経ヲ読誦ス。心ニ人ヲ哀ムデ、人ノ苦ブ事ヲ見テハ我ガ苦ト思ヒ、人ノ喜ブ事ヲ見テハ我ガ楽ビト思フ。

而ル間、春朝東西ノ獄ヲ見テ、心ニ悲ビ歎テ思ハク、「此ノ獄人等、犯シヲ成シテ罪ヲ蒙ルト云ヘドモ、我レ何ニシテカ此等ガ為ニ仏ノ種ヲ令殖テ苦ヲ抜カム。獄ニシテ死ナバ、後生亦三悪道ニ堕セム事疑ヒ不有ジ。然レバ、我レ故ニ犯ヲ成シテ、被捕レテ獄ニ居ナム。然テ、懃ニ我レ法花経ヲ誦シテ獄人ニ令聞メム」ト思テ、或ル貴所ニハ入テ、金銀ノ器一具ヲ盗テ、忽ニ薄堂ニ行テ双六ヲ打テ、此ノ金銀ノ器ヲ令見ム。集レル人此レヲ見テ怪ムデ、「此レハ某ノ殿ニ近来失タル物也」ト云ヒ騒グ間ニ、其ノ聞エ自然ラ風聞シテ、春朝ヲ捕ヘテ勘ヘ問フニ、事顕レテ獄ニ居ヘツ。春朝聖人、獄ニ入テ喜テ、本意ヲ遂ムガ為ニ、心ヲ至シテ法花経ヲ誦シテ、罪人ニ令聞ム。其ノ音ヲ聞ク多ノ獄人、皆涙ヲ流シテ、首ヲ低テ貴ブ事無限シ。春朝心ニ喜テ、日夜ニ誦ス。

而ル間、院々宮々ヨリ非違ノ別当ノ許ニ消息ヲ遣シテ云ク、「春朝ハ此レ、年来ノ法花ノ持者也。専ニ不可陵礫ズ」ト。亦、非違ノ別当ノ夢ニ、普賢白象ニ乗テ光ヲ放テ、飯ヲ鉢ニ入テ捧ゲ持テ、獄門ニ向テ立給ヘリ。人、「何ノ故ニ立給ヘルゾ」ト問ヘバ、普賢ノ宣ハク、「法花ノ持者春朝ガ獄ニ有ルニ与ヘムガ為ニ、我レ毎日ニ如此ク持来ル也」ト宣フ、ト見テ夢覚ヌ。其ノ後別当大キニ驚キ恐レテ、春朝ヲ獄ヨリ出シツ。如此クシテ、春朝獄ニ居ル事既ニ五六度ニ成ルト云フトモ、毎度ニ必ズ勘問スル事無シ。

而ル間、犯ス事有テ、亦春朝ヲ捕ヘツ。其ノ時ニ、検非違使等庁ニ集テ定ムル様、「春朝ハ此レ極タル罪重キ者也ト云ヘドモ、毎度ニ不勘問ズシテ被免ル。此ニ依テ、心ニ任テ人ノ物ヲ盗ミ取ル。此ノ度ハ[一]尤モ重ク可誡キ也。然レバ其ノ[二]二足ヲ切テ[三]徒人ト可成シ」ト議シテ、官人等春朝ヲ[四]右近ノ馬場ノ辺ニ将行テ、二ノ足ヲ切ラムト為ルニ、春朝音ヲ挙テ法花経ヲ誦ス。[五]官人等此レヲ聞テ、涙ヲ流シテ貴ブ事無限シ。然レバ、春朝ヲ免シ放ツ。亦、非違ノ別当ノ夢ニ、気高クシテ[六]端正美麗ナル童、[七]鬟ヲ結テ[八]束帯ノ姿也、来テ別当ニ告テ云ク、「春朝聖人獄ノ罪人ヲ救ハムガ為ニ、故ニ犯シヲ成シ、[九]七度獄ニ居ル。此レ仏ノ[一〇]方便ノ如也」ト云フ、ト見テ夢覚ヌ。其ノ後、別当弥ヨ恐レケリ。

而ル間春朝[一一]遂ニ行キ宿ル棲無クシテ、一条ノ[一二]馬出ノ舎ノ下ニシテ死ニケリ。[一三]髑髏其ノ辺ニ有テ、取リ[一四]棄ル人無シ。其ノ後、其ノ渡ノ人夜ル聞クニ、毎夜ニ[一五]法花経ヲ誦スル音有リ。[一六]其ノ辺ノ人等此レヲ聞テ貴ブ事[一七]無限シ。然レドモ、誰人ノ誦スルト不知ズシテ怪ビ思フ間ニ、或聖人出来テ、此髑髏ヲ取テ深キ山ニ持行テ[一八]置テケリ。其ノ後、此ノ経ヲ誦スル音絶ヌ。[一九]然レバ其ノ辺ノ人此ノ髑髏誦シケリト云フ事ヲ知ニケリ。[二〇]春朝聖人ヲバ、[二一]只人ニハ非ズ、権者也、トゾ其ノ時ノ人云ヒケリトナム語リ伝ヘタルトヤ。

권13 **제11화**

이치에이一叡 지경자持經者가 해골이 독경하는 것을 들은 이야기

앞 이이기의 슌초春朝의 해골독경담과 이어지는 유형적인 해골독경담으로, 지경자持經者 이치에이一叡의 체험을 통해 이야기가 전개된다.

이제는 옛이야기이지만, 이치에이一叡라고 하는 지경자가 있었다. 어릴 때부터 『법화경法華經』[1]을 수지하여 오랜 세월 동안 밤낮으로 독송을 계속하였다. 어느 날, 도심을 일으켜 구마노熊野[2]에 참배하러 가던 중, 시시노세 산宍の背山[3]이라는 곳에서 밤을 보내게 되었다. 밤이 되자 법화경을 독송하는 소리가 어렴풋이 들려왔다. 이루 말할 수 없이 존귀한 목소리였다. 이치에이는 '혹시 누군가가 밤을 새우고 있나?' 하며 밤새도록 듣고 있었다. 목소리의 주인은 새벽녘이 되자 경전 한 부를 다 읽었다. 이치에이는 날이 밝자 주위를 살펴보았지만 머물고 있는 자도 없었고, 그저 사체가 한 구 있었다. 가까이 가서 살펴보자, 뼈가 전부 흩어지지 않고 이어져 있었다.[4] 그 사체

1 → 불교.

2 → 사찰명.

3 지금의 시시가세 고개鹿ヶ瀬峠. 와카야마 현和歌山縣의 아리타 군有田郡과 히다카 군日高郡의 경계에 있는 고개로, 구마노熊野 가도街道의 험한 곳. 유아사湯淺·이제키井關에서 고보御坊로 빠지는 고개.

4 전신사리全身舍利. 깨달음을 얻은 자의 사체를 의미함.

위에는 이끼가 자라 있었는데 오랜 세월이 흐른 것 같았다. 해골을 살펴보자 입 안에 혀가 보였다.[5] 혀는 빨갛고 살아 있는 사람의 혀 같았다. 이를 본 이치에이는 '불가사의한 일이다.'라고 여기고

'그렇다면, 어젯밤 경을 읽은 것은 이 사체였구나. 어떤 사람이 여기서 죽어서 이렇게 경을 읽고 있는 것일까?'

라고 생각하자 슬프고 존귀하여 울며 합장하였다. 그리고 한 번 더 이 경 읽는 소리를 듣고자 하여, 《그》[6]날은 그 장소에서 묵기로 하였다. 그날 밤도 가만히 듣고 있자니 어제와 같이 경 읽는 소리가 들렸다.

날이 새자, 이치에이는 사체 곁으로 다가가 배례하고

"사체임에도 불구하고, 법화경을 독송하고 계시는군요. 그렇다면 마음은 남아 있으실 테지요. 어떠한 사정이신지 듣고 싶습니다. 부디 알려 주십시오."

라고 소원을 빌고, 그날 밤도 이 사연을 듣고자 그곳에서 묵었다. 그날 밤 꿈에 한 사람의 승려가 나타나 이렇게 말했다.[7]

"저는 히에이 산比叡山 동탑東塔[8]에 살던 승려로, 이름은 엔젠圓善이라고 합니다. 불도수행을 하던 도중, 이곳에서 뜻하지 않게 죽게 되었습니다. 생전에 육만 부의 법화경을 독송하겠다는 서원을 세웠지만, 반절밖에 읽지 못하고 남은 반절을 독송하지 못한 채 죽은 것입니다. 그래서 그것을 마저 읽고자 이곳에 머물고 있습니다. 이제 거의 다 읽어, 남은 것은 얼마 되지 않아

5 혀가 썩지 않고 남아 있다는 것은 해골 독경담에서는 일반적인 형태. 같은 유형이 권7 제14화, 권12 제31화에서도 보임.

6 결자가 있었던 것으로 보임. '그'로 추정. 이어지는 내용을 생각해 보면 일수日數를 명기하기 위한 의도적 결자는 아님.

7 꿈에 승려가 나타나 말했다는 형식은 편자에 의한 설정. 당시에는 신불·영혼·이류의 계시는 꿈을 통해서 이루어지는 것이 일반적 형식이었으므로, 편자는 이것을 채용. 원문에서 보이지 않는 꿈을 통한 이야기 전달의 설정은 권13 제15화·21화·24화, 권14 제19화·37화 등에서도 보임.

8 → 사찰명.

올해만 이곳에 머무르면 됩니다. 그 뒤로는 도솔천兜率天[9]의 내원內院[10]에 태어나 미륵보살彌勒菩薩[11]을 뵙고자 합니다."

이치에이는 이러한 꿈을 꾸고 잠에서 깨어났다. 그 뒤, 이치에이는 사체에 배례하고 그 장소를 떠나 구마노로 참배하러 갔다. 이듬해, 그 장소에 가서 사체를 찾아보았지만, 흔적조차 찾을 수 없었다. 이치에이는 또 그곳에서 밤을 보냈지만 경을 읽는 소리는 들리지 않았다. 그래서 이치에이는 '그 승려는 꿈에서 말씀하신 대로 도솔천에 태어나신 게로구나.'라고 깨닫고, 울며 그 장소에 배례하고 돌아갔다.

그 뒤, 이 이야기가 세간에 널리 이야기되어 퍼졌는데, 그것을 듣고 전하여 이렇게 이야기로 전하여 내려오고 있다 한다.

9 → 불교.
10 → 불교.
11 → 불교.

⊙제11화⊙

이치에이一叡 지경자持經者가 해골이 독경하는 것을 들은 이야기

一叡持経者聞屍骸読誦音語第十一

今昔、一叡ト云フ持経者有ケリ。幼ノ時ヨリ法花経ヲ受ケ持テ、日夜ニ読誦シテ年久ク成ニケリ。

而ル間、一叡志ヲ運テ、熊野ニ詣ケルニ、完ノ背山ト云フ所ニ宿シヌ。夜ニ至テ、法花経ヲ読誦スル音髴ニ聞ユ。其ノ音貴キ事無限シ。「若シ人ノ亦宿セルカ」ト思テ、終夜此レヲ聞ク。暁ニ至テ一部ヲ誦シ畢ツ。曉テ後其ノ辺ヲ見ルニ、宿セル人無シ。只屍骸ノミ有リ。近寄テ此レヲ見レバ、骨皆烈テ不離ズ。骸ノ上ニ苔生テ、多ク年ヲ積タリト見ユ。髑髏ヲ見レバ、口ノ中ニ舌有リ。其ノ舌鮮ニシテ生タル人ノ舌ノ如シ。一叡、此レヲ見ルニ、「奇異也」ト思テ、「然ハ、夜ル経ヲ読奉ツルハ、此ノ骸ニコソ有ケレ。何ナル人ノ此ニシテ死テ如此ク誦スラム」ト思フニ、哀レニ貴クテ、泣々ク礼拝シテ、此ノ経ノ音ヲ尚聞ムガ為ニ、□日其ノ所ニ留リヌ。其ノ夜亦聞クニ、前ノ如クニ誦ス。

夜曉テ後、一叡屍骸ノ許ニ寄テ、礼拝シテ云ク、「屍骸也ト云ヘドモ、既ニ法花経ヲ誦シ給フ。豈ニ其ノ心無カラムヤ。我レ其ノ本縁ヲ聞カムト思フ。必ズ此ノ事ヲ示シ給ヘ」ト祈請テ、其ノ夜亦、此ノ事ヲ聞カムガ為ニ留ヌ。其ノ夜ノ夢ニ、僧有テ示シテ云ク、「我ハ是レ天台山ノ東塔ノ住僧也キ。名ヲバ円善ト云キ。仏道ヲ修行セシ間ニ、此ノ所ニ来テ、不慮ザル外ニ死ニキ。生タリシ程ニ、六万部ノ法花経ヲ読誦セムト云フ願有リキ。其レニ、半分ヲバ読誦シ畢テ、今半分ヲ不読誦ズシテ死タリ。然レバ、其レヲ誦シ満テムガ為ニ、此ノ所ニ住セリ。既ニ誦シ満テムトス。残リ幾ニ非ズ。今年許此ニ可住キ也。其ノ後ニハ兜率天ノ内院ニ生レテ慈氏尊ヲ見奉ラムトス」ト云フ、ト見テ夢覚ヌ。

其ノ後、一叡屍骸ヲ礼拝シテ、所[一六]ヲ立テ熊野ニ詣ヌ。後ノ年其ノ所ニ行テ、屍骸ヲ尋ネ見ルニ、更ニ無シ。亦[一七]、夜ル留テ聞クト云ヘドモ、其ノ音不聞ズ。一叡此レヲ思フニ、「夢ノ告ノ如クニ、兜率天ニ生レニケリ」ト知テ、泣々ク其ノ跡ヲ礼拝シテ返ニケリ。

其[一八]ノ後、世ニ広ク語リ伝フルヲ聞キ継テ語リ伝ヘタルトヤ。

권13 **제12화**

조라쿠지長樂寺의 승려가 산에 들어가 입정入定한 비구니를 본 이야기

산중에서 입정入定한 비구니가 승려를 보고 속념俗念이 생겨, 오랜 수행의 공을 한순간에 잃었다는 이야기. 구메久米 선인仙人의 타락담(권11 제24화)과도 일맥상통한다. 성인의 영험을 설파했던 지금까지의 이야기들과는 상당히 취향이 다르다. 하지만 깊은 밤 산속에서 독경의 소리가 들리고, 다음날 아침 그 정체를 알게 된다는 구조는 앞의 해골독경담과 같다.

이제는 옛이야기이지만, 도읍의 히가시 산東山에 조라쿠지長樂寺[1]라는 절이 있었다. 그곳에는 불도를 수행하는 승려들이 있었다. 한 승려가 꽃을 따다 부처님께 공양하려고 산 깊숙이 들어가 이곳저곳 봉우리나 계곡을 걷던 도중, 어느샌가 날이 저물었다. 그래서 어느 나무 밑에서 자기로 하였다. 해시亥時[2] 무렵부터, 자고 있던 나무 옆에서 가늘고 희미하게 법화경[3]을 독송하는 존귀한 소리가 들렸다. 승려는 '불가사의한 일이다.'라고 생각하며 밤새 듣고 있었다. 승려는 '낮에는 이곳에 아무도 없었는데 선인仙人이라도 있는 것일까.'라며 의심스러워 견딜 수 없었다.[4] 그러나 존귀한 일이라며 듣고

1 → 사찰명.
2 오후 10시 경.
3 → 불교.

있다 보니 점점 주변이 밝아졌기에 이 목소리가 들려오는 방향을 향해 천천히 걸어가 보자, 지면보다 조금 솟아 있는 무언가가 보였다. '누군가 있는 것일까' 하고 살펴보는 동안 주변이 완전히 밝아졌다. 놀랍게도 그것은 바위였는데 이끼에 덮여 가시나무가 자라고 있었다. '그렇다면 그 독송 소리는 어디에서 난 것일까.' 하고 이상히 생각하다가, '혹시 선인이 이 바위 위에 앉아 경을 읽은 것은 아닐까.'라고 생각하며 실로 존귀하게 여겼다. 잠시 그곳을 바라보며 서 있는데 갑자기 이 바위가 움직이는 가 싶더니 솟아올랐다. '불가사의하다.'라고 여기며 보고 있자, 바위가 사람이 되어 도망치려고 하였다. 자세히 보자 예순 살 정도의 여자 법사였다. 가시나무는 그 기세로 인해 조각조각 잘려버렸다.

승려는 이것을 보고 두려워하며 "대체 이것은 어떻게 된 일입니까."라고 묻자 여자 법사는 울면서 대답했다.

"저는 오랜 세월 이곳에 있었지만, 이제까지 애욕愛慾의 마음을 일으킨 적이 없습니다. 하지만 지금 당신이 온 것을 보고, '저것은 남자인가.'[5]라고 생각하자마자 슬프게도 원래대로 여자의 몸이 되어 버렸습니다. 인간의 몸처럼 죄가 깊은 것은 없습니다. 이렇게 된 이상, 지나간 세월보다 더 오래 걸려야 원래대로[6] 돌아갈 수 있겠지요."

이렇게 말하고 슬피 울며 산 깊숙이 걸어갔다. 이 이야기는, 승려가 조라쿠지에 돌아가 이야기한 것을 그 제자가 듣고 세간에 이야기하여 전한 것이다.[7]

4 이 전후 부분이 전화인 제11화의 제2단과 구성과 표현이 유사하다는 점에 주목.
5 남자를 의식하는 속념이 생겼음을 의미함.
6 예전처럼 정신통일이 된 몸.
7 설화의 전승자와 전승경로를 설명하고 있는 것에 주의.

이 이야기를 듣고 생각하니, 입정入定[8]한 비구니가 이 정도인데 세간의 여자는 얼마나 죄가 깊은 것일까 미루어 짐작할 수 있을 것이라고 이렇게 이야기로 전하여 내려오고 있다 한다.

8 → 불교. 선정禪定에 듦.

◉제12화◉ 조라쿠지長樂寺의 승려가 산에 들어가 입정入定한 비구니를 본 이야기

長楽寺僧於山見入定尼語第十二

今昔、京ノ東山ニ[19]長楽寺ト云フ所有リ。其ノ所ニ仏ノ道ヲ修行スル僧有ケリ。[20]花ヲ採テ仏ニ奉ラムガ為ニ、山深ク入テ峰々谷々ヲ行ク間ニ、日晩レヌ。然レバ、樹ノ下ニ宿シヌ。[21]亥ノ時許ヨリ、宿セル傍ニ細ク幽ニ貴キ音ヲ以テ法花経ヲ誦スル音ヲ聞ク。僧、[22]「奇異也」ト思テ、終夜聞テ思ハク、「昼ハ此ノ所ニ人無カリツ。仙人ナド有ケルニヤ」ト、心モ不得ズ、貴ク聞キ居タル間ニ、夜漸ク暛ケ白ラム程ニ、此ノ音ノ聞ユル方ヲ尋テ、漸ク歩ミ寄タルニ、地ヨリ少シ高クテ見ユル者有リ。「何者ノ居タルニカ有ラム」ト見ル程ニ、[2]白々ト暛ヌ。[3]早ウ巌ノ[4]苔蒸シ[5]蕀這ヒ懸タル也ケリ。「尚ヲ此ノ経ヲ誦シツル音ハ何方ニカ有ツラム」ト怪ク思テ、「若シ此ノ巌ニ仙人ノ居テ誦シケルニヤ」ト、悲ク貴クテ、暫ク守リ立ル程ニ、此ノ巌俄ハカニ動ク様ニシテ[6]高カク成ル。「奇異也」ト見ル程ニ、人ニ成テ立テ走ヌ。見レバ、年六十許ナル女法師ニテ有リ。立ツニ随テ、蕀ハ[7]汒々ト成テ皆切レヌ。

僧此レヲ見テ、恐レ乍ラ、「此ハ何ナル事ゾ」ト問ヘバ、此ノ女法師泣々ク答テ云ク、「我レハ多ノ年ヲ経テ此ノ所ニ有ツルガ、愛欲ノ心発ス事無シ。而ルニ、只今汝ガ来ルヲ見テ、[8]『彼レハ男カ』ト見ツル程ニ、[9]本ノ姿ニ成ヌル事ノ悲キ也。尚人ノ身許弊キ物無カリケリ[10]。[11]今亦過ギヌル年ヨリ久ク有テゾ本ノ如ク可成キ」ト云テ、泣キ悲ムデ、山深ク歩ビ入ニケリ。

[12]其ノ僧長楽寺ニ返テ語タリケルヲ、其ノ僧ノ弟子ノ聞テ世ニ語リ伝ヘタル也。

[13]此レヲ聞クニ、[14]入定ノ[15]尼ソラ如此シ。何況ヤ世間ニ有ル女ノ罪何許ナルラム、[16]可思遣シトナム語リ伝ヘタルトヤ。

권13 **제13화**

데와 지방出羽國 류게지龍花寺의 묘타쓰妙達 화상和尙의 이야기

법화경의 지경자 묘타쓰妙達가 염마왕에게 부름을 받아 명도冥途로 가서 일본의 중생의 소식을 알게 된 후 소생하여 보고 들은 것을 세간에 전하여 많은 중생을 교화하고 선행을 쌓아 왕생을 이룬 이야기. 유계幽界에서 인계人界로 복귀한다는 점에서 앞의 이야기와도 연결된다.

이제는 옛이야기이지만, 데와 지방出羽國[1]에 류게지龍花寺라는 절이 있었다. 그 절에 묘타쓰妙達[2] 화상和尙[3]이라는 승려가 살고 있었다. 그 절의 주지였을 것이다. 몸가짐은 청아하고, 마음은 정직하여, 오랜 세월 동안 법화경[4]을 독송하였다.

그런데 천력天曆 9년[5]에 특별한 병도 없이 손에 법화경을 쥔 채로 갑자기 숨을 거두었다. 하지만 일수가 좋지 않아,[6] 제자들은 꺼려하며 칠 일간 장

1 → 옛 지방명.

2 전미상傳未詳. 동박본東博本 『삼보회三寶會』 중中 · 부재付載위 '기記'에는 오곡을 끊은 성인이라고 하고 있음. 『승 묘타쓰소생주기僧妙達蘇生注記』에는 "龍花寺常住斷川人也, 鬅事多歟"라고 하는 주석이 달려 있고 "越後國人"라고 하고 있음.

3 → 불교.

4 → 불교.

5 서기 955년.

6 출전인 『법화험기法華驗記』에는 없는 내용. 시신을 장례 치르지 않고 소생할 때까지 방치했던 것은, 장례를 치르기에 부적절한 흉일이 이어졌기 때문이라고 편자가 합리적으로 해석한 것.

례를 지내지 않았다. 그러자 칠 일째에 묘타쓰가 되살아나, 제자들에게 이렇게 말했다.

"나는 죽어 염마왕閻魔王[7]의 궁전으로 갔다. 왕은 자리에서 일어나셔서 나에게 배례하고 말씀하셨다. '수명이 다하지 않은 자는 이곳에 오지 않도록 되어 있소. 그대는 아직 수명이 다하지 않았지만 내가 특별히 그대를 부른 것이오. 그것은 그대가 열심히 법화경法華經을 신앙하여, 탁세濁世[8]에서 불법을 지키는 사람이라고 보았기 때문이오. 그래서 나는 그대에게 일본의 중생들이 행하는 선악을 설명하여 들려주겠소. 그대는 잊지 말고 원래 나라로 돌아가, 선한 일을 권하고 악한 일을 금지시켜 중생을 구제하시오.' 이렇게 말씀하시고 나를 돌려보내셨다."

이것을 들은 사람들은 악한 마음을 금하고 출가하여 입도하는 자가 많았고, 혹은 불상을 만들고, 경문을 서사하기도 하고, 또는 탑[9]을 세우고 당을 짓는 자가 수없이 많았다.

묘타쓰 화상은 평생 법화경 독송을 게을리하지 않았고, 임종 시에는 손에 향로[10]를 들고 부처 주위를 돌며[11] 백팔 번[12] 예배한 뒤, 얼굴을 지면에 대고 합장하고 돌아가셨다.

필시 극락[13]에 왕생한 사람이라고 이렇게 이야기로 전하여 내려오고 있다 한다.

7 → 불교.
8 → 불교.
9 솔도파卒塔婆('도파塔婆' → 불교)를 말함.
10 → 불교.
11 행도行道(→ 불교)를 말함.
12 백팔 번 반복하여 예배하여 인간의 백팔번뇌百八煩惱를 제거함.
13 → 불교.

◎제13화◎
데와 지방出羽國 류게지龍花寺의 묘타쓰妙達 화상和尚의 이야기

出羽国竜花寺妙達和尚語第十三

今昔、[一七]出羽ノ国ニ[一八]竜花寺ト云フ寺有リ。其ノ寺ニ[一九]妙達和尚ト云フ僧住ケリ。[二〇]其ノ寺ノ[二一]和尚ナルベシ。身清クシテ心直シ。亦、常ニ法花経ヲ読誦シテ年ヲ積リ[二二]。

而ルニ、[二三]天暦九年ト云フ年、身ニ病無クシテ、手ニ経ヲ捲リ乍ラ俄ニ死ヌ。[二四]日次不宜ザルニ依テ、弟子等此レヲ忌テ七日不葬ズ。七日ト云フニ活ヌ。[二五]弟子ニ告テ云ク、「我レ死テ、[二六]琰魔王ノ宮ニ行キ至ル。王座ヨリ下リ給テ、我レヲ礼拝シテ告テ宣ハク、『命不尽ザル者ハ此ニ不来ズ。汝ヂ未ダ命不尽ズト云ヘドモ、我レ汝ヲ請ゼリ。其ノ故ハ、汝ヂ偏ニ法花経ヲ持テ[一]濁世ニ法ヲ護ル人ト有リ。此ノ故ニ、我レ汝ニ向テ、日本国ノ中ノ衆生ノ善悪ノ所行ヲ令説聞メム。汝ヂ[二]不忘ズシテ本国ニ返テ吉ク善ヲ勧メ悪ヲ止メテ衆生ヲ利益セヨ』ト宣テ、返シ遣セルナリ」ト語ル。

此ノ事ヲ聞ク人、多ク悪心ヲ止メテ出家入道スル者多カリ。或ハ仏像ヲ造リ、経巻ヲ写シ、或ハ[三]塔婆ヲ起、堂舎ヲ造ル者無限シ。

和尚、[四]生タル間、法花経ヲ読誦スル事、更ニ不怠ズ。遂ニ命終ル時ニ臨テ、手ニ[五]香炉ヲ取テ[六]仏ヲ廻リ奉リ、礼拝スル[七]事百八反、其ノ後面ヲ地ニ付テ、掌ヲ合セテ失ニケリ。[八]必ズ極楽ニ生レタル人トナム語リ伝ヘタルトヤ。

권13 **제14화**

가가 지방加賀國의 오키나翁 화상和尚이 법화경法華經을 독송한 이야기

속세의 옷차림을 한 오키나翁 화상和尚이 법화경을 독송한 공덕을 쌓아 왕생의 소망을 이루었다는 이야기. 당시의 세속에서 활동하는 성인聖人의 한결같은 구도생활을 엿볼 수 있다. 세속에서 활동하는 성인俗聖은 재가승으로서 득도한 정규 승려와 달리 속세에 머물며 머리를 기른 채로 반승반속伴僧伴俗적인 생활을 영위한 행자를 말한다. 본권 중에, 정규 승려이면서 타락한 자의 이야기도 있어, 속세에 있으면서도 청정한 생활을 하며 수행하면 극락왕생할 수 있다는 사상이 발생한 것으로 추정된다.

이제는 옛이야기이지만, 가가 지방加賀國[1]에 오키나翁 화상和尚이라는 자가 있었다. 마음이 바르고, 거짓말을 하거나 아첨하거나 하는 법이 전혀 없었다. 밤낮으로 자나 깨나 법화경法華經[2]을 독송할 뿐으로 결코 다른 생각을 품는 일 없었고, 속인俗人의 몸을 하고 있지만 그 행동이 존귀한 승려와 다를 바가 없었다. 그래서 그 지방의 사람들은 그를 일컬어 오키나 화상[3]이라고 불렀다.

의식衣食을 해결할 수단도 없이 사람들의 공양에만 의지하였기 때문에,

1 → 옛 지방명.

2 → 불교.

3 늙은 화상和尚(→ 불교)이라는 뜻. 여기서는 '덕이 높은 승려'라는 의미로 쓰임.

언제나 더할 나위 없이 가난했다. 그래도 가끔씩 음식이 생길 때에는 바로 산사에 가져가 그것을 식량으로 하여 칩거하며 법화경을 독송했다. 그 음식이 떨어지면 다시 마을로 내려와 살았지만 경을 읽는 것은 게을리하지 않았다. 이렇게 십수 년이 지났지만 티끌만큼도 모아 놓은 것이 없을 정도로 가난했고, 법화경 단 한 권만 몸에 지니고 있을 뿐이었다. 그리고 산사와 마을 사이를 오가며 살고 정해진 거처조차 없었다.

화상은 이렇게 조금도 쉴 틈 없이 법화경을 독송하였지만, 마음속으로

"저는 오랫동안 법화경을 신앙하고 있습니다. 이것은 현세[4]의 행복이나 장수를 기원하기 위해서가 아닙니다. 오로지 후세보리後世菩提를 위해서입니다. 만약 이 소원이 이루어질 수 있다면 부디 그 증거를 보여 주십시오."

라고 기원했다. 그러자 어느 날 경문을 읽던 중, 그의 입안에서 이가 하나 빠져 경문 위에 떨어졌다. 놀라서 집어보니 이가 빠진 것이 아니라 부처님의 사리舍利[5]였다. 그것을 보고 기뻐 눈물 흘리며 존귀하게 여기고, 소중히 안치하여 배례하였다. 그 뒤로, 또 경문을 읽고 있자 전처럼 입 안에서 사리가 나오는 일이 두세 번 있었다. 그래서 화상은 매우 기뻐하며 '이것은 오로지 법화경을 독송한 공덕으로 인해, 내가 보리[6]를 얻을 것이라는 서상瑞相[7]이다.'라고 생각하여, 더욱더 독송을 게을리하지 않았다.

이렇게 해서 결국 임종을 맞게 되었을 때, 화상은 오조지往生寺[8]라는 절로 가서, 한 그루의 나무 밑에 앉아 몸에 아픈 곳 하나 없이 마음을 흩트리지 않고 법화경을 읽었다. 그리고 명이 다할 때에 수량품壽量品[9]의 게偈[10] 말미

4 → 불교.
5 → 불교.
6 → 불교.
7 불가사의한 전조. 길흉 양쪽에 모두 쓰임.
8 소재가 자세히 전해지지 않음.
9 → 불교.

의 '매자작시념每自作是念 이하령중생以何令衆生 득입무상도得入無上道 속성취불신速成就佛身'[11]이라는 부분을 읽으며 조용히 세상을 떠났다. 이것을 보고 들은 사람들은 "이 화상은 오로지 법화경을 오랜 세월 동안 독송한 힘으로 정토왕생[12]을 이룬 사람이다."라고 이야기했다.

그러므로 설령 출가하지 않았어도 도심이 이끄는 대로 법화경을 독송해야만 할 것이라[13]고 이렇게 이야기로 전하여 내려오고 있다 한다.

10 → 불교.

11 "부처는 항상 스스로 이러한 마음을 일으키고 있다. 어떻게 해서든 중생을 무상의 깨달음의 길로 인도하고, 지체 없이 성불시키고자 한다."라는 뜻. 이 구절은 『법화경法華經』 권6 · 여래수량품如來壽量品의 게偈의 마지막 네 구절.

12 → 불교

13 정토왕생은 출가의 유무에 관계없이, 신앙심의 깊이에 의한 것이라는 주장으로, 반승반속의 세속의 성인俗聖의 입장을 옹호하는 견해.

⊙제14화⊙ 가가 지방加賀國의 오키나翁 화상和尚이 법화경法華經을 독송한 이야기

加賀国翁和尚読誦法花経語第十四

今昔、加賀ノ国ニ翁和尚ト云フ者有ケリ。心正直ニシテ永ク諂曲ヲ離レタリ。日夜寤寐ニ法花経ヲ読誦シテ更ニ余ノ思ヒ無シ。形俗也ト云ヘドモ、所行貴キ僧ニ不異ズ。然レバ、其ノ国ノ人此レヲ名付テ翁和尚ト云フ。

衣食ノ便無クシテ、人ノ訪ヒヲ期スレバ、常ニ乏キ事無限シ。若シ食物有ル時ハ、即チ山寺ニ持行テ、其レヲ便トシテ籠居テ、法花経ヲ読誦ス。食物失ヌレバ、亦里ニ出デ、居タリト云ヘドモ、経ヲ読ム事不怠ズ。如此クシテ十余年ヲ過ルニ、身貧クシテ一塵ノ貯ヘ無シ。只、身ニ随テ持タル物ハ法花経一部也。只、山寺、里ニ往返シテ棲ヲ不定ズ。

而ル間、和尚法花経ヲ読誦スル事隙無クシテ、心ニ請ヒ願ヒケル様、「我レ年来法花経ヲ持チ奉ル。此レ現世ノ福寿ヲ願フニ非ズ。偏ニ後世菩提ノ為也。若シ此ノ願所可叶クハ、其ノ霊験ヲ示シ給ヘ」ト。而ル間、経ヲ誦ツル時ニ、我ガ口ノ中ヨリ一ノ歯缺ケテ経ノ上ニ落タリ。驚キ取テ見レバ、歯ノ缺タルニハ非ズシテ、仏ノ舎利一粒也。此レヲ見テ、泣々ク喜ビ貴デ、安置シテ礼拝ス。其後、亦経ヲ誦スル時ニ、如此クノ、口ノ中ヨリ舎利出給フ事、既ニ両三度ニ成ヌ。然レバ、和尚大ニ喜テ、「此レ偏ヘニ、法花読誦ノ力ニ依テ、我菩提ヲ可得瑞相也」ト知テ、弥ヨ読誦不怠ズ。

而ル間、遂ニ最後ノ時ニ臨デ、和尚往生寺ト云フ寺ニ行テ、樹ノ下ニ独リ有テ、身ニ痛ム事無ク、心ニ乱ルヽ事無クシテ、法花経ヲ誦ス。命終ル時ニハ、寿量品ノ偈ノ終リ、「毎自作是念　以何令衆生　得入無上道　速成就仏身」ト云フ所ヲ誦シテ、心不違ズシテ失ニケリ。此レヲ見聞ク人、「此レ偏ニ、法花経ヲ年来読誦スル力ニ依テ、浄土ニ生レヌル人也」トナム云ヒケル。

然レバ、出家ニ非ズト云ヘドモ、只心ニ可随キ也トナム語リ伝ヘタルトヤ。

권13 **제15화**

도다이지東大寺의 승려 닌쿄仁鏡가 법화경法華經을 독송讀誦한 이야기

앞 이야기에 이어지는 법화法華 독송의 공덕담으로 신이 점지한 아이인 닌쿄仁鏡가 다년간 『법화경法華經』을 신앙하여, 만년晩年에 아타고 산愛宕山에서 고행을 한 후 왕생往生을 이루었다는 이야기.

이제는 옛이야기이지만, 도다이지東大寺[1]에 닌쿄仁鏡란 승려가 있었다. 처음 그의 부모는 절 근처에 살고 있었는데, 아이가 없었던 탓에 아이를 점지받고자 절의 진수신鎭守神[2]에게 기원했다. "만약 제게서 사내아이가 태어난다면 그것을 스님으로 키워 불도를 공부시키겠습니다."라고 말하여 소원을 빌었다. 얼마 후 처가 회임하고 아이가 태어났는데, 이것이 닌쿄이다.

닌쿄가 아홉 살 때, 부친은 소원을 빌었던 대로 그를 절의 승려에게 맡겨 불도를 배우게 했다. 닌쿄는 우선 『법화경法華經』[3]의 관음품觀音品[4]을 배웠는데, 시작부터 잘 이해하여 이내 『법화경』 전권을 습득할 수 있었다. 그래서 다른 경전의 법문을 공부했는데, 그것도 모두 이해할 수 있었다. 또한 계율

1 → 사찰명.
2 사원寺院의 경내境內에 권청勸請한 수호신. 또는 그 신사神社. 보통 사지寺地의 지주신地主神을 모심.
3 → 불교.
4 → 불교. 『법화험기法華驗記』에는 '보문품普門品'으로 되어 있음.

戒律을 지켜 조금도 계를 어기는 일이 없었으며, 깊은 산에 틀어박힌 채, 십여 차례나 하안거夏安居[5]를 행하였다. 이와 같이 하던 중 여든 살에 이르러 수명이 얼마 남지 않게 되자,

'청정한 땅을 찾아서 그곳을 최후의 거처로 하고 싶구나. 아타고 산愛宕護山[6]은 지장地藏[7] 보살, 용수龍樹[8] 보살이 계신 곳이로다. 중국中國의 오대산五臺山[9]과 똑같구나. 그곳을 최후의 장소로 하자.'

라고 생각하였다. 그리고 아타고 산으로 가 그곳의 오와시미네大鷲峰[10]란 곳에 거하며, 밤낮으로 『법화경』을 독송하고 육시六時[11]에 법화참법法華懺法[12]을 행하였다.

그곳에서 살고 있는 동안은 의복을 구하지 않고, 먹을 것도 생각지 않았다. 찢어진 종이옷[13]과 코가 성긴 베옷을 입고 있을 뿐이었다. 때로는 찢어진 도롱이를 덮어쓰고, 혹은 사슴 가죽[14]을 몸에 걸칠 뿐이었다. 다른 사람이 보더라도 부끄러운 마음도 들지 않았다. 추위를 견디고 더위를 이겨내고, 매일 먹을 것도 생각지 않고 죽 한 그릇만으로 이삼일을 보냈다. 어느 날 꿈속에[15] 사자獅子[16]가 나타나 《친근하게》[17] 가까이 다가왔다. 또 어느 날

5 일하一夏(→ 불교).
6 → 지명(아타고 산愛宕山).
7 → 불교.
8 → 불교.
9 → 지명.
10 영취산靈鷲山과 연관된 이름으로 추정. 아타고 산愛宕山 다섯 산의 하나로 쓰키노와데라月輪寺가 있는 땅. 용수龍樹 보살의 영지靈地로 여겨짐.
11 → 불교.
12 '참법懺法' → 불교. 여기서는 멸죄생선滅罪生善 · 후세보리後世菩提를 기원하는 법화참법法華懺法.
13 원문은 "紙衣". 종이로 만든 의복. 두툼한 화지和紙에 감 즙을 발라 주물러 부드럽게 하여 만듦. 원래 승복으로 사용.
14 교간지行願寺(혁당革堂)를 건립한 교엔行圓(피성皮聖)도 같은 수행차림이었던 것은 유명. 『일본기략日本紀略』 관홍寬弘 2년(1005) 5월 조條에 "그 성인은 춥든지 덥든지 상관하지 않고 사슴 가죽을 입었다. 그것에서 피성인皮聖人이라고 이른다."라고 되어 있음.
15 『법화험기』에서는 사자獅子나 백상白象의 방문을 꿈 속 일로 하고 있지 않음. 편자의 합리적 해석에 의한 부

의 꿈에서는 백상白象[18]이 나타났고, 그것이 그를 모시듯 《행동했다》.[19] '이것은 분명 보현普賢,[20] 문수文殊[21] 두 보살께서 보살펴주시고 있는 것이리라.'라고 생각했다. 이러한 수행을 계속하고 있는 사이 어느덧 백스물일곱 살에 이르러, 마음을 차분히 하고 『법화경』을 독송하면서 세상을 떠났다.

그 후의 일인데, 그곳에 한 명의 노승이 살고 있었다. 그 노승이 세상을 떠난 닌쿄 성인聖人이 손에 『법화경』을 받들고,

"나는 지금부터 도솔천兜率天[22] 내원內院[23]에 태어나 미륵彌勒[24] 보살을 만나 뵈려고 한다."

라고 말하며 하늘로 올라가 버리는 꿈을 꾸었다.

이것을 들은 사람은 모두 존귀하게 여겼다고 이렇게 이야기로 전하여 내려오고 있다 한다.

가 설정. 권13 제11화 주 참조. 편자 설정 관련.

16 사자獅子. 사자는 문수文殊 보살의 탈것.

17 저본의 파손에 의한 결자. '친근하게'가 들어갈 것으로 추정. 『법화험기』를 참조하여 보충.

18 백상白象은 보현普賢 보살이 타는 영수靈獸.

19 저본의 파손에 의한 결자. 문맥을 고려하여 보충.

20 → 불교.

21 → 불교.

22 → 불교.

23 → 불교.

24 → 불교.

⊙제15화⊙
도다이지東大寺의 승려 닌쿄仁鏡가 법화경法華經을 독송讀誦한 이야기

東大寺僧仁鏡読誦法花語第十五

今昔、東大寺[14]ニ仁鏡[15]ト云フ僧有ケリ。其ノ父母初[16]メ寺ノ辺ニ住テ、子無キニ依テ子ヲ儲ケム事ヲ請ヒ願テ、其ノ寺ノ鎮守[17]ニ祈請ジテ云ク、「若シ我レ男子ヲ儲ケタラバ、僧ト成シテ、仏ノ道ヲ令学メム」ト。其ノ後、幾ノ程ヲ不経シテ、懐任[18]シテ令生タル子、仁鏡[19]此レ也。

仁鏡、年九歳ニシテ、願ノ如ク、寺ノ僧ニ付テ法ノ道ヲ令学ム。初メ法花経ノ観[20]音品ヲ習フニ随テ悟テ一部ヲ習畢ヌ。亦、余経ヲ習ヒ法文ヲ学スルニ、皆足レリ。亦、持[21]戒ニシテ犯ス事無シ。亦、深キ山ニ籠居テ一夏[22]ヲ勤メ行フ事十余度[23]也。遂ニ年八十ニ及テ、残ノ年不幾ズ。然レバ、「浄

竜樹菩薩(図像抄)

キ所ヲ尋テ、最後ノ棲ト為ムト思フニ、愛宕護[4]ノ山ハ、地蔵[5]竜樹[6]ノ在ス所也。震旦ノ五臺山[7]ニ不異ズ。然レバ、其ノ所ヲ以テ最後ノ所ト為ム」ト思テ、愛宕護ニ行テ、大鷲峰[8]ト云フ所ニ住ヌ。日夜ニ法花経ヲ読誦シテ、六時[9]ニ懺法[10]ヲ行フ。

而ル間、衣服[11]ヲ不求ズ、食物[12]ヲ不願ズ。破タル紙衣[13]荒キ布[14]ノ衣ヲ着タリ。或ハ破タル莚[15]ヲ覆ヒ、或ハ鹿ノ皮[16]ヲ纏ヘリ。人見[17]ルト云ヘドモ此ヲ不恥ズ。寒サヲ忍ビ熱ヲ堪ヘテ、日ノ食ヲ不思ズ。粥一坏[18]ヲ呑テ二三日ヲ過ス。或時ハ、夢[19]ノ中ニ師子[20]来テ□[21]レ近付ク。或時ニハ、夢ノ中ニ白象[22]来テ随ヒ□[23]フ。「此レ定テ普賢[24]文殊[25]ノ護リ給フ也」ト知ヌ。如此クシテ修行ズル間ニ、遂ニ年百二十七ニシテ、心不違[26]シテ法花経ヲ誦シテ失ニケリ。

其ノ後、其ノ所ニ一人老僧有リ。夢ニ、失ニシ仁鏡聖人手ニ法花経ヲ捧テ、虚空[27]ニ昇テ云ク、「我レ今、兜率天[28]ノ内院ニ生レテ弥勒[29]ヲ見奉ムトス」ト告テ昇ヌ、トゾ見ケル。

此レ[30]ヲ聞ク人、皆貴ビケリトナム語リ伝ヘタルトヤ。

권13 **제16화**

히에이 산比叡山 승려 고니치光日가 법화경法華經을 독송讀誦한 이야기

앞 이야기의 닌쿄仁鏡와 같이 노후에 아타고 산愛宕山으로 이주한 지경자持經者 고니치光日의 왕생담往生譚이다. 우둔한 고니치가 삼보三寶에게 기원하여 『법화경法華經』을 습득하고, 귀인의 귀의歸依를 받게 되는 자초지종과 노후에 하치만 궁八幡宮을 참배하고 꿈에서 왕생의 신탁神託을 받는 것을 기술한다.

이제는 옛이야기이지만, 히에이 산比叡山[1]의 동탑東塔에 있는 천수원千手院[2]이란 곳에 고니치光日란 승려가 살고 있었다. 어린 시절 이 산에 올라 출가했는데,[3] 스승을 따라 『법화경法華經』[4]을 배우려 했지만 본디 머리가 우둔해[5] 좀처럼 습득할 수 없었다. 그런 까닭에 삼보三寶[6]에게 간원懇願하여 겨우 『법화경』 한 부를 습득할 수 있었다. 그 후 우메가타니梅谷[7]란 곳에 칩거하여 오랜 세월 『법화경』을 독송하고 마음을 다해 불도 수행을 하고 있었다. 그

1 → 사찰명.

2 → 사찰명.

3 이 한 구절은 『법화험기法華驗記』에 없음. 상황설명을 위해 부가한 구. 어려서 깊이 출가의 뜻을 품고 산에 올라 출가하는 것은 고승전高僧傳 · 왕생전의 상투적 표현.

4 → 불교.

5 → 불교(우치愚痴).

6 → 불교. 여기서는 부처를 가리킴.

7 야마시로 지방山城國(교토 부京都府 남부南部)의 남단으로 니시지키[illegible]의 동북쪽에 해당함. 기즈 강木津川의 지류이자 이세키 강井關川 유역. 현재의 사가라 군相樂郡 기즈 정木津町 우메가타니梅谷 부근.

러던 중 그가 여러 차례 매우 큰 영험靈驗[8]을 보이자 점차 세간의 평판이 높아져 갔다. 이로 인해 나카 관백中關白[9] 전하의 부인[10]이 고니치 성인聖人에게 귀의歸依하시어 매일 공양물이나 의복을 항상 하사하셨다.

이윽고 고니치 성인은 노경老境에 접어들어 아타고 산愛宕護山에 이주하게 되었다. 그리고 그곳에서 밤낮으로 『법화경』을 독송하고 게을리하지 않고 수행을 계속하고 있었다. 어느 날 오랜 숙원을 이루고자 하치만 궁八幡宮[11]에 참배했다. 밤에 신사 앞에서 『법화경』을 독송하고 있자, 고니치 근처에 있었던 사람이 꿈을 꾸었다. 신전 안에서 여덟 명[12]의 천동天童[13]이 나와 자신들 곁에서 경經을 독송하고 있는 승려에게 배례하고 향기로운 꽃을 흩날리며[14] 춤추며 놀고 있었다. 그러자 신전 안에서,

여시성자如是聖者 필정작불必定作佛 주야광명晝夜光明 명도요일冥途耀日[15]

이라고 드높게 이르시는 소리가 났고, 여기서 꿈에서 깨어났다. 그리고 주위를 보니, 옆에서 고니치가 『법화경』을 외고 있었다. 그리하여 이 사람이 고니치에게 꿈 이야기를 하고 예배했다. 고니치도 이것을 듣고서 깊이 감동

8 → 불교.
9 → 인명. 후지와라노 미치타카藤原道隆를 가리킴.
10 후지와라노 미치타카藤原道隆의 정실 다카코貴子. 다카시나노 나리타다高階成忠의 딸. → 인명(다카시나노 다카코高階貴子).
11 이와시미즈 하치만 궁石淸水八幡宮(→ 사찰명)을 가리킴. 권12 제10화 참조.
12 이와시미즈 하치만 궁의 보전寶殿에서 나온 제천동자諸天童子이므로, 부동명왕不動明王의 시자侍者인 팔대동자八大童子(팔대금강동자八大金剛童子)와는 다를 것으로 추정. 가구라神樂를 연주하는 야오토메八少女와 연관된 인수人數로 추정.
13 → 불교.
14 산화散花(→ 불교)를 말함.
15 이와 같은 성자聖者는 반드시 성불成佛하여, 밤낮으로 광명光明을 발하며 명도冥途에서 찬란한 태양이 될 것이라는 의미. '광명光明', '요일耀日'의 표현은 고니치光日의 이름을 담고 있음. 『법화험기』는 제3구를 "장야광명長夜光明"이라 함.

하여 울며 예배하고[16] 아타고 산으로 돌아갔다.

그 후 완전히 나이가 들어 마침내 명이 다하려 할 때, 확실히 『법화경』 한 부를 독송한 후 세상을 떠났다.

이것을 생각하면 고니치 성인은 필시 정토[17]왕생을 이룬 사람이라고 이렇게 이야기로 전하여 내려오고 있다 한다.

16 이와시미즈 하치만 궁의 제신祭神인 하치만 대보살八幡大菩薩에게 예배한 것임.

17 → 불교.

⊙제16화⊙ 히에이 산比叡山 승려 고니치光日가 법화경法華経을 독송讀誦한 이야기

比叡山僧光日読誦法花語第十六

今昔、比睿ノ山ノ東塔ニ千手院ト云フ所ニ、光日ト云フ僧住ケリ。幼ニシテ山ニ登テ出家シテ、師ニ随テ法花経ヲ受ケ習ハムト為ルニ、愚痴ニシテ習ヒ得ル事ヲ不得ズ。然レバ、三宝ニ強ニ祈請ジテ一部ヲ習ヒ得タリ。其ノ後、梅谷ト云フ所ニ籠居テ、年来法花経ヲ読誦シテ、専ニ仏道ヲ修行ズ。而ル間、霊験掲焉ナル事頻ニ有テ、漸ク其ノ聞エ高ク成ヌ。此レニ依テ、中関白殿ノ北ノ政所、光日聖人ヲ令帰依メ給テ、日ノ供幷ニ衣服ヲ常ニ与ヘ給フ。

而ル間、光日聖人漸ク老ニ臨デ、愛宕護ノ山ニ移リ住シヌ。其ノ所ニシテ日夜ニ法花経ヲ読誦シテ修行不怠ズ。而ル間、宿願有ルニ依テ八幡宮ノ宝前ニ参詣ス。宝前ニシテ夜ル法花経ヲ読誦スルニ、傍ニ人有リ。其ノ人ノ夢ニ、宝殿ノ内ヨリ天童八人出来テ、此ノ傍ニ経ヲ誦スル僧ヲ礼拝シテ、香ヲ焼キ花ヲ散ジテ舞イ遊ブ。亦、宝殿ノ内ヨリ音ヲ出シテ宣ハク、

　如是聖者　必定作仏　昼夜光明　冥途耀日

ト宣フ、ト見テ夢覚ヌ。見レバ、此ノ僧法花経ヲ誦シテ傍ニ居タリ。此ノ人、僧ニ夢ノ事ヲ語テ、僧ヲ礼拝ス。光日モ此事ヲ聞テ、泣々ク礼拝シテ愛宕護ニ返ニケリ。

其後、齢漸ク傾テ命終ル時ニ臨デ、慥ニ法花経一部ヲ誦シ畢テ失ニケリ。

此レヲ思フニ、必ズ浄土ニ生タル人也トナム語リ伝ヘタルトヤ。

권13 **제17화**

지경자持經者 운조雲淨가 법화경法華經을 외워 뱀의 위기를 면한 이야기

앞 이야기에 이어지는 『법화경法華經』 독송의 영험담靈驗譚. 승려 운조雲淨가 구마노熊野 참배 도중에 시마 지방志摩國의 해변 동굴에서 머물다 큰 독사毒蛇에게 위협당하지만, 독경誦經의 공덕功德에 의해 위기를 모면하고, 독사의 죄업도 소멸되어 선심善心을 일으켰다는 이야기.

이제는 옛이야기이지만, 운조雲淨라는 지경자持經者가 있었다. 젊은 시절부터 오랜 세월밤낮으로 『법화경法華經』[1]을 계속 독송하고 있었다.

어느 날 '여러 지방을 돌며 이곳저곳의 영장靈場에 참배드리자.'라고 결심하고 구마노熊野[2]에 참배하기로 했다. 시마 지방志摩國[3]을 지나고 있을 때, 마침 날이 저물고 말았는데 공교롭게도 묵을 만한 곳이 없었다. 보아하니 바다를 바라보고 절벽이 우뚝 서 있었고, 그곳에 바위 동굴[4]이 있었다. 그는 그 동굴에 들어가 자기로 했다. 이곳은 마을과 멀리 떨어진 장소로 동굴 위의 절벽에는 많은 나무들이 빽빽이 우거져 있었다. 운조는 동굴 속에서 마

1 → 불교.
2 → 사찰명.
3 시마 지방志摩國(→ 옛 지방명).
4 구마노나다熊野灘(* 기이紀伊 반도 남단의 와카야마 현和歌山縣의 시오노미사키潮岬에서 미에 현三重縣 다이오자키大王崎에 걸친 해역의 명칭)에 면한 해식海蝕 동굴. 오늘날에도 미에 현三重縣 구마노 시熊野市 부근에는 오니가조鬼ヶ城라 불리는 해식동굴이 있음.

음을 다하여 『법화경』을 독송하였다. 그런데 이 동굴 안에서 비릿한 냄새[5]가 심하게 나서 왠지 기분 나쁘게 생각하고 있었는데, 밤이 깊을 무렵 미풍이 불어와 어쩐지 기미가 이상했다. 비린내는 한층 더 심해졌다. 운조는 몹시 무서워졌지만 그렇다고 해서 갑자기 떠날 수도 없었다. 무엇보다도 칠흑같이 어두운 밤이라 어느 쪽이 동쪽인지 서쪽인지 알 수가 없었고, 바다의 파도 소리만 들려올 뿐이었다. 바로 그때, 동굴 위쪽에서 뭔가 커다란 것이 가까이 다가왔다. 운조가 놀라 수상히 여기며 자세히 보니, 그것은 거대한 독사毒蛇가 아닌가. 그것이 동굴 입구에 자리를 잡고 운조를 삼키려 하였다. 이것을 본 운조는

'나는 지금 여기서 독사 때문에 목숨을 잃겠구나. 하지만 설령 죽을지언정, 나는 『법화경』의 힘으로 악도惡道[6]에 떨어지지 않고 정토[7]에서 태어나고 싶도다.'

라고 생각하고 일심불란一心不亂으로 『법화경』을 독송했다. 그러자 이내 독사가 보이지 않게 되었다. 그 후 비바람이 불고 번개가 번쩍이며 절벽 위에는 큰 홍수가 났다.[8] 이윽고 비가 그치더니 하늘이 개었다.

그러자 한 명의 사내[9]가 나타나 동굴 입구로 들어와 운조와 마주 앉았다. 누구인지 알 수 없었다. 어쨌든 사람이 올 리가 없는 이곳에 나타났으니 '분명 이것은 귀신鬼神이리라.'라고 생각했으나, 여하튼 어두운 탓에 모습은 잘 보이지 않았다. 더욱 무서워하고 있자, 이 사람은 운조에게 절을 하고 말했다.

5 독사毒蛇·덴구天狗·영귀靈鬼 등은 이취異臭를 발산함.

6 → 불교.

7 → 불교.

8 동굴 절벽 위는 큰비로 침수되었으나 뒤에 나오는 "전날 밤의 비바람이나 천둥의 흔적은 그 동굴 밖에서 전혀 찾아볼 수 없었다."에 의하면, 운조가 동굴 안에 있으며 그렇게 느낀 것을 알 수 있음. 이 부분은 운조가 동굴 안에서 외부상황을 상상한 묘사.

9 『법화험기法華驗記』에서는 이 인물(뱀의 변신)은 오위五位 관인의 모습으로 붉은 옷을 입고 있었다고 함. 본집 권16 제16화 참조.

"저는 이 동굴에서 살고 있으며 오랜 세월 생명이 있는 것을 죽이고, 여기 오는 사람을 잡아먹었습니다. 조금 전에도 성인聖人[10]을 삼키려 했지만, 성인이 『법화경』을 독송하고 있는 것을 듣고 있자니, 갑자기 그 악심惡心이 사라지고, 선심善心이 되돌아왔습니다. 오늘밤의 큰 비나 천둥은 진짜 비가 아닙니다. 제 두 눈에서 흘러나온 눈물이었습니다. 죄업을 지워 없애기 위해 흘린 후회의 눈물이었습니다. 이후로 저는 결코 악심을 일으키지 않겠습니다."

이렇게 말하고 감쪽같이 사라져 보이지 않게 되었다.[11]

운조는 독사의 위기에서 벗어나 진정으로 일심불란으로 『법화경』을 독송하여 그 독사를 위해 회향回向[12]해 주었다. 독사도 이것을 듣고서 분명 선심을 일으켰으리라. 한편 날이 밝자 운조는 그 동굴을 나와 구마노 참배 길에 올랐다. 전날 밤의 비바람이나 천둥의 흔적은 그 동굴 밖에서 전혀 찾아볼 수 없었다.[13]

이것을 생각하면 그러한 잘 알지 못하는 곳에서는 묵어서는 안 된다고[14] 운조가 이야기한 것을 듣고 이렇게 이야기로 전하여 내려오고 있다 한다.[15]

10 → 불교.

11 성자聖者나 귀신·요괴·권화 등이 갑자기 모습을 감출 때의 상투적 표현.

12 → 불교.

13 독사의 발언에 따르면 그것이 진짜 비바람이 아니라 독사의 참회의 눈물인 것을 알 수 있음.

14 『법화경法華經』의 영험의 두드러짐을 강조하지 않고, 낯선 장소에서 묵지 말라는 극히 흔한 일상생활의 처세교훈이 되었음. 권13 제20화 참조.

15 이 이야기의 당사자인 운조를 제1차 전승자로 설정하여 신빙성을 부여한 결말. 전승자를 표기하는 것은 상투적 수법.

⊙ 제17화 ⊙
지경자持經者 운조雲淨가 법화경法華經을 외워 뱀의 위기를 면한 이야기

雲浄持経者誦法花免蛇難語第十七

今昔、雲浄[14]ト云フ持経者有ケリ。若ヨリ日夜ニ法花経ヲ読誦テ年ヲ積メリ。

而ル間、「国々ニ行テ、所々ノ霊験[15]ヲ礼マム」ト思テ、熊野[16]ニ詣ルニ、志磨[17]ノ国ヲ過ル間ニ、日暮レテ忽ニ可行宿キ所無シ。而ルニ、大海ノ辺ニ高キ岸[18]有リ。其ノ岸ニ大ナル巌[19]ノ洞有リ。其ノ洞ニ入テ宿シニケリ。此レ遥ニ人離レタル界也。洞ノ岸ノ上ニ多ノ木隙無ク生ヒ繁リタリ。雲浄洞ノ内ニ居テ、心[20]ヲ至シテ法花経ヲ誦ス。洞ノ内生臭キ[21]事無限シ。然レバ、此ヲ恐ル、間、夜半許ニ[22]微風吹テ、不例ヌ気色也。生臭キ香弥ヨ増サル。雲浄[23]驚キ怖ルト云ヘドモ、忽ニ可立去キ方無シ[24]。暗夜[25]ニシテ東西[26]ヲ見ル事無シ[27]、只大海ノ波ノ立ツ音許ヲ聞ク。而ル間、洞ノ上ヨリ大ナル者来ル。驚キ怪デ能ク見レバ、大ナル毒蛇也ケリ。洞ノ口ニ有テ、雲浄ヲ呑テムトス。雲浄此ヲ見テ、「我レ此ニシテ毒蛇ノ為ニ忽ニ命ヲ棄ムトス。但シ、我レ法花ノ力ニ依テ、悪趣[1]ニ不堕ズシテ浄土[2]ニ生ゼム」ト思テ、心[3]ヲ至シテ法花経ヲ誦ス。其ノ時ニ、毒蛇忽ニ不見ズ成ヌ。其ノ後、雨降リ風吹キ雷電[4]シテ、洪水[5]上ノ山ニ満ヌ。良久ク有テ、雨メ止ミ[6]、空ラ晴ヌ[7]。

其ノ時ニ、一ノ人[8]出来テ、洞ノ口ヨリ入テ、雲浄ニ向テ居タリ。此レ誰人ト不知ズ。人可来クモ無ニ、此ク人来レバ、「此ハ鬼神[9]ナドニコソハ有ラメ」ト思フニ、暗ケレバ其ノ姿ハ不見ズ。弥ヨ恐ヂ怖レテ有ル程ニ、此ノ人雲浄ヲ礼シテ云ク、「我レ此ノ洞ニ住シテ生類ヲ害シ、此ニ来ル人ヲ食シテ、既[10]ニ多ノ年ヲ経タリ。今亦聖人ヲ呑ムト為ルニ、聖人ノ法花ヲ誦スル音ヲ聞クニ、我レ忽ニ悪心ヲ止メテ善心ニ趣キヌ。今夜ノ大雨雷電ハ此レ実ノ雨ニ非ズ。我ガ二ノ眼ヨリ流レ出ル涙也。罪業ヲ滅スルガ故ニ、慚愧[11]ノ涙ヲ流ス。此レヨリ後我レ更ニ悪心ヲ不発ジ」ト云テ、掻消[12]ツ様ニ失ヌ。

雲浄、毒蛇ノ難ヲ免レテ、[一四]弥ヨ心ヲ至シテ法花経ヲ誦シテ、彼ノ毒蛇ノ為ニ[一五]廻向ス。[一六]毒蛇尚此レヲ聞テ善心ヲ発シケム。夜曙ヌレバ、雲浄其ノ洞ヲ立テ熊野ニ詣ニケリ。[一七]夜ノ雨風、雷電、其ノ洞ノ外ニ更ニ無カリケリ。

[一八]此レヲ思フニ、[一九]如然キノ不知ラム所ニハ不可宿ズ。[二〇]雲浄ガ語ケルヲ聞テ語リ伝ヘタルトヤ。

권13 **제18화**

시나노 지방信濃國의 눈먼 스님이 법화경法華經을 독송하여 두 눈이 떠진 이야기

눈먼 스님인 묘쇼妙昭가 길을 잃고 산사에 들어가, 빈 절을 지키며 머물다가 기아에 직면했지만 『법화경法華經』의 가호加護로 죽음을 모면하고, 더욱더 『법화경』을 수지하여 마침내 두 눈이 떠져 광명을 얻었다는 이야기. 앞 이야기와는 『법화경』의 영험력靈驗力에 의해 목숨을 구한다는 공통의 모티브와 연결됨.

이제는 옛이야기이지만, 시나노 지방信濃國[1]에 두 눈이 보이지 않는 승려가 있었다. 그 이름은 묘쇼妙昭라고 했다. 앞이 보이지 않는다 해도, 묘쇼는 밤낮으로 『법화경法華經』[2]을 독송하고 있었다.

그런데 이 묘쇼가 7월 15일[3]에 금고金鼓를 치기 위해 밖으로 나갔는데,[4] 깊은 산에서 길을 잃고 어느 산사에 이르게 되었다. 그 절에 한 명의 주지승住持僧이 있어 그 눈먼 스님을 보고 가엾게 여기며, "자네는 무슨 일로 이런 곳에 온 게요?"라고 물었다. 눈먼 스님은 "오늘 금고를 치려고 그저 발길 가는 대로 걷다가 길을 잃고 이곳에 오고만 것입니다."라고 대답했다. 주지는 "당신은 이 절에 잠시 머무시오. 나는 용무가 있어서 지금부터 마을로 가

1 → 옛 지방명.
2 → 불교.
3 이 날에 하안거夏安居가 끝남. → 불교(안거安居).
4 → 불교. 금고金鼓를 치며 돌아다니는 탁발 수행에 나간 것임.

서 내일 돌아옵니다. 돌아온 후, 당신을 마을로 데려다 주겠소. 돌아오기 전에 혼자서 나간다면 다시 길을 잃고 말 것이오."
라고 말하고 쌀을 조금 맡겨두고 나갔다.

절에는 달리 누구 한 사람 없었기에 눈 먼 스님 홀로 절에 머물며 주지를 기다리고 있었는데, 다음날이 되어도 돌아오지 않았다. '마을에 부득이한 용무가 있어 머물고 있는 것이리라.'라고 생각하고 기다렸지만, 닷새가 지나도 돌아오지 않았다. 주지가 두고 간 약간의 쌀도 다 먹어버려 딱히 먹을 것도 없었다. 그래도 '곧 돌아올 것이다.'라고 계속 기다렸지만, 석 달이 지나도 주지승은 돌아오지 않았다. 눈먼 스님은 하는 수 없어 그저 불전佛前에 앉아 『법화경』을 독송하였고, 손을 더듬어 과일나무의 나뭇잎을 찾아 그것을 뜯어먹으며 지내는 동안, 어느 사이에 11월이 되고 말았다. 날은 몹시 추웠고 눈이 높게 쌓여서 밖으로 나와 나뭇잎을 더듬어 찾으려 해도 찾을 수 없었다. 이러다가 굶어 죽고 말 것이라고 탄식하며 불전에서 경을 독송하고 있자, 꿈처럼 한 사람이 가까이 다가와 고했다. "한탄하지 말지라. 내가 너를 도와주마." 이렇게 말하며 나무 열매를 주는 것을 보고 눈먼 스님은 번뜩 제정신으로 돌아왔다.

그 후 별안간 큰 바람이 불어 닥치고 거목이 쓰러지는 소리가 들렸다. 눈먼 스님은 전보다 더 두려운 기분이 들어서 일심一心으로 염불을 외웠다. 이윽고 바람이 멎었기에 눈먼 스님이 뜰로 나와 더듬어보니, 배나무와 감나무가 쓰러져 있었다. 스님은 분명 커다란 배와 감을 한가득 찾아서 땄으리라. 먹어보니 그 맛이 매우 달았다. 한두 개를 먹은 것만으로 굶주림이 완전히 사라지고, 더 이상 아무것도 먹고 싶지 않았다. '이것은 오로지 『법화경』의 영험력靈驗力임에 틀림없다.'라고 생각하고, 그 감과 배를 많이 가져다 놓고 매일의 식사로 삼았고 쓰러진 나뭇가지를 꺾어 땔감으로 하여 추운 겨울을 보냈다.

이윽고 새해가 밝아 춘 이월이나 됐다고 여겨질 즈음, 마을 사람들이 용무가 있어서 이 산에 찾아왔다. 눈먼 스님이 '사람이 찾아왔다.'라고 기쁘게 생각하고 있자, 마을 사람들은 눈먼 스님을 발견하고 "당신은 대체 누구십니까? 어째서 여기에 살고 있는 것입니까?"라고 수상하다는 듯이 물었다. 눈먼 스님은 그간의 일을 상세히 이야기하고 주지승에 대해 묻자 마을사람들은, "그 주지승은 작년 7월 16일[5]에 마을로 와서 급사했습니다."라고 대답했다. 이것을 듣고서 눈먼 스님은 울며 슬퍼하고, "나는 그것도 모르고 여러 달 동안이나, 돌아오지 않는다고 원망하고 있었습니다."라고 말하고, 마을 사람과 함께 마을로 내려갔다.

그 후 지성으로 『법화경』 독송을 계속하였다. 그 무렵 병환으로 고통스러워 하는 사람이 있었다. 이 눈먼 스님을 초대하여 경을 독송하게 하였고, 독경소리를 듣자 병이 완치되었다. 그 때문에 많은 사람이 이 눈먼 스님에게 깊이 귀의歸依[6]하게 되었다.

그러던 중에 이 눈먼 스님은 마침내 두 눈이 보이게 되었다. "이것은 오로지 『법화경』의 영험[7]에 의한 것이다."라고 기뻐하고, 이전의 산사에도 늘 참배하여 부처를 예배하였다고 이렇게 이야기로 전하여 내려오고 있다 한다.

5 눈먼 스님인 묘쇼妙昭가 산사山寺에 숙박한 다음날에 해당. 앞의 하안거 관련 주 참조.

6 → 불교.

7 → 불교.

⊙제18화⊙ 시나노 지방信濃國의 눈먼 스님이 법화경法華經을 독송하여 두 눈이 떠진 이야기

信濃国盲僧誦法花開両眼語第十八

今昔、信濃ノ国ニ二ノ目盲タル僧有ケリ。名ヲバ妙昭ト云フ。盲目也ト云ヘドモ、日夜ニ法花経ヲ読誦ス。

而ルニ、妙昭七月ノ十五日ニ金鼓ヲ打ムガ為ニ出テ行ク間、深キ山ニ迷ヒ入テ、一ノ山寺ニ至ヌ。其ノ寺ニ一人ノ住持ノ僧有リ。此ノ盲僧ヲ見テ、哀ムデ云ク、「汝ヂ何ノ故ニ来レルゾ」ト。盲僧答テ云ク、「今日金鼓ヲ打ムガ為ニ只足ニ任セテ迷ヒ来レル也」ト。住持ノ云ク、「汝ヂ此ノ寺ニ暫ク居タレ。我レハ要事有テ只今郷ニ出デヽ明日可返来キ也。我レ返テ後、汝ヲ郷ニ送リ付ム。若其ノ前ニ独リ出デバ、亦迷ヒナムトス」ト云テ、米少分ヲ預ケ置テ出ヌ。

亦人無キニ依テ、盲僧一人寺ニ留テ住持ヲ待ツニ、明ル日不来ズ。「自然ラ郷ニ要事有テ逗留スルナリ」ト思テ過ルニ、五日不来ズ。預ケ置ケル所ノ少米皆尽テ食物無シ。尚、「今ヤ来ル」ト待ツ程ニ、既ニ三月不来ズ。盲僧可為キ方無クテ、只法花経ヲ読誦シテ仏前ニ有テ、手ヲ以テ菓子ノ葉ヲ捜リ取テ其ヲ食テ過スニ、既ニ十一月ニ成ヌ。寒キ事無限シ。雪高ク降リ積テ、外ニ出デヽ木ノ葉ヲ捜リ取ルニモ不能ズ。餓ヘ死ナム事ヲ歎テ、仏前ニシテ経ヲ誦スルニ、夢ノ如ク人来テ、告テ云ク、「汝ヂ歎ク事無カレ。我レ汝ヲ助ケム」ト云テ、菓子ヲ与フ、ト見テ覚メ驚ヌ。

其ノ後、俄ニ大風吹テ大ナル木倒レヌ、ト聞ク。盲僧、弥ヨ恐ヲ成シテ、心ヲ至シテ仏ヲ念ジ奉ル。風止ムデ後、盲僧庭ニ出デヽ、捜レバ、梨子ノ木、柿ノ木倒レタリ。大[一二]ナル梨子、柿、多ク捜リ取ツラム。此レヲ取テ食フニ、其ノ味極テ甘シテ、一二菓ヲ食ツルニ餓ノ心皆止テ、食ノ思ヒ無シ。「此[一三]レ偏ニ法花経ノ験力也」ト知テ、其ノ柿、梨子ヲ多ク捜リ取リ置テ、日[一四]ノ食トシテ、其ノ倒レタル木ノ枝ヲ折取テ焼テ、冬ノ寒サヲ過ス。

既ニ年明テ、春二月許ニモ成ヌト思ユル程ニ、郷ノ人等此ノ山ニ自然[一五]ラ来ル。盲僧[一六]、「人来ル也[一七]」ト喜ビ思フ程ニ、郷人等盲僧ヲ見テ問テ云ク、「彼[一八]レハ何者ゾ。何デ此ニハ有ツルゾ」ト怪ビ問ヘバ、盲僧前ノ事ヲ不落ズ語テ、住持ノ僧ヲ尋テ問フニ、郷人等答テ云ク、「其ノ住持ノ僧ハ去年ノ七月[一九]ノ十六日ニ郷ニシテ餓ニ死ニキ」ト。

盲僧此レヲ聞テ、泣キ悲ムデ云ク、「我[二〇]レ此レヲ不知ズシテ、

金鼓(融通念仏縁起)

月来不来ザル事ヲ恨ミツ」ト云テ、郷人ノ共[一]ニ付テ郷ニ出ヌ[二]。

其[三]ノ後偏ニ法花経ヲ読誦ス。而ル間、病ニ煩フ人有テ、此ノ盲僧ヲ請ジテ経ヲ令誦メテ聞クニ、病即チ愈[四]ヌ。此レニ依テ、諸ノ人盲僧ヲ帰依スル事無限シ。

而[五]ル間、盲僧遂ニ両眼開ヌ。「此レ偏ニ法花経ノ霊験ノ致ス所也」ト喜テ、彼ノ山寺ニモ常ニ詣デヽ、仏ヲ礼拝恭敬ジ奉ケリトナム語リ伝ヘタルトヤ。

권13 제19화

보간平願 지경자持經者가 법화경法華經을 독송하여 죽음을 모면한 이야기

큰 바람의 피해로 거처가 부서진 지경자持經者 보간平願이 법화경法華經의 가호로 호법동자에게 목숨을 구원받고, 노년에 예의銳意·선근善根·공덕功德을 쌓아 극락왕생의 서상瑞相을 얻어 병으로 괴로워하지 않고 최후를 맞이했다는 이야기. 큰 바람이나 법화경의 영험력에 의한 구사일생 등 앞 이야기와 유사한 모티브가 보인다.

이제는 옛이야기이지만, 뵤간平願 지경자持經者라고 하는 승려가 있었다. 쇼샤 산書寫山[1] 의 쇼쿠性空[2] 성인[3]의 제자였다. 성인이 돌아가신 뒤, 쇼샤 산에 칩거하며 오랜 세월동안 법화경法華經[4]을 독송하였다. 어느 날 갑자기 큰 바람이 몰아쳐 뵤간의 승방을 쓰러뜨려 버렸다. 뵤간은 무너진 집 밑에 깔려 숨이 끊어질 지경이 되었다. 가느다란 숨을 내쉬며 뵤간은 마음을 다해 법화경을 독송하며 "부디 도와주십시오."라고 기도하였다. 그러자 그때, 누구인지 모르지만 대단한 힘을 가진 자가 나타나 무너진 승방에서 뵤간을 꺼낸 뒤 이렇게 말했다.

1 권12 제34화 참조.
2 → 인명.
3 → 불교.
4 → 불교.

"너는 전세의 업보[5]에 의해 이렇게 깔리게 된 것이지만, 법화경의 힘에 의해 목숨을 보존할 수 있었다. 결코 원망하는 마음을 갖지 말고, 더욱더 법화경을 독송하여라. 그리하여 이번 생애에서 숙업[6]을 모두 지우고, 내세에는 극락[7]왕생[8]을 할 수 있기를 기원하도록 하여라."

이렇게 가르쳐 주고 감쪽같이 사라져 보이지 않게 되었다. 그 사람은 고귀한 모습을 한 분이었지만 결국 누구인지는 알 수 없었다. 그 후 묘간의 몸에 고통이 없어졌다. "이것은 오로지 법화경을 독송하였기에 호법護法[9] 동자童子가 지켜주신 것이다."라고 생각하고, 더할 나위 없이 존귀하게 여기며 기뻐하였다. 어느덧 묘간이 노경에 접어들었을 때,

"현세에서의 목숨이 어느덧 다하고, 타계他界[10]에 가는 일이 멀지 않았다. 이제 선근[11]을 쌓아 놓지 않으면 악취惡趣[12]에 떨어질 것이 틀림없다."

라고 탄식하며, 의발衣鉢을 모두 내팽개치고[13] 불사佛事를 거행하는 일에 전념하게 되었다. 법화경을 서사하고 부처와 보살[14]의 그림을 그리고, 넓은 강가에 초막을 짓고 무차無遮의 법회[15]를 행하였다. 그 공양을 마친 후에는 조좌朝座·석좌夕座[16]의 법회를 열어, 강사를 초청하여 사람들에게 가르침을 듣게 했다. 또, 조석으로 염불[17]을 외우며 법화참법法華懺法[18]을 행하였다. 이렇

5 → 불교.
6 → 불교.
7 → 불교.
8 → 불교.
9 → 불교.
10 → 불교.
11 → 불교.
12 → 불교.
13 → 불교. '승려가 전 재산을 다 써서'라는 뜻.
14 → 불교.
15 → 불교(무차無遮의 법회).
16 → 불교.
17 → 불교.

게 하여 선근善根을 쌓으며, 스스로 이렇게 맹세하였다.

"저는 법화경을 오랜 세월 동안 신봉하였습니다. 혹시 그 힘에 의해 극락왕생을 할 수 있다면, 지금의 선근에 대해 무엇인가 징표[19]를 보여주십시오." 눈물을 흘리며 이렇게 마음으로부터 맹세하며 자리를 떴다.

다음날, 어떤 사람이 전날에 법회가 열렸던 강가에 가 보자, 하얀 연화蓮華[20]가 온 땅 위에 만발해 있었다. 그 사람은 이것을 보고 눈물을 흘리며 존귀하게 여겼다. 이것을 전해 듣고 모여든 많은 사람들이 진심으로 존귀하게 여기며 배례하였다. 그리고 모두 입을 모아 "이것은 성인께서 극락왕생하실 것이라는 서상[21]임에 틀림없다."라고 입을 모아 말했다. 뵤간은 이것을 듣고 그곳에 와 보고, 기쁘고 감격하여[22] 울면서 배례한 뒤 돌아갔다. 그 뒤로 더욱더 나이가 들어 마침내 임종을 맞았을 때, 몸에 아픈 곳 하나 없이 오로지 법화경을 독송하며 서쪽[23]을 향해 합장하고 숨을 거두었다. 그 서상대로 뵤간은 필시 극락왕생을 달성한 사람일 것이라고 사람들은 입을 모아 말했다.

이것은 오로지 법화경의 힘에 의한 것이라고 이렇게 이야기로 전하여 내려오고 있다 한다.

18 '참법懺法'. → 불교.
19 서상瑞相. 권13 제14화 참조. 여기에서는 극락왕생의 증거가 되는 전조前兆를 의미.
20 연꽃은 극락정토를 상징하는 꽃임. 연화가 서상으로서 피어난 이야기는 권12 제32화, 권16 제35화, 권19 제14화 등이 있음.
21 권13 제14화 참조.
22 한편으로는 극락왕생을 기뻐하고, 한편으로는 법화경의 영험에 감격함.
23 아미타불이 있는 극락정토는 서쪽의 십만억불토十萬億佛土 너머에 있음.

⊙제19화⊙ 묘간平願 지경자持經者가 법화경法華經을 독송하여 죽음을 모면한 이야기

平願持経者誦法花経免死語第十九

今昔、平願持経者ト云フ僧有ケリ。書写山ノ性空聖人ノ弟子也。聖人死テ、書写ノ山ニ籠居テ、年来法花経ヲ読誦ス。

而ル間、大風俄ニ吹キ来テ、平願ガ房ヲ吹キ倒シツ。平願其ノ中ニ有テ、被打壓レテ殆可死シ、其ノ時ニ、平願、心ヲ至シテ法花経ヲ誦シテ、「助ケ給へ」ト祈リ申ス時ニ、誰トモ不知ヌ強力ノ人出来テ、倒タル房ノ中ヨリ平願ヲ取テ引出シテ告テ云ク、「汝ヂ宿世ノ報ニ依テ、如此ク被打壓タリト云ヘドモ、法花ノ力ニ依テ、命ヲ存スル事ヲ得タリ。恨ノ心ヲ不発ズシテ、尚法花経ヲ読誦セヨ。此ノ世ニ宿業ヲ尽シテ、来世ニ極楽ニ往生セムト可願シ」ト教ヘテ、掻消ツ様ニ失ヌ。其ノ人ノ体気高クシテ、遂ニ誰人ト云フ事ヲ不知ズ。其ノ後、平願身ニ痛ム所無シ。「此レ偏ニ法花経ヲ読誦スルニ依テ、護法ノ加護シ給フ」ト知テ、貴ミ喜ブ事無限シ。

平願遂ニ老ニ臨デ、心ニ思ハク、「此ノ生ハ徒ニ過テ、他界ニ趣カム事近キニ有リ。今善根

剣の護法童子(信貴山縁起)

ヲ不修ズハ、悪趣ニ堕ム事疑ヒ有ラジ」ト歎キ悲ムデ、衣鉢ヲ投棄テヽ、仏事ヲ営ム。法花経ヲ書写シ、仏菩薩ノ像ヲ図絵シテ、広キ川原ニシテ仮屋ヲ起テヽ、無遮ノ法会ヲ行フ。供養ノ後、朝座夕座ニ講莚ヲ行テ法ヲ令説ム。亦、朝暮ニ念仏ヲ唱ヘ、懺法ヲ行フ。如此ク善根ヲ修シテ、自ラ誓テ云ク、「我レ法花ヲ持テ年ヲ積メリ。若シ、其ノ力ニ依テ極楽ニ可生クハ、今日ノ善根ニ其ノ瑞ヲ示シ給ヘ」ト、涙ヲ流シテ誓テ、礼拝シテ其ノ所ヲ去ヌ。

明ル日、人行テ昨日ノ法会行ヒシ川原ヲ見レバ、白キ蓮花其ノ地ニ隙無ク生タリ。此レヲ見ル者涙ヲ流シテ貴ブ。此レヲ聞キ継テ、集リ来テ貴ビ礼ム事無限シ。「此レ聖人ノ極楽ニ可生キ瑞相也」ト云合タリ。平願亦此レヲ聞テ、来テ見テ、且ハ喜ビ且ハ悲ブ。泣々ク礼拝シテ返去ヌ。

其ノ後、漸ク老ニ臨デ、遂ニ終ノ時、身ニ痛ム所無クシテ、法花経ヲ読誦スル事、余念不散乱ズシテ、西ニ向テ掌ヲ合セテ絶入ヌ。瑞相ノ如クハ、必ズ極楽ニ生タル人也、トナム人皆云ケル。

此レ偏ニ、法花経ノ力也トナム語リ伝ヘタルトヤ。

권13 **제20화**

이시야마데라石山寺의 고손好尊 성인이 법화경을 독송하여 재난을 모면한 이야기

앞 이야기와 마찬가지로 법화경法華經의 영험에 의해 불의의 재난을 모면한 이야기로, 이시야마데라石山寺의 승려 고손好尊이 우연히 말 도둑으로 오해받아 붙잡히지만 영묘한 꿈에 의해 기온祇園의 사승社僧에게 구원을 받고, 고손에게 무고한 죄를 뒤집어씌운 남자는 곧바로 현세에서의 응보를 받아 말 도둑을 좇던 추격자의 화살에 목숨을 잃는다는 이야기이다.

이제는 옛이야기이지만, 이시야마데라石山寺[1]에 고손好尊 성인이라는 승려가 있었다. 젊었을 때부터 법화경法華經[2]을 수학하여 밤낮으로 독송하였다. 또, 진언眞言[3]의 교의도 배워 그 행법行法[4]을 중단한 적이 없었다.

언젠가 어떠한 연고로 단바 지방丹波國[5]에 내려갔는데, 그 지방에 있는 동안에 병에 걸려 걸을 수조차 없었다. 그래서 그 지방 사람의 말을 빌려 그것을 타고 이시야마로 돌아갔는데, 도중에 기온祇園[6] 근처에서 묵게 되었다. 그런데 거기에 한 명의 남자가 나타나 그가 타고 있던 말을 보고는

1 → 사찰명.
2 → 불교.
3 → 불교. 진언밀교眞言密敎를 뜻함.
4 → 불교.
5 → 옛 지방명.
6 → 사찰명.

"이 말은 몇 년 전 내가 도둑맞은 말이다. 그 뒤로 여기저기를 돌아다니며 찾았는데 지금껏 찾지 못했었다. 하지만 드디어 오늘 여기에서 찾게 되었다."

라고 말하며 말을 빼앗았다. 그리고 고손을 향해 "이 중놈은 말 도둑놈이다."라고 말하고는 고손을 잡아 밧줄로 묶고, 두들겨 팬 다음 밤새도록 기둥에 묶어 두었다. 고손은 사정을 자세히 설명했지만 들은 척도 하지 않았다.

지경자持經者인 고손은 이러한 뜻밖의 재난을 겪게 된 것은 자신의 전생의 인과 탓이라고 생각하며 눈물을 흘리고 슬퍼하였다. 그날 밤 기온에 있는 세 명의 늙은 승려가 똑같은 꿈을 꾸었다. 고손을 묶은 남자의 집에서 보현[7]보살普賢菩薩이 밧줄에 묶인 채로 두들겨 맞고 기둥에 묶여 있는 꿈이었다.[8] 꿈에서 깨어 놀랍고도 기이하다는 생각이 들어 세 사람의 승려가 서둘러서 남자의 집으로 가 보자, 한 승려가 밧줄로 기둥에 묶여 있었다. 꿈을 꾼 승려들은 일단 묶여 있던 승려를 풀어주고 사정을 들었다. 고손은 자세히 자초지종을 이야기했다. 승려들은 그것을 듣고 존귀하게 여기며 슬퍼했고, 고손을 풀어주어 고손은 말을 타고 그곳을 빠져 나왔다.

그 다음날 아침, 도읍 쪽에서 많은 사람들이 말 도둑을 뒤쫓아 잡으러 왔다. 그러자, 예의 그 남자도 도둑을 잡으러 집을 뛰쳐나왔다. 추격자들이 도망치는 도둑을 향해 화살을 쏘았는데, 운 나쁘게도 그 남자에게 맞아 남자는 그 자리에서 즉사해 버렸다. 사람들은 이 남자가 화살을 맞아 죽은 것을 보고

"이 남자는 감히 법화경의 지경자를 잡아 묶고는 죄를 뒤집어씌운 죄로

7 → 불교.

8 법화경法華經의 지경자持經者를 수호한다고 하는 보현普賢(→ 불교) 보살菩薩이 고손을 대신하고 있다는 점에 주목. 부처·보살·명왕明王 등이 신앙이 깊은 승려를 대신한다는 유형적인 형태.

곧바로 현세에서 죄의 응보[9]를 받은 것이다. 죄를 진 후 바로 그 날로 말 도둑 사건에 휘말려 죽은 것은 틀림없이 그 응보다."
라고 말하며 모두 고손을 존귀하게 여겼다. 고손은 그 이후 한층 더 깊은 신앙심으로 법화경 독송을 게을리하지 않았다.

그러므로 설령 죄를 지은 자라고 생각되는 경우라 하더라도, 자세히 그 사정을 알아보고 나서 죄를 물어야 할 것이다. 하물며 그것이 승려라고 한다면 죄를 묻는 것은 삼가야 한다고 이렇게 이야기로 전하여 내려오고 있다 한다.[10]

9 원문에는 "현보現報"(→ 불교).
10 편자가 부가한 화말평어. 법화경의 영험을 찬탄하거나 고손의 깊은 신앙심을 칭송하는 등 불교적 색채가 짙은 것이 아니라, 사회생활에서의 처세의 교훈을 일러주고 있다는 점에 주목.

◉제20화◉ 이시야마데라石山寺의 고손好尊 성인이 법화경을 독송하여 재난을 모면한 이야기

石山好尊聖人誦法花経免難語第二十

今昔、石山[二二]ニ好尊聖人[二三]ト云フ僧有ケリ。若ヨリ法花経ヲ受ケ習テ日夜ニ読誦ス。亦、真言[二四]モ吉ク習テ、行法[二五]ヲ不断ズ。

而ル間、事ノ縁有ルニ依テ、丹波[二六]ノ国ニ下向シテ、其ノ国ニ有ル間ニ、身ニ病付テ行歩[二七]スル事不能ズ。然レバ、其ノ国ノ人ノ馬ヲ借テ、其レニ乗テ石山ニ返ルニ、祇薗[二八]ノ辺ニ宿ル。

其ノ時ニ、其ノ辺ニ男出来テ、此ノ乗馬ヲ見テ云ク、「此ノ馬ハ、先年ニ我ガ被盗タリシ馬也。其ノ後[二九]、東西南北ニ尋ヌト云ヘドモ、于今不尋得ズ。而ニ、今日此ニシテ此ヲ見付タリ」ト云テ、馬ヲバ取ツ。好尊[三〇]ヲバ「此レ、馬盗人ノ法師也」ト云テ、捕ヘテ縛テ打責[三一]テ、柱ニ縛リ付テ其ノ夜置タリ。好尊[一]事ノ有様ヲ具ニ陳ブト云ヘドモ、男更ニ不聞入ズ。

爰ニ、持経者、横様[二]ノ難ニ更ニ会テ、我ガ果報[三]ヲ観ジテ、涙ヲ流シテ泣キ悲デ歎ク事無限シ。其ノ夜、祇薗ノ住僧ノ中ニ、年老[四]タル僧三人ガ夢ニ同時ニ見ル様、此ノ持経者ヲ縛リ付タル男ノ家ニ、普賢[五]ヲ縛リ奉テ、打責メ奉テ、家ノ柱ニ結ヒ付テ置奉タリ、ト見ル。夢覚テ、驚キ怪デ、三人共ニ、忽ニ男ノ家ニ行テ尋ネ見ルニ、僧ヲ縛テ柱ニ結付タリ。此ノ夢[六]見タツル僧共、先ヅ僧ヲ解免シテ、事[七]ノ有様ヲ問フニ、持経者具ニ其ノ故ヲ陳ブ。僧等此レヲ聞テ、貴ビ悲ムデ、持経者ヲ免シツレバ、持経者馬ニ乗テ其所ヲ去ヌ。

其ノ後、明ル日[八]ノ朝ニ、京ノ方ヨリ多ノ人馬盗人ヲ追ヒ求メテ来ル。其ノ時ニ、此ノ男[九]、盗人ヲ捕ヘムガ為ニ家ヨリ出タルニ、盗人ヲ射ムト為ル間ニ、錯テ此ノ男コ[一〇]ヲ射ツレバ、即チ死ヌ。其ノ時ニ、諸ノ人、此ノ男ノ被射殺タルヲ見テ云ク、「此ノ男、無道[一一]ニ法花ノ持者ヲ捕ヘテ、縛リ打責タルニ依テ、忽ニ現報[一二]ヲ感ゼル也。日ヲ不隔ズシテ馬盗人ノ事ニ依テ死ヌル事、可疑キニ非ズ」ト[13]貴ミ合タリ。好尊ハ、其ノ後ハ、弥ヨ信ヲ深クシテ、法花経ヲ誦スル事[14]懈怠無シ。

[15]然レバ、譬ヒ[16]犯シ有リト見ルト云ヘドモ、吉ク尋ネ知テ罰ヲ可加シ。[17]何況ヤ僧ニ於テハ可憚シトナム語リ伝ヘタルトヤ。

권13 제21화

히에이 산比叡山의 승려 조엔長圓이 법화경을 독송하여 영험을 얻은 이야기

히에이 산比叡山의 승려 조엔長圓과 관련된 법화경法華經 독송의 영험을 기술하고, 더불어 부동신앙不動信仰의 공덕을 언급하고 있다. 조엔이 가즈라키 산葛木山 속에서 위험한 강을 건너는 데에 성공하고 오미네 산大峰山에서 조난을 모면하는 등, 법화경의 가호에 의해 위험에서 벗어나는 모티브는 앞 이야기와도 연관되어 있다.

이제는 옛이야기이지만, 히에이 산比叡山[1]에 조엔長圓이라는 승려가 있었다. 쓰쿠시筑紫[2] 지방 출신이었다. 어렸을 때에 고향을 떠나 히에이 산으로 올라가, 출가하여 법화경法華經[3]을 공부하고 밤낮으로 독송하였다. 한편으로, 부동존不動尊[4]을 섬기며 고행하고 있었다. 그래서 가즈라키 산葛木山[5]으로 들어가 열나흘 간 단식하며 법화경을 독송하였다. 그러자 꿈에 여덟 사람의 동자[6]가 나타나, 몸에 삼고三鈷[7]·오고五鈷[8]와 영저鈴杵[9] 등을 지니고, 각

1 → 지명.
2 지쿠젠 지방筑前國·지쿠고 지방筑後國(→ 옛 지방명)을 아우르는 명칭. 지금의 후쿠오카 현福岡縣.
3 → 불교.
4 → 불교(부동명왕不動明王).
5 → 지명(가즈라키 산葛城山).
6 → 불교(부동명왕의 시자侍子인 팔대동자八大童子).
7 → 불교.
8 삼고三鈷. * 오고五鈷는 모두 금강저金剛杵의 한 종류로 밀교의 법구. → 불교(삼고).
9 → 불교.

자 합장하며 조엔을 칭송하며,

> 봉사수행자奉仕修行者 유여박가록猶如薄伽錄 득상삼마지得上三摩地 여제보살구與諸菩 薩俱[10]

라고 독송하였다. 조엔은 이러한 꿈을 꾸고 깨어나 더할 나위 없이 존귀하게 여겼다.

또 어느 날, 조엔이 강을 건너고자 하고 있는데 강물이 완전히 얼어붙어 깊은 곳과 얕은 곳을 알 수 없어 건널 수가 없었다. 그래서 탄식하며 혼자 언덕에 올라가 서 있는데, 돌연히 커다란 소가 산 안쪽에서 나타나 몇 번이고 이 강을 건너다녔다. 이렇게 건너다니다 보니 얼음이 깨져 수면이 드러났다. 그러자 소는 감쪽같이 사라져 보이지 않게 되었다.[11] 덕분에 조엔은 강을 건널 수 있었는데, 강을 건너며 '분명 불법수호신佛法守護神[12]이 소로 변하여 지켜주신 것이다.'라고 생각하였다.

또 어느 날에는, 구마노熊野[13]에서 오미네大峰[14]로 들어가 미타케金峰山[15]로 나오려고 하였는데, 산에서 길을 잃고 어디가 어디인지 모르게 되었다. 그래서 일심불란一心不亂으로 법화경을 독송하며 구원을 청하자, 꿈에 한 사람의 동자가 나타나 "천제동자天諸童子 이위급사以爲給仕"[16]라고 말하며 길을

10 『부동궤입인不動軌立印』에 나오는 네 구절의 게偈. "부처에게 봉사하는 수행자는 세존世尊과 같이 무상의 깨달음의 경지를 얻게 되므로 여러 보살菩薩과 다를 것이 없다"라는 뜻. '박가록'은 세존의 뜻. '삼마지三摩地'란 '삼매三昧'와 같은 뜻으로, 깨달음의 경지를 말함.

11 신불神佛의 화신이나 성자 등이 돌연 사라질 때의 상투적인 표현.

12 호법선신護法善神. → 불교. 덧붙여서, 신·부처·보살·제천諸天 등이 소로 변신하여 불법수호와 중생제도에 일조하는 설화가 많음.

13 → 사찰명.

14 → 지명.

15 → 지명(긴푸 산金峰山).

16 법화경法華經 권5 안락행품安樂行品의 제14의 게偈. 권13 제1화 참조.

가르쳐 주었다. 조엔은 꿈에서 깨어나 길을 알게 되어 미타케로 나갈 수 있었다.

또 언젠가는 자오藏王 권현權現[17]의 사당 앞에서 밤새 법화경을 독송하고 있었는데, 날이 밝을 무렵 꿈을 꾸었다. 한 사람이 나왔는데, 그 모습은 나이가 많은 속인이었다. 무척 기품 있고 우리나라 사람 같지 않아 '틀림없이 신일 것이다.'라고 생각하였다. 이 사람은 명찰名札[18]을 조엔에게 바치며 "저는 오대산五臺山[19]의 문수文殊[20]의 종자從者입니다. 이름은 우전왕于闐王[21]이라 합니다. 당신께서 법화경을 독송하시는 공덕[22]이 실로 깊어, 저는 당신과 결연結緣[23]하고자 명패를 바치게 되었습니다. 현세[24]와 내세의 구제를 도와주십시오."라고 말했다. 이러한 꿈을 꾸고, 조엔은 눈물을 흘리며 법화경의 신통한 영험[25]을 존귀하게 여겼다.

또 어느 때인가는 기요미즈데라淸水寺[26]에 참배하여 온종일 법화경을 독송하였는데, 꿈에 단정하고 아름다우며 더없이 기품이 있는 여인이 몸을 위엄 있게 치장하고 나타나 조엔에게 합장하며

삼매보라성三昧寶螺[27]聲 편지삼천계遍至三千界 일승묘법음一乘妙法音 청경무포기聽更無飽期[28]

17 → 불교.
18 자신의 성명을 기록한 명패. 귀인貴人이나 스승이 될 만한 사람과 면담할 때에 건네줌.
19 → 지명.
20 → 불교.
21 → 불교.
22 → 불교.
23 → 불교.
24 → 불교.
25 → 불교.
26 → 사찰명. 건립 경위에 대해서는 권11 제32화를 참고.
27 보라寶螺(→ 불교).
28 네 구절로 이루어진 게偈. "깨달음의 경지에 들어가 독경하는 수행자의 목소리는 나각螺角과 같이 두루 삼

라고 읊었다. 조엔은 이러한 꿈을 꾸고 깨어났다. 조엔에게는 이처럼 일일이 적기가 힘들 정도로 영험이 자주 있었다.

실로 법화경의 공덕과 부동명왕不動明王[29]의 영험은 신묘한 것이다. 조엔은 장구長久[30] 즈음 마침내 세상을 떠났다고 이렇게 이야기로 전하여 내려오고 있다 한다.

천세계(전 우주)에 울려 퍼지고, 법화경을 읊는 목소리는 아무리 들어도 질리지 않는다."는 뜻.

29 → 불교.

30 1040년~4년. 고스자쿠後朱雀 천황天皇의 치세 기간.

⊙제21화⊙ 히에이 산比叡山의 승려 조엔長圓이 법화경을 독송하여 영험을 얻은 이야기

比叡山僧長円誦法花施霊験語第二十一

今昔、比叡[18]ノ山ニ長円[19]ト云フ僧有ケリ。本、筑紫[20]ノ人也。幼[21]ニシテ本国ヲ出デ、比叡ノ山ニ登テ出家シテ、法花経ヲ受ケ習テ、日夜ニ読誦ス。亦、不動尊[22]ニ仕テ苦行ヲ修ス。葛木[23]ノ峰ニ入テ、食ヲ断テ、二七日ノ間法花経ヲ誦ス。夢ニ八[24]人ノ童子有リ。

制吒迦童子像（金剛峰寺）

身ニ三鈷[1]、五鈷、鈴杵[2]等ヲ着テ、各掌ヲ合セテ長円ヲ讃テ云ク、

奉仕修行者[3]　猶如薄伽録　得上三摩地　与諸菩薩倶

ト誦シテ、法花経ヲ誦スルヲ聞ク、ト見テ夢[4]覚メヌ。然バ、貴ム事無限シ。

亦、河ノ水凍リ塞テ、深[5]ク浅キ所ヲ不知ズシテ渡ル事不能ズ。然レバ、歎テ独リ岸ノ上ニ居タル間、忽ニ大ナル牛深キ山ノ奥ヨリ出来テ、此ノ河ヲ渡ル事既ニ度々[6]也。如此ク渡リ返ル程ニ、凍リ破テ開ヌ。其ノ後牛搔消ツ[7]様ニ失ヌ。其ノ時ニ川ヲ渡キ。「此レ、護法[8]ノ牛ト化シテ示シ給フ也」ト知ヌ。

亦、熊野[9]ヨリ大峰[10]ニ入テ金峰[11]ニ出ヅルニ、深キ山ニ迷テ前後ヲ不知ズ。而ルニ、心ヲ至シテ法花経ヲ誦シテ、此ノ事ヲ祈請ズルニ、夢ニ一人ノ童子来テ、告テ云ク、「天諸童子[12]　以為給仕」ト云テ、其ノ道ヲ教フ、ト見テ夢メ覚[13]ヌ。然レバ、其ノ道ヲ知テ金峰ニ出ヌ。

亦、蔵王[14]ノ宝前ニシテ、終夜法花経ヲ誦スルニ、暁ニ至

テ、長円、夢ニ、[一五]一ノ人来ル。其ノ体フ見レバ、[一六]宿老ノ俗也。
[一七]極テ気高クシテ此ノ国ノ人ニ不以ズ。「此レ[一八]定メテ神ナラム」
ト見ユ。此ノ人[一九]名符ヲ捧テ、長円ニ与ヘテ云ク、「我レハ此
レ[二〇]五臺山ノ[二一]文殊ノ[二二]眷属也。名ヲバ[二三]于闐王ト云フ。師ノ法花ヲ
誦スル功徳甚深ナルニ依テ、[二四]結縁ノ為ニ我レ名符ヲ奉ル。現
世及ビ[二五]当来世ヲ護リ助ケヨ」ト云フ、ト[二六]見テ夢覚ヌ。[二七]然レバ、
長円泣々ク法花ノ威験ヲ貴ブ事無限シ。

亦、[二八]清水ニ参テ、[二九]終日法花経ヲ誦スルニ、[三〇]夢ニ、[三一]端正美
麗ナル女人ノ極テ気高キ、身ヲ微妙ニ荘厳シタル、来テ、長
円ニ向テ、掌ヲ合セテ誦シテ云ク、

[三二]三昧宝螺声　遍至三千界　一乗妙法音　聴更無飽期

ト云フ、ト[三三]見テ夢覚ヌ。如此クノ[三四]奇特ノ事多シト云ヘドモ、
一々ニ注シ難尽シ。

[三五]実ニ、法花ノ力、[三六]明王ノ験新タ也。[三七]長久年中ノ比遂ニ失
ニケリトナム語リ伝ヘタルトヤ。

권13 제22화

지쿠젠 지방筑前國의 승려 렌쇼蓮照가 자신의 몸을 벌레들에게 먹게 한 이야기

법화경法華持 지경자持經者인 렌쇼蓮照가 산속에서 등에·벌 등에게 피와 살을 내주어 몸 안에 등에가 알을 낳게 되어 고통을 받지만, 등에의 새끼들의 목숨을 가엾이 여겨 치료하지 않은 렌쇼의 자비심에 감탄한 불천佛天이 꿈에 나타나 환부를 완쾌시키셨다는 이야기이다. 이른바 생명이 있는 존재에 대한 연민으로 몸을 던져 단바라밀檀波羅蜜·인욕바라밀忍辱波羅蜜을 달성하였다는 공덕담의 일종이다. 고행의 모티브는 앞 이야기와 연관성을 갖는다.

이제는 옛이야기이지만, 지쿠젠 지방筑前國[1]에 렌쇼蓮照라는 승려가 있었다. 젊었을 때부터 법화경法華經[2]을 공부하여, 밤낮으로 독송하기에 여념이 없었다. 유달리 도심道心이 깊어, 모든 것에 연민의 마음을 가지고 있었다. 헐벗은 사람을 보면 자신의 옷을 벗어 건네며 자신의 추위는 한탄하지 않았고, 굶주린 사람을 보면 자신의 먹을 것을 나누어 주고 자신은 먹으려 하지 않았다. 또 여러 벌레들을 가엾이 여겨 벼룩이나 이를 모아 자신의 몸에 붙여 길렀다. 모기나 등에를 쫓으려고도 하지 않았고, 벌이나 거머리가 자신을 물어도 꺼려하지 않고 오히려 자신의 몸을 빨게 할 정도였다.

1 → 옛 지방명.
2 → 불교.

언젠가 렌쇼 성인[3]은 일부러 등에나 벌이 많은 산으로 들어가, 자신의 살과 피를 베풀어주고자 마음먹고 알몸이 되어 움직이지 않고 누웠다. 곧바로 등에나 벌들이 잔뜩 몰려들어 몸 전체에 달라붙었다. 몸을 마구 물어뜯는 통증을 견디기 어려웠지만 꺼려하지 않았다. 그러던 중, 등에가 몸속에 잔뜩 새끼를 깠다. 산을 내려오고부터는 물린 자국이 점점 크게 부풀어 이루 형용할 수 없을 정도로 아프고 괴로웠다. 그러자 어떤 사람이 그것을 보고

"이거 빨리 치료하지 않으면 안 됩니다. 그 자리에 뜸을 뜨면 좋을 겁니다. 혹은 약을 바른다면 등에 새끼들이 죽어서 곧 완치될 겁니다."

라고 일러 주었다. 하지만 성인은

"치료는 할 수가 없네. 치료를 하면 많은 등에의 새끼들이 죽어 버리네. 나는 이 병으로 죽어도 상관없다네. 사람이 죽는 것은 결국 피할 수 없는 길이지. 도저히 등에의 새끼들을 죽일 순 없다네."

라고 말했다. 그리고 치료도 하지 않고 고통을 견디며 오직 법화경을 독송했다. 그러자, 성인의 꿈에 존귀하고 기품 있는 승려가 나타나, 성인을 칭송하며

"존귀한 일이로다. 성인은 자비의 마음이 깊어 살아 있는 것[4]을 가엾이 여겨 죽이려 하지 않는도다."

라고 말했다. 그리고 손으로 그 상처를 쓰다듬었다. 렌쇼는 이러한 꿈을 꾼 뒤, 몸에 아픈 곳이 없어졌고 상처는 즉시 벌어져 그곳에서 수많은 등에 새끼가 기어 나와 흩어져 날아갔다. 그리고는 상처가 깨끗이 나아 통증이 사

3 → 불교.

4 원문에는 "유정有情"이라 되어 있음. 유정有情(→ 불교). 렌쇼蓮照는 보살행菩薩行의 육바라밀六波羅蜜 중에서, 자신의 피와 살을 벌레들에게 베푸는 단檀(보시布施)바라밀波羅蜜, 고통을 견디고 참아내는 인욕바라밀忍辱波羅蜜의 두 개의 대승불교의 수행을 행한 것이 됨.

라졌다.

성인은 더욱 더 도심이 강해져 오래도록 소홀함이 없이 법화경을 독송하다가 세상을 떠났다고 이렇게 이야기로 전하여 내려오고 있다 한다.

⊙제22화⊙ 지쿠젠 지방筑前國의 승려 렌쇼蓮照가 자신의 몸을 벌레들에게 먹게 한 이야기

筑前国僧蓮照身令食諸虫語第二十二

今昔、筑前ノ国ニ蓮照ト云フ僧有ケリ。若ヨリ法花経ヲ受ケ習フ。昼夜ニ読誦シテ他ノ思ヒ無シ。亦、道心深クシテ人ヲ哀ブ心弘シ。裸ナル人ヲ見テハ、我ガ衣ヲ脱テ与ヘテ寒キ事ヲ不歎ズ。餓タル人ヲ見テハ、我ガ食ヲ去テ施シテ、食ヲ求ル事ヲ不願ズ。亦、諸ノ虫ヲ哀デ、多ノ蚤虱ヲ集メテ我ガ身ニ付テ飼フ。亦、蚊虻ヲ不掃ズ、蟎蛭ノ食付クヲ不厭ズシテ、身ノ完ヲ令食ム。

而ルニ、蓮照聖人、態ト虻蟎多カル山ニ入テ、我ガ肉血ヲ施サムト為ルニ、裸ニシテ不動ズシテ独リ山ノ中ニ臥タリ。即チ、虻蟎多ク集リ来テ、身ニ付ク事無限シ。身ヲ飡ム間、痛ミ難堪シト云ヘドモ、此レヲ厭フ心無シ。而ル間、身ニ虻ノ子ヲ多ク生入レツ。山ヨリ出デヽ後、其ノ跡大キニ腫テ、痛ミ悩ム事無限シ。人有テ教ヘテ云ク、「此レヲ早ク可療治シ。亦、其ノ所ヲ可炙シ。亦ハ薬ヲ塗ラバ、虻ノ子死テ、即チ喩ナム」ト。聖人ノ云ク、「更ニ不可治ズ。此レヲ治セバ多ノ虻ノ子可死シ。然レバ、只此ノ病ヲ以テ死ナムニ、苦ブ所ニ非ズ。死ヌル事遂ニ不遁ヌ道也。何ゾ虻ノ子ヲ殺サム」ト云テ、不治ズシテ、痛キ事ヲ忍テ、偏ニ法花経ヲ誦スルニ、聖人ノ夢ニ、貴ク気高キ僧来テ、聖人ヲ讃テ云ク、「貴哉、聖人。慈悲ノ心弘クシテ、有情ヲ哀ムデ不殺ズ」ト云テ、手ヲ以テ此ノ疵ヲ撫デ給フ、ト見テ夢覚ヌ。其ノ後、身ニ痛ム所ロ無クシテ、疵忽ニ開テ、其ノ中ヨリ百千ノ虻ノ子出デ、飛テ散ヌ。然バ、喩テ痛キ所無シ。

聖人、弥ヨ道心ヲ発シテ、法花経ヲ誦スル事永ク不退ズシテ失ニケリトナム語リ伝ヘタルトヤ。

권13 제23화

부쓰렌佛蓮 성인이 법화경法華經을 독송하여 호법護法[1]들을 거느린 이야기

『법화경法華經』 다라니품陀羅尼品에 등장하는 십나찰녀十羅刹女가 법화경 지경자持經者를 모신다는 서원이 구체화된 설화의 하나이다. 안쇼지安祥寺의 승려 부쓰렌佛蓮이, 자신을 모시던 하급 승려가 떠나는 바람에 곤란을 겪고 있을 때, 부쓰렌의 법화경 독송의 공덕을 칭송하여 나찰녀가 나타나 부쓰렌이 입멸入滅한 후 사십구일째 되는 날까지 밤낮으로 시중을 들며 봉사했다는 이야기이다.

이제는 옛이야기이지만, 부쓰렌佛蓮이라는 성인[2]이 있었다. 본디 안쇼지安祥寺[3]의 승려였다. 어렸을 때부터 법화경法華經[4]을 공부하여 밤낮으로 독송하며 불도를 수행하고 있었다. 젊었을 때에 에치고 지방越後國[5] 고시군古志郡[6]의 구가미 산國上山[7]으로 거처를 옮겨, 법화경을 독송하며 오로지 후세보리後世菩提[8]를 기원하였다.

1 → 불교.
2 → 불교.
3 → 사찰명.
4 → 불교.
5 → 옛 지방명.
6 지금의 니가타 현新潟縣의 나가오카 시長岡市, 도치오 시栃尾市, 산토 군三島郡 일대.
7 권12 제1화 참조. 니가타新潟현 니시칸바라 군西蒲原郡 분스이 정分水町 구가미國上에 소재. 야히코 산彌彦山의 남쪽에 해당. 중턱에 구가미 산雲高山 고쿠조지國上寺가 있다. 에도江戶 시대에 그 탑머리의 하나인 오합암五合庵에 료칸良寬(* 에도 시대 후기의 가인歌人)이 살았던 것으로 유명.
8 → 불교. 내세의 성불成佛.

그런데 부쓰렌은 매일 세 번[9] 반드시 뜨거운 물로 몸을 씻는 것을 일상으로 행하고 있었다. 밑에서 시중을 들던 승려들은 이 일을 힘들어 하여 다들 그만두고 말았다.[10] 그런데 어디에선지 두 사람의 동자童子가 나타났다. 대단히 아름다운 동자들이었다. 그들이 성인에게 말씀을 올렸다. "저희들 두 사람이 성인의 곁에서 시중을 들려고 합니다." 성인이

"너희들은 어디에서 왔느냐. 어찌하여 시중을 들려고 하는 것이냐. 그리고 이름은 무엇이라 하느냐."

라고 물었다. 그러자, 동자들이

"저희들은 스승님께서 지성으로 법화경을 읊고 계시는 것을 존귀하게 여겨 시중을 들고자 마음먹었습니다. 이름은 한 명은 흑치黑歯[11]라 하고, 한 명은 화치花歯[12]라 합니다."

라고 대답했다. 성인은 이를 듣고

'그 이름들은 모두 십나찰十羅刹[13]의 이름이 아닌가. 혹시 십나찰께서 모습을 바꾸고 오신 것은 아닌가.'

라고 의심스럽게 생각하였지만, 그들이 하자는 대로 시종으로 삼아 보았다. 이 두 사람의 동자는 힘이 세고 임기응변이 뛰어나, 땔감을 모아 뜨거운 물을 끓여 매일 세 번 성인이 더운 물로 씻을 수 있게 하였다. 또 언제나 나무 열매를 따다 성인에게 올렸다. 동자들은 이렇게 마을로 내려갔다가 산으로 돌아왔다 하며 게을리하지 않고 성인의 시중을 들었다. 그 덕분에 성인은

9 삼시三時(→ 불교).

10 삼시마다 뜨거운 물을 끓이는 일에 지쳐버린 것. 게다가 구가미 산國上山은 물을 사용하기가 매우 어려웠음(권12 제1화 참조).

11 다섯 번째 십나찰녀十羅刹女(→ 불교). 치아는 흑색이고 무시무시한 형상을 하고 있으며, 복덕福德을 만들어 내는 힘이 있음.

12 → 불교. 네 번째 십나찰녀. 치아가 선명하고 위아래로 가지런히 나 있으며 액난厄難을 막는 힘이 있음.

13 → 불교.

속세와 관련되지 않고[14] 노여움의 마음이 생기는 일도 없이 오로지 법화경을 독송할 수 있었다.

이윽고 성인도 점차 나이를 먹고 입멸入滅의 때가 다가왔지만, 이 두 사람의 동자는 곁을 떠나지 않고 밤낮으로 시중을 들었다. 마침내 성인이 돌아가시자 두 동자는 슬피 울며 성인을 장사 지냈다. 그리고 사십구일이 될 때까지 사후의 공양을 하였고 그 사십구일이 끝나고 나서야 두 사람 모두 감쪽같이 사라져 보이지 않게 되었다. 그 후 사람들이 이 두 사람의 동자를 찾았지만 결국 그것이 누구였는지는 확인할 수가 없었다. 사람들은 "이것은 호법동자護法童子가 시중을 들어 주신 것이다."라고 생각하였다.

이렇게 이야기로 전하여 내려오고 있다 한다.

14 세상을 살아가기 위한 자잘한 일에서 벗어나 번거로워 하지 않는다는 뜻.

⊙제23화⊙
부쓰렌佛蓮 성인이 법화경法華經을 독송하여 호법護法들을 거느린 이야기

仏蓮聖人誦法花順護法語第二十三

今昔、仏蓮[一]ト云フ聖人有ケリ。本、安祥寺[二]ノ僧也。幼[三]ノ時ヨリ法花経ヲ受ケ習テ、昼夜ニ読誦シテ仏道ヲ修行ズ。盛[四]ノ年ノ程ニ、越後[五]ノ国、古志[六]ノ郡国上山[七]ニ移リ住シテ[八]、法花経ヲ読誦シテ、偏ニ後世[九]菩提ヲ祈リ願フ。

而ルニ、此ノ人毎日ニ三時[一〇]必ズ湯ヲ浴ム。此レ常ノ事也。然レバ、被仕ル、下僧[一一]等此ノ事ヲ侘テ皆去ヌ。其[一二]ノ時ニ、自然ラ二人ノ童出来レリ。其ノ形皆美也。聖人ニ申シテ云ク、「我等二人有テ、聖人ニ随テ奉仕[一四]セムト思フ」ト。聖人ノ云ク、「汝等何レノ所ヨリ来レルゾ。何ノ故有テ奉仕セムト思フゾ。亦、名ハ何ニ」ト。童ノ云ク、「我等師ノ懃ニ法花経ヲ誦スルヲ貴ビテ、奉仕セムト思フ也。名ハ一人ヲバ黒歯[一五]ト云ヒ、一人ヲバ花歯[一六]ト云フ」ト。聖人此レヲ聞テ、「此レ皆ナ十羅刹[一七][一八]ノ御名也。若シ十羅刹ノ身ヲ変ジテ来リ給ヘルニカ」ト疑フト云ヘドモ、只彼等ガ為ルニ任セテ仕フニ、二人ノ童力強ク心疾[一九]クシテ、薪ヲ拾テ湯ヲ沸シテ、毎日ニ三度聖人ニ浴ス。亦、常ニ菓[二〇]ヲ拾テ聖人ニ奉ル。如此[二一]トク、里ニ出テ山ニ入リ、聖人ニ奉仕スル事隙無シ。然レバ、聖人世[二二]ヲ不知シテ、少モ嗔ル心無クシテ、只法花経ヲ読誦ス。

然ル間、聖人年漸ク傾テ入滅ノ剋ニ至ルニ、此ノ二人ノ童不離ズシテ昼夜ニ奉仕ス。遂ニ聖人失ヌレバ、此ノ童部泣キ悲デ聖人ヲ葬シツ。其ノ後、七々日ニ至マデ滅後ノ事ヲ営テ、四十九日畢テ二人乍ラ搔消[二三]ツ様ニ失ケリ。其後[二四]、其ノ二人ノ童ヲ尋ヌルニ、遂ニ誰ト不知デ止ヌ。「護法ノ奉仕シ給ヒケル也」トナム人疑ヒケル。

如此[二五]クナム語リ伝ヘタルトヤ。

권13 제24화

잇슈쿠一宿 성인聖人인 교구行空가 법화경을 독송하신 이야기

행각승行脚僧인 교구行空가 『법화경法華經』 독송에 전념하여 전국을 돌며 수행하는 동안 때때로 불천佛天의 가호를 받고, 임종 후에는 훌륭하게 왕생을 이루었다는 이야기이다. 불천의 감응感應에 의해 천동신녀天童神女의 명조冥助를 받는 모티브는 앞 이야기의 나찰녀의 공양과 연결된다.

이제는 옛이야기이지만, 세간에서 잇슈쿠一宿 성인聖人[1]이라 불리는 승려가 있었다. 이름은 교구行空라 했다. 젊었을 때부터 『법화경法華經』[2]을 배우고, 낮에 여섯 부, 밤에 여섯 부, 매일 밤낮으로 합쳐서 열 두부를 독송하기를 거르지 않았다. 출가 후에는 거처를 정하지 않고 한곳에 두 밤을 머무르는 일이 없었다. 더구나 암자를 짓고 살지도 않았다. 이러한 연유로 잇슈쿠一宿 성인이라고 부르는 것이었다.

성인은 또 승려에게 허락된 소지품인 삼의일발三衣一鉢[3]조차 갖고 있지 않을 정도였으니, 쓸데없는 물건을 모으는 일 따위는 할 리가 없었다. 단지 몸에 지니는 것은 『법화경』 한 부뿐이었다. 성인의 족적足跡은 오기칠도五畿七

1 → 한곳에서 두 번 숙박을 하지 않는다는 의미에서 나온 호칭. 전형적인 표박漂泊 성인.

2 → 불교.

3 승려가 소유를 허가받은 최소한의 소지품('삼의三衣' → 불교).

道[4]에 닿지 않은 곳이 없었고, 육십여 지방六十余國[5]을 보지 않은 곳이 없었다. 이렇게 수행하고 계실 때, 만일 길을 잃게 되는 일이 있으면 어느새 본 적도 없는 동자童子가 나타나서 길을 알려주었다. 또 만일 물이 없는 곳이 있으면 어느새 본 적도 없는 여인이 나타나서 물을 주었다. 만일 굶주리게 되면 어느새 음식을 가지고 오는 사람이 있었다. 그 외에도 『법화경』의 힘에 의해 꿈에 존귀하고 기품 있는 승려가 나타나 이야기를 하거나, 고귀한 속인俗人이 나타나 곁에 함께 있거나 하는 꿈을 꾸었다. 성인에게는 이러한 영험이 많이 일어났다.

세월이 흘러 노년에 들자 진제이鎭西로 왔다. 아흔 살이 되어 일생동안 『법화경』을 독송한 수를 헤아려보니, 삼십여 만부에 달해 있었다. 그리고 명이 다하는 순간, 성인은 "여기에 보현普賢[6]보살菩薩과 문수文殊[7]보살菩薩이 나타나셨다."라고 말하고는 고귀한 모습으로 세상을 떠나셨다.[8]

이렇게 이야기로 전하여 내려오고 있다 한다.

4 '오기五畿'란 교토京都 주변의 다섯 지방. 야마시로山城, 야마토大和, 셋쓰攝津, 가와치河內, 이즈미和泉의 총칭. '칠도七道'란 동해東海, 동산東山, 북륙北陸, 산음山陰, 산양山陽, 남해南海, 서해西海의 총칭. '오기칠도五畿七道'로 일본 전국의 의미가 됨.

5 오기칠도의 66개 지방과 이키壹岐와 쓰시마對馬를 합친 명칭. 일본 전국을 의미.

6 → 불교.

7 → 불교.

8 정토에 왕생하셨다는 의미를 암시하고 있음.

⊙ 제24화 ⊙
잇슈쿠 一宿 성인聖人인 교구行空가 법화경을 독송하신 이야기

一宿聖人行空誦法花語第二十四

今昔、世ニ一宿ノ聖人ト云フ僧有ケリ。名ヲバ行空ト云フ。若ヨリ法花経ヲ受ケ習テ、昼ル六部、夜ル六部、日夜ニ十二部ヲ誦スル事ヲ不闕ズ。出家ノ後、住所ヲ不定シテ一所ニ二宿スル事無シ。況ヤ庵ヲ造ル事無シ。此レニ依テ一宿ノ聖人トハ云フ也ケリ。

亦、三衣一鉢ヲソラ不具ズ。況ヤ其ノ外ノ物ヲ貯ル事有ムヤ。只、身ニ随ヘル物ハ法花経一部也。五幾七道ニ不行至ザル所無ク、六十余国ニ不見ル国無シ。如此ク修行スル間、若シ道ニ迷フ事有レバ、不知ヌ童自然ラ出来テ道ヲ教フ。若シ水無キ所有レバ、不知ヌ女自然ラ出来テ水ヲ与フ。若シ食ニ餓ル時有レバ、自然ラ飯ヲ持来ル有人ト。亦、法花ノ力ニ依テ、夢ニ、貴ク気高キ僧出来テ常ニ語ヒ、亦止事無キ俗出来テ身ニ副フ、ト見ケリ。如此クノ奇特ノ事多シ。

漸ク老ニ臨ム尅ニ、鎮西ニ有リ。遂ニ年九十ニ及テ、法花経ヲ誦スル事三十余万部也。命終ル時ニ臨デ、聖人、「此ニ普賢文殊現ハレ給ヘリ」ト云テ、貴クテナム失ニケル。

如此クナム語リ伝ヘタルトヤ。

권13 **제25화**

스오 지방周防國 기토基燈 성인聖人께서 법화경法華經을 독송하신 이야기

기토基燈 상인上人이 『법화경法華經』 독송의 공덕에 의해 백사십여 살 동안 장수하며 모든 살아 있는 것을 불쌍히 여기고 무병식재無病息災로 오로지 정토왕생을 추구했다는 이야기이다. 법화지경자의 장수라고 하는 모티브가 앞 이야기와 연결된다.

이제는 옛이야기이지만, 스오 지방周防國[1] 오시마 군大島郡[2]에 기토基燈라고 하는 성인聖人[3]이 있었다. 젊었을 때 『법화경法華經』[4]을 배워서, 밤낮으로 신명身命을 바쳐 독송하였다. 매일 삼십여 부를 독송하는 것을 게을리하지 않았다. 백사십여 살이 되어서도 허리가 굽지 않고, 앉거나 서는 동작이 가볍고 용모도 매우 젊게 보여서 겨우 마흔 정도 된 사람 같았다. 시력이 좋아서 멀리 있는 것도 잘 보였고, 청력도 뛰어나서 먼 소리도 또렷하게 들을 수 있었다. 그리하여 세간 사람들은 성인을 "육근청정六根淸淨[5]을 얻은 성인이다."라고 말했다.

1 → 옛 지방명.
2 현재의 오시마 군大島郡.
3 → 불교.
4 → 불교.
5 → 불교.

또 만물을 가엾게 여기는 마음이 깊고 지혜가 뛰어났다. 초목草木과 같은 것일지라도 그것을 귀하게 여겼다. 하물며 살아 있는 것의 경우는 부처를 대하는 것처럼 예배했다. 노년이 되어서도 조금의 병도 없고, 단지 한결같이 이 세상의 생사生死[6] 무상無常을 꺼리고 슬퍼하며 『법화경』을 독송하여 정토淨土[7]에 태어나고 싶다고 기원하였다.

이것을 생각하면, 이 세상에서 장수하며 병에 시달리는 일이 없는 것은, 오로지 『법화경』을 독송한 공덕이다. 그러므로 기토 성인은 사후에도 정토에 태어났음에 틀림없다고 이렇게 이야기로 전하여 내려오고 있다 한다.

6 다시 태어나고 다시 죽기를 영원히 반복하는 번뇌의 세계. 생사윤회의 고계苦界.

7 → 불교.

亦、哀ノ心深クシテ智リ弘シ。草木ニ付テモ此レヲ敬ヒ、何況ヤ生類ヲ見テハ仏ノ如クニ礼拝ス。老ニ臨ムト云ヘドモ、身ニ病無クシテ、只偏ニ生死ノ無常ヲ猒ヒ悲ムデ、法花経ヲ読誦シテ浄土ニ生レム事ヲ願フ。

此レヲ思フニ、現世ニ命長クシテ身ニ病無シ。此レ偏ニ法花経ヲ読誦セル威力ノ致ス所也。然レバ、後生亦浄土ニ生ム事、疑無シトナム語リ伝ヘタルトヤ。

⊙제25화⊙ 스오 지방周防國 기토基燈 성인聖人께서 법화경法華經을 독송하신 이야기

周防国基灯聖人誦法花語第二十五

今昔、周防ノ国、大島ノ郡ニ基灯ト云フ聖人有ケリ。若クシテ法花経ヲ受ケ習テ、日夜ニ読誦シテ身命ヲ不惜ズ。毎日ニ三十余部ヲ誦スル事懈怠無シ。年百四十余ニシテ腰不曲ズ、起居軽ク、形貌極テ若クシテ、僅ニ四十許ノ人ノ如シ。眼コ明ニシテ、遠キ物ヲ見ルニ障リ無シ。耳利クシテ、遥ノ音ヲ聞クニ滞リ無シ。然レバ、世ノ人此ノ聖人ヲ「六根清浄ヲ得タル聖人也」ト云ケリ。

권13 제26화

지쿠젠 지방筑前國의 여인이 법화경法華經을 독송해 눈을 뜬 이야기

대재부大宰府 관인官人의 앞을 보지 못하는 처가 『법화경法華經』 독송의 공덕에 의해 시력을 되찾았다고 하는 영험담靈驗譚. 맹인 승려가 두 눈을 떴다고 하는 이야기는 본권 제18화에 있다.

이제는 옛이야기이지만, 지쿠젠 지방筑前國[1] 대재부大宰府에서 관직을 맡고 있는 사람이 있었다. 그의 처는 언젠가 두 눈이 보이지 않게 되어, 또렷하게 볼 수 없었다. 여인은 이를 탄식하며 슬퍼하여 울기만 했다. 그러나 마음속으로 이러한 서원을 세웠다.

'나는 숙세宿世의 업으로 인해 이렇게 두 눈이 보이지 않게 되었다. 이번 생에서는 완전한 사람의 몸이 아니다. 이다음 사후死後의 세계의 공덕을 쌓기 위해, 오로지 『법화경法華經』[2]을 독송하겠다.'

이렇게 맹세하고는 오랫동안 『법화경』을 수지하고 있던 《비구니》[3] 한 사람에게 부탁해 『법화경』을 배웠다. 그 후로는 밤낮으로 독송에 힘써 그로부

1 → 옛 지방명.
2 → 불교.
3 파손에 의한 결자. '비구니尼'가 들어갈 것으로 추정.

터 네댓 해가 지났다.

그러자 언젠가 이 눈먼 여인의 꿈에 존귀한 한 승려가 나타나서

"너는 전세前世의 업보[4]로 두 눈이 보이지 않게 되었다. 지금 진심으로 『법화경』을 독송하고 있으니 그 두 눈은 이제 곧 떠질 것이니라."

라고 말하고는 손으로 여인의 눈을 문질렀다.[5] 여인은 이러한 꿈을 꾸고 깨어난 후, 두 눈이 떠져 원래대로 또렷하게 사물을 볼 수 있게 되었다. 여인은 눈물을 흘리며 감읍感泣하고 『법화경』의 영험임에 틀림없다고 생각하여, 법화경을 예배하고 공경했다. 남편과 아들, 권속[6]들도 매우 기뻐했다. 또 그 지방 사람들은 거리가 가깝고 멀고를 불문하고 이 일을 듣고는 더할 나위 없이 존귀하게 여겼다.

여인은 점점 신앙심이 깊어져서 낮에도 밤에도 자나 깨나 『법화경』을 독송했으니 당연한 일이라 하지 않을 수 없었다. 독송뿐만 아니라 서사書寫도 하며 정중하게 공양을 드렸다고 이렇게 이야기로 전하여 내려오고 있다 한다.

4 → 불교. 숙세宿世의 업과 같음.

5 꿈속에서 귀한 승려가 환부患部를 문질러서 상처나 병이 치유된다고 하는 모티브는 본권 제22화에 보임.

6 여기서는 일족의 사람들이나 종자從者들을 가리킴.

⊙제26화⊙ 지쿠젠 지방筑前國의 여인이 법화경法華經을 독송해 눈을 뜬 이야기

筑前国女誦法花開盲語第二十六

今昔、筑前ノ国ニ府官有リ。其ノ妻ノ女両ノ目盲テ明カニ見ル事ヲ不得ズ。然レバ、女常ニ涙ヲ流シテ歎キ悲ム事無限シ。誠ノ心ヲ発シテ思ハク、「我レ宿世ノ報ニ依テ二ノ目盲タリ。今生ハ此レ人ニ非身也。不如ジ只後世ノ事ヲ営ンデ、偏ニ法花経ヲ読誦セム」ト思テ、法華経ヲ年来持テル一人ノ□ヲ語ヒテ、法花経ヲ受ケ習フ。其ノ後、日夜ニ読誦スル事四五年ヲ経タリ。

而ル間、此ノ盲女ノ夢ニ、一人ノ貴キ僧来テ告テ云ク、「汝ヂ宿報ニ依テ二ノ目既ニ盲タリト云ヘドモ、今心ヲ発シテ法花経ヲ読誦スルガ故ニ、両眼忽ニ開ク事ヲ可得シ」ト云テ、手ヲ以テ両眼ヲ撫ヅ、ト見テ夢覚ヌ。其ノ後、両目開テ、物ヲ見ル事明カニシテ本ノ如ク也。女人涙ヲ流シテ、泣キ悲ムデ、法花経ノ霊験新ナル事ヲ知テ、礼拝恭敬ズ。亦、夫、子息、眷属、此レヲ不喜ズト云フ事無シ。亦、国ノ内ノ、近ク遠キ人、皆此ノ事ヲ聞テ、貴ブ事無限シ。

女人弥ヨ信ヲ発シテ、昼夜寤寐ニ法花経ヲ読誦スル事理也。亦、書写シ奉テモ供養恭敬ジ奉リケリトナム語リ伝ヘタルトヤ。

권13 제27화

히에이 산比叡山의 승려 겐조玄常가 『법화경法華經』 사요품四要品을 독송한 이야기

『법화경法華經』의 사요품四要品을 수지受持한 히에이 산比叡山 승려 겐조玄常의 행장기行狀記로, 철저하게 구도에 힘쓰는 일상의 기행奇行, 하리마 지방播磨國 유키히코 산雪彦山에서의 수행생활, 임종의 행의작법行儀作法 등이 서술의 중심이 되고 있다.

이제는 옛이야기이지만, 히에이 산比叡山에 겐조玄常라고 하는 승려가 있었다. 도읍출신의 사람이었다. 어렸을 때, 히에이 산에 올라 출가하여 사승師僧을 좇아 불도를 배웠는데 지혜가 뛰어나 여러 가지 교의敎義에 통달하게 되었다. 또 『법화경法華經』[1]을 배워서 마음속으로 이렇게 생각했다. '『법화경』 안에서 방편품方便品, 안락품安樂品, 수량품壽量品, 보문품普門品의 사품四品이야말로 『법화경』의 중심이다.' 그래서 이를 사요품四要品[2]이라고 이름을 붙이고 특히 깊이 믿으며 밤낮으로 게을리하지 않고 계속해서 독송했다.

그런데 겐조의 평상시의 행동은 보통사람과 달랐다. 지의紙衣[3]와 나무껍데기를 입고, 결코 비단이나 천 종류는 몸에 걸치는 일이 없었다. 또 도중에

1 → 불교.
2 → 불교.
3 종이로 만든 의복.

강을 건널 때는 절대 옷을 걷지 않고, 비가 내리는 날에도 맑은 날에도 결코 삿갓을 쓰지 않았다. 먼 곳에 갈 때도 가까운 곳에 갈 때도 신을 신지 않았다. 일생동안 계율을 지키며 항상 지재持齋[4]를 계속했다. 또 허리띠를 풀고 편한 자세를 취하지도 않았다.[5] 승려와 만나건 속인俗人과 만나건 귀천을 가리지 않고 존경하며, 동물을 보면 날짐승이건 들짐승이건 《허리를 굽혔다》.[6] 이렇기에 세간 사람들은 그를 보고 제정신이 아니라고 의심했다.

그러는 중에 히에이 산을 떠나 하리마 지방播磨國[7] □□□[8] 유키히코 산雪彦山[9]으로 옮겨 살게 되었다. 그곳에서 조용히 머물며 열심히 수행을 계속했다. 백 개의 밤알만으로 하안거夏安居[10] 구십일을 보내고, 백 개의 유자柚子만으로 동안거冬安居의 식사를 대신했다. 그 산은 완전히 인적이 끊긴 곳이었다. 그래서 멧돼지, 사슴, 곰, 늑대 등의 짐승[11]이 늘 찾아와서는 성인과 놀았는데 성인은 두려워하는 기색도 없었다. 또 성인은 아무 말도 하지 않아도 사람의 마음을 꿰뚫고 있어서, 그 사람이 생각하고 있는 것을 성인이 입을 열어 말하면 그것이 틀린 적이 없었다. 또 세상의 이런저런 모양새를 보고 그 길흉吉凶을 점쳐서 들어맞지 않는 법이 없었다. 그래서 세간 사람들은 성인을 권화權化[12]라고 입을 모아 이야기했다.

4 비시식계非時食戒를 지킴. 즉, 정오를 넘어서 식사를 하지 않음.
5 몸을 편하게 하고 수면을 취하지 않았음을 이름.
6 한자표기를 염두에 둔 의도적 결자. 『법화험기』를 참조하여 보충.
7 → 옛 지방명.
8 군郡 이름의 명기를 염두에 둔 의도적 결자.
9 현재는 '세쓰히코 산', '셋피코 산'이라 부름. 효고 현兵庫縣 시소우 군宍粟郡 야스토미 정安富町과 시카마 군飾磨郡 유메사키 정夢前町의 경계에 있는 산. 표고 915m. 암벽·암봉이 연속해 있는 수험도修驗道의 수행장. 호도法道 상인上人이 세운 곤고친고지金剛鎭護寺가 있었다. 산중턱에 위치한 가야 신사賀野神社는 암봉을 신체神體로 삼아, 유키히코 산 대권현大權現을 모심. 규슈九州의 히코 산英彦山, 니가타新潟의 야히코 산彌彦山과 함께 일본의 세 개의 히코산彦山 중의 하나.
10 → 불교(안거安居).
11 금수禽獸가 수행승에게 무리지어 오는 모티브는 본권 제2화와 제4화에도 보임.
12 → 불교.

임종에 이르러, 마을로 나가서 알고 지내던 승려나 속인의 집에 가서는 이별을 아쉬워하며

"이 세상에서의 대면은 이것이 마지막입니다. 내일 모레가 되면 나는 정토淨土[13]에 가겠지요. 다음 대면은 진여眞如[14]의 세계에서 하도록 합시다."

라고 말하고는 유키히코 산으로 돌아가 암굴 안에 앉아 마음을 흩트리지 않고 『법화경』을 독송하며 세상을 떠났다고 이렇게 이야기로 전하여 내려오고 있다 한다.

13 → 불교.

14 →불교. 여기에서는 정토를 이름.

⊙제27화⊙
히에이 산比叡山의 승려 겐조玄常가 『법화경法華經』 사요품四要品을 독송한 이야기

比叡山僧玄常誦法花四要品語第二十七

今昔、比叡ノ山ニ玄常ト云フ僧有ケリ。本、京ノ人也。幼クシテ比叡ノ山ニ登テ、出家シテ師ニ随テ法門ノ道ヲ習フニ、悟リ有テ弘ク其ノ義理ヲ知レリ。亦、法花経ヲ受ケ習テ心ニ思ハク、「法花経ノ中ニ、方便、安楽、寿量、普門、此ノ四品ハ、此レ肝心ニ在マス」ト悟テ、此レヲ四要品ト名付テ、殊ニ持チ思エテ、昼夜ニ誦スル事不怠ズ。

亦、玄常翔ヒ例ノ人ニ不似ズ。衣ハ紙衣ト木皮也。絹布ノ類敢テ不着ズ。亦、道ヲ行クニ、河ヲ渡ル時更ニ衣ヲ不褰ズ。亦、雨ノ降ル日モ晴タル日モ、全ク笠ヲ着ル事無シ。亦、遠ク行ク時ニモ近ク行ク時ニモ、足ニ物ヲ不履ズ。亦、一生ノ間持戒ニシテ、常ニ持斉ス。亦、帯ヲ解ク事無シ。僧俗ヲ見テハ貴賤ヲ不撰ズ敬ヒ、畜類ヲ見テハ鳥獣モ不避ズ□。世ノ人此レヲ見テ狂気有リト疑ヒケリ。

而ル間、本山ヲ去テ幡磨ノ国、□雪彦山ニ移リ住シヌ。静ニ籠居テ懃ニ修行ジケリ。一百果ノ栗ヲ以テ一夏九旬ヲ過シ、一百果ノ柚ヲ以テ三冬ノ食トシテゾ有ケル。其ノ山、極テ人気ヲ離レタリ。然レバ、猪、鹿、熊、狼等ノ獣、常ニ来テ、聖人ニ近付キ戯レテ、敢テ恐ル、気無シ。亦、聖人兼テ人ノ心ノ内ヲ知テ、彼レガ思フ事ヲ云フニ、違フ事無シ。亦、世ノ作法ヲ見テ、吉凶ヲ相スルニ、不当ズト云フ事無シ。然レバ、世ノ人聖人ヲ権化ノ者トゾ云ケル。

最後ノ時ニ臨デ、里ニ出テ、相知レル僧俗ノ許ニ行テ、別レヲ惜ムデ云ク、「今生ノ対面只今日許ニ有リ。明後日ヲ以テ我レ浄土ノ辺ニ参ムトス。後々ノ対面ハ真如ノ界ヲ期ス」ト云テ、雪彦山ニ返テ、巌崛ノ中ニ居テ、心不乱ズシテ、法花経ヲ読誦シテ失ニケリトナム語リ伝ヘタルトヤ。

권13 제28화

지경자持經者 렌초蓮長가 법화경法華經을 독송해 가호를 받은 이야기

여러 지방의 영장靈場을 돌며 매달 일천 부의 『법화경法華經』을 독송한 렌초蓮長가 임종 때 하얀 연꽃을 가지고 왕생을 이루었다는 영험담靈驗譚으로, 이야기 중의 영몽靈夢은 불천佛天이 렌초 수호를 계시啓示해서 믿지 않는 무리들을 깨우치게 하기 위한 것이다.

이제는 옛이야기이지만, 렌초蓮長라고 하는 승려가 있었다. 사쿠라이櫻井[1]의 조엔長延 성인聖人의 옛 수행동료[2]였다. 젊었을 때 『법화경法華經』[3]을 배워, 조금도 게을리하지 않고 밤낮으로 독송에 전념했다. 또 미타케金峰山,[4] 구마노熊野,[5] 하세데라長谷寺[6] 등 여러 영장[7]을 참배하고는 신불神佛 앞에서 반드시 『법화경』 천 부를 독송했다. 렌초 지경자持經者는 말이 매우 빨라서[8] 한 달 동안 반드시 천 부를 독송할 수 있었다. 그렇기에 젊었을 때부터 노년

1 나라 현奈良縣 사쿠라이 시櫻井市에 있었던 사쿠라이지櫻井寺로 추정. 현재는 대사당大師堂만이 남아있음. 오사카 부大阪府 미시마 군도三島郡島 혼마치사쿠라이本町櫻井에 있던 사쿠라이지櫻井寺는 이후에 세워진 것.
2 원문에는 '동행同行'(→ 불교).
3 → 불교.
4 → 지명(긴푸센金峰山).
5 → 사찰명.
6 → 사찰명. 건립의 경위에 대해서는 권11 제31화 참조.
7 → 불교(영험소靈驗所).
8 말을 빠르게 해서 『법화경』을 다수 독송하는 것도 하나의 특기로 취급되어 존경받았음.

에 이르기까지 독송한 경의 수는 방대하여 도무지 헤아릴 수 없을 정도였다. 그의 곁에 있던 사람이 이 지경자가 아무리 말이 빨라도 한 달에 천 부를 독송할 수는 없을 것이라고 의심하고 있었는데, 그 사람의 꿈에 무척 고상하고 무서운 모습을 한 네 사람[9]이 나타났다. 이들은 모두 갑옷을 두르고 천의天衣[10]를 입고는 손에 각각 창과 칼 등을 들고 있었다. 그리고 렌초 지경자의 전후좌우를 호위하여 한 순간도 떨어지지 않고 보호하고 있었다. 이러한 꿈이었는데 꿈에서 깬 뒤, 의심하는 마음을 버리고 후회하며 성인을 존귀하게 여겼다.

지경자는 임종 때, 손에 눈이 부실 정도로 선명한 하얀 연화蓮花[11]를 쥐고 있었다. 어떤 사람이 그것을 이상하게 여겨 "지금은 연꽃이 필 때가 아닙니다. 도대체 어디에 핀 연꽃을 따오신 것입니까?"라고 여쭈었다. 지경자는 "이것은 묘법연화妙法蓮花[12]라고 하는 것입니다."라고 대답하고는 곧바로 숨을 거두었다. 그 뒤 지경자가 손에 쥐고 있던 연꽃은 가져간 사람이 아무도 없었는데 갑자기 보이지 않게 되었다.

이것을 보고 들은 사람은 '불가사의한 일이다.'라고 생각하고 예배하고 존귀하게 여겼다고

이렇게 이야기로 전하여 내려오고 있다 한다.

9 이어서 서술하고 있는 의상과 소지품을 보면 불법수호佛法守護의 사천왕四天王으로 추정.

10 → 불교. 천인이 입는 의복.

11 연꽃은 극락정토에 피는 꽃으로 정토의 상징임.

12 『묘법연화경妙法蓮華經』이라는 이름대로 『법화경』 독송의 공덕으로 생겨난 묘법(법화일승法華一乘)을 상징하는 연꽃이라는 의미.

⊙ 제28화 ⊙
지경자 持經者 렌초蓮長가 법화경法華經을 독송해 가호를 받은 이야기

蓮長持経者誦法花得加護語第二十八

今昔、蓮長ト云フ僧有ケリ。桜井ノ長延聖人ノ昔ノ同行也。若クシテ法花経ヲ受ケ習テ、昼夜ニ読誦シテ懈怠スル事無シ。亦、金峰、熊野、長谷寺ノ諸ノ霊験所ニ詣デツヽ、各其ノ宝前ニシテ、必ズ法花経千部ヲ誦シケリ。亦、彼持経者極テ口早クシテ、一月ノ内ニ必ズ千部ヲ誦ス。然レバ、若クヨリ老ニ至ルマデ誦セル所ノ経ノ員甚ダ多クシテ、計へ不可尽ズ。傍ナル人有テ、持経者ノ口ノ早クシテ、一月ノ内ニ千部ヲ誦セル事ヲ疑ヒ思フ間、其ノ人夢ニ、極テ気高ク怖シ気ナル人四人有リ。皆甲冑ヲ着シ天衣ヲ具セリ。各手ニ鉾釼等ヲ取レリ。蓮長持経者ノ前後左右ニ相副テ、時ノ間ヲ不離ズ、見ケリ。夢覚テ後、永ク疑ヒノ心ヲ止メテ、悔ヒ悲ムデ貴ビケリ。

持経者、最後ノ時ニ臨デ、手ニ鮮カニ白キ蓮花ヲ持タリ。人此レヲ怪ムデ、問テ云ク、「近来蓮花ノ栄ク時ニ非ズ。何コニ生ジタリツル蓮花ヲ取テ持給ヘルゾ」ト。持経者答テ云ク、「此レヲ妙法蓮花トハ云也」ト云テ、即チ失ニケリ。其ノ後、持経者ノ手ニ持テル所ノ蓮花、誰人ノ取ツルトモ不見ズシテ忽ニ失ヌ。

此レヲ見聞ク人、「奇異ノ事也」ト礼ミ貴ミケリトナン語リ伝ヘタルトヤ。

권13 제29화

히에이 산比叡山 승려 묘주明秀의 유해遺骸가 법화경法華經을 독송한 이야기

유형적인 해골 독경담의 하나로, 히에이 산比叡山 서탑西塔의 지경자 묘주明秀가 마흔이 되어 구로다니黑谷의 별소別所에 은거하며 법화독송에 전념했는데 임종의 서원誓願대로 죽어서도 묘지에서 독경을 계속했다는 이야기.

이제는 옛이야기이지만, 히에이 산比叡山의 서탑西塔[1]에 묘주明秀라고 하는 승려가 있었다. 천태좌주天台座主[2] 센가暹賀[3] 승도僧都라는 사람의 제자였다. 어렸을 때 히에이 산에 올라 출가하여, 사승師僧에게 『법화경法華經』[4]을 배워서 밤낮으로 독송을 하였다. 또 진언眞言의 밀법密法을[5] 배워서 매일같이 게을리하지 않고 수행에 힘썼다. 병에 걸렸을 때나 몸이 좋지 않을 때도, 하루도 『법화경』 한 부를 독송하지 않는 적이 없었다.

그런데 마흔 살에 이르러 깊은 도심道心을 일으켜 서탑의 기타다니北谷 아래에 구로다니黑谷[6]라는 별소別所[7]에 은거한 채로 조용히 『법화경』을 독송하

1 → 사찰명.
2 → 불교.
3 → 인명.
4 → 불교.
5 → 불교. 여기서는 태밀台密의 법.
6 → 사찰명.

고 새벽, 낮, 일몰의 삼시三時[8]의 행법行法[9]을 게을리하지 않고 성실하게 행하던 중 병을 얻었다. 약을 써서 치료를 해보았으나 낫지 않았다. 점점 병이 무거워져서 죽음에 이르게 되었다. 임종 직전에 이르러 묘주는 『법화경』을 들고 서원을 하였다.

'무시無始[10] 이래 내가 지은 죄가 내 몸에 깊이 스며들어 그 때문에 금생今生[11]에서 정혜定慧[12] 수행을 하지 못했다. 이래서는 나는 선소善所[13]에 태어날 만한 인연因緣이 없다. 가까스로 『법화경』을 독송하려고 해도 마음이 흐트러져서 불교의 가르친대로 독송할 수 없다. 그렇다고 해도, 나는 이 선근善根[14]을 불법佛法으로 인도하는 손으로 하여 죽은 후에 시체건 혼백이건 또 다시 법화를 읊고, 혹시 중유中有[15]나 생유生有에서 헤매게 될지라도 법화를 읊고, 만약에 또다시 악취惡趣[16]에 빠지게 되더라도 혹은 정토에 태어나게 되더라도 항상 이 경經을 읊고, 더 나아가 성불을 이룰 때까지 오로지 이 경을 읊을 것이다.'

이렇게 맹세하고는 그대로 숨을 거두었다.

장례를 지낸 후, "밤이 되면 반드시 그 묘지에서 『법화경』을 독송하는 목소리가 들린다."고 알리러 온 사람이 있었다. 묘주와 친밀했던 자들이 이 말

7 → 불교.
8 → 불교.
9 → 불교.
10 한 없이 먼 과거.
11 → 불교.
12 → 불교.
13 → 불교.
14 → 불교.
15 '중유中有'(→ 불교), '생유生有' 둘 다 사유四有의 한 가지. 불교에서는 중생이 생사의 세계를 떠도는 과정을 생유(탄생의 순간), 본유(살아 있는 동안), 사유(죽음의 순간), 중유(죽음 이후, 다음 생을 받을 때까지)의 사유로 분류하고 이 순서대로 윤회를 반복한다고 봄.
16 → 불교.

을 듣고는 밤에 몰래 묘지에 가서 들어보니, 또렷하지는 않았지만 수풀 속에서 《희미하게》[17] 『법화경』을 독송하는 목소리가 들려왔다. 잘 들어보니 묘주가 생전에 독송하던 목소리와 비슷했다. 이를 듣고 크게 감명을 받아 돌아와서 사람들에게 전하였다. 절 안의 사람들은 모두가 이를 차례로 전해 듣고 묘지에 가서 들어보았는데 역시나 그 목소리를 들을 수 있었다.

묘주의 임종의 서원대로였기에 사람들은 실로 존귀한 일이라고 이야기했다고 이렇게 이야기로 전하여 내려오고 있다 한다.

17 한자표기를 염두에 둔 의도적 결자. 해당어휘 불명. 문맥을 고려하여 보충.

⊙제29화⊙
히에이 산比叡山 승려 묘주明秀의 유해遺骸가 법화경法華經을 독송한 이야기

比叡山僧明秀骸誦法花経語第二十九

今昔、比叡ノ山ノ西塔ニ明秀ト云フ僧有ケリ。天台座主ノ暹賀僧都ト云ケル人ノ弟子也。幼ニシテ山ニ登テ出家シテ、師ニ随テ法花経ヲ受ケ習テ日夜ニ読誦ス。亦、真言ノ蜜法ヲ受テ毎日ノ行法不怠ズ。或ハ身ニ病有ル時モ、或ハ身ニ障リ有ル時モ、毎日ニ法花経一部ヲバ不闕ザリケリ。

而ル間、年四十ニ成ル時ニ、道心発テ、西塔ノ北谷ノ下ニ黒谷ト云フ別所有リ、其ノ所ニ籠居テ、静ニ法花経ヲ読誦シ、三時ノ行法不断ズシテ勤メ行フ間、身ニ病付ヌ。薬ヲ以テ療治スト云ヘドモ、病愈ユル事無クシテ、弥ヨ増テ既ニ死ナムトス。最後ニ、明秀ノ、手ニ法花経ヲ取テ誓ヲ発シテ云ク、「無始ノ罪障我ガ身ニ薫入シテ、今生ニ全ク定恵ノ行業闕ヌ。何ノ因縁ヲ以テカ、我レ極楽ニ生レム。僅ニ法花経ヲ誦スレバ、心乱テ法ノ如トクニ非ズ。然ト云ヘドモ、此ノ善根ヲ以テ善知識トシテ、死テ後、屍骸魂魄也ト云フトモ、尚法花ヲ誦シ、中有生有也ト云フトモ、専ニ法花ヲ誦シ、若ハ悪趣ニ堕タリトモ、若ハ善所ニ生タリトモ、常ニ此ノ経ヲ誦シ、乃至、仏果ニ至マデモ只此ノ経ヲ誦セム」ト誓テ、即チ死ヌ。

葬シテ後、「夜ルニ成レバ、墓所ニ常ニ法花経ヲ誦スル音有リ」ト人告グ。得意ト有リシ輩此ノ事ヲ聞テ、夜ル蜜ニ墓所ニ行テ聞クニ、慥ニハ非ズト云ヘドモ、藪ノ中ニ□ニ法花経ヲ誦スル音有リ。吉ク聞ケバ、明秀ガ生タリシ時ニ誦セシ音ニ似タリ。此ヲ聞テ、哀ビ悲デ、返テ人ニ語ル。一院ノ内ノ人、皆此レヲ聞キ継テ、行テ聞クニ其音有リ。

最後ノ誓ヒニ不違ネバ極テ貴シトゾ人云ケルトナム語リ伝ヘタルトヤ。

권13 **제30화**

히에이 산比叡山 승려 고조廣清의 유골이 법화경法華經을 독송한 이야기

앞 이야기에 이어지는 유형적인 해골 독경담의 하나로 『법화경法華經』의 행자 고조廣清가 하룻밤 근본중당根本中堂에서 법화수지에 의한 극락왕생의 꿈의 계시를 얻고 이후 더욱더 『법화경』 독송에 전념해서 사후에도 그 유골이 독경을 계속했다고 하는 이야기.

이제는 옛이야기이지만, 히에이 산比叡山의 동탑東塔[1]에 천수원千手院[2]이라고 하는 절이 있었다. 그곳에 고조廣清라는 승려가 살고 있었다. 어렸을 때 히에이 산에 올라 사승師僧을 따라 출가하여 『법화경法華經』[3]을 배웠고, 그 교의를 잘 이해하고 항상 독송을 멈추지 않았다. 또 도심도 깊어서 사후의 일을 언제나 마음에 새기고 있었다.[4] 어쩔 수 없이 속사俗事에 이끌려서 속세에서 생활하게 되어도 마음은 변함없이 속세에서 떨어진 삶의 방식을 좇았다. 이렇게 밤낮으로 『법화경』을 독송하면서 "아무쪼록 이 선근善根[5]을 통해 제가 깨달음에 이를 수 있게 해 주시옵소서."라고 바라고 있었다.

1 → 사찰명.
2 → 사찰명.
3 → 불교.
4 내세來世에 악도惡道로 떨어질 것을 두려워하여 정토왕생을 기원하고 있었음을 의미함.
5 『법화경法華經』 독송의 공덕('선근善根' → 불교).

그러던 중, 근본중당根本中堂에 참배하여 밤새도록 『법화경』을 독송하며 사후의 일을 기도하는 동안에 어느샌가 잠이 들어버렸다. 그러자 꿈속에 여덟 명[6]의 보살이 나타났다. 모두 황금빛의 모습이었고 아름다운 영락瓔珞[7]으로 장식되어 있는 그 모습은 뭐라 형언할 수가 없었다. 이것을 본 고조가 경외하여, 배례하려고 하자 그중 한 사람의 보살이 영묘한 목소리로 고조에게 말씀하셨다.

"너는 『법화경』을 존귀하게 여겨 독송하고 그 선근에 의해서 생사[8]무상生死無常의 세계를 떠나 보리菩提[9]에 이르려고 기원하고 있다. 알겠느냐? 결코 의심의 마음을 일으키지 말고 한층 더 게을리하지 않고 『법화경』을 계속해서 존귀하게 여기며 독송해야 하느니라. 그렇게 하면 우리들 여덟 명이 나타나서 너를 극락세계로 인도해 주겠노라."

이렇게 말씀하시고는 사라져버리셨다. 이러한 꿈을 꾸고 깨어난 고조는 기쁜 마음으로 울면서 존귀하게 여기며 예배했다. 그 후로 전보다 한층 더 마음을 담아서 조금도 게을리하지 않고 『법화경』 독송에 임했다. 그리고 항상 이 꿈의 계시를 마음에 새기고 잊지 않으며 후세後世[10]의 일을 보살에게 의지하였다.

그 후 다시 어떠한 어떤 연고로 도읍으로 내려가 일조대로一條大路의 북쪽 언저리에 있는 당堂에 머물게 되었다. 며칠인가 머무는 동안에 그곳에서 병에 걸렸는데 고통을 견디며 더욱더 지성으로 『법화경』을 독송하며 그 꿈의

6 『반야이취경般若理趣經』, 『팔대보살경八大菩薩經』, 『약사경藥師經』 등에 팔대보살八大菩薩을 설명하고 있으나 여기서는 『법화경』에서 말하는 문수文殊, 약왕藥王, 묘음妙音, 정진精進, 무진의無盡意, 관음觀音, 보현普賢, 미륵彌勒을 가리키는 것으로 추정. 혹은 여덟 권의 『법화경』을 상징적으로 팔보살이라고 했을 것으로 추정됨. → 불교(보살菩薩).

7 → 불교.

8 → 불교.

9 → 불교.

10 → 불교.

계시를 의지하였다. 그러나 병은 결국 낫지 않고 고조는 숨을 거두고 말았다. 그의 제자가 그 유해를 가까운 곳에 묻었는데, 그 묘지에서 밤마다 『법화경』을 독송하는 목소리가 들렸다. 사람들은 "항상 한 부를 전부 읽어버리더라." 하고 입을 모아 이야기했다. 사람들로부터 이 이야기를 들은 제자는 그 유해[11]를 파내서 산속의 청정한 장소를 골라서 다시 장사지냈다. 그 산속에서도 전과 같이 『법화경』을 독송하는 목소리가 들렸다.

이것은 실로 불가사의한 일이라고 이렇게 이야기로 전하여 내려오고 있다 한다.

11 지경자가 죽은 후 그의 유해가 계속해서 독송을 하고 있었던 것.

⊙ 제30화 ⊙
히에이 산比叡山 승려 고조廣清의 유골이 법화경法華經을 독송한 이야기

比叡山僧広清髑髏誦法花語第三十

今昔、比叡ノ山ノ東塔[二五]ニ千手院[二六]ト云フ所有リ。広清[二七]ト云フ僧住ス。幼[二八]ニシテ山ニ登テ、師ニ随テ出家シテ、法花経ヲ受ケ習テ、其ノ義理[二九]ヲ悟テ、常ニ読誦ス。亦、道心有テ、常ニ後世[三〇]ヲ恐ルヽ心有リ。事ノ縁ニ被引レテ、世路[三一]ニ廻ルト云ヘドモ、只隠居[三二]ヲ好ム心ノミ有リ。日夜ニ法花経ヲ誦シテ、願[三三]クハ、此[三四]ノ善根ヲ以テ菩提ニ廻向[三五]ス。

而[三六]ル間、中堂[三七]ニ参テ、終夜法花経ヲ誦シテ後世ノ事ヲ祈請ズル間ニ寝入ヌ。夢ニ、[一]八ノ菩薩ヲ見ル。皆黄金ノ姿也。瓔珞[二]荘厳[三]ヲ見ルニ、心ノ及ブ所ニ非ズ。[四]広清此レヲ見テ、恐レ貴ムデ礼拝セムト為ルニ、一ノ菩薩在マシテ、微妙[五]ノ音ヲ以テ広清ニ告テ宣ハク、「汝法花経ヲ持テ、此ノ善根ヲ以テ生死ヲ離レテ菩提ニ至ラム、ト願フ。疑ヒヲ成ス事無クシテ、弥ヨ不退ズシテ法花経ヲ可持シ。然ラバ、我等八人来テ、汝ヲ極楽世界ニ可送シ」ト宣テ後、忽ニ不見給ズ、ト見テ夢覚ヌ。其ノ後、泣々ク喜ビ貴ムデ礼拝ス。弥ヨ心ヲ至シテ[六]、法花経ヲ読誦スル事、更ニ懈怠[七]無シ。而[八]ル間、常ニ此ノ夢ノ告ヲ心ニ懸テ忘ルヽ事無ク、後世ヲ憑ム。

[九]其ノ後、事ノ縁ニ依テ、京ニ下テ、一条ノ北ノ辺ニ有ル堂ニ宿シヌ。日来ヲ経ル間ニ、其ノ所ニシテ身ニ病ヲ受テ悩ミ

瓔珞(胎蔵曼荼羅)

煩フ間、弥ヨ心ヲ至シテ法花経ヲ読誦シテ、彼ノ夢ノ告ヲ信ズ。而ルニ、遂ニ病愈ル事無クシテ死ヌ。[10]弟子有テ、近キ辺ニ棄置レツ。其ノ墓所ニ、毎夜ニ法花経ヲ誦スル音有リ。[11]「必ズ一部ヲ誦シ通ス」ト。弟子[12]人ノ告ニ依テ、其ノ[13]髑髏ヲ取テ、山ノ中ニ清キ所ヲ撰テ置ツ。其ノ山ノ中ニテモ尚、法花経ヲ誦スル音有リ。

[14]此[15]希有ノ事也トナム語リ伝ヘタルトヤ。

권13 **제31화**

비젠 지방備前國 사람이 출가하여 법화경法華經을 독송讀誦한 이야기

비젠 지방備前國의 한 사미沙彌가 발심發心하여 미이데라三井寺의 승려가 되어『법화경法華經』2만 부를 독송讀誦하여 명성을 얻은 후, 고향에 내려가 파계승이 되었는데 임종에 이르러 정념正念으로 돌아와『법화경』을 외우며 세상을 떠났다는 이야기.『법화경』의 영험담 속에서, 반승반속伴僧半俗적 사미의 신앙생활의 한 면을 볼 수 있다.

이제는 옛이야기이지만, 비젠 지방備前國[1]에 한 명의 사미沙彌[2]가 있었다. 오랜 세월 동안 그 지역에 살며 아내와 자식과 함께 지내고 있었는데 무엇을 생각하였는지 갑자기 처자를 버리고 고향을 떠나 히에이 산比叡山에 올라가 수계受戒[3]를 하였다. 그 뒤 미이데라三井寺[4]에 가서 그곳의 승려가 되어 밤낮으로『법화경法華經』[5]을 계속 독송讀誦하였다. 그러는 동안에 완전히 외워서 독송할 수 있게 되었는데 십여 년 동안 이만여 부를 독송했다. 그 모습을 본 절 안의 높고 낮은 사람들 모두가 그를 더할 나위 없이 존경하여 칭송하였다.

1 → 옛 지방명.
2 미상. '사미沙彌'. → 불교. 여기서는 관청의 허가 없이 정식 수계도 하지 않고, 사적으로 득도한 반승반속半僧半俗인 사도승私度僧을 가리킴.
3 → 불교.
4 → 사찰명. 또한 건립 경위에 대해서는 권11 제28화 참조.
5 → 불교.

그런데 이 승려는 또 어떻게 마음이 변했는지 고향에 돌아가 자신의 집에 살며 예전처럼 지내게 되었다.[6] 이러한 연유로 지금까지 존귀하게 여기며 독송하였던 『법화경』을 완전히 잊어버린 채 몇 년이나 지났다. 처자와 함께 사는 일은 파계무참破戒無慙한 일이 아닐 수 없었다.

이윽고 이 승려는 노년을 맞이하게 되었다. 그리고 병에 걸려 며칠이나 괴로워하던 끝에 최후를 맞이하게 되었다. 이때 지인들이 찾아와서 승려에게 말했다.

"당신은 이미 금생의 명이 다하였습니다. 그렇기에 오로지 사후의 구원을 빌지 않으면 안 됩니다. 그러므로 당신이 오랫동안 존귀하게 여기며 독송하였던 『법화경』을 독송하고 또한 아미타불阿彌陀佛[7]의 명호名號를 부르며 극락[8]에 태어날 수 있도록 빌어야 할 것입니다."

이렇게 말했지만 승려는 조금도 들으려 하지 않고 고개를 저으며 염불[9]도 하지 않고 『법화경』을 독송하려고도 하지 않았다.

그런데 며칠이 지나자 병이 조금씩 나아지게 되었다. 그러자 승려는 무슨 이유에서인지 급히 일어나 목욕재계沐浴齋戒[10]를 하고, 깨끗한 옷을 갖춰 입고 합장을 하며 삼보三寶[11]에 아뢰었다.

"나는 본디 『법화경』을 신봉하여 수없이 독송해왔지만 언젠가 악마로 인해 마음이 현혹되어 오랫동안 『법화경』을 버리고 사견邪見[12]에 사로잡혔었습니다. 하지만 지금 즉시 보현보살普賢菩薩[13]의 가호를 받아 예전의 바른 마

6 예전 집으로 돌아가 처자와의 속인俗人 생활로 돌아갔음.
7 → 불교(아미타阿彌陀).
8 → 불교.
9 → 불교.
10 신체를 깨끗이 씻고 행동을 조심하며 심신을 청정하게 유지하는 것.
11 → 불교. 여기서는 특히 '불佛'을 가리킴.
12 → 불교.
13 → 불교.

음으로 돌아올 수 있었습니다. 그 옛날 십여 년 동안[14] 독송한 이만여 부의 『법화경』이 만약 없어지지 않고 아직 제 마음 속에 계시다면 지금 목숨이 다하려 할 때 전과 같이 암송하고자 하니 부디 기억나게 해주십시오."

이렇게 서원誓願을 하고 옆에 있는 사람에게 권하여[15] '묘법연화경서품제일妙法蓮華經序品第一'이라고 외도록 부탁하고 그 소리에 이어 '여시아문如是我聞'[16]이라고 외고 그 뒤 마음을 담아 소리 높여 한 부를 확실히 끝까지 독송하고 예배하고 숨을 거두었다.

이것을 보고 들은 사람은 이것을 존귀하게 생각하였다고 이렇게 이야기로 전하여 내려오고 있다 한다.

14 『법화험기法華驗記』에는 "20년간"이라고 되어 있음.

15 경전 독송의 방식에 준하여 옆 사람이 최초의 제목題目을 말하고 이어서 본문을 독송하는 것.

16 한역불전漢譯佛典의 모두冒頭의 관용구. 불전 결집結集 때 불제자인 아난阿難이 석가 생전의 설교를 이같이 들은 대로 기술한다는 뜻을 타나냄. 『법화경法華經』 서품序品의 본문도 이 구절로 시작됨.

⊙제31화⊙ 비젠 지방備前國 사람이 출가하여 법화경法華經을 독송讀誦한 이야기

備前国人出家誦法花経語第三十一

今昔、備前[16]ノ国ニ一[17]ノ沙弥有ケリ。年来彼ノ国ニ居住シテ、妻子ヲ具シテ世ヲ渡ル間ニ、何[18]ニカ思ヒ得ケム、俄ニ妻子ヲ棄テ、国ヲ出デ、比叡ノ山ニ登テ受戒[19]シツ。其レヨリ三[20]井寺ニ行テ、其ノ寺ノ僧ト成テ、日夜ニ法花経ヲ読誦スル間ニ、空[21]ニ思エテ誦スルニ、十余年ノ間ニ二万余部ヲ誦シツ。寺ノ内ノ上中下ノ人此レヲ見テ皆貴ビ讃ル事無限シ。

而ル間、此ノ僧亦何[1]ガ思ヒ返シケム、本国ニ返リ下テ、家[2]ニ有テ世ヲ渡ル事、本ノ如ク也。然レバ、持チ奉レル所ノ法花経、皆忘レテ久ク成ヌ。妻[3]子ノ中ニ有テ、実ニ無慚[4]ナル事無限シ。

而ル間、此ノ僧漸ク年老ヌ。身ニ病ヲ受テ日来悩ムデ既死ナムトス。而ルニ、相知[5]レル輩来テ、僧ニ告テ云ク、「汝ヂ、今ハ此[6]ノ生ノ事憑無キ[7]身ニナリヌ。専ニ後世助カラム事ヲ可願シ。其[8]レト、汝ガ年来持チ奉リシ所ノ法花経ヲ誦シ、亦、阿[9]弥陀仏ノ御名ヲ唱ヘテ、極楽ニ生[11]レント可思シ」ト。僧、此[10]ノ言ヲ聞ト云ヘドモ不信ズシテ、頭ヲ振テ、念仏ヲ不唱ズ、法花経ヲ不誦ズ。

而ル間、日来ヲ経テ此ノ病少シ減気[12]有リ。其[13]ノ時ニ、僧何[14]ナル事カ有ケム、俄ニ起上ガリテ沐浴潔斉[15]シテ、浄キ衣ヲ着テ掌ヲ合セテ三宝[16]ニ申テ云ク、「我[17]レ、本法花経ヲ持テ多ク読誦スト云ヘドモ、魔[18]ノ為ニ被擾乱レテ、年来法花経ヲ棄奉テ、邪見[一九]ニ着セリ。而ルニ、今忽ニ普賢[二〇]ノ加護ヲ蒙テ、本ノ心ニ成ル事ヲ得タリ。昔シ[二一]、十余年[二二]ノ間ニ読誦セル所ノ二万余部ノ法花経、若シ不失給ズシテ、尚我ガ心ノ内ニ在マサバ、我レ今命終ラム時ニ、本ノ如クニ、空ニ読奉ラムニ、思[二三]へ給ヘ」ト誓テ、傍[二四]ナル人ヲ勧メテ、「妙法蓮華経序品第一」ト令唱テ、其ノ音ニ継テ、我レ「如是我聞[二五]」ト誦シテ、其ノ後、心ヲ至シテ音ヲ高クシテ一部ヲ慥ニ誦シ畢テ、礼拝シテ死ニケリ。

此[二六]ヲ見聞ク人、貴ビケリトナム語リ伝ヘタルトヤ。

권13 제32화

히에이 산比叡山 서탑西塔 승려 호주法壽가 법화경法華經을 독송讀誦한 이야기

앞 이야기에 이어 법화지경자法華持經者의 왕생담으로 히에이 산의 승려 호주法壽가 어느 날 밤, 평소 몸에 지니던 경전이 자신의 극락왕생에 앞서 먼저 서방으로 날아간 영몽靈夢을 꾸고 만사를 제쳐두고 정진하여 임종정념臨終正念으로 왕생을 이룬 이야기.

이제는 옛이야기이지만, 히에이 산比叡山 서탑西塔[1]에 호주法壽라는 승려가 있었다. 도읍 출신이었다. 천태좌주天台座主[2] 센가暹賀[3] 승정僧正의 제자로 마음이 바르고 그 행실은 존귀했다. 젊었을 때 히에이 산에 올라가 출가하여 사승師僧에게 『법화경法華經』[4]을 배우게 된 후로는 날마다 한 부를 반드시 독송하였다. 그리고 그것을 일생의 업으로 삼았다. 그는 또한 경문을 배우면서도 이해력이 뛰어나 가르침의 진수를 터득하였다.

어느 날 밤, 마음을 담아 『법화경』을 독송하고 있을 때 새벽이 가까워져 잠시 졸 때에 꿈을 꾸었다. 그가 오랫동안 받들고 있던 『법화경』이 하늘로

1 → 사찰명.
2 → 불교.
3 → 인명.
4 → 불교.

날아올라 서쪽[5]을 향해 사라졌다. 그래서 그가 꿈속에서 '내가 받들던 경이 분실되었다.'라고 한탄하자 그의 곁에 자색紫色의 옷[6]을 입은 노승이 나타나

"그대는 이 경이 분실된 것을 슬퍼하지 않아도 되오. 그대가 받들던 경은 이미 그대보다 앞서 극락[7]으로 보내진 것이오. 그대도 지금부터 이삼 개월 후에 극락왕생할 것이니, 서둘러 몸을 깨끗이 하고 정진하여[8] 극락으로부터의 마중을 기다리도록 하시오."

라고 말하는 것을 보고 꿈에서 깨어났다.

그래서 즉시 의발衣鉢을 내던지고[9] 즉시 아미타불阿彌陀佛[10]의 형상을 그리고 『법화경』을 서사書寫하여 지자智者[11]인 승려를 모셔 공양했다. 또한 자신의 승방에 있는 여러 가지 물건들을 제자에게 나누어 주었다. 이렇게 해서 지금까지의 도읍에 있는 거주지를 버리고 이후 오랫동안 히에이 산[12]에 계속 칩거하며 오로지 『법화경』을 독송하고 염불[13]을 외웠다. 또한 틈틈이 『열반경涅槃經』,[14] 『관무량수경觀無量壽經』[15] 등을 펼쳐 예배하고 더 나아가 『마하지관摩訶止觀』[16]이나 『법화문구法華文句』[17] 그 외의 장소류章疏類[18]를 익혔다. 그리고 이와 같은 선근善根의 힘에 의해 반드시 극락에 태어나 아미타불을 뵐

5 서방십만억토西方十萬億土의 저편에 있다는 아미타불阿彌陀佛의 극락정토의 방향.
6 자색紫色의 승복 혹은 가사. 천황의 허가를 받은 법의로 고위高位, 고덕高德의 덕을 가진 승려를 나타냄.
7 → 불교.
8 '목욕재계沐浴齋戒'와 같은 뜻. 심신을 청정하게 유지하여 불도에 힘쓰는 것.
9 → 불교. 사유 재산 전부를 내던졌다는 의미.
10 → 불교.
11 지혜·덕행이 뛰어난 고승.
12 히에이 산比叡山 엔랴쿠지延曆寺(→ 사찰명)를 가리킴.
13 → 불교.
14 → 불교.
15 → 불교.
16 → 불교.
17 → 불교.
18 경론의 주석서의 총칭.

수 있기를 빌었다. 그 후 얼마 지나지 않아 병에 걸렸다. 그러나 깊게 불법을 신앙하는 마음을 잃지 않고『법화경』을 독송하고 염불을 외우며 숨을 거두었다.

이것을 보고 들은 사람은 이를 존귀하게 여겼다고 이렇게 이야기로 전하여 내려오고 있다 한다.

⊙ 제32화 ⊙
히에이 산比叡山 서탑西塔 승려 호주法壽가 법화경法華經을 독송讀誦한 이야기

比叡山西塔僧法寿誦法花語第三十二

今昔、比叡ノ山ノ西塔ニ法寿ト云フ僧有ケリ。京ノ人也。天台座主ノ暹賀僧正ノ弟子也。心直クシテ翔ヒ貴カリケリ。若クシテ山ニ登テ出家シテ、師ニ随テ法花経ヲ受ケ習テ後、毎日ニ一部ヲ必ズ読誦ス。此レ一生ノ間ノ勤也。亦、法文ヲ習フニ、智リ有テ其ノ心ヲ得タリ。

而ル間、或ル時ニ、夜ル心ヲ至シテ法花経ヲ誦スルニ、暁ニ成ル程ニ、少シ寝入タル夢ニ、我ガ年来持チ奉ル所ノ法花経、空ニ飛ビ昇テ、西ヲ指テ去リ給ヒヌ。夢ノ内ニ思ハク、「我ガ年来持チ奉ツル経ヲ失ヒ奉ツル事」ト歎クニ、傍ニ紫ノ衣ヲ着タル老僧有テ、告テ云ク、「汝ヂ此ノ経ノ失セ給ヌル事ヲ歎ク事無カレ。汝ヂ持ツ所ノ経ヲ旦前立テ、極楽ニ送リ置キ奉ル也。汝モ今両三月ヲ経テ極楽ニ可生シ。速ニ沐浴精進シテ、其ノ迎ヲ可待シ」ト云フ、ト見テ夢覚ヌ。

其後、俄ニ衣鉢ヲ投棄テ、忽ニ阿弥陀仏ノ像ヲ図絵シ、法花経ヲ書写シテ、智者ノ僧ヲ請ジテ供養ジツ。房ノ雑物ヲバ弟子ニ分チ充テツ。京ノ棲ヲ去テ、永ク山ニ籠居テ、偏ニ法花経ヲ読誦シ念仏ヲ唱フ。亦、其ノ隙ニハ、涅槃経、観無量寿経等ヲ披キ礼ミ、亦、摩訶止観、文句、章疏等ヲ学ビ翫テ、此ノ善ノ力ヲ以テ、必ズ極楽ニ生レテ阿弥陀仏ヲ見奉ラム事ヲ願フ。其ノ後、幾ノ程ヲ経ズシテ、身ニ病ヲ受タリ。然レドモ、正念不違ズシテ法花経ヲ誦シ、念仏ヲ唱ヘテ失ヌ。

此レヲ見聞ク人、貴ビケリトナム語リ伝ヘタルトヤ。

권13 제33화

법화경法華經 독송讀誦을 들은 용이 지경자의 부탁을 받아 비를 내리고 죽은 이야기

류엔지龍菀寺의 승려의 법화강설을 청문한 용이 은혜를 갚기 위해 목숨을 바쳐 큰 비를 내리게 하여 승려의 곤경과 나라의 가뭄을 면하게 한 이야기로, 그것이 동시에 류카이지龍海寺 이하 네 개의 절이 용의 명복을 빌기 위해 건립된 것이라는 연기담으로 되어 있다.

이제는 옛이야기이지만, □□[1]천황의 치세에 나라奈良의 다이안지大安寺[2] 남쪽에 류엔지龍菀寺[3]라는 절이 있었다. 그 절에 한 명의 승려가 살고 있었다. 그는 오랜 세월 『법화경法華經』[4]을 독송하고 있었다. 또한 경의 교의敎義를 배우고 잘 이해하여 날마다 일품一品[5]을 사람들에게 강의하였고 또한 그 경문을 독송하였다. 이것을 매일의 일과로 삼고 있었다.

그런데 이곳에 한 마리의 용이 있었다. 그의 강경講經[6]과 독송의 존귀함

1 천황 이름의 명기를 위한 의도적 결자.

2 → 사찰명. 건립된 경위에 대해서는 권11 제16화 참조.

3 미상. 『히에 대사전比叡大師傳』, 『덴교 대사행업기傳敎大師行業記』에서 볼 수 있는 다이안지大安寺의 별원別院인 류엔지龍淵寺라는 설이 있음. 류엔지龍淵寺는 『속일본기續日本紀』 신호경운神護景雲 3년(769) 8월 13일의 조條에도 보임. 특히 『법화험기法華驗記』에는 "야마토 지방大和國 헤구리 군平群郡 류카이지龍海寺, 한 사문沙門이 있었다."라고 되어 있는데 이 이야기가 류카이지의 건립 연기담이기 때문에 이 승려가 당초 살고 있던 절이라는 것은 모순. 그렇기 때문에 편자가 부분적으로 절 이름을 변개한 것으로 추정됨.

4 → 불교.

5 『묘법연화경妙法蓮華經』 8권 28품 중의 1품.

6 → 불교.

에 감동하여 사람의 모습으로 몸을 바꿔[7] 강의하는 장소에 연일 찾아와서는 청문하였다. 이것을 본 승려는 용을 향해 "그대는 항상 와서 가르침을 듣고 있는데 도대체 뭐하는 자인가."라고 물었다. 용은 자신의 청문의 이유를 설명했다.[8] 승려는 용의 의중을 헤아리고 이와 친분을 맺고자했다. 용 쪽에서도 불법을 공경하는 마음이 있었기에 승려의 의향에 따랐다. 이윽고 이 소문이 세상에 퍼졌다.

마침 그때 국내에 한발旱魃[9]이 계속되어 전혀 비가 내리지 않아 오곡五穀[10]은 고사 직선의 상태였다. 귀천을 막론하고 모두가 몹시 한탄하며 슬퍼하고 있었다. 그러자 어느 사람이 천황에게

"다이안지의 남쪽에 절이 있습니다만 그 절에 살고 있는 승려는 오랜 세월 동안 용과 사이가 좋아서 친분을 맺고 있습니다. 그러므로 그 승려를 불러들이셔서 '용에게 비를 내리도록 부탁하라.'라고 명령을 내려 주시옵소서."

라고 아뢰었다. 천황은 이것을 들으시자마자 선지宣旨를 내리셔서 그 승려를 부르셨다. 승려는 선지를 받들어 입궐했다. 천황은 승려에게 명하셨다.

"그대는 오랫동안 『법화경』을 강설하는데 용이 항상 그곳에 와서 가르침을 들었고, 그 용은 너와 매우 사이가 좋다고 전해 들었노라. 그런데 바로 지금 나라에 가뭄이 계속되어 곡물은 전부 고사 직전에 있다. 국민의 슬픔이 이보다 더한 적이 없었도다. 자네는 즉시 『법화경』을 강설하도록 하라. 그렇게 하면 그 용은 반드시 찾아와서 가르침을 들을 것이니라. 그때 용에게 부탁하여 비를 내리도록 하거라.[11] 만일 이것이 불가능하다면 너를 추방

7 이류異類가 경전의 강의를 청문聽聞하거나 법회의 요청 때문에 인간의 모습으로 변신하는 것은 유형적이다. 본집 권20 제14화 참조.

8 용은 경전의 강설·독송讀誦을 청문聽聞함으로써 용의 몸인 축생도畜生道에서 벗어나고 싶은 바람을 가지고 있었던 것임.

9 가뭄.

10 주요 곡류의 총칭. 보통 쌀·보리·조·콩·수수(혹은 피) 다섯 종을 말함.

하여 일본 국내에 살지 못하게 하겠노라."

승려는 칙명을 받들고 몹시 한탄하며 절에 돌아가 용을 불러 사정을 이야기했다. 용은 이것을 듣고 말했다.

"저는 오랫동안 『법화경』을 듣고 악업惡業[12]에 의한 고통이 사라져[13] 지금은 선근善根[14]의 공덕에 의해 안락安樂의 지경[15]을 얻었습니다. 가능하다면 이 몸을 내던져 성인의 은혜를 갚고자 합니다. 다만 비가 내리지 않는 것은 저와 무관합니다. 대범천왕大梵天王[16]을 필두로 하여 나라의 재해를 없애고자 비를 내리지 않는 것입니다. 그것을 제가 가서 비의 문[17]을 연다면 즉시 저의 목은 잘려 버릴 것입니다. 하지만 저는 목숨을 『법화경』에 공양하였기에 사후에 삼악도三惡道[18]에 떨어지지 않을 것이라 생각합니다. 그렇기 때문에 지금부터 삼 일간 비를 내리게 하겠습니다. 그 후 저는 반드시 죽임을 당할 것입니다. 성인이시여, 부디 저의 유해遺骸를 찾아내서 묻고 그 위에 절을 세워주십시오. 그 장소는 헤구리 군平群郡[19] 서쪽 산 위[20]의 한 연못이 있는 곳입니다. 그곳에 가봐 주십시오. 또한 제가 가는 곳은 네 곳이 있습니다. 그 네 곳에도 절을 세워주십시오."

승려는 이 말을 듣고 한탄하며 슬퍼했지만 칙명인지라 어쩔 수 없이 용의 유언을 받아들이고 울면서 용과 헤어졌다.

11 고대 민속신앙에서는 용, 뱀은 물의 신의 상징적 존재.
12 → 불교.
13 → 불교. 축생도에 태어난 악업의 고통을 벗어나.
14 → 불교.
15 출전인 『법화험기法華驗記』에는 "선보善報의 낙樂"으로 되어 있음. 『법화경法華經』 청문聽聞의 공덕(선근善根)에 의해 안락을 받았다는 뜻.
16 → 불교(범천왕梵天王).
17 비와 물을 막고 있는 천상의 문. 이 문을 열면 비가 내린다고 생각했을 것으로 추정.
18 → 불교.
19 현재의 나라 현奈良縣 이코마 시生駒市 및 이코마 군生駒郡 일대.
20 헤구리 군平群郡의 서쪽 산. 즉 이코마 산生駒山 계열의 산.

그 후 승려는 이 일을 천황에게 아뢰었다. 천황은 이것을 듣고 기뻐하시며 비가 내리는 것을 기다리셨다. 이윽고 용이 약속한 날이 되어 갑자기 하늘이 흐려지고 번개가 치고 천둥이 울려 퍼지자 큰비가 내렸다. 그 비는 삼일 밤낮으로 내렸다. 이리하여 국내에 물이 흘러넘쳐 오곡이 풍성하게 열매맺고 세상은 안정되었다. 천황은 무척 기뻐하셨으며 대신과 백관, 일반 서민에 이르기까지 모두 더할 나위 없이 기뻐하였다.

그 후 성인은 용의 유언을 따라 서쪽 산의 봉우리에 올라가보니 용이 말한 대로 한 연못이 있었다. 그 물은 홍색을 띠고 있었다. 연못 안에 용이 갈기갈기 찢겨진 채 죽어있었다. 그 피가 연못에 가득 차 홍색을 띠고 있는 것이었다.

성인은 이것을 보고 슬퍼하면서 그 유해를 묻고 그 위에 절을 세웠다. 이것을 류카이지龍海寺[21]라고 한다. 그 절에서 용을 위해 『법화경』을 강설해 주었다. 또한 용과의 약속대로 나머지 세 곳[22]에도 모두 절을 세웠다. 그때에는 모두 천황께 아뢰어 도움을 받았다. 이른바 류신지龍心寺,[23] 류텐지龍天寺, 류오지龍王寺 등이 바로 이 절들이다.

성인은 일생 동안 그 절에 살며 『법화경』을 독송하며 용의 후세[24]의 명복을 빌었다.

그 절들은 지금도 그곳에 있다고 이렇게 이야기로 전하여 내려오고 있다 한다.

21 미상. 권11 제22화에 동명의 절이 보이나, 다른 절임.

22 출전인 『법화험기法華驗記』에 "그 나머지 네 곳에 또한 절을 건립하였다."라고 되어 있음. 류카이지龍海寺 외에 4곳이란 뜻이지만 이 이야기에서는 류카이지를 포함하여 4곳이라 오역하여 '세 곳'이라고 변개된 것.

23 이하 세 절은 소재미상. 『법화험기法華驗記』에는 "이른바 류몬지龍門寺, 류텐지龍天寺, 류오지龍王寺 등"으로 되어 있어, '류신지龍心寺'는 『법화험기法華驗記』의 '류몬지龍門寺' 쪽이 정확한 것으로 추정. 또한 『잡담집雜談集』 권9에 수록된 비슷한 이야기에서는 용의 절단된 유해 부분과 관련시켜 류즈지龍頭寺, 류후쿠지龍腹寺, 류비지龍尾寺라고 함.

24 → 불교.

⊙제33화⊙ 법화경法華經 독송讀誦을 들은 용이 지경자의 부탁을 받아 비를 내리고 죽은 이야기

竜聞法花読誦依持者語降雨死語第三十三

今昔、□天皇ノ御代ニ奈良ノ大安寺ノ南ニ竜苑寺ト云フ寺有リ。其ノ寺ニ一人ノ僧住ケリ。年来法花経ヲ読誦ス。亦、経ノ文義ヲ習ヒ悟テ、毎日ニ一品ヲ講ジテ、其ノ経文ヲ読誦ス。此レ毎日ノ勤トス。

而ル間、一ノ竜有リ。此ノ講経読誦ノ貴キ事ヲ感ジテ、人ノ形ト成テ、此ノ講経ノ庭ニ来テ、毎日ニ聴聞ス。其ノ時ニ、僧竜ニ問テ云ク、「汝常ニ来テ法ヲ聞ク。此レ何人ゾ」ト。竜本意ヲ答フ。僧竜ノ心ヲ知テ、親昵ノ契ヲ成シツ。竜亦法ヲ貴ブ故ニ、僧ノ心ニ随フ。而ル間、此ノ事世ニ広ク聞エニケリ。

其ノ時ニ、天下旱魃シテ雨不降ズシテ、五穀皆枯レ失ナムトス。貴賤ノ人皆此レヲ歎キ悲ム事無限シ。此レニ依テ、人天皇ニ奏シテ云ク、「大安寺ノ南ニ寺有リ。其ノ寺ニ住ム僧、年来竜ト心ヲ通シテ、親昵ノ契ヲ結ベリ。然レバ、彼ノ僧ヲ召シテ、『竜ニ雨ヲ可降キ由ヲ可語シ』ト可被宣下也」ト。天皇此ノ事ヲ聞キ給テ、宣旨ヲ下シテ、件ノ僧ヲ召ス。僧宣旨ニ随テ参ヌ。天皇僧ニ仰セテ宣ハク、「汝ヂ年来法花経ヲ講ズルニ依テ、竜常ニ其ノ所ニ来テ法ヲ聞ク。而ルニ、其ノ竜汝ト語ヒ深キ由、世ニ聞エ有リ。而ルニ、近来天下旱魃シテ、五穀皆枯失ナムトス。国ノ歎キ何事カ此レニ過ム。汝ヂ速ニ法花経ヲ講ゼムニ、其ノ竜必ズ来テ法ヲ聞カムニ、竜ヲ語ヒテ、雨ヲ可降シ。若シ此レヲ不叶ズハ、汝ヲ追却シテ、日本国ノ内ニ不可令住ズ」ト。

僧勅命ヲ奉リテ、大キニ歎テ、寺ニ返テ、竜ヲ請ジテ此ノ事ヲ語フ。竜此ノ事ヲ聞テ云ク、「我レ年来法花経ヲ聞テ、

[一五]悪業ノ苦ビヲ抜テ、既ニ[一六]善根ノ楽ビヲ受タリ。願クハ、此ノ身ヲ棄テ、聖人ノ恩ヲ報ゼムト思フ。但シ、此ノ雨ノ事我ガ[一七]知ル所ニ非ズ。[一八]大梵天王ヲ始メトシテ、[一九]国ノ災ヲ止メムガ為ニ雨ヲ不降ザル也。其レニ、我レ行テ[二〇]雨戸ヲ開テハ、忽ニ我ガ頸ヲ被切レナムトス。然リト云ヘドモ、我レ命ヲ法花経ニ供養ジ奉テ、[二一]後ノ世ニ三悪道ノ報[二二]ノ不受ジト思フ。然レバ、三日ノ雨ヲ可降シ。其ノ後我レ必ズ被殺レナムトス。願クハ、聖人我ガ屍骸ヲ尋テ、埋テ、其ノ上ニ寺ヲ起テヨ。[二三]其所ハ[二四]平群ノ郡ノ[二五]西ノ山ノ上ニ、一ノ池有リ、其ヲ可見シ。亦、我ガ行ク所、四所有リ。皆其ノ所々ニ寺ヲ起テ、仏寺ト可成シ」ト。[二六]僧此ノ事ヲ聞テ、歎キ悲ムト云ヘドモ、勅命ヲ恐ル、ニ依テ、竜ノ遺言ヲ皆受テ、泣々ク竜ト別レヌ。

大梵天(図像抄)

其ノ後、僧此ノ由ヲ天皇ニ奏ス。[一]天皇此レヲ聞キ給テ、喜テ雨ノ降ラム事ヲ被待ル、程ニ、竜ノ契シ日ニ成テ、俄ニ空陰リ[二]雷電霹靂シテ、大ナル雨降ル事、三日三夜也。然レバ、世ニ水満テ五穀豊カニ成ヌレバ、[三]天下皆直テ、天皇感ジ給ヒ、大臣百官及ビ百姓皆喜ブ事無限シ。

[四]其ノ後、聖人竜ノ遺言ニ依テ、西ノ山ノ峰ニ行テ見レバ、実ニ一ノ池有リ。其ノ水紅ノ色也。池ノ中ニ竜ヲ[五]断々ニ切テ置ケリ。其ノ血ノ、池ニ満テ紅ノ色ニ見ユル也ケリ。

聖人此レヲ見テ、泣々ク屍骸ヲ埋テ、其ノ上ニ寺ヲ起テ、此レヲ[六]竜海寺ト云フ。其ノ寺ニシテ竜ノ為ニ法花経ヲ講ズ。亦、竜ノ約ノ如ク、[七]今三所ニモ皆寺ヲ起タリ。[八]此レ皆、天皇ニ奏シテ、[九]力ヲ加ヘ給ヘリ。[一〇]所謂ル、竜心寺、竜天寺、竜王寺等、此レ也。

聖人一生ノ間其ノ寺ニ住シテ、法花経ヲ読誦シテ彼ノ竜ノ後世ヲ訪ヒケリ。

[一一]彼ノ寺々、[一二]于今有リトナム語リ伝ヘタルトヤ。

권13 제34화

덴노지天王寺 승려 도코道公가 법화경을 암송하여 도소신道祖神을 구한 이야기

구마노熊野 참배에서 돌아오는 도중 덴노지天王寺의 승려 도코道公가 역신疫神에게 혹사당하는 도소신道祖神의 고통을 구하고 그의 의뢰를 받아 『법화경法華經』을 독송하여 도소신을 관음觀音의 정토에 전생轉生시켰다는 이야기. 앞 이야기와는 고계苦界에 거하는 신령神靈·이류異類가 『법화경』 청문의 공덕에 의해 해탈하는 공통된 모티브로 이어짐. 유형적인 법화지경자의 왕생담과는 취향이 다르고 민속적·민담적 성격이 강하며, 또한 불교와 토속신앙과의 관계에 대한 기술도 주목된다.

이제는 옛이야기이지만, 덴노지天王寺[1]에 사는 승려가 있었다. 이름은 도코道公라고 했다. 오랜 세월 동안 『법화경法華經』[2]을 독송讀誦하여 불도를 수행하고 항상 구마노熊野[3]에 참배하여 그곳에서 안거安居[4]의 수행을 행하고 있었다.

어느 날 구마노를 나와 본래의 절인 덴노지[5]에 돌아가려고 기이 지방紀伊國 미나베 군美奈部郡[6]의 바닷가를 지나가는 동안에 해가 저물고 말았다. 어

1 → 사찰명. 특히 건립 경위에 대해서는 권11 제21화 참조.
2 → 불교.
3 → 사찰명.
4 → 불교.
5 덴노지天王寺를 가리킴.
6 『법화험기法華驗記』에는 "미나베 향三奈倍鄕"이라고 되어 있어 향명鄕名을 군명郡名으로 오역한 것. 미나베

쩔 수 없이 그 주변의 큰 나무 근처에 묵기로 했다. 한밤중에 이삼십 명의 말을 탄 사람이 이 나무 근처로 다가왔다. '누구일까.' 하고 생각하고 있자 무리의 한 사람이 "나무 아래 노인은 있느냐."라고 말했다. 그러자 나무 아래에서 "노인은 여기에 있습니다."라고 대답하는 소리가 들렸다. 이것을 들은 도코는 놀라고 수상히 여겨 '이 나무 아래에 사람이 있었던가.' 하고 생각하고 있자, 다시 말을 탄 사람이 "빨리 나와 따르도록 하라."라고 말했다. 다시 나무 아래에서

"오늘 밤은 갈 수 없습니다. 그 이유는 짐을 싣는 말 다리가 부러져서 탈 수 없기 때문입니다. 내일이 되면 말 다리를 고치거나 그렇지 않으면 다른 말이라도 찾아오겠습니다. 아무래도 나이를 너무 먹어 걸어서 갈 수가 없습니다."

라고 말했다. 말을 탄 사람들이 이것을 듣고 모두 지나갔다. 도코는 이 모든 것을 듣고 있었다.[7]

날이 새자 도코는 매우 불가사의하기도 하고 무섭기도 하여 나무 밑을 돌아봤지만 전혀 사람이 살고 있는 흔적이 없었다. 다만 도소신道祖神[8]의 모습을 새긴 조각이 있을 뿐이었다. 그것도 썩고 오래되어 오랫동안 버려져 있었던 것 같았다. 남자의 형태만 있고 여자의 형태는 없었다.[9] 그 앞에 판에

향三名倍鄕은 '기이 지방紀伊國 히다카 군日高郡 미나베 향南部鄕'으로 현재의 와카야마 현和歌山縣 히다카 군日高郡 미나베 정南部町 일대.

7 이 문장은 출전인 『법화험기』에는 없는 구절로 편자가 상황설명을 하기 위해 부가한 문장. 암흑 속에서 모습이 보이지 않고 대화나 동작 소리에 의하여 판단하고 있는 상황을 나타낸다. 모습이 없는 신령, 도소신 등의 존재를 암시하는 유형적인 수법.

8 원문에는 "사에노카미道祖ノ神"이라고 되어 있음. 석신石神. 촌락의 경계 지점이나 도로의 분기점에 모시며 악령·역병 등의 침입을 막거나 통행 안전을 지키는 신. 또는 남녀화합의 신이기도 함. 설화 세계에서는 신으로서의 지위는 낮음.

9 도소신상道祖神像은 남자신·여자신 또는 남근·여음의 모습을 취하는 경우가 많다. 여기서는 남근상만이 남아 있고 여음상은 없어져 있는 상황임.

그려진 에마繪馬[10]가 있었다. 그 말 그림의 다리 부분이 망가져 있었다. 도코는 이것을 보고 '그렇다면 어젯밤에는 이 도소신이 이야기한 것이 틀림없다.' 하고 생각하니 점점 불가사의하게 생각되어 그 말 그림의 망가져 있는 다리 부분을 실로 꿰매어 원래대로 놓아두었다. 그리고 도코는 '오늘밤 한 번 더 지켜보자.'고 생각하고 그날도 그 나무 앞에 머물렀다. 한밤중에 어제와 같이 말을 탄 사람들이 많이 찾아왔다. 그러자 도소신도 말을 타고 같이 어딘가로 나갔다.

새벽녘 도소신이 돌아오는 발소리가 들려 바라보자 나이든 노인이었다. 누군지는 모르지만 도코에게 머리를 굽히며[11]

"성인聖人[12]이 어제 말 다리를 치료해주셨기 때문에 이 노인은 조정의 임무를 다할 수 있었습니다. 이 은혜는 도저히 갚을 수 없을 듯합니다. 저는 이 나무 밑의 도소신입니다. 말을 탄 많은 사람은 역병의 신[13]입니다. 이 분들이 나라 안을 돌며 걸을 때에는 항상 저를 선도로 앞장서게 합니다. 제가 혹시라도 같이 가지 않으면 채찍으로 때리며 욕을 합니다. 이 괴로움은 정말 견디기 힘듭니다. 그렇기에 저는 어떻게든 해서 이 천한 모습[14]을 벗어나 빨리 상품上品의 공덕[15]을 쌓은 몸으로 태어나고 싶습니다.[16] 그러기 위해서는 성인의 힘을 빌릴 수밖에 없습니다."

라고 말했다. 도코는 그것에 대해 "말씀은 정말 훌륭하지만 나의 힘으로는

10 신불에 기원이나 사례를 위해 봉납하는 그림판板繪. 신마神馬 봉납 대용으로 말을 그렸는데 후에는 여러 종류의 그림을 그림.

11 이하 도소신道祖神이 도코道公를 '성인聖人'으로 존경하여 호칭하고 있는 점에 주의.

12 → 불교.

13 역병을 걸리게 하는 신.

14 천하고 상스러운 신의 모습. 이 도소신상道祖神像은 남근을 갖추고 있음.

15 보통은 극락왕생의 삼 단계인 상품·중품·하품의 최상위를 말하지만 여기서는 '정토왕생할 수 있는 상급'의 뜻으로 쓰임.

16 안락세계에 다시 태어날 것이다. 정토왕생의 뜻.

역부족입니다."라고 대답했다. 그러자 도소신이 다시

"성인이 이 나무 아래에서 앞으로 삼 일을 머무시며 『법화경』을 독송하시는 것을 듣는다면 저는 이 『법화경』의 힘에 의해 즉시 이 고통스러운 몸을 벗어나 정토에 왕생할 수 있을 것입니다."

라고 말하며 감쪽같이 사라져 보이지 않게 되었다.

도코는 도소신의 말대로 삼 일 동안 그 장소에 머물며 정성을 다하여 『법화경』을 독송했다. 사 일째가 되자 이전의 노인이 찾아왔다. 도코에게 머리를 굽히며

"나는 성인의 자비慈悲에 의해 이미 이 몸을 벗어나 존귀한 몸으로 태어나게 되었습니다. 이른바 보타락산補陀落山[17]에 태어나 관음觀音[18]님의 권속眷屬[19]이 되어 이윽고 보살菩薩[20]의 위치에 오르겠지요. 이것은 전적으로 『법화경』을 들었기 때문입니다. 성인이 혹시 저의 말이 진실인지 아닌지 궁금하시다면, 초목의 가지 등으로 만든 작은 잡목 배[21]를 만들어 그것에 나의 목상을 태워 바다 위에 띄워 어떻게 되는지를 보십시오."

라고 말하고 다시 감쪽같이 사라졌다.

도코는 그 후 도소신이 말한 대로 바로 잡목으로 배를 만들어 도소신의 목상을 태워 해안에 가서 바다위에 띄워 보냈다. 순식간에 바람도 일지 않고 파도도 움직이지 않았는데도 배는 남쪽을 향해 빠르게 나아갔다. 도코는 이것을 보고 배가 보이지 않을 때까지 슬퍼하며 계속 배례하고 돌아갔다. 그런데 그 마을에 한 노인이 있었다. 그 사람이 이 나무 아래의 도소신이 보

17 → 불교. 이 이야기는 구마노熊野 나치那智 지방을 중심으로 하는 보타락 도해渡海 왕생의 신앙을 기반으로 함.

18 → 불교.

19 종자. 신하.

20 → 불교.

21 보타락도해補墮落渡海는 작은 배나 지붕이 있는 배를 타고 남쪽 바다로 나가는 것이 관례임.

살의 모습이 되어 빛을 발하여 온 주위를 환하게 비추고 음악을 연주하며 남쪽을 향하여[22] 멀리 날아가는 꿈을 꿨다. 도코는 이것을 깊이 믿고 덴노지에 돌아간 후 더욱더 열심히 『법화경』을 계속 독송하였다.

그리고 도코가 이야기한 것을 들은 사람들은 모두 이를 존귀하게 여겼다고 이렇게 이야기로 전하여 내려오고 있다 한다.

22 남방 해상의 보타락補陀落 정토淨土를 향해 간 것임. 헤이안平安 중기 이후 시코쿠四國 남단의 무로토미사키室戶岬나 아시즈리미사키足摺岬, 기이紀伊 반도남단의 나치우라那智浦 등에서 보타락도해補陀落渡海가 행해짐. 『구마노 연대기熊野年代記』에 정관貞觀 10년(868) 게이류慶龍, 연희延喜 19년(919) 유신祐眞, 천승天承 원년(1131) 고겐高嚴의 이름이 보임. 『오처경吾妻鏡』 천복天福 원년(1233)의 지조보智定房는 유명함. 『발심집發心集』 권3-5의 어느 선사와 가토賀東 상인上人, 장문본長門本 『헤이케 이야기平家物語』 권4의 리이치理一, 『도와즈가타리とはずかたり』 권5의 소법사小法師의 이야기도 있음.

⊙제34화⊙ 덴노지天王寺 승려 도코道公가 법화경을 암송하여 도소신道祖神을 구한 이야기

天王寺僧道公誦法花救道祖語第三十四

今昔、天王寺ニ住ム僧有ケリ。名ヲバ道公ト云フ。年来、法花経ヲ読誦シテ仏道ヲ修行ス。常ニ熊野ニ詣デヽ安居ヲ勤ム。

而ルニ、熊野ヨリ出デヽ本寺ニ返ル間、紀伊ノ国ノ美奈部郡ノ海辺ヲ行ク程ニ、日暮レヌ。然レバ、其ノ所ニ大ナル樹ノ本ニ宿ヌ。夜半許ノ程ニ、馬ニ乗レル人、二三十騎許来テ、此ノ樹ノ辺ニ有リ。「何人ナラム」ト思フ程ニ、一ノ人ノ云ク、「樹ノ本ノ翁ハ候フカ」ト。此ノ樹ノ本ニ答テ云ク、「翁候フ」ト。道公此レヲ聞テ、驚キ怪デ、「此ノ樹ノ本ニハ人ノ有ケルカ」ト思フニ、亦馬ニ乗レル人ノ云ク、「速ニ罷出デヽ御共ニ候ヘ」ト。亦、樹ノ本ニ云ク、「今夜ハ不可参ズ。其ノ故ハ、駄ノ足折レ損ジテ乗ルニ不能ザレバ、明日、駄ノ足ヲ疏ヒ、亦、他ノ馬ヲマレ求テ可参也。年罷老テ行歩ニ不叶ズ」ト。馬ニ乗レル人々此レヲ聞テ皆打過ヌ、ト聞ク。

夜曉ヌレバ、道公此ノ事ヲ極テ怪ビ恐レテ、樹ノ本ヲ廻リ見ルニ、惣テ人無シ。只道祖ノ神ノ形ヲ造タル有リ。其ノ形旧ク朽テ多ノ年ヲ経タリト見ユ。男ノ形ノミ有テ、女ノ形ハ無シ。前ニ板ニ書タル絵馬有リ。足ノ所破レタリ。道公此レヲ見テ、「夜ルハ、此ノ道祖ノ云ヒケル也ケリ」ト思フニ、弥ヨ奇異ニ思テ、其ノ絵馬ノ足ノ所ノ破タルヲ糸ヲ以テ綴テ、本ノ如ク置ツ。道公、「此ノ事ヲ今夜吉ク見ム」ト思テ、其ノ日留テ、尚樹ノ本ニ有リ。夜半計ニ、夜前ノ如ク多ノ馬ニ乗レル人来ヌ。道祖亦馬ニ乗テ出デヽ、共ニ行ヌ。

曉ニ成ル程ニ、道祖返来ヌ、ト聞ク程ニ、年老タル翁来レリ。誰人ト不知ズ。道公ニ向テ、拝シテ云ク、「聖人ノ昨日駄ノ足ヲ療治[18]シ給ヘルニ依テ、翁此ノ公事ヲ勤メツ。此ノ恩難報シ[19]。我[20]レハ此レ此ノ樹ノ下ノ道祖、此レ也。此ノ多ノ馬ニ乗レル人ハ行疫神[21]ニ在マス。国ノ内ヲ廻ル時ニ、必ズ翁ヲ以テ前使[22]トス。若シ其レニ不共奉[23]ネバ、笞ヲ以テ打チ、言ヲ以テ罵ル。此ノ苦実ニ難堪シ。然レバ、今此ノ下劣[24]ノ神形ヲ棄テヽ、速ニ上品[25]ノ功徳ノ身ヲ得ムト思フ。其レ聖人ノ御力ニ可依シ」ト。道公答テ云ク、「宣フ所妙也ト云ヘドモ、此レ我ガ力ニ不及ズ」ト。道祖亦云ク、「聖人、此ノ樹ノ下ニ今三日留テ、法花経ヲ誦シ給ハムヲ聞カバ、我レ法花ノ力ニ依テ、忽ニ苦ノ身ヲ棄テヽ楽[26]ノ所ニ生レム」ト云テ、掻消[27]ツ様ニ失ヌ。

道公道祖ノ言ニ随テ、三日三夜其ノ所ニ居テ、心ヲ至シテ法花経ヲ誦ス。

道祖神の祠（信貴山縁起）

第四日ニ至テ、前ノ翁ナ[1]来レリ。道公ヲ礼シテ云ク、「我レ聖人ノ慈悲ニ依テ、今既ニ此ノ身ヲ棄テヽ、貴キ身ヲ得ムトス。所謂ル補陀落山[2]ニ生テ、観音[3]ノ眷属[4]ト成テ、菩薩[5]ノ位ニ昇ラム。此レ偏ニ法花ヲ聞奉ツル故也。聖人若シ其ノ虚実[6]ヲ知ムト思給ハヾ、草木ノ枝ヲ以テ小キ[7]柴ノ船ヲ造テ、我ガ木像ヲ乗テ、海ノ上ニ浮テ、其ノ作法[8]ヲ可見給シ」ト云テ、掻[9]消ツ様ニ失ヌ。

其後チ[10]、道公道祖[11]ノ言ニ随テ、忽ニ柴ノ船ヲ造テ、此ノ道祖神ノ像ヲ乗セテ、海辺[12]ニ行テ、此レヲ海ノ上ニ放チ浮ブ。其ノ時ニ、風不立ズ、波不動シテ、柴船南ヲ指テ走リ去ヌ。道公[13]此レヲ見テ、柴船ノ不見ズ成ルマデ泣々礼拝シテ返ヌ。亦、其ノ郷ニ年老タル人有リ。其ノ人ノ夢ニ、此ノ樹ノ下ノ道祖、菩薩ノ形ト成テ、光ヲ放テ照シ耀キテ、音楽[14]ヲ発シテ南[15]ヲ指テ遥ニ飛ビ昇ヌ、ト見ケリ。道公此ノ事ヲ深ク信ジテ、本寺ニ返テ、弥[16]ヨ法花経ヲ誦スル事不愚ズ。

道公ガ語ルヲ聞テ人皆貴ビケリトナム語リ伝ヘタルトヤ。

권13 제35화

승려 겐손源尊이 명도冥途에서 『법화경法華經』을 독송하고 소생한 이야기

『법화경法華經』 지경자인 겐손源尊이 관음보살觀音菩薩의 가호에 의해 명도冥途로부터 소생하여 염원하던 『법화경』 암송도 이루고, 임종 시 정념正念으로 송경誦經하며 왕생往生을 이루었다는 이야기. 『법화경』 독송의 공덕에 의한 소생담蘇生譚의 하나로, 내용과 구성 모두 유형적類型的이다. 『법화경』 독송에 의한 관음의 명조冥助를 매개로 앞 이야기와 이어진다.

이제는 옛이야기이지만, 겐손源尊이라고 하는 승려가 있었다. 어릴 때부터 부모 슬하를 떠나 『법화경法華經』[1]을 배우고 밤낮으로 독송讀誦에 힘쓰고 있었다. 겐손은 '『법화경法華經』을 보지 않고 외워야겠다.'[2] 고 마음먹었지만 좀처럼 외울 수가 없었다. 그러던 중 한창 때의 젊은 나이임에도 불구하고 중병重病에 걸려서 며칠 만에 죽어 버렸다.

그런데 그가 하루 밤낮이 지나 소생하여 이와 같은 이야기를 했다.

"저는 죽자마자 포박을 당해 염마왕閻魔王[3]의 관청官廳[4]으로 끌려갔습니다.

1 → 불교.

2 암송暗誦. 권12 제35화 주석 참조. 『법화경法華經』을 암송한다는 표현이 본집 권14 제12화·14~17화·18화·23화·24화 등에서 보임.

3 → 불교.

4 염라왕궁閻羅王宮의 관청으로, 죽은 자의 죄상을 심판하는 법정.

명관冥官,[5] 명도冥道가 모두 그곳에 있어, 어떤 이는 관冠을 썼고, 어떤 이는 갑옷을 입었고, 어떤 이는 창을 들었고, 어떤 이는 책상에 앉아서 패[6]를 조사하여 죄인의 선악善惡을 적고 있었습니다. 그 모습이 보기에도 참으로 무서웠습니다. 그런데 그 옆에 존귀하고 고상한 스님이 계셨는데 손에는 석장錫杖[7]을 들었고 또 경經을 넣은 상자를 가지고 계셨습니다. 그분이 염마왕에게 '사문沙門 겐손은 오랜 세월 동안 법화경을 독송하였다. 당장 제대로 된 자리에 앉히시오.'[8]라고 하고 상자에서 경을 꺼내『법화경』을 제1권에서 제8권까지 제게 읽게 하셨습니다. 그러자 염마왕을 비롯해 명관冥官들이 모두 합장을 하고 들었습니다. 그 후에 이 스님은 이 겐손을 데리고 나가 본국本國[9]으로 되돌려 보내셨습니다. 저는 불가사의해서 스님을 보자 관음觀音[10]의 모습을 하고 계셨습니다. 그분께서 제게, "너는 본국으로 돌아가서 이 경을 계속 독송하거라. 내가 힘을 보태서 네가 암송暗誦할 수 있도록 해 주리라.' 라고 하셨습니다. 말씀을 듣자 말자 저는 소생한 것입니다."

사람들은 이 이야기를 듣고 더할 나위 없이 존귀하게 여겼다.

그 후에 겐손은 병이 낫고『법화경』일부一部를 암송할 수 있게 되었다. 그리고 날마다 삼 부三部를 독송했다. 그중 이 부二部는 육도六道[11]의 중생衆生을 위해 일 부는 스스로가 악도惡道[12]를 벗어나 선소善所[13]에서 태어나기 위해 독송했다.

5 명관冥官(→ 불교). 염마왕 수하에 있는 명계冥界의 관리. 죽은 자의 재판에 종사.
6 죽은 자의 생전의 행업行業을 기록한 나무 팻말. 이에 따라 죄상의 경중을 판단함. 권13 제6화 참조.
7 → 불교.
8 죄인의 자리가 아니라 상석에 앉혀야 한다는 뜻.
9 명도에서 봤을 때, 사바娑婆(→ 불교)·인간계人間界(→ 불교)를 가리킴.
10 보통 소생담蘇生譚에서는 지옥의 세계에서 면죄免罪·구제救濟와 관련해서 지장보살地藏菩薩이 등장하는 경우가 많음.
11 → 불교.
12 악취惡趣(→ 불교).
13 → 불교.

이윽고 세월이 흘러 임종의 시간이 다가왔는데, 가벼운 병치레를 했지만 중병은 아니었으며, 마음이 흐트러짐 없이 『법화경』을 읊으며 숨을 거두었다. 『법화경』의 힘으로 명도에서 관음의 가호를 입었다. 분명 악도를 벗어나 정토에 태어나셨을 것이라고 말하며 사람들은 존귀하게 여겼다고 이렇게 이야기로 전하여 내려오고 있다 한다.

⊙제35화⊙ 승려 겐손源尊이 명도冥途에서『법화경法華經』을 독송하고 소생한 이야기

僧源尊行冥途誦法花活語第三十五

今昔、源尊[一七]ト云フ僧有ケリ。幼ノ時ヨリ父母ノ手ヲ離レテ、法花経[一八]ヲ受ケ習テ昼夜ニ読誦ス。而ルニ、「暗ニ思エム[一九]」ト思フニ、未ダ思ユル事無シ。若ク盛リニシテ、身ニ重キ病ヲ受テ、日来ヲ経テ失ヌ。

而ル間、一日一夜[二〇]ヲ経テ活テ、語テ云ク、「我レ死シ時、我レヲ搦テ[二一]閻魔王[二二]ノ庁[二三]ニ将行ク。冥官[二四]冥道皆其ノ所ニ有テ、或ハ冠ヲ戴キ、或ハ甲ヲ着、或ハ鉾ヲ捧ゲ、或ハ文案[二五]ニ向ヒ札[二六]ヲ勘ヘテ、罪人ノ善悪ヲ注ス。其作法ヲ見ルニ、実ニ怖ル、所也。而ルニ、傍[二七]ニ貴ク気高キ僧在マス。手ニ錫杖[二八]ヲ取レリ。亦、経筥ヲ持テ閻魔王ニ申シテ云ク、『沙門源尊ハ、法花ヲ読誦スル事多年積レリ。速ニ座ニ可居シ[二九]』ト云テ、此ノ筥ヨリ経ヲ取出テ、法花経ヲ第一巻ヨリ第八巻ニ至ルマデ源尊ニ令読ム。其ノ時ニ、閻魔王ヨリ始メ冥官、皆掌ヲ合セテ此レヲ聞ク。其ノ後、此ノ僧源尊ヲ将出テ[一]、本国[二]ニ令向ム。源尊怪デ此ノ僧ヲ見バ、観音ノ形[三]ニ在ス。即チ、源[四]尊ニ教ヘテ宣ハク、『汝ヂ本国ニ返テ、吉ク此ノ経ヲ可読誦シ。我レ力ヲ加ヘテ、暗ニ令思ムル事ヲ令得ム』ト宣フ、ト思フ[五]程ニ、活ヘル也」ト。人此レ[六]ヲ聞テ、貴ブ事無限シ。

其ノ後、源尊病愈テ、一部皆暗ニ思エヌ。毎日ニ三部ヲ誦ス。二部ハ六道[七]ノ衆生ノ為ニ廻向[八]ズ。一部ハ我ガ身ノ悪趣[九]ヲ離レテ浄土ニ可生キ為也。

其ノ後、漸ク年積テ最後ノ時至ルニ、身ニ聊ニ煩フ事有リト云ヘドモ、重キ病[一〇]ニ非ズシテ、心不違ズシテ、法花経ヲ誦シテ失ニケリ。法花経[一一]ノ力ニ依テ、冥途ニ観音ノ加護ヲ蒙ル。定[一二]メテ悪趣ヲ離レテ善所ニ生レケムトゾ人貴ビケルトナム語リ伝ヘタルトヤ。

권13 제36화

여인이 『법화경法華經』을 독송하여 정토淨土를 본 이야기

앞 이야기와 동일한 소생담이 하나로, 『법화경法華經』을 믿고 섬기는 미나모토노 가네즈미源兼澄의 딸이 죽은 후에 정토淨土의 장엄莊嚴을 접하고 석가여래釋迦如來를 비롯한 성중聖衆으로부터 『무량의경無量義經』과 『보현경普賢經』도 독송해야 한다는 가르침을 얻고, 소생 후에 두 경전과 법화독송法華讀誦에 전념했다고 하는 이야기. 『법화경』을 중심으로 개결이경開結二經(서론序論, 결론結論이라 할 수 있는 『무량의경』과 『보현경』)의 공덕이 강조되고 있다.

이제는 옛이야기이지만, 가가加賀의 전사前司 미나모토노 가네즈미源兼澄[1]라는 사람이 있었다. 그에게는 딸[2]이 하나 있었다. 천성이 총명하고 젊었을 때부터 불도佛道에 마음을 다하며, 『법화경法華經』[3]을 배워서 오랜 세월에 걸쳐 밤낮으로 독송讀誦을 계속했다. 하지만 『무량의경無量義經』[4]과 『보현경普賢經』[5]은 배우지 않았다.

그러던 중, 이 여자가 갑자기 병에 걸려 며칠 만에 숨을 거두었다. 그런데 하룻밤 지나 소생하여 옆에 있던 사람에게 이렇게 이야기했다.

1 → 인명.
2 『존비분맥尊卑分脈』에 의하면, 미나모토노 가네즈미源兼澄에게는 두 딸이 있다. 둘 중 누구인지는 불명.
3 → 불교.
4 → 불교.
5 → 불교.

"제가 죽자, 갑자기 힘이 세 보이는 남자가 네다섯 와서 저를 끌고 저 멀리 산과 들을 넘어 데리고 갔는데 한참 만에 커다란 절이 있는 곳으로 가서, 그 절로 저를 데리고 들어갔습니다. 절의 문을 들어가니 금당金堂,[6] 강당講堂,[7] 경장經藏, 종루鐘樓, 승방僧房, 문루門樓 등 수많은 건물이 늘어서 있고, 정말 아름답고 훌륭하게 꾸며져 있었습니다. 그 안에 천관天冠을 쓴 천인天人과 영락瓔珞[8]을 걸친 보살菩薩[9]이 헤아릴 수 없이 계셨습니다. 또 나이든 존귀하고 거룩한 스님이 많이 계셨습니다. 저는 그것을 보고, '어쩌면 여기는 극락極樂[10]이 아닐까. 혹은 도솔천兜率天[11]일지도 모른다.'
고 생각했습니다. 그때 한 스님이 제게,

'그대는 어찌하여 이 절에 왔는가. 그대는 『법화경』을 더 많이 독송한 후에야 이 절에 오기로 되어 있는바, 그 시기는 아직 먼 훗날이다. 지금은 빨리 돌아가거라.'
하고 말씀하셨습니다. 제가 이것을 듣고 당堂을 보니 그 안에 많은 『법화경』이 쌓여 있었습니다. 그 스님은 또, '그대는 이 『법화경』을 알고 있는가, 어떤가.'라고 말씀하셨습니다. 제가 잘 모른다고 대답했습니다.[12] 그러자 스님이,

'이 경은 그대가 오랜 세월 동안 독송한 경이니라.[13] 이 선근善根[14] 덕분에 그대는 이곳에 태어나 복을 받게 될 것이다.'
라고 말씀하셨습니다. 이것을 듣자 저는 더할 나위 없이 기뻤습니다. 또 다

6 → 불교.
7 → 불교.
8 → 불교.
9 → 불교.
10 → 불교.
11 원문에는 '도솔천상兜率天上'(→ 불교).
12 "그 스님은"이하 "답하였다"까지의 대화문은 『법화험기法華驗記』에 보이지 않는 편자의 설정임.
13 현세現世에서 사경寫經·독경讀經한 경권經卷이 정토의 보탑寶塔과 당사堂舍에 축적·보관되어 왕생의 보증이 된다는 모티브는 유형적. 본권 제7화·8화 참조.
14 → 불교.

시 다른 높은 당을 올려다보니, 거기에는 부처님이 계셔서 황금빛으로 주위를 밝히고 있으셨습니다. 하지만 얼굴을 가사袈裟로 두르고 계셔서,[15] 얼굴을 뵐 수 없었습니다. 부처님은 영묘한 목소리로 제게 말씀하셨습니다.

'네가 『법화경』을 독송했기 때문에 내 몸을 너에게 보여주었고 목소리를 들려주었노라. 너는 즉시 본래의 나라[16]로 돌아가 더욱 『법화경』 독송에 전념토록 하라. 또한 『무량의경』과 『보현경』을 같이 독송하여라. 이는 전심으로 수지受持해야 할 경이니라. 네가 이들 모든 경을 독송하였을 그때가 되면 나는 얼굴을 감추지 않고 네게 보일 것이니라. 나는 석가여래釋迦如來[17]이니라.' 그리고 천동天童[18] 둘을 딸려 보내주셨습니다. 그리고 천동과 함께 돌아와서 집으로 들어왔다고 생각하자마자 소생한 것입니다."

그 후 병도 낫고 이전보다 더욱 마음을 담아 『법화경』을 독송하고 더불어 『무량의경』, 『보현경』을 같이 독송하였다.

이것을 생각하면 석가여래는 열반涅槃[19]에 드신 후에는 이같이 중생衆生 앞에 정토淨土[20]를 세우시고 모습을 드러내리라고는 생각하지 않았는데, 이는 법화독송法華讀誦의 힘을 나타내시고자 영취산靈鷲山[21]을 보여주신 것이었을까. 또한, 『무량의경』은 반드시 『법화경』과 함께 독송하지 않으면 안 되는 경이다. 부처의 가르침은 참으로 이와 같은 것이다.

이 이야기를 들은 사람이 모두 듣고 전하여 이렇게 이야기로 전하여 내려오고 있다 한다.

15 가사袈裟로 얼굴을 가린 이유는 이어지는 말씀에서 알 수 있음.
16 정토에서 현세를 지칭하는 말. 사바娑婆. 인간계人間界.
17 → 불교.
18 → 불교.
19 → 불교.
20 → 불교.
21 → 불교.

⊙제36화⊙ 여인이 『법화경法華經』을 독송하여 정토淨土를 본 이야기

女人誦法花経見浄土語第三十六

今昔、加賀ノ前司源ノ兼澄[一三]ト云フ人有ケリ。其ノ娘ニ、一人ノ女人有[一四]。心聡敏[一五]ニシテ、若クヨリ仏ノ道ヲ心ニ懸テ、法花経ヲ受ケ習テ、日夜ニ読誦シテ年久ク成ニケリ。而ルニ[一六]、無量義経[一七]、普賢経[一八]ヲバ不受習ザリケリ。

而ル間、彼ノ女俄ニ身ニ病ヲ受テ、日来ヲ経ル程ニ失ヌ。

而ル間、一夜ヲ経テ活テ[一九]、傍ニ有ル人ニ語テ云ク、「我レ死シ時、俄ニ強力ナル人四五人来テ、我ヲ追テ遥ニ野山ヲ過テ将行シ間ニ、一ノ大ナル寺有リ。其ノ寺ニ我レヲ将入ヌ。寺ノ門ヲ入テ見レバ金堂、講堂、経蔵、鐘楼[二〇]、僧房、門楼、極テ多ク造リ重ネテ、荘厳セル事実ニ微妙也。其ノ中ニ、天[二一]冠ヲ戴ケル天人、瓔珞[二二]ヲ懸タル菩薩、員不知ズ。亦、年老、貴キ聖ノ僧多カリ。我レ此ヲ見テ思フ様、『若シ此ハ極楽[二三]ニヤ有ラム。亦ハ兜[一]率天上ニヤ有ラム』ト。其ノ時ニ、僧有テ告テ云ク、『彼[二]ノ女人ハ、何シテ此ノ寺ニハ来ルゾ。汝法花経ヲ誦セル員多クシテ、此ノ寺ニ可来シ。然レドモ、可来キ期未ダ遠シ。速ニ此ノ度ハ可返シ』ト。我レ此ヲ聞テ、一ノ堂ヲ見ルニ、多ノ法花経ヲ積ミ置奉レリ。僧[三]亦告テ云ク、『汝ヂ[四]此ノ法花経ヲバ知レリヤ否ヤ』ト。不知ザル由ヲ答フ。僧ノ云ク、『此[五]ノ経ハ、汝ガ年来誦セル所ノ経也。善根ニ依テ、汝ヂ此ノ所ニ生レテ楽ヲ可受也』ト。我レ此レヲ聞クニ、心ニ喜ブ事無限シ。亦、一ノ高[六]キ堂ヲ見レバ、仏在マシテ、金色ノ光ヲ放テ照シ給フ。但シ、袈裟[七]ヲ面ニ覆ヒ給ヘリ。然[八]レバ、御顔ヲ礼ミ奉ル事無シ。微妙[九]ノ音ヲ出シテ、我ニ告テ宣ハク、『汝ヂ法花経ヲ読誦スルニ依テ、

釈迦如来(胎蔵曼荼羅)

我ガ身ヲ汝ニ見セ、音ヲ令聞ム。汝ヂ速ニ本国ニ返テ、尚吉ク法花経ヲ可読誦シ。亦、無量義経、普賢経ヲ相ヒ副ヘテ可読誦スベシ。此レ専ニ可受持キ経也。其ノ時ニ、我レ面ヲ不隠ズシテ汝ニ令見ム。我レハ此レ釈迦如来也』ト宣テ、天童二人ヲ副ヘテ、送リ給フ。然レバ、天童ト共ニ来テ、我レ家ノ内ニ入ル、ト思フ間ニ活ヘル也」ト語ル。其ノ後、病愈テ、弥ヨ心ヲ至シテ法花経ヲ読誦シ、幷ニ、無量義経、普賢経ヲ相ヒ副ヘテ読誦シ奉ル。

此レヲ思フニ、釈迦如来ハ、涅槃ニ入給テ後ハ、如此ク衆生ノ前ニ浄土ヲ建立シテ可在シトモ不思メニ、此レハ法花読誦ノ力ヲ助ケムガ為ニ霊鷲山ヲ見セ給フニヤ。亦、無量義経ハ必ズ法花経ニ具シテ可読誦キ経也。仏ノ教ヘ既ニ如此シ。

聞ク人皆聞継ニナム語リ伝ヘタルトヤ。

권13 제37화

파계무참破戒無慙한 승이 『법화경法華經』 수량일품壽量一品[1]을 독송한 이야기

고류지香隆寺의 파계승破戒僧이 『법화경法華經』 수량품壽量品을 수지독송受持讀誦한 공덕으로, 다년간의 악행惡行이 소멸하고, 겐신源心 승도僧都에게 수계受戒하여 임종臨終 시에 정념正念으로 왕생往生을 하였다는 이야기. 극악한 승마저 구제하는 광대심심廣大甚深한 『법화경』의 공덕이 강조되고 있다.

이제는 옛이야기이지만, 닌나지仁和寺[2]의 동쪽에 고류지香隆寺[3]라는 절이 있었고 그 절에 조주定修[4] 승도僧都[5]라는 사람이 살고 있었다. 그 승도의 제자 중에 한 승려가 있었다. 그 승려는 겉으로는 승려차림을 했지만 삼보三寶[6]를 믿지 않고 인과因果[7]의 도리를 깨닫지 못하여, 행실은 참으로 속인俗人과 다를 바가 없었다. 언제나 활과 화살을 손에 들고, 허리에는 도검刀劍을

1 → 불교.

2 → 사찰명寺刹名.

3 → 사찰명.

4 『법화험기』에는 "定澄僧都"라 되어 있음. 조초定澄라면 고류지香隆寺 승정 간쿠寬空의 제자로, 법상종法相宗의 승려. 장덕長德 원년元年(995) 권율사權律師, 장보長保 2년(1000) 권소승도權少僧都, 동同 3년 고후쿠지興福寺 별당別堂, 동 5년 권대승도權大僧都, 관홍寬弘 8년(1011) 대승도大僧都. 장화長和 4년(1015) 사망. 85세(혹은 81세).

5 → 불교.

6 → 불교.

7 → 불교.

차고 갖은 불선악행不善惡行[8]을 일삼았다. 또, 새와 짐승을 보면 반드시 이를 쏴 죽였으며, 어육魚肉을 보면 어김없이 전부 먹어 버렸다. 애욕愛慾의 마음이 깊어, 항상 여인과 접하기를 원했다. 이러한 연유로 손에 염주念珠를 드는 일도 없고, 어깨에 가사袈裟를 걸치지도 않았다. 실로 무참無慚[9]한 자였다. 한데, 이 중은 『법화경法華經』[10]의 수량품壽量品[11] 일품一品만을 수지受持하고 몸이 부정하여도 개의치 않고 날마다 반드시 한번 독송讀誦하고 있었다.

그러던 중에, 이 승려가 고류지를 떠나 호쇼지法性寺[12]의 좌주座主 겐신源心[13] 승도의 제자가 되었다. 그 절의 치소車宿[14]에 살며 승도를 따르고 섬기던 중에, 중병에 걸렸다. 며칠을 병을 앓고 있자니, 주지는 그를 가엾게 여겨 수계授戒[15]하였다. 승려는 일념으로 그 계戒를 받은 후, 일어나서 입을 씻고 일심으로 수량품을 독송하였다. '득입무상도得入無上道 속성취불신速成就佛身'[16]의 문구까지 독송하고 조용히 숨을 거두었다.

오랜 세월 동안 파계무참하였지만 마지막에 연[17]이 닿아 수계受戒하고, 『법화경』을 독송하고 숨을 거두었기 때문에, 이를 보고 들은[18] 사람들은 필경 악도惡道[19]에 떨어지는 일은 면하였음이 틀림없다고 생각하며 존귀하게 여겼다고 이렇게 이야기로 전하여 내려오고 있다 한다.

8 오역五逆·십악十惡 등의 현세 및 내세에서 고苦를 일으키는 원인이 되는 행위.
9 파계무참破戒無慚의 의미.
10 → 불교.
11 『법화경』 권6 여래수량품如來壽量品 제16. → 불교(수량품).
12 → 사찰명.
13 → 인명. 또한 『춘기春記』에 의하면, 겐신은 장력長曆 3년(1039) 윤閏 12월 5일 호쇼지 좌주法性寺座主에 임명. 『천태좌주기天台座主記』에는 영승永承 3년(1048) 8월, 제30대 천태좌주天台座主.
14 저택 안의 차고車庫로 수레를 놓는 곳이나 하급 승려가 기거하는 장소. 여기에서는 후자.
15 → 불교.
16 『법화경』 권6 여래수량품 말미의 게偈의 마지막 두 구절에 해당. 권13 제14화 참조.
17 불연佛緣이 닿아서. 겐신源心과 만나서 결연結緣함.
18 보고 들은 사람들이 놀라서 존귀하게 여겼다는 것을 기록하여 전승성傳承性을 부여함.
19 → 불교.

⊙ 제37화 ⊙ 파계무참破戒無慙한 승이 『법화경法華經』 수량일품壽量一品을 독송한 이야기

無慙破戒僧誦法花寿量一品語第三十七

今昔、仁和寺[1]ノ東ニ香隆寺[2]ト云フ寺有リ。其ノ寺定修[3]僧都ト云フ人住ケリ。其ノ僧都ノ弟子ニ一人僧有ケリ。其ノ僧、形ハ僧也ト云ヘドモ、三宝[4]ヲ不信ズ、因果ヲ不悟ズシテ、翔フ様只俗ニ不異ズ。常ニ手ニ弓箭[5]ヲ持チ、腰ニ刀釼[6]ヲ帯シテ、諸[7]ノ不善[8]悪行ヲ好ム。亦、鳥獣ヲ見テハ必ズ此レヲ射殺ス、魚肉ヲ見テハ悉ク此レヲ食噉[9]ス。心[10]ニ愛欲深クシテ、常ニ女ニ触レム事ヲ願フ。然レバ、手ニ念珠ヲ不持ズ、肩ニ袈裟ヲ不懸ズ。実ニ此レ、無慙[11]ノ者也。而ルニ、此ノ僧法花経ノ寿量[12]一品ヲ持テ、身ノ穢[13]レヲ不撰ズ、毎日ニ必ズ一遍ヲ読誦シケリ。

而ル間、此ノ僧香隆寺[14]ヲ去テ、法性寺[15]ノ座主源心僧都[16]ノ弟子ニ成テ、其ノ車宿[17]ニ居テ、僧都[18]ニ随テ被仕ケル程ニ、身ニ重キ病ヲ受テ日来煩フニ、座主此レヲ哀ビテ、戒ヲ授ク。僧心ヲ一ニシテ戒[19]ヲ受テ後、起居テ口ヲ漱テ[20]、心ヲ至テ寿量品ヲ誦ス。「得入無上道[21]　速成就仏身」ノ文ニ至ル時ニ、心ヲ静ニシテ失ニケリ。

年来[22]無慙也ト云ヘドモ、最後ニ縁[23]ニ値テ戒ヲ受テ、法花経ヲ読誦シテ失ヌレバ、必ズ悪道ヲ離レヌ[24]トゾ見聞ク[25]人貴ビケリトナム語リ伝ヘタルトヤ。

권13 **제38화**

도둑이 『법화경法華經』 사요품四要品을 독송讀誦하여 난관을 벗어난 이야기

다이라노 마사이에平正家의 하인이 말 도둑과 공모한 혐의로 형벌을 받지만, 평소에 수지受持하던 『법화경法華經』 사요품四要品을 독송讀誦한 공덕을 입어 밤마다 호법동자護法童子가 시현示現하여 자유의 몸으로 해주고, 마침내 그 영험靈驗[1]을 알게 된 마사이에正家가 죄를 용서했다는 이야기.

이제는 옛이야기이지만, 좌위문대부左衛門大夫[2] 다히라노 마사이에平正家[3]라는 사람이 있었다. 그는 시나노 지방信濃國에 영지領地를 가지고 있어 평소 자주 그 지방에 다녔는데, 마사이에가 그곳에 머무를 때에 하인으로 부리던 남자가 있었다.

어느 날, 마사이에의 처소에서 누군가에게 말을 도둑맞고 말았다. 그러자 마사이에의 낭등郎等[4] 중 하나가, "이 하인이 말 도둑과 한패가 되어 한 짓이다."라고 소문을 퍼트리고, 본시 그 하인을 미워하고 있었기 때문에 마사이에에게 하인에 관해 참소讒訴하였다. 마사이에는 이를 듣고 즉시 하인을 포박하여 그 낭등에게, '절대 놓치지 말라.'고 명령하여 맡겼다. 낭등은 원래부

1 → 불교.

2 좌위문부左衛門府의 삼등관三等官인 위尉(종 6위에 해당)로 5위의 위계에 있는 사람.

3 → 인명人名.

4 가신家臣, 종자從者.

터 미워하고 있었기 때문에 포박만으로는 말도 안 된다고 사지四肢를 묶어 세웠다. 양다리에는 단단히 족쇄를 채우고, 양손은 위에 걸쳐져 있는 나무에 동여매고, 머리카락을 나무에 감아 버렸다. 그리고 그 위에 남자 여럿을 올라가게 해서 감시시켰다.

하인은 죄도 없음에도 이런 재난에 처한 것을 한탄하며 슬퍼했지만 어찌할 도리가 없었다. 그저 전부터 『법화경法華經』[5]의 사요품四要品[6]을 신봉하고 있었기에, 밤이 되면 그 사요품을 독송하였다. 이를 들은 자들은 "가엾은 남자로구나."라고 이야기했다. 그런데 보초가 깊이 잠들지도 않았는데, 환영을 보는 듯 묶여 있던 자가 보초를 '이보시오, 이보시오.'라 부르며 흔들어 깨웠다. 보초가 눈을 뜨고 보니, 양다리의 족쇄도 다 풀리고, 손을 묶은 위쪽의 나무도 옆에 떨어져 있고 남자는 단정히 앉아 있었다. 보초가 이것을 보고 "도대체 이게 어찌된 일이냐. 그런데 용케 도망치지 않았군."이라고 말하며 전과 마찬가지로 단단하게 묶어 놓았다. 날이 밝았지만 이 일에 관해서는 누구에게도 이야기하지 않았다.

그러나 그 후로 며칠이 지났는데 매일 밤 하인을 결박하던 족쇄와 밧줄이 풀어져, 자연스레 자유의 몸이 되어 있었다. 보초는 불가사의한 일이라고 생각했다. 한편 마사이에의 자식 중에 대학윤大學允[7]인 스케모리資盛라 하는 이가 있었는데 당시 젊은 나이로 그 집에 살고 있었다. 밤에 어디에선가 『법화경』을 독송하는 목소리가 들려왔기에, '누가 독송하고 있을까.' 하고 찾아보았더니 이 포박당한 하인이 독송하고 있는 것이었다. 그는 '불쌍한 남자로다.'라고 동정했다.

5 → 불교.

6 → 불교.

7 대학료大學寮의 판관判官. 대윤, 소윤이 있으며 각각 정칠위하正七位下, 종칠위상從七位上에 해당.

날이 밝은 후에 하인을 맡고 있던 낭등이 마사이에에게 와서는
"이 도적놈은 그때부터 줄곧 단단히 묶어 두었습니다만 보초들이 잠든 일도 없고, 누구하나 가까이 가지 않았는데도 족쇄가 다 빠지고, 묶어둔 밧줄도 풀어지고, 매일 밤 저절로 자유의 몸이 된다고 하는 불가사의한 일이 일어납니다. 그런데 놈은 도망가려고도 하지 않습니다. 도망칠 생각이 있었다면 진작 도망쳤을 터입니다만."
하고 고하였다. 마사이에가 이 말을 듣고 불가사의한 일이라 생각하여, "즉시 그 남자를 불러내서 물어봐야겠다."라며 불러내서 물어보았다. 남자는
"저는 스스로 무언가 하려고 하지 않았습니다. 그저 '만약 제가 죽는다면 후세後世[8]를 도와주십시오.'라고 기원하며 어릴 때부터 신봉하고 있던『법화경』의 사요품을 평소 독송한 효험일까요. 환영처럼 하얀 회초리를 든 동자童子[9]가 나오셔서 회초리를 흔드시는가 싶더니 족쇄도 빠지고, 밧줄도 풀리고 완전히 자유의 몸이 되어 버렸습니다. 그 후에 이 동자가 '빨리 나오시오.'라고 말씀하셨지만 '나는 죄가 없으므로 도망칠 필요가 없다. 이렇게 도와주시니 곧 용서받을 것이다.'라고 생각하여 보초를 흔들어 깨워서 알려주었던 것입니다."
라고 대답했다. 마사이에는 이를 듣고 존귀하고 가엾게 여겨서 즉시 용서해 주었다.

이를 들은 사람들은 모두 눈물을 흘리고,『법화경』의 영험함이 신통하다는 것을 믿게 되었다. 세상이 말세末世[10]가 되었다고는 해도,『법화경』을 깊게

8 → 불교.

9 『법화경法華經』 지경자持經者를 수호하는 호법護法(→ 불교) 동자童子. 회초리를 든 호법동자는 권14 제35화에도 등장함.

10 『부상약기扶桑略記』 영승永承 7년(1052) 정월 조에 "올해 처음으로 말법에 들어간다."라고 나옴. 이후로 말세에 들어갔다는 하강사관下降史觀이 현저해짐.

신봉하는 이에게 영험을 베푸심이, 참으로 이와 같은 것이다.

마사이에가 도읍에 올라와 이야기한 것을 듣고 이렇게 이야기로 전하여 내려오고 있다 한다.

⊙제38화⊙

도둑이『법화경法華經』사요품四要品을 독송讀誦하여 난관을 벗어난 이야기

盗人誦法花四要品免難語第三十八

今昔、左衛門[26]ノ大夫平[27]ノ正家ト云フ者有ケリ。信濃ノ国ニ知ル所[28]有テ、常ニ其ノ国ニ行キ通フ。而ルニ、正家其ノ国ニ下テ有ケル時ニ、雑色[29]ニ仕ヒケル男有ケリ。

而ル間、人有テ馬ヲ盗テケリ。其ノ時ニ、正家ガ郎等[30]也ケル男有テ、「此ノ雑色男、其ノ馬盗人ト心ヲ合セタリ」ト云テ出デヽ、本ヨリ雑色ヲ憾ミケル故ニ、正家ニ此ノ事ヲ不吉ヌ様ニ聞セツ。正家此レヲ聞テ、即チ其ノ雑色男ヲ搦テ、此ノ郎等ニ、「慥ニ不逃スナ」ト云テ預ケツ。郎等本ヨリ憾ム心ニテ、拈ム[1]ナド云ヘバ愚也ヤ、四ノ枝[2]ヲ張リ付タリ。二ノ足ニハ吉ク械[3]ヲ打テ、二ノ手ヲバ、上ニ大ナル木ヲ渡シテ、其レヲ□[4]カセテ縛リ付ケツ。髪ヲバ木ニ巻キ付テ、其ノ上ニ多ク昇セ居ヘテ令守ム。

雑色男咎無クシテ此ノ難ニ値フ事ヲ歎キ悲ムト云ヘドモ、可為キ方無クテ有ルニ、此男本ヨリ法花経ノ四要品[5]ヲ持チ奉リケレバ、夜ル[6]其ノ四要品ヲ誦シケルヲ聞ク人モ「哀レ也ケル男カナ」ト云フ程ニ、此ノ守ル者共、慥ニ[7]寝入ルトモ無キニ、幻ノ如ク、此ノ被縛タル男守ル者共ヲ「耶々[8]」ト驚カス。守ル者起テ見レバ、二ノ足ノ械モ皆抜ケ、上ニ張リ付ケタル木モ傍ニ押シ被落テ、男直ク居タリ。守ル者此ヲ見テ、「此ハ何ニ。賢ク[9]不逃ザリケル」ト云テ、亦同様ニ拈メ[10]テ張リ懸ケツ。夜曙ヌレドモ此ノ事ヲ人ニ不語ズ。

其ノ後、日来ヲ経ルニ、毎夜ニ如此ク、械モ抜ケ、縛ル緒モ解テ、自然ラ[11]被免ル。守ル者共、此ノ事ヲ「奇異也[12]」ト思フ程ニ、正家ガ子ニ、大学ノ允[13]資盛[14]ト云フガ、其ノ[15]時ニ若クシテ其ノ家ニ有ケルガ、夜ル聞クニ、法花経ヲ誦スル音ノ聞ユレバ、「此ハ、誰ガ読ムゾ」ト尋ヌルニ、此ノ張リ被懸タル男ノ誦スル也ケリ[16]。「哀レ也ケル男カナ」ト思フ。

夜曙テ後、此ノ男預タル郎等来テ、正家ニ告テ云ク、「此ノ盗人男、日来吉ク拈メテ置[17]タル、守ル者共モ寝入ル事モ無ク、亦人モ不寄ヌニ、械モ皆抜ケ縛緒モ解ケテ、毎夜ニ自然ラ被免ル事ナム有ル。然レドモ逃ゲム心モ無シ。逃ゲ[18]候ハマシカバ早フ逃テ罷リ去リナマシ」ト。正家此レヲ聞テ、「希[19]有也」ト思テ、「速ニ其ノ男ヲ召シ出デ、可問シ」ト云テ、召シテ問フニ、男ノ云ク、「己レ、更ニ構フル[20]事無シ。只幼ヨリ持チ奉ル所ノ法花経ノ四要品[21]ヲナム、『若シ、死ニ候ナバ、後世ヲ助ケ給ヘ』ト思テ、日来誦シ奉ル験[22]ニヤ、幻ノ如クニ、白キ楚[23]ヲ持給ヘル児[24]ノ御シテ、楚ヲ振リ給フ、ト見ル程ニ、械モ抜ケ、縛リ緒モ解ケテ、皆[1]被免ルヽ也。其ノ後、児『速ニ出デヨ』ト宣ヘドモ、『我レ不錯ヌ事ニ依テ不可逃ズ。此許リ助ケ給ニテハ、今自然ラ被免レナム』ト思テ、守ル人ヲ驚[2]シツヽ、告ゲ候也」ト。正家此レヲ聞クニ、貴ク哀ニ思テ、即チ免シテケリ。

此ヲ聞ク人、皆涙ヲ流シテ、法花経ノ霊験ノ新ナル事ヲ信ジケリ。世[3]ノ末ニ及ブト云ヘドモ、吉ク持チ奉レル者ノ為メ[4]ニハ霊験ヲ施シ給フ事、既ニ如此キ也。

正家[5]ガ京ニ上テ語ルヲ聞テ語リ伝ヘタルトヤ。

권13 **제39화**

이즈모 지방出雲國의 두 사람의 『화엄경華嚴經』과 『법화경法華經』 지경자持經者 이야기

『화엄경華嚴經』의 지경자持經者 호곤法嚴이 『법화경法華經』의 지경자 렌조蓮藏를 식사에 초대하였는데, 급사를 맡은 호법선신護法善神[1]이 『법화경』을 수호守護하는 신불神佛의 위력에 눌려 식사를 가져올 수 없었다는 이야기로, 『법화경』이 『화엄경』보다 우월하다고 하는 이야기.

이제는 옛이야기이지만, 이즈모 지방出雲國[2]에 두 사람의 성인聖人[3]이 있었다. 한 사람은 『화엄경華嚴經』[4]을 수지受持하고 있어 이름을 호곤法嚴[5]이라 했고, 한 사람은 『법화경法華經』[6]을 수지하고 있어 이름을 렌조蓮藏[7]라 했다. 이 두 성인은 모두 본래 다이안지大安寺[8]의 승려였다. 각자 어떠한 연緣이 있어서 본래의 절을 떠나 이 지방에 와서 살게 되었다. 두 사람 모두 마음이 곧고 몸가짐은 청아하였다.

1 → 불교.
2 → 옛 지방명.
3 → 불교.
4 → 불교.
5 자세히 전해지지 않으나 호곤法嚴은 『화엄경華嚴經』의 '嚴'에서 따온 이름으로, 실재 인물인지는 의문스러움. → 권13 제40·41화의 스님의 명명도 이와 같은 맥락임.
6 → 불교.
7 자세히 전해지지 않으나 렌조蓮藏는 『묘법연화경妙法蓮華經』의 '蓮'에서 따온 이름으로, 실재 인물인지는 의문스러움.
8 → 사찰명寺刹名. 건립의 경위에 관해서는 권11 제16화를 참조.

그런데 호곤 성인은 『화엄경』 독송을 계속하여 이미 스무 해에 이르렀는데, 매일의 식량을 생각대로 구하기 어려워 늘 한탄하고 있었다.[9] 그때 호법護法[10]의 선신善神이 사람의 모습으로 나타나 성인을 향해,

"나는 당신을 위해 단가檀家[11]가 되어 매일 공양供養을 올리겠습니다. 그러므로 이후로는 매일의 식사를 걱정하지 말고 대승大乘[12] 수행에 전념하십시오."

라고 했다. 성인은 이를 듣고 기뻐하며 날마다 이 공물供物을 받아 한숨짓는 일 없이 며칠을 보내던 중, 호곤 성인이 선신에게

"내일 아침은 두 사람 몫의 식사를 가져와 주시지 않겠습니까. 제가 『법화경』의 수행자를 초대하여 대접하려고 합니다."

라고 말했다. 선신은 성인의 말대로 이튿날 아침에 두 사람의 식사를 올리려고 했다. 이윽고 호곤 성인이 렌조 성인을 부르자 렌조는 이내 찾아왔다. 식사가 나오기를 기다렸지만 아무리 기다려도 선신은 나타나지 않았다. 식사시간은 지나가 버렸고 해질녘이 되자 렌조 성인은 돌아가 버렸다.

그때 선신이 식사를 가지고 나타나서 호곤 성인에게

"어제 성인의 말씀대로 속히 식사를 내오려 하였으나 법화수호法華守護의 성중聖衆[13]이신 범천梵天,[14] 제석帝釋,[15] 사대천왕四大天王[16]이 사방 가득히 렌조 성인을 에워싸고 있었습니다. 그래서 그 옆에 다가갈 수 없었으며 더욱이 그곳을 지나갈 수조차 없었습니다. 그래서 저는 아침부터 지금까지 식사를

9 식사를 제공해 줄 시주施主가 없었던 것.
10 → 불교.
11 원문에는 '단나檀那'(→ 불교).
12 → 불교. 대승불교의 경전. 여기서는 『화엄경』을 말함.
13 → 불교.
14 → 불교.
15 → 불교.
16 → 불교.

든 채로 이곳에 올 수 없었던 것입니다. 그 법화의 성인이 돌아가자 법화수호의 성중도 함께 돌아가셨기 때문에 이제야 가져올 수 있었습니다."

라고 말했다. 호곤 성인이 이를 듣고, '불가사의한 일이로다.'라고 존귀하게 여기며 직접 공양물을 들고 렌조 성인의 거처로 가서 바치고 예배禮拜를 드렸다.

그 후에 호곤 성인은 법화의 공덕[17]이 특히 뛰어남을 알고,『화엄경』에 더하여『법화경』을 더불어 수지하고 독송하며 렌조 성인에게 귀의歸依[18]하였다고 이렇게 이야기로 전하여 내려오고 있다 한다.

17 → 불교.
18 → 불교.

⊙제39화⊙

이즈모 지방出雲國의 두 사람의 『화엄경華嚴經』과 『법화경法華經』 지경자持經者 이야기

出雲国花厳法花二人持者語第三十九

今昔、出雲ノ国ニ二人ノ聖人有ケリ。一人ハ花厳経ヲ持チ奉ル。名ヲバ法厳ト云フ。一人ハ法花経ヲ持チ奉ル。名ヲバ蓮蔵ト云フ。此ノ二人ノ聖人共ニ本、大安寺ノ僧也。各ノ事ノ縁有ルニ依テ、本寺ヲ去テ此ノ国ニ来リ住ス。皆心直クシテ身清シ。

而ルニ、法厳聖人ハ、花厳ヲ誦スル事既ニ二十年ニ成ルニ、常ニ日ノ食ノ心ニ不叶ザル事ヲ歎ク。其ノ時ニ、護法ノ善神人ノ形ニ成テ来テ、聖人ニ告テ宣ハク、「我レ汝ガ為メニ檀那ト成テ、毎日ニ供ヲ膳ヘム。然レバ、此ヨリ後、日ノ食ヲ歎ク事無クシテ、専ニ大乗ヲ修行ゼヨ」ト。聖人此レヲ聞テ喜テ、毎日ニ此ノ供ヲ受テ、歎ク事無シテ日来ヲ経ル間、法厳聖人善神ニ申サク、「明日ノ朝ニハ二人ノ供料ヲ持来リ給ヘ。我レ法花ノ持者ヲ請ジテ令食メム」ト。善神、聖人ノ言ニ随テ、明日ノ朝ニ二前ノ膳ヘヲ供セムトス。而ル間、法厳聖人、蓮蔵聖人ヲ請ズ。蓮蔵即チ来レリ。食ヲ持来ラムヲ待ツ間ニ、更ニ不見ズシテ、時ニ既ニ過テ日暮ニ成ヌレバ、蓮蔵聖人返ヌ。

其ノ時ニ、善神食ヲ持テ来テ、法厳聖ニ語テ云ク、「昨日ノ聖人ノ言ニ依テ、早ク食ヲ持来ラムト為ル間ニ、法花守護ノ聖衆、梵天[一]、帝釈[二]、四大天王[三]、持者[四]ヲ囲繞[五]シテ四方ニ充満セリ。然レバ、其ノ側ニ難寄シ。何況ヤ[六]、其ノ道ヲ得ムヤ。此ニ依テ、我レ朝ヨリ今ニ至ルマデ、供養ヲ捧ゲ乍ラ不来ル也。彼ノ法花ノ聖人返リ去ルニ、護法ノ聖衆モ同ジク共ニ去リ給ヌレバ、其ノ時ニ持来レル也」ト。法厳聖人此レヲ聞テ、「希有也[七]」ト貴ビ敬テ、自ラ供具[八]ヲ捧テ、蓮蔵聖人ノ許ニ行テ、供養ジテ礼拝シケリ。

其後、法厳、法花ノ功徳殊勝[九]ナル事ヲ知テ、更ニ[一〇]法花経ヲ副ヘテ持シ誦シテ[一一]、[一二]蓮蔵聖人ヲ帰依シケリトナム語リ伝ヘタルトヤ。

권13 **제40화**

무쓰 지방陸奧國의 지경자 두 명이 법화경法華經과 최승왕경最勝王經을 수지한 이야기

『최승왕경最勝王經』의 지경자 고조光勝와 『법화경法華經』의 지경자 호렌法蓮이 벼농사 수확의 많고 적음으로 두 경전의 우열을 겨루었는데, 『법화경』의 위력이 우월하여 아무것도 하지 않은 호렌이 승리했다는 이야기로, 앞 이야기의 『화엄경』을 대신해서 『최승왕경』에 대한 『법화경』의 우월함이 비유적으로 설명되어 있다.

이제는 옛이야기이지만, 무쓰 지방陸奧國[1]에 두 사람의 승려가 있었다. 한 사람은 『최승왕경最勝王經』[2]을 수지하고 있었고 이름은 고조光勝라 하였다. □□□□[3] 본디 고후쿠지興福寺[4]의 승려였다. 이 무쓰 지방은 태어난 고향이었기에 각각 원래 있던 절을 떠나 고향에 돌아와 살게 되었던 것이다. 이 두 사람의 성인聖人[5]은 모두 정직하고 몸가짐이 청아했으며 각각 『법화경法華經』[6]과 『최승왕경最勝王經』을 수지하여 영험을 나타내었기에 그 지방 사람들은 두 사람을 더할 나위 없이 존경하였다.

1 → 옛 지방명.
2 → 불교. 『금광명최승왕경金光明最勝王經』의 약어.
3 탈문脫文된 것으로 추정. 출전인 『법화험기法華驗記』를 참조하면 "본래 간고지元興寺의 승이다. 또 한 사람은 법화경을 수지했다. 이름을 호렌法蓮이라 한다."가 들어갈 것으로 추정.
4 → 사찰명. 건립 경위에 대해서는 권11 제14화 참조.
5 → 불교.
6 → 불교.

그러던 중, 고조 성인이 호렌法蓮 성인에게

"당신은 『법화경』을 버리고 『최승왕경』을 수지하도록 하십시오. 연유를 말씀드리면 최승最勝이라는 것은 다른 경전에 비해서 교의내용이 매우 깊고 훌륭하여 그 이름을 『최승왕경』이라고 하는 것입니다. 그래서 조정에서도 어재회御齋會[7]라는 법회 때 연초年初에 이 경전을 강의하게 하고 있습니다. 또한 여러 지방에서도 길상어원吉祥御願[8]이라는 이름으로 국분사國分寺[9]에서 이 경전을 강의하고 있습니다. 그리고 또 조정은 최승회最勝會[10]라는 이름으로 야쿠시지藥師寺[11]에서 이 경전을 강의하고 법회를 열게 하고 있습니다. 이런 연유로 조정에서나 민간에서나 이 경전이 존숭尊崇되고 있는 것입니다."

라고 말하며 권유했다. 호렌 성인은 이를 듣고

"부처님의 설법은 어느 것 하나 존귀하지 않은 것은 없습니다. 저는 전세의 인연[12]이 있어서 오랜 세월동안 『법화경』을 수지하고 있는 것입니다. 어떻게 갑자기 『법화경』을 버리고 『최승왕경』을 수지할 수 있겠습니까?"

라고 대답했다. 고조 성인은 호렌 성인에게 더 이상 권유하지 못하고 그대로 입을 다물어 버렸다.

그 후, 고조는 『최승왕경』의 위력威力을 의지하여 무슨 일이 있을 때마다 법화의 호렌을 설득하려고 했지만 호렌은 상대해 주지 않았다. 그럼에도 불구하고 고조는

"이 두 개의 경전의 어느 쪽이 훌륭한지 그 우열을 겨루어 보지 않겠습니까? 만약 『법화경』의 영험이 뛰어나다면 저는 『최승왕경』을 버리고 『법화

7 → 불교. 삼회三會(→불교) 중 한 가지. 권12 제4화 참조.
8 길상참회吉祥懺悔(→불교)와 같음.
9 → 불교.
10 → 불교. 삼회 중 한 가지. 권12 제5화 참조.
11 → 사찰명. 건립 경위에 대해서는 권11 제17화 참조.
12 원문에는 "숙인宿因"(→ 불교).

경』을 취하겠습니다. 그리고 만약에 『최승왕경』의 영험이 뛰어나다면 당신은 『법화경』을 버리고 『최승왕경』을 수지하도록 하십시오."
라고 말했다. 이렇게 말해도 호렌은 전혀 관심을 가지려고도 하지 않았다. 그러자 고조가 다시 말했다.

"그렇다면 우리들 두 사람이 각각 한 정町의 논을 일구어서 일 년간의 수확량의 우열로써 두 경전의 영험의 우열을 정해봅시다."

마을 사람들은 이를 듣고 두 사람의 성인에게 같은 정도의 논을 한 정씩 빌려주었다. 그리하여 고조 성인은 이 논에 물을 대고 정성을 다해 『최승왕경』에 기청祈請했다.

"경전의 힘으로 씨앗을 뿌리지 않고 모종을 심지 않고 올해 수확을 많이 할 수 있게 해주십시오."

이렇게 논을 만들자 한 정의 논의 모종이 일시에 무성하게 우거졌다. 그리고 나날이 많은 결실을 맺어 갔다.

호렌 성인의 논은 경작하려고도 하지 않고 또 호렌 성인의 뜻에 따라 논에 물을 대는 사람도 없어 황폐하여 풀이 무성할 뿐이었다. 그리하여 말과 소가 제멋대로 논 안으로 들어와 풀을 먹으며 놀고 있었다. 그 지방 사람들은 이를 보고 『최승왕경』 성인을 존경하며 『법화경』 성인을 경멸했다.

이윽고 칠월 상순이 되어 『법화경』 성인의 한 정의 논 중앙에 조롱박이 하나 자라났다. 이 조롱박은 순식간에 가지가 사방으로 퍼져 논을 완전히 덮어버리고 말았다. 가지의 줄기가 무성하게 높이 자라 조금의 틈도 없었다. 이삼일 정도 지나자 꽃이 피고 열매가 맺었다. 그 하나하나의 조롱박의 크기는 항아리만하여 빽빽하게 줄지어 땅위에 늘어서 있었다. 이것을 보고서도 사람들은 모두 『최승왕경』 성인을 칭찬했다. 『법화경』 성인은 논의 조롱박을 보며 기이하게 여겨 박을 하나 따서 깨트려 속을 보았다. 그러자 하얀 쌀이 가득 들어 있었다. 그 낱알은 큼직해서 하얗기가 눈과 같았다. 성인은 이를 보고 불가사의한 일이라고 생각하며 되로 재어 보았더니 박 하나에 다섯 두의 백미가 들어 있었다. 그래서 또 다른 조롱박을 깨트려 보니 어느 조롱박이나 모두 같았다.

그리하여 호렌 성인은 기뻐하며 감격하고 마을 사람들 모두를 불러 이를 보여 주었다. 그 후, 우선 이 백미를 경전에 공양하고 많은 승려를 초대해 먹게 했다. 또 한《두》[13]개의 박을 고조 성인의 승방에 가져가게 했다. 고조 성인은 이를 보고 부하다고 생각하면서도 『법화경』의 영험을 보고 감격하여 존귀하게 여기며 호렌 성인을 경멸했던 일을 후회했다. 그리고는 오히려 호렌 성인이 말하는 대로 따르게 되었다. 그리하여 곧바로 호렌 성인이 있는 곳으로 가서 예배하고 참회했다. 호렌 성인이 그 조롱박의 쌀을 그 지방의 승속, 남녀에게 나누어 주자, 사람들은 모두 원하는 대로 짊어져 가지고 갔다. 그러나 조롱박은 그대로 십이월이 될 때까지 전혀 마르지도 않고 따면 딸수록 많아져 갔다.

이것을 보고 들은 사람은 『법화경』의 영험이 특히 뛰어난 것이라고 알고서 호렌 성인에게 귀의[14]했다고 이렇게 이야기로 전하여 내려오고 있다 한다.

13 저본의 파손에 의한 결자. 『법화험기法華驗記』를 참조하여 보충.

14 → 불교.

⊙제40화⊙
무쓰 지방陸奧國의 지경자 두 명이 법화경法華經과 최승왕경最勝王經을 수지한 이야기

陸奥国法花最勝二人持者語第四十

今昔、[13]陸奥ノ国ニ二人ノ僧有ケリ。一人ハ[14]最勝王経ヲ持ツ。名ヲ[15]光勝ト云フ。[16]□本、[17]興福寺ノ僧也。[18]此ノ国、本ノ生国ナルニ依テ、各本寺ヲ去テ来リ住ス。此ノ二人ノ聖人、皆心直ク身清クシテ各、法花、最勝ヲ持テ、[19]霊験ヲ施ス。[20]然レバ国ノ人皆崇メ貴メル事無限シ。

而ル間、光勝聖[21]法蓮聖ヲ[22]勧メテ云ク、「汝ヂ、法花ヲ棄テヽ、最勝ヲ可持シ。其ノ故何トナレバ、最勝ハ甚深ナル事[23]余経ニ勝レ給ヘルニ依テ、最勝王経トハ云也。然レバ、公モ[24]御斉会ト名付テ、年始ニ此ノ経ヲ令講メ給フ。亦、諸国ニモ[25]吉祥御願ト名付テ、各国分寺ニシテ此ノ経ヲ講ズ。亦、公、[26]最勝会ト名付テ、[27]薬師寺ニシテ此ノ経ヲ講ジテ法会ヲ令行メ給フ。然レバ、[28]公ニモ私ニモ、此ノ経ヲ尤モ仰グ所也」ト。

法蓮聖此レヲ聞テ云ク、「仏ノ説キ給フ所何レモ不貴ヌハ無シ。我レ宿因ノ引ク所有テ、年来法花経ヲ持チ奉ル。何デカ[29]急ニ法花ヲ棄テヽ、最勝ヲ持奉ラム」ト。光勝聖、法蓮聖ヲ勧メ煩ヒテ、[30]黙シテ止ヌ。

其ノ後、光勝、最勝ノ威力ヲ憑テ、事ニ触レテ法花ノ法蓮ヲ云ヒ煩ハスト云ヘドモ、[31]法蓮答フル事無シ。而ルニ、光勝云ク、「此ノ二ノ経何レカ勝レ給ヘルト勝負ヲ可知シ。若シ法花ノ験シ勝レ給ヘラバ、我レ最勝ヲ棄テ、法花ニ随ハム。若シ亦、最勝ノ験勝レ給ヘラバ、法蓮ノ法花ヲ棄テ、最勝ヲ可持シ」ト。如此ク云フト云ヘドモ、法蓮更ニ此レヲ執スル心無シ。光勝亦云ク、「然ラバ、我等二人各一町ノ田ヲ作テ、年作ノ勝劣ニ依テ、二ノ経ノ験ノ勝劣ヲ可知シ」ト。郷ノ人此ノ事ヲ聞テ、各一町ノ田ノ同程ナルヲ二人ノ聖ニ預ケツ。

而ルニ、光勝聖此ノ田ニ水ヲ入レテ、心ヲ至シテ最勝ニ申シテ云ク、「経ノ威力ニ依テ、種ヲ不蒔ズ、苗ヲ不殖ズシテ、年作ヲ令増メ給ヘ」ト祈請ジテ、田ヲ作ルニ、一町ノ田ノ苗、等クシテ茂リ生タル事無並シ。日ヲ経月ヲ重ネテ、稔ヒ豊ナル事勝レタリ。法蓮聖ノ田ハ、作ル事モ無ク、心ノ如ク入ル、人モ無クシテ、荒レテ草多カリ。然レバ、馬牛心ニ任セテ、田ノ中ニ入テ食ミ遊ブ。国ノ内ノ上中下ノ人此レヲ見テ、最勝ノ聖ヲ貴ビ、法花ノ聖ヲ軽シム。

而ル間、七月ノ上旬ニ、法花ノ聖ノ田一町ガ中央ニ瓠一本生タリ。此ノ瓠、漸ク見レバ、枝八方ニ指テ、普ク一町ニ敷満タリ。高キ茎有リテ隙無シ。二三日許ヲ経テ、花開テ実成レリ。一々ノ瓠ヲ見ルニ、大ナル事壺ノ如シテ隙無ク並ビ臥タリ。此レヲ見ルニ付テモ、人皆最勝ノ聖ヲ讃ム。法花ノ聖、田ノ瓠ヲ見テ、奇異ノ思ヒヲ成シテ、一瓠ヲ取テ、破テ其ノ中ヲ見ルニ、精ゲタル米満テ有リ。粒大ニシテ、白キ事雪ノ如シ。聖人此レヲ見テ「希有也」ト思テ、斗ヲ以テ此レヲ量ルニ、一ノ瓠ノ中ニ五斗ノ白米有リ。亦、他ノ瓠ヲ破テ見ルニ、毎瓠ニ皆如此シ。

爰ニ、法蓮聖喜ビ悲デ、郷ノ諸ノ人ニ告テ、此レヲ令見

雀報恩の事（宇治拾遺物語絵巻）

シム。其ノ後、先ヅ此ノ白米ヲ仏経ニ供養ジ、諸ノ僧ヲ請ジテ令食ム。又、一□果ノ瓠ヲ光勝聖ノ房ニ送リ遣ル。光勝[二]聖此レヲ見テ、妬ミノ心有リト云ヘドモ、法花ノ威力ヲ見テ悲ビ貴デ、法蓮聖ヲ軽メツル事ヲ悔テ、返テ随ヌ。即チ行テ礼拝シテ、懺悔シケリ。法蓮聖其ノ瓠ノ米ヲ以テ、国ノ内ノ道俗男女ニ施シ与フ。人皆心ニ任セテ荷ヒ取ル。然[三]レドモ、瓠尚十二月ニ至ルマデ更ニ不枯ズシテ、取ルニ随テ多ク成ケリ。

此レヲ見聞ク人法花経ノ威力ノ殊勝ナル事ヲ知テ、法蓮聖ヲ帰[四]衣シケリトナム語リ伝ヘタルトヤ。

권13 제41화

법화경法華經과 금강반야경金剛般若經의 두 수지자受持者 이야기

지콘持金 성인이 호법의 공양을 자신의 영험과 덕행에 의한 것이라 자랑하고 평소 먹을 것이 궁색한 지호持法 성인을 업신여겼는데 꿈을 통해 호법의 공양이 지호의 자비에 의한 보시임을 알고 참회하여 교만함을 버리고 지호에게 귀의하였다는 이야기이다. 전전 이야기, 전 이야기에 이은 『법화경法華經』의 승리담의 하나. 『금강반야경金剛般若經』, 『법화경』 두 경전을 상징하는 지콘, 지호 두 성인의 우열을 통해 『금강반야경』에 대한 『법화경』의 우월이 비유적으로 설명되고 있다.

이제는 옛이야기이지만, 산사에 두 성인[1]이 있었다. 한 사람은 『법화경法華經』[2]을 수지하며 이름은 지호持法[3]라 했고, 한 사람은 『금강반야경金剛般若經』[4]을 수지하며 이름은 지콘持金[5]이라 했다. 이 두 성인은 같은 산사에 살며 이 삼 정町정도 거리를 두고 암자[6]를 지어 거처하고 있었는데, 두 사람 모두 도심道心을 일으켜 속세를 멀리하며 불도수행에 힘썼다.

1 → 불교.
2 → 불교.
3 미상. 다만 『법화경法華經』의 수지자인 것을 나타내는 명명으로 실재 인물인지는 의문.
4 → 불교.
5 미상. 다만 『금강반야경金剛般若經』의 수지자인 것을 나타내는 명명으로 실재 인물인지는 의문.
6 승려나 은둔자 등이 사는 작은 집.

지콘 성인은 『금강반야경』의 영험靈驗[7]을 드러내 그로 인해 자연히 먹을 것이 나왔기 때문에 먹을 것에 마음을 쓰지 않고 지내고 있었다. 지호持法 성인은 모든 것을 단나檀那[8]의 도움에 의지하여 생활이 궁색하였다. 그래서 지콘은 교만한 마음이 생겨

'내가 수지하고 있는 경은 영험이 실로 신통하며, 또한 나의 덕행이 뛰어나기 때문에 제천諸天[9]이나 불법수호신佛法守護神[10]이 먹을 것을 주시고 밤낮으로 수호해 주신다. 저 『법화경』의 성인은 수지하는 경의 영험이 뒤떨어지고 수지자의 덕행도 깊지 않다. 그렇기에 불법수호신은 아무것도 공양하지 않는 것이다.'

라고 생각했다. 이와 같이 항상 지호를 비난하고 있던 중, 어느 날 지호 성인의 동자가 지콘 성인의 암실에 갔더니 지콘 성인은 자신의 험덕驗德[11]이 특히 뛰어나다는 사실을 들려주며 "너의 스승에게는 어떤 영험이 있느냐." 라고 물었다. 동자는 대답하였다.

"저의 스승에게는 전혀 영험 같은 것은 없습니다. 단지 사람들의 보시 공양을 받아 지내고 계십니다."

이렇게 말하고 동자는 사승의 암실로 돌아가 스승에게 이 사실을 이야기하자 스승은 "과연, 지콘 성인의 말씀은 정말이지 지당하시도다."라고 말했다.

그 후 며칠이 지났을 무렵, 이삼일 계속하여 지콘 성인의 거처에 불법수호신의 음식이 전달되지 않았다. 날이 저물어도 식사를 하지 못한 지콘은

7 → 불교. 여기서는 『금강반야경金剛般若經』의 효험이란 뜻.
8 → 불교. 시주의 보살핌. 시주의 보시 공양.
9 → 불교.
10 '제천諸天', '호법護法'. → 불교.
11 영험력靈驗力에 의한 공덕.

매우 의아하게 여기며 심하게 반야나 수보리須菩提[12] 등을 원망하였다.[13] 그 날 밤 지콘 성인의 꿈에 오른쪽 어깨를 드러낸 노승이 나타났다. 노승은 지콘 성인을 향해

"나는 수보리다. 너는 『금강반야경』을 수지하고 있다고는 하나 아직 반야의 진리[14]를 체득하지 못하였다. 그렇기에 제천은 너에게 공양 음식을 보내지 않는 것이다. 그것을 원망하다니 도리에 맞지 않도다."

라고 말씀하셨다. 지콘은 이것을 듣고 "그렇다면 오랫동안 저에게 공양하신 것은 도대체 누구의 은혜 때문입니까?"라고 여쭈었다. 노승은

"그것은 『법화경』의 수지자인 지호 성인이 너에게 보낸 음식이다. 그 성인은 자비심으로 너를 딱히 여겨 십나찰녀十羅刹女[15]에게 시켜 매일 너에게 주원呪願[16]하며 시식施食[17]을 보냈던 것이다. 너는 우치愚癡[18]하기 때문에 교만한 마음을 일으켜 평소에 그 성인의 험담을 하고 있도다. 당장 그 성인의 거처에 가서 그 죄를 참회하도록 하여라."

라고 말씀하셨다. 지콘은 이러한 꿈을 꾸고 깨어났다.

그 후 지콘은 오랫동안 품었던 생각[19]을 깊게 후회하고 지호 성인의 암실에 가서 예배하며

"저는 어리석은 마음으로 성인을 험담했습니다. 부디 이 죄를 용서해주십시오. 한데 매일 보내주신 시식을 어찌 이삼일 동안은 보내주지 않으셨

12 → 불교.
13 이 이야기에서는 부처를 원망의 대상에서 제외함. 반야般若는 『금강반야경金剛般若經』의 이법理法의 의인화.
14 모든 현상은 모두 공空이라는 '일체개공一切皆空'이라 하는 반야의 이법理法.
15 → 불교(十羅刹).
16 → 불교.
17 → 불교. 지호持法는 주원呪願을 외워 제천諸天·호법護法으로부터 받은 식사를 십나찰녀十羅刹女를 부려 지콘持金에게 보낸 것임.
18 → 불교.
19 오랫동안 지호持法를 비방하고 헐뜯은 마음.

습니까?"

라고 말했다. 지호 성인은 미소를 지으며

"제가 그만 잊어버려서 시식을 취하지 않고 십나찰녀에게 분부를 내지지 않았기 때문입니다."

라고 대답했다. 그러자 즉시 동자가 나타나 먹을 것을 갖추어 공양하였다. 지콘은 자신의 암실에 돌아오자 이전과 같이 식사가 전달되었다. 지콘은 그 후 교만한 마음을 딱 끊고 지호 성인을 따르게 되었다. 결국 이 두 성인이 임종을 맞이했을 때 성중聖衆[20]이 와서 둘을 정토淨土[21]로 인도해 주셨다.

역시 사람은 교만함을 버려야 한다고 이렇게 이야기로 전하여 내려오고 있다 한다.

20 → 불교. 보살菩薩들.

21 → 불교.

⊙ 제41화 ⊙

법화경法華經과 금강반야경金剛般若經의 두 수지자受持者 이야기

法花経金剛般若経二人持者語第四十一

今昔、山寺ニ二人ノ聖人有ケリ。一人ハ法花経ヲ持チ、名ヲバ持法[五]ト云フ。一人ハ金剛般若[六]ヲ持ツ。名ヲバ持金[七]ト云フ。此ノ二人聖人一ノ山寺ニ住ス。二三町許ヲ隔テ、庵室[八]ヲ造テ居タリ。共ニ道心ヲ発テ、世ヲ厭テ仏ノ道ヲ行フ。

持金聖人ハ般若[九]ノ霊験ヲ顕シテ、自然ラ[一〇]食出来テ、食ノ事ヲ不思ズシテ過グ。持法聖人ハ偏ニ檀那[一一]ノ訪ヒニ懸リテ、豊ナル事無シ。然レバ、持金心ニ憍慢[一二]ヲ成シテ思ハク、「我ガ持チ奉ル所ノ経ハ威力大キニシテ、亦、我ガ徳行[一三]勝ルニ依テ、諸天[一四]、護法、食ヲ送テ、昼夜ニ守護シ給フ。彼ノ法花ノ聖人ハ、持チ奉ル経モ験劣リ給テ、持者モ徳行浅シ[一五]。然レバ、護法、供養ズル事無シ」。如此ク常ニ謗ル間ニ、持法聖人ノ童子、持金聖人ノ庵室ニ行キタルニ、持金聖人、我ガ験徳[一六]ノ殊勝ナル事ヲ語リ令聞メテ、「汝ガ師亦何ナル徳カ有ル」ト問ヘバ、童子答テ云ク、「我ガ師ニ更ニ験力無シ。只、人[一七]ノ訪ヒニ依テ過シ給フ也」ト云テ、童子師ノ庵室ニ返テ、師ニ此ノ事ヲ語ルヲ、師ノ云ク、「其ノ事大ナル理ナリ」ト。

其後、日来ヲ経ル程ニ、持金聖ノ許ニ食ヲ不送[一八]シテ、二三[一九]日ニ成ヌ。日暮ニ至ル時、不食ズシテ、持金大キニ怪ムデ、般若、須菩提等ヲ恨ミ奉ル事無限シ。其ノ夜、持金聖ノ夢ニ、右ノ肩ヲ袒ニシタル老僧来テ、持金聖ニ告テ云ク、「我レハ此レ須菩提也。汝ヂ金剛般若経ヲ持チ奉ルト云ヘドモ、未ダ般若ノ理ヲバ不現サズ。然レバ、諸天、供養ヲ不送ズ。何ゾ横様ニ恨ヲ成ス」ト。持金此レヲ聞テ、問テ云ク、「年来我レヲ供養ジ給フ。此レ誰ガ施給フ所ゾ」ト。老僧ノ宣ハク、「其レハ、法花ノ持者ノ持法聖ノ送レル食也。彼ノ聖慈悲ノ心ヲ以テ汝ヲ哀ブガ故ニ、十羅刹女ヲ使トシテ呪願ノ施食ヲ毎日ニ送レル也。汝ヂ愚痴ナルガ故ニ、憍慢ノ心ヲ発シテ、常ニ彼ノ聖ヲ謗ル。速ニ彼ノ聖ノ所ニ行テ、罪ミヲ懺悔セヨ」ト宣フ、ト見テ夢覚ヌ。

其ノ後、持金、年来ノ思ヒヲ悔ヒ悲デ、持法聖ノ庵室ニ行テ、礼拝シテ云ク、「我レ、愚ナル心ヲ以テ聖人ヲ誹謗シ奉リケリ。願クハ此ノ咎ヲ免シ給ヘ。亦、毎日ニ被送ケル施食、何ゾ此ノ両三日不送給ザルゾ」ト。持法聖咲ヲ含テ云ク、「我レ思忘レテ、施食ヲ不取ズシテ、十羅刹ニ不申ザリケリ」ト。其ノ時ニ、即チ童子出来テ、食ヲ調ヘテ供養ズ。持金、庵室ニ返タレバ、食ヲ送ルコト前ノ如シ。持金其ノ後永ク憍慢ノ心ヲ止メテ、持法聖ニ随ヒニケリ。遂ニ二人ノ聖共ニ命終ル時ニ臨デ、聖衆来テ浄土ニ送リ給ヒケリ。

尚、人憍慢ノ心ヲバ可止キ也トナム語リ伝ヘタルトヤ。

권13 **제42화**

로쿠하라六波羅의 승려 고젠講仙이 법화경法華經의 설법을 듣고 은혜를 입은 이야기

로쿠하라미쓰지六波羅蜜寺의 승려 고젠講仙이 귤나무에 애집을 가진 죄로 인해, 사후 뱀의 몸으로 태어났지만 『법화경法華經』의 서사공양書寫供養에 의해 정토淨土에 전생轉生하게 된 이야기.

이제는 옛이야기이지만, 도읍의 동쪽에 로쿠하라미쓰지六波羅蜜寺[1]라는 절이 있었다. 그 절에 오랫동안 살고 있던 승려가 있었는데 이름은 고젠講仙이라 하였다. 이 절은 많은 도읍 사람이 강講을 행하는 곳이었다. 그런데 이 고젠은 이 절에서 강[2]이 열릴 때마다 독사讀師[3]를 맡고 있었다.

그래서 십여 년간 산山[4]이나 미이데라三井寺, 나라奈良의 많은 절들의 지자智者[5]와 마주 대하며 그 사람들이 설법하고 교리를 설하는 것을 들었다. 고젠은 이와 같이 항상 설법을 듣고 있었기에 도심이 생길 때도 있어, 자신

1 → 사찰명.

2 → 불교. 로쿠하라미쓰지六波羅蜜寺에서의 강講은 결연공화회結緣供花會(법화팔강法華八講)(『본조문수本朝文粹』·십十·요시시게 야스타네 시서慶滋保胤詩序)가 저명. 또한 보리강菩提講(『영화 이야기榮華物語』)이나 매월 24일에는 지장강地藏講(권17 제28화)이 열려 승력承曆 4년(1080)에는 권학회勸學會가 개최되었음.

3 → 불교.

4 히에이 산比叡山 엔랴쿠지延曆寺를 가리킴.

5 학식이 깊은 고승.

의 후세[6]의 일을 두려워□[7]하였지만 세속에 대한 미련을 완전히 끊어버리지 못하여 이 절을 떠나지 못하고 있었다. 그러던 중 이윽고 나이를 먹고 임종을 맞이하게 되었는데 악연에 접하지 않고[8] 목숨을 다했기에 그의 임종의 모습을 견문한 사람은

'고젠은 임종에 있어 정념正念[9]하였기에 반드시 극락[10]에 왕생하였거나 천상에라도 태어났을 것이다.'

라고 생각했다. 그런데 꽤 시간이 흘러 그의 영靈이 어느 사람에게 빙의하여 이렇게 말했다.

"저는 이 절에 살았던 정독사定讀師[11] 고젠입니다. 저는 『법화경法華經』[12]의 설법을 오랜 세월 동안 듣고 있었기에 때때로 도심이 일어 극락왕생을 바라고 게으름피우지 않고 염불[13]을 외웠기에 사후의 세계에 기대를 걸고 있었지만 사사로운 일 때문에 작은 뱀으로 태어났습니다. 그 이유는 제가 생전에 승방 앞에 귤나무를 심었습니다만 그것이 해가 지남에 따라 점점 성장하여 가지가 우거지고 잎이 번성하여 꽃이 피고 열매를 맺었습니다. 저는 밤낮으로 이 나무를 소중히 키웠습니다. 아직 자라기 전부터 열매를 맺을 때까지 항상 주시하며 애지중지했습니다. 그 일 자체는 무거운 죄에 해당되지 않습니다만 애집愛執[14]의 죄에 의해 지금 작은 뱀의 몸으로 태어나 그 나무 밑에 살게 되었습니다. 부디 저를 위해서 『법화경』을 서사공양書寫供養하여

6 → 불교.
7 한자 표기를 위한 의도적 결자. 해당어 불명.
8 → 불교. 임종 시 마음이 흐트러지지 않았음을 말함.
9 잡념에 현혹되지 않고 극락왕생을 믿어 의심치 않는 것.
10 → 불교.
11 절의 전임 독사讀師(→ 불교).
12 → 불교.
13 → 불교.
14 깊이 사랑하고 집착하는 죄. 불교에서는 사물에 집심執心을 갖는 것 자체가 죄임.

이 고통에서 벗어나 선소善所[15]에 태어나게 해 주십시오."

절의 승려들은 이것을 듣고 즉시 그 승방에 가서 귤나무 밑을 보자 삼 척 정도의 뱀이 귤나무 밑동을 휘감으며 살고 있었다. 이것을 보고 '그 영이 말한 것은 사실이었다.'라고 생각하고 모두 몹시 한탄하며 슬퍼하였다. 그 후 바로 절의 승려들은 모두 마음을 모아 사람들의 희사喜捨를 모아 협력하여 『법화경』을 서사하고 그를 위해 공양을 드렸다. 그 후 절에 있는 승려의 꿈에 단정하게 승의를 입은 고젠이 나타나 미소를 지으며 절의 승려들에게 예배하며

"저는 여러분들의 협력에 의한 선근善根[16]의 공덕에 의해 즉시 사도蛇道[17]를 벗어나 정토[18]에 왕생할 수 있었습니다."

라고 말했다. 꿈에서 깬 후 이것을 다른 승려들에게 말하고 모두 그 승방의 귤나무 밑으로 가보니 작은 뱀은 어느샌가 죽어 있었다. 이것을 본 승려들은 슬피 울면서 『법화경』의 영험을 더없이 공경하였다.

이것을 생각하면 사사로운 일 때문에 애집愛執의 마음을 일으키면 이와 같이 된다고 이렇게 이야기로 전하여 내려오고 있다 한다.

15 → 불교. 정토淨土를 가리킴. '악소惡所'의 반대말.
16 → 불교.
17 애집의 죄에 의해 뱀의 몸으로 전생한 축생(→ 불교)도.
18 → 불교.

⊙제42화⊙ 로쿠하라六波羅의 승려 고전講仙이 법화경法華經의 설법을 듣고 은혜를 입은 이야기

六波羅僧講仙聞説法花得益語第四十二

今昔、京ノ東[16]ニ六波羅蜜寺[17]ト云フ寺有リ。其寺ニ年来住ム僧有ケリ。名ヲバ講仙[18]ト云フ。此ノ寺[19]ハ京ノ諸ノ人講ヲ行フ所也。而ルニ、此ノ講仙此ノ寺[20]ニ行フ講[21]ニ毎度ニ読師[22]ヲゾ勤ケル。

然レバ、十余年[23]ノ間、山[24]、三井寺、奈良ノ諸ノ止事無キ智者[25]ニ対テ、法ヲ説キ義ヲ談ズルヲ聞ク。此レニ依テ、講仙常ニ此レヲ聞クニ、道心発ル時モ有ケリ。然レバ[26]、後世ノ事ヲ恐レ□ト云ヘドモ、世間難棄キニ依テ此ノ寺ヲ不離ズシテ有ル間、漸ク年老テ、遂ニ命終ル剋ニ、悪縁[2]ニ不値ズシテ失ヌレバ、見聞ク人[3]皆、「講仙ハ終リ正念[4]ニシテ定メテ極楽ニモ参リ、天上ニモ生ヌラム」ト思フ間ニ、月日ヲ経テ、霊人[5]ニ付テ云ク、「我ハ此レ、此寺ニ住シ定読師[6]ノ講仙也。我レ年来法花経ヲ説シヲ常ニ聞シニ依テ、時々道心ヲ発テ、極楽ヲ願ヒテ、念仏怠タル事無カリシカバ、後世ハ憑シク思ヒシニ、墓無キ小事ニ依テ、我小蛇ノ身ヲ受タリ。其ノ故ハ、我生レタリシ時、房ノ前ニ橘ノ木ヲ殖タリシヲ、年来ヲ経ルニ随テ、漸ク生長ジテ、枝滋リ葉栄エテ、花栄キ菓ヲ結ブヲ、我レ朝夕ニ此ノ木ヲ殖立テヽ、二葉ノ当初[7]ヨリ菓結ブ時ニ至ルマデ、常ニ護リ此レヲ愛シキ。其ノ事重キ罪ニ非ズト云ヘドモ、愛執[8]ノ過ニ依テ、小蛇ノ身ヲ受テ、彼ノ木ノ下ニ住ス。願クハ、我ガ為ニ法花経ヲ書写供養ジテ、此ノ苦[9]ヲ抜テ善所[10]ニ生ルヽ事ヲ令得メヨ」ト。

寺ノ僧等此ノ事ヲ聞テ、先ヅ彼ノ房ニ行テ、橘ノ木ノ下ヲ見ルニ、三尺許ナル蛇、橘ノ木ノ根ヲ纏テ住セリ。此ヲ見テ、「実也ケリ」ト思フニ、皆歎キ悲ム事無限シ。其ノ後、忽ニ寺ノ僧共皆心ヲ同ジクシテ、知識ヲ引テ、力ヲ合セテ法花経ヲ書写シ奉テ、供養ジテケリ。其ノ後、寺ノ僧ノ夢ニ、講仙直シク法服ヲ着シテ、咲ヲ含テ、寺ノ僧共ヲ礼拝シテ告テ云ク、「我レ汝等ガ知識ノ善根ノ力ニ依テ、忽ニ蛇道ヲ離レテ、浄土ニ生ル、事ヲ得タリ」ト。夢覚テ後、此ノ事ヲ他ノ僧共ニ告テ、彼ノ房ノ橘ノ木ノ下ニ行テ見レバ、小蛇既ニ死テ有リ。僧共此レヲ見テ、泣キ悲ムデ、法花経ノ霊験ヲ貴ム事無限シ。

此レヲ思フニ、由無キ事ニ依テ愛執ヲ発ス、如此クゾ有ケルトナム語リ伝ヘタルトヤ。

권13 제43화

여자가 죽어 뱀의 몸으로 변해 법화경法華經을 듣고 득탈得脫[1]한 이야기

앞 이야기의 유화類話라 할 수 있으며, 현세에서 붉은 매화를 열렬히 사랑한 여성이 애집의 죄로 인해 사후 뱀의 몸으로 태어나 생전에 사랑한 붉은 매화 곁을 떠나지 않았는데 법화팔강의 공덕에 의해 정토로 전생하였다는 이야기. 우아한 성품을 가진 주인공이 풍취를 사랑한 나머지 이류異類로 전생하여, 특히 꽃의 곁을 떠나지 않았다는 점에서는 꽃을 사랑해서 나비로 태어난 오에노 스케쿠니大江佐國의 이야기(『발심집發心集』·1-8)와도 일맥상통하다.

이제는 옛이야기이지만, 서경西京[2]에 살고 있는 사람이 있었다. 상당한 집안의 사람으로 딸 하나를 두고 있었다. 그 딸은 용모가 아름다웠고 상냥한 마음을 갖고 있었다. 그래서 부모는 이 딸을 더할 나위 없이 귀여워하며 소중히 키웠다. 딸의 나이 열 □[3] 살 정도가 되자 필적이 다른 사람보다 뛰어났고 견줄 사람이 없을 정도로 와카和歌를 훌륭하게 읊었다. 또한 음악에도 정통하여 특히 쟁箏[4] 연주 솜씨가 뛰어났다.

1 * 불법의 참된 이치를 깨달아 모든 번뇌와 속박에서 벗어나 해탈을 얻음. 여기서는 뱀의 몸에서 정토(→ 불교)로 전생한 것을 말함.
2 주작대로朱雀大路의 서쪽 도읍. 우경右京.
3 연령을 명기하기 위한 의도적 결자.
4 현악기의 하나. 가늘고 긴 오동나무로 된 몸체 위에 13개의 현을 이어 기러기발로 조율하며 오른손에 깍지를 끼고 뜯어서 연주함.

그런데 그 집의 부지는 넓었고 안에는 노송나무 껍질로 지붕을 이은 집이 다수 있었다. 그 □[5]은 가지각색이었으며 매우 풍취가 있었다. 정원에 흐르는 물줄기도 멋스럽고 봄가을의 꽃이나 단풍의 모습도 아름다웠다.

이 같은 환경 아래에서 부모는 이 딸을 귀여워하며 나날을 보내고 있었는데, 딸은 꽃을 좋아하고 단풍을 즐기는 것만을 일과로 삼았다. 봄에는 안개 사이로 아름답게 핀 벚꽃을 볼 수가 있었고 푸른 버드나무의 늘어진 가지가 바람에 흔들리는 모습도 그냥 지나칠 수 없었다. 가을에는 단풍이 비단 옷감을 겹쳐 놓은 듯이 보이는 것도 진풍경이었으며 만발하게 핀 싸리나무에 이슬이 내리고, 울타리의 국화가 가지각색으로 변화해가는 모습 등도 정취가 있었다. 딸은 이들 중에서도 어떠한 연유인지 특히 홍매紅梅에 심취하여 이를 사랑하였다. 동쪽 별동別棟 앞 가까이에 붉은 매화를 심고 꽃이 필 무렵에는 아침 일찍부터 격자덧문[6]을 올리고 홀로 감상을 하며 다른 것에 마음을 두지 않고 이것만을 사랑했다. 그리고 밤이 될 때까지 그 아름다운 색과 향기에 취해 집 안에 들어가려고도 하지 않았다. 나무 옆에는 풀도 자라게 하지 않고 새도 머물게 하지 않았으며, 꽃이 질 때가 되면 나무 밑에 떨어진 꽃을 주어모아 칠기의 덮개에 넣어 언제까지나 그 냄새를 감상하였다. 바람이 부는 날에는 나무 아래에 자리를 깔고 꽃이 다른 곳에 떨어지지 않도록 모아 두었다. 얼마나 꽃을 사랑했는지 꽃이 말라 버리면 그것을 모아 향[7]에 섞어 그 향기를 즐길 정도였다. 이 같은 행동을 하는 한편으로 작은 홍매를 심고 꽃이 피는 것을 보고 한없이 즐거워하였다.

5 한자 표기를 위한 의도적 결자. 전후 문맥으로 보아 집을 꾸미는 '장식'이 해당될 것으로 추정.

6 원문에는 "格子". 침전구조寢殿造에서 바깥문表戶의 일종. 시토미蔀. 판자에 얇은 격재格材를 종횡으로 짜 맞추어 댄 것. 상하 두 장으로 되어 있음.

7 침沈, 백단白檀, 정자丁子 등의 향목의 분말을 개어 합친 것. 여기에 꽃잎을 섞어 향을 피워 홍매의 향기를 감상했음을 말함.

그러던 중, 이 딸이 왠지 모르게 건강이 좋지 않게 되어 큰 중병은 아니었지만 계속 자리에 누워 있게 되었다. 이윽고 시간이 흘러 어느샌가 병이 깊어지자 부모는 더할 나위 없이 한탄했지만 딸은 허무하게도 결국 세상을 뜨고 말았다. 부모는 통곡을 하며 애석해 했지만 언제까지 그대로 둘 수 없어 장례를 치렀고, 조의를 표하러 온 사람들도 각각 돌아갔다. 그 후 부모는 이 홍매를 볼 때마다 딸이 생각나 슬퍼서 어쩔 줄을 몰랐다.

그런데 이 나무 밑에 일 척 정도의 작은 뱀이 있었다. 모두가 '이것은 어디에나 있는 보통 뱀일 것이다.'라고 생각하였는데 다음 해 봄이 되자 이 나무 밑에 작년에 있었던 뱀이 나타났다. 나무를 휘감고 떨어지지 않았는데 꽃이 피고 그것이 지자, 뱀은 입에 꽃잎을 물고 한 곳에 모아두었다. 부모는 그것을 보고 '이 뱀은 죽은 딸이 환생한 것이다. 이 얼마나 불쌍한 일인가.'라고 생각하고 '저런 모습으로 변한 것은 끔찍하기 짝이 없도다.'라고 슬피 한탄하며 쇼반清範,[8] 곤쿠嚴久[9] 등 이루 말할 수 없이 훌륭한 강사講師[10]들을 초빙하여 이 나무 밑에서 『법화경法華經』[11]을 강講[12]하고 법화팔강法華八講을 행하기로 하였다. 그러자 그 뱀은 나무 밑을 떠나지 않고 첫째 날부터 강을 들었다. 『법화경』 제5권을 강하는 날[13]에는 쇼반이 강사가 되어 용녀龍女가 성불한 유래[14]를 설명하자 그 자리에 있는 사람들도 눈물을 흘리며 '존귀한 일이다.'라고 감동하며 듣고 있었는데 그 뱀은 나무 밑에서 그대로 죽어 버렸

8 → 인명.
9 → 인명.
10 → 불교.
11 → 불교.
12 → 불교.
13 『법화경法華經』 권5의 강설講說의 날. 3번째 날의 아침 강좌에 해당함. 권5의 제바달다품提婆達多品 제12에는 여인 왕생을 설하는 품으로 유명함.
14 『법화경法華經』 권5 첫 부분, 제바달다품 제12의 내용으로 사갈라娑竭羅 용왕의 8살 된 여자가 문수보살文殊菩薩의 가르침에 의해 석가 앞에서 남자로 변하여 남방의 무구세계無垢世界로 성불한 것. 이 용녀 성불은 여인왕생의 증거가 됨.

다.[15] 부모를 비롯하여 그곳에 있던 사람들은 이것을 보고 깊은 연민의 눈물을 흘렸다.

그 후 아버지의 꿈에 죽은 딸이 무척 더러운 옷을 입고 나타났다. 딸은 슬피 탄식하는 듯 했는데 거기에 존귀한 승려가 찾아와 그 옷을 벗게 하자 피부는 황금색으로 투명하였다. 승려는 훌륭한 옷과 가사를 입히고 친히 여자를 데리고 자색 구름[16]에 태우고 떠났다. 아버지는 이러한 꿈을 꾸고 깨어났다. 실로 이것은 오로지 『법화경』의 공덕[17]이다.

"뱀의 몸이라고는 하나 『법화경』을 설법하는 강좌에 참석하여 죽었기 때문에 『법화경』 청문의 공덕에 의해 뱀의 몸을 버리고 정토에 태어난 것이다."

라고 모두가 이야기하며 존귀하게 여겼다. 더구나 제5권째 날, 용녀성불龍女成佛의 설법을 할 때 죽었다는 사실은 이야기를 듣는 것만으로도 매우 감동적이라고 이렇게 이야기로 전하여 내려오고 있다 한다.

15 전 이야기에서도 뱀은 죽어서 정토에 왕생함.

16 부처, 보살이 내영來迎하실 때 타고 오는 자색의 구름. 정토왕생淨土往生을 나타내는 기서奇瑞.

17 → 불교.

⊙제43화⊙ 여자가 죽어 뱀의 몸으로 변해 법화경法華經을 듣고 득탈得脫한 이야기

女子死受蛇身聞法花得脱語第四十三

今昔、西ノ京ニ住ム人有ケリ。品不賤ヌ人也。一人ノ女子有リ。其ノ女子、形皃端正ニシテ心性柔和也。然レバ、父母此レヲ愛シテ、傅ク事無限シ。年十□歳許ニ成ルニ、手ヲ書ク事人ニ勝テ、和歌ヲ読事並ビ無シ。亦、管絃ノ方ニ心ヲ得テ、箏ヲ弾ズル事極メテ達レリ。

而ルニ、其ノ家広クシテ、檜皮葺ノ屋共数有リ。其□ヒ様々ニシテ尤モ興有リ。遣水ナド可咲クテ、春秋ノ花葉ナド面白シ。

而ル間、父母此ノ女子ヲ愛シテ過グルニ、女子花ニ目出、葉ヲ興ズルヨリ外ノ事無シ。其ノ中ニモ何ニ思エケルニカ有ケム、桜ノ花ノ霞ノ間ヨリ綻ビテ見エ、青柳ノ糸ノ風ニ乱タルモ不弊ラズ、秋ノ葉ノ錦ノ裁チ重タル様ナルモ見所有リ、小萩ガ原ノ露ニ霑チ、籬ノ菊ノ色々ニ移タルモ皆様々ニ可咲キヲ、只紅梅ニ心ヲ染テ、此レヲ翫ビケリ。東ノ台ノ前ヘ近ク紅梅ヲ殖ヘテ、花ノ時ニハ、早旦ニ鵮子ヲ上ゲテ、只独リ此レヲ見ツヽ、他ノ心無ク此レヲ愛シケリ。夜ニ至ルマデ媚キ匂ヲ目出デヽ、内ニ入ル事ヲセズ。木ノ辺ニハ草ヲモ不生サズ、鳥ヲモ不居ズシテ、花散ル時ニ成ヌレバ、木ノ下ニ落タル花ヲ拾ヒ集テ、塗タル物ノ蓋ニ入テ、程ド過ルマデ匂ヲ愛ス。風吹ク日ハ、木ノ下ニ畳ヲ敷テ、花ヲ外ニ不散ズシテ取リ集メテ置ク。切ナル思ヒニハ、花枯ヌレバ取集テ薫ニ交ゼテ匂ヲ取レリ。其ノ中ニモ、小キ木ヲ殖テ、此ガ花栄タルヲ見テ、他ノ事無ク興ジケリ。

而ル間、此ノ女子何ニトモ無ク悩マシ気ニテ、態トニハ無ケレドモ、日来煩ヒケリ。日員積リテ病ヒ重ク成ヌレバ、父母此レヲ無限ク歎クト云ヘドモ、墓無クシテ失ニケリ。父母無限ク泣キ悲デ惜ムト云ヘドモ、事限リ有レバ、葬送シテ後、人々別レニケリ。其ノ後、此ノ紅梅ノ木ノ下ヲ見ルニ付ケテモ、惜ミ悲ム事[一]無限シ。
而ル間、此ノ木ノ下ニ小サキ蛇ノ一尺許ナル有リ。「只有ル蛇ナメリ」ト人思フ程ニ、明ル年ノ春、此ノ木ノ下ニ去[二]年ノ蛇出来ヌ。木ヲ纏[三]テ不去シテ、花栄テ散ル時ニ、蛇口ヲ以テ花ヲ食[四]ヒ集テ一所ニ置ケルヲ、父母見テ、「此ノ蛇ハ、[五]早ウ[六]昔ノ人ノ成リタルニコソ有ケレ。哀レ悲シキ事カナ」ト思ヘドモ、「姿替テ有ルガ踈[七]キ事」ト歎キ悲デ、清範[八]、厳久[九]ナド云フ止事無キ智者共[一〇]ヲ請ジテ、此ノ木ノ下ニシテ法花経ヲ講テ、八講[一一]ヲ行ヒケリ。而ルニ、此ノ蛇木ノ下ヲ不去ズシテ、初メノ日ヨリ講ヲ聞ク。五巻[一二]ノ日、清範其ノ講師トシテ、[一三]竜女ガ成仏ノ由ヲ説キケルニ、実ニ聞ク人モ、涙ヲ流テ、「哀レ也」ト聞ケルニ、其ノ蛇木ノ下ニ有テ、其ノ座ニシテ[一四]死ニケリ。父母ヨリ始テ諸ノ人[一五]ノ、此レヲ見テ涙ヲ流シテ哀ブ事無限シ。

法華八講(春日権現験記)

其ノ後、父ノ夢ニ、有[一六]リシ女子極テ穢ク汙タル衣ヲ着テ、心ニ思ヒ歎キタル気色ニテ有ル程ニ、貴キ僧来テ、其ノ衣ヲ令脱メタレバ、膚ハ金ノ色ニシテ透キ通レルニ、微妙[一七]ノ衣ヲ及ビ袈裟ヲ令服メテ、僧自ラ女ヲ引キ立テ、紫[一八]ノ雲ニ乗セテ去ヌ、ト見テ夢覚ヌ。誠ニ此レ偏ニ法花ノ力也。「蛇ノ身也ト云ヘドモ、法花経ヲ説ク座ニ有テ死ヌレバ、疑ヒ無ク法花聴聞ノ功徳ニ依テ、蛇身ヲ棄テ、浄土ニ生ゼル也」ト皆人云ヒ貴ビケリ。何況ヤ[一九]、五巻ノ日、竜女成仏[二〇]ノ由ヲ説ク時死ヌル事ノ、聞クニ哀レニ悲シキ也トナム語リ伝ヘタルトヤ。

조보지定法寺의 별당別當이 법화경의 설법을 듣고 은혜를 입은 이야기

앞 이야기에 이어서 이것 또한 생전의 죄업에 의해 사도蛇道에 떨어진 승려의 이야기. 파계무참破戒無慙한 조보지定法寺의 별당別當인 승려가 사후 큰 독사로 전생轉生하여 헤아릴 수 없는 고통을 받았는데 로쿠하라미쓰지六波羅蜜寺의 법화 강설을 청문한 생전의 선업으로 인해 잠깐의 평온을 얻고, 더 나아가 처자에게 『법화경法華經』을 서사공양書寫供養하도록 한 공덕에 의해 사도의 고통을 벗어났다는 내용이다. 이야기의 의도는 『법화경』의 공덕이 깊다는 점에 있다.

이제는 옛이야기이지만, 호쇼지法性寺[1]의 남쪽에 조보지定法寺[2]라는 절이 있었다. 그 절에 별당別當[3]인 승려가 있었다. 그는 승려의 모습을 하고 있었지만 불·법·승의 삼보三寶[4]를 공경하지 않고 인과因果[5]의 도리를 이해하지 못했으며 항상 바둑이나 주사위 놀이를 좋아하여 그 방면의 사람을 모아서는 놀았다. 또한 많은 유녀遊女[6]나 구구쓰傀儡[7] 등의 가녀歌女[8]를 불러 노는

1 → 사찰명.
2 → 사찰명.
3 → 불교.
4 → 불교.
5 → 불교.
6 시라뵤시白拍子와 같은 유의 사람들로 가무나 음곡 등으로 사람들의 유흥을 돕는 여성. 때로는 매춘도 행하였음.
7 정처 없이 떠도는 예능자로 꼭두각시 인형을 노래에 맞춰 춤추게 하는 직업. 구구쓰의 아내는 유녀와 마찬

것을 일과로 삼았다. 게다가 부처님의 물건[9]을 멋대로 사적私的으로 썼으며 한 가지의 선행도 베풀지 않고 고기를 먹거나 술□[10]로 나날을 보내는 생활이었다.

그런데 그와 친한 승려로 비슷한 행동을 하는 자가 있었다. 그 자가 관음觀音의 날인 18일[11]에

"저는 오늘 기요미즈데라清水寺[12]에 참배하러 갑니다. 당신과 동행하고 싶은데 어떠십니까."

라고 말했다. 별당은 내키지 않았지만 모처럼의 권유를 거절하는 것도 좋지 않다고 생각하여 마지못해 승낙하고 같이 참배하였다. 돌아오는 길에 그 승려가

"오늘은 로쿠하라六波羅의 절에서 강[13]이 열립니다. 어떻습니까, 같이 가서 청문하지 않겠습니까."

라고 말했다. 그래서 별당은 승려의 말을 따라 절에 가서 『법화경法華經』[14]의 설법을 청문했다. 별당은 그 설법을 듣고 아주 잠깐이었지만 거룩한 느낌을 체험하고 돌아왔다. 별당은 일생 동안 그 이외의 선근善根[15]은 없었다.

한편 점차 세월이 흘러 별당은 병에 걸려 죽어 버렸다. 그 후 얼마 뒤에 별당의 처에게 악령惡靈[16]이 빙의하여 눈물을 흘리며 슬퍼하며 말했다.

가지로 가무, 음곡, 매춘 등을 행하였는데, 여기서는 구구쓰의 아내를 가리킴.

8 가무, 음곡으로 유흥 상대를 하는 여성. 유녀遊女.

9 부처님에게 속한 물품. 공양을 받은 재화나 물품. 권19 제22화에도 이와 같은 파계무참한 승려가 묘사되어 있음.

10 한자 표기를 위한 의도적 결자.

11 18일은 관음재일. 기요미즈데라清水寺는 관음의 영장으로 본존은 십일면관음임.

12 → 사찰명.

13 → 불교.

14 → 불교.

15 → 불교.

16 나쁜 영혼으로 재앙을 내리는 생령生靈이나 사령死靈. 여기서는 악도에 빠진 별당의 사령을 가리킴.

"나는 너의 남편이다. 나는 전생[17]에 악업[18]만을 좇아 선근善根을 수행하지 않았다. 그 때문에 나는 큰 독사의 몸으로 태어나 헤아릴 수 없는 고통을 받고 있다. 이 몸은 불에 타듯 뜨겁다.[19] 또한 많은 작은 독충이 내 몸의 비늘 안에 살면서 가죽이나 살을 빨아먹어 정말이지 견디기 힘들다. 또한 물이나 먹을 것이 필요해도 전혀 구할 수 없어서 항상 굶주리고 있다. 이 같은 고통은 도저히 이루 말할 수가 없다. 하지만 한 가지 선근 때문에 한 순간의 기쁨이 있다. 그것은 전생前生[20]에 다른 사람에게 이끌려 기요미즈데라에 참배하고 귀가하던 중, 로쿠하라의 절에 가서 『법화경』의 설법을 듣고 잠깐 동안이지만 거룩한 마음이 들었었다. 그 공덕[21]이 내 몸 안에 있어서 매일 오후 두 시경이 되면 로쿠하라의 방면에서 시원한 바람이 불어와 내 몸을 부채질해 준다. 그러면 뜨거움의 고통이 즉시 사라지고 작은 독충도 몸을 해치지 않는다. 그 순간이 지나면 나는 머리를 들고 꼬리로 대지를 두드리고 피눈물[22]을 흘리면서 생전의 일을 후회하고 원망한다. 나는 아무 공덕도 쌓지 않았지만 한 번의 『법화경』의 설법을 듣고 공경하였던 것에 의해 오랫동안 이러한 은혜를 입고 있다. 하물며 혹시 내가 일생 동안 공덕을 쌓았다면 이 같은 고통은 절대 받지 않을 것이며 극락[23]왕생을 못하지도 않았을 것이다. 『법화경』의 공덕은 헤아릴 수조차 없기에 나는 진정으로 이렇게 부탁한다. 너희들은 내가 이 고통에서 벗어나도록 『법화경』을 서사공양書寫供養하여 나를 구제하도록 하라. 나는 이것을 알리기 위해서 너에게 빙의하여 고

17 → 불교.
18 → 불교.
19 뱀이 받는 삼열三熱(→ 불교)의 고통(삼환의 하나. 열사熱砂 · 열풍으로 몸이 타는 고통).
20 명도冥途에서 볼 때 전생前生으로, 인간이었던 때.
21 → 불교.
22 깊은 비탄이나 회한 때문에 피가 섞인 눈물. 여기서는 깊은 참회와 후회의 눈물.
23 → 불교.

하는 것이다.”

처자는 이것을 듣고 슬피 울며 전 재산을 던져 진심을 담아 『법화경』 일부를 서사공양書寫供養하였다. 그러자 그 후 또 악령이 처에게 빙의하여

“너희들이 『법화경』을 서사공양한 공덕에 의해 나는 고통으로부터 크게 구원받았다. 나는 정말로 기쁘다. 이 은혜는 결코 잊지 않겠다.”

라고 말했다.

이것을 생각하면 실제로 부처의 공양물을 멋대로 쓰며 공덕을 쌓지 않고 이를 속죄하지 않은 것은 극히 어리석은 일이었다. 공덕을 쌓고 속죄를 했었다면 이같이 삼악도三惡道[24]에 떨어져 후회하며 슬퍼할 일은 결코 없었을 것이다.

도심道心이 있는 사람은 이를 깨달아, 오로지 공덕을 쌓고 무거운 죄가 되는 행동을 오랫동안 금해야 한다고 이렇게 이야기로 전하여 내려오고 있다 한다.

24 → 불교. 여기서는 축생도畜生道란 뜻.

⊙ 제44화 ⊙ 조보지定法寺의 별당別當이 법화경의 설법을 듣고 은혜를 입은 이야기

定法寺別当聞説法花得益語第四十四

今昔、法性寺ノ南ノ方ニ定法寺ト云フ寺有リ。其ノ寺ノ別当ナリケル僧有ケリ。形ハ僧也ト云ヘドモ、三宝ヲ不敬ズ、因果ヲ不悟ラズシテ、常ニ碁双六ヲ好テ、其ノ道ノ者ヲ集メテ遊ビ戯ル。亦、諸ノ遊女傀儡等ノ歌女ヲ招テ詠ヒ遊ブヲ常ニ業トス。恣ニ仏物ヲ取リ仕ヒテハ、一善ヲ不修ズシテ、肉食酒□ヲ以テ日ヲ送ル。

而ル間、得意トスル僧ノ同様ナル有リ。十八日ニ云ク、「我レ今日清水へ参ル。君ヲ相ヒ具シテ参ラムト思フ。何ニ」ト。別当、心ニ非ズト云ヘドモ、僧心ニ不違ジト思フ故ニ、惣ニ可参キ由ヲ請テ、相ヒ具シテ参ヌ。還向ズル時、僧ノ云ク、「今日、六波羅ノ寺ニ講有リ。去来給へ。参テ聴聞セム」ト。然レバ、別当、僧ノ云フニ随テ、寺ニ入テ法花経ヲ講ズルヲ聴聞ス。別当、法ヲ説クヲ聞テ、一念貴シト思テ返ヌ。別当一生ノ間此ノ外ノ善根無シ。

而ル間、年月漸ク積テ、別当身ニ病ヲ受テ死ヌ。其ノ後、程ヲ経テ、別当ガ妻ニ悪霊託テ、涙ヲ流シテ泣キ悲デ云ク、「我ハ此レ汝ガ夫也。前生ニ悪業ヲノミ好テ、善根ヲ修スル事無カリキ。此ニ依テ、我レ大毒蛇ノ身ヲ受テ、苦ヲ受ル事量無シ。[二四]身ノ熱キ事火ニ当ルガ如シ。亦、多ノ毒ノ小虫、我ガ身ノ[二五]鱗ノ中ヲ棲トシテ、皮肉ヲ[二六]唼スヒ噉フニ、難堪シ。亦、水食ヲ求ムト云ヘドモ、極テ難得クシテ常ニ乏シ。如此クノ苦不可云尽ズ。但シ、一ノ善根ニ依テ、只一時ノ楽ヲ受ク。生タリシ時、人ニ伴ナヒテ清水ニ参テ還向ノ次ニ、六波羅ノ寺ニ入テ法花経ヲ講ゼシニ、聞テ、一念貴シト思ヒキ。其ノ功徳我ガ身ノ中ニ有テ、毎日ノ未時ニ六波羅ノ方ヨリ涼シキ風吹来テ、我ガ身ヲ扇グニ、熱キ苦ミ忽ニ止テ、毒ノ小虫身ヲ不噉ズシテ、[二七]一時ヲ経テ、我レ頭ヲ上ゲ尾ヲ叩テ、[二八]血ノ涙ヲ流シテ、[二九]生リシ時ノ事ヲ悔ヒ恨ム。功徳不修ズト云ヘドモ、一度法花ヲ講ゼシヲ聞テ、貴シト思ヒシニ依テ、年来ノ[三〇]間ダ、此ノ利益ニ預ル。[三一]何況ヤ、我レ一生ノ間功徳ヲ修シタラマシカバ、[三二]如此クノ苦ニ預カラマシヤハ。亦、極楽ニモ不参ザラムヤ。[三三]但シ、我レ[三四]願フ所ハ、[三五]法華経ノ功徳量無シ、汝等、我ガ此苦ヲ救ハムガ為ニ、法花経ヲ書写供養ジ奉テ、我ヲ助ケヨ。[三六]我レ、此ノ事ヲ示サムガ為ニ、汝ニ託テ告グル也」ト云フ。

妻子、此レヲ聞テ泣キ悲ムデ、[一]随分ノ貯ヲ投棄テ、心ヲ至シテ法華経一部ヲ書写供養ジ奉リツ。[二]其ノ後、亦悪霊妻ニ託テ云ク、「我レ、汝等ガ法花経ヲ書写供養ジ奉レル力ニ依テ、苦ヲ受ル事、多ク助カリニケリ。[三]我レ喜ブ所也。更ニ此ノ恩難忘シ」トゾ云ヒケル。

[四]此レヲ思フニ、実ニ仏物ヲ恣ニ欺用シテ、功徳ヲ不修ズシテ此レヲ不償ザル事、極テ愚也。[五]如此ク[六]三悪道ニ堕テ悔ヒ悲マムヤハ。

[七]心有ラム人ハ此レヲ知テ専ニ功徳ヲ修シテ永ク罪障ヲ可止シトナム語リ伝ヘタルトヤ。

금석이야기집今昔物語集

권 14

【三寶靈驗】

주지主旨 본권의 전반부는 앞 권에 이어『법화경法華經』의 서사書寫·지경持經·독송讀誦의 공덕功德을 기술한 것. 후반부는 명도冥途에서 되살아 돌아온 이야기를 포함하여『심경心經』,『금강반야金剛盤若』,『인왕경仁王經』,『방광경方廣經』,『열반경涅槃經』등의 위력을 비롯하여,「청우경淸雨經」,「다라니陀羅尼」등 진언眞言 계통의 경전, 또 진언비밀의 영험함을 다룬다.

권14 제1화

무쿠無空 율사律師를 구하기 위해 비와枇杷 대신大臣이 법화경法華經을 서사書寫한 이야기

무쿠無空 율사律師가 장례비용으로 쓰려고 천정에 숨기고 잊은 돈을 사후에 집착하여 그것을 지키는 뱀으로 전생轉生했는데, 꿈에서 좌대신左大臣 후지와라노 나카히라藤原仲平에게 고뇌를 호소하여 『법화경法華經』 서사書寫 공양을 받아 극락왕생한 이야기. 이것은 유사 모티브를 가진 권13 마지막 세 이야기의 뒤를 잇고 있다. 금전에 집착하여 사후에 뱀이 되고 생전의 금전을 지킨다는 이야기는 유형적인 것으로, 본권 제4화도 같다. 오래된 자료로 『현우경賢愚經』 권4 · 칠병금시품七瓶金施品 제18(『경률이상經律異相』 48 · 충축생부하蟲畜生部下에도 인용됨)에도 볼 수 있는데, 이것과 밀접하게 관련된 황금이 뱀으로 변한 이야기도 매우 유형적이다. 오래된 자료로 『대장엄론경大莊嚴論經』 권28, 돈황본敦煌本 구도흥句道興 찬撰 『수신기搜神記』 제29화 등에 보이며, 일본 민담에도 '천복지복天福地福', '돈은 뱀金は蛇' 등이 있어 널리 알려진 이야기이다.

이제는 옛이야기이지만[1] 히에이 산比叡山에 무쿠無空[2] 율사律師라는 사람이 있었다. 어릴 적 이 산에 올라 출가했는데, 그 이후 계율을 깨는 일이 없었다. 또 심성이 정직하고 도심道心이 깊었기에, 승강僧綱[3]의 자리에까지 올랐

1 이 이야기는 출전(부록 '출전 · 관련자료 일람' 참조)에 비해 전체적으로 부연 · 윤색이 많이 되었음.

2 → 인명. 이 이야기에서 무쿠無空가 히에이 산比叡山의 승려로 되어 있는 것은 의심스러움. 『법화험기法華驗記』가 히에이 산 승려 진겐鎭源의 찬술서撰述書로 히에이 산 승려의 전승이 많이 수록된 것으로 유추한 편자의 오기誤記일 것으로 판단됨.

3 → 불교. 여기서는 율사로 임명된 것을 가리킴.

다. 현세[4]의 영화나 명예는 단호히 버리고 오로지 후세[5]의 보리菩提[6]를 기원하고 있었다. 그 까닭에 절에 틀어박힌 채 그저 한결같이 게을리하는 법 없이 염불[7]을 계속 외울 뿐으로 이것을 일생의 근행勤行으로 하였다. 항상 먹고 입는 것이 모자라 그 생활상은 실로 빈한貧寒했으니, 하물며 승방僧房에는 티끌만큼이라도 비축한 것이 있을 리 없었다.

그런데 우연히도 이 율사가 일만一萬이나 되는 돈을 손에 넣었다. 그때 율사에게 한 가지 생각이 떠올랐다.

'내가 죽으면 제자들은 분명 곤란해 할 것이다. 그러니 이 돈을 아무도 모르게 숨겨두고 내 사후 비용으로 하자. 그리고 죽기 직전에 제자들에게 알려주자.'
라고 생각하고, 돈을 승방 천정 위에 몰래 감춰 두었다. 제자들은 이 사실을 조금도 몰랐다. 그러던 중 율사는 병이 들어 병상에서 신음하고 있는 동안 이 돈을 숨긴 사실도 잊고 말았고, 제자들에게 알려주지 않고 세상을 떠나고 말았다.

그 무렵, 비와枇杷 대신大臣[8]이라는 분이 계셨다. 그 이름은 나카히라仲平라고 했다. 이 분은 율사와 오랜 세월 사승師僧과 단나檀那 사이로 친교를 맺고 있었고, 무슨 일이든지 의논 상대가 되어 주었기에 율사가 세상을 떠난 것을 특히 슬퍼하고 있었다. 그 대신이 꿈을 꾸었다. 율사가 더러운 옷을 입고 아주 쇠약한 모습으로 나타나

4 → 불교.
5 → 불교.
6 → 불교. 여기서는 극락왕생과 같은 의미.
7 → 불교.
8 → 인명. 좌대신左大臣 후지와라노 나카히라藤原仲平. 비파枇杷를 좋아하여, 집 안에 심었던 것에서 이러한 칭호가 붙었음.

"저는 생전에 오로지 염불을 외는 것을 근행으로 삼고, '반드시 극락[9]에 태어나자'라고 생각하고 있었습니다만, 제게 모아둔 재산이 없었기에 '내 사후에 제자들이 곤란할 것이리라.'는 생각을 하고, 일만의 돈을 사후 비용으로 충당하고자 승방 천정에 숨겨 두었습니다. '죽기 직전에 이것을 제자들에게 알려주자.'고 생각하고 있었습니다만, 병으로 신음하다가 그만 그 사실을 잊고, 알려주지 못하고 죽고 말았습니다. 아직도 아무도 그것을 모릅니다. 이 돈을 걱정한 죄로 저는 사후 뱀의 몸蛇身이 되어 돈을 둔 곳에 머물며 극심한 고통을 받고 있습니다. 저는 생전 당신과 내난히 친했습니다. 부디 그 돈을 찾아내어 그것으로 『법화경法華經』[10]을 서사書寫 공양하여 이 고통으로부터 구원해 주소서."

라고 말했다. 비와 대신은 이런 꿈을 꾸고 깨어났다.

대신은 몹시 슬퍼하며 다른 사람을 보내지 않고, 그 즉시 친히 히에이 산에 올라 율사의 승방으로 가서 천정에 사람을 올라가게 하여 찾게 하시자, 정말로 꿈의 계시대로 돈이 있었다. 뱀이 그 돈을 휘감고 있었고 사람을 보자마자 도망쳐 떠났다. 이렇게 해서 대신은 승방에 있는 제자들에게 이 꿈의 계시를 이야기 하시니, 제자들은 이것을 듣고서 한없이 슬피 우는 것이었다.

대신은 도읍으로 돌아가 서둘러 이 돈을 가지고 『법화경』 한 부를 서사 공양하셨다. 그리고 나서 얼마 후 대신의 꿈에 그 율사는 깨끗한 법의[11]를 입고, 손에 향로香爐[12]를 들고 나타나 대사를 향해,

9 → 불교.

10 → 불교.

11 원문에는 "法眼(→ 불교)"으로 되어 있으나 『법화험기』는 "의복", 『왕생극락기』는 "법복法服"이라고 되어 있음. 법복의 오기로 추정. 법복은 승려의 착의.

12 → 불교.

"저는 당신의 은혜로 사도蛇道에서 벗어났으며, 동시에 오랜 세월 염불한 공덕으로 이제 극락에 갈 수 있게 되었습니다."
라고 말하고 서쪽을 향해 날아가는 것이었다. 대신은 이런 꿈을 꾸고 깨어났다.

그 후 대신은 기쁘고 존귀하게 여기셔서 널리 세간에 이야기하신 것을 듣고 전하여 이렇게 이야기로 전하여 내려오고 있다 한다.

⊙제1화⊙
무쿠無空 율사律師를 구하기 위해 비와枇杷 대신大臣이
법화경法華經을 서사書寫한 이야기

為救無空律師枇杷大臣写法花語第一

今昔、比叡ノ山ニ無空律師ト云フ人有ケリ。幼クシテ山ニ登テ出家シテ後、身ニ犯ス所無シ。亦、心正直ニシテ道心深カリケリ。然レバ、僧綱ノ位マデ成ケレドモ、遂ニ現世ノ栄花名聞ヲ永ク棄テ、、後世ノ菩提ヲ偏ニ願フ。此ニ依テ、本山ニ籠居テ念仏ヲ唱ヲ業トシテ、怠ル事無シ。此レ一生ノ間ノ勤也。亦、常ニ衣食ニ乏クシテ、更ニ憑ム方無シ。何況ヤ、房ニ一塵ノ貯ヘ有ラムヤ。

而ルニ、律師銭万ヲ自然ラ得タリ。其ノ時ニ、律師ノ思ハク、「我レ死ナム時ニ、弟子共必ズ煩ヒ有リナム。然レバ、此ノ銭ヲ人ニ不令知ズシテ隠シ置テ、没後ノ料ニ充テム。只、死ナム時ニ臨デ、弟子共ニ令告知ム」ト思テ、房ノ天井ノ上ニ窃ニ隠シ置。其ノ後、弟子共敢テ此ノ事ヲ不知ズ。而ル間、律師身ニ病ヲ受テ悩ミ煩フ間、此ノ銭隠シ置タル事ヲ忘レテ、弟子共ニ不告知ズシテ、遂ニ死ヌ。

其時ニ、枇杷ノ大臣ト云フ人在マス。名ヲバ仲平ト云フ。此ノ人、彼ノ律師ト年来師檀ノ契リ深クシテ、万事ヲ憑テ過ギ給ヒケル間、律師ノ失タル事ヲ殊ニ歎キ思給ケルニ、大臣ノ夢ニ、律師、衣服穢気ニ形皃衰ヘ、弊クシテ、来テ云ク、「我レ生タリシ時、偏ニ念仏ヲ唱フルヲ以テ業トシテ、『必ズ極楽ニ生レム』ト思ヒシニ、我ガ身ニ貯ヘ無カリシニ依テ、『没後ニ弟子共煩ヒ有リナム』ト思テ、銭万ヲ没後ノ料ニ充テムガ為ニ、房ノ天井ノ上ニ隠シ置タリキ。『死ナム時ニ臨デ、弟子共ニ令告知ム』ト思給ヒシニ、病ニ煩ヒシ間、其ノ事忘レテ、不告ズシテ死ニキ。于今其ノ事ヲ知ル人無シ。己レ其ノ罪ニ依テ、蛇ノ身ヲ受テ、銭ノ所ニ有テ苦ヲ受ル事量無シ。己レ生タリシ時、君ト契ヲ成ス事深リキ。願クハ、君彼ノ銭ヲ尋ネ取リ給テ、法花経ヲ書写供養ジテ、我ガ此ノ苦ヲ救ヒ給ヘ」ト云フ、ト見テ夢覚ヌ。

其ノ後、大臣歎キ悲デ、[九]忽ニ、使ヲバ不遣ズシテ、自ラ山ニ登テ、律師ノ房ニ行テ、人ヲ以テ天井ノ上ヲ令見メ給フニ、実ニ夢ノ告ノ如ク銭有リ。銭ノ中ニ、[一〇]蛇銭ヲ[一一]纏テ有リ。人ヲ見テ逃去ヌ。[一二]大臣房ニ有ル弟子共ニ此ノ夢ノ告ヲ語リ給ヘバ、弟子共此レヲ聞テ、泣キ悲ム事無限シ。

大臣京ニ返テ、忽ニ此ノ銭ヲ以テ法花経一部ヲ書写供養ジ給テ、其後、程ヲ経テ、大臣ノ夢ニ、彼ノ律師[一三]法眼[一四]鮮ニシテ、手ニ[一五]香炉ヲ取テ来テ、大臣ニ向テ云ク、「我レ君ノ恩徳ニ依テ、蛇道ヲ免ル、事ヲ得テ、[一六]年来ノ念仏ノ力ニ依テ、今極楽ニ参レル也」ト云テ、西ニ向テ飛ビ去ヌ、ト見テ夢覚ヌ。

[一七]其ノ後、大臣喜ビ貴ビ給テ普ク世ニ語ルヲ聞キ継テ、語リ伝ヘタルトヤ。

권14 제2화

시나노 지방信濃國의 뱀과 쥐를 위해 법화경法華經을 서사書寫하여 고통에서 구해준 이야기

시나노信濃 국수國守 아무개가 임무를 마치고 상경하던 도중 꿈의 계시에 의해, 따라다니던 뱀이 옷을 보관하는 상자에 숨어든 쥐와 숙적 관계인 것을 알고, 『법화경法華經』을 서사書寫 공양하여 뱀과 쥐 모두 도리천忉利天으로 전생轉生시킨 이야기. 앞 이야기에 이어 『법화경』 서사 공양의 공덕담으로, 사신蛇身 왕생의 모티브를 매개로 하여 앞 이야기 및 다음 이야기와 연결된다.

이제는 옛이야기이지만, □[1] 천황天皇의 치세에 시나노信濃[2] 국수國守 □의 □[3]란 사람이 있었다. 임국인 시나노 지방에 내려와 임기가 끝나서 상경上京하게 되었는데,[4] 돌아가는 도중 커다란 뱀 한 마리가 일행을 쫓아왔다. 국수가 어딘가에 멈춰서 휴식을 취하시자, 뱀도 똑같이 멈춰서 덤불 속에 있었다. 낮에는 일행을 앞서거니 뒤서거니 하며 따라왔고, 밤에는 옷을 보관하는 상자 아래에서 몸을 서렸다. 종자從者들이 "참으로 불가사의한 일이다. 죽여 버리자."라고 말했지만, 국수는 "절대로 죽여서는 안 된다. 분명 무슨 사정이 있을 것이다."라고 말하고 마음속으로 이렇게 기원했다.

1 천황天皇의 이름 명기를 위한 의도적 결자.
2 → 옛 지방명.
3 시나노信濃 국수國守의 성명 명기를 위한 의도적 결자. '시나노 장관 아무개'(『법화험기法華驗記』).
4 국사의 임기는 4년이며 그것이 끝난 것임.

'이렇듯 뱀이 절 따라옵니다만, 이것은 이 지방의 신기神祇이신지, 혹은 악령이 지벌을 내리려고 쫓아오는 것인지 저로서는 알 수 없습니다. 제가 설령 과오[5]를 범했다 해도 평범한 사람인 저로서는 그것을 이해하기 어렵습니다. 부디 속히 꿈속에서 알려 주소서.'

이렇게 기원하며 잠든 그날 밤 꿈에 반점 무늬[6]의 스이칸水干 하카마袴[7]를 걸친 남자가 나타나 국수 앞에 무릎을 꿇고

"제 오랜 원수인 남자가 이전부터 이 옷을 보관하는 상자 속에 있습니다. 그 남자를 죽이려고 매일 당신 곁에 붙어 있는 것입니다. 만약 그 남자를 저에게 넘겨주신다면 이곳에서 바로 물러가겠습니다."

라고 말하는 것을 꾸고 꿈에서 깨어났다.

날이 밝자 국수는 이 꿈을 종자들에게 이야기하고 바로 옷을 보관하는 상자를 열어보았더니, 밑바닥에 늙은 쥐가 한 마리 있었다. 몹시 두려워하고 있는 모습으로, 사람을 봐도 도망치려 하지 않았고 상장 밑바닥에 웅크리고 움직이지 않고 있었다. 종자들은 이것을 보고 "이 쥐를 얼른 버려 버립시다."라고 말했다. 국수는 '이 뱀과 쥐는 전세부터 원수였던 것이다.'라고 알아차리고, 갑자기 깊은 자비심이 솟아났다. 국수는

'만약 이 쥐를 버린다면 필시 뱀에게 먹혀버리고 말겠지. 선근善根[8]을 쌓아 뱀과 쥐 양쪽 모두를 구해주자.'

고 마음먹고 그곳에 머물러 그들을 위해 하루 동안 『법화경法華經』[9] 한 부를 서사書寫[10]하여 공양하고자 했다. 많은 종자가 각각 서사했기에 하루 만에

5 죄를 범하거나 부정不正을 행하는 것.
6 이것은 뱀의 표피의 반점에서 온 발상으로 추정.
7 풀을 쓰지 않고 물칠을 한 것을 말린 비단 하카마袴. 민간에서 남자들의 평복이었음.
8 → 불교. 여기서는 『법화경法華經』의 서사書寫 공양을 가리킴.
9 → 불교.
10 하루 사이에 『법화경』 한 부를 서사 공양하는 것. 또한 그 경을 일일경一日經이라고 함. 그 공덕은 무량하다

다 쓸 수 있었고, 곧바로 데리고 있던 승려에게 명해 그들을 위해 정식으로 훌륭한 공양을 행했다.

그러자 그날 밤 국수의 꿈에 남자 두 명이 나타났다. 두 사람 모두 훌륭한 모습으로 미소를 머금고 정결한 의상을 몸에 두르고 있었다. 국수 앞으로 나와 정중하게 인사하고

"저희들은 전세에 원수가 되어 줄곧 서로를 죽였습니다. 그래서 '이번에도 상대를 죽이자.'고 생각하여 따라왔습니다만, 당신께서 자비심을 가지고 저희들을 구원해 주려고 하루 동안 『법화경』을 서사하여 공양해 주셨습니다. 이 선근의 공덕으로 저희들은 축생畜生의 과보果報[11]에서 벗어나 이제 도리천忉利天[12]에 태어나려 하고 있습니다. 이 광대한 은혜는 영겁의 세월이 지나도[13] 보답할 수 없겠지요."

이렇게 말하고 두 사람 모두 하늘로 올라갔는데, 그 사이에 미묘한 음악 소리가 하늘에 가득 차는 꿈을 꾸고 깼다.

날이 새고 나서 보니 그 뱀이 죽어 있었다. 또 옷을 보관하는 상자 밑바닥을 보니 쥐 역시 죽어 있었다. 이것을 본 사람은 모두 더할 나위 없이 존귀하게 생각하였다. 진정 이 국수의 마음은 보기 드물게 훌륭하다. 생각건대, 국수도 영겁永劫에 걸친 선지식善知識[14]이었던 것이리라. 또한 『법화경』의 공덕도 참으로 불가사의하다. 이 이야기는 시나노 국수가 도읍에 올라와 이야기한 것을 듣고 전하여 이렇게 이야기로 전하여 내려오고 있다 한다.

고 하며, 남도南都에서는 다이안지大安寺의 곤소勤操 승정僧正이 시작했다 함(『잡담집雜談集·7』).

11 '축생畜生'(→ 불교). 축류畜類의 몸을 받는 과보. 『법화험기』에서는 "죄보罪報"라고 되어 있음.

12 → 불교. 『법화경』 권8·권발품勸發品 제28에는 서사 공양을 하면 사후에 반드시 도리천에 태어날 것이라는 내용이 있음.

13 원문은 "세세생생世世生生".

14 → 불교. 여기서는 불연佛緣으로 맺어진 선우善友라는 뜻. 뱀과 쥐가 서로에게 선지식이었던 것은 원수라는 숙연宿緣으로 인해 도리천에 왕생하는 선과善果를 얻었다는 사실로 알 수 있음. 더불어 시나노 국수 또한 현세뿐만이 아니라 머나먼 과거세過去世부터 뱀이나 쥐와 맺어진 선지식이었을 것이라고 말하고 있음.

⊙제2화⊙
시나노 지방信濃國의 뱀과 쥐를 위해 법화경法華經을 서사書寫하여 고통에서 구해준 이야기

信濃国為蛇鼠写法花救苦語第二

今昔、□天皇ノ御代ニ、信濃ノ守□ノ□ト云フ人有ケリ。任国ニ下リ、畢ル事有リ。大ナル蛇有テ、此御上道ノ御共ニ付テ来ル。留リ給フ所有レバ、蛇モ留テ、藪中ニ有リ。昼ハ前後ニ随テ副テ来ル。夜ハ御衣櫃ノ下ニ蟠リ居ヌ。

「此レ、極テ怪キ事也。此レヲ殺テム」ト云ヘバ、守ノ云ク、「更ニ不可殺ズ。此レ定テ様有ル事ナラム」ト云テ、心ノ内ニ念ジ祈ル様、「此ノ蛇ノ追来ル事ハ、国ノ内ノ神祇ニ在マスカ、亦ハ悪霊ノ祟ヲ成シテ追テ来レルカ。我レ更ニ此事ヲ不知ズ。譬ヒ我レ誤ツ事有リト云フトモ、凡夫此ヲ難知シ。速ニ夢ノ中ニ示シ給ヘ」ト念ジテ寝タル夜、守ノ夢ニ、斑ナル水旱袴着タル男来テ、守ノ前ニ跪テ申シテ云ク、「我ガ年来ノ怨敵ノ男、既ニ御衣櫃ノ中ニ籠居タリ。彼ノ男ヲ害セムガ為ニ日来副ヒ奉テ来レリ。若シ彼ノ男ヲ得テバ、此ヨリ可罷返シ」ト云、ト見テ夢覚ヌ。

夜曉テ、守此ノ夢ヲ共ノ者共ニ語テ、忽ニ衣櫃ヲ開テ見ルニ、底ニ老鼠一有リ。極テ恐レタル気色ニシテ、人ヲ見ルト云ヘドモ不逃ズシテ、衣櫃底ニ曲リ居リ。共ノ者共此レヲ見テ云ク、「此ノ鼠ヲ速ニ放テ棄テム」ト。守、「此ノ蛇鼠宿世ノ怨敵也ケリ」ト知テ、忽ニ慈ビノ心深クシテ、「若シ、此ノ鼠ヲ棄テム、蛇ノ為ニ必ズ被呑ナムトス。然レバ、只善根ヲ修シテ、蛇鼠ヲ共ニ救ハム」ト思テ、其ノ所ニ留テ、彼等ガ為ニ一日ノ内ニ法花経一部ヲ書写供養ジ奉ラムトス。共ノ多ノ人、手毎ニ書ク間ニ、一日ノ内ニ皆書キ出シ奉ツレバ、即チ、具セル所ノ僧ヲ以テ専ニ彼等ガ為ニ法ノ如クニ供養ジ奉リツ。

其ノ夜、守ノ夢仁二人ノ男有リ。皆形貌直クシテ、咲ヲ含テ微妙ノ衣ヲ着テ、守ノ前ニ出来テ、敬ヒ畏リテ守ニ申シテ云ク、「我等、宿世ニ怨敵ノ心ヲ結テ、互ニ殺害シ来レリ。

然[一]レバ、『今度殺害セム』ト思テ追テ来ル間、君、慈心ヲ以テ我等ヲ救ガ為メニ、一日ノ内ニ法花経ヲ書写供養ジ給ヘリ。此ノ善根ノ力ニ依テ、我等畜生ノ[二]報ヲ棄テ、今、忉利[三]天上ニ可生シ。此ノ広大ノ恩徳、世々[四]生々ニモ報ジ不可尽」ト云テ、二人共ニ空ニ昇ヌ。其ノ間、微妙ノ音楽ノ音空ニ満テリ、ト見テ夢覚ヌ。

夜曙テ後見ルニ、彼ノ蛇死タリ。亦、衣櫃ノ底ヲ見ルニ、鼠モ死タリ。此[五]レヲ見ル人、皆貴ビ悲ム事無限シ。実ニ守ノ心難有シ。其[六]レモ、世々生々ノ善知識[七]ニコソハ有ラメ。亦、法花経ノ威力不可思議也。守[八]ノ京ニ上テ語ルヲ聞キ継テ、如此ク語リ伝ヘタルトヤ。

권14 제3화

기이 지방紀伊國의 도조지道成寺의 승려가 법화경法華經을 서사하여 뱀을 구한 이야기

안친安珍·기요히메淸姬로 저명한 도조지道成寺 설화의 가장 빠른 시기의 자료로, 구마노를 참배하러 갔던 젊은 승려를 연모한 기이 지방紀伊國 무로 군牟婁郡의 여인이 승려가 약속을 지키지 않아 분노하여 큰 뱀으로 변해서 도조지의 대종大鐘으로 도망가 숨은 승려를 태워 버린 이야기. 결말은 앞 이야기와 같이 사도蛇道에 빠진 두 사람이 도조지의 노승에게 의뢰하여 『법화경法華經』의 서사공양書寫供養을 받아 도리천忉利天에 전생轉生했다고 한다. 이 이야기는 도조지 승려의 창도唱導 등도 있어서 다양한 부연敷衍·윤색潤色을 거치면서 세상에 유전流傳되며 널리 사람들의 입에 회자膾炙되었다.

이제는 옛이야기이지만, 구마노熊野[1] 참배에 나선 승려 두 사람이 있었다. 한 사람은 노인이었고 다른 한 사람은 나이가 젊고 용모가 수려한 승려였다. 무로 군牟婁郡[2]까지 와서 어느 민가를 빌려 두 사람이 함께 머물게 되었다. 그 집 주인은 남편이 없는 젊은 여자[3]로 하녀가 두세 사람 정도 있었다.

이 주인 여자가 집에서 머무는 젊고 아름다운 승려를 보고 깊은 애욕의 마음을 일으켜 정성껏 시중을 들고 대접했다. 그리하여 밤이 되어 두 사람

1 구마노熊野(→ 사찰명) 세 곳의 권현權現을 가리킴.
2 기이 지방(→ 옛 지방명) 무로 군은 현재 동서東西(와카야마 현和歌山縣), 남북南北(미에 현三重縣)으로 분할.
3 원문은 "寡"로 되어 있음. 미망인에 한정되지 않고 미혼자를 포함한 넓은 의미의 혼자인 여자를 이름.

의 승려는 잠이 들었다. 그러자 한밤중에 주인 여자가 슬며시 젊은 승려가 자고 있는 곳으로 기어가서, 입고 있던 옷을 승려의 위에 걸쳐 놓고 그 옆으로 다가가 누워 승려의 몸을 흔들어 잠을 깨웠다. 승려는 깜짝 놀라며 눈을 뜨고는 이 상황에 두려워하며 난감해 했다. 여인이 말했다.

"저는 지금까지 집에 타인을 묵게 한 적이 전혀 없었습니다. 그렇지만 오늘 밤 당신을 머물게 했던 것은 낮에 당신을 처음 뵈었을 때부터 이분을 지아비로 삼겠다고 마음속으로 깊이 결심했기 때문입니다. 그래서 '당신을 묵게 해서 내 소원을 이루어야겠다.'고 생각해서 이렇게 찾아뵙게 된 것이옵니다. 부디 저를 애처롭게 여겨 주시옵소서."

이를 듣고는 승려는 몹시 놀라 두려워하며 일어나서 여인을 향해

"아니, 실은 제게는 숙원이 있어서 최근에 줄곧 심신心身을 정진精進[4]하며, 머나 먼 길을 걸어서 구마노 권현權現을 참배하고자 합니다만, 이곳에서 갑자기 그 숙원을 저버리는 것은 서로가 무거운 죄[5]를 짓게 되는 일이 될 것입니다. 그러니까 당신은 당장이라도 그러한 마음을 버려주십시오."

라고 말하며 한사코 여인을 물리쳤다. 그러자 여인은 크게 원망하며 밤새도록 승려를 껴안고 유혹했지만 승려는 이러저러한 말로 여인을 달래며

"저는 당신의 말씀을 거절하는 것이 아닙니다. 그러니 이제부터 구마노에 참배하고 이삼일 안에 등명燈明과 어폐御幣[6]를 바치고 돌아올 것입니다만 돌아와서 당신의 말에 따르도록 하겠습니다."

라고 약속했다. 여인은 약속을 믿고 자신의 방으로 돌아갔다. 이윽고 날이 밝자 승려는 이 집을 떠나 구마노로 향했다.

4 행위를 삼가며 몸과 마음을 청정하게 유지하는 일.
5 파계破戒 행위에 대한 구마노 권현의 신려神慮를 두려워해서 이렇게 말한 것.
6 옛날에는 신에게의 공물供物을 총칭했지만 여기서는 종이나 마麻를 잘라 가늘고 긴 나무에 끼운 것.

그 후, 여인은 약속한 날을 손꼽아 기다리면서 딴 생각도 하지 않고 오로지 승려를 그리워하며 여러 가지 준비를 하고 기다리고 있었다. 하지만 승려는 돌아오는 도중에 이 여인을 두려워하여 집 근처에도 다가가지 않고 다른 길을 통해 도망쳐 버렸다. 여인은 아무리 기다려도 승려가 나타나지 않기에 기다리다 지쳐 길가로 나가서 지나가는 사람들을 붙잡고 물어보았는데 어쩌다 구마노에서 온 승려가 있었다. 여인은 그 승려에게

"이러이러한 색의 옷을 입은, 한 사람은 젊고 한 사람은 나이 든 두 사람의 승려가 구마노에서 돌아오지 않았습니까?"

라고 물었다. 승려는 "그 두 승려는 벌써 이삼일 전에 돌아갔습니다."라고 대답했다. 여인은 이를 듣고 손뼉을 탁 치고[7] '그렇다면 다른 길로 도망가 버린 게로구나.'라고 생각하고는 크게 분노하며 집으로 돌아가 침실에 틀어박혀 버렸다. 그리고 아무 소리도 내지 않고 잠시 있더니 이내 죽어 버렸다.[8] 이 집의 하녀들이 이를 발견하고 슬퍼하고 있자, 갑자기 다섯 발[9] 정도 되는 독사毒蛇가 침실에서 나왔다. 집을 나와 길로 기어가, 구마노에서 돌아오는 길을 따라 달려갔다. 사람들은 이를 보고 매우 두려워하며 공포에 떨었다.

한편, 예의 두 사람의 승려는 한참 앞쪽을 걷고 있었는데 우연히 어떤 사람에게 이야기를 듣게 되었다.

"요 뒤쪽에 기괴한 일이 있어났습니다. 다섯 발 정도나 되는 큰 뱀이 나와 산과 들을 넘어 빠르게 기어오고 있습니다요."

두 사람의 승려는 이를 듣고

7 강하게 충격을 받았을 때 등 무의식적으로 하는 경우가 많은 몸동작이지만 여기서는 분해하고 있는 모양새.
8 이 문장은 『법화험기法華驗記』에는 없는 내용으로, 『법화험기法華驗記』는 여자가 죽은 것으로 하지 않고 있음.
9 * 두 팔을 펴서 벌린 길이.

'분명 그 집 주인 여자가 약속을 어긴 것을 원망하여 악심惡心을 일으켜 독사가 되어 좇아오는 것일 테지.'

라고 생각하여 쏜살같이 내달려서 도조지道成寺[10]라는 절로 도망쳐 들어갔다. 절의 승려들은 이 두 사람의 승려를 보고 "무슨 일로 그렇게 달려오신 것입니까?"라고 물었다. 두 사람은 자초지종을 자세히 이야기하고 도움을 청했다. 그러자 절의 승려들이 모여 의논하여 종을 끌어내려 젊은 승려를 종 안에 숨게 하고 절의 문을 닫았다. 나이 먹은 승려는 절의 승려와 함께 숨었다. 잠시 후에 큰 뱀이 이 절까지 쫓아와서 문이 닫혀 있었는데도 넘어와서 안으로 들어와 당 주변을 한두 번 맴돌더니 이윽고 이 승려가 있는 종루鐘樓의 문 입구에 다가와 꼬리를 치켜들고 백 번 정도 문을 두들겼다. 결국에 문을 두들겨 부수고는 뱀은 안으로 들어왔다. 종을 휘감고 꼬리로 네여섯 시간 동안 용두龍頭[11]를 계속해서 두들겼다. 절의 승려들은 두렵기는 했으나 이상하게 여기며 사방의 절 문을 열고, 모여서 이 모습을 보고 있자 독사는 두 눈에서 피눈물[12]을 흘리며 대가리를 쳐들고 혀를 날름거리면서 원래 왔던 쪽으로 달려 사라졌다. 절의 승려들이 보자 그렇게나 큰 종이 뱀의 독기를 품은 열기에 타서 불꽃을 피우고 있었다. 아무리 해도 가까이 갈 수 없어 물을 끼얹어 종을 식히고 이를 떼어내서 보니 안에 있던 승려는 완전히 타 버려 한 조각의 뼈조차 남지 않았고, 약간의 재만이 남아 있을 뿐이었다. 나이 먹은 승려는 이를 보고 슬피 울며 돌아갔다.

그 후, 이 절의 상석上席인 노승老僧[13]의 꿈에 아까의 뱀보다 훨씬 큰 뱀이 곧장 다가와서 노승을 향해

10 → 사찰명.
11 조종釣鐘의 꼭대기에 있는 용 머리모양의 금속으로 된 고리.
12 눈물도 말라버려서 피가 되어 나오게 된 것. 깊은 슬픔을 형용.
13 앞에 나오던 '나이 먹은 승려'가 아닌 절의 장로長老 승려를 가리킴.

"저는 실은 종 안에 숨겨주셨던 승려이옵니다. 악녀惡女가 독사가 되어 저는 결국 그 독사의 포로가 되어 그녀의 남편이 되어 버리고 말았습니다. 그 때문에 저는 무시무시하고 부정不淨한 몸으로 다시 태어나 이루 말할 수 없는 고통을 받게 되었습니다. 지금의 이 고통에서 헤어나고 싶습니다만 제 힘으로는 도저히 아무것도 할 수 없습니다. 저는 생전에 『법화경法華經』[14]을 신앙하고 있었는데 아무쪼록 성인[15]의 광대한 은덕恩德에 힘입어 이 고통으로부터 벗어나게 해주십사 원하고 있습니다. 특별히 무연無緣[16]의 대자비大慈悲의 마음을 일으키셔서 심신을 청정淸淨하게 하고, 『법화경』의 여래수량품如來壽量品[17]을 서사해서 저희 두 마리의 뱀을 위해 공양해 이 고통에서 구원해 주시옵소서. 『법화경』의 힘이 아니고서는 어찌 이 고통에서 벗어날 수 있단 말입니까."

라고 말하고는 돌아갔다. 이러한 꿈을 꾸고는 잠에서 깼다.

그리하여 노승은 이 일을 생각하자 즉시 도심道心이 일어나 스스로 여래수량품을 서사하고 자신의 사재를 털어 많은 승려들을 청하여 일일一日 법회를 치르고, 두 마리의 뱀을 고통에서 구원하기 위한 공양供養을 올렸다. 그러자 그 뒤, 노승은 또 다시 꿈을 꾸었다. 승려 한 사람과 여인 한 사람이 있었다. 둘 다 미소를 머금은 기쁜 얼굴로 도조지에 와서는 노승에게 예배하고

"당신께서 청정한 선근善根[18]을 베풀어 주신 덕에 저희들 두 사람은 즉시 뱀의 몸을 벗고 선소善所[19]로 갈 수 있게 되었습니다. 여인은 도리천忉利天[20]

14 → 불교.
15 → 불교.
16 광대해서 끝이 없다는 의미. 광대무변廣大無邊의 대자비심.
17 → 불교.
18 → 불교.
19 → 불교. 선행을 쌓은 일로 인해 전생轉生하는 경계境界로서 정토淨土와 같은 의미.

에 태어나고 승려는 도솔천兜率川[21]에 올라가게 되었습니다."
라고 아뢰고는 두 사람은 각각 하늘로 올라갔다. 이러한 꿈을 꾸고는 잠에서 깼다.

노승은 기뻐 감격해서 더욱더 깊이 『법화경』의 위력을 존귀하게 여겼다. 실로 상상할 수조차 없을 정도로 『법화경』의 영험[22]은 신통한 것이다. 또한 뱀의 몸을 떠나 천상에 태어날 수 있었던 것은 오로지 『법화경』의 위력 때문이다. 이것을 보고 들은 사람은 모두 『법화경』을 존귀하게 여기며 믿어 서사하거나 독송하거나 하였다. 한편, 노승의 마음도 또한 보기 드물게 훌륭한 것이었다. 그것도 전세前世에서 이 남녀와 불연佛緣이 있었기 때문이었으리라.[23] 이를 생각하면 그 악녀가 승려에게 애욕의 마음을 일으켰던 것도 전부 전세의 인연因緣에 의한 것이었을 것이다.

그러므로 이렇듯 여인의 악심은 이루 말할 수 없다. 이러한 연유로 여인을 가까이하는 것을 부처는 강하게 금하시는 것이다. 이를 분별하여 여인을 가까이하는 것을 피해야 할 것이라고 이렇게 이야기로 전하여 내려오고 있다 한다.

20 → 불교.
21 → 불교.
22 → 불교.
23 노승老僧(절의 장로)의 대자비심大慈悲心도 노승이 전세에서 이 남녀와 불연佛緣으로 이어진 선우善友였다는 것에 의한 것이라는 의미.

⊙제3화⊙
기이 지방紀伊國의 도조지道成寺의 승려가 법화경法華經을 서사하여 뱀을 구한 이야기

紀伊国道成寺僧写法花救蛇語第三

今昔、[九]熊野ニ参ル二人ノ僧有ケリ。一人ハ年老タリ、一人ハ年若クシテ形貌美麗也。[一〇]牟婁ノ郡ニ至テ、人ノ屋ヲ借テ、二人共ニ宿ヌ。其ノ家ノ主、[一一]寡ニシテ若キ女也。女従者二三人許有リ。

此ノ家主ノ女、[一二]宿タル若キ僧ノ美麗ナルヲ見テ、深ク愛欲ノ心ヲ発シテ、懃ニ[一三]労リ養フ。而ルニ、夜ニ入テ、[一四]僧共既ニ寝ヌル時ニ、夜半許ニ家主ノ女窃ニ此ノ若キ僧ノ寝タル所ニ這ヒ至テ、衣ヲ打覆テ並ビ寝テ、僧ヲ[一五]驚カス。[一六]僧驚キ覚テ、恐レ迷フ。女ノ云ハク、「我ガ家ニハ更ニ人ヲ不宿ズ。而ルニ、今夜君ヲ宿ス事ハ、昼君ヲ見始ツル時ヨリ、[一七]夫ニセムト思フ心深シ。然レバ、『君ヲ宿シテ[一八]本意ヲ遂ム』ト思フニ依テ、近キ来ル也。[一九]我レ夫無クシテ寡也。君哀ト可思キ也」ト。僧此レヲ聞テ、大キニ驚キ恐レテ起居テ、女ニ答テ云ク、[二〇]「我レ、宿願有ルニ依テ、[二一]日来身心精進ニシテ、[二二]遥ノ道ヲ出立テ、[二三]権現ノ宝前ニ参ルニ、忽ニ此ニシテ[二四]願ヲ破ラム、[二五]互ニ恐レ可有シ。然レバ、速ニ君此ノ心ヲ可止シ」ト云テ、強ニ辞ブニ、女大キニ恨、終夜僧ヲ抱キ[二六]擾乱シ戯ルト云ヘドモ、僧様々ノ言ヲ以テ、女ヲ誘ヘ[一]テ云ク、「我、君ノ宣フ事辞ブ[二]ルニハ非ズ。然レバ、今、熊野ニ参テ、両三日ニ御明シ、御[三]幣ヲ奉テ、還向[四]ノ次ニ君ノ宣ハム事ニ随ハム」ト約束[五]ヲ成シツ。女[六]約束ヲ憑テ、本ノ所ニ返ヌ。夜曙ヌレバ、僧其ノ家ヲ立テ、熊野ニ参ヌ。

其ノ後、女ハ約束ノ日ヲ計ヘテ、更ニ他ノ心無クシテ僧ヲ恋テ、諸ノ備ヘヲ儲テ待ツニ、僧還向[七]ノ次ニ、彼ノ女ヲ恐レテ、不寄[八]シテ、思他ノ道ヨリ逃テ過ヌ。女僧ノ遅ク[九]来ヲ待チ煩ヒテ、道ノ辺ニ出テ、往還[一〇]ノ人ニ尋ネ問フニ、熊野ヨリ出ヅル僧有リ。女其ノ僧ニ問テ云ク、「其ノ[一一]色ノ衣着タル、若[一二]ク老タル二人ノ僧ト還向[一三]シツル」ト。僧ノ云ク、「其ノ二人ノ僧ハ早ク還向シテ両三日ニ成ヌ」ト。女此ノ事ヲ聞テ、手[一四]ヲ打テ、「既ニ[一五]他ノ道ヨリ逃テ過ニケリ」ト思フニ、大ニ嗔テ、家ニ返テ寝屋[一六]ニ籠居ヌ。音セズシテ暫ク有テ、即チ[一七]死ヌ。家ノ従女等此レヲ見テ泣キ悲ム程ニ、五尋許[一八]ノ毒蛇忽ニ寝屋ヨリ出ヌ。家[一九]ヲ出デ、道ニ趣ク。熊野ヨリ還向ノ道ノ如ク走リ行ク。人[二〇]此レヲ見テ、大キニ恐レヲ成ス。

彼ノ二人ノ僧前立テ行クト云ヘドモ、自然人有テ告テ云ク、「此ノ後ロ[二一]ニ奇異ノ事有リ。五尋許ノ大蛇出来テ、野山ヲ過ギ、疾ク走リ来ル」ト。二人ノ僧此レヲ聞テ思ハク、「定メテ、此ノ家主ノ女ノ、約束[二二]ヲ違ヌルニ依テ、悪心ヲ発シテ、毒蛇ト成テ追テ来ルナラム」ト思テ、疾ク走リ逃テ、道成寺[二三]ト云フ寺ニ逃入ヌ。寺[二四]ノ僧共、此ノ僧共ヲ見テ云ク、「何ニ事[二五]ニ依テ走リ来レルゾ」ト。僧此ノ由ヲ具ニ語テ、可助キ由ヲ云フ。寺ノ僧共集テ、此ノ事ヲ議シテ、鍾[二六]ヲ取下シテ、此ノ若キ僧ヲ鍾ノ中ニ籠メ居ヘテ、寺ノ門ヲ閉

道成寺に逃げる若僧(道成寺縁起絵巻)

ヅ。老タル僧ハ寺ノ僧ニ具シテ隠レヌ。

暫ク有テ、大蛇此ノ寺ニ追来テ、門ヲ閉タリト云ヘドモ、超テ入テ、堂ヲ廻ル事一両度シテ、此ノ僧ヲ籠メタル鍾ノ戸ノ許ニ至テ、尾ヲ以テ扉ヲ叩ク事百度許也。遂ニ扉ヲ叩キ破テ、蛇入ヌ。鍾ヲ巻テ、尾ヲ以テ竜頭ヲ叩ク事、二時三時許也。寺ノ僧共此ヲ恐ルト云ヘドモ、怪ムデ、四面ノ戸ヲ開テ集テ此レヲ見ルニ、毒蛇両ノ眼ヨリ血ノ涙ヲ流シテ、頸ヲ持上テ舌嘗ヅリヲシテ本ノ方ニ走リ去ヌ。寺ノ僧共此レヲ見ルニ、大鍾、蛇ノ毒熱ノ気ニ被焼テ炎盛也。敢テ不可近付ズ。然レバ、水ヲ懸テ鍾ヲ冷シテ、鍾ヲ取去テ僧ヲ見レバ、僧皆焼失テ、骸骨尚シ不残ズ。纔ニ灰許リ有リ。老僧此レヲ見テ、泣キ悲ムデ返ヌ。

其ノ後、其ノ寺ノ上臈タル老僧ノ夢ニ、前ノ蛇ヨリモ大キニ増レル大蛇直ニ来テ、此ノ老僧ニ向テ申シて云ク、「我ハ此レ、鍾ノ中ニ籠メ置シ僧也。悪女毒蛇ト成テ、遂ニ其ノ毒蛇ノ為ニ被領テ、我レ其ノ夫ト成レリ。弊ク穢キ身ヲ受テ、苦ヲ受ル事量無シ。今此苦ヲ抜カムト思フニ、我ガ力更ニ不及ズ。生タリシ時ニ法花経ヲ持キト云ヘドモ失タリ。願クハ聖人ノ広大ノ恩徳ヲ蒙テ、此ノ苦ヲ離レムト思フ。殊ニ、無縁ノ大慈悲ノ心ヲ発シテ、清浄ニシテ法花経ノ如来寿量品ヲ書写シテ、我等二ノ蛇ノ為ニ供養ジテ、此ノ苦ヲ抜キ給ヘ。法花ノ力ニ非ズハ、何カ免ル、事ヲ得ム」ト云ト返去ヌ、ト見テ夢覚ヌ。

其ノ後、老僧此ノ事ヲ思フニ、忽ニ道心ヲ発シテ、自ラ如来寿量品ヲ書写シテ、衣鉢ヲ投テ諸ノ僧ヲ請ジテ、一日ノ法会ヲ修テ、二ノ蛇ノ苦ヲ抜カムガ為ニ供養ジ奉ツ。其ノ後、老僧ノ夢ニ、一ノ僧一ノ女有リ。皆咲ヲ含テ喜タル気色ニテ、道成寺ニ来テ、老僧ヲ礼拝シテ云ク、「君ノ清浄ノ善根ヲ修シ給ヘルニ依テ、我等二人忽ニ蛇身ヲ棄テ善所ニ趣キ、女ハ忉利天ニ生レ、僧ハ都率天ニ昇ヌ」ト。如此ク告畢テ、各別レ空ニ昇ヌ、ト見テ夢覚ヌ。

其ノ後、老僧喜ビ悲ムデ、法花ノ威力ヲ弥ヨ貴ブ事無限シ。

実ニ法花経ノ霊験掲焉ナル事不可思議也。新タニ蛇身ヲ棄テ、天上ニ生ルヽ事、偏ニ法花ノ力也。此ヲ見聞ク人、皆法花経ヲ仰ギ信ジテ、書写シ読誦シケリ。亦、老僧ノ心難有シ。其レモ前生ノ善知識ノ至ス所ニコソ有ラメ。此ヲ思フニ、彼ノ悪女ノ僧ニ愛欲ヲ発セルモ皆前生ノ契ニコソハ有ラメ。

然[三]レバ、女人ノ悪心ノ猛キ事既ニ如此シ。此ニ依テ、女ニ近付ク事ヲ仏強ニ誡メ給フ。此ヲ知テ可止キ也トナム語リ伝ヘタルトヤ。

권14 제4화

여인이 법화경法華經의 힘에 의해서 사신蛇身에서 도솔천兜率天으로 전생轉生한 이야기

하룻밤 쇼무聖武 천황天皇에게 수청을 들었던 여인이 하사받은 금 천 냥에 집착한 탓에 사도蛇道에 빠져 이와부치데라石淵寺의 참배객을 해쳤는데, 진위眞僞를 확인하러 온 대신大臣 기비노 마키비吉備眞備에게 의뢰해 『법화경法華經』의 서사공양書寫供養을 받아 도솔천兜率天에 왕생往生한 이야기. 앞 이야기에 이어서 사신蛇身을 받은 여인의 도솔천 전생轉生을 설하는 『법화경』 서사공양의 공덕담功德譚이지만, 동시에 '히토요와一夜半'의 지명기원설화地名起源說話이기도 하다. 또한 금전에 집착해서 뱀의 몸이 된 모티브는 권14 제1화를 참조.

이제는 옛이야기이지만, 도읍이 나라奈良에 있었을 때의 일이다. 쇼무聖武 천황天皇[1]의 치세 때 도읍의 동쪽에 여인 한 사람이 있었다. 용모가 매우 아름다운 여인이었기에 천황은 이를 불러내서 하룻밤 정을 나누었는데 마음에 드셨는지 황금 천 냥을 동銅으로 만든 상자에 넣어서 하사하셨다. 여인이 이를 받은 뒤 얼마 안 되어 천황은 붕어崩御[2]하셨다. 여인도 그로부터 얼마 지나지 않아 죽었는데 그때 "이 황금 천 냥千兩[3]을 내가 죽은 뒤에 반드시

1 → 인명.
2 천평승보天平勝寶 8년(756) 5월 붕어. 56세.
3 한 냥兩은 한 근斤의 1/16. 한 근은 보통 160문匁(약 600g).

묘 안에 넣어 주십시오."라는 말을 남겼다. 그래서 유언遺言대로 동으로 만든 상자에 황금을 넣어서 묘에 묻었다.

그런데 히가시 산東山에 이와부치데라石淵寺[4]라는 절이 있었다. 그 절에 참배하는 사람은 두 번 다시 돌아오지 못하고 죽어 버렸기 때문에 누구 한 사람 참배하려 하지 않았다. 사람들은 이 일을 불가사의하다고 생각하고 있었는데, 그때 기비吉備 대신大臣[5]이라고 하는 사람이 있었다. 그는 이와부치데라에 가서 일의 진상眞相을 확인하고자 절에 참배했다. 밤중에 단지 홀로 당堂 안에 들어가 부처 앞에 앉아 있었다. 본디 이 사람은 음양도陰陽道[6]의 달인達人이었기 때문에 이러한 것을 두려워하지 않았다. 몸을 보호하고[7] 조용히 앉아 있었는데 한밤중이 되자 말로 표현할 수 없는 두려운 기분이 들기 시작했다. 당 뒤쪽에서 휙 하고 바람이 불어오자 주변 분위기가 달라지며 괴이한 것들이 나오는 듯 싶었다. 대신은 "과연 오니鬼가 나와서 사람을 잡아먹는 게로군."이라 생각하며 한층 집중하여 주문呪文을 외워 몸을 보호하고 있었다. 그러자 뒤 쪽에서 무척 아름다운 용모를 한 여인 한 사람이 조용히 다가왔다. 등명燈明의 빛으로 보고 있으니 매우 무섭기는 했으나 형용할 수 없을 만큼 아름다웠다. 여인은 조금 떨어져서 비스듬히 앉았다.[8] 잠시 뒤에 그 여인이 대신에게 말했다.

"저는 아뢰고 싶은 말이 있어서 몇 년이나 이 당에 왔습니다만 사람들은 저의 모습을 보고 두려워해서 모두 죽어 버리고 말았습니다.[9] 저는 결코 사

4 → 사찰명.

5 기비노 마키비吉備眞吉備(→ 인명).

6 음양도陰陽道. 마키비가 학예學藝·제도諸道에 통달했다는 사실은 『강담초江談抄』 제3권에 상세하게 나와 있음. 『신 사루가쿠기新猿樂記』 음양선생 가모노 미치요賀茂道世 조에서는 음양도의 시조적인 존재로 하고 있다. 『이중력二中歷』 제13·1 능력能歷·음양사에도 그 이름이 보임. 본집 권11 제6화 참조.

7 몸을 주술呪術로 안전하게 보호하였다는 뜻.

8 대신의 정면에 앉지 않고 비스듬하게 앉았다는 것은 여인이 대신을 배려하고 있음을 말함.

람을 죽이려고 하지 않았습니다만, 사람들이 제 스스로 무서워하여 죽어 버리는 일이 벌써 몇 번이나 있었습니다. 그런데 당신께서는 조금도 두려워하지 않고 계십니다. 저로서는 참으로 기쁜 일이옵니다. 제가 긴 세월동안 품어왔던 마음속의 염원을 당신께 말씀 드리겠습니다."

그러자 대신이 "마음속의 염원이란 무엇인가?"라고 묻자 여인의 영靈이 말했다.

"저는 이러이러한 곳에 살고 있던 사람이옵니다. 생전에 천황의 부름을 받아서 딱 한 번 수청을 들었습니다. 그리고 천황께서는 제게 황금 천 냥을 주셨습니다. 저는 살아 있을 때 그 황금을 쓴 적이 없었고, 죽을 때 '그 황금을 묘에 묻어 주세요.'라는 유언을 했었기에 황금은 묘에 묻혔습니다. 저는 그 죄로 인해[10] 사후에 독사毒蛇의 마음을 가지게 되었고, 그 황금을 지키며 묘 주변을 떠나지 못하게 되었습니다. 그 때문에 말할 수도 없는 고통[11]을 받고 감내하기 어려운 처지에 있습니다. 그 묘는 이러이러한 장소에 있습니다. 이대로는 몇 년이 지나도 이 사신蛇身으로부터 헤어날 방도가 없사옵니다. 이에 당신께서 모쪼록 그 묘를 파내서 황금을 꺼내 오백 냥으로 『법화경法華經』[12]을 서사공양書寫供養하고 저를 이 고통에서 구해 주십시오. 나머지 오백 냥은 도와주신 데에 대한 보답으로 당신께서 사용해 주십시오. 이 일을 말씀드리고자 했었지만 모두 제 모습을 보고 무서워 죽어 버렸기 때문에 지금까지 말도 못하고 탄식하고 있었습니다만, 다행히도 당신을 만나서 이야기할 수 있었기에 더할 나위 없이 기쁩니다."

9 앞에 나왔던 "그 절에 참배하는 사람"을 지칭함. 신이나 영귀靈鬼가 해칠 의도가 없음에도 그를 본 사람이 두려워서 목숨을 잃는다고 하는 발상은 권7 제19화(출전은 『명보기冥報記』 中 · 1)에도 보임.

10 * 황금에 집착執着한 죄.

11 용이나 뱀이 받는 삼열三熱(→ 불교)의 고통.

12 → 불교.

대신은 이를 듣고 여자의 영靈의 청을 승낙했다. 그러자 여자의 영은 기뻐하며 돌아갔다. 그 뒤 날이 밝자 대신도 집으로 돌아갔다. 대신이 돌아온 것을 보고 들은 사람들이 이상하게 여기며 "이 사람은 역시 보통 사람이 아니다."라고 하며 칭찬했다.

대신은 그 뒤 많은 사람들을 모아 즉시 여자 영이 가르쳐준 묘를 찾아 가서 묘를 파게 했다. 그것을 본 사람이 "묘를 파면 반드시 무서운 일이 일어납니다.[13] 어째서 이런 일을 하시는 겁니까?"라고 말했으나 대신은 상관하지 않고 묘를 부수고 흙을 파내보니 흙 밑에 기다란 뱀이 똬리를 틀고 있었다. 대신은 뱀을 향해

"어젯밤 분명히 그런 계시를 받아 약속대로 묘를 부순 것인데, 어찌하여 너는 여기에서 나오지 않는 것인가?"

라고 말했다. 뱀은 대신의 말을 듣고 즉시 그곳을 떠나 사라졌다. 떠난 자리를 보자 동으로 만든 상자가 하나 있었다. 열어보니 상자 안에 사금砂金 천 냥이 있었다. 대신은 그것을 꺼내서 즉시 『법화경』을 서사하고 대대적으로 법화팔강法華八講[14]을 열어 훌륭하게 공양했다. 사례금[15]은 전혀 남겨두지 않았다.

그러자 그 뒤에 대신의 꿈에 그 이시부치데라에서 나타났던 여자의 영이 실로 아름다운 의장衣裝을 몸에 걸치고[16] 빛을 발하면서 대신의 앞에 나타났

13 묘를 파헤치는 일은 예로부터 신앙적信仰的·윤리적倫理的으로 경계하고 있던 부분으로 『부가어富家語』(105), 『우지 습유宇治拾遺』(84)에는 도원저桃園邸(후의 세손지世尊寺)의 남쪽 정원에 있었던 묘를 파내서 비구니의 유체를 발굴한 지벌로 후지와라노 고레타다藤原伊尹가 갑자기 죽어 버리고 그 집도 망해 버렸다고 하는 이야기를 기록하고 있음.

14 팔강八講(→ 불교). 『법화경』 8권을 조좌朝座와 석좌夕座에 한권씩 나흘에 걸쳐서 강설講說하는 법회法會. 또한 법화팔강은 이와부치데라의 곤조勤操가 연력延曆 15년(796)에 창시함(『삼보회三寶會』 중中 18).

15 여자의 영이 말한 사례로 준 오백 냥을 가리킴.

16 천녀天女의 용모를 형용하는 상투구.

다. 여인은 미소를 가득히 머금고 대신에게 말했다.

"저는 당신께서 광대한 자비를 가지고 『법화경』을 서사공양해 주셨기에 지금 뱀의 몸을 벗어나 도솔천兜率天[17]에 태어나게 되었습니다. 이 은혜는 언제까지나 잊지 않겠사옵니다."

이렇게 말하고 대신에게 예배하고는 하늘로 날아 올라갔다. 이러한 꿈을 꾸고 잠에서 깼다.

대신은 매우 존귀한 일이라고 생각하여 이 이야기를 세간世間에 널리 전했다. 이를 듣는 사람은 『법화경』의 수승殊勝하고 신통한 위력威力을 존귀하게 생각했다. 또한 세간에서는 이 대신 또한 칭찬하며 공경했다. 그건 그렇고 여인의 영은 본디 『법화경』의 이익利益[18]을 받을 만한 숙보宿報[19]였기 때문에 이 대신을 만날 수 있었던 것이다. 대신도 전세前世의 숙연宿緣이 깊었기 때문에 여인의 혼령을 구할 수 있었던 것이리라.

그러므로 이 이야기를 들은 자는 사람들에게 권해서 마음을 합쳐 선근善根[20]을 수양해야 할 것이다. 생각건대, 전세로부터 대신과 여인의 혼령은 선지식善知識[21]이었으리라. 또한 뭐라 한다 해도 『법화경』을 서사해서 바치는 공덕功德[22]은 경經에서 말씀하신 것[23]과 조금도 다르지 않았다. 이렇게 도솔천에 태어나게 된 것은 실로 존귀한 일이다.

한편 그 여인의 영이 살고 있던 곳은 히토요와一夜半[24]라고 이름 붙였다.

17 → 불교.
18 → 불교.
19 → 불교.
20 → 불교.
21 → 불교.
22 → 불교. 불도로 이끄는 덕이 높은 승려를 말하지만, 여기에서는 불도에 결연하는 동료, 친우라고 하는 의미.
23 『법화경』 서사의 공덕에 관해서는 『법화경』 권4 법사품法師品 제10 이하 여러 부분에서 설명되어 있음.
24 소재불명. 이하 지명기원설명으로 되어 있는 것에 주의. → 권11 제30화, 권11 제35화 참조.

천황이 여인과 단 하룻 밤을 쉬신 것만으로 황금을 내리셨기에 '히토요와一夜半'라고 하는 것이리라. 지금도 나라의 도읍 동쪽에 그곳이 있다고 한다. 이시부치데라도 그 히가시 산에 있었다.

이 일은 확실히 기록된 것을 보고 이렇게 이야기로 전하여 내려오고 있다 한다.

⊙제4화⊙

여인이 법화경法華經의 힘에 의해서 사신蛇身에서 도솔천兜率天으로 전생轉生한 이야기

女依法花力転蛇身生天語第四

今昔、奈良ノ京ノ時、聖武天皇[四]ノ御代ニ、京東ニ一人ノ女有ケリ。形チ有様端正也ケレバ、帝王其ノ女ヲ召テ一夜懐抱[五]シ給ヒニケルニ、労タクヤ[六]思シ食ケム、金千両ヲ銅ノ[七]筥ニ入テ給ヒテケリ。女此ヲ給ハリテ後、帝王幾ノ程不経ズシテ失給[八]ニケリ。亦、女モ其ノ後不久ズシテ、死ニケルニ、女ノ云ヒ置[九]ケル様、「此ノ千両[一〇]ノ金ヲ、我レ死ナム後ニハ必ズ墓ニ埋メ[一一]」ト。然レバ、遺言ノ如ク、此ノ金ノ筥[一二]ヲ金ネ[一三]入リ乍ラ墓ニ埋テケリ。

而ル間、東山ニ石淵寺[一四]ト云フ寺有リ。其ノ寺ニ参ル人返ル事無クシテ死ヌ。然レバ世ノ人不参ズ。人極テ此レヲ怪ミ思ヒケルニ、其ノ時ニ吉備[一五]ノ大臣ト云フ人有ケリ。其人彼ノ石淵寺ニ参テ、此ノ事ヲ試ムト思テ参ニケリ。夜ル、只独リ其ノ堂ニ入テ仏ノ御前ニ居タリ。其ノ人陰陽[一六]ノ方ニ達レルニ依テ、此ク不怖ヌ也ケリ。然レバ、身ヲ固メ鎮[一七]ジテ居タリケルニ、夜半[一八]許ニ、不例ズ物怖シキ心地シテ、堂ノ後ノ方ヨリ

吉備真備(吉備大臣入唐絵詞)

風打吹キ気色替テ、物来ル様ニ思エケルハ。大臣、「然レバコソ。鬼ノ来テ人ヲ噉フ也ケリ」ト思テ、弥ヨ慎テ、身ヲ固メ呪ヲ誦シテ居タルニ、後ノ方ヨリ一人ノ女微妙キ有様ニテ漸ク歩ミ来ル。御明ノ光ニ見ルニ、実ニ怖シキ物カラ、有様美麗也。指去テ喬ミテ居ヌ。暫許有テ、女大臣ニ語テ云ク、「我レ、年来可申キ事ト有ルニ依テ此ノ堂ニ来ルニ、人我ガ身ヲ見テ怖レテ、皆命ヲ失フ。我ハ更ニ人ヲ殺サムト不思ネドモ、人自然ラ憶気シテ死ヌル事既ニ度々也。而ルニ、君憶気シ不給ズシモ御マス。我レ甚喜ブ所也。我ガ年来思ヒ願フ事ヲ君ミニ可語シ」ト。

大臣ノ云ク、「思願フ所何事ゾ」ト。女霊ノ云ク、「我レハ其々ニ有シ人也。生タリシ時、帝王ノ召ニ依テ、只一度懐抱シタリキ。帝王我レニ千両ノ金ヲ与ヘ給ヘリキ。我レ生タリシ時其ノ金ヲ仕フ事無シテ、死ニシ時、我レ、『其ノ金ヲ墓ニ埋テ置ケ』ト遺言セシニ依テ、金ヲ墓ニ埋メリ。我レ其ノ罪ニ依テ、毒蛇ノ心ヲ受テ、其ノ金ヲ守テ、墓ノ所ニ其辺ヲ不離ズシテ有リ。苦ヲ受ル事無量クシテ、難堪キ事無限シ。其ノ墓其々ニ有リ。年来ヲ経ト云フトモ、蛇身ヲ可免キ方無シ。然レバ、君彼ノ墓ヲ堀テ、其ノ金ヲ取出シテ、五百両ヲ以テハ法花経ヲ書写供養ジテ我ガ此ノ苦ヲ救ヒ給ヘ。五百両ヲ以テハ其ノ功ニ君ノ財トシテ仕ヒ給ヘ。此ノ事告ムト思フニ、人皆我ガ体ヲ見テ、憶気シテ死ヌレバ、于今不申ズシテ歎キ思ツルニ、幸ニ君ニ会奉テ申ツル。喜キ事無限シ」ト。大臣此ノ事ヲ聞テ、女霊ノ願フ所ノ事ヲ請ツ。女霊喜テ返去。其ノ後、夜明ヌレバ大臣返ヌ。世ニ、大臣ノ返リ来レルヲ見聞ク人、奇異ク、「猶此レ只人ニ非ズ」トゾ讃ケル。

大臣、其ノ後、多ノ人ヲ集メテ、忽ニ彼ノ女霊ノ教エシ墓ヲ尋テ、其ノ所ニ行テ墓ヲ令堀ニ、人此レヲ見テ云ク、「墓ヲ堀ル事、必ズ恐レ有リ。此レ何ノ故ゾ」ト。然レドモ、大臣不憚ズ墓ヲ壊チ地ヲ堀テ見ルニ、土ノ下ニ大キナル蛇墓ヲ纏テ有リ。大臣蛇ニ向テ云ク、「正シク今夜示シ給フ事有テ、其ノ約ヲ不違シテ墓ヲ壊ツニ、何ノ故□蛇此ヲ不去ザルゾ」ト。蛇大臣ノ言ヲ聞テ、忽ニ其ノ所ヲ去テ這隠レヌ。其ノ後見ルニ、一ノ銅ノ筥有リ。筥ヲ開テ見レバ、筥ノ中ニ沙金千両有リ。即チ大臣此レヲ取テ、忽ニ法花経ヲ書写シテ、大キニ法花ヲ行ヒテ法ノ如ク供養ジツ。更ニ其ノ功ヲ不残ズ。

其ノ後、大臣ノ夢ニ、彼ノ石淵寺ニテ来レリシ女霊身ヲ微妙ニ荘厳シテ、光ヲ放チ、大臣ノ前ニ来テ、咲ヲ含テ大臣ニ告テ云ク、「我レ君ノ広大ノ恩ニ法花経ヲ書写供養ジ給ヘルニ依テ、今蛇身ヲ棄テ、兜率天上ニ生レヌ。此ノ恩世々ニモ難忘シ」ト云テ、大臣ヲ礼拝シテ虚空ニ飛昇ヌ、ト見テ夢覚ヌ。

大臣、其ノ後、哀レニ貴ク思テ、此ノ事ヲ大ニ普ク語ケリ。此レヲ聞ク人実ニ法花経ノ力殊勝ニ掲焉キ事ヲ貴ケリ。亦、此ノ大臣ヲゾ世ノ人極ク讃メ貴ビケル。亦、彼ノ女霊ノ法花経ノ利益ヲ可蒙キ宿報ノ厚カリケレバ、此ノ大臣ニモ会タルニコソハ有メ。亦、大臣モ前世ノ宿縁深クシテコソハ女霊ヲモ救フラメ。

然レバ、人此ヲ知テ、諸ノ人ヲ勧メテ、同心ニ善根ヲ可修キ也。此レモ、前生ニ大臣ト女霊トノ善知識ニコソハ有ラメ。亦、尚々法花経ヲ書写シ奉タル功徳、実ニ経ニ説給ヘルニ不違ズ。此ク兜率天ニ生レヌレバ、哀レニ貴キ事也。

然テ、彼ノ女霊ノ住ケル所ヲバ一夜半ト名付タリ。帝王ノ只一夜寝給タリケルニ依テ金ヲ給タレバ、一夜半トハ云ナルベシ。于今、奈良ノ京ノ東ニ其ノ所ハ有トゾ聞ク。彼ノ石淵寺モ其ノ東ノ山ニ有ケリ。

此ノ事ハ慥ニ記シタルヲ見テ此語リ伝ヘタルトヤ。

권14 **제5화**

죽은 여우를 구하기 위해서 법화경法華經을 서사한 사람 이야기

주작문朱雀門 앞에서 미녀로 변한 여우와 하룻밤 정을 나눈 젊은 남자가, 후세後世[1]의 공양을 의뢰하고 남자 대신에 죽은 여우를 불쌍하게 여겨서 『법화경法華經』을 서사공양書寫供養하였고, 그 공덕에 의해 여우가 도리천忉利天에 왕생했다고 하는 이야기. 일반적인 왕생담은 단조로움을 피하기 어려운 데 비해서, 이 이야기는 인간과 짐승의 혼인人獸婚姻을 둘러싼 요사스럽고 기이한, 그리고 낭만적인 정취가 넘친다. 이와 같은 혼인담婚姻譚으로는 『영이기靈異記』 상권上卷 제2화, 이 책의 권16 제17화 등이 알려져 있다.

이제는 옛이야기이지만, 나이 어린 미모美貌의 남자가 있었다. 이름은 알려져 있지 않았으나 신분은 시侍[2] 정도인 자였다. 그 남자가 어디에서 온 것이었을까. 이조주작二條朱雀[3] 주변을 지나 주작문朱雀門 앞을 걷고 있자, 열일고여덟 정도 되어 보이는 여자가 단정한 모습으로 아름다운 옷을 겹쳐 입고 길가에 서 있었다. 남자는 여자를 보고는 그대로 지나칠 수 없다는 기분이

1 → 불교.

2 귀인의 집에 고용되어 그 집의 사무나 경호를 맡은 사람. 그것이 무력을 갖고 점점 강대해져서 이윽고 귀족을 대신해서 정권을 잡기에 이르렀음. * 일본어로 '사부라이'로 읽음. 후세의 사무라이侍와는 다르게, 신분이 낮은 고용살이를 하는 남자의 총칭. 경비나 잡무에 종사하는 고용인.

3 이조대로二條大路와 주작대로朱雀大路가 교차하는 장소. 주작문 앞에 해당함. 대내리大內裏 외곽 남쪽 중앙에 있는 문.

들어서 곁으로 다가가 손을 잡았다.

주작문 안쪽의 사람이 없는 곳으로 여자를 데리고 가서 두 사람은 앉아서 이런저런 이야기를 했다. 남자는 여자에게

"이렇게 당신과 만나게 된 것도 무슨 연緣이 있었기 때문일 테지요. 제가 당신을 생각하는 것과 마찬가지로 당신도 저를 생각해 주시기 바랍니다. 그리고 저의 뜻을 따라주십시오. 이것은 진심입니다."

라고 말하자 여자는

"저는 결코 싫다는 것은 아닙니다. 말씀에 따르겠다고 생각하고 있습니다만, 만약 당신의 말씀에 따른다면 틀림없이 제가 죽게 됩니다."

라고 대답했다. 남자는 그것이 어떤 의미인지 알지 못한 채 그저 거절하는 말이라고 생각해서 억지로 여자를 안으려고 했다. 여자는 울면서

"당신은 제대로 된 일가一家의 주인으로 집에는 부인과 아이도 있으시면서 제게 이렇게 하시는 것은 실로 일시적인 바람기임이 틀림없습니다. 이런 한 순간의 정사情事에 제가 당신을 대신해 목숨을 잃게 되는 것은 슬픈 일입니다."

라고 말하면서 계속해서 거절했으나 여자는 결국 남자의 말을 따랐다.

이윽고 날도 저물어 밤이 되었기 때문에 그 주변의 오두막집을 빌려서 데리고 가 그곳에서 묵었다. 함께 잠자리에 들어 밤새도록 사랑을 나누고 아침이 밝았기에 여자가 떠나면서 남자에게 말했다.

"저는 분명 당신을 대신해서 생명을 잃게 될 것입니다. 그러니 저를 위해서 『법화경法華經』[4]을 서사해서 공양하고 제 사후를 애도해 주세요."

이런 말을 들은 남자는

4 → 불교.

"무슨 말을 하시는 겁니까? 남녀가 정을 통하는 것은 평범한 인간사人間事입니다. 절대로 죽을 일은 없을 것입니다. 그러나 만약에 당신이 죽는다면 반드시 『법화경』을 서사해서 공양해 드리지요."
라고 말했다. 그러자 여자는
"당신이 제가 죽는지 그렇지 않은지 아시고자 하신다면 내일 아침 무덕전武德殿[5] 근처에 와서 봐 주십시오. 그때의 증거로 이것을."
이라고 말하고는 남자가 가지고 있던 부채를 받아 가지고 울면서 헤어졌다. 남자는 설마 사실일 것이라고는 생각하지 못하고 집으로 돌아갔다.

다음날 남자는 '여자의 말이 어쩌면 진짜일지도 모른다. 한번 가볼까.' 하고 무덕전으로 가서 그곳을 배회하고 있자, 백발의 노파가 와서 남자를 보고는 한없이 울었다.[6] 남자는 노파에게 물었다. "당신은 누구십니까? 어째서 그렇게 울고 계시는 것입니까?" 그러자 노파는
"이 할멈은 어젯밤 주작문 주변에서 당신께서 만났던 여자의 모친이옵니다. 그 여자는 이미 죽어 버리고 말았습니다. 그것을 알려드리려고 이곳에 온 것이옵니다. 그 죽은 사람은 저쪽에 누워 있사옵니다."
라고 손가락으로 가리키고는 감쪽같이 사라져 보이지 않게 되었다. 남자는 "이상하다."고 생각하여 가까이 가보자, 무덕전 안에 한 마리의 젊은 여우가 부채로 얼굴을 덮은 채 드러누운 채로 죽어 있었다. 그 부채는 전날 밤의 자신의 부채였다.
'그렇다면 어젯밤의 여자는 이 여우였던 것인가. 그렇다면 나는 이 여우와 정을 통한 것이로구나.'

5 대내리 안에 있는 선추문宣秋門 서쪽, 엔노마쓰하라宴松原를 사이로 우병위부右兵衛府의 동쪽에 위치. 무기를 맡았던 전사殿舍. 궁마전弓馬殿·사장전射場殿이라고도 함.

6 『법화험기法華驗記』에는 노파가 등장하지 않고, 대화하는 장면도 없음. 편자의 윤색인지, 『법화험기法華驗記』 이외의 출전이 있었는지 명확하지 않음.

하고 그때 처음으로 깨닫고는 애처롭기도 하고 불가사의하다고도 생각하며 집으로 돌아갔다.

그때부터 즉시 시작해서 이레마다 『법화경』 한 부를 공양하고 그 여자의 사후를 애도해 주었다. 그것이 아직 사십구일[7]이 차지 않은 어느 날, 남자는 꿈속에서 그때의 여자[8]를 만났다. 여자의 모습은 천녀天女와 같은 아름다운 차림을 하고 있었다. 또 같은 아름다운 차림을 한 백천百千의 여인들이 그 주변을 에워싸고 있었다. 여자가 남자에게 고했다.

"당신이 『법화경』을 공양해서 구원해 주었기 때문에 저는 영겁永劫의 죄를 멸하고 지금 도리천忉利天[9]에 태어나게 되었습니다. 이 은혜는 헤아릴 길이 없습니다. 앞으로도 영원히 잊지 않을 것입니다."

이렇게 말하고 하늘로 올라갔다. 그 사이 하늘에는 아름답고 영묘한 음악이 울렸다. 이러한 꿈을 꾸었는데 잠에서 깨서는 남자는 뭐라고 할 수 없이 존귀한 일이라고 생각하여 더욱 독실한 신앙심으로 『법화경』을 공양했다.

이 남자의 마음은 참으로 훌륭하다. 아무리 여자의 유언이 있다고 한들, 약속을 어기지 않고 정중하게 사후를 애도했으니 말이다. 이것도 전세前世의 선지식善知識[10]이었기 때문일 것이다.

남자가 이야기한 것을 듣고 전하여 이렇게 이야기로 전하여 내려오고 있다 한다.

7 원문에는 "칠칠일七七日"(→ 불교). 49일. 죽은 사람이 죽은 때(死有)로부터 다음의 생을 얻을 때(生有)까지의 시간으로 중유中有라고 함. 7일마다 법회를 열어 49일을 채운다(만중음滿中陰).

8 예의 여인. 여우가 변신한 미녀를 가리킴.

9 → 불교.

10 → 불교.

⊙제5화⊙
죽은 여우를 구하기 위해서 법화경法華經을 서사한 사람 이야기

為救野干死写法花人語第五

今昔、年若クシテ形美麗ナル男有ケリ。誰人ト不知ズ、侍ノ程ノ者ナルベシ。其ノ男、何レノ所ヨリ来ケルニカ有ケム、二条朱雀ヲ行クニ、朱雀門ノ前ヲ渡ル間、年十七八歳許有ル女ノ、形端正ニシテ姿美麗ナル、微妙ノ衣ヲ重ネ着タル、大路ニ立テリ。此ノ男此ノ女ヲ見テ、難過ク思テ、寄テ近付キ触レバフ。

門ノ内ニ人離レタル所ニ女ヲ呼ビ寄セテ、二人居テ万ヅニ語云フ。男女ニ云ク、「可然クテ、如此ク来リ会ヘリ。同ジ心ニ可思キ也。君我ガ云ハム事ニ随ヘ。此レ懃ニ思フ事也」ト。女ノ云ク、「此レ可辞キ事ニ非ズ。云ハム事ニ可随シト云ヘドモ、我レ若シ君ノ云ハム事ニ随ヒテハ、命ヲ失ハム事疑ヒ無キ也」ト。男何事ヲ云フトモ不心得ズシテ、「只辞ブ言也」ト思テ、強ニ此ノ女ト懐抱セムトス。女泣々ク云ク、「君ハ世ノ中ニ有テ、家妻子ヲ具セルラムニ、只行キズリノ事ニテコソ有レ。我レハ君ニ代テ、戯レニ永ク命ヲ失ハム事ノ悲キ也」。如此ク諍フト云ヘドモ、女遂ニ男ノ云フニ随ヌ。

而ル間、日暮レテ夜ニ入ヌレバ、其辺近キ小屋ヲ借テ将行テ宿ヌ。既ニ交臥シテ、終夜ラ行ク末マデノ契ヲ成シテ、夜曉ヌレバ、女返リ行クトテ男ニ云ク、「我レ君ニ代テ命ヲ失ハム事疑ヒ無シ。然レバ、我ガ為ニ法花経ヲ書写供養ジテ後世ヲ訪ヘ」ト。男ノ云ク、「男女ノ交通スル事世ノ常ノ習ヒ也。必ズ死ヌル事有ラムヤ。然レドモ、若シ死ナバ必ズ法花経ヲ書写供養ジ奉ラム」ト。女ノ云ク、「君、我ガ死ナム事実否ヲ見ムト思ハヾ、明朝ニ武徳殿ノ辺ニ行テ可見シ。但シ、注ニセムガ為ニ」ト云テ、男ノ持タル扇ヲ取テ、泣々ク別レテ去ヌ。男此ヲ実トモ不信ズシテ、家ニ返ヌ。

明ル日、「女ノ云シ事、若シ実ニヤ有ラム。行テ見ム」ト思テ、武徳殿ニ行テ廻リ見ル時ニ、髪白キ老タル嫗出テ、男ニ向テ泣ク事無限シ。男嫗ニ問テ云ク、「誰人ノ、何事ニ依テ此クハ泣ゾ」ト。嫗答テ云ク、「我レハ、夜前朱雀門ノ辺ニシテ見給ヒケム人ノ母也。其ノ人ハ早ク失給ヒニキ。『其ノ事告奉ラム』トテ此ニ侍リツル也。其ノ死人ハ彼ニ臥シ給ヘリ」ト指ヲ差シテ教ヘテ、掻消ツ様ニ失ヌ。男、「怪シ」ト思テ寄テ見レバ、殿ノ内ニ、一ノ若キ狐扇ヲ面ニ覆テ死テ臥セリ。其ノ扇、我ガ夜前ノ扇也。此レヲ見ニ、「然ハ夜前ノ女ハ此ノ狐ニコソ有ケレ。我レハ然ハ通ジニケリ」ト其ノ時ニゾ始メテ思フニ、哀レニ奇異ニテ家ニ返ヌ。

其ノ日ヨリ始メテ、七日毎ニ法花経一部ヲ供養ジ奉テ、彼レガ後世ヲ訪フ。未ダ七々日ニ不満ザル程ニ、男ノ夢ニ、彼ノ有シ女ニ値ヌ。其ノ女ヲ見レバ、天女ト云フラム人ノ如ク身ヲ荘タリ。亦、同様ニ荘レル百千ノ女有テ、此レヲ囲繞セリ。此女男ニ告テ云ク、「我レ、君ガ法花経ヲ供養ジテ我ヲ救ヒ給フニ依テ、劫々ニ罪ヲ滅シテ、今忉利天ニ生レヌ。此ノ恩量リ無シ。世々ヲ経ト云トモ難忘シ」ト云テ、空ニ昇ヌ。其ノ程空ニ微妙ノ楽ノ音有リ、ト見テ夢覚ヌ。男哀レニ貴シト思テ、弥ヨ信ヲ発シテ、法花経ヲ供養ジ奉リケリ。

男ノ心難有シ。譬ヒ、女ノ遺言有リト云フトモ、懃ニ約ヲ不違ズシテ、後世ヲ訪ハムヤ。其レモ、前世ノ善知識ニコソハ有ラメ。

男ノ語ルヲ聞キ継テ語リ伝ヘタルトヤ。

권14 제6화

에치고 지방越後國 구니데라國寺의 승려가 원숭이를 위해 법화경法華經을 서사한 이야기

에치고 지방越後國, 구니데라國寺의 지경승에게 『법화경法華經』 서사를 청하여 급사給使 공양에 매진했던 두 마리의 원숭이가 사경의 완결을 보지 못하고 죽었는데 후지와라노 고타카藤原子高 부부로 전생轉生해서 에치고의 수령이 되어 지경자와 재회하여 남은 부분을 보사補寫 공양했다는 이야기. 앞 이야기에 이어 축류畜類가 인간에게 『법화경』의 서사를 의뢰하여 그 공덕에 의해 선소善所에 전생하는 것이 주제主題이다. 또 표제에 '越後國國寺', 본문에 '國寺'라고 되어 있는 것은 『법화험기法華驗記』의 표제와 본문 앞머리에 '에치고 지방 기노토데라越後國乙寺'라고 되어 있는 것을 감안하면 '乙'의 초서체草書體를 중복기호인 'ㅅ'로 오독한 것으로 보인다.
단, 본문 중에 모두 '國寺'라고 되어 있는 것을 보면 편자는 이 절의 이름을 '國'라고 믿고 있었던 듯하다.

이제는 옛이야기이지만, 에치고 지방越後國[1] 미시마 군三島郡에 구니데라國寺[2]라는 절이 있었다. 그 절에 승려 한 사람이 살고 있었는데 밤낮으로 『법화경法華經』[3]을 독송하는 것을 일과로 삼고 그 이외는 아무것에도 관심을 갖지 않았다.

1 → 옛 지방명.
2 기노토데라乙寺(→ 사찰명)의 오기誤記.
3 → 불교.

그런데 언제부터인지 두 마리의 원숭이가 찾아와 당堂 앞의 나무에 올라가 이 승려가 『법화경』을 독송하는 것을 듣고 있었다. 아침에 와서는 저녁 무렵에 돌아갔다. 이렇게 어느샌가 석 달 정도 흘렀는데 매일 거르지 않고 변함없이 원숭이는 나무에 올라가 청문하였다. 승려는 이것을 신기하게 생각해서 원숭이가 있는 곳에 다가가서 원숭이를 향해 말했다.

"원숭이여, 너는 몇 달이나 이렇게 찾아와서는 나무에 올라 경을 독송하는 것을 듣고 있구나. 너는 『법화경』을 독송하고 싶다고 생각하고 있는 게냐?"

이렇게 말하자 원숭이는 승려를 향해 고개를 옆으로 흔들며 그렇지 않다는 시늉을 했다. 그래서 승려가 다시 말했다. "그렇다면 경을 서사하고 싶다고 생각하는 게냐?" 그러자 원숭이가 기쁜 모습을 보였기에 이를 본 승려가 말했다. "네가 경을 서사하고 싶은 거라면 내가 너를 위해 경을 서사해주마." 원숭이는 이를 듣고 입을 움직이며 한층 □[4]하며 기쁜 모습으로 나무에서 내려왔다.

그 후 대엿새 정도 지나서 수백 마리의 원숭이가 각각 뭔가를 등에 지고 찾아와서 승려에 앞에 내려놓았다. 살펴보니 나무 껍데기를 잔뜩 벗겨 모아 가져와 놓은 것이었다. 이를 본 승려는

'그렇다면 원숭이는 이것을 종이로 만들어서 요전에 이야기한 사경寫經을 위한 종이로 쓰려고 생각하고 있는 게로군.'

라고 이해하고는 불가사의하게 여기면서도 몹시 존귀한 일이라고 생각했다. 그로부터 그 나무 껍데기를 가지고 종이로 만들어 길일吉日을 택해 『법화경』을 쓰기 시작했다. 경을 쓰기 시작했던 날부터 줄곧 이 두 마리의 원숭

4 한자표기를 염두에 둔 의도적 결자. 해당어휘 불명. 원숭이의 기쁨을 나타내는 의성어가 들어갈 것으로 추정.

이는 매일 같이 찾아왔다. 언젠가는 참마, 도코로마[5]를 캐어 가져왔고 언젠가는 밤, 감, 배, 대추 등을 주워 와 승려에게 주었다. 승려는 이를 보고 더욱 불가사의하게 생각했다.

이미 이 경의 제5권[6]을 써서 바칠 때가 되었을 즈음 두 마리의 원숭이가 하루 이틀 보이지 않았다. 무슨 연유인지 이상하게 생각하여 절 근처에 나가 숲속을 둘러보니 두 마리 원숭이는 숲 속에서 참마를 잔뜩 캐어 내서는 그 흙 구멍에 머리를 처박은 채 두 마리 같은 모습으로 쓰러져 죽어 있었다. 승려는 이를 보고 눈물을 흘리며 슬퍼하고는 죽은 원숭이를 향해 『법화경』을 독송하고 염불을 외며 원숭이의 명복을 빌어 주었다. 그 뒤 그 원숭이가 주문했던 『법화경』은 다 쓰지 못하고 부처님 전의 기둥을 도려내어 그 안에 넣어 두었다. 그 후 사십여 년의 세월이 흘렀다.

그 무렵, 후지와라노 고타카藤原子高[7]라는 사람이 있어서 승평承平 4년[8]에 이 지방의 수령이 되어 내려왔다. 국부國府[9]에 도착하여 아직 신에게 제사[10]도 지내지 않고 공사公事[11]도 시작하기도 전에, 우선 부부가 함께 미시마 군으로 찾아왔다. 그 지방 사람도 국부의 관리도 '어떠한 연유로 이 군에 서둘러서 오신 것일까?'라고 이상하게 생각하였으나 수령은 구니데라에 참배했다. 주지인 승려를 불러내서 "혹시 이 절에 아직 다 쓰지 못한 『법화경』이

5 ＊맛과의 여러해살이 덩굴풀. 높이는 5～12cm이며 잎은 어긋나고 심장 모양이다. 잎끝은 뾰족하고 잎 가장자리는 밋밋하고 양면에 털이 없으며 잎자루가 길며 잔털이 많다. 한국, 일본 등지에 분포함.

6 『법화경』 제5권. 제바달다품提婆達多品 제12, 권지품勸持品 제13, 안락행품安樂行品 제14, 종지용출품從地湧出品 제15의 사품四品을 담고 있음.

7 → 인명.

8 스자쿠朱雀 천황天皇의 치세. 934년.

9 율령제律令制에서 각 지방에 설치된 관리의 집무장소. 에치고 지방後越國은 현재의 니가타 현新潟縣 조에쓰시上越市 나오에쓰直江津에 있었음.

10 수령은 부임赴任하면 제일 처음으로 그 지방의 신기神祇를 참배하고 국토안온國土安穩과 오곡풍양五穀豊穰을 기원함.

11 공무公務, 정무政務, 국무國務.

있지 아니한가?"라고 물었다. 승려들은 놀라서 찾아보았는데 눈에 띄지 않았다.

그러자 그 경을 쓰고 있었던 지경자가 나이는 여든을 넘어 늙어 쇠약해진 모습이나마 아직 살아 있었는데 그가 나와서 수령에게 아뢰었다.

"옛날에 제가 젊었을 때의 일로 두 마리의 원숭이가 찾아와서 이러이러한 사정으로 제게 쓰게 했던 『법화경』이 있사옵니다."

라고 옛 일을 빠짐없이 이야기했다. 수령은 매우 기뻐하며 그 노승에게 절을 하고는 말했다.

"어서 그 경을 꺼내주십시오. 우리들은 그 경을 다 써서 바치기 위하여 인계人界[12]에 태어나 이 지방의 수령으로 임명된 것입니다. 그 두 마리의 원숭이는 지금의 저희들입니다. 전세에 원숭이의 몸으로 태어나 지경자께서 독송했던 『법화경』을 듣고는 신앙심을 일으켜 『법화경』을 서사하고자 생각하였습니다만 성인聖人[13]의 도움에 의해 『법화경』을 서사할 수 있었습니다.[14] 그런 연유로 저희들은 성인의 제자입니다. 진심으로 존경하옵니다. 제가 이 지방의 수령으로 임명된 것은 보통의 연緣이 아닙니다. 거의 있을 수 없는 일로 오로지 이 경을 마저 다 쓰게 하기 위함입니다. 성인이시여, 부디 신속하게 이 경을 써 주셔서 저희들의 소원을 이루게 해 주십시오."

노승은 이를 듣고 비가 쏟아지듯 눈물을 흘렸다. 즉시 경을 꺼내어 일심불란으로 서사하였다. 수령은 또 별도로 삼천부의 『법화경』을 써서 앞서의 그 경經과 함께 하루 동안 법회法會를 열어 작법作法대로 공양하였다.

노승은 이 경을 써서 바친 공덕에 의해 정토淨土[15] 왕생往生을 이루었다.

12 → 불교.

13 → 불교.

14 원숭이가 스스로 서사한 것이 아니라 성인이 서사해 준 것임.

15 → 불교.

두 마리의 원숭이는 『법화경』을 들었기 때문에 『법화경』을 서사하고자 하는 서원을 세우고 그에 의해 원숭이의 몸을 떠나 인간계에 태어나 수령으로 임명되었다. 그리고 부부가 함께 숙원을 이루어 『법화경』을 서사해서 바칠 수 있었다. 두 사람은 그 후, 도심을 일으켜 전보다 한층 더 선근善根[16]을 닦게 되었다.

이것은 실로 희유稀有한 일이다. 설령 축생畜生[17]이라 할지라도 깊은 신앙심을 일으켰던 덕분에 이러한 숙원을 이룰 수 있었던 것이다.

세상 사람들은 이를 알고 깊은 신앙심을 일으키지 않으면 안 된다고 이렇게 이야기로 전하여 내려오고 있다 한다.

16 → 불교.
17 → 불교.

◉제6화◉
에치고 지방越後國 구니데라國寺의 승려가 원숭이를 위해 법화경法華經을 서사한 이야기

越後国々寺僧為猿写法花語第六

今昔、越後[19]ノ国、三島[20]ノ郡ニ国寺[21]ト云フ寺有リ。其ノ寺ニ一人僧住シテ、昼夜ニ法花経ヲ読誦スルヲ以テ役[22]トシテ他ノ事無シ。

而ル間、二ノ猿出来テ堂ノ前ニ有ル木ニ居テ、此ノ僧ノ法花経読誦スルヲ聞ク。朝ニハ来テ夕ニハ去ル。如此ク為ル事、既ニ三月許ニ成ヌルニ、毎日ニ不闕ズシテ、同様[23]ナル、居テ聞ク。僧此ノ事ヲ怪[24]ミ思テ、猿ノ許ニ近ク行テ、猿ニ向テ云ク、「汝ヂ猿ハ、月来如此ク来テ、此ノ木ニ居テ経ヲ読誦スルヲ聞ク。若[25]シ法花経ヲ読誦セムト思フカ」ト。猿僧ニ向テ頭ヲ振テ、不受気色也。僧亦云ク、「若シ経ヲ書写セムト思フカ」ト。其ノ時ニ、猿喜ベル気色ニテ、僧此レヲ見テ云ク、「汝ヂ若シ経ヲ書写セムト思ハヾ、我レ汝等ガ為ニ経ヲ書写セム」ト。猿此レヲ聞テ、口ヲ動シテ、尚[1]□テ喜ベル気色ニテ、木ヨリ下テ去ヌ。

其ノ後、五六日許ヲ経テ、数百ノ猿皆物ヲ負テ持来テ、僧ノ前ニ置ク。見レバ、木ノ皮ヲ多ク剝ギ集メテ、持来テ置ク也ケリ。僧此レヲ見ルニ、「前[2]ニ云ヒシ経[3]ノ料ノ紙ニ摣[4]ケト思ヒタル也ケリ」ト心得テ、奇異ニ思ユル物[5]、貴キ事無限シ。

其ノ後、其ノ木ノ皮ヲ以テ紙ニ摣テ、吉キ日撰ビ定メテ、法花経ヲ書キ始メ奉ル。経ヲ書キ始ムル日ヨリ、此ノ二ノ猿毎日ニ不闕ズ来ル。或ル時ニハ、暑預[6]、野老[7]ヲ堀テ持来ル。或ル時ニハ、栗、柿、梨子、薢[8]等ヲ拾テ持来テ僧ニ与フ。僧此[9]ヲ見ルニ、弥ヨ「奇異也」ト思フ。

此ノ経既ニ第五[10]ノ巻ヲ書キ奉ル時ニ成テ、此ノ二ノ猿一両日不見ズ。「何ナル事ノ有ルニカ」ト怪ビ思テ、寺ノ近キ辺二出デ、山林ヲ廻テ見ニ、此ノ二ノ猿林ノ中ニ暑預ヲ多ク堀リ置テ、土ノ穴ニ頭ヲ指入テ、二ツ乍ラ同ジ様ニ死テ臥セリ。僧此レヲ見テ、涙ヲ流シテ泣キ悲ムデ、猿ノ屍ニ向テ、法花経ヲ読誦シ念仏ヲ唱ヘテ、猿ノ後世ヲ訪ヒケリ。其ノ後、僧彼ノ猿誂ヘシ法花経ヲ不書畢ズシテ、仏ノ御前ノ柱ヲ刻テ籠メ置キ奉ツ。其ノ後四十余年ヲ経タリ。

其ノ時ニ、藤原ノ子高ノ朝臣ト云フ人、承平四年ト云フ年、当国ノ守ト成テ、既ニ国ニ下ヌ。国府ニ着テ後、未ダ神事ヲモ不拝ズ、公事ヲモ不始ザル前ニ、先ヅ大妻相共ニ三島ノ郡ニ入ル。共ノ人モ館ノ人モ、「何ノ故有テ、此ノ郡ニハ急ギ入リ給フラム」ト怪ビ思フニ、守国寺ニ参ヌ。住僧ヲ召出デ、問テ云ク、「若シ此ノ寺ニ不書畢ザル法花経ヤ御マス」ト。僧共驚テ尋ヌルニ、不御サズ。

其ノ時ニ、彼ノ経ヲ書キシ持経者、年八十余ニシテ、老耄シ乍ラ未ダ生テ有ケリ、出来テ守ニ申シテ云ク、「昔シ若カリシ時、二ノ猿来テ、然々シテ教ヘテ令書メタリシ法花経御マス」ト申テ、昔ノ事ヲ不落ズ語ル。時ニ守大ニ喜テ、老僧ヲ礼テ云ク、「速ニ其ノ経ヲ取出シ可奉シ。我レ彼ノ経ヲ書キ畢奉ラムガ為ニ、人界ニ生レテ、此ノ国ノ守ト任ゼリ。彼ノ二ノ猿ト云フハ、今ノ我等ガ身此レ也。前生ニ、猿ノ身トシテ持経者ノ読誦セリシ法花経ヲ聞シニ依テ、心ヲ発シテ法花ヲ書写セムト思ヒシニ、聖人ノ力ニ依テ法花ヲ書写ス。然レバ、我等聖人ノ弟子也。専ニ貴ビ可敬シ。此ノ国ノ守ニ任ズル、輒キ縁ニ非ズ。極テ難有キ事也ト云ヘドモ、偏ヘニ此ノ経ヲ書キ畢奉ラムガ故也。願クハ、聖人速カニ此ノ経ヲ書キ畢奉テ、我ガ願ヲ満ヨ」ト。老僧此ノ事ヲ聞テ、涙ヲ流ス事雨ノ如シ。即チ経ヲ取出シ奉テ、心ヲ一ニシテ書畢奉ツ。守亦三千部ノ法花経ヲ書キ奉テ、彼ノ経ニ副ヘテ、一日、法会ヲ儲テ、法ノ如ク供養ジ奉テケリ。

老僧ハ、此ノ経ヲ書奉レル力ニ依テ浄土ニ生レニケリ。二ノ猿、法花経ヲ聞シニ依テ、願ヲ発シテ猿ノ身ヲ棄テ、人界ニ生レテ国ノ司ト任ズ。夫妻共ニ宿願ヲ遂テ法花経ヲ書写シ奉レリ。其ノ後、道心ヲ発シテ弥ヨ善根[一〇]ヲ修ス。

実ニ[一一]此レ希有[一二]ノ事也。畜生也ト云ヘドモ、深キ心ヲ発セルニ依テ、宿願ヲ遂ル事如此シ。

世[一三]ノ人此レヲ知テ、深キ心ヲ可発トナム語リ伝ヘタルトヤ。

권14 제7화

수행승修行僧이 엣추 지방越中國의 다테 산立山에서 젊은 여인을 만난 이야기

지방을 돌며 수행하던 미이데라三井寺의 승려가 다테 산立山의 지옥에 떨어져 고생하는 여자의 영靈의 의뢰로 오미 지방近江國의 부모를 찾아 『법화경法華經』을 서사공양하게 해서 여자를 도리천忉利天에 전생하게 했다는 이야기. 여자가 생전에 단 한번 관음에게 빌었던 공덕으로 지옥에서 잠깐 평안을 얻은 일도 같이 기록하여 관음공덕담觀音功德譚의 색채도 띠고 있다. 재래적인 타계他界 신앙에 불교가 연결된 다테(다치)산 신앙에 유래한 유형적인 이야기.

이제는 옛이야기이지만, 엣추 지방越中國[1] □□[2]군郡에 다테 산立山[3]이라는 곳이 있었다. 예부터 그 산에는 지옥地獄[4]이 있다고 전해져오고 있었다.[5] 그 곳의 모습은 멀리 넓게 펼쳐진 고원으로, 그 계곡에는 백천百千의 무수히 많은 온천溫泉이 있고[6] 깊은 구멍 안쪽에서 뜨거운 물이 솟아나고 있었다. 바

1 → 옛 지방명.

2 군명郡名의 명기를 위한 의도적 결자. 『법화험기法華驗記』에 없음. '니카와新川'로 추정. 『만엽집萬葉集』 권17 · 다테야마 부立山賦(4000) 참조.

3 → 지명地名.

4 → 불교.

5 지금의 지고쿠 곡地獄谷을 가리킴. 쇼묘 강稱名川의 수원水源. 다이니치 악大日岳과 실당室堂 사이에 있으며 조도 산淨土山과 마주하는 곳. 저승의 지옥이 현출現出한 '생지옥生地獄'으로 여겨짐.

6 유황이 뿜어져 나오는 온천이 솟아나오는 곳을 현세의 지옥으로 여기는 신앙은 일반적이며, 특히 산악영장山岳靈場의 땅인 예가 많음.

위가 구멍을 막고 있었지만 뜨거운 물이 끓어올라 바위 사이에서 솟구치면 큰 바위마저 들썩였다. 열기熱氣로 가득차서 사람이 가까이 가서 보면 무섭기 그지없었다. 또 그 고원 안쪽에는 커다란 불꽃 기둥이 있어서 늘 불타고 있었다. 또한 그곳에는 높은 봉우리가 있었는데 다이샤쿠 악帝釋嶽[7]이라는 이름을 가지고 있었다. "이곳은 제석천帝釋天[8]과 명관冥官[9]이 모여 중생衆生의 선악善惡의 업業[10]을 감정勘定하는 곳이다."라고 전해진다. 이 지옥의 고원의 계곡에 커다란 폭포가 있었다. 높이가 십여 장丈으로 이것을 쇼묘勝妙 폭포[11]라고 불렀는데 하얀 천을 쳐놓은 듯했다. 옛날부터 전해오기를 "일본국日本國 사람으로 죄를 많이 지은 사람이 다테 산의 지옥에 떨어졌다."고 한다.

미이데라井寺에 있던 승려가 불도 수행을 위해 곳곳의 영험靈驗한 땅[12]에 참배參拜하며 난행고행難行苦行을 하고 있었는데 이 엣추의 다테 산에 찾아왔다. 지옥 벌판에 가서 이곳저곳 둘러보는데 산 속에서 한 여인을 만났다. 나이가 어려 아직 스물이 안 될 정도였다. 승려는 그 여자를 보고 두려움을 느꼈다. '행여 이는 귀신鬼神[13]일지도 모른다. 사람도 없는 산중에 이런 여자가 나타나다니.'라고 생각해서 도망가려고 하자 여자가 승려를 불러 세웠다.

"저는 귀신이 아닙니다. 무서워하시지 않아도 됩니다. 그저 말씀드려야 할 일이 있을 뿐입니다."

라고 말했다. 그러자 승려가 멈춰서 듣는데 여자는,

7 벳 산別山을 가리킴. 다테 산 삼산三山의 하나. 표고 2885m. 오난지 산大汝山이라는 설도 있음.

8 원문에는 "천제석天帝釋"(→ 불교).

9 → 불교.

10 → 불교.

11 지금의 쇼묘稱名 폭포를 가리킴.

12 영험소靈驗所 → 불교.

13 여기서는 인간을 해치는 사나운 악귀惡鬼의 종류를 이름.

"저는 오미 지방近江國 가모 군蒲生郡에 살던 사람입니다. 제 부모는 지금도 그 군에 살고 있습니다. 제 아버지는 목불사木佛師[14]이며 그저 불상을 팔은 돈으로 살아왔습니다. 저는 살아있을 때, 불상 값을 가지고 입고 먹고 했기 때문에 죽어서 이 소지옥小地獄[15]에 떨어져 견디기 힘든 괴로움을 받고 있습니다. 부디 당신께서 자비慈悲를 베풀어 이를 제 부모에게 알리어, 저를 위해 『법화경法華經』[16]을 서사공양書寫供養하여 저의 고통을 구하도록 이야기해 주십시오. 저는 이 말씀을 드리기 위해서 나타난 것입니다."
라고 말했다
승려는
"너는 지옥에 떨어져 고통을 당하고 있다면서 이처럼 마음대로 여기에 나온 것은 어찌된 일인가."
라고 말했다. 여자는
"오늘은 18일로 관음觀音[17]의 연일緣日[18]이옵니다. 저는 생전에, '관음을 섬기고 싶다.'라고 생각했고 또 '관음경觀音經[19]을 읽어야겠다.'라고 생각했었습니다. 그렇게 생각하고 있었지만 다음에 다음에 하던 중에 이루지 못하고 죽어 버렸습니다. 하지만 18일에 딱 한번 정진精進하고 관음님께 절 올린 적이 있었기 때문에 매월 18일에는 관음님께서 이 지옥에 와 주셔서 하루밤낮 저를 대신해 괴로움을 받아 주시는 것입니다. 그 동안에 저는 지옥을 나와서 편안하게 이곳저곳 돌아다닐 수 있는 것입니다. 그래서 저는 이렇게 찾아온 것입니다."

14 금동불金銅佛을 주조鑄造하는 불사佛師와 달리 목불木佛을 조각하는 불사의 호칭.
15 → 불교.
16 → 불교.
17 → 불교.
18 → 불교.
19 → 불교.

라고 말하고 감쪽같이 사라져 버렸다.

승려가 이를 불가사의하게도 두렵게도 여기면서 다테 산을 나와 이 일의 진위眞僞를 가리기 위해 여인이 말한 오미 지방의 가모 군에 가서 찾아보니 정말로 부모가 살고 있었다. 승려는 여인이 말한 것을 빠짐없이 전하였다. 부모는 이것을 듣고 눈물을 흘리며 더할 나위 없이 슬퍼하였다. 승려는 이야기를 전하였으므로 돌아갔다. 부모는 즉시 딸을 위해 『법화경』을 서사 공양하였다.

그러자 그 후에 아버지의 꿈에, 그 여인이 아름다운 옷차림으로 합장을 하고 아버지에게

"저는 『법화경』의 위력과 관음의 도우심 덕분에 다테 산의 지옥에서 나와 도리천忉利[20]에서 태어나게 되었습니다."

라고 말했다. 부모는 더할 나위 없이 울며 기뻐하였다. 그런데 그 승려도 이러한 꿈을 꾸었다.[21] 이 사실을 알리기 위해서 부모의 집을 찾아가 꿈 이야기를 하였더니 아버지 또한 자기가 본 꿈 이야기를 하는데 그 꿈이 조금도 다르지 않고 똑같았다.

승려가 이것을 듣고 참으로 존귀한 일이라 여겨 돌아가서 세간에 이야기해 전했다.[22] 그것을 듣고 전하여 이렇게 이야기로 전하여 내려오고 있다 한다.

20 → 불교.

21 승려가 꾼 꿈과 아버지가 꾼 꿈이 같은 내용이었다는 것은 유형적類型的인 모티브.

22 → 권14 제1화·5화 주석 참조. 이야기에 나오는 당사자를 제일전승자第一傳承者로 하는 것은 본집本集의 상투적인 수법.

⊙ 제7화 ⊙ 수행승修行僧이 엣추 지방越中國의 다테 산立山에서 젊은 여인을 만난 이야기

修行僧至越中立山会小女語第七

今昔、越中[一四]ノ国、□[一五]ノ郡ニ立山[一六]ト云フ所有リ。昔ヨリ彼ノ山、地獄[一七]有ト云ヒ伝ヘタリ。其ノ所ノ様ハ原[一八]ノ遥ニ広キ野山也。其ノ谷ニ百千ノ出湯[一九]有リ。深キ穴ノ中ヨリ涌出ヅ。巌ヲ以テ穴ヲ覆ヘルニ、湯荒ク涌キ、巌ノ辺ヨリ涌出ヅルニ、大ナル巌動ク。熱気満テ、人近付キ見ルニ、極テ恐シ。亦其ノ原ノ奥ノ方ニ大ナル火ノ柱有リ。常ニ焼ケテ燃ユ。亦、其ノ所ニ大ナル峰有リ。帝釈[二〇]ノ嶽ト名付タリ。「此レ、天帝釈[二一]、冥官[一]ノ集会シ給テ、衆生ノ善悪ノ業ヲ勘ヘ定ムル所也」ト云ヘリ。其ノ地獄ノ原ノ谷ニ大ル滝有リ。高サ十余丈[二]也。此レヲ勝妙[三]ノ滝ト名付タリ。白キ布ヲ張ルニ似タリ。而ルニ、昔ヨリ伝ヘ云フ様、「日本国ノ人罪ヲ造テ、多ク此ノ立山ノ地獄ニ堕ツ」ト云ヘリ。

其レ[四]ニ、三井寺ニ有ケル僧、仏道ヲ修行スルガ故ニ、所々ノ霊験所ニ詣デ、難行苦行スルニ、彼ノ越中ノ立山ニ詣デ、地獄ノ原ニ行テ廻リ見ケルニ、山ノ中ニ一人ノ女有リ。年若クシテ未ダ二十ニ不満ヌ程也。僧女ヲ見テ、恐ヂ怖レテ、「若シ此レ鬼神[五]カ。人無キ山中ニ此ノ女出来レリ」ト思テ、逃ムト為ルニ、女僧ヲ呼テ云ク、「我レ鬼神ニ非ズ。更ニ不可恐ズ。只可申キ事ノ有ル也」ト。其ノ時[六]ニ、僧立チ留テ聞クニ、女ノ云ク、「我レ[七]ハ此、近江ノ国、蒲生[八]ノ郡ニ有シ人也。我ガ父母于今其ノ郡ニ有リ。我ガ父ハ木仏師[九]也。只、仏[一〇]ノ直ヲ以テ世ヲ渡リキ。我レ生タリシ時、仏ノ直ヲ以テ衣食トセシ故ニ、死テ此ノ小地獄[一一]ニ堕テ難堪キ苦ヲ受ク。汝ヂ慈[一二]ノ心ヲ以テ、此ノ事ヲ我ガ父母ニ伝ヘ告ゲヨ、『我ガ為ニ法花経ヲ書写供養ジ奉テ、我ガ苦ヲ救ヘ』ト。此ノ事ヲ申サムガ為ニ、我レ出来レル也」ト。

僧ノ云ク、「君地獄ニ堕テ苦ヲ受クト云フニ、如此ノ心ニ任セテ出来ル事何ニ」ト。女ノ云ク、「今日[一三]ハ、十八日、観[一四]音ノ御縁日[一五]也。我レ生タリシ時、『観音ニ仕ラム』ト思ヒ、亦、『観音経[一六]ヲ読奉ラム』ト思ヒキ。然カ思ヒキト云ヘドモ、今々ト思ヒシ程ニ、其ノ事ヲ不遂ズシテ死ニキ。然レドモ、十八日ニ、只一度精進シテ観音ヲ念ジ奉タリシ故ニ、毎月ノ十八日ニ、観音此ノ地獄ニ来給テ、一日一夜、我レニ代テ苦ヲ受ケ給フ也。其ノ間、我地獄ヲ出デヽ、息ミ遊ブ。然レバ、我レ此ク来レル也」ト云テ後、掻消[一七]ツ様ニ失ヌ。

僧此レヲ奇異ニ恐シク思テ、立山ヲ出デヽ、此[一八]ノ事ノ実否[一九]ヲ尋ムガ為ニ、彼ノ近江ノ国、蒲生ノ郡ニ行テ尋ヌルニ、父母有リ。僧女人ノ云ヒシ事ヲ不落ズ語ル。父母此レヲ聞テ、涙ヲ流シテ泣キ悲ム事無限シ。僧ハ此ノ事ヲ告ツレバ、返去ヌ。父母忽ニ女子ノ為ニ法花経ヲ書写供養ジ奉リツ。

其ノ後、父ノ夢ニ、彼ノ女子微妙[一]ノ衣服ヲ着テ、掌ヲ合セテ、父ニ申ク、「我、威力[二]、観音ノ御助ニ依テ、立山ノ地獄ヲ出デヽ、忉利天[三]ニ生レヌ」トゾ告ゲヽル。父母喜ビ悲ム事無限シ。而[四]ル間、亦彼ノ僧ノ夢ニモ如此ク見ケリ。僧此ノ事ヲ告ムガ為ニ、父母ノ家ニ行テ夢ノ事ヲ語ルニ、父亦我ガ見ル所ノ夢ヲ語ニ、其ノ夢亦同クシテ違フ事無シ。

僧[五]此レヲ聞テ、貴ビテ返テ、世ニ語リ伝ヘタル也。其レヲ聞キ継テ語リ伝ヘタルトヤ。

권14 제8화

엣추 지방越中國 서생書生의 아내가 죽어서 다테 산立山의 지옥地獄에 떨어진 이야기

엣추 지방越中國의 서생書生이 세 아들이 다테 산立山 지옥地獄을 찾아가서 죽은 어머니의 부탁을 듣고 부자父子가 협력하여 국사國司 이하 여러 사람의 협력을 얻어 천 부千部의 『법화경法華經』을 서사공양하고 죽은 어머니를 도리천忉利天에 전생하게 했다는 이야기. 줄거리는 다르지만 중심적인 모티브는 앞 이야기와 같고, 다테 산 지옥에 떨어진 여인이 『법화경』의 서사공양에 의해 선처善處에 전생轉生하는 것을 주제로 함. 이야기 끝에 『법화경』 서사에 참가한 노승의 체험을 덧붙여 설화의 신빙성을 강조하고 있음.

이제는 옛이야기이지만, 엣추 지방越中國[1]에 서생書生[2]이 한 사람 있었다. 아들이 셋 있었다. 서생은 아침저녁으로 국부國府[3]에 나가 공사公事에 전념하고 있었다. 그런데 서생의 아내가 갑자기 몸에 병이 나서 며칠을 앓다가 죽어버렸다. 남편과 아이가 눈물로 슬퍼하며 추선追善하였다. 상가喪家에 몇 명이나 승려가 묵으면서 칠칠일七七日[4] 동안 정성껏 불사佛事를 행했다.

1 → 옛 지방명.
2 → 서기생書記生. 국부國府에서 일하는 하급관리.
3 → 엣추越中 국부는 현재의 도야마 현富山縣 다카오카 시高岡市 후시키伏木에 있었음.
4 죽은 후 49일 동안. 이 사이를 중유中有라고 하며 죽은 이가 금생今生과 내생來生 중간에 있으며 아직 도래할 업보를 받지 않는 기간. → 권14 제5화 참조.

이윽고 칠칠일도 끝났지만 슬픔과 탄식이 끊이지 않았다. 망우초忘憂草라 해도 자라지 못했을 것이리라.[5] 아이들은 "어머니가 어느 곳에서 다시 태어났다고 해도 다시 한 번 만나고 싶구나."라고 서로 이야기했다. 그런데 그 지방에 다테 산立山[6]이라는 곳이 있었는데 진정 존귀한 곳으로 매우 깊은 산이었다. 길이 험해서 사람들이 쉽게 다녀올 수 없었다. 그 안에 온갖 종류의 지옥 온천[7]이 있었는데 참으로 무서운 광경이었다. 어느 날 서생의 아이들 셋이 이야기했다.

"우리들이 이렇게 어머니를 그리워하며 슬퍼한다 해도 조금도 마음이 편해지질 않는다. 편해지질 않아. 어디 한번 그 다테 산에 가서 지옥地獄이 불타는 것을 보고 우리 어머니의 처지를 가늠하고 애도함이 어떠한가."

이렇게 말하고 다 같이 다녀오기로 했다. 존귀한 성인聖人[8] 스님이 함께 했다.

지옥을 하나하나 가 보았지만, 참으로 보기에 무섭기 그지없었다. 모든 곳이 불타고 있었다. 지옥의 모습은 열탕熱湯이 부글부글 불꽃을 뿜으며 용솟음치고 있어 멀리서 바라보는 데도 몸을 덮치듯 하여 뜨거워 견딜 수가 없었다. 하물며 열탕 속에서 삶아지고 있는 사람의 고통을 생각하니 가엾고 슬퍼서, 스님을 통해 석장공양錫杖供養[9]을 하거나 『법화경法華經』[10]을 읽어 주게 하자 지옥의 불길이 사그라지는 것처럼 보였다. 이렇게 지옥을 열 곳

5 훤초萱草의 이명異名. 『문선文選』 권6의 주석 참조. 여기에서는 슬픔을 잊게 해 준다는 망우초가 자라지도 못한다, 즉, 잊을 수 없었다는 뜻. 본집本集 권31 제27화에서는 아버지의 죽음의 슬픔을 잊기 위해 아들이 무덤에 이 풀을 심는다. 『도시요리 수뇌俊頼髓腦』 등 참조.

6 → 지명地名.

7 구체적으로는 온천의 용출구湧出口를 가리킴. → 권14 제7화 주석 참조.

8 → 불교.

9 석장錫杖(→ 불교)을 흔들고 가타伽陀(게偈〈→ 불교〉·송頌)를 외워 공양하는 것을 가리킴. 4개법요四箇法要의 네 번째에 석장(구조석장九條錫杖)이 있음.

10 → 불교.

인가 돌아보았는데, 그중에 특히 무서운 지옥에 이르러 앞에서와 같이 경을 읽고 석장을 흔들고 있는 동안에는 불꽃이 조금 사그라지는 듯이 보였다. 그때 몸은 보이지 않은 채 바위틈으로, 밤낮으로 연모戀慕하는 어머니의 목소리로 다로太郎야 하고 부르는 소리가 났다. 이것을 듣고 생각지도 못했던지라 불가사의하게 여겨 잘못 들었는가 생각해서 얼마간 대답하지 않았다. 계속해서 같은 목소리로 이름을 불렀다. 자식들은 두려워하면서, "이는 누가 부르시는 것입니까?" 하고 묻자 바위틈의 목소리가 대답한다.

"무슨 소릴 하는 것이오. 자기 어머니 목소리를 모르는 사람이 어디 있소. 나는 생전生前에 죄를 짓고, 사람들에게 베풀고자 하지 않았기 때문에 지금 이 지옥에 떨어져 이루 말할 수 없는 고통을 받으며 밤낮으로 쉴 때도 없소이다."

아이들이 이것을 듣고, 불가사의하게 생각했다. 꿈을 통해 계시하는 일은 종종 있는 일이다.[11] 하지만 현실에서 이처럼 말씀하는 일은 세상에 들어본 적이 없었으나[12] 정말로 어머니의 목소리였기에 의심할 수가 없었다. 그래서 아이들은, "어떤 선근善根[13]을 쌓으면 어머니는 이러한 고통에서 벗어나실 수 있습니까?"라고 물었다. 바위틈의 목소리가 말하기를

"죄가 깊어 쉽사리 이 고통에서 벗어날 수 없소이다. 광대廣大한 선행을 행하기에는 너희들은 가난하고 힘이 부족하여 불가능하오. 그러하니 많은

11 죽은 사람이 꿈에 나타나 계시를 하는 것. 꿈의 계시夢告를 신불이나 명계로부터의 통보通報로 파악하는 발상은 본집本集에서 현저하게 보임. 전거典據에 없는 꿈의 계시의 설정은 그 영향으로 판단됨.

12 '(죽은 사람의 목소리를 분명히 듣는다는 것은) 이제까지 들어 본 적이 없는 일이지만'이라는 의미. 죽은 사람의 목소리를 듣는다는 신앙은 타계신앙他界信仰의 산악영장山岳靈場에서는 일반적인 일. 현재에도 아오모리 현靑森懸의 오소레 산恐山 엔쓰지圓通寺 무당イタコ의 공수(* 무당이 죽은 사람의 넋이 말하는 것이라고 하여 전하는 말)는 유명하다. 또 『하루살이 일기蜻蛉日記』 상上에는 죽은 사람이 나타나서 그 모습이 분명히 보였다는 전승이 기록되어 있음.

13 → 불교.

겁劫[14]이 지나더라도, 이 지옥을 벗어날 수 없을 것이오."

라고 말했다. 아이들이, "그렇다고 한들, 얼마만큼의 선행을 쌓으면 지옥을 벗어나실 수 있겠습니까?"라고 물었다. 바위틈의 목소리는

"하루에[15]『법화경』 천 부千部를 서사공양書寫供養을 하기만 한다면 비로소 이 고통에서 벗어날 수 있겠지요."

라고 말했다. 아이들은,

"하루에『법화경』한 부를 서사 공양하는 것은 상당한 재력이 있는 사람이나 할 수 있을 것입니다. 하물며, 십부十部도 아니고 백부白部도 아니고 천부라니 엄두도 못낼 일입니다. 하지만 실제로 어머니가 고통받고 있는 것을 본 이상 집에 돌아가 편하게 있을 수는 없습니다. 그저 저도 지옥에 들어가 어머니의 고통을 대신하고자 합니다."

라고 말했다. 그러자 옆에 있던 승려가

"부모의 고통을 자식이 대신하여 죄를 받는 것은 이승에서의 일이다. 명도冥途[16]에서는 각자의 업業[17]에 따라 벌을 받으니 대신하려고 해도 불가능한 일이다. 그저 집에 돌아가 힘닿는 데까지 단 일 부一部라도『법화경』을 서사 공양하면 조금이나마 고통이 줄어들 것이니라."

라고 말했다. 그리하여 자식들은 슬피 울면서 집으로 돌아와 자초지종을 서생인 아버지에게 이야기했다. 서생은 이를 듣고

"참으로 가엽고 슬픈 일이지만 법화경 천 부는 어떻게 할 수가 없다. 그저 지심至心으로 힘닿는 데까지 써야 할 것이다."

14 지금부터 앞으로 얼마나 지나도. 미래 영원히. '겁劫'. → 불교.

15 일일경一日經. 하루 사이에『법화경』한 부를 서사 공양하는 것. 또한 그 경을 일일경一日經이라고 함. 그 공덕은 무량하다 하며, 남도南都에서는 다이안지大安寺의 곤소勤操 승정僧正이 시작했다 함(『잡담집雜談集·7』). → 관련내용이 권14 제2화에도 보임.

16 → 불교.

17 → 불교.

라고 말하고 우선 삼백 부정도의 서사공양을 계획하였다.

그런데 국사國司 □□[18]라는 사람에게 어떤 이가 이 이야기를 하였다. 국사는 도심 깊은 사람이었는데, 이를 듣고 그 서생을 불러서 직접 묻자 서생은 자초지종을 아뢰었다. 국사가 이를 듣고 자비심慈悲心이 일어나, "나도 그 일을 함께 하고자 하노라."라고 말하고 이웃 지방의 노토能登,[19] 가가加賀,[20] 에치젠越前[21] 등의 연고緣故[22]를 찾아 협력을 구했다. 국사가 마음을 합쳐 일을 해나갔기에 드디어 천부의 『법화경』을 서사하여 일일一日 법회를 공양할 수 있었다.

그 후에 아이들의 마음은 비로소 편안해지고 '우리 어머니가 이제는 지옥의 괴로움에서 벗어났을 것이다.'라고 생각하게 되었다. 그 후에 다로의 꿈에 어머니가 아름다운 의복을 걸치고 나타나서, "나는 이 공덕功德[23] 덕분에 지옥을 벗어나 도리천忉利天[24]에서 태어나게 되었소."라고 말하고 하늘로 올라갔다. 다로는 이러한 꿈을 꾸고 깨어났다. 그 후에 이 꿈의 계시를 널리 사람들에게 이야기하고 기뻐하며 존귀하게 여겼다. 후에 아이들이 다테 산에 가서 전처럼 지옥을 둘러보았지만 이번에는 바위틈에서 목소리가 들리지 않았다. 이 다테 산의 지옥은 지금도 있다고 한다.

이 이야기는 □□[25] 경에, 히에이 산比叡山의 여든 살쯤의 노승老僧이 있었는데 그가 젊었을 적에 에치고 지방越後國[26]에 내려간 적이 있었는데, "나도

18 국사國司의 성명姓名의 명기를 위한 의도적 결자.
19 → 옛 지방명.
20 → 옛 지방명.
21 → 옛 지방명.
22 각각 연고를 물어 기진寄進했다, 라는 의미.
23 (→ 불교) 천 부의 『법화경』 서사공양의 공덕.
24 → 불교.
25 연대의 명기를 의도한 의식적인 결자.
26 → 옛 지방명.

그때 엣추 지방에 가 있어서 그 경經을 적었다."라고 말한 이야기이다. □[27] 때부터 육십 년이 지난 셈이다.

실로 이는 흔치 않은 이야기이다.[28] 지옥에 떨어져 꿈속의 계시가 아니라 실제 현실에서 말로 계시를 하였다는 것은 일찍이 들은 적이 없었던 일[29]이라고 이렇게 이야기로 전하여 내려오고 있다 한다.

27 연대의 명기를 위한 의도적 결자.

28 꿈에서 이른 것이 아니라, 현실의 말로 전한 것을 기이하게 여기고 있음.

29 뒤집어 말하자면, 신불과 명계의 계시는 보통 꿈에서 이루어진다고 여기고 있었던 것이 됨.

⊙제8화⊙ 엣추 지방越中國 서생書生의 아내가 죽어서 다테 산立山의 지옥地獄에 떨어진 이야기

越中国書生妻死堕立山地獄語第八

今昔、越中[6]ノ国ニ書生有[7]ケリ。其ノ男子三人有リ。書生朝暮国府[8]ニ参テ、公事[9]ヲ勤メテ有リ。而ル間、書生ガ妻俄ニ身ニ病ヲ受テ、日来煩テ死ヌ。夫幷ニ子共泣キ悲ムデ、没後ヲ訪フ。葬家ニ僧共数籠テ、七々日[10]ノ間思ヒノ如ク仏事ヲ修ス。

而ルニ、七々日畢テ後、思ヒ歎キ恋ヒ悲ブ事、忘レ草[11]モ不生ズモヤ有ケム、「我ガ母何ナル所ニ生ヲ替ヘタリトモ、相ヒ見バヤ」ナド云ヒ合ヘル程ニ、其ノ国ニ立山[12]ト云フ所有リ。極テ貴ク深キ山也。道嶮クシテ輙ク人難参シ。其ノ中ニ、種々ニ地獄ノ出湯[13]有テ、現ニ難堪気[14]ナル事共見ユ。而ル間、書生ガ子共三人語ヒ合セテ云ク、「我等此ク母ヲ恋ヒ悲ムト云ヘドモ、其ノ心不息ズ。心不息ズ[15]。去来、彼ノ立山ニ詣デ地獄ノ燃ラムヲ見テ、我ガ母ノ事ヲモ押シ量テ、思ヒ観ゼ[16]ム」ト云テ、皆詣ニケリ。貴キ[17]聖人ノ僧ヲ具シタリ。

地獄毎ニ行テ見ルニ、実ニ難堪気ナル事共無限シ。燃エ燋レテ有リ。其ノ地獄ノ有様ハ、湯ノ涌キ返ル焔、遠ク[18]テ見ルニソラ我ガ身ニ懸ル心地シテ、暑ク難堪シ。何況ヤ[19]、煮ユラム人ノ苦ビ思遣ルニ、哀レニ悲クテ、僧ヲ以テ錫杖[20]供養ゼサセ法花経講ゼサセナド為ル程、地獄ノ焔宜ク見ユ。如此ク、地獄十許ヲ廻テ見ルニ、中ニ極テ勝レテ難堪気ナル地獄ニ至テ、前ノ如ク経ヲ講ジ、錫杖振ナド為ル程ハ、焔シ少シ宜ク成ル様ニ見ユ。其ノ程ニ、体ハ不見ズ、巌ノ迫ニ、我ガ嗟ケ暮レ恋ヒ悲ム母音ニテ、太郎ヲ呼ブ。此レヲ聞テ、不思懸ズ奇異ニ思テ、僻耳ナラムト思ヘバ、暫ク不答ズ。頻ニ同音ニシテ呼ブ。恐レヲ成シ乍ラ、「此ハ何ナル人ノ呼ゾ」ト云ヘバ、巌迫ノ音答テ云ク、「何ニ此クハ云フゾ」ト、「我ガ母ノ音不聞知ヌ人ヤ有ル。我レ前生ニ罪ヲ造リ、人ニ物ヲ不与ズシテ、今此ノ地獄ニ堕テ苦ヲ受ル事量無シ。昼夜ニ息ム時無シ」ト。子共此レヲ聞テ、奇異ニ思フ。夢ナムドニ示スハ常ノ事也。現ニ此ク告ル事ヲ、世ニ不聞エヌ事也ト云ヘドモ、正シク母ノ音ニテ有レバ、可疑キニ非ズ。然レバ、子共ノ云ク、「何ナル善根ヲ修シテカ此ノ苦ヲバ遁レ可給キ」ト。巌迫ノ音ノ云ク、「罪ミ深クシテ輙ク此ノ苦ヲ難免シ。広大ノ善根ニ於テハ、汝等身貧シテ力不堪ズシテ、修セムニ不能ジ。然レバ、多ノ劫ヲ経ト云フトモ、此ノ地獄ヲ離ル、事不有ジ」ト。子共ノ云ク、「而ルニテモ、何許ノ善ヲ修シテカ遁レ可給キ」ト。巌迫ノ音ノ云ク、「一日ニ法花経千部ヲ書写供養ジタラムノミゾ、此ノ苦ハ可遁キ」ト云フニ、子共ノ思ハク、「一日法花経一部ヲ書写供養ズルソラ、堪ヘ有ル人ノ事也。何況ヤ、十部ニモ非ズ百部ニモ非ズ、千部マデハ可思懸キ事ニモ非ズ。然レドモ、現ニ母ノ苦ヲ受ケムヲ見テ、家ニ返テ安ラカニ有ラム事ハ。只我レモ地獄ニ入テ、母ノ苦ニ代ラム」ト云フニ、亦、人有テ云ク、「祖ノ苦ニ子ノ代テ罪ヲ蒙ル事ハ此ノ世ノ事ニコソ有レ。冥途ニハ、各業ニ依テ罪ヲ受クレバ、代ラムト思ト云トモ、其事不能ジ。只、家ニ返テ、力ノ

立山地獄（立山曼荼羅）

堪ヘ[一]ニ随テ、一部モ法花経ヲ書写供養シ奉ラバ、少シニテモ苦ハ怠[二]リナム」ト云テ、泣々[三]ク家ニ返テ、此ノ事ヲ父ノ書生ニ語ル。書生此レヲ聞テ云ク、「実ニモ哀ニ悲キ事ニコソ有[四]ナレドモ、法花経千部マデハ力不及ズ。只、志シノ至ル程、力ノ堪ニ随テ可書キ也」ト云テ、先ヅ三百部許ヲ思ヒ企[五]ツ。

而ル間、国ノ司[六]□云フ人ニ、人有[七]テ此ノ事ヲ語ル。国ノ司此ク聞テ、道心有ル人ニテ、其ノ書生ヲ召テ、面ニ問ニ、書生委ク申ス。国ノ司此ヲ聞テ、慈[八]ノ心ヲ発シテ、「我レ其ノ事同ジ心ニ思ヒ立ム」ト云テ、隣ノ国々、能登[九]、加賀[一〇]、越前[一一]ナドニ、縁々[一二]ニ触レテ勧ム。国司心ヲ合テ営ム間、遂ニ千部ノ法花経ヲ書写シテ、一日ノ法会ヲ儲テ供養ジツ。

其後、子共ノ心息マリテ、「我ガ母今ハ地獄ノ苦免カレタラム」ト思フ程、其ノ後太郎ガ夢ニ、母ハ微妙ノ衣服ヲ着テ来テ告テ云ク、「我レ此[一三]ノ功徳ニ依テ、地獄ヲ離レテ忉利天[一四]ニ生ヌ」ト云テ、空ニ昇ヌ、ト見テ夢メ覚[一五]ヌ。其ノ後、此ノ夢ノ告ヲ普ク人ニ語テ、喜ビ貴ビケリ。後ニ、子共立山ニ行テ、前ノ如ク地獄ヲ廻リ見ルニ、其ノ度ハ巌[一六]迫ノ音無カリケリ。其ノ立山ノ地獄于今有[一七]ナリ。

此ノ事□比[一八]、比叡ノ山ニ年八十許ナル老僧ノ有ケルガ、若カリシ時越後[一九]ノ国ニ下ダリシニ[二〇]、「我レモ、其ノ時ニ、越中ノ国ニ超テ、其ノ経ハ書キ」ト語ケル也。□比[二一]マデ六十余年ニ成タル事ナルベシ。

実ニ此レ希[二二]ノ事也。地獄ニ堕テ、夢ノ告ニ非シテ、現[二三]ニ言ヲ以テ告ル事、未ダ不聞及ザル事也トナム語リ伝ヘタルトヤ。

권14 제9화

미마사카 지방美作國의 광부鑛夫가 갱내에 갇혔다가 법화경法華經의 도움으로 빠져나온 이야기

미마사카 지방美作國의 광산에서 광부가 낙반落盤에 의해 갱내坑內에 갇혔으나 『법화경法華經』의 서사를 입원立願한 공덕에 의해 화인化人의 급사給仕를 얻고 이윽고 도착한 사람들에게 무사히 구출되었다는 이야기. 이야기 끝부분은 온 지방 사람이 이 일을 존귀하게 여겨 남자에게 협력하여 『법화경』의 서사공양을 이루었다고 되어 있는데, 이 점에서 앞 이야기와 이어진다.

이제는 옛이야기이지만, 미마사카 지방美作國[1]에 《아이英》[2]타多 군郡에 철을 캐는 산이 있었다. 아베安倍 천황天皇[3]의 치세에 국사國司인 □□[4]라는 이가, 열 명의 백성으로 하여금 이 산에 들어가 철을 캐도록 하였다. 백성들이 동굴에 들어가 철을 캐는데, 갑자기 동굴의 입구가 무너져 내려 입구가 막혀서 동굴에 들어가 있던 광부鑛夫들이 두렵고 당황해서 앞다투어 나왔는데 아홉이 먼저 나왔지만, 끝에 한 명이 늦게 나오는 상황에서 동굴이 다 무너져서 나오지 못하고 말았다. 국사를 비롯하여 이를 보았던 사람은 상하를

1 → 옛 지방명.
2 파손에 의한 결자. '영英'으로 추정. 『영이기靈異記』, 『삼보회三寶會』, 『법화험기法華驗記』를 참조하여 보충함. 현재의 오카야마 현岡山縣 아이다 군英田郡.
3 → 인명. 『영이기』의 설화 배열로부터 제48대 쇼토쿠稱德 천황天皇(고켄孝謙 천황의 중조重祚)을 가리킴.
4 국사國司의 성명의 명기를 위한 의도적 결자. 『법화험기』 이하 모두 국사의 이름을 기록하고 있지 않음.

막론하고 모두 더할 나위 없이 탄식하였다.

그 동굴에 갇힌 자의 처자식은 슬피 울며 그 날부터 불경佛經을 서사하고 매每 칠일七日에[5] 불사佛事를 행하여 그의 내세來世의 명복을 빌었는데, 어느새 칠칠일七七日[6]이 지났다.

그 동굴에 갇힌 자는 동굴이 막혔다고는 해도, 동굴 안에 공간이 있어 목숨은 부지할 수 있었다. 하지만 먹을 것이 없어 그대로 죽기를 기다릴 수밖에 없어 지성으로 기도를 하였다.

"저는 지난해에 『법화경法華經』[7]을 서사書寫하겠다고 서원誓願했지만 아직 이루지 못한 채, 지금 뜻하지 않게 이런 재난을 당했습니다. 제발 서둘러 『법화경』이시어, 저를 도와 주십시오. 만약 저를 도와 주셔서 제가 산다면 반드시 경전을 서사하겠습니다."

이렇게 빌고 있자, 동굴의 입구가 조금 무너져 틈이 생겼다. 햇빛이 조금 비쳐 들어오는 것을 보고 있자 그 틈으로부터 젊은 승려가 들어와 음식을 가져와서 그에게 주었다. 이것을 먹자 배고픔이 씻은 듯이 사라졌다. 승려는,

"너의 처자식이 집에서 너를 위해 매 칠일에 법사를 올리고 내게 먹을 것을 주었다. 이에 내가 와서 너에게 음식을 주는 것이니라. 얼마간 기다리도록 하라. 내 너를 구해 주겠노라."

라고 말하고 틈 사이로 나갔다. 그 뒤로 얼마 지나지 않아서 이 동굴의 입구가 누가 파지도 않았는데 저절로 열려 빠져 나갈 수 있게 되었다. 멀리 올려다보니 하늘이 보였다. 입구의 넓이는 세 척尺 정도,[8] 높이는 다섯 척尺 정도였다.

5 7일이 될 때마다 올리는 법요法要. 칠칠일, 즉 49일(만중음滿中陰)로 마무리함. 49일 동안은 죽은 이가 다음 생을 얻기까지의 기간으로 중유中有라고 함.

6 → 불교.

7 → 불교.

8 진복사본眞福寺本 『영이기』, 전전본前田本 『영이기』에서는 "넓이 2척, 높이 5척"이라 하고 있고 동박본東博本 『삼보회三寶會』, 『법화험기』에서는 "넓이 3척, 높이 5척"이라 하고 있음. 뒷 문장에 의하면 구멍의 위와 바닥

하지만 그가 있는 곳에서 구멍의 입구는 너무 높아서 오를 수가 없었다.

이러고 있는 동안 그 주변에 서른 명 남짓의 사람들이 넝쿨을 베기 위해서 산속 깊이 들어와 이 구멍 가까이를 지나게 되었다. 그때, 동굴 아래에 있던 남자가 지나가는 산사람[9]의 그림자가 구멍 안으로 비치는 것을 보고 큰소리로 "살려 주시오." 하고 소리쳤다. 산사람은 어렴풋이 모기 우는 소리 같은 것이 동굴 바닥에서 나는 것을 듣고 이상하게 여기어, '혹시 이 동굴에 사람이 있는가.'라고 생각해서 진위를 알고자 돌에 넝쿨을 메달아 동굴에 떨어트렸다.[10] 바닥에 있던 남자가 이것을 당겼다. 그래서 '역시 누군가 있구나.' 알고 즉시 넝쿨로 바구니를 만들어서 거기에 줄을 매달아 내려 보냈다. 바닥에 있던 사람이 이것을 보고 기뻐하며 바구니에 올라탔다. 위에 있던 사람들이 모여 끌어올려 보니 동굴에 갇혔던 사람이었다. 그리하여 집에 데려갔다. 집에 있던 사람들은 이것을 보고 이루 말할 수 없이 기뻐하였다. 국사가 이것을 듣고 놀라서 불러들여 물어보니, 남자는 상세히 보고하였다. 듣는 사람 모두 이 일을 존귀한 일이라고 감격하였다. 그 후, 이 남자는 그 지방 사람들로부터 희사喜捨를 모아 경經을 서사할 종이를 마련하였다. 사람들 모두 힘을 합쳐 『법화경』을 서사공양書寫供養하였다.

죽을 것이 분명한 위난危難에 처했으나 기원의 힘에 의해 생명을 부지한 것은, 이 모두 『법화경』의 영험靈驗[11]에 의한 것임을 알고 이 남자는 더욱더 신앙심이 깊어졌다. 또 이것을 보고 들은 사람들은 이를 존귀하게 여겼다고 이렇게 이야기로 전하여 내려오고 있다 한다.

이 멀어 목소리가 닿지 않을 정도였다고 하는데 5척으로는 아귀가 들어맞지 않음.

9 산에서 일을 하는 사람.

10 이와 같은 구출 방법은 권28 제38화에서도 보임. 또한, 『법화험기』는 이 이야기와 같은 방법이지만, 『영이기』에서는 넝쿨로 밧줄과 바구니를 만들어 바구니의 네 귀퉁이에 밧줄을 걸어서 도르래를 만들어 끌어올리고 있음.

11 → 불교.

⊙제9화⊙ 미마사카 지방美作國의 광부鑛夫가 갱내에 갇혔다가 법화경法華經의 도움으로 빠져나온 이야기

美作国鐵堀入穴[二四]依法花力出穴語第九

今昔、[二五]美作ノ国、[二六]□多ノ郡ニ[二七]鐵ヲ採ル山有リ。[二八]安倍ノ天皇ノ御代ニ、国ノ司[二九]□ト云フ人、[三〇]民十人ヲ召テ、彼ノ山ニ入レテ、鐵ヲ令堀ム。民等穴ニ入テ鐵ヲ堀ル間、俄ニ穴ノ口崩レ塞ガルニ、穴ニ入レル鐵堀ノ民等、恐レ迷テ競ヒ出ル間、[一]九人ハ既ニ出ヌ、今一人ハ遅ク出デ、穴崩レ合テ、不出得ズシテ止ヌ。国ノ司ヨリ始テ、此レヲ見ル上中下ノ人、皆[二]哀レ歎ク事無限シ。

彼ノ穴籠ヌル者ノ妻子ハ泣キ悲デ、其ノ日ヨリ始テ[三]仏経ヲ写シテ、[四]七日毎ノ仏事ヲ修シテ、彼レガ後世ヲ訪フニ、七々日既ニ過ヌ。

彼ノ穴ノ中ニ籠ヌル者ハ、穴ノ口ハ塞ルト云ヘドモ、穴ノ[五]内空ニシテ、命ハ存シテ、然ドモ食物無キニ依テ、死ム事ヲ待ツニ、念ズル様、「我レ、[六]先年ニ法花経ヲ書写シ奉ラムト思フ願ヲ発シテ、未ダ不遂ズシテ、[七]忽ニ今此難ニ会ヘリ。[八]速ニ法花経我レヲ助ケ給ヘ。若シ我レヲ助テ命ヲ存シタラバ、必ズ仏ヲ写シ経ヲ書カム」ト。而ル間、穴ノ口ニ[九]隙指シ破レテ開キ通タリ。日ノ光リ僅ニ指シ入ルヲ見ル間、[一〇]一ノ若キ僧狭キ隙ヨリ入来テ、食物ヲ持来テ、[一一]我レニ授ク。[一二]此レヲ食ニ、餓ヘノ心皆直ヌ。僧ノ云ク、「汝ガ妻子家ニ有テ、汝ガ為ニ七日毎ノ法事ヲ修テ、我レニ食ヲ与フ。此ノ故ニ、我レ持来テ、汝ニ食ヲ与フル也。暫ク相待テ。我レ汝ヲ可助キ也」ト云テ、隟ヨリ出テ去ヌ。其ノ後不久ズシテ、此ノ穴ノ口、人不堀ズシテ自然ヲ開キ通リヌ。遥ニ見上レバ虚空見ユ。[一三]弘サ三尺許、高サ五尺許也。[一四]然レドモ、居タル所ヨリ穴ノ口マデ遥ニ高クシテ不可上得ズ。

而ル間、其ノ辺ノ人[一五]三十余人、葛ヲ[一六]断ムガ為ニ奥山ニ入ル間ニ、此ノ穴ノ辺ヲ行ク。其ノ時ニ、穴ノ底ノ人、通ル山人ノ影ノ指入タルヲ見テ、音ヲ挙テ、「我レヲ助ケヨ」ト叫ヲ、[一七]山人髴ニ蚊ノ音ノ如ク穴ノ底ニ音ノ有ルヲ聞テ、怪ムデ、「[一八]若シ此ノ穴ニ人ノ有ルカ」ト思テ、[一九]実否ヲ知ラムガ為ニ、[二〇]石ニ葛ヲ付ケテ穴ニ落シ入ル。底ノ人此レヲ引テ動ス。然レバ、「人ノ有ル[二一]也ケリ」ト知テ、忽ニ葛ヲ以テ籠ヲ造テ、縄ヲ付テ落シ入ル。底ノ人此レヲ見テ、喜テ籠ニ乗リ居ヌ。上ノ人集テ引上テ見レバ、穴ニ籠リニシ人也。然レバ、家ニ将行ヌ。家ノ人此レヲ見テ、喜ブ事無限シ。国ノ司此ヲ聞テ、驚テ召テ問フニ、具ニ申ス。聞ク人皆此ノ事ヲ貴ビ哀ブ。其ノ後、此ノ男国ノ内ニ[一]知識ヲ引テ、[二]経ノ料紙ヲ儲ク。人皆力ヲ合セテ法花経ヲ書写供養ジ奉リツ。

[三]必ズ可死キ難ニ値フト云ヘドモ、願ノ力ニ依テ命ヲ存スル事ハ、偏ニ此レ法花経ノ霊験ノ至ス所也ト知テ、弥ヨ信ヲ発シケリ。[四]亦、此レヲ見聞ク人貴ビケリトナム語リ伝ヘタルトヤ。

권14 제10화

무쓰 지방陸奧國의 미부노 요시카도壬生良門가 악행惡行을 멈추고 선행善行으로 『법화경法華經』을 서사한 이야기

밤낮으로 살생을 일삼던 무쓰 지방陸奧國의 무관武官 미부노 요시카도任生良門가 구조空照 성인聖人의 교화敎化에 감응하여 돌연히 불문에 들어가 금니金泥의 『법화경』 천부를 서사공양하고 도솔천兜率天으로 왕생한 이야기. 요시카도의 발심發心과 그 전생담은 꽤 선전되었던 모양으로, 『승 묘타쓰 소생주기僧妙達蘇生注記』, 동박본東博本 『삼보회三寶會』 중권에도 다른 내용으로 수록되어 있다. 『법화경』 서사의 모티브는 앞 이야기와, 또 천부를 서사한다는 모티브는 앞 앞 이야기와 연결됨.

이제는 옛이야기이지만, 무쓰 지방陸奧國[1]에 미부노 요시카도壬生良門[2]라고 하는 용맹한 사람이 있었다. 활쏘기를 일상의 업으로 하며, 사람을 구타하고 축생畜生[3]을 죽이는 것을 업業으로 했다.[4] 여름은 강에 가서 물고기를 잡고, 가을은 산속에 들어가 사슴을 사냥했다.

이처럼 때를 가리지 않고 죄를 지으며 세월을 보내던 중, 이 지방에 한 명의 성인聖人[5]이 있었다. 이름을 구조空照라고 하며 매우 지혜롭고 도심道心

1 → 옛 지방명.
2 자세히 전해지지 않음. 『승 묘타쓰소생주기僧妙達蘇生注記』, 동박본東博本 『삼보회三寶會』 참조.
3 → 불교.
4 신심이 없는 무사武士 등의 행동거지를 나열할 때의 유형적인 묘사. 본집本集 권19 제14화 참조.
5 → 불교.

이 깊었다. 이 구조 성인이 요시카도의 사견邪見[6]과 죄업만을 저지르며 삼보三寶[7]를 모르는 것을 보고, 자비慈悲를 일으켜 이 자를 인도해 주기 위하여 다른 사람의 도움을 받아 요시카도의 집을 방문했다. 요시카도가 성인을 만나 찾아온 연유를 물었다. 성인은

"들어오기 어렵고, 나가기 쉬운 것이 인간계人間界이니라. 들어오기기 쉽고, 나가기 어려운 것은 삼도三途[8]이다. 또 우연히 사람의 몸으로 태어났다 해도 불법佛法을 만나기는 어렵도다. 죄를 짓는 이는 필히 악도惡道[9]에 떨어지니라. 이것은 모두 부처님께서 말씀하신 것이니라. 그러하니 너는 이제는 살생殺生[10]과 방일放逸[11]을 그만두고, 자비慈悲와 인욕忍辱[12]을 닦아라. 당장 재물財物을 버리고 공덕功德[13]을 쌓으라. 재물은 언제까지나 자기의 것이 아니니라."

라고 일렀다.

요시카도는 이를 듣고 숙업宿業[14]이 이끌었는지, 이내 도심을 일으켜 악심惡心을 버리고 선심善心을 품게 되었다. 활과 화살을 태워 없애고 살생 도구를 부숴버리고, 이후엔 살생을 완전히 끊고 불법을 받들었다. 그리고 즉시 금니金泥의 『법화경』[15]을 서사書寫하고 황금 불상을 세워 지심至心으로 공양하였다. 또한 도심이 더욱더 깊어져서 서원誓願하였다. "저는 금생今生[16]

6 → 불교.
7 → 불교. 여기에서는 불법佛法, 불도佛道와 같은 의미.
8 → 불교.
9 → 불교.
10 살아 있는 것을 죽이는 일. 불교에서 오악五惡, 십악十惡의 하나. → 불교.
11 제멋대로 행동하는 것.
12 → 불교.
13 → 불교.
14 → 불교.
15 → 불교.
16 → 불교.

에 금니의 『법화경』 천 부를 서사하겠습니다." 이렇게 맹세하고, 오랫동안 모은 재물을 희사하여 금을 구하여, 십여 년에 걸쳐 금니의 『법화경』 천 부를 서사하여 공양을 마쳤다. 그 공양하던 장소에 기이奇異한 서상瑞相[17]이 있었다. 하얀 연꽃이 하늘에서 떨어지거나 혹은 음악 소리가 당堂에서 들려왔다. 단정하고 아름다운 동자童子가 꽃을 들고 나타나고 혹은 본 적도 없는 새가 와서 지저귀었다. 또, 꿈에서 천인天人이 내려와 합장하고 배례하는 등, 불가사의한 일들이 일어났다.

이윽고 요시카도가 임종이 가까워져, 목욕정진沐浴精進하고 곁에 있는 이에게,

"많은 천녀가 음악을 연주하며 하늘에서 내려온다. 나는 이 천녀들과 함께 도솔천兜率天[18]에 오를 것이다."

라고 고하고, 단좌端坐한 채 합장하며 숨을 거두었다. 실로 도솔천에 태어난 사람이었다.

그러므로 설령 악인이라고 해도 지자智者[19]의 인도로 인해 이렇게 마음을 고쳐먹고 불도에 들어갈 수 있는 것이다.

이것은 오직 『법화경』의 위력에 의한 것이라고 이 이야기를 들은 사람은 존귀하게 여겼다고 이렇게 이야기로 전하여 내려오고 있다 한다.

17 불가사의한 전조. 길흉 양쪽에 모두 쓰임. 여기서는 경사스러운 사상事象. 권13 제14화에도 관련내용이 보임.
18 → 불교.
19 중생을 불도로 인도하는 지혜가 깊고 고덕한 승려.

⊙제10화⊙
무쓰 지방陸奧國의 미부노 요시카도壬生良門가 악행惡行을 멈추고 선행善行으로 『법화경法華經』을 서사한 이야기

陸奥国壬生良門棄悪趣善写法花語第十

今昔、陸奥国ニ壬生ノ良門ト云フ武キ者有ケリ。弓箭ヲ以テ朝暮ノ翫トシテ、人ヲ罸シ畜生ヲ殺スヲ以テ業トス。夏ハ河ニ行テ魚ヲ捕リ、秋ハ山ニ交ハリテ鹿ヲ狩ル。

如此クシテ、時ニ随テ罪ヲ造テ年来ヲ経ル間、其ノ国ニ聖人有ケリ。名ヲバ空照ト云フ。知恵朗ニシテ道心盛也。此ノ人、此ノ良門ガ邪見ニシテ、罪業ヲノミ造テ三宝ヲ不知ザル事ヲ見テ、慈ビ悲ビテ、事ノ縁ヲ尋テ此ノ事ヲ教ヘガ為ニ、空照聖人良門ガ家ニ行ヌ。良門聖人ニ会テ、来レル故ヲ問フ。聖人ノ云ク、「難至クシテ易出キハ人ノ道也。易入クシテ難出キハ三途也。亦、適マ人ノ身ヲ受クト云ヘドモ、仏法ニハ難値シ。罪ヲ造レル者必ズ悪道ニ堕ツ。此レ皆仏ノ説給フ所也。然レバ、君ミ尚殺生放逸ヲ棄テ、慈悲忍辱ニ趣キ給ヘ。速ニ財ヲ投テ、功徳ヲ営メ。財ハ永ク我ガ身ニ副フ物ニ非ズ」ト。

良門此レヲ聞テ、宿業ノ催ス所ニヤ有ケム、忽ニ道心ヲ発シテ、悪心ヲ棄テ、善心ニ趣ヌ。弓箭ヲ焼キ失ヒ、殺生ノ具ヲ切リ砕テ、永ク殺生ヲ禁断シテ仏法ヲ信仰ス。此ニ依テ、忽ニ金泥ノ法花経ヲ書写シ、黄金ノ仏像ヲ造立シテ、心ヲ至シテ供養ズ。亦、道心弥ヨ盛ニシテ、願ヲ発シテ云ク、「我レ、今生ニ金泥ノ法花経千部ヲ書奉ラム」ト誓テ、年来ノ貯ヲ棄テ、金ヲ置ヒ求テ、十余年ノ間ニ、金泥ノ法花経千部ヲ書写シ畢テ供養ジツ。其ノ供養ノ庭ニ、奇異ノ瑞相[二]有ケリ。或ハ白キ蓮花降リ、或ハ音楽ノ音堂ノ内ニ聞ユ。或ハ端正ノ[三]童子花ヲ捧テ来ル。或ハ不見知ヌ鳥来テ鳴ク。亦、夢ノ中ニ、天人下テ掌ヲ合テ礼敬ズ。[四]如此ク、奇異ノ[五]有ケリ。

良門、遂ニ最後ノ時ニ臨デ、[六]沐浴精進シテ、傍ノ人ニ告テ云ク、「多ノ天女楽ヲ調エテ、空ヨリ降ル。我レ彼ノ天女ニ具シテ、[七]兜率天ニ昇ラムトス」ト云テ、端坐シテ掌ヲ合テ失ニケリ。[八]定メテ兜率ニ生レタル人也。

[九]然レバ、悪人也ト云ヘドモ、[一〇]智者ノ勧〆ニ依テ、心ヲ改メテ道ヲ得ル事既ニ如此シ。

[一一]此レ偏ニ法花経ノ威力也トゾ、聞ク人貴ビケルトナム語リ伝ヘタルトヤ。

권14 제11화

덴노지天王寺의 팔강八講을 위해 호류지法隆寺에서 쇼토쿠聖德 태자太子의 소疏를 서사書寫한 이야기

덴노지天王寺 법화팔강法華八講의 기원起源과, 팔강에 쇼토쿠聖德 태자太子의 『법화의소法華義疏』를 강설하게 된 유래를 다룬 이야기. 전승하는 과정에서 부연과 윤색은 있으나, 역사적 사실에 기반을 둔 것으로 추정. 앞 이야기와 『법화경法華經』 서사의 모티브로 연결되고, 이 이야기에서 보이는 노승老僧의 꿈을 매개적 모티브로 하여 뒷 이야기와 연결된다.

이제는 옛이야기이지만, 덴노지天王寺[1]의 별당別堂[2] 조기定基[3]가 승도僧都[4]가 되어 미도御堂[5]를 위해[6] 절에서 팔강八講[7]을 처음으로 열게 되어 『법화경法華經』[8]을 강의하려고 했다. 당시 후지와라노 기미노리藤原公則[9]라 하

1 → 사찰명(시텐노지四天王寺).
2 → 불교.
3 → 인명.
4 → 불교.
5 → 후지와라노 미치나가藤原道長(→ 인명)를 가리킴. * '미도御堂'는 호조지法成寺의 이칭異稱. 후지와라노 미치나가藤原道長가 세웠기 때문에 그를 '미도'라고 부름.
6 '위해'는 공양供養을 위해라는 뜻. 미치나가는 만수萬壽 4년(1027) 12월 4일 사망. 조기定基는 미치나가를 가까이 모시며, 관홍寬弘 4년(1007) 8월의 긴푸 산金峰山 참예參詣, 치안治安 3년(1023)의 곤고부지金剛峰寺 참예 때도 함께 함(『미도관백기御堂關白記』, 『부상약기扶桑略記』 참조).
7 → 불교. 법화팔강회法華八講會.
8 → 불교.
9 → 인명.

는 이가 가와치河內의 국수國守[10]로서 미도 님의 측근[11]이기도 했기에, 팔강의 비용으로 쓰도록 가와치 지방의 논을 바쳤다. 그리하여 그 지조地租[12]로 팔강 비용을 충당充當해 후대의 별당[13]도 중단되는 일 없이 이 팔강을 열수 있었다.

그런데 사이기齊祇[14] 승도라는 이가 별당으로 있었는데 그가

"이 절에서 올리고 있는 팔강에는 본디 쇼토쿠聖德 태자太子께서 지으신 한 권의 소疏[15]가 있는데, 그것으로 강독해야 할 것이다. 그런데 그 소는 다른 곳에는 없다. 옛날에 태자께서 머무르셨던 호류지法隆寺의 동원東院[16]에 태자께서 쓰셨던 물건들이 남아 있고, 그중에 그 소가 있다. 그렇지만 그것은 태자께서 직접 손으로 쓰신 것이라 바깥에 들고 나올 수는 없다. 그러니 이 절의 상좌승上座僧[17]에게 서도書道에 뛰어난 승려들을 붙여 호류지로 보내 서사書寫시켜야 할 것이다."

라 말했다. 그리고 사람들을 호류지로 보냈다.

그리하여 상좌승은 서도에 뛰어난 승려들을 이끌고 호류지로 가서 남대문에 서서 사람을 보내 이런 뜻을 전하게 하였다. "여차저차해서 덴노지에서 찾아왔습니다." 잠시 후에 갑가사甲袈裟[18]를 입은 승려 열 명 정도가 향로香爐[19]를 들고 덴노지의 승려들을 맞이했다. 덴노지의 승려들은 이를 이상하

10 『소우기小右記』 장원長元 4년(1031) 3월 26일 조條에 "가와치河內 수령 기미노리公則"라고 나와 있으므로, 이 전후에 국수國守로 있었음. → 옛 지방명(가와치 지방河內國).

11 기미노리가 미치나가의 가사家司였음은 『미도관백기』 관인寬仁 2년(1018) 2월 3일 조條를 참조.

12 여기서는 장원莊園의 상납미上納米를 가리킴.

13 조기의 사후, 덴노지天王寺 별당別堂은 교엔敎圓 · 엔엔延圓 · 요리히데賴秀를 거쳐 사이기齊祇에 이름.

14 → 인명.

15 주소註疏. 주석註釋. 여기에서는 『법화의소法華義疏』를 가리킴.

16 호류지法隆寺의 동원東院(→ 사찰명). 몽전夢殿을 금당金堂으로 하는 가람伽藍.

17 → 불교. 삼강三綱의 하나.

18 → 불교.

19 → 불교.

게 여겼지만, 이 절의 승려들을 따라 들어갔다. 몽전夢殿[20] 북쪽에 있는 집이 미리 □[21] 준비되어 있었고 그곳으로 안내되었다.

그 후, 그 소를 꺼내서 서사시키며 호류지의 사람이

"사실은 어젯밤 이 절의 노승이 꿈을 꾸었습니다. 덴노지에서 승려들이 와서 태자께서 지으신 상궁왕上宮王의 소疏[22]라고 하는 한 권의 『법화의소法華義疏』를 덴노지에서 여는 팔강에서 강독하기 위해 서사하고 싶다고 말할 것이다. 그때는 즉시 맞아들여 보이기를 꺼려하지 말고 소를 꺼내어 서사시키도록 하라, 라는 꿈이었습니다. 그리하여 '혹시나 찾아올지도 모른다.'고 생각하여 승려들은 법복을 갖추고 기다리고 있었습니다. 그런데 꿈대로 이렇게 오셨습니다. 이는 틀림없이 태자의 계시일 것입니다."

라고 말하며 모두가 감읍했다. 덴노지에서 온 승려들도 이것을 듣고 울며 이루 말할 수 없이 존귀하게 여겼다.

이리하여 덴노지의 승려들이 그 소를 서사하였는데 호류지의 승려 중에서도 서도에 뛰어난 이들 여럿이 나와 각각 한두 장씩 썼기에 금세 서사를 끝마치고 덴노지로 모두 돌아갔다. 그 후로는 이 소를 팔강에서 강의하였다.

그러므로 태자께서 꿈에 나타나 계시하신 이 팔강은 지극히 존귀한 것이라고 사람들은 말하고 있다. 시월에 올리는 불사佛事라서 계절로 보아도 매우 정취가 깊었다.

신심信心이 깊은 자는 반드시 참배하여 청문聽聞해야 한다고 이렇게 이야기로 전하여 내려오고 있다 한다.

20 → 사찰명.

21 한자의 명기를 위한 의도적 결자. '마련하다' 등이 들어갈 것으로 추정.

22 『법화의소』를 가리킴. '상궁왕上宮王'은 상궁태자上宮太子와 같은 말. 권11 제1화 참조.

⊙제11화⊙
덴노지天王寺의 팔강八講을 위해 호류지法隆寺에서 쇼토쿠聖德 태자太子의 소疏를 서사書寫한 이야기

天王寺為八講於法隆寺写太子疏語第十一

今昔、天王寺ノ別当定基、僧都成テ、御堂ノ御為ニ其ノ寺ニシテ八講ヲ始メ行テ、法花経ヲ講ゼムトス。其ノ時ニ、藤原ノ公則ト云フ者、河内ノ守トシテ、殿ニ親ク仕ル者ニテ、此ノ八講ノ料ニ、彼ノ国ノ田ヲ寄セツ。然レバ、其ノ地子ヲ以テ此ノ八講ノ料ニ充ツレバ、後々ノ別当モ不絶サズ此レヲ行フ。

而ルニ、斉祇僧都ト云フ人ノ別当ニテ有ケル時ニ、僧都ノ云ク、「此ノ寺ニシテ行ハム八講ニハ、同クハ、太子ノ作リ給ヘル一巻ノ疏有リ、其レヲ以テ可講キ也」。其ノ疏ハ外ニハ無シ。法隆寺ノ東ノ院ハ昔シ太子ノ住給ヒケル所也。其ノ所ニ太子ノ御物ノ具共置給ヘル中ニ、其ノ疏有リ。其レハ、太子ノ自ラノ御手ナレバ、外ニ取出ス事無シ。然レバ、此ノ寺ノ上座ノ僧ニ手書カム僧共ヲ副ヘテ法隆寺ニ遣テ、可令書写キ也」ト定メテ、遣ツ。

然レバ、上座ノ僧、手書ノ僧共ヲ引具シテ法隆寺ニ行テ、南ノ大門ニ立テ、人ヲ以テ令云入ム。「然々ノ事ニ依テ、天王寺ヨリ参レリ」ト。暫ク有テ、甲ノ袈裟ヲ着セル僧共十人許、香炉ヲ捧テ来テ、天王寺ノ僧共ヲ迎ヘ入ル。天王寺ノ僧共此レヲ怪ビ思フト云ヘドモ、此ノ寺ノ僧共ニ随テ入ヌ。夢殿ノ北ニ有ル屋ヲ兼テ□ヒ儲テ居ヘツ。

其後、彼ノ疏ヲ取出シテ令書写メテ語テ云ク、「今夜此ノ寺ノ老僧ノ夢ニ、天王寺ヨリ僧共来テ、太子ノ作リ給ヘル所ノ一巻ノ疏有リ、上宮王ノ疏ト云フ、其レヲ天王寺ニ行フ八講ニ講ゼムガ為ニ、書写セムトシテ、今日僧共可来シ。速ニ迎ヘ入レテ、疏ヲ不惜ズシテ取出シテ可令書写シ、ト見タレバ、『若シ来ラバ』ト云テ、『僧共ヲ、法服ヲ調ヘテ待チ試ム』ト云テ待奉ル間ニ、夢ニ不違ズ此ク来リ給ヘリ。実ニ此レ太子ノ御告也」ト云テ、泣キ合ヘリ。天王寺ヨリ来レル僧共モ此レヲ聞テ、泣キ貴ブ事無限シ。
此クテ、天王寺ノ僧共彼ノ疏ヲ書写ニ、法隆寺ノ僧ノ中ニモ手書ク者数出来テ、各一二枚ヅヽ書クニ、即チ[一四]書畢テ、皆天王寺ニ返ヌ。其ノ後ヨリハ此ノ疏ヲ以テ八講ニ講ズ。
然レバ、此ノ八講ハ、[一五]太子ノ夢ニ示シ給ヘレバ、極テ貴キ事トナム人云ヒケル。十月ニ行フ事ナレバ、[一六]程モ極テ哀レ也。[一七]心有ラム人ハ参テ可値キ事也トナム語リ伝ヘタルトヤ。

권14 제12화

다이고지醍醐寺의 승려 에조惠增가 법화경法華經을 수지受持하여 전생前生을 알게 된 이야기

『법화경法華經』 방편품方便品의 두 글사를 암송할 수 없었던 다이고지醍醐寺의 승려 에조惠增가 하세데라長谷寺의 관음觀音에게 기서祈誓하여 전세前世의 인연因緣을 알고 꿈의 계시에 따라 전생의 부모와 재회한 이야기. 앞 이야기와는 영몽靈夢에 의한 만남, 『법화경』 서사라는 공통의 모티브로 연관된다. 또한 이 이야기 이후에 제18화까지 전부 『법화경』의 일부를 암송하지 못했던 지경자持經者가 꿈의 계시에 의해 전세의 인연을 알게 된다는 유화類話가 연속된다.

이제는 옛이야기이지만, 다이고지醍醐寺[1]에 한 승려가 있었는데 이름을 에조惠增라 했다. 에조는 출가이후로 『법화경法華經』[2]을 배우고 밤낮으로 독송하며 다른 경문은 전혀 읽으려고 하지 않았다. 진언眞言[3]도 수지受持하지 않고, 현교顯教[4] 또한 배우지 않았다. 더욱이 속전俗典[5]은 흥미도 가지지 않았으며 오로지 일심으로 『법화경』을 오랫동안 독송한 덕에 『법화경法華經』을 암송暗誦할 수 있게 되었다.

1 → 사찰명.
2 → 불교.
3 → 불교.
4 밀교密教의 반의어. → 불교(현밀顯密).
5 불전佛典에 대응하는 말로 속서俗書. → 불교(외전外典).

그런데 방편품方便品[6]의 비구게比丘偈[7] 중의 두 글자만은 아무리해도 기억을 하지 못해 외우지 못했다. 오랜 세월에 걸쳐 열심히 외우려 했지만 그 두 글자는 잊어버려서 끝내 외울 수 없었다. 경經을 보고 있을 때에는 생각나는데 경을 보지 않을 때는 잊어버린다. 그래서 독송할 때마다 이 부분에 다다르면 자신의 죄가 깊음을 한탄하며,

'『법화경』을 외우지 못하는 것이라면 다른 부분도 외우지 못해야 할 텐데 이 두 글자만 잊어버리는 것은 분명 무언가 연유가 있을 것이다.'

라고 생각했다. 그래서 하세데라長谷寺[8]에 참배하여 이레를 묵으며 기도했는데 관음觀音[9]을 향해, "바라옵건대, 대비관세음大悲觀世音[10]님이시여, 제가 이 두 글자를 외울 수 있도록 주십시오."라고 기청祈請하였다. 그러자 이레째 새벽에 에조가 꿈을 꾸었다. 꿈에 장막 안에서 노승이 나와서 에조에게 말했다.

"나는 네가 바라듯이 경의 두 글자를 경을 보지 않고도 외울 수 있게 해주마. 또 네가 이 두 글자를 잊어버리는 이유를 설명해주마. 너는 전세前世와 현세現世, 두 번 다 사람으로 태어난 자다. 전생[11]에는 하리마 지방幡磨國[12] 가코 군賀古郡의 □□[13]향鄉 사람이었는데 네 부모는 아직 그곳에 살아 있다. 너는 전세에 그곳의 승려였는데 불을 앞에 두고 『법화경』 제1권[14]을 독송하고 있을 때 그 불꽃이 경에 튀어 그 두 글자가 타 버렸다. 너는 그 타 버린

6 → 불교.

7 → 『법화경法華經』 제1·방편품方便品 제2의 242행의 게송偈頌을 가리킴. 석가釋迦가 교법敎法을 듣지 않고 자리에서 물러난 5천의 비구를 용서하고 거듭하여 훈계한 부분.

8 → 사찰명.

9 → 불교.

10 → 불교(대비관음大悲觀音).

11 → 불교.

12 하리마 지방播磨國(→ 옛 지방명).

13 향鄉의 이름의 명기를 위한 의도적 결자.

14 『법화경』 권1은 서품序品과 방편품方便品을 수록.

두 글자를 다시 채워 쓰지 않은 채 죽어 버렸다. 그 때문에 금생今生[15]에 경을 외우려 해도 그 두 글자를 잊어버려 외울 수 없는 것이다. 그 경은 지금도 그곳에 있다. 너는 빨리 그 지방에 가서 그 경에 절하고 두 글자를 적어 넣어 숙업宿業[16]을 참회懺悔해야 할 것이다."

이러한 꿈을 꾸고 일어났다.

그 후 경을 외워보니 그 두 글자를 안 보고 외워도 잊어버리지 않았다. 에조는 기뻐하며 관음에게 배례하고 다이고醍醐로 돌아갔다.

그런데 전세의 일이 궁금해져 꿈의 계시대로 비고 하리마 시방 가코 군의 □□[17]향으로 갔다. 밤이 되어 그곳에 도착해 어느 집에 묵었다. 집주인이 나와서 에조를 보니, 지난날 죽은 승려였던 아들과 아주 꼭 닮았다. 부부가 함께 "우리 아들이 돌아왔다."라고 말하고 한없이 울었다. 에조는 관음의 계시를 따라 이곳에 오게 된 자초지종을 이야기했다. 부모가 이것을 듣고 눈물을 흘리고 지난날 승려였던 아들이 요절한 사실을 이야기했다. 아들이 가지고 있었던 경전을 찾아 펼쳐보니 정말로 두 글자가 타버리고 없었다. 이것을 보니 더할 나위 없이 슬퍼졌다. 그래서 그 두 글자를 다시 채워 쓰고 에조는 오랫동안 이 경전을 가지고 독송하게 되었다. 그 부모는 에조를 예전의 아들처럼 귀여워하고 사랑하였다.

이렇게 에조는 현세의 몸으로 네 사람의 부모를 섬기고 끝까지 효양孝養을 다하여 보은報恩했던 것이다.

『법화경』의 위력威力과 관음의 은혜에 의해 전세를 알고 더욱더 신앙심이 깊어졌다고 이렇게 이야기로 전하여 내려오고 있다 한다.

15 →불교.

16 → 불교. 여기에서는 경經의 글자를 태운 전세의 죄업罪業을 가리킴.

17 향鄕의 이름의 명기를 위한 의도적 결자.

⊙제12화⊙
다이고지醍醐寺의 승려 에조惠增가 법화경法華經을 수지受持하여
전생前生을 알게 된 이야기

醍醐僧恵増持法花知前生語第十二

今昔、醍醐ニ僧有ケリ。名ヲバ恵増ト云フ。頭ヲ剃テヨリ後、法花経ヲ受習テ日夜ニ誦シ、更ニ他ノ経ヲ不読ズ。亦、真言ヲ不持ズ、顕教ヲ不習ズ。何況ヤ、俗典ヲ不好ズ、只、一心ニ法花経ヲ読奉ケル間ニ、薫修積テ暗ニ思エヌ。

而ルニ、方便品ノ比丘偈ニ二字ヲ忘レテ不思エ。年来、心ヲ尽クシテ思エズト、其ノ二字忘レテ遂ニ不思エズ。経ニ向ヒ奉ル時ニハ思ユ、経ヲ離レテハ忘レヌ。然レバ、誦スル度毎ニ、此ノ所ニ成テ、我ガ身ノ罪性ノ深キ事ヲ歎テ思ハク、「忘レ給ハヾ、他ノ所々モ可忘給キニ、此ノ二字ニ限テ忘レ給フハ必ズ様有ラム」ト思テ、長谷寺ニ参テ七日籠テ、観音ニ申ス様、「願クハ、大悲観世音、我レニ此ノ二字ノ文思エサセ給ヘ」ト祈請スルニ、七日ト云フ夜ノ暁ニ、恵増夢ニ、御帳ノ内ヨリ老僧出来テ、恵増ニ告テ宣ハク、「我レ汝ガ願フ所ノ経ノ二字ヲ暗ニ令思メム。亦、此ノ二字ヲ汝ガ忘ルヽ故ヲ説テ令聞メム。汝ハ此レ二生ノ人也。前生ニハ、幡磨ノ国、賀古ノ郡ノ□ノ郷ノ人也。汝ガ父母未ダ彼ノ所ニ有リ。汝ヂ、前生ニ、其ノ所ニシテ僧ト有シニ、火ニ向テ法花経第一巻ヲ読誦セシニ、其ノ火走テ経ノ二字ニ当テ、其ノ二字焼ニキ。汝ヂ其ノ焼タル二字ヲ不書綴ズシテ死ニキ。其ノ故ニ、今生ニ経ヲ誦スト云ヘドモ、其ノ二字忘レテ不思ザル也。其ノ経于今彼ノ所ニ御ス。汝ヂ速ニ彼ノ国ニ行テ、其ノ経ヲ礼テ二字ヲ書綴テ、宿業[一二]ヲ可懺悔シ[一三]」ト宣フ、ト見テ夢メ覚[一四]ヌ。

其ノ後、経ヲ誦スルニ、其ノ二字暗ニ思エテ不忘ズ。恵増[一五]喜テ、観音ヲ礼拝シテ醍醐ニ返ヌ。

而ルニ、前世[一六]ノ事知[一七]マホシク思エテ、夢ノ告ニ随テ、忽ニ幡磨ノ国、賀古ノ郡ノ□[一八]ノ郷ニ行ヌ。夜[一九]ニ入テ、彼ノ所ニ至テ人ノ家ニ宿シテ、家ノ主出デ、恵増ヲ見ルニ、先年[二〇]失セニシ子ノ僧ニ似テ更ニ不替ズ。夫妻共ニ「我ガ子返来ニタリ」ト云テ、泣ク事無限シ。恵増亦、観音ノ示シ給フニ依テ来レル心ヲ不落サズ語ル。父母此レヲ聞テ、涙ヲ流シテ、先[二一]年ニ子ノ僧ノ若クシテ失ニシ事ヲ語ル。本ノ持経[二二]ヲ尋出シテ見奉ルニ、実ニ二字焼失タリ。此[二三]レヲ見奉ルニ悲キ事無限シ。然テ、其ノ二字ヲ書綴テ、永ク持経トシテ読誦ス。其[二四]ノ父母恵増ヲ悲ビ哀ブ事前ノ子[二五]ノ如シ。

然レバ、現身[二六]ニ四人ノ父母ヲ敬テ、遂ニ孝養、報恩[二七]シケリ。法花経[二八]ノ威力、観音ノ利益ニ依テ、前世ノ事ヲ知テ、弥ヨ信ヲ発シケリトナム語リ伝ヘタルトヤ。

권14 제13화

입도入道 가쿠넨覺念이 법화경法華經을 수지受持하여 전생을 알게 된 이야기

승려 가쿠넨覺念이 전생에 좀벌레였는데 『법화경法華經』을 파먹은 응보應報로 인해 금생今生에서 손상된 부분을 암송할 수 없었다는 이야기. 『법화경』의 지경자持經者가 특정 장구章句를 암송하지 못함을 한탄해서 삼보三寶에게 빌고 꿈에서 전생의 인연을 알게 된다는 줄거리로, 기본적 구조는 앞 이야기와 완전히 일치한다.

이제는 옛이야기이지만, 입도入道[1] 가쿠넨覺念[2]이라는 사람은 묘카이明快[3] 율사律師의 형이다. 도심이 일어나 출가한 후에 계율戒律을 지키며 『법화경法華經』[4]을 익히고 그것을 훈독訓讀으로[5] 독송하고 있었다.

그런데 경經에 있는 삼행三行의 문장은 아무리해도 외울 수 없었다. 그 부분에 이를 때마다 그 삼행의 문장을 잊어버렸다. 가쿠넨은 이를 비탄하여 삼보三寶[6]에 빌며 이 삼행의 문장을 외울 수 있기를 바랐는데, 가쿠넨의 꿈에 고상高尙하고 존귀尊貴한 노승老僧이 나타나 가쿠넨에게 말했다.

1 → 불교.
2 → 인명.
3 → 인명. 율사의 재임기간은 1037년부터 1043년까지.
4 → 불교.
5 경문經文은 자음字音으로 억양 없이 음독音讀하는 것이 보통으로, 훈독訓讀은 특수함. 『법화험기法華驗記』에는 훈독이라고 하고 있지 않음.
6 → 불교. 여기에서는 부처를 의미함.

"너는 숙인宿因[7] 때문에 이 삼행의 문장을 외울 수 없는 것이다. 너는 전생[8]에 좀벌레의 몸으로 태어나 『법화경』 안에 휩쓸려 들어가게 되었을 때 이 삼행의 문장을 먹어 버렸다. 경 속에 있었기 때문에 이승에서 인간으로 태어나 출가입도出家入道하여 『법화경』을 독송할 수 있었다. 하지만 경의 삼행의 문장을 먹었기 때문에 그 삼행의 문장을 외울 수가 없는 것이다. 그렇다고는 해도 네가 지금 마음 깊이 참회懺悔하니 내가 외울 수 있도록 도와주마."

이렇게 말씀하는 것을 보고 꿈에서 깼다. 그 후에 그 삼행의 문장을 외울 수 있게 되었다. 이는 전세의 죄업을 참회하고 독송한 결과인 것이다. 그는 일생 동안 게을리하지 않고 매일 삼부三部를 독송하고, 끝까지 현세[9]의 명예와 욕망을 버리고 오로지 후세後世[10]의 무상보리無上菩提[11]를 바랐다.

『법화경』의 위력威力으로 전생의 응보應報를 알고 더욱더 지심至心으로 독송하게 되었다고 이렇게 이야기로 전하여 내려오고 있다 한다.

7 → 불교. '숙업宿業'(『법화험기』).
8 → 불교.
9 → 불교.
10 → 불교.
11 → 불교.

⊙ 제13화 ⊙ 입도入道 가쿠넨覺念이 법화경法華經을 수지受持하여 전생을 알게 된 이야기

入道覚念持法花知前生語第十三

今昔、入道覚念ハ明快律師ノ兄也。道心発シテ出家シテ後、戒ヲ持テ法花経ヲ受ケ習テ、訓ニゾ読誦シケリ。

而ルニ、経ノ中ニ、三行ノ文更ニ不被読ズ。其ノ所ニ至ル毎ニ、其ノ三行ノ文忘ル。覚念此ヲ歎テ悲ムデ、三宝ニ祈リ申シテ、此三行ノ文誦セム事ヲ願フニ、覚念夢ニ、気高ク貴キ老僧来テ、覚念ニ告テ云ク、「汝ヂ宿因ニ依テ此ノ三行ノ文ヲ不読誦ザル也。汝ヂ前生ニ衣魚ノ身ヲ受テ、法花経ノ中ニ被巻籠テ、此ノ三行ノ文ヲ噉失ナヒタリキ。経ノ中ニ有リシニ依テ、今、人ノ身ト生レテ出家入道シテ、法花経ヲ読誦ス。経ノ三行ノ文ヲ噉失ナヒタリシニ依テ、其ノ三行ノ文ヲ不読誦ザル也。然リト云フトモ、汝ヂ今懃ニ懺悔スルガ故ニ、我レ力ヲ加ヘテ可令読シ」ト宣フ、ト見テ夢覚ヌ。其ノ後、彼ノ三行ノ文ヲ誦ス事ヲ得タリ。此レ、前世ノ罪業ヲ懺悔シテ読誦ス所也。一生ノ間、毎日ニ三部ヲ読誦シテ闕ク事無シ。永ク現世ノ名聞利養ヲ棄テ、偏ニ後世ノ無上菩提ヲ願ヒケリ。

法花経ノ威力ニ依テ、前生ノ報ヲ知テ弥ヨ心ヲ至シテ読誦シケリトナム語リ伝ヘタルトヤ。

권14 제14화

승려 교반行範이 법화경法華經을 수지受持하여 전세의 과보果報를 알게 된 이야기

승려 교반行範이 전세에 검은 말의 몸으로 태어나 『법화경法華經』을 청문한 공덕에 의해 승려로 전생轉生하였는데 약왕품藥王品만을 듣지 않은 인연으로 금생에 약왕품을 암송할 수 없었다는 이야기. 앞 이야기와 완전히 기본적 구조가 동일함.

이제는 옛이야기이지만, 교반行範[1]이라는 승려가 있었다. 이 승려는 대사인두大舍人頭[2]후지와라노 지카이에藤原周家[3]라는 사람의 장남으로 천수원千手院[4]의 조기定基[5] 승도僧都라는 사람의 제자에 해당한다. 출가 후 열심히 『법화경法華經』[6]을 독송하였는데 『법화경』 일부一部를 전부 외워 독송하였다. 하지만 제7권의 약왕품藥王品[7]만은 외워지지 않았다. 경을 바라보고 읽을 때에는 독송할 수 있었지만 경을 보지 않으면 잊어버렸다. 그래서 오랜 세월 동안

1 미상. 『후습유왕생전後拾遺往生傳』 권卷 중中에 보이는 이즈모 지방出雲國의 승려 교반行範과 동권 하下, 『본조신수왕생전本朝新修往生傳』에 보이는 히에이 산比叡山의 승려 교반, 모두 동명이인으로 추정.

2 중무성中務省 대사인료大舍人寮의 장관. 대사인大舍人은 하급 관인으로 궁궐 안의 숙직, 잡역, 행행行幸의 수행 등에 종사하여 사위, 오위의 자식이나 손자가 그 직위를 맡았음.

3 → 인명. 관백關白 후지와라노 미치타카藤原道隆의 장남.

4 → 사찰명.

5 → 인명.

6 → 불교.

7 → 불교.

마음을 담아 독송하였는데 아무리 해도 외울 수가 없었다.

그래서 삼보三寶[8]에 빌어 외우게 해주십사 기원하였다. 그러자 어느 밤 꿈에 존귀한 승려가 나타나

"너는 숙인宿因[9]에 의해 이 약왕품을 외울 수 없는 것이다. 너는 전생[10]에는 검은 말의 몸이었는데 법화지경자法華持經者의 거처에 같이 있어서 때때로『법화경』을 읽는 것을 들었다. 하지만 약왕품은 듣지 아니하였기에 그 품을 암송할 수 없게 된 것이다. 다만 경을 듣던 공덕에 의해 금생[11]에서 인간의 몸으로 태어나 승려가 되어『법화경』을 읽을 수 있는 것이다. 약왕품과 결연[12]하지 않았기 때문에 지금 약왕품을 외울 수 없지만 금생에 있어서 자주 이 품을 독송하고, 내세에는 암송하여 신속히 보리菩提[13]를 얻고자 하지 않으면 안 된다."

라고 고하였다. 교반은 이러한 꿈을 꾸고 잠에서 깨어났다.

그 후 교반은 전생의 인연을 알고 더욱더『법화경』을 믿고 게을리하지 않고 밤낮으로 독송하였다고 이렇게 이야기로 전하여 내려오고 있다 한다.

8 → 불교.
9 전세로부터의 인연. → 불교.
10 → 불교.
11 → 불교.
12 → 불교.
13 → 불교.

此レニ依テ、此ノ事ヲ三宝ニ祈請ジテ思エム事ヲ願フニ、行範、夢ニ、貴キ僧来テ告テ云ク、「汝ヂ宿因[一]ニ依テ此ノ品ヲ不思ザル也。汝ヂ前生[二]ニ黒キ馬ノ身ヲ受タリキ。法花ノ持者ノ許ニ有テ、時々法花経ヲ聞キ奉リキ。但シ、薬王品ヲ不聞奉ザリシ[三]ニ依テ、其[四]ノ品ヲ暗ニ誦スル事無シ。経ヲ聞キシ力ニ依テ、今、人ノ身ヲ受テ僧ト成[五]、法花経ヲ持ツ也。不結縁ザルニ依テ、薬王品ヲ不思ズト云ヘドモ、[六]今生ニ吉ク此ノ品ヲ持奉テ、来世ニ暗ニ思ヘテ速ニ菩提[七]ヲ證ゼヨ」ト告グ、ト見テ夢覚ヌ。

其[八]ノ後、行範宿因ヲ知テ、弥ヨ法花経ヲ信ジテ、日夜ニ読誦シテ不退[九]ザリケリトナム語リ伝ヘタルトヤ。

⊙ 제14화 ⊙
승려 교반行範이 법화경法華經을 수지受持하여 전세의 과보果報를 알게 된 이야기

僧行範持法花経知前世報語第十四

今昔、行範[二一]ト云フ僧有ケリ。此ハ大舎人[二二]ノ頭、藤原ノ周家[二三]ト云フ人ノ一男[二四]也。千手院[二五]ノ定基僧都[二六]ト云フ人ノ弟子也。出家ノ後、懃ニ法花経ヲ読誦ス。一部ヲ読誦スルニ、皆思エヌ。而ルニ、七ノ巻ノ薬王品[二七]不思エズ。経[二八]ニ向フ時ハ読誦ス、不向ザル時ハ忘レヌ。然レバ、年来ノ間、心ヲ尽シテ読誦スルニ、更ニ暗ニ思ユル事無シ。

권14 제15화

엣추 지방越中國의 승려 가이렌海蓮이 법화경法華經을 수지受持하여 전세前世의 과보果報를 알게 된 이야기

엣추 지방越中國의 승려 가이렌海蓮이 『법화경法華經』 제26품品 이후를 암송할 수 없어 탄식하며 삼보三寶에 기원하였더니 전생에 귀뚜라미의 몸으로 제26품 이후를 듣지 못하고 깔려 죽었다는 인연을 알게 된 이야기. 설화의 타입은 제12화 이후와 같다.

이제는 옛이야기이지만 엣추 지방越中國[1]에 가이렌海蓮이라는 승려가 있었다. 젊었을 때부터 『법화경法華經』[2]을 익히고 밤낮으로 독송讀誦[3]하였기 때문에 서품序品에서 관음觀音품[4]에 이르기까지의 스물다섯 품을 암송할 수 있었다. 나머지 세 품[5]도 암송하고 싶어 오랜 세월에 걸쳐 노력했지만 전혀 외울 수가 없었다. 이를 한탄하여 다테 산立山[6]과 시라 산白山[7]을 참배하여 기원을 하고, 또 각 지방의 영험소靈驗所[8]에 참배하여 기원했으나 도무지 외울

1 → 옛 지방명.
2 → 불교.
3 편자에 의한 유형적인 상황묘사.
4 → 불교.
5 다라니품陀羅尼品 제26 이하, 묘장엄왕본사품妙莊嚴王本事品 제27, 보현보살권발품普賢菩薩勸發品 제28의 세 품을 이름.
6 → 지명.
7 → 지명.
8 → 불교. 영지靈地, 영장靈場.

수가 없었다.

그러던 어느 날 가이렌의 꿈에 보살[9]의 모습을 한 사람이 나타나 가이렌을 향해

"네가 이 세 품을 외우지 못하는 것은 숙인宿因[10] 때문이다. 너는 전생[11]에 귀뚜라미였는데 어느 날 승방의 벽에 붙어 있었다. 그 승방에 승려 한 사람이 있어 『법화경』을 독송하고 있었다. 귀뚜라미는 벽에 붙어서 독경소리를 들었는데 승려가 제1권에서 제7권까지만 읊었다. 제8권은 처음 한 품[12]만 읊고 목욕을 한 뒤 잠시 쉬려고 벽에 기댄 순간 몸이 귀뚜라미의 머리에 닿았고 귀뚜라미는 깔려 죽어 버렸다. 하지만 귀뚜라미는 『법화경』 스물다섯 품을 들은 공덕功德[13]으로 몸이 인간으로 바뀌어 태어났고 승려가 되어 『법화경』을 독송하게 되었다. 또한 세 품은 듣지 못했기 때문에 그것은 외울 수 없었다. 너는 그 전세의 과보果報를 잘 생각하고 열심히 『법화경』을 독송하여 보리菩提[14]를 얻을 수 있도록 해야 할 것이다."

라고 말하는 것이었다. 가이렌은 이러한 꿈을 꾼 후 잠에서 깨어났다.

그 후 가이렌은 자신의 전세의 인연을 알고 더욱더 지성으로 『법화경』을 독송하였고 불도 성취를 바라며 열심히 수행을 계속했다. 가이렌은 천록天祿 원년元年[15]에 세상을 떠났다고 이렇게 이야기로 전하여 내려오고 있다 한다.

9 보살(→ 불교)의 모습을 한 사람.
10 → 불교.
11 → 불교.
12 관세음보문품觀世音普門品 제25를 가리킨다. → 불교(관세음).
13 → 불교.
14 → 불교.
15 엔유圓融 천황의 치세. 970년.

◉ 제15화 ◉
엣추 지방越中國의 승려 가이렌海蓮이 법화경法華經을 수지受持하여
전세前世의 과보果報를 알게 된 이야기

越中国僧海蓮持法花知前世報語第十五

今昔、越中[一〇]ノ国ニ海蓮[一一]ト云フ僧有ケリ。若[一二]ヨリ法花経ヲ受ケ習テ、日夜ニ読誦スル間、序品ヨリ観音品[一三]ニ至ルマデ二十五品ハ暗ニ思エテ誦シケリ。残[一四]ヲ、三品[一五]ヲ年来思エムト為ルニ、更ニ不思ザリケリ。然レバ、此ノ事ヲ歎テ、立山[一六]、白山[一七]ニ参テ祈請ズ。亦、国々ノ霊験所[一八]ニ参テ祈リ申スニ[一九]、尚不思エズ。

而ル間、海蓮夢ニ、菩薩[二〇]ノ形ナル人来テ、海蓮ニ告テ云ク、「汝ヂ、此ノ[二一]三品ヲ暗ニ不思ザル事ハ、前世ノ宿因ニ依テ也。汝ヂ前生ニ蟋蟀[二二]ノ身ヲ受テ、僧房ノ壁ニ付タリキ。其ノ房ニ僧有テ法花経ヲ誦ス。蟋蟀壁ニ付テ経ヲ聞ク間、一ノ巻ヨリ七巻ニ至マデ誦シ畢ツ。八巻ガ初[二三]一品[二四]ヲ誦テ後、僧湯[二五]ヲ浴テ息マムガ為ニ壁ニ寄リ付クニ、蟋蟀ノ頭ニ当テ、被圧殺[二六]レヌ。法花ノ二十五品ヲ聞タル功徳ニ依テ、蟋蟀ノ身ヲ転ジテ人ト生レテ、僧ト成テ法花経ヲ読誦ス。三品ヲバ不聞ザリシニ依テ、其ノ三品ヲ暗ニ思ユル事無シ。汝ヂ前生ノ報ヲ観[二七]テ、吉ク法花経ヲ読誦シテ、菩提[二八]ヲ可期シ」ト宣フ、ト見テ夢覚ヌ。

其ノ後、海蓮本縁[一]ヲ知テ、弥[二]ヨ心ヲ至シテ、法花経ヲ読誦シテ、仏道ヲ願テ懃ニ修行ジケリ。海蓮、天禄元年[三]ト云フ年、失ニケリトナム語リ伝ヘタルトヤ。

권14 제16화

간고지元興寺의 렌손蓮尊이 법화경法華經을 수지受持하여 전세前世의 과보果報를 알게 된 이야기

승려 렌손蓮尊이 『법화경法華經』 보현普賢품品을 암송할 수 없는 것을 탄식하며 보현에게 기청祈請하였더니, 꿈에서 전세에 개의 몸으로 보현품을 듣지 못했다는 인연을 알게 된 이야기. 앞 이야기와 똑같은 구조이다.

이제는 옛이야기이지만, 미마사카 지방美作國[1]에 렌손蓮尊이라는 승려가 있었다. 원래는 간고지元興寺[2]의 승려였다. 하지만 원래의 절을 떠나서 태어난 고향으로 돌아왔다. 어렸을 때 스승에게 『법화경法華經』[3]을 배우고 밤낮으로 독송讀誦[4]하였는데, 일찍이 경을 보지 않고 외우고자 하여[5] 오랜 세월에 걸쳐 독송을 하던 중, 어느새 스물일곱 품[6]을 암송할 수 있게 되었다. 그러나 보현품普賢品[7]만은 암송할 수 없었다. 그래서 정성을 다하여 보현품의 한 구절 한 구절을 수만 번 되풀이하여 읽고 외우려고 했으나 아무리 해도 외워지지 않았다. 그럼에도 불구하고 포기하지 않고 일하一夏[8]동안 보현보

1 → 옛 지방명.
2 → 사찰명.
3 → 불교.
4 편자에 의한 유형적인 상황묘사.
5 이 책의 제12화부터 제18화까지 모두 『법화경法華經』의 암송을 모티브로 한 설화가 연속됨.
6 『법화경』 스물여덟 품 중, 보현보살권발품普賢菩薩勸發品을 뺀 스물일곱 품, 즉 서품부터 묘장엄왕본사품妙莊嚴王本事品까지를 이름.
7 → 불교.

살[9] 앞에서 난행고행難行苦行을 하며 외우게 해주십사 기원을 드렸다.

어느새 하안거가 끝나갈 무렵 렌손의 꿈에 천동天童[10]이 나타나 고했다.

"나는 보현보살의 종자이다. 너의 숙인宿因[11]을 알려주기 위해서 온 것이다. 너는 전세에 개의 몸이었다. 너의 어미 개는 너와 함께 어떤 사람의 집 마루 밑에 있었는데 법화지경자法華持經者가 마루 위에 있었고 『법화경』을 독송하고 있었다. 개는 서품에서부터 묘장엄왕품妙莊嚴王品[12]까지 이십칠 품을 독송하는 것을 듣고 있었다. 그런데 보현품의 부분까지 와서 어미 개가 일어나 뛰어 나갔다. 어미 개를 따라서 너도 나갔기 때문에 보현품을 듣지 못한 것이다. 너는 전세에 『법화경』을 들었기 때문에 금생今生에 개의 몸에서 인간의 몸으로 전생轉生하여 승려가 되어 『법화경』을 독송하게 되었다. 그러나 보현품을 듣지 못한 것 때문에 그 품을 암송할 수 없는 것이다. 그러나 지금 보현보살을 기념祈念하였으니 반드시 암송할 수 있도록 할 것이다. 오로지 『법화경』을 수지受持하여 내세에서 제불諸佛을 뵙고 그 경經의 깊은 뜻을 깨달을 수 있을 것이다."

이렇게 말하고 천동은 사라졌다. 렌손은 이러한 꿈을 꾸고 잠에서 깨어났다. 그 후 렌손은 전세의 인연을 알게 되어 즉시 보현품을 암송할 수 있게 되었다. 렌손은 더할 나위 없이 기뻐하였다.

이렇게 해서 렌손은 더욱더 신심이 깊어져 눈물을 흘리며 『법화경』을 배례하였고 게을리하지 않고 독송을 계속하였다고 이렇게 이야기로 전하여 내려오고 있다 한다.

8 하안거夏安居. → 불교.
9 → 불교.
10 → 불교.
11 → 불교.
12 → 불교. 묘장엄왕본사품의 약칭.

⊙제16화⊙ 간고지元興寺의 렌손蓮尊이 법화경法華經을 수지受持하여 전세前世의 과보果報를 알게 된 이야기

元興寺蓮尊持法花経知前世報語第十六

今昔、美作[四]ノ国ニ蓮尊[五]ト云フ僧有ケリ。本ハ元興寺[六]ノ僧也。而ルニ[七]、本寺ヲ去テ、生国ニ下テ住ス。幼クシテ[八]師ニ随テ、法花経ヲ受ケ習テ日夜ニ読誦スルニ、暗[九]ニ思エテ誦セムト思フ志有テ、年来誦スルニ、既ニ二十七品[一〇]ヲ思エヌ。而ルニ、普賢品[一一]ヲ不思ズ。此ニ依テ、心ヲ尽クシテ普賢品ノ一々ノ句ヲ数万返誦シテ思エムト為レドモ、更ニ不思ズ。然[一二]レドモ、一夏九旬[一三]ノ間、普賢ノ御前[一四]ニシテ難行苦行シテ、此ノ事ヲ祈請フ[一五]。

一夏既ニ過ヌル間ニ、蓮尊夢ニ天童[一六]来テ、蓮尊ニ告テ云ク、

「我ハ此レ普賢菩薩ノ御使也。汝ガ宿業[一七]ノ因縁ヲ令知メムガ為ニ来レル也。汝ヂ前世ニ狗ノ身ト有リキ[一八]。母汝ト共ニ人ノ家ノ板敷[一九]ノ下ニ有リキ。法花経ヲ読誦ス。初メ序品ヨリ終リ[二〇]妙荘厳王品[二一]ニ至ルマデ二十七品ヲ誦スルヲ、狗聞キヽ。普賢品ニ至テ、汝ヂ母ノ起テ去シニ随テ、汝モ共ニ去ニキ。然レバ、普賢品ヲ不聞ザリキ。汝ヂ前世ニ法花経ヲ聞奉リシニ依テ、狗ノ身ヲ転ジテ、今人ノ身ト生レテ、僧ト成テ、法花経ヲ読誦ス。但シ、普賢品ヲ不聞ザリシニ依テ、其ノ品ヲ暗ニ不思ト云ヘドモ、懃ニ今普賢ヲ念ジ奉ルニ依テ[二二]、暗ニ思ム事ヲ必ズ令得メム。専ニ法花ヲ持テ来世ニ諸仏ニ値遇[二三]シ奉テ、此ノ経ヲ悟ル事ヲ可得シ」

ト云テ、天童[二四]失ヌ、ト見テ夢覚ヌ。其後、蓮尊宿因[二五]ヲ知テ、忽ニ普賢品ヲ暗ニ思ユル事ヲ得ツ。然レバ喜ブ事無限シ。此レ[二六]ニ依テ、弥ヨ信ヲ発シテ、泣々ク礼拝シテ誦スル事不怠ザリケリトナム語リ伝ヘタルトヤ。

권14 제17화

미타케金峰山의 승려 덴조轉乘가 법화경法華經을 수지受持하여 전세前世를 안 이야기

미타케金峰山의 승려 덴조轉乘가 『법화경法華經』 권7, 권8을 암송할 수 없는 것을 한탄하고, 자오藏王 권현權現에게 기청祈請하여 꿈에서 전세의 인연을 알게 된 이야기. 꿈의 계시를 통해 전세에 사신蛇身으로서 우연히 『법화경』을 청문한 공덕으로 승려로 전생轉生했지만 그때 권7, 권8을 듣지 못했기 때문에 현재 암송할 수 없게 된 것이며, 또한 전생의 사신의 기운이 남아 쉽게 화를 내게 되었다는 사실을 알게 된다. 설화의 구조는 앞 이야기와 같으며, 미타케였기 때문에 자오 권현에게 기청하게 된 것으로 『법화경』이 넓은 신앙층을 가지고 있던 사실을 보여주고자 한 것이라 판단된다.

이제는 옛이야기이지만, 미타케金峰山[1]에 승려가 살고 있었다. 이름은 덴조轉乘라 했고 야마토 지방大和國 사람이었다. 몹시 난폭한 성품의 소유자로 언제나 진에瞋恚[2]를 억누르지 못하고 화만 내고 있었다. 어릴 적부터 『법화경法華經』[3]을 배워 밤낮으로 독송했고,[4] 그것을 외워서 읊겠다는 뜻을 세워 오랜 세월에 걸쳐 독송하는 중에 6권까지는 완전히 암송할 수 있었지만, 제7, 8 두 권은 암송하고자 하는 의욕이 생기질 않았다. 그래도 '역시 제7, 8 두

1 → 지명(긴푸 산金峰山).
2 → 불교.
3 → 불교.
4 편자에 의한 유형적인 상황묘사.

권을 암송하자.'라고 생각하고 외우고자 했지만, 몇 년을 시도해 보아도 전혀 외워지지 않았다. 덴조는 그래도 안 될 일은 없다고 생각하고 억지로 제7, 8권의 구절 하나하나를 두세 번씩 읽어보았지만 조금도 외워지지 않았다. 이에 덴조는 자오藏王[5] 권현權現을 참배하고 일하一夏[6] 동안 칩거하며, 주야晝夜 육시六時[7]에 알가閼伽[8]·향로香爐[9]·등명燈明을 공양했고, 밤마다 삼천 번 예배를 하고 이 두 권의 경經을 암송하게 해주십사 기청祈請을 올렸다.

안거[10]가 끝날 무렵이 되어 덴조는 꿈을 꾸었다. 용관龍冠을 쓴 야차夜叉[11] 모습의 사람이 천의天衣[12]와 영락瓔珞[13]으로 아름답게 꾸미고, 손에 금강저金剛杵[14]를 들고 발은 연꽃의 꽃술을 밟고 권속眷屬[15]에게 둘러싸여 나타나서

"그대는 전세의 인연이 없기 때문에 이 제7, 8 두 권을 암송할 수 없는 것이니라. 그대는 전세에 독사의 몸이었다. 그 모습은 길고 컸으며 세 발[16] 반이나 됐고, 하리마 지방播磨國[17] 아코 군赤穗郡[18] 산 속의 역참[19]에 살고 있었다. 그때 한 명의 성인聖人이 그 역참에 묵고 있었다. 독사는 그 집의 용마루에 위에서 '나는 오랫동안 아무것도 먹지 못해 굶주려 있는데 뜻하지 않게 이 사람이 역참에 와 묵고 있다. 이 사람을 잡아먹어 버리자.'라고 생각

5 → 불교.
6 → 불교.
7 → 불교.
8 → 불교.
9 → 불교.
10 → 불교.
11 → 불교.
12 → 불교.
13 → 불교.
14 원문에는 '금강金剛'(→ 불교).
15 상위 신불神佛의 측근에서 봉사하는 하위의 성중聖衆, 정령精靈.
16 * 두 팔을 펴서 벌린 길이.
17 → 옛 지방명.
18 현재의 효고 현兵庫縣 아코 시赤穗市를 중심으로 하는 지방.
19 효고 현 아코 군赤穗郡 가미코오리 정上郡町 부근에는 야마노우마野磨驛가 있었음.

했다. 한편 성인은 뱀이 자신을 먹으려 하고 있는 것을 알아채고,[20] 손을 씻고 입을 헹궈 『법화경』을 외고 있었다. 그러자 독사는 이 경을 듣고 성인을 먹으려 하는 마음이 즉시 사라져 눈을 감고 일심一心으로 경을 들었다. 제6권까지 외웠을 때 날이 밝았기에 성인은 제7, 8 두 권을 읽지 않고 그곳을 떠나 가버리고 말았다. 그때의 독사가 바로 지금의 그대이니라. 성인에 대한 해심害心을 버리고 『법화경』을 듣기 위해 많은 겁劫[21]이 흘러 인간으로 태어나 승려가 되어 법화지경자法華持經者가 된 것이니라. 그러나 제7, 8 두 권은 듣지 못했기 때문에 금생今生[22]에서 그것을 암송할 수 없느니라. 또한 그대가 난폭한 성정으로 늘 사람들을 향해 진에瞋恚[23]를 억누르지 못하는 것은 독사의 습성 때문인 것이니라. 그대는 일심으로 정진精進하여 『법화경』을 독송하도록 하라. 그리하면 금생에서는 바라는 일을 모두 이루고, 후생後生에서는 생사[24]의 고苦에서 벗어날 수 있느니라.[25]"

덴조는 이러한 꿈을 꾸고 잠에서 깨어났다.

그리하여 덴조는 깊이 도심道心을 일으켜 더욱더 열심히 『법화경』을 독송하게 되었다. 이 덴조는 가상嘉祥 2년[26]에 마침내 존귀하게 숨을 거두었다[27]고 이렇게 이야기로 전하여 내려오고 있다 한다.

20 『법화험기法華驗記』에서는 "이때 성인聖人, 뱀이 있어 성인을 해하려 하는 것을 모르고"라고 되어 있어, 뱀의 습격을 모르고 있음. 이 이야기에서는 뱀의 재난을 벗어나기 위해 『법화경法華經』 독송을 하게 됨. 편자가 『법화험기』의 부정의 '不'자를 빠뜨린 것으로 추정.

21 → 불교.

22 → 불교.

23 → 불교.

24 → 불교.

25 생사윤회生死輪廻하는 경계를 벗어나, 불과佛果(→ 불교)를 얻어 왕생하는 것. 성불成佛과 같은 의미.

26 닌묘仁明 천황天皇의 치세. 849년.

27 극락왕생을 한 것이라고 믿고 있음.

⊙제17화⊙ 미타케金峰山의 승려 덴조轉乘가 법화경法華經을 수지受持하여 전세前世를 안 이야기

金峰山僧転乗持法花知前世語第十七

今昔、金峰山僧有ケリ。名ヲ転乗トゾ云ケル。大和国ノ人也ケリ。心極テ猛クシテ、常ニ嗔恚ヲ発シケリ。幼ノ時ヨリ法花経ヲ受ケ習テ日夜ニ読誦シテ、暗ニ思エ奉ラムト思フ志有テ年来誦スルニ、既ニ六巻ヲバ思エヌ。其レニ、七八ノ二巻ヲバ思エ奉ラムト為ル心無シ。而ルニ、「尚、七八ノ二巻ヲ思エム」ト思テ、誦シ浮ブルニ、年月ヲ経ト云ヘドモ、更ニ思ユル事無シ。転乗、然リトモト思テ、強ニ七八ノ巻ノ一々ノ句ヲ二三反ヅヽ誦スルニ、更ニ不思エズ。然レバ、転乗蔵王ノ御前ニ参テ、一夏九十日ノ間籠テ、六時ニ閼伽、香炉、灯ヲ供シテ、毎夜ニ三千反ノ礼拝ヲ奉リテ、此ノ二巻ノ経ヲ思エム事ヲ祈請フ。

安居ノ畢ノ比ニ成テ、転乗夢ニ、竜ノ冠シタル夜叉形ノ人也、天衣瓔珞ヲ以テ身ヲ荘テ、手ニ金剛ヲ取リ、足ニ花蘂ヲ踏デ、眷属ニ被囲遶レテ来テ、転乗ニ告テ云ク、「汝ヂ縁無ニ依テ、此ノ七八ノ二巻ヲ暗ニ不思エズ。汝ヂ前世ニ毒蛇ノ身ヲ受タリキ。其ノ形チ長ク大ニシテ、三尋半也。幡磨ノ国赤穂ノ郡ノ山駅ニ住シキ。其ノ時ニ、一人ノ聖人有テ其ノ駅ノ中ニ宿ス。毒蛇棟ノ上ニ有テ思ハク、『我レ、飢渇ニ会テ、久ク不食ズ。而ルニ、希ニ此ノ人此ノ駅ニ来宿セリ。今此ノ人ヲ我レ可食シ』ト。爰ニ、聖人蛇ニ被食ナムト為ル事ヲ知テ、手ヲ洗ヒ口ヲ濯ギ、法花経ヲ誦ス。毒蛇経ヲ聞テ、忽ニ毒害ノ心ヲ止メテ、目ヲ閉テ一心ニ経ヲ聞ク。第六ノ巻ニ至ル時、夜曉ヌレバ、七八ノ二巻ヲ不誦ズシテ、聖人其ノ所ヲ出デヽ去ヌ。其ノ毒蛇ト云フハ、今ノ汝ガ身也。害ノ心ヲ止メテ法花ヲ聞シニ依テ、多劫ヲ転ジテ、人身ヲ得テ僧ト成テ、法花ノ持者ト有リ。但シ、七八ノ二巻ヲ不聞ザリキ。故ニ、今生ニ暗誦スル事ヲ不得ズ。亦、汝ヂ心猛クシテ常ニ嗔恚ヲ発ス事ハ、毒蛇ノ習気也。汝ヂ一心ニ精進シテ法花経ヲ可読誦シ。今生ニハ求メム所ヲ皆得テ、後生ニハ生死[一]ヲ離レム」ト云フ、ト見テ夢[二]覚ヌ。

転乗深ク道心ヲ発シテ、弥ヨ法花ヲ誦ス。遂ニ、転乗嘉[三]祥二年ト云フ年、貴[四]クシテ失ニケリトナム語リ伝ヘタルトヤ。

권14 **제18화**

승려 묘렌明蓮이 법화경法華經을 수지受持하여 전세를 안 이야기

호류지法隆寺 승려 묘렌明蓮이 『법화경法華經』 권8을 암송하지 못하는 것을 한탄하고, 각지의 불신佛神에게 기청祈請한 뒤, 호키 지방伯耆國 다이 산大山의 다이치묘 보살大智明菩薩의 꿈의 계시에 의해 전세에 소였음에도 『법화경』을 청문한 공덕으로 승려로 전생했지만, 듣지 못했던 권8만을 암송할 수 없는 인연을 알게 된 이야기. 우신牛身과 사신蛇身이 서로 다를 뿐 앞 이야기와 구조는 동일하다.

이제는 옛이야기이지만, 묘렌明蓮[1]이라는 승려가 있었다. 어릴 적 부모의 집에서 떠나 호류지法隆寺[2]에 살며 스승을 따라 『법화경法華經』[3]을 배우고 밤낮으로 독송하고 있었다. 후에는 암기하고자 마음먹고, 제1권부터 제7권까지 암송했으나 제8권에 이르면 잊어버려 암기할 수가 없었다.

이후 암기하기 위해 몇 년에 걸쳐 계속 읽었다. 하지만 아무리해도 잊어버리게 되어 이 제8권만은 도무지 암송할 수 없자, 비탄하며

'만약 내가 천성적으로 머리가 나쁜 것이라면 앞의 경經 일곱 권 역시 조금도 읊지 못했을 터이고, 총명하다면 제8권도 외울 수 있을 터인데 어째서

1 시기산지信貴山寺 중흥中興의 '命蓮 · 明練'(권11 제36화 주 참조)과는 다른 인물.

2 → 사찰명.

3 → 불교.

앞의 일곱 권을 일 년 만에 외우고 제8권은 오랜 세월 노력을 해도 외울 수 없는 것일까? 이 이유를 어디 한 번 불신佛神에게 기도하여 물어보자.'

라고 생각하여, 이나리稻荷[4]에 참배하여 백일 간 칩거하여 기원해 보았지만 아무런 효험이 없었다. 하세데라長谷寺[5]와 미타케金峰山[6]에서 각각 일하一夏[7] 동안 칩거하여 기도해 봐도 역시 효험이 없었다. 이에 구마노熊野[8]를 참배하고 백일 칩거하여 기도를 드렸다. 그러자 꿈에 권현權現[9]의 계시가 있었다.

"나는 이 일에 대해서는 뭔가 도움을 줄 수가 없을 듯하구나. 그러니 즉시 스미요시 명신住吉明神[10]에게 기원하도록 하라."

이 계시를 따라 묘렌은 곧바로 스미요시住吉에 참배하여 백일동안 칩거하여 기청祈請을 올리자 꿈에 명신이 계시를 하셨다.

"나 역시 도움이 안 될 듯하구나. 즉시 호키伯耆[11] 다이 산大山[12]을 참배하여 기원하도록 하여라."

이 꿈의 계시대로 묘렌은 다시 곧장 호키 다이 산에 참배하여 일하 동안 지심으로 기청하자, 꿈에 다이치묘大《智明》[13] 보살菩薩의 계시가 있었다.

4 → 사찰명.
5 → 사찰명.
6 → 지명.
7 → 불교.
8 → 사찰명.
9 구마노熊野 세 곳의 권현權現을 말함. 구마노(→ 사찰명) 삼사三社의 주제신主祭神. 게쓰미코노카미家都御子神(와카야마 현和歌山縣 히가시무로 군東牟婁郡 모토미야 정本宮町의 구마노 모토미야 대사熊野本宮大社), 구마노 하야타마노카미速玉神(신구 시新宮市 구마노 하야타마 대사), 구마노 후스미노카미夫須美神(히가시무로 군 나치카쓰우라 정那智勝浦町의 구마노 나치那智 대사).
10 스미요시 대사住吉大社(오사카 시大阪市 스미요시 구區 스미요시 정町)의 제신祭神. 쓰쓰노오노미코토筒男命 삼신과 오키나가타라시히메노미코토息長足姬命(진구神功 황후皇后).
11 → 옛 지방명.
12 돗토리 현鳥取縣 서부의 휴화산. 호키후지伯耆富士라고도 함. 예부터 영산靈山으로서 신앙이 두터웠고, 다이센지大山寺, 다이치묘 권현사大智明權現社(현, 오카미야마 신사오궁大神山神社奧宮)가 있고, 수험도의 영장靈場으로 여겨짐.
13 파손에 의한 결자. 『법화험기』의 기사를 근거로 보충함. 다이치묘 보살大智明菩薩은 다이치묘권현사大智明權現社의 주제신主祭神. 다이치 명신大智明神이라고도 하며, 본지本地는 지장地藏 보살. 엔노 오즈누役小角의

"내가 네 숙인宿因[14]을 설명해 주겠노라. 의심치 말고 믿어야만 하느니라. 미마사카 지방美作國[15] 사람이 식량으로 쓸 쌀을 소에 싣고 이 다이 산에 와서 소를 승방僧房에 묶어 두고서 본인은 신전을 참배했다. 그 승방에 있던 법화지경자法華持經者가 초야初夜[16]부터 『법화경』을 독송하기 시작하여 제7권까지 읽은 때에 날이 밝았다. 소는 하룻밤 내내 경을 듣고 있었는데 주인이 돌아왔기에 제8권을 듣지 못하고, 주인을 따라 고향으로 돌아가고 말았다. 그 소가 네 전세의 몸이니라. 『법화경』을 청문한 공덕[17]으로 축생[18]의 몸에서 벗어나 인간의 몸이 되어 승려가 되어서 『법화경』을 읽고 있느니라. 허나 제8권을 듣지 않았기 때문에 금생今生[19]에서 그 권을 암송할 수 없는 것이니라. 네가 삼업三業[20]을 바르게 하여 『법화경』을 읽는다면, 내세에는 도솔천兜率川[21]에 태어날 수 있을 것이니라."

묘렌은 이렇게 말씀하시는 꿈을 꾸고 잠에서 깨어났다.

그 후 묘렌은 자기 전세의 인연을 분명히 알고, 지심으로 권현[22]에게 아뢰었다.

"어리석은 소가 『법화경』을 듣고 방생傍生의 苦果[23]에서 벗어나, 인간으로

감득感得과 사냥꾼 도시카타俊方(요리미치依道라고도 함)의 제사祭祀라고도 전해짐(『호키지방 다이센지 연기伯耆國大山寺緣起』, 『찬집초撰集抄』·7, 『태평기太平記』·26).

14 → 불교.

15 → 옛 지방명.

16 초경初更. 술각戌刻으로 오후 8시경을 말함.

17 → 불교.

18 → 불교.

19 → 불교.

20 → 불교.

21 → 불교.

22 앞에서 나온 다이 산의 다이치묘 보살을 이름. 다이치 명신이 지장보살의 권화權化(→ 불교)이기 때문에, 권현이라고 한 것임.

23 전세의 악연에 의해 축생도畜生道로 전생하는 고통스런 과보果報. '방생傍生'은 기어 다니는 생류生類라는 뜻으로 '축생'과 같은 의미.

태어나 『법화경』을 수지受持하는 승려가 되었습니다. 하물며 인간으로 태어나 부처님의 말씀대로 수행한다면 얼마나 많은 공덕을 얻을 수 있겠습니까? 이것은 부처님만이 알고 계신 것이겠지요. 바라옵건대 이제부터 미래의 어떤 생마다 제불諸佛을 알현하고, 장래 태어날 생마다 『법화경』을 청문하여 항상 게을리하지 않고 수행하여 속히 무상보리無上菩提[24]를 깨닫고 싶습니다."

묘렌은 이렇게 서원誓願을 하고 재차 권현에게 절하고 돌아갔다.

그 후는 어떻게 되었는지 알 수 없다고 이렇게 이야기로 전하여 내려오고 있다 한다.

24 → 불교.

⊙제18화⊙ 승려 묘렌明蓮이 법화경法華經을 수지受持하여 전세를 안 이야기

[5]僧明蓮持法花知前世語第十八

今昔、明蓮[6]ト云フ僧有ケリ。幼クシテ祖ノ家ヲ別テ、法[7]隆寺ニ住シテ、師[8]ニ随テ法花経ヲ受ケ習ヒ、日夜ニ読誦ス。後[9]ニハ暗ニ誦シ奉ラムト思テ、第一巻ヨリ第七巻ニ至ルマデハ暗ニ誦ス。第八巻ニ至ルニ、忘レテ暗ニ誦スル事ヲ不得ズ。然レバ、年来ヲ経テ、思[10]エズト誦スルニ、弥ヨ忘レテ、第八巻更ニ不思ズ。我ガ根性[11]ノ鈍[12]ナル事ヲ歎テ云ク、「上[13]ノ七巻ノ経ヲモ、我レ更ニ不可誦ズ。根性聡敏[14]ナラバ第八巻ヲモ可思キニ、何ノ故ニカ、上七巻ヲ一年ノ内ニ思エテ、第八巻ニ至テ年来功[15]ヲ運ブト云ヘドモ不思[16]ズ。然レバ、仏神ニ祈請ジテ、此ノ事ヲ可知シ」ト云テ、稲荷[17]ニ参テ、百日籠テ祈請ズルニ、其ノ験無シ。長谷寺[18]、金峰山[19]ニ、各一夏[20]ノ間籠テ祈請ズルニ、亦其験無シ。熊野[21]ニ参テ百日籠テ此ノ事ヲ祈請ズルニ、夢ニ示シテ宣ハク、「我レ此ノ事ニ於テ力不及ズ。速ニ住吉明神[22]ニ可申シ」ト。明蓮夢ノ告ニ依テ、忽ニ住吉ニ参テ百日籠テ此ノ事ヲ祈請ズルニ、夢ニ、明神告テ宣ハク、「我レ亦此ノ事ヲ不知ズ。速ニ伯耆[23]ノ大山[24]ニ参テ可申シ」ト。

明蓮、亦夢ノ告ニ依テ、忽ニ伯耆ノ大山ニ参テ、一夏ノ間、心ヲ至シテ此ノ事ヲ祈請ズルニ、夢ニ、大□[25]菩薩告テ宣ハク、「我レ、汝ガ本縁[26]ヲ説カム。疑フ事無クシテ、告ヲ可信シ。美作[27]ノ国ノ人、粮米[28]ヲ牛ニ負テ、此ノ山ニ参テ、牛ヲ僧房ニ繋ギ置テ、主ハ神殿ニ参ル。其ノ僧房ニ、法花ノ持者有テ、初夜[29]ヨリ法花経ヲ読誦ス。第七巻ニ至ル時夜曉ヌ。牛終夜経ヲ聞クニ、[一]主ジ返ヌレバ、第八巻ヲ不聞シテ、主ニ随テ本国ニ返ヌ。其ノ牛ハ即チ汝ガ前ノ身也。法花経ヲ聞奉リシニ依テ、畜生ノ報ヲ棄テヽ、人身ヲ受テ、[二]僧ト成テ、法花経ヲ誦ス。第八巻ヲ不聞ザリシニ依テ、今生ニ其ノ巻ヲ不思ザル也。汝ヂ当ニ[三]三業ヲ調ヘテ法花経ヲ誦セバ、来世ニ[四]兜率天ニ生ルヽ事ヲ得テム」ト宣フ、ト見テ夢覚ヌ。

其ノ後、明蓮明ニ宿因ヲ知テ、心ヲ一ニシテ、[五]権現ニ申シテ云ク、「[六]愚痴ナル牛法花経ヲ聞テ、[七]傍生ノ苦果ヲ離レテ、人ト生レテ、法花経ヲ持ツ[八]僧ト有リ。何況ヤ、人トシテ[九]説ノ如ク修行セム所得ノ功徳ヲヤ。但、仏ノミゾ吉ク知リ給ハム。願クハ、我レ[一〇]世々ニ[一一]諸仏ヲ見奉リ、生々ニ法花経ヲ聞キ奉テ、常ニ[一二]不退ノ行ヲ修シテ速ニ[一三]無上菩提ヲ證ゼム」ト。此ノ願ヲ発シ畢テ、[一四]権現ヲ礼拝シテ返リ去ニケリ。

[一五]其ノ後ノ事ヲ不知ズトナム語リ伝ヘタルトヤ。

권14 제19화

비젠 지방備前國 맹인이 전세를 알고 법화경法華經을 수지受持한 이야기

비젠 지방備前國의 맹인이 히에이 산比叡山의 근본중당根本中堂에 칩거하여 꿈의 계시에 의해 전세에 독사로 태어나 『법화경法華經』을 청문한 공덕으로 인간으로 전생했지만, 불전佛前의 등유燈油를 핥아먹은 과보果報로 장님이 된 인연을 알게 된 이야기. 신불神佛에 기청祈請하여 전세의 인연을 알게 된다는 기본적 구조는 앞 이야기와 같지만, 앞 이야기까지 이어진 『법화경』 한 부를 암송하지 못했다는 모티브는 없으며, 이 이야기에서는 장님의 과보를 받고 있는 점이 다르다.

이제는 옛이야기이지만, 비젠 지방備前國[1]에 살고 있는 사람이 있었는데 열두 살 때 두 눈을 잃었다. 부모가 슬피 한탄하여 불신佛神에게 기도해 보았지만 아무런 효험이 없었다. 약을 써 치료도 해 봤지만 조금도 보람이 없었다.

이에 히에이 산比叡山의 근본중당根本中堂[2]으로 데리고 가서 칩거시키고 지심으로 기청祈請하였다.[3] 두이레[4]가 지나서 이 맹인의 꿈속에 고귀한 모습을 한 사람이 나타나 계시를 하셨다.

1 → 옛 지방명.
2 → 사찰명.
3 개안開眼을 기원하였음.
4 * 14일.

"그대는 전세의 인연으로 인해 장님의 몸이 된 것이니라. 금생今生[5]에서는 눈을 뜰 수 없다. 그대는 전생[6]에 독사의 몸이었고, 시나노 지방信濃國[7] 구와타데라桑田寺의 술해戌亥[8]의 모퉁이에 있는 팽나무 속에 살고 있었다. 한편 이 절에는 법화지경자法華持經者가 있어 밤낮으로 『법화경法華經』[9]을 독송하고 있었다. 뱀은 언제나 이 지경자가 읽는 『법화경』을 듣고 있었다. 뱀은 본디 죄가 깊었고 먹을 것도 없었던 탓에 밤마다 그 당堂으로 들어가 불전佛前의 상야등常夜燈[10]의 기름을 전부 핥아 먹어 버렸다. 그리하여 『법화경』을 들었기 때문에 사도蛇道[11]에서 벗어나 금생에서 인간의 몸을 얻어 부처를 뵐 수 있었지만, 등유燈油를 먹어 버렸던 죄로 두 눈을 잃은 것이다. 그러므로 금생에서는 눈을 뜰 수 없다. 그대는 그저 속히 『법화경』을 수지受持하고 그 죄에서 벗어나도록 하여라."

맹인은 이렇게 말씀하시는 꿈을 꾸고 잠에서 깨어났다.

그 후는 마음속으로 전세의 악업惡業[12]을 뉘우치고 부끄러워하여 고향으로 돌아가 꿈의 계시를 믿고 『법화경』을 배우기 시작하게 되었는데, 수개월 만에 저절로 습득하게 되었다. 이후 장님의 몸으로 오랜 세월에 걸쳐 밤낮 『법화경』을 독송했다. 그러자 그 효험이 현저하여 사기邪氣에 의한 병[13]으로 괴로워하는 사람이 있을 때, 이 맹인에게 기도하게 하면 반드시 효험

5 → 불교.

6 → 불교.

7 → 옛 지방명.

8 북서쪽. 불길한 방향. 집의 북서쪽 모퉁이에 팽나무를 심는 것은 액난厄難을 피하고자 함이고, 당시의 민속이었음. 본집 권27 제4화에도 술해戌亥의 모퉁이에 높고 커다란 팽나무가 심어져 있다는 내용이 보임.

9 → 불교.

10 신불神佛 앞에 항상 켜 두는 등화.

11 축생도畜生道 가운데, 사신蛇身을 받는 경계를 말함.

12 원문에는 '숙인宿因'(→ 불교).

13 '사기邪氣'란 사람에게 붙어 지벌을 내리는 악령, 모노노케もののけ 종류를 말함. '사기邪氣에 의한 병'이란 악령이 붙어 일으키는 병으로 원령병怨靈病, 영병靈病이라고도 함. 권12 제35화 주 참조.

이 있었다.

맹인은 임종할 때까지 존귀한 모습으로 생을 마쳤다[14]고 이렇게 이야기로 전하여 내려오고 있다 한다.

14 몸가짐을 흐트러뜨리지 않고, 임종정념臨終正念하여 왕생을 이뤘다는 뜻.

⊙제19화⊙ 비젠 지방備前國 맹인이 전세를 알고 법화경法華經을 수지受持한 이야기

備前国盲人知前世持法花語第十九

今昔、備前[16]ノ国ニ有ケル人[17]、年シ十二[18]歳ニシテ二ノ目盲ヌ。父母[19]此レ[20]ヲ歎キ悲ムデ、仏神ニ祈請ズト云ヘドモ其ノ験無シ。薬ヲ以テ療治[21]スト云ヘドモ不叶ズ。

然レバ、比叡ノ山ノ根本中堂[22]ニ将参テ[23]、盲人ヲ籠メテ、心ヲ至テ此ノ事[24]ヲ祈請ズ。二七日ヲ過テ、盲人[25]ノ夢ニ、気高キ気色ノ人来テ、告テ云ク、「汝ヂ宿因ニ依テ此ノ盲目ノ身ヲ得タリ。此ノ生[26]ニハ眼ヲ不可得ズ。汝ヂ前生ニ毒蛇ノ身ヲ受テ、信濃[27]ノ国ノ桑田寺[28]ノ戌亥[29]ノ角ノ榎ノ木ノ中ニ有リキ。而ルニ、其ノ寺ニ法華ノ持者住シテ、昼夜ニ法花経ヲ読誦シキ。蛇常ニ此持者ノ誦スル法花経ヲ聞奉リキ。蛇罪深クシテ食無リシニ依テ、毎夜ニ其ノ堂ニ入テ、仏前ノ常灯[30]ノ油ヲ舐リ[31]失ヒキ。法華経ヲ聞シニ依テ、蛇道[32]ヲ棄テ、今人身ヲ受テ、仏ニ値奉レリト云ヘドモ、灯油ヲ食シ失ヘリシニ依テ、両眼盲タリ。此ノ故ニ、今生ニ眼ヲ不可開ズ。汝ヂ只速ニ法花経ヲ受持テ、罪業ヲ免レヨ」ト宣[1]、ト見[2]テ夢覚ヌ。

其ノ後、心ニ前生ノ悪業ヲ悔ヒ恥テ、本国[3]ニ返テ、夢ノ告ヲ信ジテ初テ法花経ヲ受ケ習奉ルニ、月来ヲ経テ自然ラ習得ツ。其ノ後[4]ハ、盲目也ト云ヘドモ、年来心ヲ至シテ法華経ヲ昼夜ニ読誦ス。而ルニ、其ノ験シ掲焉[5]ニシテ邪気[6]ノ病ニ悩ム人有ケレバ、此ノ盲人ヲ以テ令祈ルニ、必ズ其ノ験シ有ケリ。

遂[7]ニ最後ニ至マデモ、終リ[8]貴クテ失ニケリトナム語リ伝ヘタルトヤ。

권14 **제20화**

승려 안쇼安勝가 법화경法華經을 수지受持하여 전생의 과보果報를 알게 된 이야기

승려 안쇼安勝가 피부색이 검은 것을 부끄러워하고 한탄하여 하세데라長谷寺 관음觀音에게 기청祈請하고, 전생[1]에 검은 소로 태어나 『법화경法華經』 청문의 공덕으로 승려로 전생했지만, 전생의 흔적으로 피부가 검은 인연을 알게 된 이야기. 현세의 불운을 한탄한 승려가 불보살에게 전세의 인연과 후세[2]의 과보를 계시받아 『법화경』 독송에 전심하여 왕생의 소회素懷를 이루었다는 전형적 설화로, 그 구조는 앞 이야기와 동일하다.

이제는 옛이야기이지만, 안쇼安勝[3] 라는 승려가 있었다. 어릴 적에 『법화경法華經』[4]을 배워 밤낮 독송하고 있었다. 그런데 이 안쇼는 피부색이 매우 검었다. 세상에 검은 사람은 많지만 이 안쇼는 정말이지 먹과도 같았다. 그는 이것을 더없이 한탄하고 있었다. 그리고 또한 이것을 부끄럽다고도 생각하고 사람과 사귀려 하지 않았다. 다만 도심道心은 특히 강하여 항상 불상을 만들고 경經을 서사書寫하여 그것을 공양하고 있었다. 또 가난한 사람을

1 → 불교.

2 → 불교.

3 미상. 『하세데라 험기長谷寺驗記』, 『삼국전기三國傳記』에는 이치조인一條院 치세 때의 고야 산高野山 주승住僧이라고 되어 있음.

4 → 불교.

가엾게 여기는 마음이 있어 추위에 고통받는 사람을 보면, 그가 생면부지의 사람이어도 자기 옷을 벗어 주었고, 병으로 괴로워하고 있는 사람을 보면 친한 사람이 아닐지라도 깊이 동정하여 약을 사 와서 베풀어 주었다.

긴 세월에 걸쳐 이렇게 해 왔는데, 역시 자기가 검은 것을 부끄러워하고 슬퍼하여, 하세데라長谷寺[5]에 참배하여 관음觀音[6]에게 기원했다.

"저는 어떤 인연이 있어서 세상 사람과 달리 이렇듯 피부가 검은 것입니까? 관음이시여, 아무쪼록 그 이유를 알려주소서."

사흘[7] 밤낮을 절에서 묵으면서 기도하고 있자, 안쇼의 꿈에 고귀한 여인이 나타났다. 자태가 참으로 아름답고, 뭐라 형언할 수 없이 고귀했다. 도저히 보통 사람이라고는 생각할 수 없을 정도였다. 이 여인이 안쇼를 향해

"그대는 자신의 전세前世를 알지 않으면 아니 될지니. 그대는 전세에 검은 소였습니다.[8] 그리고 법화지경자法華持經者 가까이에 있으며 언제나 『법화경』을 들었습니다. 그 까닭에, 축생[9]의 몸에서 벗어나, 금생今生에서 인간으로 태어나 승려가 되어 『법화경』을 독송하게 되었습니다. 피부색이 검은 것은 소였던 흔적에 의한 것입니다. 그대는 결코 한탄해서는 안 될지니, 그저 열심히 『법화경』을 수지受持하면 언젠가 다시 그 몸을 버리고 도솔천兜率天[10]

5 → 사찰명.

6 → 불교.

7 『하세데라 험기』에는 "삼일째가 채워지는 장보長保 3년 8월 20일 밤중 그의 꿈에"라고 되어 있음.

8 이 이하의 "언제나 『법화경法華經』을 들었습니다.'까지의 내용은 『하세데라 험기』에서는, '그대 전세의 몸은 검은 소였고, 오미 지방近江國 오쓰우라大津浦에 있었다. 들에서 길러졌는데, 실수로 두 다리를 다쳐 주인이 소를 산에 내버리고 돌보지 아니했다. 겨울밤 내내 서리를 맞았고, 낮에는 온종일 비를 맞았다. 메마른 들판에 먹을 것이 없어 끝내 죽게 되었다. 그런데 세키데라關寺에 어느 법화경 수행승이 있었다. 그는 자비심이 깊어 이 소를 자신의 암자로 옮겼다. 소는 자연스레 그 승려가 법화경을 읽는 것을 들었다."라고 되어 있음. 『삼국전기』도 대략 같은 내용임.

9 → 불교.

10 원문에는 "도솔천상兜率天上"(→ 불교).

에 올라, 자씨慈氏[11]를 뵐 수 있을 것입니다."
라고 계시하셨다. 이러한 안쇼는 이러한 꿈을 꾸고 깨어났다.

그리하여 안쇼는 관음께 예배드리고, 전세와 후생後生의 인과因果를 깨달아 기뻐하며 돌아갔다. 그로부터는 더욱더 『법화경』을 게을리하지 않고 계속 독송했다. 드디어 임종 시, 존귀한 모습으로 생을 마쳤다[12]고 이렇게 이야기로 전하여 내려오고 있다 한다.

11 → 불교. 미륵보살彌勒菩薩의 이칭異稱. 자존慈尊(→ 불교), 자씨존慈氏尊(→ 불교)이라고도 함.
12 몸가짐을 흐트러뜨리지 않고, 임종정념臨終正念하여 왕생을 이뤘다는 뜻.

◎ 제20화 ◎ 승려 안쇼安勝가 법화경法華經을 수지受持하여 전생의 과보果報를 알게 된 이야기

僧安勝持法花知前生報語第二十

今昔、安勝ト云フ僧有ケリ。幼ニシテ法花経ヲ受ケ習テ、昼夜ニ読誦ス。而ルニ、此ノ安勝身ノ色極テ黒カリケリ。世ニ色黒キ人有リト云ヘドモ、此レハ只墨ノ様ニゾ有ケル。然レバ、此レヲ歎ク事無限シ。此ニ依テ、此レヲ恥テ人ニ交ル事モ不為ズ。而ルニ、極テ道心ゾ有ケル。常ニ仏ヲ造リ経ヲ写テ供養ジ奉リケリ。亦、貧キ人ヲ哀ブ心有テ、寒気ナル人ヲ見テハ、不知ヌ人也ト云ヘドモ衣ヲ脱テ与フ。病ニ煩フ人ヲ見テハ、親キ疎キヲ不撰ズ歎キ悲デ、薬ヲ求テ施ス。

如此クシテ、年来ヲ経ル間、此ノ色ノ黒キ事ヲ恥ヂ歎テ、長谷ニ参テ観音ニ申シテ云ク、「我レ何ノ因縁有テカ、世ノ人ニ不似ズシテ、此ノ身ノ黒色ナル。願クハ、観音此ノ故ヲ令知メ給ヘ」ト、三日三夜籠テ祈請ズルニ、安勝夢ニ、止事無キ女人出来レリ。形貌端正ニシテ気高キ事並ビ無シ。見ルニ、例ノ人ト不思エズ。此ノ人安勝ニ告テ宣ハク、「汝ヂ前生ヲ可知シ。汝ヂ前生ニ黒キ色ノ牛ト有リキ。法花ノ持者ノ辺ニ有テ、常ニ法花経ヲ聞キ奉リキ。其故ニ、畜生ノ身ヲ棄テヽ、今人ト生レテ、僧ト成テ、法花経ヲ読誦スル也。色黒キ事ハ、牛ノ気分ニ依テ有也。汝ヂ更ニ不可歎ズ。只懃ニ法花経ヲ持奉テバ、今、亦此ノ身ヲ棄テヽ、兜率天上ニ昇テ慈氏ヲ可見奉シ」ト宣フ、ト見テ夢覚ヌ。

其ノ後、観音ヲ礼拝シ奉ル。前生後世ノ報ヲ知ヌル事ヲ喜テ返ヌ。弥法花経ヲ読誦シテ怠ル事無シ。遂ニ最後ノ時ニ臨デ、終リ貴クテ失ニケルトナム語リ伝ヘタルトヤ。

권14 제21화

히에이 산比叡山 요카와橫川의 요교永慶 성인聖人이 법화경法華經을 독송하여 전세를 알게 된 이야기

히에이 산比叡山 요카와橫川의 승려 요교永慶가 셋쓰 지방攝津國 미노오箕面 폭포에 집거하여, 용수보살龍樹菩薩의 꿈의 계시로 전세前世에 귀가 처진 개로 태어나 『법화경法華經』 청문의 공덕으로 승려로 전생轉生했지만, 전생前生[1]의 흔적으로 사람의 꿈에 개의 형상으로 나타나는 인연을 알게 된 이야기. 전세의 인연을 계시로 알게 되어, 숙업宿業을 부끄러워하여 『법화경法華經』 독송에 전심專心하고, 후세의 왕생을 기약한다는, 앞 이야기와 같은 형식의 법화지경자法華持經者 인연담.

이제는 옛이야기이지만, 히에이 산比叡山의 요카와橫川[2]에 요교永慶[3] 성인聖人이라는 승려가 있었다. 가쿠초覺超[4] 승도僧都의 제자였다. 어릴 적 히에이 산에 올라 스승을 따라서 『법화경法華經』[5]을 배우고 밤낮으로 독송하고 있었는데,[6] 후에는 원래 있었던 산을 떠나 셋쓰 지방攝津國[7] 미노오箕面[8] 폭포

1 → 불교.
2 → 사찰명.
3 후지와라노 나리노부藤原齊信의 아들로 쇼쿠證空 아사리阿闍梨의 제자 요교永慶가 있음. 그러나 이 사람은 미이데라三井寺의 승려이고 『법화험기法華驗記』 성립의 장구長久 기간(1040~1044)으로부터 22년이나 지나(1066년) 죽었기 때문에, 이 이야기의 요교와는 다른 인물임.
4 → 인명.
5 → 불교.
6 편자에 의한 유형적인 상황묘사.
7 → 옛 지방명.
8 오사카 부大阪府 미노오 시箕面市에 있음. 강은 미노오 강箕面川이라고 하며, 폭포는 높이 16장(약 50m) 정

라는 곳에 칩거하여 『법화경』을 독송하여 열심히 수행하고 있었다.

어느 날, 요교가 저녁에 불전佛前에서 경을 읽으며 예배하고 있었는데, 곁에 사람 하나가 자고 있었다. 그 사람이 꿈을 꿨다. 불전에 노견老犬이 있어 소리 높여 짖으며 앉았다 섰다하며 부처에게 예배하고 있었다. 이런 꿈이었는데, 눈을 뜨자마자 옆을 보니 불전에 요교가 앉아서 소리 높여 독송하고 예배하고 있었다. 이러한 꿈을 다른 두세 사람도 똑같이 꾸고 요교에게 이야기했다. 이것을 들은 요교는 그것이 무슨 의미인지 알고 싶어져 7일 동안 단식하여 당堂에 틀어박혀 "이 꿈의 계시의 의미를 알려 주소서."라고 기청祈請하였다. 그러자 7일째 밤의 꿈에 숙로宿老[9]가 나타나

"그대의 전세는 귀가 처진 개였다. 그 개가 법화지경자法華持經者의 승방僧房에 있어, 승려가 밤낮 『법화경』을 외우고 있는 것을 듣고 있었다. 그 공덕[10]으로 개로 태어난 과보果報에서 벗어나 인간으로 태어나 승려가 되어, 『법화경』을 독송하게 된 것이니라. 그러나 전세의 개의 흔적이 지금도 남아서 사람의 꿈에 개의 모습을 하고 나타는 것이다. 이리 말하는 나는 용수龍樹[11] 보살菩薩이니라."

라고 말씀하셨다. 요교는 이러한 꿈을 꾸고 잠에서 깨어났다.

그리하여 요교는 깊은 전세의 숙업宿業[12]을 부끄러워하고 현재 있는 곳을 떠나, 연고가 있는 토지를 찾아서 그곳에 정착하여 밤낮으로 『법화경』을 읊

도라고 함. 산중턱에 백치白雉 원년(650) 엔노 오즈누役小角가 개창開創했다고 전해지는 류안지瀧安寺(미노오데라箕面寺)가 있고, 용수보살 응현應現의 땅이라고 함.

9 연공年功을 쌓은 노인. 장로長老. 『법화험기』에서는 숙로의 정체가 회화문이 아닌 설명으로 묘사되고 있는데. 이 이야기에서는 숙로가 마지막 발언에서 스스로 이름을 말하는 형태의 극적 구성을 취함. 효과적인 변개라 할 수 있음. 권14 제25화 주 참조

10 → 불교.

11 → 불교. 또한 미노오 폭포에서 용수의 몽고夢告를 받았다는 모티브는 『원형석서元亨釋書』 권15의 엔노 오즈누 전에서도 찾을 수 있음.

12 전세의 업인業因, 인연因緣. → 불교.

어서 육근六根[13]의 죄장罪障[14]을 참회했다.

요교는 금생今生[15]에서 『법화경』을 독송한 공덕으로 이후에도 영원히 삼도三途[16]에 빠지지 않고 반드시 정토[17]에 왕생하게 하여 주십사하고 기원했다고 이렇게 이야기로 전하여 내려오고 있다 한다.

13 → 불교.
14 성불에 지장을 주는 죄과罪過.
15 → 불교.
16 → 불교.
17 → 불교.

⊙제21화⊙
히에이 산比叡山 요카와橫川의 요교永慶 성인聖人이 법화경法華經을 독송하여 전세를 알게 된 이야기

比睿山横川永慶聖人誦法花知前世語第二十一

今昔、比睿ノ山ノ横川[9]ニ永慶聖人[10]ト云フ僧有ケリ。覚超[11]僧都ノ弟子也。幼[12]ニシテ山ニ登テ、師ニ随テ法花経ヲ受習テ、日夜ニ読誦ス。後ニハ本山ヲ去テ、摂津[13]ノ国ノ箕面[14]ノ滝ト云フ所ニ籠テ、法花経ヲ誦シテ懃ニ行フ。

而ル間、永慶夜ル[15]仏前ニシテ経ヲ誦シテ礼拝スルニ、傍[16]ニ人有テ寝タリ。其ノ人夢ニ、老タル狗[17]仏前ニ有テ、音ヲ高ク吼[18]テ立居ニ仏ヲ礼拝ス、ト見テ夢覚ヌ。即チ見レバ、永慶仏前ニ居テ、音ヲ挙テ礼拝ス。如此ク一両人同ク見テ、永慶ニ語ル。永慶此レヲ聞テ、此ノ事ヲ知ラムガ為ニ、七日食ヲ断テ、堂ニ籠テ、「此ノ夢ノ告ヲ令知メ給ヘ」ト祈請フニ、第七日ノ夜、夢ニ宿老[19]ノ僧来テ告テ云ク、「汝ガ前生ノ身ハ耳垂[20]犬ノ身トシテ有リキ。其ノ狗法花経ノ持者ノ房ニ有テ、昼夜ニ法花ヲ誦スルヲ聞キヽ。其ノ力ニ依テ、狗ノ報ヲ転[21]ジテ人ノ身ト生レテ、僧ト成テ法花経ヲ読誦ス。但シ、前生[22]ノ気分[23]于今有テ、人ノ夢ニ狗ノ形ニテ見ユル也。我ハ此レ竜樹[24]菩薩也」ト宣フ、ト見テ夢覚ヌ。

其ノ後、深ク前生ノ宿業[25]ヲ恥テ、其ノ所ヲ出デヽ、機縁[26]有ル所ヲ尋テ跡[27]ヲ留メテ、日夜ニ法花経ヲ誦シテ、六根[28]ノ罪障[29]ヲ懺悔ス。

今生[30]法花読誦ノ功徳ヲ以テ、永ク三途[31]ニ不返ズシテ、必ズ浄土ニ生レムト願ヒケリトナム語リ伝ヘタルトヤ。

권14 제22화

히에이 산比叡山 서탑西塔의 승려 슌묘春命가 법화경法華經을 독송하여 전생을 안 이야기

히에이 산比叡山 서탑西塔의 승려 슌묘春命는 평소 『법화경法華經』을 신수信受하여 독송에 여념이 없었는데, 꿈에서 전생[1]에 여우로 태어나 『법화경』 청문의 공덕으로 승려로 전생한 인연을 알게 되고, 그 후 전생의 과보果報를 알고 더욱더 『법화경』 독송에 전념하여 임종정념臨終正念으로 왕생했다는 이야기. 앞 이야기와 거의 같은 형태의 인연담.

이제는 옛이야기이지만, 히에이 산比叡山의 서탑西塔[2]에 슌묘春命라는 승려가 있었다. 어릴 적 히에이 산에 올라 스승을 따라서 『법화경法華經』[3]을 배우고 밤낮으로 이것을 독송[4]할 뿐으로, 다른 근행은 조금도 행하려 하지 않았다. 낮에는 승방僧房에서 해가 질 때까지 『법화경』을 독송하고, 밤에는 이 산[5]의 석가당釋迦堂[6]에 칩거하여 독송하였다. 본디 그는 가난하여 여러모로 궁핍하였지만, 한결같이 산에 틀어박혀 마을로 나가는 일은 없었다.

1 → 불교.
2 → 사찰명.
3 → 불교.
4 편자에 의한 유형적인 상황묘사.
5 히에이 산比叡山(→ 지명)을 가리킴.
6 → 사찰명.

이렇게 오로지 『법화경』만을 외워 세월을 보내고 있었는데, 어느 날 꿈[7] 속에서 천녀天女를 만났다. 몸 반절만 드러내고 반은 감추고 있었다. 그 천녀가

"그대는 전세에 여우의 몸으로 이 산의 법화당法華堂 천정에 살며, 항상 『법화경』을 듣고 법라法螺 소리를 듣고 있었다. 그 때문에 지금 인간으로 태어나 이곳의 승려가 되어서 『법화경』을 독송하게 된 것이니라. 인간으로 태어나는 것은 어렵고, 불법은 쉽사리 만날 수 없는 것이니라.[8] 그러므로 한층 더 정진하여 돈독한 신앙심으로 게을리하는 일이 있어서는 안 되느니라."

라고 말씀하셨다. 슌묘는 이러한 꿈을 꾸고 잠에서 깨어났다.

그리하여 자기 전세의 과보果報[9]를 알고 인과因果[10]의 도리[11]를 믿게 되었다. 그리고 더욱더 열심히 『법화경』을 독송하여 그 권수卷數는 육만 부에 달했다. 그 후에도 오랜 세월에 걸쳐 독송하였는데 그 이상의 권수는 헤아리지 않았다.

임종 시에는 병에 걸렸지만 심하게 앓지 않고,[12] 임종정념臨終正念으로 『법화경』을 독송하면서 숨을 거두었다고 이렇게 이야기로 전하여 내려오고 있다 한다.

7 꿈의 계시라는 모티브 설정에 대해서는 권13 제11화, 제15화 주 참조.
8 같은 내용이 권14 제10화에도 보임.
9 전세의 인연에 의해 생긴 현세의 결과.
10 → 불교.
11 불도佛道 교리의 중심이 되는 것으로, 여기서는 불도와 거의 같은 의미.
12 임종 때 앓는 일이 적은 것은 죄업이 가볍다는 증거라 할 수 있음.

⊙제22화⊙
히에이 산比叡山 서탑西塔의 승려 슌묘春命가 법화경法華經을 독송하여 전생을 안 이야기

比叡山西塔僧春命読誦法花知前生語第二十二

今昔、比叡ノ山ノ西塔[一]ニ春命[二]ト云フ僧有ケリ。幼[三]ニシテ山ニ登テ、師ニ随テ法花経ヲ受習テ、昼夜ニ読誦シテ、率[四]ニ他ノ勤メ無シ。昼ルハ房[五]ニ居テ終日[六]ニ法花ヲ誦ス。夜[七]ルハ当[八]山ノ釈迦堂[九]ニ籠テ誦[一〇]ス。其ノ身貧クシテ乏キ事多シト云ヘドモ、偏ニ山ニ籠居テ里ニ出ル事無シ。

只、法花経ヲ誦テ年月[一一]ヲ過ル程ニ、夢[一二]ニ、天女有テ、身ヲ半バ現ジテ、今半ハ隠テ告テ云ク、「汝ガ前生ニ野干[一三]ノ身ヲ受テ、此ノ山ノ法花堂ノ天井ノ上ニ住シテ、常ニ法花経ヲ聞奉リ、法螺[一四]ノ音ヲ聞キ。其ノ故ニ、今人ノ身ト生レテ、此ノ僧ト成テ法花経ヲ読誦ス。人[一五]ノ身難受シ。仏法ニハ難値シ。弥ヨ励デ心ヲ発シテ怠タル事無カレ」ト告、ト見テ夢覚ヌ。

其後、前生[一六]ノ果報ヲ知テ、因果[一七]ノ道ヲ信ズ。弥ヨ法花経ヲ読誦スル事六万部也。其ノ後、多ノ年月誦ト云ヘドモ巻数[一八]不計ズ。

最後ニ病有リト云ヘドモ、重ク[一九]不煩ズシテ法花ヲ誦シテ余[二〇]ノ思ヒ無クシテ失ニケリトナム語リ伝ヘタルトヤ。

오미 지방近江國의 승려 라이신頼眞이 법화경法華經을 독송하여 전생을 안 이야기

곤쇼지金勝寺 승려 라이신頼眞은 입이 소를 닮은 것을 부끄러워하여, 히에이 산比叡山의 근본중당根本中堂에 참롱參籠하여 꿈의 계시로 전생[1]에 코가 없는 소의 몸을 얻어, 『법화경法華經』을 청문한 공덕으로 승려로 전생했지만, 전생의 흔적으로 소의 입모양이 되었다는 인연을 알게 된 이야기. 그 후 인과因果의 과보果報를 알고, 더욱 『법화경』 독송에 전념하여 임종정념臨終正念으로 왕생했다는 앞 이야기와 같은 형태의 이야기. 금생今生에 전생의 흔적을 남긴다는 모티브는 본권 제17, 20, 21화에도 보인다.

이제는 옛이야기이지만, 오미 지방近江國[2]에 라이신頼眞이라는 승려가 있었다. 아홉 살이 될 무렵부터 그 지방에 있는 곤쇼지金勝寺[3]라는 절에 살았는데, 승려가 경문經文을 독송하는 것을 듣고 잘 기억하여 잊어버리는 일이 없었다. 그리고 어느새인가 『법화경法華經』[4] 한 부를 듣고 암송할 수 있게 되었다. 이렇게 오랜 세월 그 절에 사는 동안 완전히 나이가 들고 말았다. 매일 게을리하지 않고 『법화경』 세 부를 계속 독송했다. 또 법문도 배워 그 교리敎理를 잘 이해하여 지혜로운 승려가 되었다. 그런데 이 승려는 말을 할

1 → 불교.
2 → 옛 지방명.
3 → 사찰명.
4 → 불교.

때 보통 사람과 다르게 입을 비틀어 안면을 움직이는 버릇이 있어,[5] 그 모습이 소와 같았다. 라이신은 이것을 부끄럽게 생각하고 밤낮으로 한탄했다.

'나는 전세의 악업惡業[6]의 결과로 이런 과보果報를 받고 있는 것이다. 금생今生[7]에 참회하지 않으면 다시 후세[8]에서 괴로운 일[9]이 있을 것이리라.'

이렇게 생각하고, 히에이 산比叡山의 근본중당根本中堂[10]에 참배하여 7일간 밤낮으로 칩거하며 "저의 전세와 후세의 인과因果의 과보를 알려 주소서."라고 기원하였다.

엿새째의 밤, 꿈에 고귀한 승려가 나타나

"승려는 □□[11] 코가 없는 소였고 오미 지방 에치 군依智郡[12] 관수官首[13] 집에서 키우고 있었다. 그런데 그 관리가 『법화경法華經』 여덟 부를 그 소에게 싣고 그것을 공양하려고 산사로 옮겼다. 소는 경을 짊어진 연유로, 금생今生에서 소의 몸에서 벗어나 인간으로 태어나 승려가 되어서 『법화경』을 독송하고 법문을 깨달을 수 있었던 것이니라. 또한 금생에서 『법화경』을 외운 공덕[14]으로 인해 후생後生에서는 생사[15]의 고苦에서 벗어나[16] 불과佛果를 얻으리라. 하지만 전세의 인연이 아직도 남아 있어서 입이 소를 닮은 것이니라."라고 말씀하셨다. 라이신은 이러한 꿈을 꾸고 잠에서 깨어났다.

5 소가 되새김질할 때의 모습과 닮은 것임.
6 → 불교.
7 → 불교.
8 → 불교.
9 내세의 과보果報. 다시 악보惡報를 받는 것을 두려워한 것임.
10 → 사찰명.
11 저본의 파손에 의한 결자. '전생에'가 들어갈 것으로 추정.
12 『법화험기』에는 "아이치 군愛智郡"이라 되어 있음. 현재의 시가 현滋賀縣 아이치 군愛知郡.
13 그 지역의 우두머리 격인 사람. 군郡의 관리.
14 → 불교.
15 → 불교.
16 생사윤회生死輪廻하는 경계를 벗어나, 불과佛果를 얻어 왕생하는 것. 성불成佛과 같은 의미.

그리하여 비로소 전세와 후세의 일을 명확히 깨닫고, 원래의 절로 돌아가 더욱더 악도惡道[17]에 떨어지는 것을 두려워해 보리菩提[18]의 길을 갈구했다. 일흔의 나이에 이르러 『법화경』 육만 부를 독송하였다. 임종 시에는 아무런 고통도 없이 임종정념臨終正念으로 『법화경』을 독송하면서 숨을 거두었다.

이것을 보거나 들은 사람은 "라이신은 필시 극락[19]에 태어났음에 틀림없다."라고 이야기로 전하여 이렇게 내려오고 있다 한다.

17 → 불교.
18 → 불교.
19 → 불교.

⊙제23화⊙ 오미 지방近江國의 승려 라이신頼眞이 법화경法華經을 독송하여 전생을 안 이야기

近江国僧頼真誦法花知前生語第二十三

今昔、[二一]近江ノ国ニ[二二]頼真ト云フ僧有ケリ。始メテ九歳ナリケル時ヨリ、其ノ国ニ[二三]金勝ト云フ寺ニ仕シテ、僧ノ経ヲ読誦スルヲ聞取テ、心ニ持テ不忘ザリケリ。既ニ法花経一部ヲ聞取テケレバ、暗ニ此レヲ誦ス。年来其ノ寺ニ住ム程ニ、漸ク年老ヌ。毎日ニ法花経三部ヲ読誦シテ、更ニ怠タル事無シ。亦、法文ヲ習テ、其ノ[二四]義理ヲ悟テ、[二五]智有ル人ト成レリ。但シ、此ノ人物ヲ云フ時、例ノ人ニ不似ズ、[二六]口ヲ喎メ面ヲ動カシテゾ云ヒケル。其ノ体牛ニ似タリ。然レバ、頼真此ノ事ヲ恥テ、嗟ケ暮レ歎ク。「我レ前生ノ悪業ニ依テ、此ノ報ヲ感ゼリ。[二]今生ニ此ヲ不懺悔ズハ、亦[三]後世ヲ可恐シ」ト思テ、比睿ノ山ノ[四]根本中堂ニ参テ、七日七夜籠テ、「前生後世ノ果報ヲ令知メ給ヘ」ト祈念シ申ス。

第六日ノ夜、[五]夢ニ、貴キ僧来テ、告テ云ク、「僧[六]□鼻闕タル牛ナリシニ、近江ノ国[七]依智ノ郡ノ[八]官首ノ家ニ有リシ。[九]而ルニ、官首法花経八部ヲ其牛ニ負テ、供養ゼムガ為ニ山寺ニ運ビキ。経ヲ負奉リシ故ニ、今牛ノ身ヲ棄テヽ人ト生レテ、僧ト成テ法花経ヲ読誦シ、法文ヲ悟ル。亦、今生ニ法花経ヲ誦セル功徳ニ依テ、遂ニ[一〇]生死ヲ離レ菩提ニ可至シ。但シ、[一二]宿業尚シ残テ、口ハ牛ニ似ル也」ト宣フ、ト見テ夢覚ヌ。

其ノ後、明ニ前生後世ノ事ヲ知テ、本ノ寺ニ返テ、弥ヨ[一三]悪道ヲ恐レテ仏道ヲ求ム。年七十ニ及テ法花経六万部ヲ誦シ満ツ。遂ニ最後ノ時ニ臨デ、[一四]苦所無心不違ズシテ、法花経ヲ誦シテ失ニケリ。

[一五]此レヲ見聞ク人、「必ズ、極楽ニ生レタル人也」トナム語リ伝ヘタルトヤ。

권14 제24화

히에이 산比叡山 동탑東塔의 승려 조젠朝禪이 법화경法華經을 독송하여 전세를 안 이야기

히에이 산比叡山 동탑東塔의 승려 조젠朝禪이 관상가에게서 전세에 백마로 태어났던 인연을 듣게 되어, 근본중당根本中堂에 참롱參籠하여 기청祈請하자 꿈의 계시에 의해 관상가의 말이 맞다 라는 교시를 받은 이야기. 관상가의 등장은 앞 이야기에는 없지만, 근본중당에 참롱하여 꿈의 계시를 받았다는 모티브는 공통적이며, 기본적인 구조는 앞 이야기와 같은 형태의 이야기라고 할 수 있다.

이제는 옛이야기이지만, 히에이 산比叡山 동탑東塔[1]에 조젠朝禪이라는 사람이 있었다. 어릴 때 산에 올라 출가하여 불도를 배우고자 뜻을 품었지만, 천성적으로 우치愚痴[2]하여 도저히 충분히 습득할 수 있을 것 같지 않았다. 이에 스승이

"너는 머리가 좋지 않으니 학문은 안 되겠구나. 그저 『법화경法華經』[3]을 독송하고 오로지 그 근행勤行만을 하거라."[4]

라고 가르쳤기 때문에, 학문은 그만두고 스승이 가르친 대로 『법화경』을 배우고 밤낮으로 독송하여 열심히 불도 수행에 임했다. 낮에는 승방僧房에 거

1 → 사찰명.
2 → 불교.
3 → 불교.
4 학문과 『법화경法華經』 독송을 양자택일로 파악하고 있는 것에 주의.

하며 『법화경』을 독송하고, 밤에는 근본중당根本中堂[5]에 참롱參籠하여 수행을 했는데, 마침내 『법화경』 한 부를 암송할 수 있게 되었다.

어느 날, □□[6] 라고 하는 뛰어난 관상가가 근본중당에 참배하러 예당禮堂[7]에 와있었다. 산의 많은 승려가 이곳에 모여와서 "내 관상을 봐주시오." 라고 저마다 청했다. 관상가는 청을 받아들여 승려들의 관상의 길흉을 봐주고 있었는데, 조젠을 보고

"당신은 전세에 하얀 말이었습니다. 그래서 아직 전세의 흔적이 남아 있어서 피부색이 하얀 것입니다. 또 당신의 목소리가 거칠고, 말 울리는 소리와 비슷한 것도 모두 전세의 습성이 남아 있기 때문입니다."
라고 말했다.

조젠은 이것을 듣고 관상가가 돌아간 후 동료 승려들을 향해

"그 관상가는 입에서 나오는 대로 아무렇게나 말한 것이라네. 얼굴 모양을 보거나 목소리를 듣거나 해서 수명의 장단長短이나 사람의 빈부貧富를 점치는 것은 할 수 있어도, 전세의 일 같은 건 아무리 해도 알 턱이 없어. 전세의 일을 알고 계신 것은 부처님뿐이지."
라고 말하며 관상가의 말을 믿지 않고 근본중당에 참롱하여 "제 숙업宿業[8]을 알려주소서."라고 기원했다.

그러자 꿈에 노승老僧이 나타나 조젠에게

"관상가가 말한 것은 진실이니라. 절대로 거짓이 아니니다. 선악善惡의 과보果報라는 것은 모두, 그림자가 몸과 떨어질 수 없는 이치와 같은 것이니라. 너는 전세에 백마白馬의 몸이었다. 어느 법화지경자法華持經者가 있어 잠시

5 → 사찰명.
6 관상가의 이름의 명기를 위한 의도적 결자.
7 → 불교.
8 → 불교.

그 말을 타고 길을 간 적이 있는데, 그 공덕[9]으로 너는 마신馬身에서 벗어나 지금 인간으로 태어나 승려가 되어서 『법화경』을 독송하고 불법과 만날 수 있었던 것이니라. 하물며 자기 자신이 『법화경』을 수지受持하고 사람에게 권하여 수지하게 하는 공덕은 얼마나 크겠느냐. 너는 더욱 지성으로 독송하고 게을리하는 일이 있어서는 안 되느니라."

라고 가르쳐 주었다. 조젠은 이러한 꿈을 꾸고 잠에서 깨어났다. 그리고 자신의 전세의 인연을 알고 관상가의 말을 믿지 않았던 것을 후회했다.

진정한 관상가는 전세의 과보도 전부 점을 칠 수 있는 것이다. 조젠은 이것을 깊이 믿고 자신이 이렇게 불법과 만날 수 있었던 것을 기뻐하며, 그 후 진심을 담아서 더욱 수행에 힘썼다고 이렇게 이야기로 전하여 내려오고 있다 한다.

9 → 불교.

⊙ 제24화 ⊙
히에이 산比叡山 동탑東塔의 승려 조젠朝禪이 법화경法華經을 독송하여 전세를 안 이야기

比睿山東塔僧朝禅誦法花知前世語第二十四

今昔、比叡ノ山ノ東塔[16]ニ朝禅[17]ト云フ人有ケリ。幼[18]ニシテ山ニ登テ出家シテ仏法ノ道ヲ習ハムト思フニ、天性愚痴[19]ニシテ習ヒ得ル事難カリケレバ、師[20]ノ云ク、「汝ヂ、心鈍クシテ学問ニハ不能ジ。只法花経ヲ読誦シテ偏ニ行ヒヲ為ヨ」ト教ヘケレバ、学問ヲバ止メテ、師[21]ノ教ヘニ随テ法花経ヲ受習テ、日夜ニ読誦シテ懃ニ仏道ヲ行フ。昼ハ房ニシテ法花経ヲ読誦シ、夜ハ中堂[22]ニ籠テ行ヒケリ。遂ニ法花経一部ヲ暗ニ浮ベ思エヌ。

而ル間、□[23]ト云フ、止事無キ相人[24]、中堂ニ参テ礼堂ニ居タルニ、山ノ諸ノ僧来リ集テ、「我レヲ相ジヨ」ト各語ヘバ、云フニ随テ、悉ク善悪ヲ相ズル間、朝禅ヲ見テ相ジテ云ク、「我御[1]ハ前生ニ、白キ馬ノ身ヲ受テ御シキ[2]。而レバ、前生[3]ノ気分ニ依テ、身ノ色ハ白ク御スル也。亦、音荒クシテ馬ノ走ル足音ニ似タル、皆前世ノ習ヒ也」ト。

朝禅[4]此レヲ聞テ、相人返テ後ニ、諸ノ僧共ニ向テ云ク、「此ノ相人口[5]ニ任テ云フ事也。形[6]ノ有様ヲ見、音ヲ聞テ、命ノ長短[7]、身ノ貧富ヲコソ相ズトモ、何デカ前世ノ事ヲバ知ラム。仏コソ前生ノ事ヲバ知給ハメ」ト云テ、不信ズシテ、中堂ニ籠テ心ヲ至テ、「前世[8]ノ報ヲ令知メ給ヘ」ト申ス。

夢ニ、老僧来テ朝禅ニ告テ宣ハク、「相人ノ云フ所実也。更ニ虚言ニ非ズ。善悪ノ報、皆影[9]ノ身ニ副ヘルガ如シ。汝ヂ[10]前生ニ白キ馬ノ身ヲ受タリキ。法花持者有テ、其ノ馬ニ乗テ一時[11]道ヲ行タリシ力ニ依テ、馬ノ身ヲ転ジテ、今人生テ、僧ト成テ、法花経ヲ読誦シ、仏法ニ値遇セリ。何況ヤ自ラ持チ人ヲ勧メテ令持メム功徳ヲ可思遣シ。汝ヂ弥ヨ心ヲ至シテ、解怠[12]スル事無カレ」ト教給フ、ト見テ夢覚ヌ。其ノ後ハ、宿業ヲ知テ、[一三]相人ノ言ヲ不信ザル事ヲ悔ケリ。[一四]実ノ相人ハ前世ノ報ヲモ皆相ズル也ケリ。朝禅此ヲ深ク信ジテ、其ノ後ハ心ヲ至シテ、此ク仏法ニ値奉レル事ヲ喜テ、弥ヨ修行ジケリトナム語リ伝ヘタルトヤ。

권14 제25화

야마시로 지방山城國 간나비데라神奈比寺의 성인聖人이 법화경法華經을 독송하여 전세의 과보果報를 안 이야기

간나비데라神奈比寺의 승려가 큰 절로 거처를 옮기고자 결심하고 있을 무렵, 꿈에서 약사여래藥師如來로부터 전세에 지렁이로 태어났으나 『법화경法華經』 청문의 공덕에 의해 이 절의 승려로서 전생한 인연을 듣게 되고, 거처를 옮기는 것을 단념하고 『법화경』 독송에 전념했다는 이야기. 앞 이야기와 기본적으로는 같은 형태의 인연담으로, 본권 제12화 이후 연속된 법화지경자法華持經者의 인연담은 이 이야기로 끝이 난다.

이제는 옛이야기이지만, 야마시로 지방山城國[1] 쓰즈키 군綴喜郡[2]에 이노다케飯岳라는 곳이 있었다. 그 북서쪽 산 위에 간나비데라神奈比寺[3]라는 산사山寺가 있어 그곳에 한 명의 승려가 살고 있었다. 어릴 적부터 『법화경法華經』[4]을 배우고 밤낮으로 독송[5]하고 있었다. 또 진언眞言[6]을 수지受持하여 오랜 세월에 걸쳐 그 수행을 하고 있었기에 이에 걸맞는 영험靈驗을 나타냈다. 그 까닭에 더욱더 덕을 쌓았다.

1 → 옛 지방명.
2 현재의 교토 부京都府 쓰즈키 군綴喜郡.
3 → 사찰명.
4 → 불교.
5 편자에 의한 유형적인 상황묘사.
6 → 불교.

그런데 이 승려는 평소에 '이 절을 떠나서 커다란 절에 가고 싶다.'는 바람을 가지고 있었다. 그러나 당장에 나갈 수도 없어 가고 싶다고 생각하면서 날을 보내고 있었는데, 드디어 확고한 결심이 서서 이제야말로 나가려고 한 그날 밤이었다. 꿈에 고귀한 모습을 한 노승老僧이 나타나

"나는 그대의 전세의 과보果報를 들려주려고 생각하노라. 그대는 전세에 지렁이의 몸이었고, 항상 이 절의 앞뜰 흙속에 있었다. 그때 이 절에 법화지경자法華持經者가 있어 『법화경』을 독송하고 있었는데, 지렁이는 언제나 그것을 듣고 있었다. 그 선근善根[7]에 의해 지렁이의 몸에서 벗어나 이제 인간으로 태어나 승려가 되어서 『법화경』을 독송하고 불도를 수행하고 있는 것이니라. 이것으로 알았을 것이다. 그대는 이 절과 연緣이 있는 몸인 것이다. 그러니 결코 다른 곳으로 가서는 아니 된다. 이리 말하는 나는 이 절의 약사여래藥師如來[8]이니라.[9]"

라고 말씀하셨다. 승려는 이러한 꿈을 꾸고 잠에서 깨어났다.

그리하여 승려는 비로소 전세의 과보를 알고, 이 절과 연이 있는 것을 알았기에 다른 곳으로 가고자 하는 생각을 단념하였다.

그 후 오래도록 이 절에 살며 열심히 『법화경』을 독송하여 마음속으로 '나는 전생[10]에 지렁이였고, 이 절의 정원 흙속에 살고 있었지만 『법화경』을 들었기 때문에 벌레의 몸에서 벗어나 인간으로 태어나 승려가 되어 『법화경』을 독송하게 되었다. 바라옵건대 금생今生[11]에서 『법화경』을 독송한 공덕으

7 → 불교.

8 → 불교.

9 『법화험기法華驗記』에서는 '我此寺藥師如來也'라고 모두에 자신의 정체를 밝히는데 본화에서는 회화문 끝에 밝히는 형태로 변개하고 있음.

10 → 불교.

11 → 불교.

로 인계人界[12]를 떠나 정토[13]에 태어나 보리菩提[14]를 얻고자 한다.'고 서원誓願하여 수행을 계속했다고 이렇게 이야기로 전하여 내려오고 있다 한다.

12 → 불교.
13 → 불교.
14 → 불교.

⊙ 제25화 ⊙
야마시로 지방山城國 간나비데라神奈比寺의 성인聖人이 법화경法華經을 독송하여 전세의 과보果報를 안 이야기

山城国神奈比寺聖人誦法花知前世報語第二十五

今昔、山城ノ国[15]、綴喜ノ郡[16]ニ飯ノ岳[17]ト云フ所有リ。其ノ戌亥ノ方[18]ノ山ノ上ニ神奈比寺[19]ト云フ山寺有リ。其ノ寺ニ一ノ僧住ス[20]。幼[21]ヨリ法花経ヲ受習ヒ日夜ニ読誦ス。亦、真言[22]ヲ持テ年来行フ間、随分[23]ニ其ノ験有リ。然レバ[24]、徳ヲ開ク事転[25]有ケリ。

而ル間、此ノ僧常ニ、「此ノ寺ヲ去テ大寺ニ行ナム」ト思フ心有ケリ。然レドモ、忽ニ行ク事モ無クテ、乍思ラ過ル間、尚吉々ク思ヒ定メテケレバ、既ニ出テハ[26]去ナムト為ルニ、

其ノ夜ノ夢ニ、貴キ老僧来テ宣ハク、「我レ[1]汝ガ宿世ノ報ヲ説テ令聞メムト思フ。汝ヂ前ノ世々ニ蚯蚓[2]ノ身ヲ受テ、常ニ此ノ寺ノ前ノ庭ノ土ノ中ニ有リキ。其ノ時ニ、此ノ寺ニ法花ノ持者有テ、法花経ヲ読誦セシヲ、蚯蚓常ニ聞キ。其ノ善根[3]ニ依テ、蚯蚓ノ身ヲ棄テヽ、今人ト生レテ、僧ト成テ、法花経ヲ読誦シ仏道ヲ修行ズ。此ヲ以テ可知シ、汝ハ此ノ寺ニ縁有ル身也。然レバ、専[4]ニ他ノ所へ不可行。我レ[5]ハ此レハ、此ノ寺ノ薬師如来[6]也」ト宣フ、ト見テ夢覚ヌ。

其ノ後、始メテ前世ノ報ヲ知リ、此ノ寺ニ縁有ル事ヲ知テ、他ノ所へ行カム思ヒヲ止メツ。

其ノ後、永ク此ノ寺ニ住シテ、懃ニ法花経ヲ読誦[7]シテ思ハク、「我レ前生ニ蚯蚓[8]トテ、此ノ寺ノ庭ノ土ノ中ニ有テ、法花ヲ聞クニ依テ、虫ノ身ヲ棄テヽ、人ト生レテ、僧ト成テ、法花経ヲ読誦ス。願クハ、今生ニ法花ヲ誦スル力ニ依テ、人界ヲ棄テ、浄土ニ生レテ菩提[9]ヲ證ゼム」ト誓ヒテ、行ヒ[10]ケリトナム語リ伝ヘタルトヤ。

권14 **제26화**

다지히丹治比 경사經師가 불신不信으로 법화경法華經을 서사書寫하다 죽은 이야기

가와치 지방河內國 다지히 군丹比郡의 경사經師가 노나카노데라野中寺에서 『법화경法華經』을 서사하던 중, 당내로 비를 피하러 들어온 여자를 범하고, 불벌佛罰을 받아 여자와 함께 급사했다는 이야기. 앞 이야기까지는 『법화경』 지경자持經者와 얽힌 전생 인연담이었지만, 이 이야기부터 제28화까지는 『법화경』 불신자가 현세에서 불벌을 받는 현보담現報譚이 이어진다.

이제는 옛이야기이지만, 가와치 지방河內國[1] 다지히 군丹比郡[2]에 다지히丹治比 경사經師[3]라는 사람이 있었다. 성은 다지히丹治比 씨로 사는 곳은 다지히 군에 있었다. 이러한 이유로 이름을 다지히 경사라고 하는데, 경經을 서사하여 생계를 이어나가는 사람이었다.

시라카베白壁 천황天皇[4]의 치세에 그 군내郡內에 한 개의 절이 있었는데, 노나카노데라野中寺[5]라 하였다. 그 마을의 어떤 자의 서원誓願에 의하여, 보귀寶龜 2년[6] 6월에 노나카노데라에서 그 다지히 경사를 불러들여 『법화경法華

1 옛 지방명.

2 현재의 오사카 부大阪府 마쓰바라 시松原市, 오사카사야마 시大阪狭山市, 미나미카와치 군南河內郡 미하라 정美原町 일대.

3 경권經卷의 표구사表具師를 말하는데, 다음 문장에 "경經을 서사書寫하여"라고 되어 있기 때문에, 여기서는 경권을 서사하는 직인職人 즉 사경사寫經師라는 의미. 권14 제29화 주 참조.

4 → 인명. 고닌光人 천황天皇을 가리킴. 이 한 구절은 『영이기靈異記』에 없음.

5 → 사찰명.

經』[7]을 서사하여 공양하게 되었다.

한편 그 부근의 여자들이 이 절에 와 불연佛緣을 맺기 위해, 경을 쓰기 위한, 먹물에 필요한 깨끗한 물을 길어 왔다. 그때 온 하늘이 별안간 흐려져 소나기가 쏟아졌다. 시각은 미신未申[8] 정도였다. 여자들은 비가 그치길 기다리며 당堂 안으로 들어왔다. 당내가 매우 좁았기에 경사도 여자들과 같은 장소에 앉아 있었다. 그 사이 경사는 한 명의 여자를 보고 갑작스레 애욕愛慾의 감정이 생겨 음욕淫慾이 솟구쳐, 웅크리고 여자의 등에 붙어, 여자의 옷자락을 걷어 올려 관계를 맺었다. 음경이 음문에 들어가는 동안 손으로 끌어안고 있었는데, 돌연히 경사도 여자도 함께 죽고 말았다. 여자의 맞물린 치아 사이로 거품이 솟구쳐 나왔다. 이것을 본 사람은 이 두 사람을 증오하고 멸시하여 당장에 당에서 메고 나와 "이것은 호법護法[9]이 벌하신 것이다." 라고 말했고, 모두가 큰 목소리로 □[10] 욕하고 떠들었다.

이것을 생각하면 경사는 설령 음욕淫慾이 솟구쳐 가슴이 탈 것 같더라도 경을 쓰고 있는 동안에는 참았어야만 했다. 그런데 이 경사는 그런 도리를 몰라 목숨을 버리고 말았다. 또 경사가 애욕愛慾의 감정이 생겼다고 해서 여자가 바로 동의하거나 해선 안 된다. 이 두 사람은 절을 더럽히고 경을 믿지 않았던 탓에 눈앞에서 벌을 받은 것이었다.

현세[11]에서 벌을 받는 것은 실로 이와 같은 것이다. 후세에서의 벌은 상상하지도 못할 것이라고 말하며, 사람들은 서로 슬퍼했다고 이렇게 이야기로 전하여 내려오고 있다 한다.

6 771년. 고닌 천황의 치세.
7 → 불교.
8 오후 2시경부터 오후 4시 사이.
9 → 불교.
10 저본의 파손에 의한 결자. 그러나 이대로도 의미상 문제없음.
11 → 불교.

⊙제26화⊙ 다지히丹治比 경사經師가 불신不信으로 법화경法華經을 서사書寫하다 죽은 이야기

丹治比経師不信写法花死語第二十六

今昔、[11]河内ノ国、[12]丹比ノ郡ニ丹治比ノ[13]経師ト云フ者有ケリ。姓、丹治比ノ氏也。棲、丹治比ノ郡也。此ノ故ニ名ヲ丹治比ノ経師ト云フ。[14]経ヲ書テ世ヲ渡ル人也。

[15]白壁ノ天皇ノ御代ニ、其ノ郡ノ内ニ一ノ寺有リ、[16]野中ノ寺ト云フ。其ノ里ニ願ヲ発セル人有テ、[17]宝亀二年ト云フ年ノ六月ニ、其ノ丹治比ノ経師ヲ請ジテ、彼ノ野中寺ニシテ法花経ヲ写シ奉ル。

而ル間、其ノ辺ノ女等其ノ寺ニ来テ、[18]善知識ノ為ニ、浄キ水ヲ以テ此ノ経ヲ書ク墨ニ加フ。其ノ時ニ、俄ニ空陰テ夕立シテ雨降ル。[19]未申ノ剋許ノ事也。女等雨ノ晴ルヽヲ待ツ間、堂ノ内ニ入ヌ。堂ノ内極テ狭キニ依テ、経師女等ト同ジ所ニ居タリ。而ル間、経師一人ノ女ヲ見テ、忽ニ愛欲ノ心ヲ成シ、[1]婬盛ニ発シテ、[2]踞テ女ノ背ニ付テ、衣ヲ[3]褰テ[4]婚グ。[5]閛ノ[6]閻ニ入ルニ随テ、手ヲ以テ携テ有ル間ニ、忽ニ経師モ女モ共ニ死ヌ。女ノ口ヨリ[7]漚ヲ[8]嚙出タリ。此ヲ見ル人、此ノ二ノ人ヲ[9]憾ミ謗テ、即チ[10]搔出テハ、「此レ、現ニ[11]護法ノ罰シ[12]給ツル」ト皆人[13]□嘷リケリ。

[14]此レヲ思フニ、経師譬ヒ[15]婬欲盛ニシテ発テ心ヲ燋スガ如クニ思ト云フトモ、経ヲ書奉ラム間ハ可思止シ。而ルニ、愚ニシテ命ヲ棄ツ。亦、経師[16]其ノ心ヲ発スト云フトモ、女忽ニ[17]不可承引ズ。寺ヲ穢シ経ヲ不信ズシテ現ニ罸ヲ蒙レリ。[18]現世ノ罸既ニ如此シ。後生ノ罪ヲ思ヒ遣ルニ、何許ナルラムト、皆人悲ビ合ヘリケリトナム語リ伝ヘタルトヤ。

권14 제27화

아와 지방阿波國에서 법화경法華經을 서사하는 사람을 비방한 사람이 현보現報를 받은 이야기

아와 지방阿波國 오에 촌麻殖村의 주민인 인베노 무라지이타야忌部連板屋가 『법화경法華經』을 서사하는 여인을 비방하여 입이 비뚤어지고 얼굴이 뒤틀린 이야기. 전 이야기에 이어 『법화경』 불신자가 불벌佛罰을 받은 현보담이다.

이제는 옛이야기이지만, 아와 지방阿波國[1] 나카타 군名方郡[2] 오에 촌麻殖村[3]에 한 명의 여자가 있었는데 그 이름을 야스코夜須古라고 했다. 시라카베白壁[4] 천황天皇 치세 때의 이야기이다. 이 여자는 『법화경法華經』[5]을 서사하겠다고 발원하여 오에麻殖 군의 온잔지菀山寺에서 정성을 다하여 『법화경』을 서사하게 하였다.

그러던 중 그 군에 인베노 무라지이타야忌部連板屋라는 사람이 있었다. 이 사람이 그 경을 서사하게 한 여자를 증오하여 여자의 과실을 폭로하고 비방

1 → 옛 지방명.

2 관평寬平 8년(896) 묘도名東, 묘자이名西 양군兩郡으로 분할됨(『유취삼대격類聚三代格』 7에 수록되어 있음. 창태昌泰 원년(898) 7월 17일 태정관부). 현재의 도쿠시마 시德島市 묘도 군名東郡, 묘자이 군名西郡.

3 원문은 "殖村"로 되어 있음. 『화명유취초和名類聚抄』의 "植土波爾"의 향鄕으로 본다면 도쿠시마 현德島縣 묘자이 군名西郡 이시이 정石井町 부근. 여기서는 '麻殖'의 약어로 추정.

4 → 인명. 고닌光仁 천황天皇.

5 → 불교.

하였다. 그러자 갑자기 이타야의 입이 비뚤어지고 얼굴이 뒤틀렸다. 그래서 이타야는 더할 나위 없이 비탄하였지만, 그럼에도 불구하고 오히려 후회의 마음도 없었고 선행을 행할 마음도 없었다.

이것을 보고 들은 사람은

"이것은 전적으로 마음을 다하여 법화경을 서사 공양하는 사람을 비방하고 미워했기 때문이다."

라고 말했다.

이것을 생각하면 『법화경』에서 설하는 바 그대로이다. 신앙심이 있는 사람은 열심히 『법화경』을 독송하고 서사하는 사람을 부처처럼 공경해야 할 것이며 결코 경시하거나 비방을 해서는 안 된다. 『법화경』의 독송이나 서사는 뛰어난 공덕[6]이라고 이렇게 이야기로 전하여 내려오고 있다 한다.

6 → 불교.

⊙ 제27화 ⊙

아와 지방阿波國에서 법화경法華經을 서사하는 사람을 비방한 사람이 현보現報를 받은 이야기

阿波国人謗写法花人得現報語第二十七

今昔、阿波ノ国名方ノ郡ノ殖ノ村ニ、一ノ女人有ケリ。字ヲ夜須古ト云ヒケリ。白壁ノ天皇ノ御代ノ事也。此ノ女願ヲ発シテ、法花経ヲ写奉ラムト思フ心有テ、磨殖ノ郡ノ苑山寺ニシテ、心ヲ至テ人ヲ以テ法花経ヲ令写シム。

而ル間、其ノ郡ニ忌部ノ連板屋ト云フ人有リ。此ノ人、彼ノ経ヲ令書ムル女人ヲ悪テ、女ノ過失ヲ顕ハシテ誹謗ヲ成ス。而ルニ、板屋忽ニ口喎テ面戻レリ。此ニ依テ歎キ悲ム事無限シ。然レドモ、遂ニ此レヲ悔フル心無クシテ善ヲ不好ズ。然レバ、直ル事無シ。

此レヲ見聞ク人、「此レ偏ニ、心ヲ至シテ法花経ヲ書奉レル人ヲ謗リ悪ム故也」ト云ヒケリ。

此レヲ思フニ、法花経ノ文ニ違フ事無シ。心有ラム人ハ、専ニ法花経ヲ読誦シ書写セム人ヲバ、仏ノ如ク可敬シ。努々軽メ謗ズル事ヲ可止シ。此レ、勝レタル功徳也トナム語リ伝ヘタルトヤ。

권14 제28화

야마시로 지방山城國 고마데라高麗寺의 에이조榮常가 법화경法華經을 비방하여 현보現報를 받은 이야기

고마데라高麗寺의 승려 에이조榮常가 속인과 바둑을 두면서 우연히 그곳에 온 걸식승의 『법화경法華經』 독송을 비웃고 말투를 흉내 낸 업보로 갑자기 입이 비뚤어진 이야기. 전 이야기에 이어 『법화경』의 지경자를 경멸하여 불벌佛罰을 받은 현보담이다.

이제는 옛이야기이지만, 야마시로 지방山城國[1] 사가라카 군相樂郡에 고마데라高麗寺[2]라는 절이 있었다. 그 절에 한 승려가 있었는데 그 이름을 에이조榮常라고 했다. 또한 같은 군 안에 한 남자가 있었는데 그는 에이조와 친한 사이였다.

어느 날, 그 남자가 고마데라를 방문하여 에이조의 승방에 가서 에이조와 마주하고 바둑을 두고 있었다. 마침 그때 걸식승乞食僧이 와서 『법화경法華經』[3]의 □[4]품을 독송하고 먹을 것을 구걸하였다. 에이조는 그 걸식승의 독경소리를 듣고 웃으며, 더 나아가 일부러 입을 일그러뜨리어 어눌한 어조로 걸식승의 목소리를 따라 했다. 남자는 이것을 듣고 바둑을 두면서 "아아, 두

1 → 옛 지방명.
2 → 사찰명.
3 → 불교.
4 『법화경法華經』의 품명의 명기를 위한 의도적 결자.

렵도다."라고 말했다. 그러자 바둑을 둘 때마다 저절로 남자가 이기고 에이조는 졌다. 어느새 에이조는 앉은 채로 그 자리에서 입이 비뚤어졌다. 놀라 부산을 떨며 의사를 불러 진료하게 하였는데 그 의사가 말한 대로 약을 써서 치료하였지만 결국 낫지 않았다.

이것을 보고 들은 사람은

"이것은 전적으로 『법화경』을 독송하는 걸식승을 경멸하고 웃으며 그 목소리를 흉내 냈기 때문이다."

라고 말하고 에이조를 비방하고 증오하였다. 이것은 실제로 『법화경』의 경문經文[5] 속에 설명되어 있는 대로이다. 경문에는

"만약 이 경을 가볍게 여기고 비방하는 자가 있다면 영원히 이빨이 빠지고 입이 거무스름해지며, 입이 비뚤어지고 눈이 사시가 된다."

라고 설명되어 있다.

이것을 생각하면 세간 사람은 이 이야기를 듣고, 설령 걸식자일지라도 『법화경』을 독송하는 자에 대해서는 농담으로라도 결코 경멸하여 웃지 말아야 하며 배례하고 공경해야 할 것이라고 이렇게 이야기로 전하여 내려오고 있다 한다.

5 『법화경法華經』 권8, 보현권발품普賢勸發品 제28의 문구를 가리킴.

◉제28화◉ 야마시로 지방山城國 고마데라高麗寺의 에이조榮常가 법화경法華經을 비방하여 현보現報를 받은 이야기

山城国高麗寺栄常謗法花得現報語第二十八

今昔、山城ノ国相楽ノ郡ニ高麗寺ト云フ寺有リ。其ノ寺ニ一ノ僧有リ。名ヲバ栄常ト云フ。亦同郡ノ内ニ一人ノ俗有リ。此ノ俗彼ノ栄常ト得意也。

而ルニ、俗、高麗寺ニ至テ、栄常ガ房ニ行テ、栄常ト向テ碁ヲ打ツ。其ノ時ニ、乞食ノ僧其ノ所ニ来テ、法花経ノ□品ヲ誦シテ、食ヲ乞フ。栄常此ノ乞食ノ誦スル経ノ音ヲ聞テ咲フ。故ニ口ヲ喎メテ音ヲ横ナバシテ、乞食ノ音ヲ学ブ。俗此レヲ聞テ、碁ヲ打ツ詞ニ「穴恐シ」ト云フ。而ル間、自然ラ俗ハ毎度ニ勝ツ。栄常ハ毎度ニ負ク。其ノ時ニ、栄常 忽ニ居乍ラ口喎ヌ。然レバ、驚キ騒テ医師ヲ呼テ令見メテ、医師ノ云フニ随テ、医ヲ以テ療治スト云ヘドモ、遂ニ直ル事無シ。

此レヲ見聞ク人、「此レ偏ニ法花経ヲ誦スル乞食ヲ軽メ咲テ、音ヲ学ベル故也」ト皆謗リ憾ミケリ。此レ正シク経ノ文ニ説ケルガ如シ。「若シ此経ヲ軽メ謗ル者有ラバ、世々ニ、歯闕ケ、脣墨ミ、鼻平ニ、足戾リ、喎ミ、目眇ナルベシ」ト。

此レヲ思フニ、世ノ人、此レヲ聞テ、乞食也ト云フトモ、法花経ヲ誦セム者ヲ戯レテモ努々不軽咲ズシテ、可礼敬シトナム語リ伝ヘタルトヤ。

권14 제29화

다치바나노 도시유키橘敏行가 발원發願에 의해 명도冥途에서 소생한 이야기

『법화경法華經』 서사를 의뢰받은 다치바나橘(정확하게는 후지와라藤原임) 도시유키敏行는 몸과 마음을 바르게 하지 않고 서사하여, 사서를 의뢰한 사람들은 공덕을 잃고 결국 수라도修羅道에 떨어져 도시유키를 고소하기에 이른다. 이 고소로 인하여 도시유키는 급사하였지만, 명도冥途에서 『사권경四卷經』 서사를 발원하여 소생할 수 있었다. 하지만 재차 향락에 빠져 서사하는 것을 잊었기 때문에 사후 악도에 빠진다. 도시유키는 기노 도모노리紀友則에게 의뢰하여 『사권경』을 서사공양하게 한다. 이로 인해 도시유키는 참을 수 없는 고통에서 조금은 벗어날 수 있게 되었다. 『법화경』 불신의 죄로 불벌佛罰을 받는다는 모티브를 매개로 하여 앞 이야기와 연결된다.

이제는 옛이야기이지만, 《다이고醍醐 천황天皇》[1]시절에 좌근소장左近少將 다치바나노 도시유키橘敏行[2]라는 사람이 있었다. 와카和歌에 정통하였고, 또한 유명한 능서가能書家이기도 하였다. 그래서 지인들의 부탁에 『법화경法華經』[3] 육십 부[4] 정도를 서사하였다.

1 천황명의 명기를 기한 의도적 결자. 고코光孝, 우다宇多, 다이고醍醐의 삼대가 해당하는데 다이고 천황이 가장 타당.

2 다치바나노 도시유키橘敏行(→ 인명)는 시대적으로 약간 차이가 있음. 가인歌人, 능서能書 및 기노 토모노리紀友則와의 교우 등으로 판단하면 이름은 같지만 성이 다른 후지와라노 도시유키藤原敏行(→ 인명)가 타당함.

3 → 불교.

4 원문에는 "육십 부"로 되어 있으나 후술되는 내용에는 "『법화경』을 이백 부 서사 공양한 적이 있습니다."라

그런데 이 도시유키가 급사했다. 도시유키 자신은 '죽었다.'라고 생각지도 않는데 갑자기 무서운 모습을 한 자들이 달려 들어와서 자신을 포박하고 강제로 연행하려 하였기에 '설령 천황의 문책을 받는 것일지라도 나 정도 되는 신분의 사람을 이같이 무리하게 포박하여 연행하는 것은 이해할 수 없는 일이다.'라고 생각하였기 때문에 붙잡아 연행하는 자에게 "나에게 무슨 죄가 있어 이런 비참한 꼴을 당한단 말이오?" 하고 묻자

"나는 아무것도 모른다. 단지 '실수 없이 데려와라.'라는 명령을 받아서 데려가는 것이다. 그런데 너는 『법화경』을 서사 공양한 적이 있는가?"

라고 그 사자使者가 말했다. 도시유키가 "서사 공양한 적이 있다."고 말하자 사자가 "자신을 위해서는 얼마나 서사 공양하였는가."라고 물었다.

"자신을 위해서라고는 생각하지 않는다. 단지 지인의 요구에 의해 이 부[5] 정도는 서사 공양했었을 것이다."

라고 대답했다. 사자는 "실은 그 일과 관련된 고소告訴 때문에 소환되었을 것이다."라고만 말하고 그 외는 아무것도 말해 주지 않았다. 걸어가고 있자, 갑주를 걸친 매우 무서운 군병들 200명 정도가 말을 타고 다가왔다. 그 눈은 번개와 같이 빛났으며 입은 화염과 같이 빨갛고 오니鬼같은 모습을 하고 있었다. 도시유키는 그것을 보자마자 마음의 평정을 잃고 혼비백산하여 졸도할 뻔했지만 이 연행하는 자에게 압도되어 망연자실한 상태로 걸어갔다. 그러자 이 군병들은 도시유키를 발견하고 가던 길을 돌아와 도시유키 일행 앞에 서서 전진하였다.

도시유키는 이것을 보고 사자에게 "저 군병들은 무엇인가."라고 묻자 사

고 보이고 소송을 건 망자亡者 또한 "이백여 명"으로 되어 있는 것으로 보아 '육십 부'가 아니라 '이백 부'가 내용상 타당함.

5 원문에는 "이 부"로 되어 있으나 내용상 '이백 부'가 자연스러우며 '백百'이 탈락된 것으로 보임.

자는

"너는 모르는가? 저들은 너에게 경을 부탁하여 쓰게 한 자들이 그 경을 서사한 공덕[6]에 의해 극락[7]에도 가고 천상天上, 인중人中[8]으로도 태어날 예정이었으나 네가 그 경을 서사할 때에 정진도 하지 않고 육식도 꺼리지 않고 여자와도 관계를 가지며 마음속에서도 여자를 생각하며 서사했기 때문에 그것이 공덕이 되지 않아 흉포한 몸으로 태어나서 너를 증오하며 '그 남자를 불러 우리들에게 넘겨주십시오. 이 원수를 갚고 싶습니다.'라고 상소하였다. 그래서 본래라면 이번에는 소환될 이유가 없었으나 이 상소 때문에 무리하게 소환된 것이다."라고 대답하였다. 도시유키는 이것을 듣고 애가 타서 말했다. "그런데 그들은 나를 손에 넣어 어떻게 하려는 것인가." 사자는

"어리석은 것을 묻는구나. 저 군병이 가지고 있는 칼로 너의 몸을 먼저 이백 개로 갈라 군병 한 명이 그 한 조각씩을 가질 것이다. 그 한 조각마다 너의 심장이 있어 너는 그 아픔을 견딜 수 없을 것이다."

라고 말했다. 이것을 들은 도시유키는 형용할 수 없을 정도로 애가 타서 견디기 힘들었다. 슬퍼하며 "어떻게 하면 그것을 면할 수 있겠습니까."라고 묻자, 사자는 "나로서는 어찌할 방도가 없다. 도와줄 힘이 없다."라고 대답했다.

도시유키는 이제는 걸을 기력도 완전히 잃어 멍하니 발을 옮기고 있자 이윽고 큰 강 근처가 나왔다. 그 강물을 보자 진하게 간 먹물 색을 띠고 있었다. '불가사의한 물색이구나.'라고 생각하여 "이 물이 먹색을 띠고 흐르고 있는 것은 어떠한 이유입니까."라고 사자에게 묻자 "이것은 네가 서사한

6 → 불교.
7 → 불교.
8 인간계.

『법화경』의 먹이 강이 되어 흐르고 있는 것이다."라고 말했다. 도시유키가 다시 "하지만 어째서 먹색을 띠고 흐르고 있습니까."라고 묻자 사자는

"청정한 마음을 가지고 진심을 담아 정진하고 쓴 경은 모두 용궁[9]에 보관되지만 네가 서사한 것과 같이 부정하고 게으른 마음을 가지고 쓴 경은 광야에 버려지기 때문에 그 먹이 비에 씻겨 흘러나와 이같이 강이 되어 흐르고 있는 것이다."

라고 대답했다. 도시유키는 이것을 듣고 한층 더 더할 나위 없이 두려워졌다.

그래서 도시유키는 울면서 사자에게 말했다. "어찌 되었든 어떻게 하면 목숨을 건질 수 있습니까. 부디 가르쳐주십시오." 이에 사자는 "너를 정말로 불쌍하다고 생각하지만 죄가 매우 무거워 나로서는 어찌할 방도가 없다."라고 말했다. 그러자 다른 사자가 달려와서 "왜 이리 연행이 늦는가."라고 질책했다. 그것을 들은 사자들은 도시유키를 앞에 세우고 서둘러 연행했다. 이윽고 큰 문이 보였다. 그곳에는 끌려오는 자나 목이나 발에 족쇄를 찬 자들이 수없이 사방팔방에서 연행되어 발 디딜 틈도 가득 모여 있었다. 문밖에서 안을 들여다보자 아까의 군병들이 눈을 부라리고 혀로 입술을 핥으며 모두 이쪽을 보고 빨리 데려오라고 말하는 듯한 모습으로 주위를 돌아다니고 있었다. 도시유키는 이 광경을 보자 정신이 아득해졌다. 도시유키는 사자에게 물었다. "그래도 무언가 좋은 방법은 없습니까." 그러자 사자는 "『사권경四卷經』[10]을 서사 공양하겠다고 발원하여라."라고 슬쩍 가르쳐주었다. 이에 도시유키는 이제 막 문 안으로 들어가려는 순간에, 마음속으로 '나는 『사권경』을 서사 공양하여 이 죄를 참회하고자 한다.'라고 서원誓願하였

9 → 불교.
10 → 불교.

다. 사자는 도시유키를 연행하여 염마청閻魔廳[11] 앞에 꿇어앉혔다.

재판관이 나와 "이 자는 도시유키인가."라고 묻자 사자는 "그러하옵니다."라고 대답했다. "상소가 끊이질 않구나. 왜 연행이 늦었는가." 사자는 "붙잡자마자 바로 연행한 것입니다."라고 대답했다. 그러자 재판관이 "거기 도시유키, 잘 들어라. 너는 사바娑婆[12]에서 어떠한 공덕을 쌓았는가."라고 말했다. 도시유키가 "저는 전혀 공덕[13]같은 것을 쌓지 않았습니다. 다만 다른 사람의 요구에 응하여 『법화경』 이백 부를 서사 공양한 적이 있습니다."라고 대답했다. 재판관은

"너의 본래 수명은 아직 얼마 더 있었을 터이지만 그 경을 서사할 때에 부정하고 나태한 마음으로 임했기에 그 상소가 올라와 이같이 불려온 것이다. 즉시 너를 상소한 자들에게 너의 신병을 넘겨 그들의 마음대로 하게 해야 할 것이다."

라고 말했다. 이에 도시유키는 벌벌 떨며 아뢰었다.

"사실 저는 『사권경』을 서사 공양하겠다고 서원하였습니다. 하지만 그 기원을 이루지 못한 채 이렇게 소환되었으니 이젠 속죄할 방법은 없겠지요."

재판관은 이것을 듣고 놀라 "그러한 일이 있었는지 없었는지 서둘러 장부[14]를 찾아보아라."라며 조사하도록 했다. 즉시 큰 장부를 들고 펼치는 것을 도시유키가 슬쩍 엿보았더니 거기에는 자신이 지은 죄에 대해 하나도 빠짐없이 기록되어 있었다. 그중에 공덕을 행한 것은 들어있지 않았다. 하지만 이 문으로 들어오기 직전 기원했기에 제일 뒤에 '『사권경』을 서사 공양하고자 한다.'라고 기록되어 있었다. 장부를 덮으려고 할 때에 이것이 적

11 염마대왕閻魔大王의 관청.

12 → 불교.

13 → 불교.

14 사후 세계에서 공죄功罪를 빠짐없이 기재해 둔 장부. 이른바 염마장閻魔帳.

혀 있었던 것이었다. "마지막에 기록되어 있었습니다."라고 아뢰자 "그렇다면 이번은 방면해 주고 그 기원을 이루게 하여 그 후에 다시 재판하도록 한다."라고 판정이 내려졌다. 그러자 방금 전의 군병들의 모습은 모두 보이지 않게 되었다.

재판관은 도시유키를 향해 "너는 꼭 사바에 돌아가 반드시 그 기원을 성취하여라."라고 명령하였고 도시유키는 방면되었다. 도시유키가 방면되었구나 하고 생각하자, 그와 동시에 그는 되살아났다. 눈을 뜨고 보니 처자식이 모두 비탄에 빠져 있었다. 죽은 지 이틀 만에 꿈에서 샌 듯한 심경으로 눈을 뜨니 처자식 모두 도시유키가 살아 돌아왔다며 기뻐하였다. 도시유키는 서원을 한 공덕으로 방면되었다는 사실은 맑은 거울에 비추듯 명명백백한 것이라 생각하고 '내가 건강해지면 심신을 청정하게 유지하고 진심을 『사권경』을 서사공양하자.'라고 다짐했다.

이리하여 어느새 시간이 흘러 건강도 회복되었기에 도시유키는 『사권경』을 서사공양을 하기 위한 용지를 준비하여 그것을 경사經師[15]에게 건네어 이어 붙이고 《궤罫를》[16] 그리게 하였다. 그리고 서사하기 위한 마음의 준비를 했지만 역시 본디 호색한 탓에 경문經文에 전력을 다하지 못하고 이 여자의 거처를 방문하는 가하면, 또 다른 여자를 연모하여 멋있는 노래를 지어 보내려고 궁리하는 사이에 지난날 명도[17]에서 있었던 일을 완전히 잊어버리고 『사권경』을 서사공양을 하지 않은 채 수명이 다하였는지 마침내 생을 마감했다.

15 사경사寫經師라고도 하지만 여기서는 경권經卷을 표구表具하는 직인職人.

16 한자 표기를 위한 의도적 결자. 『우지 습유宇治拾遺』를 참고하여 보충. * '궤'는 글씨를 가지런히 쓰기 위하여 종이에 친 줄.

17 → 불교.

그 후 한 해 정도가 지나 기노 도모노리紀友則[18]라는 가인歌人이 꿈에서 도시유키라 여겨지는 사람과 만났다. 분명히 도시유키라고는 생각하였지만 얼굴 생김새가 뭐라 형용할 수 없이 기괴하고 무서웠다. 그 사람은 명도에서 일어난 일을 이야기하고는

"『사권경』을 서사공양하려는 기원에 의해 잠시 목숨을 건져 돌아왔지만 역시 게을러 그 경을 서사공양하지 않고 죽은 죄로 인해 이루 말할 수 없는 심한 고통을 받고 있습니다.《혹시 저를 측은하게 여기신다면 경을 서사할 용지를 구하여 미이데라三井寺의 아무개 승려에게 부탁하여『사권경』을 서사공양하게 해주십시오."

라고 말하며 큰 소리로 울부짖는 꿈을 꾸고 도모노리는 땀범벅이 되어 눈을 떴다. 날이 밝자마자 용지를 구하여 즉시 미이데라에 가서 꿈에 본 승려를 찾으니 승려가 먼저 도모노리를 발견하고

"아아, 잘 됐소. 지금 당장 심부름꾼을 보낼까, 제가 직접 찾아뵐까 하고 생각하고 있었습니다만 이같이 와 주시니 감사합니다."

라고 말했다. 그래서 도모노리는 먼저 자신이 꾼 꿈을 이야기하지 않고 "무슨 말씀인지요."라고 물으니

"어젯밤 꿈에 고故 도시유키님이 오셨습니다. 도시유키님은 '실은『사권경』을 서사공양하려고 하였는데 게을러 결국 서사공양하지 못한 채 명이 다하고 말았다. 이 죄로 인해 이루 말할 수 없는 괴로움을 받고 있는데》[19] 그 용지는 도모노리님이 갖고 계실 것이다. 그것을 받아와서『사권경』을 서사공양해주지 않겠는가. 자초지종은 도모노리님에게 여쭈어 보아라.'라고 말씀하시며 큰소리로 우셨습니다."

18 → 인명.

19 파손에 의한 결자.「우지 습유宇治拾遺」를 참고하여 보충.

라고 이야기했다. 도모노리는 그것을 듣고 이번에는 자신이 꾼 꿈 이야기를 하였고 두 사람은 마주보며 하염없이 눈물을 흘렸다. 그 후 도모노리는 용지를 꺼내어 승려에게 건네고 이것도 꿈의 계시에 의해 구할 수 있었다고 자초지종을 상세하게 이야기했다. 승려는 그 종이를 받아 진심을 담아 직접 서사 공양했다.

그 후 또 고 도시유키가 전과 같이 이 두 사람의 꿈에 나타나 "나는 이 공덕에 의해 견디기 힘든 고통에서 조금 벗어날 수 있었습니다."라고 기분 좋은 듯이 말하였는데, 그 얼굴은 처음 봤을 때와는 달리 기쁜 듯이 보였다.

그러므로 어리석은 자는 유흥에 마음을 뺏겨 죄의 업보가 있음을 알지 못하여 이렇게 되는 것이라고 이렇게 이야기로 전하여 내려오고 있다 한다.

⊙제29화⊙ 다치바나노 도시유키橘敏行가 발원發願에 의해 명도冥途에서 소생한 이야기

橘敏行発願従冥途返語第二十九

今昔、[一七]□御代ニ、左近ノ少将[一八]橘ノ敏行ト云フ人有ケリ。和歌ノ道ニ足レリ。亦、極タル能書[一九]ニテゾ有ケル。然レバ、相知レル人共ニ、云フニ随テ、法花経ヲゾ六十部許[二〇]書奉タリケル。

而ル間、敏行俄ニ死ヌ。我ハ「死ヌルゾ」トモ不思ハヌニ、忽ニ恐シ気ナル者共走リ入来テ、我レヲ搦メテ引張[一]テ将行ケバ、「天皇過[二]ニ被行ルトモ、我等[三]許ノ者ヲ此ク搦メテ将行クハ、頗[四]ル不心得ヌ事也」ト思テ、搦メテ将行ク人ニ、「此ハ何ナル錯ニ依テ、此許ノ目ヲバ見ルゾ」ト問ヘバ、使答テ云ク、「我レハ不知ズ、只『慥ニ召テ来レ』ト有ル仰ヲ承ハリテ、召テ将参ル也。但シ、汝ハ法花経ヤ書奉タル」ト、敏行ノ云ク、「書奉タリ」ト。使ノ云ク、「自ノ為ニハ何許カ書奉タル」ト。敏行ノ云ク、「我ガ為ニトモ不思ズ。只、相知レル人ノ語ニ依テ、二[五]部許ハ書奉タラム」ト。使ノ云ク、「所謂[六]ル、其ノ事ノ愁ニ依テ被召ルヽナメリ」ト許[七]リ云テ、他ノ事ヲ不云ズシテ歩ビ行ク間ニ、極テ怖シ気ナル軍共[八]ノ、甲冑ヲ着タル、眼ヲ見レバ電ノ光ノ如シ、口ハ焔ノ如シ、鬼ノ如クナル、馬ニ乗テ二百人許来会リ。此レヲ見ルニ、心迷ヒ肝砕ケテ、倒レ臥キ心地スレドモ、此ノ引張タル者ニ被痓[九]レテ、我レニモ非デ行ク。此ノ軍共、敏行ヲ見テ、[一〇]打返テ前立テ行ク。

敏行此レヲ見テ、使ニ、「此ハ何ナル軍ゾ」ト問ヘバ、使ノ云ク、「汝ヂ不知ズヤ。此レハ汝ニ経誂ヘテ令書シ者共ノ、其ノ経書写ノ功徳ニ依テ、極楽ニモ参リ、天上[一一]人中ニモ可生カリシニ、汝ガ其ノ経ヲ書トテ、精進ニ非ズシテ肉食ヲモ不嫌ズ、女人トモ触バヒテ、心ニモ女ノ事ヲ思テ書キ奉リシニ依テ、[一二]其ノ功徳ニ不叶ズシテ、[一三]嗔ノ高キ身ト生レテ、汝ヲ嫉ムデ、『召テ、我等ニ給ヘ。其ノ怨ヲ報ゼム』ト[一四]訴ヘ申スニ依テ、此ノ度ハ可被召ベキ道理ニ非ズト云ヘドモ、此ノ愁ニ依テ、[一五]非道ニ被召ヌル也」。敏行此レヲ聞クニ、[一六]身ヲ砕ガ如クニ思ヱテ、亦云ク、「然テ、我レヲ得テハ何ニセムトテ、此クハ申スニカ有ルラム」ト。使ノ云ク、「愚ニモ問カナ。彼ノ軍ノ持ツル刀釼ヲ以テ、汝ガ身ヲバ先ヅ二百ニ切リ割テ、各一切ヅヽ取ラムトス。其ノ二百切ニ汝ガ心各毎切ニ有テ、痛ミ悲マムトス」ト。[一七]敏行此レヲ聞クニ、難堪キ心譬ヘム方有ラムヤ。悲ビテ云ク、「其ノ事ヲバ何ニシテカ可遁キ」ト。使ノ云ク、「更ニ我ガ心不及ズ。況ヤ可助キ力無シ」ト。

敏行更ニ歩ム[一]空無クシテ行クニ、大ナル河流タリ。其ノ河ノ水ヲ見レバ、濃ク摺タル墨ノ色ニテ有リ。敏行、「怪シキ水ノ色カナ」ト見テ、「此ハ何ナル水ノ、墨ノ色ニテハ流ルヽゾ」ト使ニ問ヘバ、使ノ云ク、「此レハ、汝ガ書奉タル法花経ノ墨ノ、河ニテ流ルヽ也」ト。亦云ク、「其レハ、何ナレバ、[二]此ク墨ニテハ有ルゾ」ト問フニ、使、「心清ク誠ヲ至シテ精進ニテ書タル経ハ、[三]併ラ[四]竜宮ニ納マリヌ。汝ガ書奉タル様ニ、不浄[五]懈怠ニシテ書タル経ハ、広キ野ニ棄置ツレバ其ノ墨ノ雨ニ洗レテ流ルヽガ、此ク河ニ成テ流ルヽ也」ト。此レヲ聞クニモ、弥ヨ怖ルヽ心無限ナシ。

敏行泣々ク使ニ云ク、「尚、何ニシテカ此ノ事ハ助カルベキ。此ノ事教ヘ給ヘ」ト。使ノ云ク、「汝ヂ、極テ[六]糸惜ケレドモ、[七]罪極テ重クシテ、我レ力不及ズ」ト。而ル間、亦、使走リ向テ、「[八]遅ク将参ル」ト誡メ云ヘバ、其レヲ聞テ、此ノ使共、滞リ無ク前ニ立テ、将参メ。大ナル門有リ。亦、引張タル者、亦、枷鏁[九]ヲ蒙レル者、員不知ズ、十方ヨリ将参レリ。集テ所無ク満タリ。門ヨリ見入レバ、前ノ軍共眼ヲ嗔カラカシテ、舌胡[一〇]ヅリヲシテ、皆我ヲ見テ、「疾ク将参レカシ」ト思タル気色ニテ徘徊[一一]フ。此ヲ見ルニ、更ニ[一二]物不思エズ。而ルニ、敏行使ニ云ク、「尚、何カ可為キ」ト。使、「四巻[一三]経ヲ書奉ラムト云フ願ヲ発セ」ト窃ニ云フニ、今、門ヲ入ル程ニ、敏行心ノ内ニ、「我レ四巻経ヲ書テ供養ジ奉テ、此ノ咎ヲ懺悔セム」ト云フ願ヲ発シツ。其ノ程ニ、将入テ、庁[一四]ノ前ニ張居ヘツ。政[一五]人有テ、「此ハ敏行カ」ト問ヘバ、使、「然也」ト答フ。「訴ヘ頻也。何ゾ遅ク

閻魔庁の冥官と罪人(春日権現験記)

将参ル」ト云ヘバ、使、「召取タルニ随テ、滞無ク将参タル也」ト答フ。政人ノ云ク、「彼ノ敏行、承ハレ。汝ヂ娑[一]婆ニシテ何ナル功徳カ造タル」ト。敏行答テ云ク、「我レ更ニ造レル功徳[二]無シ。只、人ノ語ヒニ依テ、法花経[三]ヲゾ二百部書奉タリシ」ト。政ノ人ノ云ク、「汝ヂ、本受タル所、命ハ今暫ク可有シト云ヘドモ、其ノ経書奉タル事、不浄懈怠ナルニ依テ、其ノ訴ヘ出来テ、此被召ヌル也。速ニ彼ノ訴申ス輩ニ、汝ガ身ヲ給テ、彼等ガ思ヒノ如ク可任キ也」ト[四]。敏行恐々ヅ申サク、「我四巻経ヲ書キ供養ジ奉ラムト願ヲ発セリ。而ルニ、未ダ其ノ願ヲ不遂ニ此ク被召ヌレバ、只此ノ罪贖フ[五]方不有ジ」ト。

政ノ人此レヲ聞キ、驚テ、「然ル事ヤ有ルト、速ニ帳[六]ヲ引テ見ヨ」ト行[七]ヘバ、大ナル文ヲ取テ、引テ見ルヲ、敏行[八]、髴[九]ニ見ルニ、我ガ罪ヲ造シ事、一事ヲ不落ズ注シ付タリ。其ノ中ニ功徳ノ事不交ズ。其レニ、此ノ門入ツル程ニ発シツル願[一〇]ナレバ、奥ノ畢ニ、「四巻経書キ供養ジ奉ラム」ト被注レ

ニケリ。文引畢ツル程ニ、此ノ事有ケリ。「奥ニコソ被注タレ」ト申シ上レバ、「而ルニテ、此ノ度ハ暇免シ給テ、其ノ願ヲ令遂メテ、何ニモ可有キ事也」ト被定レヌレバ、前ノ軍、皆不見エズ成ヌ。

政ノ人敏行ニ仰テ云ク、「汝ヂ慥ニ娑婆ニ返テ、必ズ其ノ願ヲ遂ゲヨ」ト云テ、被免レヌ、ト思フ程ニ活レリ。見レバ、妻子泣キ悲ミ合ヘリ。二日ト云フニ、夢覚タル心地シテ目ヲ見開タレバ、活ニタリトテ喜ビ合タリ。願ヲ発セル力ニ依テ被免ヌル事、明ナル鏡ニ向タル様ニ思ヱテ、「我レ力付テ、清浄ニシテ、心至シテ、四巻経ヲ書キ供養ジ奉ラム」ト思ヒケリ。

而ル間、漸ク月日過テ、心地例ノ様ニ成テ、四巻経ヲ可書奉キ料紙ヲ儲テ、経師ニ預テ打チ□係サセテ、書奉ラムト企

経師（七十一番歌合）

ツル間、尚本ノ心色メカシクテ、仏経ノ方ニ心不入ズシテ、此ノ女ノ許ニ行キ、彼ノ女ヲ仮借ジ、吉キ歌ヲ読マムト思フ程ニ、冥途ノ事皆忘テ、此ノ経ヲ不書奉ズシテ、其ノ受ケタリケム齢ノ程ニヤ至ニケム、遂ニ失ニケリ。

其ノ後、一年許ヲ隔テ、、紀ノ友則ト云フ歌読ノ夢ニ、敏行ト思シキ人ニ会ヌ。敏行トハ思ヘド、形ノ可譬キ方モ無ク奇異ニ怖シ気也。現ニ語リシ事共ヲ云ヒ立テ、、「四巻経ヲ書奉ラムト云フ願ニ依テ、暫ノ命ヲ助テ返サレタリト云ヘドモ、尚、心ノ怠ニ、其経ヲ不書奉ズシテ失ニシ罪ニ依テ、可喩キ方モ無キ苦ヲ受ル事量無シ。□其ノ料紙ハ、君ノ御許ニゾ有ラム。其ヲ尋ネ取テ、四巻経ヲ書キ、供養ジ可奉シ。事ノ有様ハ、君ニ問ヒ奉レ』トナム大音ヲ挙テ、泣々ク宣フ、ト見エツル」ト語ルヲ、友則聞テ、亦、我ガ夢ヲ語テ、二人指向テ泣ク事無限シ。其後、紙ヲ取出デ、僧ニ渡テ、夢ノ告ニ依テ尋ネ得タル由ヲ懃ニ語ル。僧紙ヲ請ケ取テ、誠ノ心ヲ至シテ、自ラ書写シテ供養ジ奉リ

ツ。

其ノ後、亦、故[一二]敏行同ク二人ノ夢ニ、来テ告テ云ク、「我レ此ノ功徳ニ依テ、難堪カリツル苦少シ免レタリ」ト云テ、心地吉気ゲ[一三]ニ、形モ初見シニハ替テ、喜タル気色ニテナム見エケル。

然[一四]レバ、愚ナル人ハ遊ビ戯レニ被引レテ、罪報ヲ不知シテ、如此クゾ有ケルトナム語リ伝ヘタルトヤ。

권14 제30화

오토모노 오시카쓰大伴忍勝가 발원發願하여 명도冥途에서 돌아온 이야기

불도에 귀의한 시나노 지방信濃國의 오토모 오시카쓰大伴忍勝는 신도信徒간의 다툼으로 갑작스럽게 죽게 되었는데 닷새가 지나서 소생한다. 그리고 절의 물건을 유용流用한 죄로 인해 지옥에 떨어졌음에도 불구하고 생전에 『대반야경大般若經』 서사를 발원한 공덕에 의해 인간계人間界로 돌아오게 된 경위를 내용으로 하는 이야기. 앞 이야기에 이은 사경발원寫經發願의 공덕에 의한 소생담.

이제는 옛이야기이지만, 시나노 지방信濃國[1] 지이사가타 군小縣郡 온나 리孃里에 오토모노 무라지오시카쓰大伴連忍勝라는 자가 있었다. 오토모노大伴 가문의 사람들이 협력하여 그 마을에 절을 세우고 씨족의 절[2]로서 숭상하였다.

그러는 동안 오시카쓰는 '『대반야경大般若經』[3]을 서사하여 공양하자.'라고 생각하여 그 비용을 위해 금품을 모았다. 그 후 오시카쓰는 결국 체발剃髮하고 승려가 되어 수계受戒를 하고 가사袈裟를 입고 열심히 불도수행을 하였다. 항상 그 씨족의 절에서 살고 있었는데 보귀寶龜 5년[4] 3월, 절의 신도

1 → 옛 지방명.
2 원문에는 "우지데라氏寺"로 되어 있음. 관사官寺에 반대되는 사사私寺의 하나로 씨족의 절.
3 → 불교.
4 774년. 제49대 고닌光仁 천황天皇의 치세.

간의 다툼이 일어나 오시카쓰는 몹시 얻어맞고 즉사해 버렸다. 오시카쓰의 친족들이 의논하여 "사람을 죽인 녀석을 당장 응징해주자."라며 오시카쓰의 몸을 태우지 않고[5] 적당한 토지를 정하여 묘를 만들어 오시카쓰를 매장했다.

그러자 닷새가 지나서 오시카쓰는 다시 살아나 묘에서 나와 친족에게 말했다.

"내가 죽자마자 다섯 명의 사자使者가 와서 나를 불러 연행했다. 도중에 실로 험준한 언덕이 있었다. 언덕 위를 올라가 그곳에 서서 보니 세 개의 큰 길이 있었다. 그 하나는 곧고 넓었다. 하나는 풀이 자라 황폐했다. 다른 하나는 덤불 같이 되어 있어 지나갈 수 없었다. 길의 갈림길에 왕[6]의 사자가 있어 나를 소환한 이유를 말했다. 왕은 평평한 길을 가리키며 '여기로 데려가라.'라고 명했다. 이에 다섯 명의 사자는 그 길을 갔다. 그러자 길 끝에 큰 가마가 있었고, 거기에서 뜨거운 김이 피어오르고 화염이 불타올라, 마치 파도가 밀려오는 듯한, 천둥이 울리는 듯한 소리를 내고 있었다. 갑자기 사자들은 나를 잡아서 그 가마에 던져 넣었는데 가마 속은 뜨겁기는커녕 차가웠고 게다가 가마는 부서져 산산조각이 나버렸다.

그때 세 명의 승려가 나타나 나에게 '너는 어떠한 선근善根[7]을 쌓았는가?'라고 물었다. '나는 특별히 선근을 쌓은 적은 없습니다. 단지 대반야경 육백 권을 서사하겠다고 발원하였습니다만 아직 완수하지 못했습니다.'라고 대답했다. 그러자 승려는 세 개의 철로 된 표찰을 가지고 와 조사하였는데 내가 말한 그대로였다. 승려는 나에게 '너는 정말로 발원을 하였구나. 또한 출

5 시체를 증거로 삼기 위하여 화장을 하지 않은 것임.

6 명부冥府의 왕. 염마왕閻魔王을 가리킴.

7 → 불교.

가하여 불도수행도 하였다. 이것들은 선근이지만 절의 물건을 사적으로 유용하였기 때문에 너의 몸을 해하려고 한 것이다. 너는 인간세계로 돌아가 신속히 서원誓願을 이루어 절의 물건을 마음대로 사용한 죄를 속죄하도록 하여라.'라고 말하고 방면해 주었다. 이전의 세 개의 커다란 길을 지나 고개를 내려왔다고 생각하자, 그와 동시에 나는 되살아난 것이다."

이렇게 『반야경』의 위력에 의해 명도冥途[8]에서 돌아올 수 있었던 것이다. 이 이야기를 들은 사람은 반드시 『반야경』을 신앙해야 할 것이라고 이렇게 이야기로 전하여 내려오고 있다 한다.

8 → 불교.

⊙제30화⊙ 오토모노 오시카쓰大伴忍勝가 발원發願하여 명도冥途에서 돌아온 이야기

大伴忍勝発願従冥途返語第三十

今昔、信濃[15]ノ国、小県[16]ノ郡、嬢[17]ノ里ニ、大伴[18]ノ連忍勝ト云フ者有ケリ。大伴ノ氏ノ者等心ヲ同クシテ、其ノ里ノ中ニ寺ヲ造テ、氏寺[19]トシテ崇ム。

而ル間、忍勝願ヲ発シテ、「大般若経[20]ヲ書写シ奉ラム」ト思フニ依テ、物ヲ集ム。而ルニ忍勝、遂ニ頭ヲ剃テ、僧ト成テ戒ヲ受ケ袈裟ヲ着テ心ヲ発シテ仏ノ道ヲ行フ。常ニ彼ノ氏寺ニ住スル間、宝亀五年[1]ト云フ年ノ三月ニ、寺ノ檀越[2]ノ属ノ間ニ事有テ[3]、忍勝ヲ打損ジテ[4]即チ死ヌ[5]。忍勝ガ眷属[6]等相議シテ云ク、「人[7]ヲ殺セル咎ヲ忽ニ酬ヒム」ガ為ニ、忍勝ガ身ヲ不焼失シテ[8]、地ヲ点シテ[9]墓ヲ造テ忍勝ヲ埋ミ納メテ置ツ。

而ル間、五日ヲ経テ忍勝活テ、墓ヨリ出デ、親シキ族ニ語テ云ク、「我レ死シ時使五人我レヲ召テ将行。道ノ辺ニ甚ダ峻シキ坂[10]有リ。坂ノ上ニ登リ立テ見レバ、三ノ大ナル道有リ。一ハ直クシテ広シ。一ハ草生テ荒タリ。一ハ藪ニシテ塞ガレリ。衢[11]ノ中ニ王使[12]有テ、召ス由ヲ告グ。王平カナル道ヲ示シテ、『此ヨリ将行ケ』ト行フ[13]。然レバ、五人ノ使衢[14]ニ行ク。道ノ末ニ大ナル釜[15]有リ。湯[16]ノ気有リ。炎[17]ヲ涌キ上ル。浪ノ立テ鳴ガ如シ。雷ノ響ノ如シ。即チ忍勝ヲ取テ、彼ノ釜ニ投入ルニ、釜冷シクシテ、破レ裂テ四ニ破レヌ。

其ノ時ニ、三人ノ僧出来テ、忍勝ニ問テ云ク、『汝ヂ何ナル善根ヲカ造レル』ト。忍勝答テ云ク、『我レ善ヲ造ル事無シ。只、大般若経六百巻ヲ書写シ奉ラムト思フニ依テ、先ヅ願ヲ発シテ、未ダ不遂ズ』ト。其ノ時ニ、三ノ鉄ノ口[一八]ヲ出シテ勘フルニ、忍勝ガ申ス所ノ如シ。僧忍勝ニ告テ云ク、『汝ヂ実ニ願ヲ発セリ。亦、出家シテ仏道ヲ修ス。此レ善根也ト云ヘドモ、寺[一九]ノ物ヲ用ゼルガ故ニ汝ガ身ヲ砕ケル也。汝ヂ人間ニ返テ、速ニ願ヲ遂ゲ、寺物ヲ犯セル事ヲ償ノヘ』ト云て、放返セルニ、前ノ三ノ大道ヲ過テ坂ヲ下ル、ト思[二〇]ヘバ、活ヘル也」ト語ル。

然[二一]レバ、般若経ノ力ニ依テ、冥途ヨリ返ル事ヲ得タリ。此ヲ聞カム人、専ニ般若経ヲ可信敬[二二]シナム語リ伝タルトヤ。

권14 제31화

도카리메利莉女가 심경心經을 외워 명도冥途에서 돌아온 이야기

앞 이야기에 이어서 『반야심경般若心經』의 영험을 설한 소생담의 하나. 전 이야기와는 다르게 불도에 귀의한 도카리메利莉女가 염마왕閻魔王의 초청으로 명도冥途에 가서 『반야심경』을 독송하고 현세로 소생하였다는 이야기. 명도에서 사경寫經의 화신으로부터 암시를 받고 소생 후 순조롭게 도난당한 사경을 되찾는 후일담으로 이야기가 전개된다.

이제는 옛이야기이지만, 쇼무聖武 천황天皇 치세에 가와치 지방河內國[1] □□[2]군郡 □[3] 향鄕에 한 명의 여자가 있었다. 성이 도카리노 스구리利莉村主[4]였기 때문에 보통 도카리메利莉女라고 불렀다. 어렸을 때부터 몸가짐을 단정히 하고 지혜가 있어 인과因果[5]의 도리를 믿고 삼보三寶[6]를 공경하는 마음이 있었다. 그리고 항상 『반야심경般若心經』[7]을 독송하는 것을 주된 근행으로 하고 있었는데, 그 경을 외는 소리가 매우 존귀하였다. 그래서 많은 승려나

1 → 옛 지방명.
2 군명의 명기를 위한 의도적 결자.
3 향명의 명기를 위한 의도적 결자.
4 '스구리村主'는 상대上代의 성姓의 하나. 작은 호족에게 부여되었다. 아가타누시縣主의 지배에 속하여 호적, 조세와 관련된 업무를 담당함.
5 → 불교.
6 → 불교.
7 → 불교.

속인들에게 매우 큰 사랑을 받았다.

그런데 이 여자가 어느 날 밤 자고 있는 사이에 이렇다 할 병도 없이 죽어 버렸다. 그러자 곧바로 한 왕[8]이 있는 곳으로 갔다. 왕은 이 여자를 보고 마루에서 일어나 깔개에 여자를 앉히고 말했다.

"내가 들은 바에 의하면 그대는 훌륭하게 『반야경般若經』[9]을 독송한다고 해서 그대의 목소리를 듣고 싶어 잠시 너를 소환한 것이다. 어서 나에게 독송 소리를 들려주지 않겠는가."

여자는 왕의 지시에 따라 『신경心經』[10]을 독송하였다. 왕은 이것을 듣고 기뻐하며 자리에서 일어나 무릎을 꿇고 "정말로 존귀하도다."라고 말씀하셨다. 그 후 삼 일이 지나 여자를 돌려보냈다. 여자가 왕궁의 문을 나가려하자 그곳에 세 명의 사람이 있었는데 모두 노란 옷을 입고 있었다. 그들은 여자를 보고 기뻐하며

"우리들은 그대를 오랫동안 만나지 못하여 만나고 싶다고 생각하고 있던 참에 이렇게 마침 만나게 되었소. 기쁘기 한량없구려. 어쨌든 빨리 돌아가도록 하시오. 우리들은 오늘부터 삼 일후, 헤이조 경平城京의 동시東市[11]에서 당신과 틀림없이 만날 것이요."

라고 말하고 가버렸다. 여자는 이 말을 듣고도 누구인지 모르는 채로 돌아왔다. 돌아왔다고 생각하는 순간 여자는 소생하였다.

그 후 삼 일째가 되어 여자는 일부러 동시東市에 가서 하루 종일 기다리고 있었는데 명도冥途[12]에서 약속한 세 명의 사람은 보이지 않았다. 그사이 한

8 염마왕閻魔王을 가리킴.

9 → 불교.

10 → 불교.

11 헤이조 경의 동서에 시장이 있었는데 동시東市는 좌경左京 팔조八條 삼방三坊에 있었음.

12 → 불교.

사람의 비천한 자가 동시의 문에서 시장 안으로 들어와서 경을 손에 받쳐 들고 "이 경을 살 사람은 없습니까."라고 말하면서 여자의 앞을 지나갔다. 마침 시장의 서쪽 문으로 나가려고 하는 순간, 여자는 그 경을 사려고 생각하여 심부름꾼을 보내 그 사람을 되돌아오게 하였다. 여자가 경을 펼쳐보자 자신이 예전에 서사한 『범망경梵網經』[13] 두 권과 『반야심경』 한 권이었다. 서사한 이래 아직 공양하지 못한 채 그 경을 분실하여 오랜 세월에 걸쳐 찾았지만 끝내 찾지 못하고 있던 것이었다. 여자는 지금 그것을 찾게 되어 무척이나 기뻐, 경을 훔친 자를 눈앞에 두고도 굳이 추궁하지 않고 경의 가격을 묻자 한 권의 값은 전錢 오백 문文[14]이라고 하였다. 여자는 말한 값대로 전을 주고 경을 매입하였다. 여자는 그때서야 깨달았다. '명도에서 나와 약속한 세 사람은 바로 이 경이신 것이다.' 이렇게 생각하고 기뻐하며 집으로 돌아갔다. 여자는 그 후 법회를 마련하여 이 경을 강독하고 이후 밤낮으로 게을리하지 않고 열심히 수지受持했다.

세간 사람들은 이것을 듣고 이 여자를 존귀하게 여기고 가볍게 여기는 일은 없었다고 이렇게 이야기로 전하여 내려오고 있다 한다.

13 → 불교.

14 당시 쌀 1석石(10두斗=100승升)이 전錢 1관貫(1000文)에 상당하여 현재의 쌀 가격을 1승 500엔이라 하면 500문은 대체로 2만 5천 엔이 됨. 다만 당시의 1승은 현재의 10분의 6. 또는 10분의 4.

常ニ心経[二]ヲ誦スルヲ以テ宗[三]トノ行トス。経ヲ誦スル音甚ダ貴シ。此ニ依テ諸ノ道俗ノ為ニ被愛楽[四]ル、事無限シ。

而ル間、此ノ女夜ル寝タル間ニ、身ニ病無クシテ死ヌ。即チ一王[五]ノ所ニ至レリ。王此ノ女ヲ見テ、床ヲ起テ、蓐[六]ニ此ノ女ヲ令居メテ、語テ云ク、「我レ伝ヘテ聞ク、汝ヂ吉ク般[七]若経ヲ誦セリト。然レバ、我レ其ノ音ヲ聞ムト思フ。此ニ依テ、暫ノ間汝請[八]ズル也。願クハ、速ニ誦シテ、我レニ令聞メヨ」ト。女王ノ言ニ随テ、心経ヲ誦ス。王此レヲ聞テ、喜テ座ヨリ起テ、跪[九]テ宣ハク、「此レ[一〇]極テ貴シ」ト。其ノ後三日ヲ経テ返送ル。然レバ、女王宮ノ門[一一]ヲ出ヅルト、三ノ人有リ。皆黄[一二]ナル衣ヲ着セリ。女ヲ見テ喜テ云ク、「我レ汝ヲ久ク不見ズ。恋フル所也。適マ今値リ。喜ビ思フ事無限シ。速ニ可返シ。我レ今日ヨリ三日ヲ経テ、奈良京ノ東[一三]ノ市ノ中ニシテ必ズ値ハムトス」ト云テ、別テ去ヌ。女[一四]此ノ言ヲ聞クト云ヘドモ、誰人ト云フ事ヲ不知ズ。女、「返ル」ト思フ程ニ活ヘレリ。

⊙ 제31화 ⊙
도카리메利荊女가 심경心經을 외워 명도冥途에서 돌아온 이야기

利荊女誦心経従冥途返語第三十一

今昔、聖武天皇の御代ニ、河内[二三]ノ国[二四]□ノ郡[二五]□ノ郷ニ一ノ女人有リ。姓ハ利荊[二六]ノ村主、其ノ故ニ名ヲ利荊女ト云フ。幼ノ時ヨリ身清ク心ニ悟リ有テ、因果[一]ヲ信シテ三宝ヲ敬フ。

其ノ後三日ニ至ルニ、女ノ故東ノ市ニ行テ、終日ニ待ツト云ヘドモ、[15]冥途ニテ契リシ三ノ人不見エズ。而ル間、賤キ人[16]東ノ市ノ門ヨリ市中ニ入テ、経ヲ捧テ売テ云ク、「誰カ此ノ経ヲ買フ」ト云テ、女ノ前ヲ過ギ行ク。既ニ市ノ西ノ門ヨリ出デ、行クヲ、女経ヲ買ムト思テ、使ヲ遣テ呼ビ返シテ、経ヲ開テ見レバ、女ノ昔シ写シ[17]奉リシ所ノ[18]梵網経二巻、心経一巻也。[19]書写シテ後、未ダ不供養ズシテ、其ノ経失給ヒニキ。年月ヲ経テ求メ尋ヌルニ、求メ得ル事無シ。今此レヲ見ルニ、[20]心ニ喜テ、[21]経ヲ盗メル人ヲ知ヌト云ヘドモ、其ノ事ヲ忍テ経ノ直ヲ問フニ、一巻ノ直ニ[22]銭五百文ト云フ。女乞フニ随テ直ヲ与ヘテ、経ヲ買取ツ。女[23]爰ニ知ヌ、「冥途ニシテ契シ三ノ人ハ、即チ此ノ[24]経ノ在ケル也ケリ」ト思テ、喜テ返ヌ。其ノ後、[25]会ヲ設テ[26]経ヲ講読シテ、懃ニ受持スル事日夜ニ不怠ズ。

[27]世ノ人此レヲ聞テ、此ノ女ヲ貴ビ敬テ、軽ムル事無カリケリトナム語リ伝ヘタルトヤ。

권14 제32화

백제百濟의 승려 의각義覺이 심경心經을 독송하여 영험을 보인 이야기

백제百濟의 망명승亡命僧 의각義覺이 마음을 다하여 『반야심경般若心經』을 독송하여 입에서 광명을 발하는 영이를 일으킨 이야기. 앞 이야기에 이어 『반야심경』의 영험담.

이제는 옛이야기이지만, 백제국百濟國[1]에서 도래한 승려가 있었다. 이름은 의각義覺[2]이라고 했다. 백제국이 멸망[3]했을 때 일본에 도래하여 나니와難波의 구다라데라百濟寺[4]에 살고 있었다. 이 사람은 키가 커서 칠 척尺이나 되었다. 불교를 폭넓게 배워 지혜가 깊었는데, 밤낮으로 게을리하지 않고 오로지 『반야심경般若心經』[5]을 독송하였다.

그때 같은 절에 한 승려가 있었다. 밤중에 승방을 나와 주위를 걷고 있었는데 의각의 방 쪽을 보자 빛이 보였다. 승려는 불가사의하게 생각하고 조용히 다가가 방을 들여다보자 의각이 단좌端坐하고 경을 독송하고 있었는데

1 고구려高句麗, 신라新羅와 함께 고대 삼국의 하나.
2 *『원형석서元亨釋書』와 『본조고승전本朝高僧傳』에 의각의 일화가 보임.
3 백제百濟는 당唐과 신라新羅의 연합군의 침공에 의해 사이메이齊明 천황天皇 6년(660)에 멸망함. 그 후 다시 나라를 재흥시키고자 전투가 계속되었는데 백제, 일본 연합군은 덴치天智 천황 2년(663) 백촌강白村江의 해전에 패하여 전멸. 백제왕족을 비롯하여 많은 사람이 일본으로 망명했음.
4 → 사찰명.
5 → 불교.

그 입에서 빛을 내뿜고 있었다. 승려는 이것을 보고 놀라 이상히 여겨 자신의 승방으로 돌아갔고, 다음 날 절의 모든 승려들에게 이 일을 알렸다. 절의 승려들은 이것을 듣고 더할 나위 없이 존귀하게 여겼다.

그런데 의각이 제자들에게 말했다.

"나는 하룻밤에 일만 번[6] 『심경心經』[7]을 독송한다. 그런데 어젯밤 내가 『심경』을 외우고 있을 때 눈을 떠보니 방 안의 사방이 빛나고 있었다. '불가사의한 일이다.'라고 생각하여 방에서 나와 주위를 돌아봤지만 방 안에 빛은 없었다. 또한 방에 돌아가서 보니 문이 모두 닫혀 있었다. 정말 불가사의한 일이다."

실로 이 사람이 보통 사람이 아님은 의심할 여지가 없다. 의각은 끝까지 게을리하지 않고 『심경』을 독송하였다.

이것을 보고 들은 사람은 『반야심경』의 영험[8]을 믿고 성인聖人의 덕행을 존귀하게 여겼다고 이렇게 이야기로 전하여 내려오고 있다 한다.

6 『영이기靈異記』, 『삼보회三寶繪』에는 "일백一百" 번이라고 되어 있음. '일만' 번은 그 수치의 진위여부를 떠나서, 사실이라고 한다면 전독轉讀에 의한 것임. * '전독'이란 경전의 본문을 생략하고 처음, 중간, 끝의 요소 또는 제목, 소제목만을 읽는 독송 방법.

7 → 불교.

8 → 불교.

⊙ 제32화 ⊙
백제百濟의 승려 의각義覺이 심경心經을 독송하여 영험을 보인 이야기

百済僧義覚誦心経施霊験語第三十二

今昔、百済国ヨリ渡レル僧有ケリ。名ヲバ義覚ト云フ。彼ノ国ノ破ケル時此ノ朝ニ渡テ、難波ノ百済寺ニ住ス。此ノ人長高クシテ七尺也。広ク仏教ヲ学シテ悟リ有ケリ。専ニ般若心経ヲ読誦シテ日夜ニ不怠ズ。

其ノ時ニ、同寺ニ一人ノ僧有テ夜半ニ房ヲ出デヽ行クニ、彼ノ義覚ガ所ヲ見レバ、光リ有リ。僧此レヲ怪ムデ窃ニ寄テ室ノ内ヲ伺ヒ見ルニ、義覚端坐シテ経ヲ読誦ス。口ヨリ光ヲ出ス。僧此レヲ見テ、驚キ怪ムデ返ヌ。明ル日寺ノ僧共ニ普ク此ノ事ヲ語ル。寺ノ僧共此ヲ聞テ貴ビ合ヘル事無限シ。

而ルニ、義覚弟子ニ語テ云ク、「我レ一夜ニ心経ヲ誦スル事、一万返也。其レニ、夜前心経ヲ誦セル間、目ヲ開テ見ルニ、室ノ内ノ四方光リ曜ク。我レ『奇異也』ト思テ、室ヨリ出デヽ、廻テ見ルニ、内ニ光リ無シ。返テ室ヲ見レバ、戸皆閉タリ。此希有ノ事也」ト。

定メテ知ヌ、此只人ニ非ズ。心経ヲ誦スル事、遂ニ不怠ズ。此ヲ見テ聞ク人、般若心経ノ霊験ヲ信ジ、聖人ノ徳行ヲ貴ビケリトナム語リ伝ヘタルトヤ。

권14 제33화

승려 조기長義가 금강반야경金剛般若經에 의한 영험으로 눈을 뜬 이야기

야쿠시지藥師寺의 승려 조기長義가 『금강반야경金剛般若經』의 전독轉讀에 의해 전세의 죄장罪障을 소멸시키고 양쪽 눈이 다시 보이게 된 이야기. 반야의 영험을 공통 요소로 하여 앞 이야기와 이어진다.

이제는 옛이야기이지만, 나라奈良의 우경右京에 있는 야쿠시지藥師寺[1]에 한 승려가 있었다. 이름은 조기長義라고 했다. 오랜 세월에 걸쳐 절에 살고 있었는데 보귀寶龜 3년[2] 돌연 조기의 양쪽 눈이 멀어 사물을 볼 수 없게 되었다. 조기는 밤낮으로 이것을 비탄하여 의사를 불러 약을 사용하여 치료하였지만 효험도 없이 다섯 달이 지나 버렸다.

이에 조기는 마음속으로

'나는 전세前世의 악인惡因[3]에 의해 맹인이 되었다. 그러하니 『반야경般若經』[4]을 전독轉讀[5]하게 하여 악업[6]을 멸하는 것이 가장 좋은 방법일 것이다.'

1 → 사찰명.
2 772년. 고닌光仁 천황天皇의 치세.
3 전세前世에 범한 죄과罪過의 과보.
4 → 불교. 여기서는 『금강반야경金剛般若經』의 약어.

라고 생각하였다. 조기는 많은 승려를 초빙하여 사흘 낮 사흘 밤 동안 『금강반야경金剛般若經』[7]을 전독시키고 지성으로 죄업을 참회했다. 그러자 삼 일째가 되어 양쪽 눈이 갑자기 떠져 전과 같이 사물을 볼 수 있게 되었다.[8] 그때 조기는 울면서 기뻐하고 존귀하게 여기며 『반야경』의 영험이 뛰어남을 깊이 믿고, 이후 더욱더 지성으로 독송하고 독실하게 공경하였다. 절의 승려들도 이것을 듣고 더할 나위 없이 존귀하게 여겼다.

그러므로 전세의 죄업을 멸하는 데에는 『금강반야경』보다 더한 것이 없다. 죄업이 멸하면 이같이 의심할 여지없이 병이 낫는 것이다. 신앙심 있는 자는 이 이야기를 듣고 오로지 이 경을 수지하여 독송해야 한다고 이렇게 이야기로 전하여 내려오고 있다 한다.

5 → 불교. 긴 경전을 요약하여 독송하는 방법. 경문의 제목 또는 각권의 최초·중간·최후의 몇 줄을 넘기며 읽는 것. 진독眞讀의 반대.

6 → 불교.

7 → 불교. 자세히는 『금강반야바라밀다경金剛般若波羅密多經』.

8 부처, 경經의 영험에 의해 개안하는 모티브는 권12 제19화, 권13 제18화·26화, 권16 제23화 등에 보임.

⊙제33화⊙ 승려 조기長義가 금강반야경金剛般若經에 의한 영험으로 눈을 뜬 이야기

僧長義依金剛般若験開盲語第三十三

今昔、奈良ノ右京ノ薬師寺ニ一人ノ僧有ケリ。名ヲバ長義ト云フ。年来寺ニ住シテ有ル間ニ、宝亀三年ト云フ年、俄ニ長義ガ両目盲テ物ヲ見ル力ヲ不得ズ。然レバ、長義日夜ニ此ヲ歎キ悲ムデ、医師ヲ請ジテ医ヲ以テ療治スト云ヘドモ、其ノ験無クシテ五月ヲ経ヘヌ。

其ノ時ニ、長義心ニ思ハク、「我レ、前世ノ悪因ニ依テ盲ト成レリ。然レバ、不如ジ、般若経ヲ令転読メテ悪業ヲ滅セム」ト思テ、数ノ僧ヲ請ジテ、三日三夜ノ間、金剛般若経ヲ令転読メテ、心ヲ至シテ罪業ヲ懺悔ス。而ル間、第三日ニ及テ、両目忽ニ明ニ成テ、物ヲ見ル事本ノ如シ。其ノ時ニ、長義泣々ク喜ビ貴デ、般若経ノ験力ノ新ナル事ヲ深ク信ジテ、弥ヨ心ヲ発シテ読誦シテ、恭敬供養ジ奉ケリ。寺ノ僧共此ヲ聞テ、貴ブ事無限シ。

然レバ、前世ノ罪業ヲ滅スル事ハ、金剛般若経ニ過タルハ無シ。罪業滅スレバ、如此ク病ノ喩ル事疑無シ。心有ラム人ハ、此レヲ聞テ専ニ此ノ経ヲ受持読誦シ可奉シトナム語リ伝ヘタルトヤ。

권14 **제34화**

이치엔壹演 승정僧正이 금강반야경金剛般若經을 독송하고 영험靈驗을 보인 이야기

소오지相應寺의 이치엔壹演이 『금강반야경金剛般若經』 독송讀誦으로 황거皇居에 매가 둥지를 튼 흉조凶兆를 제거하고, 또, 후지와라노 요시후사藤原良房의 중병을 치료했다는 이야기. 앞 이야기에 이어서 『금강반야경』의 영험담.

이제는 옛이야기이지만, 야마자키山崎[1]에 소오지相應寺[2]라는 절이 있었다. 그 절에는 이치엔壹演[3]이라는 승정僧正이 있었다. 이치엔은 속인俗人이었을 때, 내사인內舍人[4] 오나카토미노 마사무네大中臣正棟라고 하였으며 나라奈良 서경西京에 살았었다. 도심道心이 일어나 출가出家한 후에 이케베 궁池邊宮[5]이라고 하는 사람의 제자로[6] 당唐으로 건너갔다.[7] 진언眞言[8]을 배우고 그 행

1 현재의 교토 부京都府 오토쿠니 군乙訓郡 오야마자키 정大山崎町. 교키行基의 권진勸進으로 놓은 야마자키 다리가 있었음.

2 → 사찰명.

3 → 인명.

4 궁중宮中의 숙직, 잡역으로 일하며 천황의 행차 시 공봉供奉·경호警護 등을 맡았음.

5 → 인명.

6 이치엔은 신뇨眞如 친왕親王의 고족제자高足弟子로, 친왕이 당에 건너간 후에는 그가 있던 조쇼지超昇寺의 좌주座主가 됨. 『삼대실록三代實錄』, 『승강보임초출』 참조.

7 이치엔의 도당에 관해서는 『삼대실록』 정관貞觀 9년 7월 12일 조條의 졸전卒傳을 비롯하여 그 외에서도 보이지 않음. 정관 4년의 신뇨 친왕의 도당에서 유추한 오류로 추정. 『승강보임초출』에 의하면, 신뇨를 따라간 것은 젠린지禪林寺의 슈에이宗叡.

법의 수행에 소홀함이 없었다. 귀국한 후에는 소오지에 살면서 진언의 행법行法[9]을 닦고 밤낮으로 『금강반야경金剛般若經』[10]을 독송하였다.

어느덧 사람들은 이치엔을 존귀한 스님으로 여기게 되었다. 당시 미노오水尾 천황天皇[11]의 치세였는데, 매가 인수전仁壽殿[12] 위쪽 중인방中引枋의 횡목橫木에 둥지를 쳤다. 천황께서 놀라서 수상하게 여겨 뛰어난 음양사陰陽師들을 불러 길흉吉凶을 묻자 점을 쳐서 답하기를, "천황께서 매우 엄중하게 모노이미物忌み[13]를 하셔야 되옵니다."라고 했다. 천황께서 심히 두려워하여 곳곳에서 기도를 올렸다. 하지만 여전히 그 효험이 나타나지 않자 더욱 몸가짐을 삼가고, 몹시 두려워하셨다.

그러자 어떤 자가 아뢰기를

"야마자키라는 곳에 소오지라는 절이 있습니다. 그 절에 오랜 세월 살며 밤낮으로 『금강반야경』을 독송하는 성인聖人이 있다고 합니다. 이름은 이치엔이라고 하는데 현세現世[14]의 명리名利를 떠나 후세後世[15]의 보리菩提[16]를 구하는 자라 합니다. 그를 불러 기도하게 하면 필경 영험靈驗[17]이 나타날 것입니다."

라고 했다. 천황께서 그러하다면 그를 불러야겠다고 하시며 사자使者를 보내자, 이치엔은 곧 사자를 따라 입궐하였다. 그래서 인수전으로 불러들여

8 진언眞言의 밀교密敎(→ 불교佛敎).

9 → 불교.

10 → 불교.

11 → 인명. 제56대 세이와淸和 천황天皇.

12 헤이안 경平安京의 내리內裏 중앙에 있는 전당. 자신전紫宸殿 북쪽, 승향전承香殿 남쪽에 있고 청량전淸凉殿으로 옮기기 전의 천황의 거실.

13 * 일정 기간 부정을 피하기 위해 언행 등을 삼가며 근신하는 것.

14 → 불교.

15 → 불교.

16 → 불교.

17 → 불교.

예의 매가 둥지를 튼 곳에서 금강반야경을 전독轉讀[18]시켰다. 이치엔이 네다섯 번을 독송했을 때, 갑자기 매가 사오십 마리쯤 바깥에서 날아와 한 마리씩 둥지를 물고 날아갔다. 이를 바라보고 있던 천황이 이치엔에게 예배禮拜하고 더할 나위 없이 존귀하게 여기며 상을 내리고자 하셨지만, 이치엔은 상을 사양하고 돌아가 버렸다 .

그 후, 천황은 이치엔을 더욱 존귀하게 여겨, 그에게 귀의歸依[19]하셨다. 한편, 천황의 외조부, 시라카와百川 태정대신太政大臣[20]이라는 분께서 연로하여 중병을 얻었다.[21] 며칠 동안이나 몸져누워 지냈으므로 나라 곳곳의 절에서는 쾌유의 기도를 올렸다. 특히 영험이 있다고 평판이 자자하며 공경을 받는 승려들을 불러 공들여 기도를 하게 하였으나 전혀 효험이 없었다. 그러자 천황께서 이전에 있었던 매 사건을 떠올리시고 이치엔을 부르고자 사자를 보냈다. 이치엔은 부름에 받고 입궐하여 대신의 침상에서,『금강반야경』을 독송하였다. 그러자 몇 번 외지도 않았는데 대신의 병이 나았다. 천황은 이치엔을 더할 나위 없이 존귀하게 여겼고, 감개무량하여 마침내 이치엔에게 권승정權僧正의 지위를 내리셨다.[22] 그 후로는 세상 모두가 이분께 귀의하였다.

이것을 생각하면, 금강반야경은 죄업罪業을 멸滅하시는 경전이다.[23] 그러므로 이와 같이 죄를 멸하고 공덕을 얻은 것이다.

18 → 불교.

19 → 불교.

20 후지와라노 요시후사藤原良房(→ 인명)를 가리킴.

21 『습유왕생전』은 정관 6년(864), 『원형석서元亨釋書』는 정관 7년이라 함.

22 이치엔의壹演 권승정權僧正 임명은 정관 7년 9월 5일. 일본 최초의 권승정權僧正이라고 함. 또한 당시 이치엔은 득도得度하기 전이었으므로 고사하였으나 칙명으로 특별히 홀로 득도수계得度受戒가 행해지고 그로 인해 이치엔이라는 법명法名을 얻었다고 함(『승강보임초출』).

23 이러한 신앙은 권11 제15화에서도 보인다.

야쿠시지藥師寺 동쪽에 당원唐院[24]이라는 곳이 있다. 이 승정이 계시던 곳이었다고 이렇게 이야기로 전하여 내려오고 있다 한다.

24 야쿠시지藥師寺 금당金堂 동쪽에 있으며, 사천왕상四天王像을 모심. 가이묘戒明 화상和尙이 당에서 돌아온 후에 세우고 거주함(『칠대사일기七大寺日記』).

⊙제34화⊙ 이치엔壹演 승정僧正이 금강반야경金剛般若經을 독송하고 영험靈驗을 보인 이야기

壱演僧正誦金剛般若施霊験語第三十四

今昔、山崎ニ相応寺ト云フ寺有リ。其ノ寺ニ壱演ト云フ僧住ケリ。此レ、本ハ俗也。内舎人大中臣ノ正棟トゾ云ケル。奈良ノ西ノ京ニゾ住ケル。道心発シテ出家シテ後、池辺ノ宮ト申ケル人ノ弟子トシテ唐ニ亘ル。真言ヲ受習テ法ヲ修行ズル事不愚ズ。帰朝シテ後、彼ノ相応寺ニ住シテ真言ノ行法ヲ修シ、亦、日夜ニ金剛般若経ヲ読誦ス。

而ル間、貴キ思エ聞エ高ク成ヌル、其ノ時ニ、水尾天皇ノ御代、隼ト云フ鳥、仁寿殿ノ庇ノ上長押ニ巣ヲ咋ヱリ。天皇此レヲ驚キ怪ビ給フ。止事無キ陰陽師共ヲ召テ、此ノ事ノ吉凶ヲ被問ルニ、占申シテ云ク、「天皇ノ重キ御慎也」ト。天皇恐ヂ怖レ給テ、方々ノ御祈共有リ。然レドモ、未ダ其ノ験無キ間、弥ヨ慎ミ怖レサセ給フ事無限シ。

而ル間、或人奏シテ云ク、「山崎ト云フ所ニ相応寺ト云フ寺有リ。其ノ寺ニ年来住シテ、日夜ニ金剛般若経ヲ読誦スル聖人有ナリ。名ヲバ壱演ト云フ。現世ノ名利ヲ離テ、後世ノ菩提ヲ願フ者也。彼レヲ召テ令祈バ、必ズ霊験掲焉ナラム」ト。天皇然レバ可召キ由ヲ被仰下テ、使ヲ遣スニ、即チ召ノ使ニ具シテ参レリ。然レバ、仁寿殿ニ召シ上テ、彼ノ隼ノ巣ヲ咋タル間ニテ、金剛般若経ヲ令転読ム。四五巻許ヲ誦スル程ニ、忽ニ隼四五十許外ヨリ飛ビ来テ、隼毎ニ巣ヲ咋テ飛ビ去ヌ。其ノ時ニ、天皇壱演ヲ礼シテ、貴ビ給フ事無限シ。賞ヲ給ハムト為ルニ、不承引ズシテ返ヌ。

其ノ後、貴キ思ヘ高ク成テ被帰依ル、程ニ、天皇ノ母方ノ祖父、白川ノ大政大臣ト申ス人、老体ノ上ニ重キ病ヲ受テ日来ヲ経ニ、方々ノ御祈共有リ。就中、貴キ思エ有止事無キ僧共ヲ召テ、殊ニ令祈メ給フニ、露ノ験無シ。而ルニ、天皇ノ、前ノ隼ノ事ヲ思食テ、壱演ヲ召テ遣ス。壱演召ニ随テ参テ、大臣ノ御枕上ニシテ、金剛般若経ヲ読誦スル、数巻ニ不及ザル程ニ、大臣御病ハ喩給ヌ。其ノ時ニ、天皇弥ヨ壱演ヲ貴ビ給フ事無限シ。感ニ不堪シテ遂ニ権僧正ニ被成ヌ。其ノ後ハ世挙テ此ノ人ヲ帰依シケリ。

此レヲ思フニ、金剛般若経ハ罪業ヲ滅シ給フ。然レバ、罪ヲ滅シテ徳ヲ得ル事如此シ。

薬師寺ノ東ニ唐院ト云フ所有リ。此ノ僧正ノ栖トナム語リ伝ヘタルトヤ。

권14 제35화

고쿠라쿠지極樂寺의 승려가 『인왕경仁王經』을 독송하여 영험靈驗을 보인 이야기

후지와라노 모토쓰네藤原基經가 건립한 고쿠라쿠지極樂寺의 이름 없는 승려가 모토쓰네가 열병熱病에 걸렸을 때 그 은혜에 보답하기 위해 스스로 모토쓰네의 거처 한구석에서 마음을 담아 『인왕경仁王經』을 독송하여 병마病魔를 물리쳤다는 이야기. 『인왕경』의 영험靈驗과 지심至心으로 독경한 공덕을 설한 이야기. 반야경전般若經典의 위력으로 병을 치유하는 모티브는 앞 이야기의 후반부와 연관됨.

이제는 옛이야기이지만, 고쿠라쿠지極樂寺[1]라는 절이 있었다. 그 절에 □□[2]라는 승려가 있었다. 이 절은 호리카와堀川 태정대신太政大臣[3]이라는 분이 건립한 절이었다.

대신의 이름은 모토쓰네基經라고 하는데, 몸에 열병熱病[4]이 나서 며칠 동안이나 심하게 앓고 계셔서 곳곳에서 기도를 올렸다. 특히 영험靈驗[5]이 신통하고 존귀한 승려들이 빠짐없이 대신의 저택에 모여들어 갖은 기도를 올렸다.[6] 그런데 이 고쿠라쿠지의 승려는 세상 사람들에게 잘 알려지지 않아 이

1 → 사찰명寺刹名.
2 승명僧名의 명기를 위한 의도적 결자.
3 → 인명. '호리카와堀川'는 모토쓰네의 저택을 가리킴. 『습개초拾芥抄』 중中 참조.
4 역병疫病. 『고본설화古本說話』, 『우지 습유宇治拾遺』, 『진언전眞言傳』 참조.
5 → 불교.
6 온갖 종류의 가지기도加持祈禱를 올렸다는 뜻. 『고본설화』, 『우지 습유』, 『진언전』 참조.

렇게 큰 기도에는 초대받지 못했다. 이에 승려는 '내가 이 절에서 편히 사는 것은 이 대감 덕이다. 그 대신께서 돌아가시면 어디에 갈 곳도 없다.'라고 생각하여 비탄悲嘆하며, 오랫동안 수지受持했던 『인왕경仁王經』[7] 일부一部를 가지고 그 대신의 거처로 찾아갔다. 저택은 사람이 너무 많고 소란스러워, 승려는 중문中門[8] 북쪽 복도 구석에 자리를 잡고 지성으로 염念하며 『인왕경』을 독송하여 기도를 올렸다. 저택의 사람들은 승려의 앞을 오고갔지만, 누구 한 사람 눈길을 주지 않았다.

네 시간쯤 지났을 때, 심하게 앓고 누워계시던 대신께서 끊어질 것 같은 숨으로 사람을 불러 "고쿠라쿠지의 □□[9] 대덕大德인가 하는 이는 있는가?"라고 말씀하셨다. 그 사람이 "중문 옆의 복도에 있사옵니다."라고 대답하자 "그를 여기에 부르라."라고 말씀하셨다. 이를 들은 자는 '이 중은 특히 영험이 있다는 평판도 없었기에 여러 스님을 부를 때도 모시지 않았다. 초대하지도 않은 중이 굳이 찾아온 것도 당치도 않다고들 생각하는 마당에 대신께서 굳이 찾으시니 이게 어찌된 일인가.' 하고 이상하게 생각해지만, 나가서 승려에게 대신이 부르신다는 말씀을 전하였다. 승려는 이 사람 뒤를 따라와, 고승들이 줄지어 앉아 있는 툇마루에 조심스레 앉았다. 대신께서 "왔는가."라고 묻자, "남쪽 툇마루[10]에 있습니다."라고 말씀드렸다. 대신은 "이 안으로 불러들이라."라고 말씀하고 누워 있는 곳으로 불러들였다. 병이 너무 심하여 종전까지 아무 말씀도 못하셨는데 이 승려를 불러들이자 안색이 조금 좋아지신 것처럼 보였다. 부름을 받은 승려는 침상의 휘장대 밖에 대기

7 → 불교.

8 침전寢殿 양식樣式에서 동쪽과 서쪽의 긴 복도의 중간쯤에 설치한 문으로 손님의 출입구. '북쪽 복도'는 중문에서 반대편 바깥채對の屋에 이르는 복도를 가리킴.

9 승명의 명기를 위한 의도적 결자. 『고본설화』, 『우지 습유』, 『진언전』에서는 "이러이러한 대덕大德"으로 되어 있음.

10 여기서는 침전 남쪽 행랑방(庇) 바깥의 마루.

하고 있었다.

그때 대신께서 직접 휘장대에 드리워진 천을 들어 올리고

"나는 방금 꿈을 꾸었소. 내 옆에 무척이나 무서운 오니鬼들이 저마다 내 몸을 해치며 괴롭히고 있었는데, 동자 머리[11]를 한 단정端正한 동자가 회초리[12]를 들고 중문 방향에서 들어와 이 오니들을 회초리로 쫓아버리자 오니들은 모두 도망쳐 버렸소. 그래서 내가 '동자는 누구이기에 이런 일을 하는가?'라고 동자에게 물었지요. 동자는 '고쿠라쿠지의 □□[13]가 당신을 위해 기도하고 오늘 아침에 중문 옆의 복도에 앉아서 『인왕경』을 외는데, 일문일구一文一句, 여념 없이 지심으로 외운 영험[14]이 나타나 『인왕경』의 호법護法[15]께서 '괴롭히고 있는 악귀惡鬼를 쫓아버리라.' 하셨기에 저희가 와서 쫓아버린 것입니다.'라고 대답하는 것이었소. 내 이것을 듣고 고귀한 일이라고 생각하는데 꿈에서 깼어났소. 그러자 병이 씻은 듯 《개운해》[16]져서 '이러이러한 스님은 정말로 와 있는가.' 하고 물었더니 '오늘 아침부터 『인왕경』을 외우고 있습니다.'라고 □[17] 말하기에, 기쁜 마음에 이 감사의 마음을 표하기 위해 이렇게 부른 것이오."

라고 말씀하셨다. 대신은 승려에게 예배하고, 옷을 거는 횃대에 걸린 어의御衣를 가져오게 하여 하사하시며, "그대는 빨리 절로 돌아가서 더욱더 기청

11 원문은 "미즈라髻"로 되어 있음. 머리를 중앙에서 좌우로 나누어 귀 부분에서 묶는 방법. 상대上代에는 성인 남자, 후세에는 원복元服 전의 소년의 머리 모양.

12 회초리를 든 호법동자護法童子는 권13 제38화에도 등장함.

13 승명의 명기를 위한 의도적 결자.

14 가지기도加持祈禱의 효력. 영험. 『고본설화』 참조.

15 『인왕경』의 호법護法(→ 불교). 『고본설화』, 『진언전』에서는 반야般若(인왕반야바라밀경仁王般若波羅蜜經)가 명령을 내린 것으로 되어 있음. 『고본설화』, 『진언전』, 『우지 습유』 참조.

16 한자 표기를 위한 의도적 결자. 『고본설화』, 『진언전』을 참고하여 보충함.

17 저본에 한 글자가 비어 있으나 그 이유는 불명. 다른 비슷한 예를 보자면 원본으로 여겨지는 스스카 본鈴鹿本의 용지가 너무 얇아서 글자가 쓰이지 않았을 것으로 추정. 『고본설화』, 『우지 습유』에 해당 구절 없음. 『진언전』은 "사람이"라고 함. 바로 앞 회화문의 주어가 들어갈 것으로 추정.

祈請[18]하도록 하시오."라고 분부하셨다.

승려가 기뻐하며 물러나가는데, 기도승祈禱僧들과 저택의 안의 사람들이 그를 보는 것이 존경해 마지않는 모습이었다. 중문 옆에서 온종일 앉아 있을 때 누구도 눈길 주지 않았던 것을 생각하면 정말이지 감개무량하고 존귀한 일이다. 절에 돌아가서도 절의 승려들의 태도도 특히 공손하기가 그지없었다.

그러므로 기도라는 것은 승려의 청淸과 탁濁에 좌우되는 것이 아니고,[19] 오직 진정으로 마음을 담으면 영험은 나타나는 것이다. 그 많은 승려들 중에 고쿠라쿠지의 승려보다 영험이 부족한 이는 단 한 사람도 없었던 것이다. '비구니가 된 어머니가 기도해야 한다.'[20]라는 말이 예로부터 구전되고 있는데 그것은 이 일[21]을 이르는 것이라고 이렇게 이야기로 전하여 내려오고 있다 한다.

18 여기서는 병의 쾌유를 기원하는 것을 말함.

19 『고본설화』에는 "고귀한 것과 비천한 것"으로 되어 있고 『우지 습유』에는 "정부정淨不淨"으로 되어 있음.

20 비구니가 된 어머니의 기원이 가장 절실하여 신불神佛의 영험이 나타난다는 의미.

21 성심誠心을 담은 기도가 가장 공덕功德이 있음을 가리킴.

⊙ 제35화 ⊙ 고쿠라쿠지極楽寺의 승려가 『인왕경仁王經』을 독송하여 영험靈驗을 보인 이야기

極楽寺僧誦仁王経施霊験語第三十五

今昔、[19]極楽寺ト云フ寺有リ。其ノ寺ニ[20]□ト云フ僧住ケリ。此ノ寺ハ[21]堀河ノ大政大臣ト申ス人ノ造リ給ヘル寺也。

而ルニ、其ノ大臣ノ御名ヲバ基経ト申ス、身ニ[22]熱病ヲ受テ日来重ク悩ミ煩ヒ給ヒケレバ、方々ノ御祈共有リ。就中、霊験有テ貴キ思エ有ル僧共ハ不参ヌ無ク参集テ、[23]祈トシテ無キ事ハ無シ。其レニ、此ノ極楽寺ノ僧ハ、[24]世ニ貴キ思エモ無ケレバ、此許ノ御祈共ニ召シモ無シ。而ルニ、此ノ僧ノ心ニ思ハク、「我ガ此ノ寺ニ平安ニ[25]住ス事ハ、此ノ殿ノ[26]御影也。此ノ殿失給ナバ、何ニカハ行カムト為ル」ト思テ、歎キ悲デ、年来持奉ケル所ノ[27]仁王経一部ヲ具シテ、此ノ殿ニ参ヌ。極メテ人多クテ物騒シト云ヘドモ、[1]中門ノ北ノ廊ノ角ニ屈リ居テ、他ノ思ヒ無ク念ジ入テ、仁王経ヲ読誦シテ祈リ奉ルニ、[2]殿ノ内ノ人、前ヨリ返返ル通リ行ケドモ、露目見係ル人無シ。

二時許ヲ経ルニ、重ク煩テ臥シ給ヘル殿、[3]気ノ下ニ人ヲ呼テ宣ハク、「極楽寺ノ[4]□[5]大徳トヤ有ル」ト。人申シテ云ク、「[6]中門ノ脇ノ小廊ニ候フ」ト。亦宣ハク、「其レ此方ニ呼ベ」ト。此レヲ聞ク人怪ビ思フ、「此ノ僧[7]貴シト云フ思エモ無ケレバ、若干ノ僧ヲ召スニモ無キニ、[8]参テ居タルダニ不得心ズ、ト思フニ、此召シ有ルハ何ナル事ゾ」ト思ヘドモ、人行テ、僧ニ召ス由ヲ云ヘバ、[9]僧召ス人ノ後ニ立テ参ル。止事無キ僧共ノ居並タル後ノ[10]延ニ屈リ居タリ。殿、「参ルカ」ト問ヒ給ヘバ、「南ノ[11]簀子ニ候フ」ト申ス。殿ノ、[12]「此ノ内ニ呼ビ入レヨ」トテ臥シ給ヘル所ニ召シ入ル。病極テ重クシテ不宣セリツルニ、此ノ僧ヲ招召ス程ノ[13]気色少シ宜気ニ見ユ。[14]僧ヲ召シ入レツレバ、枕上ノ御几帳ノ外ニ候フ。

其ノ時ニ、殿[15]自ラ御[16]帳ノ帷ヲ褰テ、頭ヲ持チ上テ宣ハク、「我レ只今夢ニ、我[17]ガ当リニ極テ怖シ気ナル鬼共有テ、取々ニ我ガ身ヲ[18]捩躒シツル程ニ、端正ナル童ノ[19]鬟結タル、[20]楚ヲ持テ中門ノ方ヨリ入来テ、此ノ鬼共ヲ楚ヲ以テ打チ揮ヒツレバ、[21]鬼共皆逃テ去ヌ。我レ、『何ゾノ童ノ此ハ為ルゾ』ト童ニ問ニ、童ノ云ク、『極楽寺ノ□[22]ガ此ク[23]祈念シテ今朝ヨリ参テ、中門ノ脇ノ廊ニ居テ仁王経ヲ誦スル間、一文一句他念無クシテ、心ヲ至シテ誦スル験[24]ノ顕ハレテ、其[25]ノ護法ノ、『悩スラム所ノ悪鬼ヲ揮ヘ』ト有ルニ依テ、我等来テ揮ヒ去ケル也』ト。我レ此レヲ聞テ、『貴シ』ト思テ驚タルニ、病搔巾フ様ニテ□[26]キニタレバ、『実ニ[27]参テ有ルカ』ト問セツルニ、『今

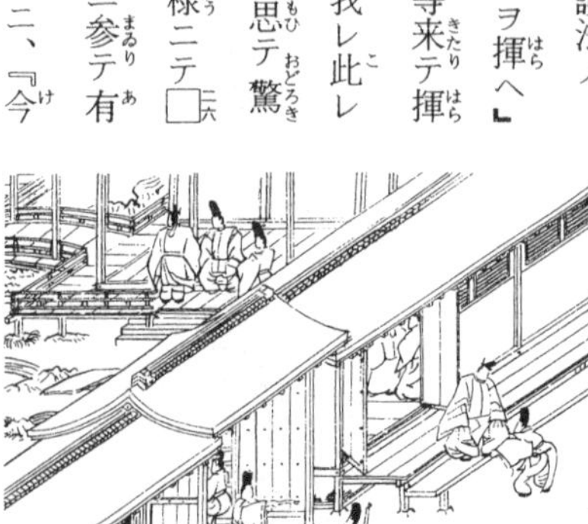

東の中門(春日権現験記)

朝ヨリ仁王経誦テ候フ』ト□[1]云ヘバ、喜クテ、其ノ喜ビ云ムガ為ニ此ク呼ビ入レタル也」ト宣テ、僧ヲ礼テ御[2]桿係タル御衣ヲ召テ纏ゲ給テ宣ハク、「汝ヂ速ニ寺ニ返テ、弥[3]可祈請シ」ト。

僧喜テ罷リ出ル間、御祈ノ僧共、殿ノ内ノ人共ノ見タル気色共、極テ止事無シ。中[4]門ノ脇ニ終日居タリツル思ノ無カリツルニ思ヒ挍ブルニ、極テ哀レニ貴シ。寺ニ返[5]ヘリタルニモ、寺ノ僧共ノ思ヒタル気色事ノ外ニ止事無シ。

然[6]レバ、人ノ祈ハ僧ノ清[7]シ濁キニモ不依ズ。只、誠ノ心ヲ至セルガ験ハ有也ケリ。極[8]楽寺ノ僧ニ験劣レル人、若干ノ僧ノ中ニ有ケムヤ。然レバ、「母[9]ノ尼君ヲ以テ可令祈キ也」トハ、此[10]ヲ昔ヨリ云ヒ伝ヘタル也ケリトナム語リ伝ヘタルトヤ。

권14 제36화

도모노 요시미치伴義通가 방광경方廣經을 독송하게 해서 귀머거리를 고친 이야기

도모노 요시미치伴義通가 중병으로 청력을 잃었으니 일념一念으로 『방광경方廣經』을 독송시킨 공덕으로 청력을 회복했다는 현보담現報譚. 이하 세 이야기에 걸쳐서 『방광경』 독송의 영험담이 이어짐.

이제는 옛이야기이지만, 도모노 요시미치伴義通[1]라는 사람이 있었다. 중병에 걸려 갑자기 두 귀가 들리지 않게 되었다. 또 온몸에 악창惡瘡이 생겨 세월이 지나도 낫지 않았다.

그래서 요시미치는 생각했다.

'이것은 현세에 저지른 죄의 과보가 아니라 숙업宿業[2]에 의한 것이리라. 살아 있는 동안 선업善業을 쌓지 않으면 내세來世의 과보도 이와 같을 것이다. 그러니 선근善根[3]을 쌓아서 내세의 보리를 빌어야겠다.'

이렇게 생각하고 바로 당堂을 꾸미고 많은 승려들을 청하였고,[4] 요시미

1 『영이기靈異記』에 의하면 스이코推子 천황天皇 때의 인물이라 함.

2 → 불교佛敎. 『영이기』 참조.

3 → 불교.

4 『영이기』에는 이 뒤에 '義禪師'라는 승려를 불렀다고 함. 이 이야기에서는 이를 생략하고 있으므로 뒤에 나오는 승려가 누구인지는 알 수 없음.

치 본인은 자신의 몸을 깨끗이 하고자 향수香水[5]로 씻고, '죄를 멸滅하는 데는 『방광대승경方廣大乘經』[6]보다 더한 것이 없을 것이다.'라고 생각해서 이 경을 강독講讀하게 했다. 그러는 동안 요시미치가 승려에게

"저는 방금 한쪽 귀에서 한 분의 보살[7]의 이름을 들었습니다. 바라옵건대 은혜를 베푸십시오."

라고 말하고 그 승려에게 예배禮拜하자 나머지 한쪽 귀도 들리게 되었다. 이에 요시미치는 기뻐하며 존귀하게 여기며 더욱더 마음을 담아 방광경을 강독講讀하게 했다.

이 이야기를 들은 사람들은 거리가 가깝고 멀고를 막론하고 모두 존귀하게 여겼다고 이렇게 이야기로 전하여 내려오고 있다 한다.

5 → 불교.
6 → 불교.
7 → 불교.

◉제36화◉ 도모노 요시미치伴義通가 방광경方廣經을 독송하게 해서 귀머거리를 고친 이야기

伴義通令誦方広経開聾語第三十六

今昔、伴[11]ノ義通ト云フ人有ケリ。身ニ重キ病ヲ受テ、忽ニ二ノ耳[12]聾ヌ。亦、悪キ瘡[13]身ニ遍シテ年月ヲ経ト云ヘドモ愈ル事無シ。

然レバ、義通思ハク、「此レ、報[14]ニハ非ジ。宿業[15]ノ招ク所ナラム。今生[16]ニ亦善業ヲ不修ズハ、後世ノ報亦如此クナラム。然[17]レバ、不如ジ、善根ヲ修シテ後世ヲ祈ラム」ト思テ、忽ニ堂ヲ荘テ数ノ僧ヲ請ジテ[18]、義通先ヅ我ガ身ヲ浄メムガ為ニ、香水[19]ヲ浴テ、「罪ヲ滅ス事方広大乗経[20]ニハ不過ジ」ト思テ、此ノ経ヲ令講ムル間、義通僧ニ申テ云ク、「我レ只今片耳ニ一ノ菩薩ノ御名ヲ聞奉ル。願クハ、恩ヲ垂テ哀ビ給ヘ」ト云テ、僧[21]ヲ礼拝スルニ、今片耳亦聞エヌ。然[22]レバ、義通喜ビ貴デ、弥ヨ心ヲ至シテ方広経ヲ令講読ム。

此[23]レヲ聞人、亦遠ク近ク不貴ザルハ無カリケリトナム語リ伝ヘタルトヤ。

권14 제37화

방광경方廣經을 독송하게 하여 아버지가 소가 된 사실을 알게 된 이야기

『방광경方廣經』 전독轉讀을 위해 부른 승려의 꿈에서 죽은 아버지가 자기 집의 소로 전생하여 생전의 죄를 갚고 있다는 것을 안 원주願主가 그 죄를 용서하고, 소가 죽은 후에 아버지의 추선공양追善供養을 올렸다는 이야기. 소가 승려의 절도를 경고하는 등, 아버지와 어머니의 차이는 있지만 권12 제25화와 같은 형태의 유화類話.

이제는 옛이야기이지만, 야마토 지방大和國[1] 소노카미 군添上郡[2] 야마무라山村 리里에 어떤 사람이 살고 있었다. 12월경, '『방광경方廣經』[3]을 전독轉讀[4]하게 해서 전세前世의 죄를 참회懺悔해야겠다.'고 생각하여 승려를 청하기 위해 심부름꾼을 보냈다. 심부름꾼이 "어느 절의 스님을 모셔올까요?"라고 묻자, 주인은 "어느 절이고 고를 것 없이 그저 길에서 만난 스님을 모시고 오너라."[5]라고 말했다. 심부름꾼은 주인의 분부대로 나갔는데, 길에서 한 승려를 만났다. 그 승려를 모셔서 집에 돌아오자 주인은 지심至心으로 공양

1 → 옛 지방명.
2 현재의 나라 시奈良市 야마 정山町 부근
3 → 불교佛敎(『방광대승경方廣大乘經』).
4 → 불교.
5 가장 먼저 만나는 승려를 초대하기로 하는 방법은 권12 제7·25화에서도 보임. 최초로 만난 인물을 연이 있는有緣 사람으로 판단하여 사람을 정하는 방법. 고대의 복점, 쓰지우라辻占(* 길거에 서서 처음 지나가는 사람의 말을 듣고 길흉을 판단하는 점占) 등이 유래가 되었음.

하였다.

그날 밤, 승려는 이 집에 묵었다. 집 주인은 이불을 가져와서 승려를 덮어 주었다. 승려는 이불을 보고 너무나도 갖고 싶어져서 마음속으로

'내일 분명히 보시布施를 받을 것인데 그것을 받지 말고 그저 이 이불을 훔쳐서 오늘밤에 도망쳐야겠다.'

라고 생각하여 밤중에 사람이 없는 틈을 타서 이불을 들고 나서고자 했다. 그 순간 소리가 났다. "그 이불을 훔쳐서는 안 된다." 승려는 이것을 듣고 매우 놀라 '몰래 나왔다고 생각했는데, 사람이 보고 있는 줄 몰랐구나. 누가 말한 것인가.'라고 생각하여 멈추어 서서 소리가 난 방향을 살펴보았지만 아무도 없었다. 단지 소가 한 마리 있을 뿐이다. 하지만 승려는 이 목소리를 두려워하여 되돌아가 그대로 이 집에 머물렀다.

승려는 곰곰이 생각해보니 소가 말을 할 리가 없으니 괴이한 일이라 생각하면서 잤다. 그날 밤 꿈에,[6] 승려가 소 가까이 다가가니 소가 말했다.

"나는 이 집 주인의 아버지입니다. 전세에 누구에게 주기 위해서 아무 말도 않고 아들의 벼를 열 묶음 가져갔소. 지금 그 죄로 소의 몸이 되어 그 업業[7]을 치르는 것이오. 당신은 어쨌건 출가한 몸인데 어찌 쉽사리 이불을 훔쳐 가는 게요. 혹시 이 말의 진위眞僞를 따지고자 한다면 나를 위해 자리를 만드시오. 내 그 자리에 올라가면 틀림없이 아버지라고 알 수 있을 것이오."

승려는 이러한 꿈을 꾸고 잠에서 깨어났다.

승려는 부끄러운 마음에 이튿날 아침[8] 사람들을 내보내고 집주인을 불러 꿈에서 본 계시를 이야기해 주었다. 집주인은 슬퍼하며 소 옆으로 다가

6 꿈에서 보았다는 것은 편자의 설정으로 『영이기靈異記』에는 현실의 일로 나옴. → 권13 제11화 · 권13 제15화 주석 참조.

7 → 불교.

8 『영이기』에는 "이튿날 아침 법요法要가 끝난 후"로 되어 있어 이 이야기와는 상황이 다름.

가서 짚으로 자리를 깔고 “아, 소여, 정말로 우리 아버지라면 이 자리에 올라가 주십시오.”라고 말했다. 소는 바로 무릎을 굽히고 짚으로 만든 자리에 올라앉았다. 집주인이 이것을 보고 소리를 높여 슬피 울며,

“아, 소여, 정말 내 아버지로군요. 당장에 전세의 죄를 용서하겠습니다. 또 오랫동안 아버지임을 알지 못하고 부린 죄를 용서하십시오.”

라고 말했다. 소는 이것을 다 듣고 그날 신시申時[9]가 되자 눈물을 흘리며 죽었다.[10]

그 후, 집주인은 울면서 어젯밤에 덮어주었던 이불과 여타의 재물을 승려에게 주고, 아버지를 위해 불사를 올렸다. 승려는 마음속으로 ‘이불을 훔쳐 달아났었더라면 이승에서도 내세에서도 악보를 입었을 것이다.’라고 생각했다.

승려가 이야기한 것을 듣고 전하여 이렇게 이야기로 전하여 내려오고 있다 한다.

9 오후 네 시경.

10 죄장罪障의 소멸을 시사함.

⊙ 제37화 ⊙
방광경方廣經을 독송하게 하여 아버지가 소가 된 사실을 알게 된 이야기

令誦方広経知父成牛語第三十七

今昔、大和国添上ノ郡山村ノ里ニ住ケル人有ケリ。十二月ニ、「方広経ヲ令転読メテ、前ノ世ノ罪ノ懺悔セム」ト思テ、僧ヲ請ゼムガ為ニ使ヲ遣ル。使問テ云ク、「何レノ寺ノ僧ヲ可請キ」ト。主ノ云ク、「其ノ寺ト不撰ズ。只値ハムニ随テ可請シ」ト。使主ノ云フニ随テ、出テ行クニ、道ニ一人ノ僧値ヘリ。其レヲ請ジテ、家ニ将行ヌ。家主心ヲ至テ供養ズ。

其ノ夜僧其ノ家ニ宿ヌ。家ノ主衾ヲ持来テ僧ニ覆フ。僧此ノ衾ヲ見テ、極テ用ニ思テ、心ノ内ニ思フ様、「明日定メテ布施ヲ令得メムトス。其レヲ不得ズシテ、只此ノ衾ヲ盗テ、今夜ヒ逃ナム」ト思テ、夜半ニ人ノ無キ隙ヲ量テ、衾ヲ取テ出ヅル程ニ、音有テ云ク、「其ノ衾盗ム事無カレ」ト。僧此レヲ聞テ、大キニ驚テ、「窃ニ出ルト思ヒツルニ、人ノ見ケルヲ不知ズシテ。誰ガ云ヒツル事ゾ」ト思テ、立留テ、音ノ有ツル方ヲ伺ヒ見ルニ、人不見ズ。只一ノ牛有リ。僧此ノ音ニ恐レテ返リ留ヌ。

倩ラ思フニ、牛ノ可云キニ非ネバ、怪ビ思ヒ乍寝ヌ。其ノ夜ノ夢ニ、僧牛ノ辺ニ寄タルニ、牛ノ云ク、「我ハ此レ、此ノ家主ノ父也。前世ニ、人ニ与ヘムガ為ニ、不告ズシテ子ノ稲ヲ十束取レリキ。今其ノ罪ニ依テ、牛ノ身ヲ受テ、其ノ業ヲ償フ也。汝ハ此レ出家ノ人也。何ゾ輙ク衾ヲ盗テ出ル。若シ其ノ虚実ヲ知ラムト思ハヾ、我ガ為ニ座ヲ儲ケヨ。我レ其ノ座ニ登ラバ、即チ父ト可知シ」ト云フ、ト見テ夢覚ヌ。

僧恥ヂ思テ、明ル朝ニ人ヲ去テ、家主ヲ呼テ夢ノ告ヲ語ル。家主悲デ、牛ノ辺ニ寄テ、藁ノ座ヲ敷テ云ク、「牛、実ノ我ガ父ニ在サバ、此ノ座ニ登リ給ヘ」ト。牛即チ膝ヲ屈テ藁ノ座ニ登リ坐シヌ。家主此ヲ見テ、音ヲ挙テ泣キ悲デ云ク、「牛実ノ我ガ父ニ在シケリ。速ニ前ノ世ノ罪ヲ免シ奉ル。亦、年来不知シテ仕ヒ奉ツル罪ヲ免シ給ヘ」ト。牛此レヲ聞キ畢テ、其ノ日ノ申[一]ノ時ニ至テ、涙ヲ流テ死[二]ヌ。

其ノ後、家主泣々ク夜前覆ヘル所ノ衾及ビ余ノ財物ヲ僧ニ与フ。亦、其ノ父[三]ノ為ニ修シケリ。僧[四]、「衾[五]ヲ盗テ去マシカバ、此ノ世ニモ後ノ世ニモ悪シカリナマシ」トゾ心ノ内ニ思ヒケル。

僧[六]ノ語ルヲ聞キ継テ此ナム語リ伝タルトヤ。

권14 **제38화**

승려가 바다에 빠져 방광경方廣經을 독송하여 죽지 않고 돌아온 이야기

헤이조 경平城京에서 고리대금업으로 처자를 부양하던 승려가 빌린 돈을 갚지 못한 사위인 무쓰陸奧지방의 연掾의 계략으로 바닷길로 무쓰 지방으로 같이 가던 중에 바다에 빠졌지만 『방광경方廣經』 독송讀誦의 공덕에 의해 구사일생으로 살아남았다는 영험담.

이제는 옛이야기이지만, 나라奈良의 도읍에 한 명의 승려가 있었다. 처자식을 거느리고는 있었지만 밤낮으로 『방광경方廣經』[1]을 독송하고 있었다. 그런데 이 승려는 돈을 모아 사람에게 빌려주고는 배로 되받아 처자식을 부양하며 살고 있었다. 또 이 승려에게 딸이 있었는데 시집을 가서 남편과 함께 살고 있었다.[2]

아베安陪 천황天皇[3]의 치세 때, 그 딸의 남편이 무쓰陸奧 지방의 연掾[4]으로 임명되었다. 그래서 장인의 돈 스무 관貫[5]을 빌려서 그 지방으로 내려갔다. 한 해가 지나고 빌린 돈이 배가 되었다. 상경上京해서 겨우 원금을 갚았지만

1 → 불교佛敎(『방광대승경方廣大乘經』).
2 부모와 떨어져 남편의 집에 살고 있음을 강조한 구절.
3 쇼토쿠稱德 천황天皇. → 인명.
4 수守와 개介 다음의 삼등관三等官.
5 화동개진和銅開珎으로는 전錢 10관貫은 곡식으로 10석石, 현재의 가치로(한 되를 5백 엔으로 함) 약 50만 엔. 그러므로 20석은 약 100만 엔으로 추정.

배가 된 이자는 갚지 않았다. 세월이 지남에 따라 승려는 사위에게 이것을 갚도록 더욱 요구하게 되었다. 사위는 갚을 길이 없어서 마음속으로, '몰래 장인을 죽여 버리자.'라고 생각했다. 그래서 사위는 먼 지방에 가게 되었다고 거짓말을 하고 장인에게, "그 지방[6]에 가서 이 돈을 갚고자 합니다. 그러니 같이 가십시다."라고 말했다. 장인은 사위의 말대로 따라 가게 되었는데, 도중에 둘은 같은 배를 탔다.

그때 사위가 뱃사공과 짜고 승려를 붙잡아 사지四肢를 묶고 바닷속에 밀어 넣었다. 돌아가 그 딸에게

"네 아버지인 대덕大德은 도중에 배에서 바다로 떨어져 죽었다. 구하려고 했지만 어찌 할 도리가 없었다. 나도 가까스로 살아남아 그 지방에 가지 않고 돌아온 것이다."[7]

라고 말했다. 딸은 이를 듣고 크게 울며 슬퍼하며,

"슬프도다. 다시 아버지의 얼굴을 볼 수 없게 되었구나. 내 어떻게든 그 바다 밑으로 들어가 덧없는 유해를 보리라."

라고 말하고 하염없이 눈물을 흘렸다.

그런데 승려는 바다에 빠졌지만, 자신이 표류하는 부근으로 바닷물이 밀려오지 않았기에[8] 『방광경』을 외우고 있었다. 이틀 밤낮이 지나 배에 타고 있던 사람이 주변을 지나가다가 보니 바닷속에 파도에 떠밀려 떠다니는 사람이 있었다. 이를 끌어올려 보니 손발이 묶인 승려였다. 안색도 평소와 다름없었고 쇠약한 기색도 없었다. 배에 있던 사람은 이상하게 여겨서, "당신

6 어느 지방인지는 불명. 무쓰 지방陸奧國으로 추정.

7 이 이야기에서는 딸은 남편과 무쓰 지방으로는 가지 않고, 헤이조 경平城京에 있었던 것으로 됨. 『영이기』는 오슈奧州로 갔다고 하고 있고, 『삼보회』에서는 애매함.

8 『영이기』, 『삼보회』에서는 승려는 바닷속으로 가라앉았지만, 바닷물이 움푹해져 가까이 오지 않아서 익사하지 않았다고 하며, 해면海面에 뜬 밧줄 끄트머리를 발견한 뱃사람에 의해 구조되었다고 나옴.

은 누구시오? 어째서 이렇게 묶여 있습니까?"라고 묻자 승려는 "나는 이러이러한 사람입니다. 도둑을 만나 이렇게 묶여 던져진 것입니다."라고 대답했다. 그러자 또, "당신은 어떤 근행勤行을 했기에 바다에 빠졌는데 죽지 않은 것입니까?"라고 묻자 승려는

"나는 특별한 근행을 한 바는 없습니다. 그저 밤낮으로 『방광대승경方廣大乘經』을 독송하며 수지受持하고 있을 뿐입니다. 분명 그 영험의 힘이겠지요."라고 대답했다. 하지만 승려는 일의 자초지종을 자세히 말하지 않고 고향으로[9] 돌려보내 주기를 부탁했다. 배에 있던 사람은 이를 듣고 가엽게 여겨 집[10]에 데려다주었다.

한편, 사위는 그 집에서[11] 장인의 후세[12]를 빌기 위하여 승려에게 바칠 공양물을 직접 들고 승려에게 나눠주었다. 그런데 장인이 집에 와서 얼굴을 숨기고 승려들 사이에 섞여서 공양을 받았다. 사위가 문득 그 얼굴을 발견하고 놀라서 두려워하며 몸을 숨겼다. 이후 장인은 이 사위를 증오하지 않고 끝까지 세간 사람들에게 자초지종을 털어놓지 않았다. 단지 '구사일생으로 목숨을 구한 것은 오로지 『방광대승경』의 공덕 덕분이다.'라고 생각해 더욱더 게을리하지 않고 독송을 계속했다.

이것을 생각해보면 사위가 죽이려고 한 것도 사견邪見[13]이고, 또 장인이 돈을 갚을 것을 강요한 것이 선善한 일은 아니라며, 이 이야기를 들은 사람들이 비난했다고 이렇게 이야기로 전하여 내려오고 있다 한다.

9 이 이야기에서는 헤이조 경을 가리키지만 『영이기』는 오슈奧州로 되어 있음. 동박본 『삼보회』는 애매함.

10 『삼보회』는 이 이야기처럼 헤이조 경의 집을 가리킴. 『영이기』는 앞 주와 같이 무쓰에 데려다 주었다고 함.

11 이 이야기와 『삼보회』에서는 헤이조 경의 집을 가리키지만 『영이기』에서는 무쓰 지방의 사위집으로 되어 있음.

12 → 불교.

13 → 불교.

⊙제38화⊙ 승려가 바다에 빠져 방광경方廣經을 독송하여 죽지 않고 돌아온 이야기

誦方広経僧入海不死返来語第三十八

今昔、奈良ノ京ニ一人ノ僧有ケリ。妻子ヲ具セリト云ヘドモ、日夜ニ方広経ヲ読誦ヌ。而ルニ、此ノ僧銭ヲ貯テ人ニ借シテ、員ヲ倍シテ返シ得ルヲ以テ、妻子ヲ養ヒ、世ヲ渡ケリ。亦、此ノ僧一人ノ娘有リ。夫ニ嫁テ、同ジ家ニ住ム。

安陪ノ天皇ノ御代ニ、彼ノ娘ノ夫陸奥国ノ掾ニ任ゼリ。而ルニ、舅僧ノ銭二十貫ヲ借用シテ、彼ノ国ニ下ヌ。一年ヲ経ルニ、借レル所ノ銭一倍シヌ。返上テ、僅ニ本ノ員ヲ返シテ、一陪セル所ノ銭ヲ不償ズ。年月ヲ経ニ随テ、僧聟ニ此レヲ責メ乞フ。聟可返キ力無クシテ、心ニ思ハク、「窃ニ舅ヲ殺シテム」ト思フ間、聟遠国ニ行カムト為ル事ヲ謀テ、舅ニ語テ云ク、「彼ノ国ニ行テ、此ノ銭ヲ償ハムト思フ。然レバ、共ニ具シテ行ケ」ト。舅聟ノ云フニ随テ行ク間ダ、相共ニ同船ニ乗レリ。

其ノ時ニ、聟船人ニ心ヲ合セテ、舅ノ僧ヲ捕ヘテ、四ノ枝ヲ縛テ、海ノ中ニ落シ入レツ。返テ娘ニ告テ云ク、「汝ガ父ノ大徳ハ、途中ニシテ船ヨリ海ニ落入テ死ニキ。救ヒ取ムト為シカドモ、力不及ザリキ。我モ殆シキ程ニテ生タル也。然レバ、我レトモ彼ノ国ニ不下ズシテ返レリ」ト。娘ヲ、此レヲ聞テ、大キニ泣キ悲デ云ク、「悲哉、再ビ祖ノ㒵ヲ不見ズ成ナリヌル事。我レ何デ彼ノ海ノ底ニ入テ、空キ骸ヲ見ム」ト、泣キ悲ブ事無限シ。

而ルニ、僧ハ海ノ底ニ入レリト云ヘドモ、海ノ水浮ビ漂フ当リニ不寄ズシテ、僧方広経ヲ誦ス。一日二夜ヲ経ルニ、船ニ乗タル人此ノ所ヲ過グルニ、船人ノ見ルニ、海ノ中ニ波ニ随テ浮テ漂フ者有リ。此レヲ引上テ見レバ、被縛タル僧也。皃ノ色不替ズシテ衰ヘタル気色無シ。船人大ニ奇デ、「何人ゾ」ト、「此ハ被縛タルハ」ト問ヘバ、「我ハ然々ノ者也。盗人ニ値テ被縛レテ被落入タル也」ト答フ。亦、問テ云ク、「汝ヂ何ナル勤有テカ、海ニ入ルト云ヘドモ、不死ザル」ト。僧ノ云ク、「我レ指ル勤無シ。只日夜ニ方広大乗経ヲ誦シ持ツ。定メテ其力ナルベシ」ト。但シ、前ノ事ヲバ不語ズシテ、本ノ里ニ返ラム事ヲ願フ。船人此レヲ聞テ、哀ムデ、家ニ送リツ。

而ル間、聟其ノ家ニシテ、舅ノ僧ノ後世ヲ訪ハムガ為ニ僧供ヲ儲テ、自ラ捧テ僧ニ分ツ。而ル間、舅家ニ至テ、面ヲ隠シテ僧ノ中ニ交テ、僧供ヲ請ク。聟髴ニ其ノ皃ヲ見付テ、驚キ怖テ隠ニケリ。舅此ヲ不怨ズシテ、遂ニ不顕ザリケリ。「命ヲ生ク事偏ニ方広大乗ノ力也」ト知テ、弥ヨ誦スル事不怠ズ。

此ヲ思フニ、聟ノ殺スモ邪見ナルベシ、又舅ノ銭ヲ責ムルモ不善ノ事也トゾ、聞人云ヒ謗シリケルトナム語リ伝ヘタルトヤ。

권14 제39화

겐신源信 내공內供이 요카와橫川에서 『열반경涅槃經』 공양을 한 이야기

겐신源信 내공內供의 발원發願으로 서사한 『열반경涅槃經』 공양의 법회에서, 겐신과 지쓰인實因이 서로 강사 역할을 양보해서 결론이 안 나고 있었는데, 결국 겐신이 고좌高座에 올라 사람들을 향해 부르짖자 일동이 감동의 눈물을 흘리고, 지쓰인도 겐신을 칭찬하고 법회에 참가한 기쁨을 술회했다는 이야기. 이야기 끝에 오노小野의 좌주座主가 전했다고 기록되어 있는데, 아마도 견문에 의한 사실담事實譚일 것으로 추정됨. 앞 이야기들에 비해 분위기가 크게 달라짐.

이제는 옛이야기이지만, 히에이 산比叡山[1] 요카와橫川[2]의 겐신源信 승도僧都[3]가 내공內供[4]이었을 때, 요카와에서 여러 도심 깊은 성인聖人[5]들이 한마음으로 『열반경涅槃經』[6]을 서사書寫하였다. 각자 한 권씩 이것을 썼다. 그런데 서탑西塔[7]의 지쓰인實因 승도[8]가 이 일을 듣고, "이것은 존귀한 공덕[9]일 것이

1 → 지명.
2 → 사찰명.
3 → 인명.
4 내공봉內供奉의 줄인 말. → 불교佛敎(공봉십선사供奉十禪師).
5 → 불교.
6 → 불교.
7 → 사찰명.
8 → 인명. 권23 제19화 참조.
9 → 불교.

다. 결연結緣[10]을 위해 나도 쓰겠다."라고 말하고 서사하니 서탑의 사람들 모두 전해 듣고 서사하게 되었다. 그런데 동탑東塔의 네 계곡四谷[11]과 무도지無動寺[12]까지도 전해 듣고 서사하였기에 어느새 열다섯 부가 되었다. "질 수 없지, 질 수 없지."하며 앞다투어 쓰는데, 모두가 눈이 부실 정도로 아름답고 존귀하게 서사하였다.

이윽고 공양하는 날이 되어 각자 요카와로 경전을 들고 왔는데 그 수가 참으로 많았다. 경經을 경상經床들에 올려두고 경전 전부를 승려들 앞에 늘어놓았다. 적절한 때에 마침, 서탑의 지쓰인 승도가 많은 경을 듣고 같은 사찰의 사람들 70~80명을 이끌고 도착했다.

그때 모든 사람들이 '오늘의 강사講師[13]는 이 승도[14]가 맡으셔야 한다.'라고 생각하며, 이럭저럭 하릴없이 모여 앉아 있는 사이에 시간이 흘렀다. 지쓰인 승도가 겐신 내공에게 "이제 빨리 시작하십시오. 왜 이렇게 늦어지는 것입니까?"라고 했다. 내공이 "시간이 너무 지나 버렸습니다. 어서 예배禮拜 자리에 오르시길 바랍니다."라고 말하자, 승도는 "제가 오늘의 강사를 맡는다니, 참으로 당치 않은 일입니다. 당신께서 맡으셔야 합니다."라고 말했다. 그러자 내공이 말하길

"제가 어찌 맡을 수 있겠습니까. 참으로 보기 거북할 것입니다. 그저 당신께서 빨리 자리에 오르셔야 합니다."

라고 말했다. 승도는

"그렇다면 오늘 공양은 올릴 수가 없습니다. 무슨 말씀을 하신다고 해도

10 → 불교.

11 동탑東塔 → 사찰명. '사곡四谷'은 동, 서, 남, 북의 네 곳의 계곡.

12 → 사찰명. 요카와橫川, 서탑西塔, 동탑東塔에 무도지無動寺를 더하면 히에이 산比叡山 전체가 되므로, 겐신源信이 발원發願한 『열반경涅槃經』 서사가 드디어 히에이 산比叡山 전체행사로 확대되었다고 할 수 있음.

13 → 불교.

14 → 불교.

결코 제가 할 것이 아닙니다. 아직 더 말씀하신다면 서탑으로 돌아가겠습니다."

라고 말했다.

이렇게 서로 양보하는 동안 해가 점차 저물어가기에 내공은

"이렇게 말씀하시니 굳이 반대하는 것도 참으로 송구스럽습니다. 또, 다른 분들이 더할 나위 없는 도심을 일으키셨는데 기일을 미루는 것도 적절하지 않습니다. 그러하니 통례대로 제가 개백開白[15]을 올리겠습니다."

라고 말하고, 일어서서 고좌高座에 다가가는데 그 모습을 보니, 거칠고 소박한 삼베옷[16]을 입고 아래에는 종이옷[17]을 입었다. 허리에 두르는 옷과 가사도 거친 천으로 된 것을 입었다.[18] 그 모습이 지극히 존귀하여, 옛날의 대가섭大迦葉[19]도 이러한 모습이셨을 것이라고 생각될 정도였다.

이렇게 해서 내공은 예반禮盤[20]에 올라 먼저 주위를 둘러보고 부처 쪽을 향해서 한층 존귀한 목소리로

"『열반경』은 영겁의 세월이 지나도[21] 듣기 어렵도다. 오늘 결연[22]할 수 있는 것은 전세로부터의 깊은 인연에 의한 것이다. 여러분 모두 깊이 이를 믿고 먼저 다 같이 예배하십시오."

라고 말씀하시고 일어서서 예배했다. 내공은 소매로 얼굴을 덮고 소리를 내며 울었다. 또, 대중들도 같이 큰 목소리로 우는 소리가 마치 옛날 사라림紗

15 * 수법修法이나 법회의 시작을 본존불에 고하는 일.
16 원문에는 "누노기누布衣"라고 되어 있음. 마麻 등의 섬유로 만든 의복.
17 종이재질의 의복으로 두꺼운 화지和紙에 감즙을 들여 주물러 부드럽게 만듦.
18 겐신의 검소한 복장을 나열한 것으로, 도리어 이러한 것이 더 존귀한 모습으로 취급됨.
19 → 불교. 가섭迦葉의 존칭.
20 → 불교.
21 원문은 "세세생생世世生生". 권14 제2화에도 같은 표현이 보임.
22 → 불교.

羅林[23]에서 사람들이 울던 것과 같이 여겨져 존귀하고 감개무량하였다.

모두가 잠시 동안 울고 있었는데, 이윽고 강사가 눈물에 목이 메인 채 관례대로 부처에게 개백을 올렸다. 불사가 다 끝나고, 지쓰인 승도는 서탑에 돌아가 자기 방에 들어가서

"내가 강사를 맡아도 부처님께 말씀 올리는 정도야 어떻게든 할 수 있었을 것이다. 다만, 그 많은 사람들이 다 같이 눈물을 흘리며 울게는 할 수 없다. 이것은 성인聖人이신 내공의 덕에 의해 울게 된 것이다. 오늘의 결연의 공덕에 의해 내 몸도 삼악도三惡道[24]에 떨어질 리 없을 것이라 생각하니 존귀하고 감개무량할 뿐이다."

라고 말하고 눈물을 흘리셨다. 이것은 오노小野 좌주座主[25]라는 분이 듣고 다른 사람에게 이야기한 것을 듣고 전하여 이렇게 이야기로 전하여 내려오고 있다 한다.

23 석가釋迦가 입적한 쿠시나가라 교외의 사라쌍수沙羅雙樹. 법회의 통곡을 석가 입멸 때의 그것에 비유함.

24 → 불교.

25 미상未詳. 단, 지쓰인實因과 동시대의 '오노小野 좌주座主'에 해당하는 것은 오노 씨小野氏 출신인 제29대 천태좌주天台座主 묘존明尊(→ 인명)임. 지쓰인은 장보長保 2년(1000) 묘존 서른 살 때 죽었으므로, 묘존은 정력正曆 4년(993)의 산문山門(엔랴쿠지延曆寺), 사문寺門(온조지園城寺)의 분열 이전에, 히에이 산에서 지쓰인과 만났을 가능성은 있음. 지쓰인에게서 오노 좌주가 듣고, 그것을 전해들은 것이므로 꽤 후에 쓰였을 것으로 추정.

⊙ 제39화 ⊙
겐신源信 내공內供이 요카와横川에서 『열반경涅槃經』 공양을 한 이야기

源信内供於横川供養涅槃経語第三十九

今昔、比叡[一五]ノ山ノ横川[一六]ノ源信僧都[一七]ノ、内供[一八]ニテ有ケル時ニ、横川ニ諸ノ道心ヲ発セル聖人達ト同心ニシテ涅槃経[一九]ヲ書写シ奉ル。各一巻ゾヽ此レヲ書ク。而ルニ、西塔[二〇]ノ実因僧都[二一]此ノ事ヲ聞テ、「此レ貴キ功徳也。結縁ノ為ニ我レモ書キ奉ラム」ト云テ書ヲ、西塔ノ人皆聞継テ書ケリ。而ルニ、東塔[二二]ノ四ノ谷幷ニ無動寺[二三]マデ聞継テ書レバ、既ニ十五部ニ成給ヒヌ。「不劣ジ、不負ジ」ト競ヒ書ケル程ニ、各目[二四]モ曜ク許リ微妙ク貴ク書奉リケル。

既ニ供養ノ日ニ成テ、各横川ニ持チ集タル員ズ極テ多シ。経ヲバ経机共ニ居並ベ奉テ、僧共ノ前ニ皆置タリ。時モ吉[三]キ程ニ成ヌルニ、西塔ノ実因僧都経共ヲ具シ奉テ、同院ノ人共七八十人許引将テ渡レリ。

然レバ、諸ノ人思ハク、「今日ノ講師[四]ハ此ノ僧都ノ勤メ可給キ也ケリ」ト思合ルニ、何ニモ無クテ居固マリテ、時モ移ル程ニ、実因僧都源信内供ニ云ク、「今ハ疾コソ始メ給ヒテ[五]メ。何ゾ遅ク成ルゾ」ト。内供ノ云ク、「実ニ久ク罷リ成[六]ヌ。疾ク礼拝ニ令登[七]メ可給キ也」ト。僧都ノ云ク、「己レ今日ノ講師仕ラム事、更ニ可有事ニ非ズ。御房[八]ノ可勤給キ也」ト。内供ノ云ク、「己レ何[九]デカ仕ラム。極テ見苦キ事ナルベシ。只、御房ノ疾ク令登メ可給キ也」ト。僧都ノ云ク、「然[一〇]ラバ、今日ノ供養ハ不可候ヌ事ナリ。何ニ被仰ルト云フトモ更ニ可為キ事ニ非ズ。尚被仰レバ西塔ニ罷返ナム」ト。

如此ク互ニ譲ル間ニ、日モ漸ク傾キヌレバ、内供、「此ク被仰レム事ヲ強ニ申シ返サムモ極テ忝ク思ユ。亦、人々ノ無限キ道心ヲ発シ給ヘルニ、今日ヲ延ベムモ不便ナルベシ。然レバ、只形ノ如ク申シ上ム」ト云テ、立テ寄ルヲ見レバ、布衣ノ太ツカナルヲ着テ、下ニハ紙衣ヲ着タリ。袈裟ナドニモ布ノ太ツカナルヲ着タリ。見ルニ、極テ貴シ。昔ノ大迦葉モ此ク様ノ姿ニヤ在ケム、ト押シ量ラル。

此テ、礼槃ニ登テ、先ヅ見廻シテ、仏ノ御方ニ向テ、貴ク振タル音ヲ以テ云ク、「涅槃経ハ生々世々ニモ聞奉ル事難シ。今日ノ結縁ハ昔ノ深キ契ニ依テ也。大衆諸共ニ深ク此ノ事ヲ信ジテ、先ヅ、同時ニ礼拝シ給ヘ」ト云テ、立テ礼拝ス。内供袖ヲ以テ皃ニ覆テ音ヲ放テ泣キ給フ。大衆亦、一時ニ音ヲ放テ泣ク音、昔ノ沙羅林ノ人ノ泣キケムモ此コソハ有ケメト、貴ク悲ク押シ量ラル。

阿弥陀仏の前の礼盤（法然上人絵伝）

皆泣キ入テ、暫許有テマシ、講師泣々ク、涙ニ噎セ乍ラ、形ノ如ク申シ上ゲ給ヒケル事畢テ、僧都西塔ニ返テ、房ニシテ被云ケル様、「己レ講師為マシニ、仏ニ物申事ナドハ何ドカ不為ザラム。但シ、若干ノ人ヲ一度ニ涙ヲ落シテ令泣ル事ハ可有キ事ニモ非ズ。此レハ、内供ノ極タル聖ニ在マス徳ニ依テ令泣メ給也。今日ノ結縁ノ功徳ニ依テ、我ガ身三悪道ニ不堕ジト思フガ極メテ貴ク悲キ也」ト云テゾ、泣キ給ヒシト、小野ノ座主ト云フ人ノ聞テ語ルヲ聞キ継テナム語リ伝ヘタルトヤ。

권14 제40화

고보弘法 대사大師가 슈엔修圓 승도僧都와 겨룬 이야기

구카이公海와 슈엔修圓이 사가嵯峨 천황天皇의 어전에서 밤을 삶는 것으로 법력法力을 겨루고, 그 원한으로 인해 서로 저주詛呪했는데 결국 구카이가 계략을 써서 슈엔을 기도로 죽였다는 이야기. 유형적類型的인 고승의 법력 겨루기의 하나로 구카이의 뛰어남을 전하는 이야기이다. 그러나 계략을 써서 숙적을 쓰러트리는 등, 종조宗祖, 고승高僧 등을 오로지 신성시神聖視하는 불교설화집과는 이질적이다. 두 사람의 고승이 대립하는 점에서 앞 이야기와 이어진다.

이제는 옛이야기이지만, 사가嵯峨 천황天皇[1]의 치세에 고보弘法 대사大師[2]라는 분이 계셨다. 승도僧都[3]의 지위로[4] 천황의 호지승護持僧[5]이셨다. 한편 야마시나데라山階寺[6]에 슈엔修圓 승도[7]라고 하는 분이 계셨다. 그분도 마찬가지로 호지승으로 함께 천황을 섬기고 계셨다. 이 두 승도는 모두 다 훌륭한 분으로 천황은 누구 한쪽만을 중용하시는 일은 없었다. 그런데 고보 대

1 → 인명.
2 → 인명.
3 → 불교.
4 구카이公海는 『승강보임僧綱補任』에 의하면, 천장天長 원년(824)에 소승도少僧都 임명. 천장 4년(일설에는 7년) 대승도大僧都 임명.
5 → 불교.
6 고후쿠지興福寺(→ 사찰명)의 별칭.
7 → 인명. 『승강보임』, 『고보대사어전弘法大師御傳』, 『대사어행장집기大師御行狀集記』 참조.

사가 당나라로 건너가서[8] 확실히 진언교眞言敎[9]를 배워와 널리 퍼뜨리셨다, 슈엔 승도는 마음이 넓었고 밀교密敎를 깊이 깨달아 그 행법行法[10]을 닦고 있었다.

어느 날, 슈엔 승도가 천황의 어전에 계셨는데, 거기에 커다란 생밤이 있었다.[11] 천황이 "이것을 익혀서 가져오라."라고 말씀하셔서 궁인宮人이 가져가는데 그것을 보고 승도가 "인간 세상의 불로 익히지 않더라도 법력을 써서 익혀 보겠습니다."라고 했다. 천황은 이 말을 들으시고 "지극히 존귀尊貴한 일이로다. 빨리 익혀 보아라."라고 말씀하시고 칠그릇 덮개에 밤을 넣고 승도 앞에 두게 하셨다. 승도는 "그러면 어디 한번 익혀 보겠습니다."라고 말하고 가지기도加持祈禱[12]를 하자, 생밤은 먹기 좋게 잘 익었다. 천황께서 이것을 보시고 더할 나위 없이 존귀하게 여기시고 바로 드셔보니 참으로 훌륭한 맛이었다. 이후 이러한 일이 몇 번이나 계속되었다.

그 후에 고보 대사가 입궐하셨는데 천황께서 이 일을 대사에게 말씀하시며 승도를 참으로 존귀하게 여기셨다. 대사가 이를 듣고

"참으로 존귀한 일입니다. 하지만 제가 있을 때 그를 불러 밤을 익히도록 시키십시오. 저는 숨어서 기도를 해 보겠습니다."[13]

라고 말하고 옆에 숨었다. 이에 천황은 슈엔 승도를 불러 전처럼 밤을 익히도록 명하셨고, 승도는 밤을 앞에 두고 가지기도를 하였다. 그런데 이번에는 밤이 익지 않았다. 승도가 지성을 다해 몇 번이나 기도를 되풀이했지만

8 연력延曆 23년(804) 입당入唐, 대동大同 원년(806) 귀국. 권11 제9·25화 참조.

9 진언眞言의 밀교密敎(→ 불교).

10 → 불교. 여기에서는 진언의 비법秘法을 가리킴.

11 『고보대사어전』에는 슈엔修圓이 가지기도의 주력呪力으로 밤을 삶아 아픈 사람에게 먹여 명성을 얻었다는 내용이 나옴.

12 → 불교.

13 이 이야기에서는 대사가 직접 꾸민 계획으로 되어 있지만, 『대사어행장집기』에서는 천황이 권한 일로 되어 있음. 『고보대사어전』은 이 이야기와 같음.

이전처럼 익힐 수가 없었다. 승도는 이상하여 '이는 어찌된 일인가.' 하고 생각하고 있자, 대사가 옆에서 모습을 드러내셨다. 승도는 이를 보고 '그렇다면 이 사람이 방해했기 때문이구나.'라고 깨닫고, 즉시 대사를 시기하는 마음이 일어났다. 그 후로 두 승도의 사이는 매우 나빠졌고, 서로 죽어라, 죽어라 하고 저주詛呪하였다. 이 기도는 서로 목숨을 끊어 놓겠다고 며칠이고 계속해서 행해졌다.

그때, 고보 대사가 꾀를 내어 '구카이 대사 쪽에서는 장례식 도구를 산다.'는 말을 퍼뜨리기 위해서 제자들을 시장에 보내서 장구葬具들을 사오게 시켰다. 그리고 '구카이 승도는 이미 돌아가셨다. 장례식 도구를 사러 왔다.'라고 이야기하도록 가르쳤다. 슈엔 승도의 제자가 이것을 듣고 기뻐하며 달려가서 스승에게 이를 전했다. 승도가 듣고 기뻐하며 "확실히 그렇게 들었는가?"라고 묻자 제자는 "똑똑히 듣고서 말씀드리는 것입니다."라고 대답했다. 승도는 '이것은 틀림없이 내 저주의 기도가 이루어진 것이다.'라고 생각하고 그 기도의 수법을 끝냈다.

그때, 고보 대사는 몰래 슈엔 승도의 거처로 사람을 보내서 "그곳에서 기도의 수법을 끝냈는가?"라고 물어보게 했다. 그 심부름꾼이 돌아와서 "슈엔 승도는 '내 저주의 효력이 이뤄졌다.'고 기뻐하며 오늘 아침 기도를 끝냈습니다."[14]라고 아뢰었다. 그러자 대사는 더욱 정성을 다하여 기도를 올렸기 때문에 슈엔 승도는 갑자기 죽어 버렸다.[15]

그 후에, 대사가 마음속으로

'내가 승도를 저주로 죽였다. 이제는 안심이다. 하지만 오랫동안 나와 대

14 원문에는 '결원結願'(→ 불교).

15 슈엔은 승화承和 원년(834) 6월 13일 몰歿(『승강보임』). 한편, 구카이는 이듬해 2년 3월 21일에 입멸함(『속후기續後紀』). 허구의 전승이긴 하지만, 구카이는 죽기 직전에 숙적을 쓰러뜨린 것이 됨.

항하면서 나를 이길 때도 있었고, 내게 질 때도 있었다. 이렇게 오랫동안을 싸웠으면 이도 분명 보통 사람은 아닐 것이다. 내 이를 알아봐야겠구나.' 라고 생각해서 초혼招魂을 위한 수법을 행하니 대단大壇 위에 군다리명왕軍荼利明王[16]이 《떡하니 서 계셨다.》[17] 그때 대사는 "역시 그렇구나. 보통 사람이 아니었구나."라고 말하고 수법을 마치셨다.

이것을 생각하면 보살[18]이라고도 일컬어진 분이 이와 같이 저주로 사람을 죽이는 행동을 하셨던 것은[19] 후세 사람들의 악행을 막기 위해서였다라고 이렇게 이야기로 전하여 내려오고 있다 한다.

16 → 불교. 『고보대사어전』, 『대사어행장집기』 참조.
17 한자의 명기를 위한 의도적 결자. 문맥을 고려하여 보충함.
18 → 불교.
19 이하, 구카이가 슈엔을 저주로 죽여 살생계殺生戒를 범한 것을 정당화하고 있음. 비슷한 변명은 권11 제21화에서도 보임.

⊙제40화⊙ 고보弘法 대사大師가 슈엔修圓 승도僧都와 겨룬 이야기

弘法大師挑修円僧都語第四十

今昔、嵯峨[九]ノ天皇ノ御代ニ、弘法大師[一〇]ト申ス人御ケリ。僧都[一一]ノ位ニシテ、天皇ノ護持僧[一二]ニテナム御ケル。亦、山階[一三]寺ノ修円僧都[一四]ト云フ人在ケリ。其レモ、同ク護持僧ニテ、共ニ候ヒ[一五]給[一六]ヌル。此ノ二人ノ僧都共ニ止事無キ人ニテ、天皇分キ思食ス事無カリケリ。而ルニ、弘法大師ハ唐ニ渡[一七]テ、正シク真言教[一八]ヲ受伝テ弘メ行ヒ給ケリ。修円僧都ハ、心広クシテ、蜜教ヲ深ク悟テ行法[一九]ヲ修ス。

而ル間、修円僧都天皇ノ御前ニ候フ間、大ナル生栗[二〇]有リ。天皇、「此レ令煮テ持テ参レ」ト仰セ給ヘバ、人取テ行クヲ見テ、僧都ノ云ク、「人間[二一]ノ火ヲ以テ不煮ズト云フトモ、法ノ力ヲ以テ煮候ナムカシ」ト。天皇此レヲ聞給テ、「極テ貴キ事也。速ニ可煮シ」トテ、塗タル物ノ蓋ニ栗ヲ入レテ、僧都ノ前ニ置ツ。僧都、「然レバ試ニ煮候ハム」トテ、被加[二二]持ルニ、糸吉ク被煮レタリ。天皇此レヲ御覧ジテ、無限ク貴ムデ、即チ聞シ食スニ、其ノ味ヒ他ニ異也。如此ク為ル事度々ニ成ヌ。

其ノ後、大師参給ヘルニ、天皇ノ此ノ事ヲ語ラセ給テ、貴バセ給フ事無限シ。大師[二三]此ヲ聞テ、申シ給フ様、「此ノ事実ニ貴シ。而ルニ、己レ候ハム時ニ、彼ヲ召テ令煮メ可給シ。己レハ隠レテ試ミ候ハム」トテ隠レ居ヌ。其ノ後、僧都ヲ召テ、例

軍荼利明王(図像抄)

ノ如ク栗ヲ召テ令煮給ヘバ、僧都前ニ置テ加持スルニ、此ノ度ハ不被煮ズ。僧都力ヲ出シテ、返々ス加持スト云ヘドモ、前ノ如ク被煮ル、事ト無シ。其ノ時ニ、僧都奇異ノ思ヲ成シテ、「此ハ何ナル事ゾ」ト思フ程ニ、大師喬ヨリ出給ヘリ。僧都此ヲ見テ、「然ハ、此ノ人ノ抑ヘケル故也」ト知テ、嫉妬ノ心忽ニ発テ立ヌ。其ノ後、二人ノ僧都極テ中悪ク成テ、互ニ、「死々ネ」ト呪咀[二]シケリ。此ノ祈ハ互ニ止[三]メテムトテナム延[四]ベツ、行ヒケル。

其ノ時ニ、弘法大師謀[五]ヲ成テ、弟子共ヲ市ニ遣テ、「葬[六]送ノ物具共ヲ買フ也」ト云セムトテ、令買ム。「空海僧都ハ早ク失[七]給ヘル。葬送ノ物ノ具共買フ也」ト教ヘテ令云ム。修円僧都ノ弟子此ヲ聞テ、喜テ走リ行テ、師ノ僧都ニ此ノ由ヲ告グ。僧都此レヲ聞テ、喜テ、「慥ニ聞ツヤ」ト問ニ、弟子、「慥ニ承ハリテ告申ス也」ト答フ。僧都、「此レ他[八]ニ非ズ。我ガ呪咀シツル祈ノ叶ヌル也」ト思テ、其ノ祈ノ法ヲ結願[九]シツ。

其ノ時ニ、弘法大師人ヲ以テ、窃ニ修円僧都ノ許ニ、「其ノ祈ノ法ノ結願シツヤ」ト問ハス。使返来テ云ク、「僧都[一〇]、『我ガ呪咀シツル験ノ叶ヒヌル也』トテ、修円ハ喜テ、今朝結願シ候ニケリ」ト。其ノ時ニ、大師切リ[一一]ニ切テ、其ノ祈ノ法ヲ行ヒ給ヒケレバ、修円僧都俄ニ失[一二]ニケリ。

其ノ後、大師心ニ思ハク、「我レ、此レヲ呪咀シ殺シツ。今ハ心安シ。但シ、年来我ニ挑ミ競テ勝ル、時モ有リツ、劣ル時モ有テ、年来[一三]ヲ過ツルハ、此レ必ズ只人ニハ非ジ。我レ此レヲ知ラム」ト思テ、後朝[一四]ノ法ヲ行ヒ給フニ、大檀[一五]ノ上ニ軍荼利明王[一六]、踏[一七]□テ立給ヘリ。其ノ時ニ、大師、「然[一八]レバコソ、此レハ只人ニ非ヌ者也ケリ」ト云テ、止ヌ。

然[一]レヲ思フニ、菩薩[二]ノ此ル事ヲ行ヒ給フハ、行ク前ノ人ノ悪行ヲ止[三]ドメムガ為也トナム語リ伝ヘタルトヤ。

권14 제41화

고보弘法 대사大師가 청우경請雨經의 법法을 행해서 비를 내리게 한 이야기

앞 이야기에 이어 고보弘法 대사大師 구카이空海의 신통력의 탁월함을 설한 이야기. 천하가 가뭄으로 허덕일 때, 대사가 칙명을 받고 청우법請雨法을 올리고 신천원神泉苑에 선여용왕善如龍王을 권청勸請하여, 비를 뿌리게 하여 만백성을 비탄에서 구했다는 이야기.

이제는 옛이야기이지만, □□[1] 천황天皇의 치세 때에 천하天下에 한발旱魃이 심하여 만물이 전부 말라 죽어 버렸기 때문에 천황은 이를 크게 슬퍼하셨다. 대신大臣부터 일반 민중에 이르기까지 이를 비탄해 하지 않는 이가 없었다.

그때 고보弘法 대사大師[2]라는 분이 계셨다. 승도僧都[3]로 계셨는데[4] 천황이 대사를 불러 "어떻게 하면 이 한발을 끝내고 비를 뿌려 세상을 구할 수 있을 것인가."라고 말씀하셨다. 대사가 "제가 행하는 법法[5] 중에 비를 내리는 법

1 천황天皇의 이름을 명기하기 위한 의도적 결자. 『일본후기日本後紀』 일문逸文, 『어유고御遺告』, 『기우일기祈雨日記』에 의하면 이 이야기는 천장天長 원년(824) 혹은 4년의 청우법請雨法 때의 영험靈驗을 전하는 것으로 추정되므로, '준나淳和'가 들어갈 것으로 추정.

2 → 인명人名.

3 → 불교.

4 구카이의 소승도 임명은 천장 원년. 권14 제40화 주석 참조. 청우법請雨法의 공에 의한 것이라 함(『대사어행장집기大師御行狀集記』).

5 행법. 가지법加持法.

이 있습니다."라고 아뢰었다. 그러자 천황은 "즉시 그 수법을 행하라."하시고 대사의 말을 따라, 신천神泉[6]에서 청우경請雨經[7]의 법法을 행하게 하셨다. 이레 동안 수법을 행하고 있는데,[8] 단壇[9]의 오른쪽 위에 다섯 척尺 정도의 뱀이 나타났다. 살펴보니, 다섯 촌寸 정도의 금색 뱀을 머리에 이고 있었다.[10] 잠시 후에 그 뱀은 점점 다가와서 연못으로 들어갔다. 그곳에는 스무 명의 반승伴僧[11]이 죽 줄지어 앉아 있었는데, 그중 고승高僧이라고 평판이 자자한 반승 네 명만이 이 뱀을 보았다. 승도는 말할 것도 없이 이것을 보셨는데, 고승高僧이라고 평판이 자자한 한 반승이 승도에게 "이 뱀이 나타난 것은 어떤 징조입니까?" 하고 물었다. 승도는

"너는 알지 못하느냐. 천축天竺에 아누달지阿耨達池[12]라는 연못이 있는데 그 연못에 사는 선여용왕善如龍王[13]께서 이 연못[14]을 지나가셨으니 이 법은 효험이 있을 것임을 알려주시기 위해 출현한 것이리라."

라고 대답하셨다. 그러는 동안에 갑자기 하늘이 흐려지고 술해戌亥[15]쪽에서 먹구름이 몰려와서 온 세계[16]에 비를 뿌렸다. 이렇게 해서 한발은 끝이 났다.

6 '신천원神泉苑'. 헤이안 경平安京을 지을 때, 이조대로二條大路 남쪽, 대궁대로大宮大路 서쪽 8정町에 지어졌던 황실의 대정원大庭園으로, 본래 천황의 유람지. 현재 교토 시京都市 나카교 구中京區 몬젠 정門前町에 자취가 남아 있으며 도지東寺에 속함. 천장 원년의 구카이의 수법 이래, 자주 청우법이 행해졌고, 용왕의 출현·승천 등의 영이靈異가 많이 전해 내려옴.

7 → 불교.

8 청우법은 날짜를 3일, 5일, 7일 등으로 하는데 7일이 가장 많고, 비가 내리지 않으면 연장하는 일도 있었음.

9 용신을 권청勸請하는 기우단祈雨壇. 이 단을 향해 수법을 행하는 승려가 가지기도加持祈禱를 올렸다. 『우언잡비기雨言雜秘記』 참조.

10 금색의 작은 뱀은 뒤에 나오는 선여용왕善如龍王에 해당함. 『타문집打聞集』 참조.

11 법사法事 등에서 도사導師를 수행하는 승.

12 → 불교.

13 → 불교. 이 용왕의 출현이 청우법 달성의 상징이라고 여겨졌음. 『어유고』 참조.

14 신천원神泉苑의 연못.

15 북서北西.

16 → 불교.

이후로 세상이 한발일 때는 대사의 문도門徒[17]에 속하여 이 수법을 전하고 있는 사람[18]이 신천에서 이 수법을 올렸다. 그리하면 반드시 비가 내렸다. 그 때 수법을 행한 아사리阿闍梨[19]에게 상으로 관위官位를 하사하시는 것이 정례定例가 되었다.

이 일은 지금까지도 끊이지 않고 계속되고 있다고 이렇게 이야기로 전하여 내려오고 있다 한다.

17 고보 대사의 문파. 즉, 동밀東密.

18 고보 대사 사후死後, 신천원의 청우법은 동밀이 전부 관장하게 되었고, 특히 다이고지醍醐寺(오노小野)류流의 비법으로, 겐코元杲, 닌카이仁海, 세이손成尊 등의 명수名手가 배출되었음.

19 → 불교.

⊙제41화⊙ 고보弘法 대사大師가 청우경請雨經의 법法을 행해서 비를 내리게 한 이야기

弘法大師修請雨経法降雨語第四十一

今昔、[四]□天皇ノ御代ニ、天下[五]旱魃シテ、万ノ物皆焼畢テ枯レ尽タルニ、天皇此レヲ歎キ給フ。大臣以下ノ人民ニ至マデ、此ヲ不歎ズト云フ事無シ。

其ノ時ニ、[六]弘法大師ト申ス人在マス。[七]僧都ニテ在シケル時、天皇大師ヲ召テ仰セ給テ云ク、「何ニシテカ此ノ旱魃ヲ止テ、雨ヲ降シテ世ヲ可助キ」ト。大師申テ云ク、「我ガ[八]法ノ中ニ雨ヲ降ス法有リ」ト。天皇、「速ニ其ノ法ヲ可修シ」トテ、[九]大師ノ言バニ随テ、[一〇]神泉ニシテ[一一]請雨経ノ法ヲ令修メ給フ。[一二]七日法ヲ修スル間、[一三]壇ノ右ノ上ニ[一四]五尺許ノ蛇出来タリ。見レバ、五寸許ノ蛇ノ金ノ色シタルヲ戴ケリ。暫許有テ、蛇只寄リニ寄来テ池ニ入ヌ。而ルニ、二十人ノ[一五]伴僧皆居並タリト云ヘドモ、其ノ中ニ止事無キ伴僧四人[一六]ニゾ此ノ蛇ヲ見ケル。僧都[一七]ハタラ更也、此レヲ見給フニ、一人止事無キ伴僧有テ、僧都ニ申シテ云ク、「此ノ蛇ノ現ゼルハ何ナル[一八]相ゾ」ト。僧都、答エテ宣ハク、「汝ヂ不知ズヤ。此ハ、天竺ニ[一九]阿耨達智池ト云フ池有リ、其ノ池ニ住[二〇]ム[二一]善如竜王、[二二]此ノ池ニ通ヒ給フ、然レバ、[二三]此ノ法ノ験シ有ラムトテ現ゼル也」ト。而ル間、俄ニ空陰テ[二四]戌亥ノ方ヨリ黒キ雲出来テ、雨降ル事[二五]世界ニ皆普シ。

此ニ依テ、旱魃止ヌ。

此ヨリ後、天下旱魃ノ時ニハ、此ノ大師ノ[二六]流ヲ受テ、此ノ法ヲ[二七]伝ヘル[二八]人ヲ以テ、神泉ニシテ此ノ法ヲ被行ル丶也。而ルニ、必ズ雨降ル。其ノ時ニ、[二九]阿闍梨ニ[三〇]勧賞ヲ被給ル事、定レル例也。

于今不絶ズトナム語伝ヘタルトヤ。

권14 제42화

존승다라니尊勝多羅尼의 험력驗力에 의해서 오니鬼의 난을 피한 이야기

후지와라노 쓰네유키藤原常行가 젊었을 때, 정인情人의 거처로 가던 중 백귀야행百鬼夜行과 만났는데 유모가 옷깃에 몰래 바느질해서 붙인 존승다라니尊勝多羅尼의 영험력靈驗力으로 겨우 목숨을 건졌다고 하는 이야기. 존승다라니의 영위靈威로 백귀야행의 난難을 면했다고 하는 유형의 이야기는 후지와라노 모로스케藤原師輔(『대경大鏡』·모로스케전師輔傳, 『진언전眞言傳』 4, 7권본 『보물집寶物集』)나 오노노 다카무라小野篁·후지와라노 다카후지藤原高藤(『강담초江談抄』 3) 등에서도 보인다. 앞 이야기와는 신천원神泉苑의 모티브로 연결된다.

이제는 옛이야기이지만, 연희延喜[1] 치세 때 사이산조 우대신西三條右大臣[2]이라고 하는 분이 계셨다. 존함은 요시미良相라고 했다. 그 대신의 아드님으로 대납언大納言 좌대장左大將[3]인 쓰네유키常行[4]라고 하는 분이 계셨다. 그 대장은 오랫동안 동자의 모습童姿을 하고 계셔서 나이가 차도 관冠을 쓰지 않

1 제60대 다이고醍醐 천황天皇의 시대. 단 시대적으로는 요시미良相와 쓰네유키常行 모두 제56대 세이와淸和 천황 때에 사망했기에 맞지 않는다. 이 일구一句는 『타문집打聞集』, 『고본설화古本說話』, 『진언전眞言傳』, 『설경재학초說經才學抄』에는 없음. 편자가 부가한 오기誤記로 추정됨.

2 → 인명.

3 대납언大納言 겸 좌대장左大將. 올바르게는 대납언 겸 우대장大納言兼右大將(『삼대실록三代實錄』).

4 → 인명.

고 계셨다[5]. 이분은 미모美貌가 뛰어나고 여색을 좋아하여 여인을 사랑하는 일에는 견줄 자가 없었다. 그래서 밤이 되면 집을 나와 여기저기에 찾아가는 것을 일과로 삼고 있었다.

그런데 대신의 집은 서쪽의 대궁대로大宮大路로부터는 동쪽, 삼조대로三條大路보다는 북쪽에 있어서 여기를 서삼조西三條라고 하는데, 이 도련님은 도읍 동쪽[6]에 마음에 있는 여인이 있었기에 항상 그곳을 다녔다. 부모는 밤에 나가는 것을 걱정해서 강하게 제지하셨기에 쓰네유키는 사람들에게 알리지 않고 살며시 시侍가 대기하고 있는 장소[7]의 말을 가져오게 해서 시동侍童과 마부만을 데리고 대궁대로의 북쪽으로 가서 거기서부터 동쪽으로 갔는데 미복문美福門[8] 주변을 지나고 있자 동쪽[9]의 대궁대로 쪽에서 많은 사람이 횃불을 들고 왁자지껄 떠들면서 다가왔다. 도련님은 이것을 보고 "저것은 어떠한 자들이 오고 있는 것일까. 어디에 숨는 것이 좋을까?" 하고 묻자, 시동이

"낮에 보았는데 신천원神泉苑의 북쪽 문이 열려 있었습니다. 그곳에 들어가서 문을 닫고 그들이 지나갈 때까지 잠시 그대로 계십시오."
라고 대답했다. 도련님은 기뻐하며 말을 달려 열려 있는 신천원의 북문 안으로 달려 들어가 말에서 내려서 기둥 아래 쪼그리고 앉았다.

그러자 횃불을 들고 있는 자들이 지나갔다. '대체 뭐하는 자들일까?'라고 생각해서 문을 빠끔히 열고 보자, 놀랍게도 그것은 인간이 아니고 오니鬼들

5 보통은 동발童髮에서 머리를 묶어 올려서 뒤에서 다발로 만들어 관을 쓰게 된다. 성인의 표시. 결국 성인식을 치르지 않았다는 의미.

6 좌경左京. 도읍의 좌측을 이름.

7 원문은 "侍所". * 헤이안 시대에 황족, 3품 이상의 집에서 그 집의 사무를 보던 곳.

8 대내리大內裏 외곽 남쪽의 문으로 주작문朱雀門의 동쪽에 위치함.

9 동대궁대로東大宮大路. 당시의 백귀야행百鬼夜行은 동대궁대로를 북상하여 이조대로二條大路로 나와서 서쪽으로 나아가는 예가 많음.

이었다. 저마다 무서운 모습을 하고 있었다. 이를 보고 오니라고 생각하니 간이 쪼그라들고 혼비백산해서 아무 생각도 나지 않고 눈앞이 캄캄해져서 《납작》[10] 엎드려 있었는데, 들어보니 오니들이 지나가면서 말하는 목소리가 들렸다. "이 주변에 인간의 기척이 나는군. 그 녀석을 잡아야겠다." 그러자 한 명의 오니가 달려서 다가오는 듯 했다. '나도 이것으로 마지막이로구나.' 라고 생각하였으나 오니는 다가오지 않고 도로 달려서 돌아간 듯했다. 그러자 또 목소리가 났다. "어째서 포박하지 않는 것인가?" 달려왔던 오니는 "도저히 잡을 수 없었습니다."라고 대답했다. "어떤 연유로 포박할 수 없는 것인가? 반드시 붙잡아 오너라."라고 명령하자, 다시 다른 오니가 달려왔지만 이것도 앞서왔던 오니처럼 가까이 다가오지도 못하고 도로 달려서 돌아갔다. "어떠한가? 포박했느냐?"라고 물었으나 "역시 잡을 수 없었습니다."라고 대답했다. "이상하구나. 그렇다면 내가 붙잡겠다."라고 말하고는 이제까지 명령했던 오니가 달려왔다. 전보다 가까이 다가와서 손에 잡히기 직전이었다. '아아, 이게 마지막이구나.'라고 생각한 순간 또 다시 오니는 달려서 돌아가 버렸다. "어땠습니까?"라고 물어보고 있는 것 같았다. "참으로 붙잡을 수 없는 것도 당연하도다."라고 하자, 또 "어째서입니까." 하고 물어보는 것 같았다.

"존승다라니尊勝多羅尼[11]가 계셨어."라고 말하자, 그 소리를 듣자마자 수많은 횃불이 한 번에 모조리 사라졌고, 오니들이 동서로 흩어져서 달려가는 소리가 나더니 모두 사라져 버렸다. 도련님은 온몸의 털이 곤두설 정도로 무서워 망연자실하고 있었다.

그렇다고 해서 이대로 있을 수도 없어 정신없이 말을 타고 서삼조西三條로

10 한자의 명기를 위한 의도적 결자. 『진언전』, 『고본설화』, 『설경재학초』를 참조하여 보충.

11 '존승진언尊勝眞言'(→ 불교).

돌아갔다. 자기 방에 들어가서는 몸 상태가 상당히 좋지 않아 녹초가 되어 침상에 들었는데 열이 나기 시작했다. 유모가

"어디 다녀오신 겁니까? 주인님과 마님이 그만큼 이르셨건만 '밤중에 돌아다니신다.'고 들으시면 뭐라고 하시겠습니까요."

라고 말하면서 곁으로 다가왔다. 다가가 보자 도련님이 너무 괴로운 것 같았기에 "어찌하여 그렇게 괴로우신 것입니까?"라고 말하면서 몸을 만져보자 매우 뜨거웠다. 그러자 유모는 "어머나, 큰일이구나."라고 말하며 허둥댔다. 그때 도련님이 자초지종을 이야기하자 유모는

"정말로 놀랐습니다. 실은 작년에 저의 형제인 아사리阿闍梨[12]에게 말해서 그가 쓴 존승다라니를 받아서는 의복의 옷깃에 넣어 두었습니다만, 정말 고마운 일입니다. 만약 넣어 두지 않았더라면 어떻게 되었을런지요."

라고 말하고 도련님의 이마에 손을 대고는 하염없이 눈물을 흘렸다. 이렇게 사나흘 고열이 계속되어 갖가지 기도를 행하고 부모님들도 무척이나 걱정했다. 그 후 사나흘 정도 지나서 건강이 회복되셨다. 그때 달력을 보았는데 오니와 만났던 그 밤은 백귀야행의 날[13]에 해당했다.

이것을 생각하면 존승다라니의 영험[14]은 실로 존귀한 것이다. 그러므로 이것은 사람의 몸에 반드시 지녀야 할 것이다. 도련님도 그 존승다라니가 의복의 옷깃에 들어가 있던 것을 모르고 계셨던 것이다.

그 무렵 이 이야기를 들은 사람들은 모두 존승다라니를 써서 부적으로서 가지고 다녔다고 이렇게 이야기로 전하여 내려오고 있다 한다.

12 → 불교.

13 원문은 "기야행일忌夜行日". 음양도에서 백귀야행의 날이므로 사람들이 밤에 다니는 것을 금지했음. 달에 따라 날짜가 다름.

14 → 불교.

⊙제42화⊙ 존승다라니尊勝多羅尼의 험력驗力에 의해서 오니鬼의 난을 피한 이야기

依尊勝陀羅尼験力遁鬼難語第四十二

今昔、延喜ノ御代ニ、西三条ノ右大臣ト申ス人御ケリ。御名ヲハ良相トゾ云ケル。其ノ大臣ノ御子ニ、大納言ノ左大将ニテ常行ト云フ人御ケリ。其ノ大将未ダ童ニテ、勢長ノ時マデ、冠ヲモ不着ズシテゾ御ケル。其ノ人ノ形美麗ニシテ、心ニ色ヲ好テ、女ヲ愛念スル事並無カリケリ。然レバ、夜ニ成レバ、家ヲ出テ東西ニ行クヲ以テ業トス。

而ル間、大臣ノ家ノ、西ノ大宮ヨリハ東、三条ヨリハ北、此レヲ西三条ト云フ。其レニ、此ノ若君ミ東ノ京ニ愛念スル女有ケレバ、常ニ行キケルヲ、父母夜行ヲ恐テ、強ニ制シ給ヒケレバ、窃ニ、人ニモ不令知ズシテ、侍ノ馬ヲ召テ、小舎人童、馬ノ舎人許ヲ具シテ、大宮登リニ出デヽ東ザマニ行キケルニ、美福門ノ前ノ程ヲ行クニ、東ノ大宮ノ方ヨリ多ノ人、火ヲ燃シテ喤テ来。若君此レヲ見テ云ク、「彼レ、何人ノ来ルナルラム。何ニカ可隠キ」ト。小舎人童ノ云ク、「昼ル見候ツレバ、神泉ノ北ノ門コソ開テ候ヒツレ。其レニ入テ、戸ヲ閉テ、暫ク御マシテ令過メ給ヘ」ト。若君喜テ、馳テ神泉ノ北ノ門ノ開タルニ打入テ、馬ヨリ下テ柱ノ本ニ曲リ居ヌ。

其ノ時ニ、火燃タル者共過グ。「何者ゾ」ト戸ヲ細ソ目ニ開テ見レバ、早ウ、人ニハ非デ鬼共也ケリ。様々ノ怖シ気ナル形也。此レヲ見テ、「鬼也ケリ」ト思フニ、肝迷ヒ心砕テ、

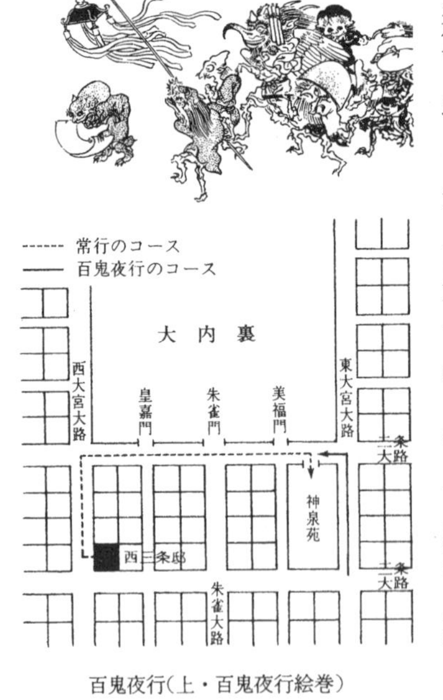

百鬼夜行（上・百鬼夜行絵巻）

更ニ物ノ不思ズ。目モ暮テ□フ□臥タルニ、聞ケバ、鬼共過グトテ云ナル様、「此ニ気ハヒコソスレ。彼レ搦メ候ハム」ト云テ、者一人走リ係テ来ナリ。「我ガ身、今ハ限リゾ」ト思フニ、近クモ不寄来ズシテ走リ返ヌナリ。亦、音有テ「何ゾ不搦ザル」ト云ヘバ、此ノ来ツル者ノ云ク、「否不搦得ザル也」ト云フニ、「何ノ故ニ否搦ザルゾ。慥ニ搦メヨ」ト行ヘバ、亦他ノ鬼走リ来ル。亦、前ノ如ク近クモ不寄来ズシテ、走リ返ヌ。「何ゾ。搦タリヤ」ト云フニ、「尚、不搦得ザル也」ト云ヘバ、「怪キ事ヲ申スカナ。我レ搦メム」ト云テ、此ク俸ツル者、走リ係テ来ルニ、始ヨリハ近ク来テ、既ニ手係ク許リ来ヌ。「今ゾ限リ也ケル」ト思フ間ニ、亦走リ返ヌ。「何ニ」ト問フナレバ、「実ニ不搦得ザル、理也ケリ」ト云ヘバ、亦、「何ナレバ然ルゾ」ト問フナレバ、「尊勝真言ノ御マス也ケリ」ト云フニ、其ノ音ヲ聞テ、多ク燃タル火ヲ一度ニ打消ツ。東西ニ走リ散ル音シテ失ヌ。中々、其ノ後、頭ノ毛太リテ物不思エズ。

然レドモ、此クテ可有キ事ニ非ネバ、我レニモ非デ馬ニ乗テ、西三条ニ返ヌ。曹司ニ行テ、心地極テ悪シケレバ、弱テ臥ヌ、身ニ暑ク成タリ。乳母、「何クニ行キ給ツルゾ」ト、「殿御前ノ此ク許令申メ給フニ、『夜深ク行カセ給フ』ト聞カセ給ハヾ、何ニ申サセ給ハム」ナド云テ、近ク寄テ見ルニ、極テ苦シ気ナレバ、「何ゾ苦シ気ニハ御マスゾ」ト云テ身ヲ掻キ捜レバ、極テ暑シ。然レバ乳母、「此ハ御マスゾ」ト云テ、迷ヨフ。其ノ時ニ、若君有ツル様ヲ語リ給ケレバ、乳母、「奇異カリケル事カナ。去年、己レガ兄弟ノ阿闍梨ニ云テ、尊勝陀羅尼ヲ令書テ、御衣ノ頸ニ入レシガ、此ク貴カリケル事。若シ、不然マシカバ何ナラマシ」ト云テ、若君ノ額ニ手ヲ当テヽ泣ク事無限シ。此クテ三四日許暑シテ、様々ノ祈共被始レテ、父母モ閙ギ給ヒケリ。三四日許有テゾ、心地直タリケル。其ノ時ニ暦ヲ見ケレバ、其ノ夜、忌夜行日ニ当タリケリ。

此ヲ思フニ、尊勝陀羅尼ノ霊験、極テ貴シ。然レバ、人ノ身ニ必ズ可副奉キ也ケリ。若君モ、其ノ尊勝陀羅尼、衣ノ頸ニ有リト云フ事不知給ザリケリ。

其ノ比、此ノ事ヲ聞キ及ブ人皆、尊勝陀羅尼ヲ書テ守ニシテナム具シ奉ケリトナム語リ伝ヘタルトヤ。

권14 제43화

천수다라니千手多羅尼의 영험력靈驗力에 의해서 뱀의 난難을 피한 이야기

앞 이야기에 이어지는 진언다라니眞言多羅尼의 영험담. 이야기 속에 오니鬼가 등장하는 것이 공통점이다. 니치조日藏의 사승師僧에 해당하는 성인聖人이 요시노 산吉野山의 남쪽 계곡에서 큰 뱀 떼에 둘러싸였으나 천수다라니를 수지受持하고 있던 공덕에 의해 구반다귀鳩槃茶鬼가 구해 주었다는 전반부와 그 후, 용소龍沼에 떼 지어 모인 큰 뱀의 공양을 위해서 천수다라니를 독송해 주었다는 후반부로 이루어져 있다. 또한 말미末尾의 니치조 이하 이 이야기의 전승의 계보系譜를 명시하고 있는데 이 이야기의 전승 범위를 생각하는 데 있어서 중요한 기술이다.

이제는 옛이야기이지만 요시노 산吉野山에 니치조日藏[1]라고 하는 행자行者[2]가 있었다. 니치조의 스승이었던 행자는 같은 요시노 산이라고는 해도 까마득히 깊은 산속에 들어가서 불법을 수행하고 오랜동안 산에서 한 발짝도 나오지 않았다. 오랜 세월 이 산에 살면서 밤낮으로 천수다라니千手多羅尼[3]를 봉지奉持하고 독송을 계속하며 수행에 여념이 없었다. 그런데 요시노 산 남쪽에 깊은 계곡이 있었다. 이 계곡에 성인[4]이 찾아와서 조릿대가 우거진 경

1 → 인명.
2 수행자修行者, 수험자修驗者.
3 → 불교.
4 → 불교.

사면을 헤치며 내려가자, 전에 봤을 때는 계곡이 얕게 흐르고 물도 없는 계곡이라 생각했었는데 지금은 물이 있어서 《파랗게》[5] 보였기에 '여느 때와는 다른데 이상하구나,' 하고 생각했다. 가까이 다가가서 '어째서 이렇게 물이 나온 것일까?'라고 생각하면서 걸어가는데 그때 산봉우리에서 계곡 쪽으로 바람이 불어왔다. 그 바람으로 인간의 냄새를 맡았던 것이었을까. 성인이 멀리서 보고 물이라고 생각한 것은 실은 많은 큰 뱀들이 등을 나란히 하고 누워 있었던 것이었다. 뱀들은 성인의 냄새를 맡고 대가리를 네댓 척尺 정도 모두 치켜들었다. 등짝은 감청紺青[6]이나 청록青綠[7]색을 칠한 것 같고 머리 아래는 붉은 명주[8]를 납작하게 펴서 붙인 것 같고, 눈은 금속으로 만든 밥공기 같이 빛나고, 혓바닥은 불꽃처럼 날름날름 움직이고 있었다. 성인은 이를 보고 '나는 이제 여기까지로구나.'라고 생각하고 도망가려고 했지만 오르막 경사면이 손바닥을 세워 놓은 것처럼 험준했기에 조릿대를 붙잡으면서 기어오르느라 서둘러 올라갈 수 없었다. 그 사이에 비릿하고 □□[9] 뜨뜻한 숨이 훅하고 불어왔다. 당장 삼키지 않는다고 해도 그 숨의 냄새로 이내 죽어버릴 것 같았다.

그래서 □[10] 조릿대를 붙잡고 엎드려 있자 위쪽에서 대지大地를 흔들면서 내려오는 자가 있었다. 뱀의 숨 냄새에 취해서 눈도 뜰 수 없었기에 내려오고 있는 자가 어떤 자인지 알 수 없었지만 그 자가 다가와서 그의 한쪽 팔뚝을 붙잡고는 우락부락한 어깨에 걸쳐 멨다. 성인은 어떤 자일까 생각하며 다른 한쪽 손으로 조심조심 더듬어 보니 커다란 소의 코뚜레같이 뜨뜻미지

5 한자의 명기를 위한 의도적 결자. 푸르다는 의미의 한자 '청靑'이 들어갈 것으로 추정.

6 선명한 남색藍色, 농청색農青色.

7 올바르게는 '녹청綠靑'. 동銅이나 동합금銅合金으로 생겨나는 푸른빛이 감도는 녹색의 녹. 혹은 그 색깔.

8 본문에는 '打搔練'로 되어 있음. 다듬잇돌로 잘 쳐서 광택을 낸 누임질한 명주.

9 한자의 명기를 위한 결자로 추정되나 특별히 결자에 해당하는 단어를 넣지 않더라도 문장의 의미가 통함.

10 한자의 명기를 위한 의도적 결자. '신체의 자유를 빼앗겨'라는 의미가 들어갈 것으로 추정.

근했다. 성인은

'이것은 오니로구나. 나를 잡아먹으려고 낚아채 가고 있는 것이다. 어차피 오늘은 죽기로 정해진 게다.'

라고 생각하니 점점 눈앞이 캄캄해졌다. 이렇게 이 오니는 내리막길을 달려가듯, 위쪽을 향해 날듯이 달려 올라가 아득한 산봉우리에 당도하여 성인을 내려주었다. 그때 성인은 '이제 나는 잡아먹힐게야.' 하고 생각했지만 오니는 잡아먹지 않았다. 이상한 느낌이 들어서 벌벌 떨며 "당신은 누구십니까?"라고 묻자 오니는 "나는 구반다귀鳩槃荼鬼[11]다."라고 이름을 댔다. 그것을 들은 성인은 감개무량하여 눈을 떠서 쳐다보니 키가 일 장丈정도의 오니였다. 피부는 검게 옻칠을 한 것과 같고 머리카락은 빨갛고 곤두서 있었다. 알몸에 붉은 훈도시褌를 두르고 있었는데, 뒤를 향하고 있어 얼굴은 보이지 않았다.[12] 이내 오니는 감쪽같이 사라져 보이지 않게 되었다.

그때 성인은 '내가 진언眞言[13]을 수지하고 있었기에 천수관음千手觀音[14]이 도우신 것이다.'라고 생각해서 더할 나위 없이 존귀하게 여겨 울면서 절하고는 그곳을 떠났다. 그로부터 축인丑寅[15] 방향을 향해 진언을 독송하면서 걸어가던 중 바위 사이에 폭포가 떨어지고 있는 장소가 있었다. 폭포가 떨어지는 모양새가 매우 풍치가 있어 멈춰 서서 잠시 동안 바라보고 있었다. 오 장丈가량 되는 폭포였다. 바위에 자라고 있는 나무도 표현하기 어려울 정도로 정취가 깊어 잠시 서서 보고 있는데 이 폭포가 떨어지는 용소龍沼 주변에 세 아름 정도 되는 바위가 머리를 내밀고 위쪽을 향해 일이 장가량 삐

11 → 불교.

12 오니鬼의 형상에 대해 권20 제7화에도 비슷한 표현이 보임.

13 → 불교.

14 → 불교.

15 북동北東.

죽이 올라가고 있었다. 폭포의 높이도 그만큼 낮아졌다. 성인이 보고 있자니 또다시 그 바위가 쏙 들어갔다. 잠시 서서 보고 있자니 머리가 나왔다가 들어가기를 몇 번이나 반복했다. '어떤 바위가 이와 같은 일을 하는 것일까?' 하고 이상하게 생각해서 잘 쳐다보니 실은 덩치가 커서 용소를 가득 채운 큰 뱀이 대가리를 폭포 물에 부딪히며 몸을 들었다 내렸다 하고 있는 것이었다. '저 큰 뱀은 긴 세월을 살아왔겠지.'라고 생각하자 모골이 송연해지며 두려워져서 저것은 어떤 고통[16]을 받고 있는 것일까 애처롭게 생각되었다. 그래서 그 뱀[17]을 위해서 많은 경전을 독송하고 천수다라니를 독송해주고 그 자리를 떴다.

이 일은 제자인 니치조가 이야기한 것을 야마시나데라山階寺[18]의 린카이林懷[19] 승도僧都가 듣고 이야기했는데, 그것을 다시 요쇼永昭[20] 승도가 듣고 이야기 했다. 그것을 또다시 전문傳聞해서 이렇게 전해 내려오고 있는 것이다.

실로 천수다라니의 영험은 존귀하다. 반드시 선신善神[21]이 나타나 그것을 수지하는 자를 수호한다. 이는 경문經文[22]에 나와 있는 그대로이며 더할 나위 없이 존귀한 일이라고 이 이야기를 들은 사람들이 이야기로 전하여 이렇게 내려오고 있다 한다.

16 큰 뱀이 어떠한 모진 괴로움을 받고 있는 것인가라는 의미. 불교에서는 뱀은 전생의 악업惡業에 의해 이 세상에서 받는 응보의 모습이라고 생각되고 있다. 권13 제43화·44화와 권14 제1화~제4화 참조.

17 불경佛經의 독송이나 서사에 의해서 뱀이 선소善所에 전생轉生한다고 하는 설화는 권13 제17화 와 본권 제1화·2화·3화·4화 이하 유례類例가 풍부함.

18 고후쿠지興福寺(→ 사찰명)의 별칭. 권11 제14화 참조.

19 → 인명. 니치조日藏는 연희延喜 5년(905) 탄생으로 린카이林懷와 연령이 마흔 여섯 차이남.

20 → 인명.

21 불교의 수호신. 호법선신護法善神.

22 『법화경法華經』 안락행품安樂行品 제14에 『법화경』의 수지자受持者는 "천제동자天諸童子 이위급사以爲給使"라고 되어 있는 점 등도 유사한 사상思想임.

⊙제43화⊙
천수다라니千手多羅尼의 영험력靈驗力에 의해서 뱀이 난難을 피한 이야기

依千手陀羅尼験力遁蛇難語第四十三

今昔、吉野ノ山ニ日蔵ト云フ行人有ケリ。其ノ日蔵ガ師也ケル行人ハ、吉野ノ山ト云ヘドモ、遥ニ深キ山ノ奥ニ入テ仏法ヲ修行ジテ、永ク山ヨリ外ニ出ル事無カリケリ。年来ノ間此ノ山ニ住テ、日夜ニ千手陀羅尼ヲ誦シ持テ、更ニ他念無ク行ヒケル程ニ、吉野ノ山ノ南ニ当テ、深キ谷有ナリ、聖人、其ノ谷ニ至ルニ、篠原ノ分ケテ下ケルニ、前々見ルニハ浅クシテ水モ無キ谷ト思フニ、谷ニ水有テ□ニ見ユレバ、「不例ズ怪シ」ト思テ、近ク寄テ、「何ナル水ノ、此クハ出来タルナラム」ト思テ、歩ビ行ク間、峰ヨリ谷ノ方ザマニ、風ノ吹キ下スニ、人気ノ聞ケルニヤ有ケム、多ノ大ナル蛇共ノ背ヲ並ベテ臥セルガ、早ウ、遠クテ水ト見ユル也ケリ、蛇共聖人ノ香ヲ聞ギテ、頭ヲ四五尺許、皆持上ゲ合タルヲ見レバ、上ハ紺青緑青ヲ塗タルガ如シ、頸ノ下ニハ紅ノ打搔練ヲ押タルガ如シ、目ハ鋺ノ様ニ鑭メキ、舌ハ焰ノ様ニ霹メキ合タリ。其ノ時ニ、聖人、「我ガ身今ハ此ニコソ有ケレ」ト思テ、逃ムト為ルニ、上ザマナレバ、手ヲ立タル如クニ峻クシテ、篠ヲ捕ヘツ、登レバ忽ニモ不登得ズ。而ル間、鯹□キ息ノ煖カナルヲ散ト吹キ係ケタルニ、忽ニ不被呑ズト云フトモ、此ノ息ノ香ニ酔テ可死シ。

而ル間、被□テ篠ヲ捕ヘテ低シタルニ、上ノ方ヨリ動シテ下ル者有リ。蛇ノ香ニ酔テ目モ不被見開ネバ、下ル者ヲ何者トモ不見ヌニ、此ノ者近ク寄来テ我ガ片肱ヲ取トテ、荒ラ、カニ肩ニ引係ク。聖人我ガ今片手ヲ以テ、我レ恐レ乍ラ、「何ゾ」ト思テ捜レバ、大ナル木ノ桊ノ様ニシテ煖カ也。

聖人ノ思ハク、「此レハ鬼也ケリ。我レヲ噉ハムガ為ニ引キ持行ク也ケリ」ト思フニ、「何様ニテモ今日可死也ケリ」ト知テ、弥ヨ物モ不思□。此テ、此鬼下坂ヲ走ルガ如ク、上様ニ飛ブガ如ク走リ登テ、遥ナル峰ニ走リ畢[三]テ、聖人ヲ打チ下ス。其ノ時ニ、聖人、「今、我、噉」思フニ不噉ネバ、心モ不得デ、恐々ヅ云ク、「此ハ誰ガ在マスゾ」ト問ヘバ、鬼ノ云ク、「我レハ此レ、[四]鳩槃荼鬼也」トゾ名乗ケル。其ノ時ニ、聖人、「貴シ」ト思テ、目ヲ開テ見レバ、長[五]ケ一丈余許ナル鬼也。色ハ黒クシテ漆ヲ塗タルガ如シ。頭ノ髪ハ赤クシテ上様ニ昇レリ。裸ニシテ赤キ[六]俗衣ヲ搔タリ。後ロ向キタレバ面ハ不見ズ。搔消ツ様ニ失ヌ。

其ノ時ニ、聖人、「我ガ真言ヲ持ツニ依テ、[七]千手観音ノ助ケ給ヒケル也ケリ」ト思フニ、極テ貴ク、泣々ク礼テ其ノ所ヲ去テ、其レヨリ[八]丑寅ノ方ヲ指テ[九]行ヒ行ク程ニ、岩ノ中ヨリ滝落タル所有リ。滝ノ落タル様ノ極テ面白ケレバ、立留テ暫ク見立テリ。五丈許ノ滝也。岩ニ木生タル共[一〇]、云ハム方無ク面白ケレバ、暫ク立テ見ルニ、此ノ滝ノ落入ル[一一]岩壺ヨリ三抱許ノ岩ノ、上様ニ一二丈許生ヒ登ル。然レバ、滝ノ長モ短ク成ル。此ク見ル程ニ、亦引入ヌ。暫許見立テル程ニ、指出デ引入為ル事、度々ニ成ヌ。「何ナル岩ノ此クハ為ルニカ有ラム」ト心不得デ吉ク守レバ、[一二]早ウ大ナル蛇ノ岩壺ニ満テ頭ヲ水ニ被打テ指出デ引入リ為ル也ケリ。「多ノ年ヲ経テコソハ有ルラメ」ト見ルニ、[一三]心踈ク怖シク成テ思フニ、「[一四]何ナル苦ヲ受ラムト悲ケレバ、[一五]彼ノ蛇ノ為ニ多ノ経ヲ読誦シ、千手陀羅尼ヲ誦シテ其ノ所ヲ去ニケリ。

此ノ事ト共[一六]ハ、[一七]弟子日蔵ガ語ケルトテ[一八]山階寺ノ[一九]林懐僧都ノ聞テ語ケルヲ、[二〇]永昭僧都ノ聞テ語ケルヲ聞伝テ、此ク語リ伝フル也。

実ニ千手陀羅尼ノ霊験貴シ。正シク、[二一]善神来テ持者ヲ擁護ス。此レ[二二]経ノ文ニ不違ネバ極テ貴シトゾ聞ク人語伝トヤ。

鳩槃荼鬼(胎蔵曼荼羅)

권14 제44화

히에이 산比叡山의 승려가 하리마 지방播磨國 아카시明石에 머무르다 존귀한 승려를 만난 이야기

히에이 산比叡山 승려 요진陽信이 세상을 꺼려서 에이 산叡山을 떠나 이요 지방伊予國으로 향하던 도중 하리마 지방播磨國 아카시明石 나루터에서 역병 퇴치를 위해 금강金剛, 태장胎藏 양계兩界의 공양법供養法을 수행하는 영험한 승려를 만난다. 요진은 제자로 받아주기를 청하였지만 승려는 도망치듯이 행방을 감췄다는 이야기. 앞 이야기에 이어 밀교 수법修法의 영험력靈驗力에 관한 이야기인데 고덕高德, 영험한 승려가 벽지에 숨어 살고 있다는 사실에 관심을 기울이고 있다. 은덕隱德을 행하는 성인聖人이 벽지에 살면서 신원이 노출되는 것을 두려워하여 행방을 숨긴다는 유형적 형식의 설화로 이 책의 권15 제15화도 동일하다. 또 같은 유형의 이야기는 『고사담古事談』 권3, 『발심집 發心集』 권1의 겐힌玄賓, 뵤토平燈(等)의 이야기나 『찬집초撰集抄』 권3의 조엔靜圓, 호엔寶圓의 이야기 등 중세의 양광佯狂(광인인 척 행동하는 것), 은덕성隱德聖(은덕을 행하는 성인)을 찬양하는 설화로 발전한다.

이제는 옛이야기이지만 히에이 산比叡山에 요진陽信이라는 승려가 있었다. 요진은 훌륭한 학승學僧이었으며 진언眞言[1]에도 통달하였다. 오랫동안 히에이 산에 살았는데 자신보다 연공이 낮은[2] 승려가 아사리阿闍梨[3]의 직위

1 → 불교.
2 원문에는 "하랍下臈"(→ 불교).
3 → 불교.

를 먼저 차지하자 못마땅하게 생각하였다. 요진은'이 산에서 나가야겠다.' 고 마음을 먹고 이요 지방伊予國[4]으로 가려고 길을 나섰는데 도중에 하리마 지방播磨國[5] 아카시明石 나루터[6]에서 머물게 되었다.

그 무렵, 이요 지방에는 심각한 역병이 만연하였는데. 그중에서도 아카시 나루터의 부근에서는 발병發病하지 않는 집이 없고 많은 사람들이 병으로 드러누워 있었다. 요진은 우연찮게 마을사람들이 무언가를 준비하기 위해 분주하다는 이야기를 듣게 되었다. "무슨 일이 일어난 것입니까?"라고 묻자, 마을 사람이

"이 마을에는 최근 역병疫病이 유행하여 모든 사람들이 병에 걸렸습니다만, 법사法師인 음양사陰陽師[7]가 찾아 와서 '제祭를 올려 역병을 꼭 물리쳐 주겠다.'라고 말하기에 그 말대로 필요한 제구祭具를 조달하기 위해 마을 사람들이 분담하여 준비하고 있는 것입니다."

라고 하였다. 요진은 이것을 듣고

'어떤 사기꾼이 사람들을 속여 물건을 빼앗으려 꾸미고 있구나. 일단은 마을사람들 틈에 끼어 상황을 지켜보자.'

라고 생각하며 그날은 아카시나루터 부근에서 묵었다. 제는 다음날 행해질 예정이었는데, 날이 밝자마자 제를 보러가기 위해 요진은 함께 데려온 승려의 초라한 스이칸水干 하카마袴[8]를 빌려 입고 마을 사람들과 제구 등을 갖고 있는 인부들 틈에 끼어 짐을 지고 제장祭場에 가보았다. 그곳은 물이 넘실거리는 아카시 바닷가로 주변을 깨끗하게 정리한 제장이었다. 가지고 온

4 → 지명.
5 → 지명.
6 현재 효고 현兵庫縣 아카시 시明石市의 항구.
7 속세의 음양사陰陽師와 구별하여 승형僧形을 한 음양사를 가리킴.
8 천에 풀을 먹이지 않고 물에 적셔 재양판에 붙여 말린 천으로 지은 하카마袴(하의).

것은 새 나무통 대여섯 개에 정백精白한 쌀,[9] 대두, 광저기,[10] 떡, 거기에 계절 과일, 생강, 크고 작은 도자기 잔,[11] 청정한 멍석, 직접 짠 천, 삼나무 통나무, 미농지,[12] 기름 등으로 그 양이 많았다. 그리고 필요한 것이 빠졌는지 어떤지 점검하였다. 물건의 수가 맞는 듯했다. 모든 물건이 조달되자 드디어 제가 시작되었다.

법사는 천을 세 폭 네 폭 정도로 펼쳐, 공을 들여서 이어 붙여 넓은 막으로 만들고, 삼나무 통나무를 막의 기둥으로 이장사방二丈四方 정도로 둘러쳤다. 그 안에는 붓순나무[13]를 둘러 세우고 금줄을 걸어 그 안쪽에 거적을 사방에 사각으로 깔았다. 거적 중앙 지면은 일장사방一丈四方 정도의 모래로 이루어졌다. 그 모래를 잘 고른 후 그 위에 가늘고 긴 나뭇가지로 쓴 것을 잘 보니 매우 훌륭하게 쓴 태장계회胎藏界會의 만다라曼荼羅[14]였다. 그리고 깔려 있는 이 거적 위에 토기를 놓고 정수淨水를 바쳤다. 몇 개의 주발에는 오곡을 높게 쌓아 담고 계절 과일도 차례차례 늘어놓았다. 거적의 네 귀퉁이에는 등명燈明을 세우고 종이로 기旗를 만들어 사방 좌우에 여덟 개 씩 둘러 세웠다. 그 자신은 천으로 백의를 만들어 입고 있었고, 네다섯 명의 제자들도 모두 백의를 입고 있었다.

이처럼 준비를 갖추고 불전佛前이라고 생각되는 쪽을 향해 앉아서 태장계

9 백미白米. 제단祭壇에 바치고 액막이에도 사용함.

10 * 동부. 콩과의 한해살이 덩굴성 식물.

11 유약을 바르지 않고 초벌구이 한 토기. 접시나 술잔 등 식기류가 많음.

12 고대 미노 지방美濃國(기후 현岐阜縣 남부)에서 만든 두껍고 튼튼한 일본 전통지.

13 * 붓순나뭇과의 상록 활엽 소교목. 높이는 3~5m이며, 잎은 어긋나고 긴 타원형에 윤기가 있고 특이한 향기가 난다. 3~4월에 잎겨드랑이에서 짧은 꽃줄기가 나와 녹색을 띤 노르스름한 꽃이 피는데 꽃잎이 가늘고 길어서 꽃받침과의 구별이 정확하지 않다. 열매는 골돌과(蓇葖果)로 8~12개가 사슴 모양으로 열리어 9월에 익으며 독이 있음.

14 → 불교. 원래 만다라曼荼羅는 토단土壇을 쌓고 그 흙 위에 그림을 그린 다음 공양供養이 끝나면 다시 부수는 것이기 때문에 이런 방식의 작법이 이루어짐.

공양법供養法[15]을 조금도 생략하지 않고 전부 행했다. 법사는 '여기에는 이 수법修法을 이해하는 사람이 없겠지.'[16]라고 생각했는지 맺은 수인手印[17]을 전혀 숨기지 않고 수법을 행하였다. 요진이 그 모습을 보니 깊게 습득한 자인 듯하였다. 요진은 더할 나위 없이 존귀하게 여기며, '실로 세간世間에는 이런 사람도 있구나.'라고 경탄해 마지않았다. 제장의 정비와 장식 등은 매우 훌륭하였고 마을 사람들도 백 명 정도 늘어서 있었는데 그들에게 "미리 목욕재계沐浴齋戒[18]를 하고 오거라."라고 가르쳤기 때문에 어른이고 아이이고 할 것 없이 염주를 손에 들고 일심으로 마음을 담아 기원을 하고 있었다. 요진은 히에이 산에서 존경할 만한 불사佛事를 많이 보았으나 지금 이 같이 엄숙한 것은 처음이라 '세간에는 이런 훌륭한 사람도 있구나. 꼭 이 사람의 제자가 되고 싶다.'라고 생각하고 제가 끝날 때까지 거기에 앉은 채로 한눈도 팔지 않고 바라보고 있었다.

이 공양법이 끝나자 막 속에 갖추어 놓여 있던 제구들을 모두 모아 옆에 두었다. 깃발과 금줄을 비롯하여 하나도 남기지 않고 모두 치우고 거기에 단壇을 설치하였다. 그때부터 앞에 했던 것처럼 다른 제구를 가지고 와 전과 똑같이 제장을 갖추었다. 중앙의 지면을 남기고 모래 고르기가 끝나자, 처음과 같이 금강계金剛界 만다라[19]를 그렸다. 그리기가 끝나자 등명을 밝히고 향로에 불을 붙여 다시 금강계의 공양법[20]을 전혀 생략하지 않고 행하니 조금도 소홀한 점이 없었다. 수법을 끝내고 이번에는 막을 비롯하여 모두 완전히 해체하여 전과 같은 장소에 쌓아 두었다. 그리고 나무통과 국자까지

15 → 불교.
16 비인秘印은 사람의 눈에 띄지 않도록 가사袈裟의 소매로 감추어 맺는 것이 보통임.
17 → 불교.
18 신사神事·법회法會·제사祭事에 임하기 전에 일정 기간 음식·행위 등을 삼가고 심신心身을 깨끗이 하는 것.
19 → 불교.
20 금강계金剛界의 만다라를 공양하고 소원을 성취하는 행법行法.

도 모두 불을 붙여 태우고 물건 하나도 남기지 않았다. 타지 않은 것은 그저 자신이 입고 있는 백의와 제자들이 입고 있는 백의뿐이었다.

그때 그 지방의 사람들이 이같이 태워 없애는 것을 보고 '이 법사는 물건을 가져가려고 한 것은 아니었구나.'라고 생각하고 모두가 매우 존귀하게 여기는 모습이었다. 요진도 '이 사람을 꼭 만나 뵙고 싶다.'라고 생각하여 모든 물건을 태우는 것이 끝나고 마을 사람들이모두 돌아가 버렸지만, '이대로 남아 있다가 법사께서 돌아가실 때 가까이서 뵙고 이야기를 나누어야겠다.'라고 생각하고 한동안 남아 있었다. 승려는 뒷정리를 끝내고 도롱이를 입고 이 마을에서는 묵지 않고 가려는 것처럼 보였기 때문에 요진은 가까이 가서 법사에게 "당신은 어찌 그와 같이 행하신 것입니까?"라며 아까의 사정을 자세히 묻자, 법사는 요진의 말을 듣고는

'이 자는 천민이 아니다. 물정을 모르는 시골 사람이라고만 생각했는데 이런 사람도 《있었나》[21].'

라고 생각하였는지 안색이 변하여 당황하여 다급하게 도망치듯이, 가지고 온 것도 내팽개치고 비젠備前[22] 지방 방향으로 도망쳐 버렸다. 요진은 매우 유감스럽게 생각하였다.

그날 밤, 이 법사를 붙들지 못하고 원래의 숙소로 돌아와 보니, 이 공양법을 행한 이후 병으로 앓아누웠던 마을 사람들이 모두 다시 열이 내려서 "우리 집 사람들도 나았어." "우리 집도 좋아졌어." 등등 큰소리로 서로 이야기를 하고 있었다. 무릇 이 마을뿐만 아니라 그 지방의 병이 그날부터 모두 없어져 버렸다. "이건 전적으로 그 제의 영험靈驗이다."라고 말하며 모두 기뻐하였다.

21 저본의 파손에 의한 결자. '있었나.'로 추정. 문맥을 고려하여 보충함.
22 → 지명.

요진은 이 법사를 마음으로부터 존귀한 사람으로 생각했기 때문에 여기저기 찾아 다녔지만 그 후로는 있는 곳을 전혀 알 수가 없었다.

이것을 생각하면 진정으로 존귀한 성인[23]이 사람을 구하기 위해 찾아와 태장, 금강 양계의 공양법을 행하여 큰 유행병을 막아주신 것이다.

요진은 이 일을 마음에 두고, 법사와 이야기를 자세히 나누지 못한 것을 이루 말할 수 없이 안타깝게 생각하여 이 이야기를 했는데, 그것을 듣고 이렇게 이야기로 전하여 내려오고 있다 한다.

23 → 불교.

⊙제44화⊙
히에이 산比叡山의 승려가 하리마 지방播磨國 아카시明石에 머무르다 존귀한 승려를 만난 이야기

山僧宿幡磨明石見貴僧語第四十四

今昔、比叡ノ山ニ陽信ト云フ僧有ケリ。学生ノ方モ賢ク、真言モ吉ク知タリケリ。年来山ニ有ケル程ニ、阿闍梨、下﨟ニ被超ニケレバ、世ノ中冷ジガリテ、「山ヲ去ナム」ト思フ心付ニケル事□有ケルニ依テ、伊与ノ国ノ方ヘ行ナムト思テ行ク程ニ、幡磨ノ国、明石ノ津ト云フ所ニ宿ヌ。

其ノ比、其ノ国ニ大疫盛ニ発ケリ。其ノ中ニモ、其ノ明石ノ津ノ辺ニハ、不病ヌ家モ無ク病臥タリケリ。此ノ陽信聞ケバ、其ノ郷ノ者共極ジク忩ギ騒グ。「何事ノ有ゾ」ト問ヘバ、郷人ノ云ク、「此ノ郷ニハ、近来人疫発テ、不病ヌ者無ク病侍ルヲ、『祭シテ、必ズ止メム』ト云フ法師陰陽師ノ出来テ申セバ、彼ガ云フニ随テ、其ノ祭ノ者共、郷ノ者共ニ充渡シテ有レバ、其レ忩グ也」ト。陽信此レヲ聞テ思ハク、「何ナル横惑ノ奴、人謀テ物取ラムトテ構ヘ事為ルナラム。此レ、下衆共ニ交テ見ム」ト思テ、其ノ日留ヌ。明ル日ノ事ナレバ、夜明ルマニ、陽信此レヲ見ムガ為ニ、共ノ下僧ノ賤ノ水干袴ヲ取テ着テ、郷ノ者共、物ノ具共持タル夫ニ交テ、物ヲ荷テ、祭ル所ニ行テ見レバ、明石ノ浜ノ広ク瀝キニ直キ所ニテ祭ル也ケリ。持集タル物ハ新キ桶五六許、精タル米、大豆、角豆、餅并ニ時ノ菓子、蕈、大小ノ土器、浄キ草座、手作ノ布、椙榑、美ノ紙、油、此様ノ物共多ク持集タリ。皆勘ヘタリ。員ノ如クナルベシ。持来リ畢ヌレバ、祭セムト為。

法師布ヲ三ノ四ノ許ニ並ベテ、細ニ閉テ広幕ニシテ、方二丈余許ニ榑ヲ以テ幕柱ニ造テ張廻レバ、其ノ内ニ栫ヲ立廻カシテ、注連ヲ引テ、其ノ内ニ薦ヲ四方ニ敷テ、薦ノ中ノ庭ハ方一丈許砂ニテ有リ、其レヲ吉ク馴シテ、細キ木ノ長キヲ以テ、吉ク見レバ、胎蔵界会ノ曼荼羅ヲ極ク直ク書ク。然テ、此ノ敷タル薦ノ上ニ土器ヲ以テ閼伽ヲ奉ル。鉢共ニ五穀ヲ高盛テ居ヘタリ。時ノ菓子モ皆ナ居ヘ次ケタリ。四ノ角ニ御明ヲ灯テ、紙ヲ以テ幡ヲ造テ、四方ノ左右ニ八ヅヽ、立廻ラカシタリ。我ガ布ヲ以テ[二]浄衣ニ着タリ。弟子四五人許リ有モ、皆浄衣ヲ着。

此ク調エテ後、仏前ト思シキ方ニ向ヒ、[三]胎蔵界供養法ヲ露残事無ク行ヒテ居タリ。「[四]見知タル人モ不有」ト可思ケレバ、結ブ[五]印露不隠ズシテ行フ[六]様マ、深ク習タル事ト見ユ。陽信此レヲ見ル、貴ク悲キ事無限シ。「[七]然レバ、此ル者モ世ニハ有ケリ」ト思フニ、奇異シ。調ヘ荘タル事共厳ク微妙ケレバ、郷ノ者共モ百人許居並テ、「兼テヨリ、皆[八]沐浴潔斉シテ有レ」ト教ヘタリケレバ、長童トモ無ク、念珠ヲ提テ念ジ入タル様、他事無ク懃也。陽信山ニシテ多ノ止事無キ事共ヲ見シカドモ、未ダ此ク貴ク厳重ナル事ヲバ[九]不見ザリツレバ、「実ニ此ル人モ世ニハ有ケリ。必ズ此ノ人ノ弟子成」ト思ヘバ、畢ルマデ居テ、[一〇]白地目モセズ見居タル也。

此ノ法行ヒ畢ツレバ、幕内ニ調ヘ居ヘタル物ノ具共、皆取リ集テ傍ニ置ツ。幡注連ヨリ始メテ、露残ス物無ク、皆取リ、[一一]壇ヲ置ツ。亦、前ノ如ク、他ノ物ノ具共ヲ以テ、前ニ露ユ[一二]替ル事無ク、同様ニ調ヘ居ヘツ。[一三]中ノ庭ヲバ残シテ、砂ヲ馴シ畢テ、[一四]金剛界ノ曼荼羅ヲ[一五]初ノ如ク画ク。書畢テ、[一六]御明シ灯シ、香ニ火置キナムドシテ、亦、[一七]金剛界ノ供養法ヲ、露残ス事無ク行ナフ様少シモ愚ナル事無シ。行ヒ畢テ、此ノ度ハ、幕ヨリ始メ[一八]皆壊テ同ジ所ニ積置ツ。[一九]桶杓ニ至マデ、火ヲ付テ焼ク。露ノ物ヲ不残ズ。[二〇]只、我ガ着タル浄衣、弟子共ノ着タル浄衣許也。

其ノ時ニ、国人共、此ク皆焼キ失ナフヲ見テ、「[二一]物ヲ取ラムト為ルニハ非ヌ也ケリ」ト思テ、極ク貴ク思合タル気色共有リ。陽信モ、「此ノ人ニ必ズ会ハム」ト思ヘバ、物共焼畢テ、郷人共ハ皆返レドモ、陽信ハ留テ、

幡

「僧ノ返ラム所ニ仰ギテ語ハム」ト思ヘバ、暫ク留テ居タルニ、僧拈畢テ、[二]蓑打着テ郷ニ不留ズシテ去ナムト為ル気色有レバ、陽信寄テ、僧ニ、「此ハ何デ此クハ御スゾ」ト、事ノ有様ヲ委ク問フニ、僧、陽信ガ物云フ様ヲ聞テ、[三]「賤キ下衆ニハ非ズ。無下ノ田舎人[四]ノ限リ思ケルニ、此ル者ノ□[五]」思[六]ケニヤ、気色替テ只騒ギ[七]ニ騒テ、逃ルガ如クニシテ、物モ不[八]取敢ズ、備前[九]ノ方様ニ逃テ行ヌ。陽信口惜ク思ユル事無限シ。

其ノ夜、此ノ人ヲ不留敢デ、本[一〇]ノ所ニ返テ聞ケバ、此ノ行ヒシツル程ヨリ此ノ郷ニ病臥タル者共、一度ニ皆温[一一]醒メテ、「己ガ家ノ者モ止ニタリ」「己ガ許ニ宜ク成ニタリ」ト云喤ル。凡ソ此ノ郷ノミニ非ズ、国ノ内ノ病其ノ日ヨリ悉ク止ニケリ。「此レ偏ニ此ノ祭ノ験也」ト云テ、皆喜ビ合タリケリ。

[一三]陽信此ノ僧ヲ懃ニ貴ク思ケレバ、東西[一四]ヲ尋ケレドモ、其ノ後露有所ヲダニ不聞ズシテ止ニケリ。

[一五]此レヲ思フニ、実ニ止事無カリケル聖人ノ、人ヲ利益セムガ為ニ来テ、両界[一六]ノ法ヲ行ヒテ、大疫ヲ止ケル也。[一七]陽信此レヲ存[一八]シテ、僧ニ委ク不語ヌ事ヲ無限リ口惜ク思テ、陽信ガ語ケルヲ聞テ語リ伝ヘタルトヤ。

조복법調伏法의 영험력靈驗力에 의해 도시히토利仁 장군이 죽은 이야기

몬토쿠文德 천황天皇 때, 신라新羅 정토征討를 위해서 후지와라노 도시히코藤原利仁가 파견되었는데 신라에서는 법전法全 아사리阿闍利를 초빙하여 조복법調伏法을 행했다. 그 때문인지 도시히코는 도중에 야마자키山崎에서 갑자기 죽어버린다. 우연히 법전을 따라 조복의 수법에 열석列席했던 지쇼智證 대사大師의 귀국 후의 이야기를 통해, 도시히코의 죽음은 수법의 험력驗力에 의한 것이었다는 일이 판명된다고 하는 이야기. 사실史實에서는 있을 수 없는 사건이지만 지쇼 대사는 그 이름대로 신통력이 뛰어나 일본에서 중국의 일을 알고 있었다고 하는 이야기를 『엔친화상전圓珍和尙傳』과 본집 권11 제12화 등에서 찾아볼 수가 있어, 이러한 이야기가 생겨난 것으로 추정된다. 밀교주법密敎呪法의 위력을 이야기하는 것 이외는 그다지 앞 이야기와 관련이 없다.

이제는 옛이야기이지만, 몬토쿠文德 천황天皇[1]의 치세에 신라新羅[2]에 명령을 내린 일이 있었는데 그것을 신라가 받아들이지 않았기에 공경公卿 대신大臣의 중의衆議 결과 "그 나라는 □□[3] 천황의 치세에는 우리나라에 복종하겠다고

1 → 인명. 『타문집打聞集』, 『고사담古事談』은 양쪽 모두 우다제宇多帝가 다스리던 때로 하고 있다. 지쇼 대사智證大師가 입당入唐한 시기라면 몬토쿠文德 천황天皇의 시대. → 권11 제12화. 후지와라노 도시히코藤原利仁가 진수부鎭守府 장군將軍이었던 시기라면 다이고 천황, 우다宇多 법황法皇의 시대. 양자兩者가 활약하던 시대는 조금 어긋나 있어서 연대에 모순이 생긴다. 지쇼 대사의 행적에 맞춘 것으로 추정됨.

2 고대 삼국三國 중 하나. 멸망은 승평承平 5년(935)임.

3 천황 이름의 명기를 염두에 둔 의도적 결자. 『서기書紀』 진구神功 황후皇后 섭정전기攝政前紀(주아이仲哀 천황 9년 10월 조)에 의하면 진구 황후가 신라를 토벌하고 이후에 배 여든 척의 조調를 일본에 조공하게 되었다고 함.

했었다. 그런데 이렇게 명령을 받아들이지 않으니 장래를 위해서 좋지 않을 것이다. 하여 신속하게 군세를 정비하여 그 나라를 토벌討伐해야 할 것이다."

라고 결정했다. 당시 진수부鎭守府[4] 장군將軍이었던 후지와라노 도시히토藤原利仁[5]라는 사람을 신라에 파견했다. 도시히코는 용맹하며 전쟁에 정통하였기에 분부를 받고 사기충천하여 많은 용맹한 장사將士들을 배에 태워 출발했다.

한편 신라에서는 이 일[6]을 미처 알지 못했다. 하지만 이로 인해 여러 이변異變이 생겼기 때문에 그것을 점쳐보게 하자 외국의 군세가 쳐들어오고 있다는 점괘가 나왔다. 나라의 국왕을 비롯한 공경대신들은 놀라서

"외국에서 용맹한 군세를 일으켜 우리나라를 쳐들어오면 도저히 맞서서 막을 방도가 없다. 오로지 삼보三寶[7]의 영험[8]에 간절히 빌어야 할 것이다."

라고 결정했다. 그 즈음, 대송국大宋國[9]에 법전法全 아사리阿闍利[10]라는 분이 계셨다. 혜과惠果[11] 화상和尙의 제자[12]로 진언밀교眞言密敎의 수법修法을 배워서 전파시킨 존귀한 성인[13]聖人이었는데 국왕은 즉시 그분을 모셔와 조복調伏의 법[14]을 행하게 하였다.

4 헤이안平安 시대에 무쓰陸奧나 데와出羽 등의 동북지방東北地方의 에조蝦夷를 진압시키기 위해서 설치한 관청. 진수부 장군은 진수부의 장관.

5 → 인명. 도시히코는 연희延喜 15년(915)에 진수부장군으로 임명됨.(『존비분맥尊卑分脈』, 『시중군요侍中群要』 9) 본집 26권 제17화에 등장함.

6 신라 토벌군의 파견을 가리킴.

7 → 불교.

8 → 불교.

9 '송宋'은 원래는 '당唐'이라고 되어 있어야 할 부분임. 뒤이어 나오는 '송'도 마찬가지. 작자의 무지無知 혹은 본집의 성립 시기가 송대宋代에 해당되는 것으로 인한 오기誤記로 추정됨. 본집 안에 비슷한 유형의 예가 많음.

10 → 불교.

11 → 인명.

12 바르게는 손제자孫弟子 혹은 증손제자曾孫弟子. 사승師承의 계보는 혜과惠果－의조義操－법윤法潤－법전法全. 단 법윤은 혜과에게도 사사받았기에 손제자라 보는 쪽도 있음.(『진언혈맥眞言血脈』, 『명장약전明匠略傳』·진단震旦).

13 → 불교.

14 밀교에서 오대명왕五大明王 등에게 가지加持해서 악마나 원적怨敵을 항복시키는 수법. 항복법降伏法·절장법折狀法이라고도 함.

그때 미이데라三井寺의 지쇼智證[15]대사大師는 젊었을 때 송에 건너가 법전 아사리를 스승으로 삼아 진언[16]을 배웠었는데 그 대사도 스승을 따라 신라에 건너가게 되었다. 지쇼 대사는 아사리가 신라에 초빙된 것은 우리나라를 조복하기 위해서라는 것을 모르고 계셨다. 그런데 조복법이 시작되어 벌써 이레째의 만원滿願[17]이 되려고 하던 날 수법을 행하는 단상壇上[18]에 피가 잔뜩 흘렀다. 아사리는 "분명 수법의 효험이 드러났도다."라고 말하고는 결원結願[19]하고 본국인 송으로 돌아가 버렸다.

한편, 도시히코 장군은 출발하려고 했을 때 야마자키山崎[20]에서 병에 걸려 침상에 누워있었는데 돌연 일어나 달려나가 □[21] 하늘을 향해 태도太刀를 뽑아 몇 번이나 껑충 뛰어올라 칼부림을 하다 고꾸라져 죽어 버렸다. 도시히코 장군을 대신하여 다른 사람을 새로이 파견하는 일은 없었고 일은 일단락되었다.

그 후, 지쇼 대사가 송에서 조정으로 돌아와 신라에 건너간 때의 일을 이야기했는데, 그것을 들은 우리나라 사람은 "과연 도시히코 장군이 죽은 것은 그 조복법의 효험에 의한 것이었구나."라고 비로소 납득했다.

이것을 생각해보면 도시히코 장군도 보통 사람은 아니었다고 생각된다. 그렇게 하늘을 향해 칼부림을 한 것은 분명 상대가 확실히 눈에 보였기 때문일 것이다.[22] 그러나 수법의 영험이 신통했기 때문에 즉시 죽어 버렸던 것이라고 이렇게 이야기로 전하여 내려오고 있다 한다.

15 → 인명. 지쇼대사의 입당은 인수仁壽 3년(853) 8월(혹은 7월). 권11 제12화 참조.

16 → 불교.

17 * 일정한 날수를 정하여 부처나 보살에게 기원할 때, 그 정한 날수가 차는 일.

18 '단壇'은 본존本尊을 안치한 대단大壇(→ 불교) 혹은 호마단護摩壇. 일종의 공감주술로서 유혈流血을 가지고 상대의 항복降伏이나 주살呪殺의 증거로 한 것임.

19 → 불교.

20 현재의 교토 부京都府 오토쿠니 군乙訓郡 오야마자키 정大山崎町. 산양도山陽道의 출발역出發驛.

21 한자 표기를 염두에 둔 의도적 결자. 해당 어휘 불명.

22 도시히코의 눈에는 호법護法·귀신鬼神 등이 보였을 것이다라는 의미.

⊙제45화⊙ 조복법調伏法의 영험력靈驗力에 의해 도시히토利仁 장군이 죽은 이야기

依調伏法験利仁将軍死語第四十五

今昔、[19]文徳天皇ノ御代ニ、[20]新羅国ニ仰セ遣ス事ヲ[21]不用ザリケレバ、大臣公卿[22]被僉議テ云ク、「彼ノ国ハ、□[23]天皇ノ御代ニ、此ノ朝ニ可随キ由ヲ申セリキ。而ルニ、此ク仰セ遣ス事ヲ不用ネバ、[24]末代ニハ悪カリナム。然レバ、速ニ軍ヲ調ヘテ、彼ノ国ヲ[25]可被罸キ也」ト被定テ、其ノ時、[26]鎮守府ノ将軍[27]藤原ノ利仁ト云ケル人ヲ彼ノ国ニ遣ケリ。利仁心猛クシテ、[28]其ノ道ニ達セル者ニテ、此ノ仰セヲ承テ後、心ヲ[29]励シテ出立ツ間、多ノ猛キ軍共ヲ員ズ[30]不知ズ多ノ船ニ調ヘ被乗ル。

而ル間、彼ノ新羅[1]ニ[2]此ノ事ヲ不知ズ。其レニ、此ノ事ニ依テ、様々ノ[3]物怪有ケレバ、占トスルニ、異国ノ軍発テ可来キ由ヲ占セ申ケレバ、其ノ国ノ国王ヨリ始メ、大臣公卿驚騒テ云ク、「異国ヨリ猛キ軍発テ我国ニ来ラムニ、手向ヘシテ可支キ様無シ。然レバ、只[4]不如ジ、三宝ノ霊験ヲ深ク可憑キ也」ト定メテ、[5]大宋国ニ在マス[6]法全阿闍梨ト云フ人有リ、[7]恵果和尚ノ[8]御弟子トシテ、真言ノ蜜法ヲ受ケ伝ヘテ、止事無キ聖人也、忽ニ其ノ人ヲ請ジテ、[9]調伏ノ法ヲ令行ム。

其ノ時ニ、三井寺ノ[10]智證大師ハ、若クシテ宋ニ渡テ、此ノ阿闍梨ヲ師トシテ真言習テ御ケルガ、其レモ共ニ新羅ニ渡テ御ケレドモ、[11]我ガ国ノ事ニ依テトモ何デカハ知給ハムト為ル。而ル間、調伏ノ法既ニ七日ニ満ヌル[12]日、[13]壇ノ上ニ血多ク泛タリ。阿闍梨、「必ズ法ノ験シ可有キ也」ト云テ、[14]結願シテ、本ノ宋ニ返ニケリ。

而ルニ、利仁ノ将軍出立ツ間[15]山崎ニシテ病付テ臥タリケル間ニ、俄ニ起走テ□[16]ニ空ニ向テ大刀ヲ抜テ、踊上リ踊上リ、度々切ケル程ニ、倒レテ死ニケリ。然レバ、他人ヲ亦遣ス事モ無クテ止ニケリ。

其ノ後、智證大師宋ヨリ此朝ニ返リ給テ、新羅ニ渡[一七]タリシ事ヲ語給ケルヲ聞テナム、此ノ国ノ人、「然ハ、利仁ノ将軍ノ死ニシ事ハ其調伏ノ法ノ験シニ依テ也ケリ」トハ知[一八]ケレ。

此[一九]レヲ思フニ、利仁将軍モ、糸只人ニハ非ズトナム思ユル。然カ空ニ向テ切ケムハ、定メテ目[二〇]ニ見エケルニコソハ有ケメ。然[二一]レドモ、法ノ験シ掲焉[二二]キガ故ニ、忽[二三]マチニ死ヌル也ケリトナム語リ伝ヘタルトヤ。

금석이야기집今昔物語集

부록

출전·관련자료 일람

인명 해설

불교용어 해설

지명·사찰명 해설

교토 주변도

헤이안경도

헤이안경 대내리도

헤이안경 내리도

옛 지방명

출전·관련자료 일람

1. 『금석 이야기집』의 각 이야기의 출전出典 및 동화同話·유화類話, 기타 관련문헌을 명시하였다.
2. 「출전」란에는 직접적인 전거典據(2차적인 전거도 기타로서 표기)를 게재하였고, 「동화·관련자료」란에는 동문성同文性 또는 동문적 경향이 강한 문헌, 또 시대의 전후관계를 불문하고, 간접적으로라도 어떠한 관련이 있다고 판단되는 문헌, 자료를 게재했고, 「유화·기타」란에는 이야기의 일부 또는 소재의 유사성이 있다고 판단되는 문헌을 게재했다.
3. 각 문헌에는 관련 및 전거가 되는 권수(한자 숫자), 이야기·단수(아라비아숫자)를 표기하였으며, 또한 편년체 문헌의 경우 연호年號·해당 연도를 첨가하였다.
4. 해당 일람표의 작성에는 여러 선행 연구에 의거하는 부분이 많은데, 특히 일본고전문학전집『금석 이야기집』 각 이야기 해설(곤노 도루今野達 담당)에 많은 부분의 도움을 받았다.

권13

권/화	제목	출전	동화·관련자료	유화·기타
권13 1	修行僧義睿値大峰持經仙語第一	法華驗記上11	發心集四1 元亨釋書二九大峰比丘	今昔一三9
2	籠葛川僧値比良山持經仙語第二	法華驗記上18		
3	陽勝修苦行成仙人語第三	法華驗記中44 第七段後半이후未詳	宇治拾遺物語105 說經才學抄(眞福寺藏)四下 眞言傳四静觀僧正傳末尾 陽勝仙人傳(大東急記念文庫藏) 本朝神仙傳11 日本高僧傳要文抄一 扶桑略記延喜元年條·延長元年條 元亨釋書一八陽勝	
4	下野國僧住古仙洞語第四	法華驗記中59	元亨釋書一八法空	
5	攝津國菟原僧慶日語第五	法華驗記中65	元亨釋書一一兎原慶日	
6	攝津國多々院持經者語第六	法華驗記上32		

권/화	제목	출전	동화 · 관련자료	유화 · 기타
7	比叡山西塔僧道榮語第七	法華驗記上23		
8	法性寺尊勝院僧道乘語第八	法華驗記上19	拾遺往生傳上29 元亨釋書一九道乘 三國傳記三6	
9	理滿持經者顯經驗語第九	法華驗記上35	三外往生記2 元亨釋書一一理滿法師	今昔一三1
10	春朝持經者顯經驗語第十	法華驗記上22	元亨釋書一二春朝法師	今昔一五22 宇治拾遺物語58 → 今昔一二31「類話 · 기타」
11	一叡持經者聞屍骸讀誦音語第十一	法華驗記上13	古今著聞集一五484 元亨釋書一九圓善	→ 今昔一二31「類話 · 기타」
12	長樂寺僧於山見入定尼語第十二	未詳		今昔一一24 古今著間集 一六552
13	出羽國龍花寺妙達和尙話第十三	法華驗記上8	元亨釋書一九妙達 僧妙達蘇生注記 東博本三寶繪中末付載「妙達和尙ノ入定シテヨミガヘリタル記」 東國高僧傳六	
14	加賀國翁和尙讀誦法花經語第十四	法華驗記下109		
15	東大寺僧仁鏡讀誦法花語第十五	法華驗記上16	元亨釋書一一愛太子山仁鏡	
16	比叡山僧光日讀誦法花語第十六	法華驗記上21		
17	雲淨持經者誦法花免蛇難語第十七	法華驗記上14	元亨釋書九雲淨法師	
18	信濃國盲僧誦法花開兩眼語第十八	法華驗記下91		今昔一二19 一三26 一四33 一六23
19	平願持經者誦法花經免死語第十九	法華驗記上40	拾遺往生傳中3 元亨釋書九平願法師	
20	石山好尊聖人誦法花經免難語第二十	法華驗記中61	元亨釋書九石山寺妙尊	
21	比叡山僧長圓誦法花施靈驗語第二十一	法華驗記下92	元亨釋書九叡山長圓	
22	筑前國僧蓮照身令食諸虫語第二十二	法華驗記下88	元亨釋書一二蓮照	三國傳記三27
23	佛蓮聖人誦法花順護法語第二十三	法華驗記中79	元亨釋書一一國上山佛蓮	今昔一二40 一三4

권/화	제목	출전	동화 · 관련자료	유화 · 기타
24	一宿聖人行空誦法花語第二十四	法華驗記中68	三外往生記13 元亨釋書一一行空法師	
25	周防國基燈聖人誦法花語第二十五	法華驗記中69	元亨釋書一一基燈法師	
26	筑前國女誦法花開盲語第二十六	法華驗記下122		今昔一二19 一三18 一四33 一六23
27	比叡山僧玄常誦法花四要品語第二十七	法華驗記中74	元亨釋喜一一雪彦山玄常	
28	蓮長持經者誦法花得加護語第二十八	法華驗記中60	元亨釋書一一蓮長法師	
29	比叡山僧明秀骸誦法花經語第二十九	法華驗記中63		→ 今昔一二31「類話 · 기타」
30	比叡山僧廣清髑髏誦法花語第三十	法華驗記中64	拾遺往生傳上26 古今著聞集一五484	→ 今昔一二31「類話 · 기타」
31	備前國人出家誦法花經語第三十一	法華驗記中62		
32	比叡山西塔僧法壽誦法花語第三十二	法華驗記中50	拾遺往生傳上8	
33	龍聞法花讀誦依持者語降雨死語第三十三	法華驗記中67	菅家本諸寺緣起集龍蓋寺條	東大寺要錄四 元亨釋書四法藏 雜談集九冥衆ノ佛法ヲ崇事
34	天王寺僧道公誦法花救道祖語第三十四	法華驗記下128	元亨釋書九天王寺道公	
35	僧源尊行冥途誦法花活語第三十五	法華驗記上28	金澤文庫本觀音利益集26 元亨釋書一九源尊	
36	女人誦法花經見淨土語第三十六	法華驗記下118	元亨釋書一八藤兼澄女	
37	無慚破戒僧誦法花壽量一品語第三十七	法華驗記中76		
38	盜人誦法花四要品免難語第三十八	未詳		
39	出雲國花嚴法花二人持者語第三十九	法華驗記上33	元亨釋書一二蓮藏法師	
40	陸奧國法花最勝二人持者語第四十	法華驗記中48	元亨釋書一二法蓮法師	
41	法花經金剛般若經二人持者語第四十一	法華驗記上17	元亨釋書一二持法法師	
42	六波羅僧講仙聞說法花得益語第四十二	法華驗記上37	拾遺往生傳中2 發心集一8 元亨釋書一九講仙	善悪報ばなし三7

권/화	제목	출전	동화 · 관련자료	유화 · 기타
43	女子死受蛇身聞法花得脫語第四十三	未詳		發心集一8
44	定法寺別當聞說法花得益語第四十四	法華驗記上29		

권 14

권/화	제목	출전	동화 · 관련자료	유화 · 기타
권14 1	爲救無空律師枇杷大臣寫法花語第一	法華驗記上7	日本往生極樂記7 扶桑略記天慶八年條 七卷本寶物集七 私聚百因緣集九10 元亨釋書一九無空	賢愚經四 經律異相四八蟲畜生部下 大莊嚴論經二八 句道興撰搜神記29 민담(昔話)「天福地福」「金は蛇」
2	信濃國爲蛇鼠寫法花救苦語第二	法華驗記下125	雜談集七法華事條	
3	紀伊國道成寺僧寫法花救蛇語第三	法華驗記下129	探要法花驗記下41 元亨釋書一九安珍 道成寺緣起 道成寺繪詞 賢學草子 日高川 日高川双紙 謠曲「鐘卷」「道成寺」 淨瑠璃「用明天皇職人鑑」「道成寺現在蛇鱗」 舞踊「京鹿子娘道成寺」	
4	女依法花力轉蛇身生天語第四	未詳		今昔一四1
5	爲救野干死寫法花人語第五	法華驗記下127	古今著聞集二〇681	
6	越後國々寺僧爲猿寫法花語第六	法華驗記下126	元亨釋書一七越後太守紀躬高 古今著聞集二〇680 越後國乙寶寺緣起 乙山略緣起	靈異記下24 今昔七24
7	修行僧至越中立山會小女語第七	法華驗記下124	七卷本寶物集二	今昔一四8 一七27 三國傳記九24 フリーヤ画廊・法然寺舊藏地藏緣起 地藏菩薩靈驗記六4 謠曲「善知鳥」 奇異雜談集一1・三4

권/화	제목	출전	동화 · 관련자료	유화 · 기타
8	越中國書生妻死墮立山地獄語第八	未詳		今昔一四7
9	美作國鐵堀入穴依法花力出穴語第九	法華驗記下108	靈異記下13 三寶繪中17 扶桑略記元明天皇條	前田家本冥報記上8 今昔一七13 地藏菩薩靈驗記六13 地藏菩薩感應傳六34
10	陸奧國壬生良門棄悪趣善寫法花語第十	法華驗記下112	僧妙達蘇生注記 東博本三寶繪中末付載「妙達和尙ノ入定シテヨミガヘリタル記」	
11	天王寺爲八講於法隆寺寫太子䟽語第十一	未詳		
12	醍醐僧惠增持法花知前生語第十二	法華驗記上31	長谷寺驗記下18 元亨釋書一九惠增	前田家本冥報記中14 弘贊法華傳九5 靈異記上18 今昔七26
13	入道覺念持法花知前生語第十三	法華驗記中78		弘贊法華傳六17 法華靈驗傳下15 今昔七20
14	僧行範持法花經知前世報語第十四	法華驗記中77		
15	越中國僧海蓮持法花知前世報語第十五	法華驗記下89	元亨釋書九海蓮	
16	元興寺蓮尊持法花經知前世報語第十六	法華驗記中58	元亨釋書九蓮尊	
17	金峰山僧轉乘持法花知前世語第十七	法華驗記下93	元亨釋書九轉乘	
18	僧明蓮持法花知前世語第十八	法華驗記中80	元亨釋書九明蓮	
19	備前國盲人知前世持法花語第十九	法華驗記上27		
20	僧安勝持法花知前生報語第二十	法華驗記上26	長谷寺驗記下21 三國傳記五27	
21	比睿山横川永慶聖人誦法花知前世語第二十一	法華驗記中53		
22	比睿山西塔僧春命讀誦法花知前生語第二十二	法華驗記上25	元亨釋書九春命	
23	近江國僧賴眞誦法花知前生語第二十三	法華驗記上24	元亨釋書九賴眞	

권/화	제목	출전	동화 · 관련자료	유화 · 기타
24	比睿山東塔僧朝禪誦法花知前世語第二十四	法華驗記上36		
25	山城國神奈比寺聖人誦法花知前世報語第二十五	法華驗記上30		
26	丹治比經師不信寫法花死語第二十六	靈異記下18		
27	阿波國人謗寫法花人得現報語第二十七	靈異記下20		
28	山城國高麗寺榮常謗法花得現報語第二十八	靈異記上19 · 中18 三寶繪中9	法華驗記下96	
29	橘敏行發願從冥途返語第二十九	未詳	宇治拾遺物語102 十訓抄六30	
30	大伴忍勝發願從冥途返語第三十	靈異記下23		
31	利荊女誦心經從冥途返語第三十一	靈異記中19		平家物語六 古今著聞集二56
32	百濟僧義覺誦心經施靈驗語第三十二	靈異記上14	三寶繪中7 元亨釋書九百濟國義覺 扶桑略記齊明天皇七年條 水鏡中	靈異記上4 · 22 仁壽鏡齊明五年條
33	僧長義依金剛般若驗開盲語第三十三	靈異記下21		今昔一二19 一三18 · 26 一六23
34	壱演僧正誦金剛般若施靈驗語第三十四	未詳	拾遺往生傳上5 元亨釋書一四相應寺壱演 僧綱補任抄出貞觀九年條	
35	極樂寺僧誦仁王經施靈驗語第三十五	未詳	古本說話集下52 宇治拾遺物語191 眞言傳二4極樂寺僧	
36	伴義通令誦方廣經開聾語第三十六	靈異記上8	三寶繪中5 扶桑略記推古天皇條 聖德太子傳玉林抄二〇	
37	令誦方廣經知父成牛語第三十七	靈異記上10	扶桑略記齊明天皇條	今昔一二25 二〇 20~22
38	誦方廣經僧入海不死返來語第三十八	靈異記下4 三寶繪中15	扶桑略記元明天皇條	
39	源信內供於横川供養涅槃經語第三十九	未詳		

권/화	제목	출전	동화 · 관련자료	유화 · 기타
40	弘法大師挑修圓僧都語第四十	未詳	大師御行狀集記85·86 弘法大師御傳下 打開集目錄	太平記一二神泉苑事
41	弘法大師修請雨經法降雨語第四十一	未詳	打開集19 御遺告 大師御行狀集記69 弘法大師行化記 弘法大師御傳下 高野大師御廣傳下 太平記一二	
42	依尊勝陀羅尼驗力遁鬼難語第四十二	未詳	打開集23 古本說話集下51 七卷本寶物集四 眞言傳四常行大將 說經才學抄(眞福寺藏)四下 元亨釋書二九藤常行	大鏡師輔傳 七卷本寶物集四 眞信傳四九條右大臣 江談抄三
43	依千手陀羅尼驗力遁蛇難語第四十三	未詳		
44	山僧宿幡磨明石見貴僧語第四十四	未詳	眞信傳七幡磨國僧	發心集一1·3 古事談三 今昔一五15
45	依調伏法驗利仁將軍死語第四十五	未詳	打開集11 古事談三 雜談鈔7	田村の草子 慈光寺本承久記上

인명 해설

1. 원칙적으로 본문 중에 나오는 호칭을 표제어로 삼았으나, 혼동하기 쉬운 경우에는 본문의 각주에 실명實名을 표시하였고, 여기에서도 실명을 표제어로 삼았다.
2. 배열은 한글 표기 원칙에 의한 가나다 순으로 하였다.
3. 해설은 최대한 간략하게 표기하며, 의거한 자료·출전出典을 명기하였다. 이는 일본고전문학전집 『금석 이야기집今昔物語集』의 두주를 따른 경우가 많다.
4. 각 항의 말미에 해당 인물이 등장하는 이야기를 숫자로 표시하였다. 예를 들면 '⑬ 1'은 '권13 제1화'를 가리킨다.

[가]

가쿠넨覺念

출생, 사망 시기는 자세히 전해지지 않음. 영승永承 기간 중(1046~1053) 사망. 천태종의 승려. 엔랴쿠지延曆寺 동탑東塔에 살며 이후 오하라大原로 이주함.(『습유왕생전 상拾遺往生傳上』). ⑭ 13

가쿠초覺超

?~장원長元 7년(1034). 이즈미 지방和泉國 사람. 속성俗姓은 고세 씨巨勢氏. 도소쓰都率 승도僧都·젠조禪定 승도僧都라고도 불림. 천태종의 승려. 권소승도權少僧都. 료겐良源의 제자로 겐신源信에게도 사사師事하고 현밀顯密을 겸학兼學함. 에이잔 도솔원叡山兜率院·수릉엄원首楞嚴院에 거주居住(『승강보임僧綱補任』, 『일본기략日本紀略』, 『명장약전明匠略傳』, 『속본조왕생전續本朝往生傳』). 향년 75세. ⑭ 21

겐신源信

천경天慶 5년(942)~관인寬仁 원년(1017). 야마토 지방大和國 사람. 속성俗姓은 우라베 씨占部氏. 에신惠心 승도僧都·요카와橫川 승도僧都라고도 함. 천태종의 승려. 내공봉십선사內供奉十禪師. 법교상인위法橋上人位를 거쳐 권소승도權少僧都. 수릉엄원首楞嚴院 검교檢校(『요카와 장리橫川長吏』). 료겐良源(지에慈惠 승정僧正)의 제자. 일본 정토교淨土敎의 대성자大成者로 일본에서 정토교에 관하여 처음으로 『왕생요집往生要集』을 저술. 그 밖에 『일승요결一乘要決』, 『대승대구사초大乘對具舍抄』 등을 저술. ⑭ 39

겐신源心

?~천희天喜 원년(1053), 속성俗姓은 다이라 씨平氏. 사이메이보西明房라고도 함. 천태종天台宗의 승려. 인겐院源의 조카. 가쿠케이覺慶의 제자. 장력長曆 3년(1039) 제80대 호쇼지法性寺 좌주座主. 영승永承 3년(1048) 제30대 천태좌주天台座主. 호조지法成寺 권별당權別當. 대승도大僧都. 향년 83세. 설경說經의 명인이라 불림. ⑬ 37

고보弘法 **대사**大師

보귀寶龜 5년(774)~승화承和 2년(835). 사누키 지방讚岐國 사람. 속성俗姓은 사에키우 씨佐伯氏. '고보 대사'는 다이고醍醐 천황의 칙시勅謚에 의한 것. 밀호密號는 헨조콘고遍照金剛. 휘諱는 구카이空海. 대승도大僧都. 내공봉십선사內供奉十禪師. 대승정大僧正으로 추증됨. 진언종眞言宗의 개조. 연력延曆 23년(804) 입당, 혜과惠果에게 태장胎藏·금강金剛 양부兩部의 법法을 전수받음. 귀국 후, 홍인弘仁 7년(816) 사가嵯峨 천황에게 청을 올려 고야 산高野山에 곤고부지金剛峰寺를 세웠음. 홍인 14년, 도지東寺(교오고코쿠지敎王護國寺)를 하사받아 근본도장根本道場으로 삼음. 종교·학문·교육·문화·사회사업 등에서 폭넓게 활약. 저서 『비밀만다라십주심론秘密曼荼羅十住心論』, 『삼교지귀三敎指歸』 등. ⑭ 40·41

곤쿠嚴久

?~관홍寬弘 5년(1008). 좌경左京 사람. 가잔花山 승도僧都·가잔묘코보花山妙香房라고도 함. 천태종의 승려. 대승도大僧都. 지에慈惠·지인慈忍의 제자. 수릉엄원首楞嚴院 검교檢校(요카와 장리橫川長吏)로서 5년간 원院을 다스림. 지토쿠지慈德寺 창건. 현교顯敎를 통달하였고, 독경도 능숙하여 가잔인花山院 출가 때 공양供奉(『승강보임僧綱補任』, 『승관보임僧官補任』, 『부상약기扶桑略記』, 『미도관백기御堂關白記』, 『영화 이야기榮花物語』, 『이중력二中歷』). ⑬ 43

기노 도모노리紀友則

출생, 사망 시기는 자세히 전해지지 않음. 헤이안平安 전기의 관인宮人·가인歌人. 기노 아리토모紀有友의 아들. 기노 쓰라유키紀貫之의 종형제(『존비분맥尊卑分脈』). 대내기大內記. 삼십육가선三十六歌仙의 한 사람. 『고금집古今集』 편찬자. 『고금집』 이하 칙찬집勅撰集에 약 65수가 수록되었음. 가집家集은 『도모노리 집友則集』. ⑭ 29

기비吉備 **대신**大臣

기비노 마키비吉備眞吉備(眞備). 지통持統 7년(693) 혹은 9년(695)~보귀寶龜 6년(775). 아버지는 기비노 시모쓰미치쿠니카쓰吉備備下道國勝. 어머니는 야기 씨楊木(八木)氏. 학자學者·관인官人. 우대신右大臣. 정이위正二位. 양로養老 원년(717) 입당入唐 유학留學함. 천평天平 7년(735) 귀국. 유학儒學·천문天文·병학兵學 등 여러 학문에 통달하여 쇼무聖武 천황天皇에 크게 대우를 받음. 천평天平 13년에 동궁東宮(고켄孝謙 천황)학사學士가 되어 『예기禮記』, 『한서漢書』 등을 강의. 또 다치바나노 모로에橘諸兄의 측근으로, 정치가로서도 권세를 떨침. 후지와라노 히로쓰구藤原廣嗣의 스승이었다고 하나 명확하지 않음. ⑭ 4

[나]

나카 관백中關白

후지와라노 미치타카藤原道隆를 가리킴. 천력天曆 7년(955)~장덕長德 원년(995). 가네이에兼家의 장남. 어머니는 도키히메時姬. 섭정攝政·관백關白. 정이위正二位. 딸 데시定子는 이치조一條 천황의 황후. ⑬ 16

니치조日藏

연희延喜 5년(905)~관화寬和 원년(985). 속성俗姓은 미요시 씨三善氏. 처음에는 도겐道賢이라 불렸으나 소세蘇生 이후, 니치조日藏로 개명. 긴푸 산金峰山 진잔지椿山寺로 출가, 산악수행자. 도지東寺·무로 산室生山 류몬지龍門寺에 거주. 천경天慶 4년(941) 8월 2일에 죽었지만 13일에 소생하여 명계편력冥界遍歷의 모습을 『명도기冥途記』에 저술. 사후에는 신선이 되었다고 함.(『부상약기

扶桑略記』, 『도겐 상인명도기道賢上人冥途記』, 『본조신선전本朝神仙傳』, 『이중력二中歷』. ⑬ 9 ⑭ 43

[다]

다이라노 마사이에平正家

?~연구延久 5년(1073). 간무桓武 다이라 씨平氏. 마사나리正濟의 아들. 스루가駿河 수령·시나노信濃 수령 등을 역임. 종오위하從五位下. 『후습유집後拾遺集』의 가인歌人. ⑬ 38

다치바나노 도시유키橘敏行

출생, 사망 시기는 자세히 전해지지 않음. 아쓰유키敦行의 아들(『존비분맥尊卑分脈』, 『닌나지 문서仁和寺文書』에 의하면 요시타네良殖의 아들). 좌소장左少將. 정오위하正五位下. ⑭ 29 (해당 이야기의 '다치바나橘'는 '후지와라藤原'의 오류) → 후지와라노 도시유키藤原敏行

다카시나노 다카코高階貴子

?~장덕長德 2년(996). 나리타다成忠의 딸. 후지와라노 미치타카藤原道隆의 정부인. 엔유圓融 천황의 장시掌侍였기에 다카 내시高內侍라고도 불림. 와카和歌·한시漢詩에 뛰어났음. ⑬ 16

[라]

린카이林懷

천력天曆 5년(951)~만수萬壽 2년(1025). 이세 지방伊勢國 사람. 속성俗姓은 오나카토미 씨大中臣氏. 희다원喜多院에 살았기에 기타인喜多院 승도僧都라고도 불림(『승강보임僧綱補任』, 『고후쿠지 별당차제興福寺別當次第』, 『고후쿠지 삼강보임興福寺三綱補任』). 권대승도權大僧都. 장화長和 5년(1016) 고후쿠지興福寺 별당別當을 맡아 죽을 때까지 다스림. ⑭ 43

[마]

몬토쿠文德 천황天皇

천장天長 4년(827)~천안天安 2년(858). 다무라田邑 천황이라고도 함. 제55대 천황. 재위 가상嘉祥 3년(858)~천안天安 2년. 닌묘仁明 천황의 제1황자. 어머니는 후지와라노 노부코藤原順子. ⑭ 45

묘카이明快

영연永延 원년(987)~연구延久 2년(1070) 혹은 치력治曆 2년(1066). 속성俗姓은 후지와라 씨藤原氏. 나시모토조젠보梨本淨善坊라고도 불렸음. 천태종의 승려. 대승정大僧正. 덴노지天王寺 별당別當·호쇼지法性寺 좌주座主를 역임. 천희天喜 원년(1053), 제32대 천태좌주(『승강보임僧綱補任』, 『덴노지 별당차제天王寺別當次第』, 『천태좌주기天台座主記』). 사망 시기에 대해서는 여러 가지 설이 있는데 『천태좌주기』는 연구延久 2년, 향년 86세(『존비분맥尊卑分脈』은 84세). 『명장약전明匠略傳』은 치력治曆 2년 사망, 향년 96세. ⑭ 13

무쿠無空

?~연희延喜 16년(916). 우경右京 사람. 속성俗姓은 다치바나 씨橘氏. 진언종의 승려. 신젠眞然의 제자. 도다이지東大寺에 거주. 제2대 곤고부지金剛峰寺 좌주座主. 연희延喜 16년 권율사權律師. ⑭ 1

미나모토노 가네즈미源兼澄

출생, 사망 시기는 자세히 전해지지 않음. 노부다카信孝의 아들. 장인藏人·좌위문위左衛門尉·재원차관齋院次官·가가加賀 수령을 역임(『미도관백기御堂關白記』, 『영화 이야기榮花物語』, 『존비분맥尊卑分脈』). 정오위하正五位下. 『습유집拾遺集』 가인歌人. 『미나모토노 가네즈미집源兼澄集』도 있음. ⑬ 36

미노오水尾 **천황**天皇

가상嘉祥 3년(850)~원경元慶 4년(880). 제56대 세이와淸和 천황. 재위 기간은 천안天安 2년(858)~정관貞觀 18년(876). 몬토쿠文德 천황의 제4황자. 어머니는 후지와라노 요시후사藤原良房의 딸 메이시明子. ⑭ 34

[바]

비와枇杷 **대신**大臣

후지와라노 나카히라藤原仲平. 정관貞觀 17년(875)~천경天慶 8년(945). '비와 대신'은 비파枇杷를 좋아해 저택 안에 심었던 것에서 온 호칭. 모토쓰네基經의 차남. 좌대신左大臣. 정이위正二位. 법명은 조카쿠靜覺. ⑭ 1

[사]

사가嵯峨 **천황**天皇

연력延曆 5년(786)~승화承和 9년(842). 제52대 천황. 재위, 대동大同 4년(809)~홍인弘仁 14년(823). 간무桓武 천황의 제2황자. 어머니는 후지와라노 오토무로藤源乙牟漏. 시문에 뛰어났으며, 글은 삼필三筆 중의 한 사람. 재위 중에 『홍인격식弘仁格式』, 『신찬성씨록新撰姓氏錄』, 『내리식內裏式』 등을 찬진撰進, 율령체제의 확립을 구축. 자작시가 『능운집凌雲集』, 『문화수려집文華秀麗集』, 『경국집經國集』 등에 수록됨. ⑭ 40

사이기齊祇

?~영승永承 2년(1047). 속성俗姓은 후지와라 씨藤原氏. 후지와라노 미치쓰나藤原道綱의 아들. 장원長元 6년(1033) 권소승도權少僧都. 장구長久 3년(1042)~영승 원년, 제32대 덴노지天王寺 별당別當(『덴노지 별당차제天王寺別當次第』). 향년 65세(『승강보임僧綱補任』). ⑭ 11

사이산조西三條 **우대신**右大臣

후지와라노 요시미藤原良相. 홍인弘仁 4년(813)~정관貞觀 9년(867). 후유쓰구冬嗣의 아들. 어머니는 후지와라노 미쓰코藤原美都子. 우대신右大臣. 정이위正二位. 추증정일위追贈正一位. 사이산조西三條에 거주하였기에 '사이산조 우대신西三條右大臣'이라 불림. 『정관격식貞觀格式』을 편찬하였고 『속일본후기續日本後紀』의 편찬에도 참가. ⑭ 42

산마이三昧 **좌주**座主

기키요喜慶를 가리킴. ?~강보康保 3년(966). 오미 지방近江國 사람. 속성俗姓은 누카타 씨額田氏. '산마이三昧'는 상행삼매당常行三昧堂의 승려였기에 붙은 호칭. 강보 2년, 제17대 천태좌주天台座主가 되어 1년간 다스림. 제2대 무도지無動寺 검교檢校로 연희延喜 18년(918)~강보 3년에 이르기까지 사무寺務 48년. 향년 78세(『승관보임僧官補任』, 『천태좌주기天台座主記』, 『이중력二中歷』). ⑬ 1

센가暹賀

?~장덕長德 4년(998). 스루가 지방駿河國 사람. 속성俗姓은 후지와라 씨藤原氏. 본각방本覺房의 좌주座主라고도 함. 료겐良源의 제자. 권승정權僧正. 정력正曆 원년(990) 제22대 천태좌주天台座主를 맡아 8년간 통치. 또한 서탑원주西塔院主로 천원天元 원년(978. 혹은 정원貞元 2년〈977〉)에 맡음(『승강보임僧綱補任』, 『승관보임僧官補任』, 『천태좌주기天台座主記』, 『이중력二中曆』). ⑬ 29·32

쇼무聖武 **천황**天皇

대보大寶 원년(701)~천평승보天平勝寶 8년(756). 제45대 천황. 재위 신귀神龜 원년(724)~천평승보 원년. 몬무文武 천황의 제1황자. 어머니는 후지와라노 미야코藤原宮子. 법명은 쇼만勝滿. 황후는 후지와라노 고묘시藤原光明子. 불교 신앙이 깊어 전국에 국분사國分寺·국분니사國分尼寺를 설치. 도다이지東大寺를 창건하여 대불大佛 주조를 발원發願. ⑭ 4

쇼반清範

?~장덕長德 5년(999). 하리마 지방播磨國 사람. 속성俗姓은 야마토 씨大和氏. 슈초守朝 이강已講의 제자. '清水律師'라 불림. 법상종의 승려. 고후쿠지興福寺에 거주. 율사律師. 설교의 명인으로 유명. 향년 38세(『승강보임僧綱補任』, 『이중력二中歷』, 『명인력名人歷』, 『일본기략日本紀略』, 『마쿠라노소시枕草子』). ⑬ 43

쇼잔正算

?~영조永祚 2년(990). 좌경左京 사람. 천태종의 승려. 소승도少僧都. 내공봉십선사內供奉十禪師. 천원天元 4년(981) 제11대 호쇼지法性寺 좌주座主. 연령 불명. ⑬ 8

쇼쿠性空

?~관홍寬弘 4년(1007). 헤이안平安 좌경左京 사람. 속성俗姓은 다치바나 씨橘氏. 다치바나노 요시네橘善根의 아들. 쇼샤성인書寫聖人·쇼샤 히지리書寫聖라고도 함. 천태종의 승려. 강보康保 3년(966) 쇼샤 산書寫山에 들어가 법화당法華堂을 건립하여 엔교지圓敎寺를 열었음. 『법화경法華經』을 수지한 덕망 높은 성인으로 유명. 가잔花山 법황法皇·도모히라具平 친왕親王·겐신源信·요시시게노 야스타네慶滋保胤·이즈미 식부和泉式部 등의 참예參詣를 받아 시가詩歌의 증답贈答이 있었음. 또한 엔유인圓融院·후지와라노 미치나가藤原道長에게도 귀의歸依받음. 향년 80세(혹은 90세). ⑬ 19

슈엔修圓

?~승화承和 원년(834). 야마토 지방大和國 사람. 속성俗姓은 고타니 씨小谷氏. 법상종法相宗의 승려. 소승도少僧都. 홍인弘仁 12년(812) 혹은 13년 고후쿠지興福寺 제3대(제4대라고도 함) 별당別當. 향년 65세. ⑭ 40

시라카베白壁 **천황**天皇

고닌光仁 천황. 화동和銅 원년(708)~천응天應 원년(781). 제49대 천황. 재위, 보귀寶龜 원년(770)~천응 원년. 시키施基 친왕親王(시키志貴 황자)의 여섯 번째 아들. 어머니는 기노 노지히메紀橡姬. 덴치天智 천황의 손자. '시라카베'는 휘諱인 '시라카베 왕白壁王'에서 딴 호칭. ⑭ 26·27

시라카와白川 **태정대신**太政大臣

후지와라노 요시후사藤原良房. 연력延曆 23년(804)~정관貞觀 14년(872). 후유쓰구冬嗣의 아들. 어머니는 후지와라노 미쓰코藤原美都子. 시호는 주닌 공忠仁公. 섭정攝政·태정대신. 정일위正一位. 정치력을 발휘하여 후지와라 씨의 기초를 확립. ⑭ 34

쓰네유키常行

승화承和 3년(836)~정관貞觀 17년(875). 후지와라노 요시미藤原良相의 장남. 어머니는 오에노 오토에大江乙枝의 딸. 장인藏人·참의參議를 거쳐 정삼위正三位 대납언大納言·좌근위중장右近衛中將·내장두內藏頭·안찰사按察使·우근위대장右近衛大將 등을 역임. 『삼대실록三代實錄』 정관貞觀 17년 2월 17일 조條에 "大納言正三位兼行右近衛大將陸奧出羽按察使藤原朝臣常行薨"라고 되어 있음. 추증追贈 종이위從二位. ⑭ 42

[아]

아베阿部(阿陪·安倍·安陪) **천황**天皇

양노養老 2년(718)~보귀寶龜 원년(770). 다카노 노히메高野姬 천황이라고도 함. 제46대 고켄孝謙 천황. 재위, 천평승보天平勝寶 원년(749)~천평보자天平寶字 2년(758). 제48대 쇼토쿠稱德 천황(중조重祚). 재위, 천평보자 8년~신호경운神護景雲 4년(770). 쇼무聖武 천황의 제2황녀. 어머니는 고묘光明 황후. 천평보자 6년, 출가하여 사이다이지西大寺 조영造營에 착수. 만년, 유게노 도쿄弓削道鏡를 총애하여 법왕法王으로 삼음. 본편에서는 『영이기靈異記』의 설화배열을 기준으로 판단하여 모두 쇼토쿠 천황을 가리킴. ⑭ 9·38

엔사이延最(濟)

출생, 사망 시기는 자세히 전해지지 않음. 천태종天台宗의 승려. 내공봉內供奉 십선사十禪師. 천경天慶 6년(882) 2월, 제3대 엔랴쿠지延曆寺 보당원寶幢院(서탑) 검교檢校. 천광원千光院을 건립함. 또한 『삼대실록三代實錄』 인화仁和 2년(886) 7월 부분에 이름이 보임. ⑬ 3

요쇼永昭

영조永祚 원년(989)~장원長元 3년(1030). 속성俗姓은 후지와라 씨藤原氏. 모토나리元成(모토나리基業라고도 함)의 아들. 린카이林懷의 제자. 법상종의 승려. 희다원喜多院에 거주. 고부후지興福寺 권별당權別當. 장원長元 원년, 권대승정權大僧正. 향년 42세(『승강보임僧綱補任』, 『존비분맥尊卑分脈』, 『고후쿠지 삼강보임興福寺三綱補任』, 『삼회정일기三會定一記』). ⑭ 43

요조陽勝(照)

정관貞觀 11년(869)~?. 노토 지방能登國 사람. 속성俗姓은 기 씨紀氏. 젠조善造의 아들. 원경元慶 3년(879) 11세로 히에이 산比叡山에 오름. 『법화경法華經』, 마하지관摩訶止觀에 통달. 이후 긴푸 산金峰山에 들어가 수행. 연희延喜 원년(901) 비선飛仙의 법을 습득하여 신선이 되어 행방불명되었다고 함(『요조 선인전陽勝仙人傳』). ⑬ 3

이치엔壹演

?~정관貞觀 9년(867). 우경右京 사람. 속성俗姓은 오나카토미 씨大中臣氏. 시호諡號는 지사이慈濟. 진언종眞言宗의 승려. 기요마로淸麻呂의 증손자인 지치마로智治麿의 삼남. 정관 7년, 권대승정權大僧正. ⑭34

이케베 궁池邊宮

연력延曆 18년(799)~정관貞觀 7년(865). 다카오카高丘(岳) 친왕이라고도 불림. 법명法名은 신뇨眞如. 헤이제이平城 천황의 제3황자. 어머니는 이세노 마마코伊勢繼子. 대동大同 4년(809) 사가嵯峨 천황의 즉위에 의해 황태자가 되지만 후지와라노 구스코藤原藥子의 난에 의해 폐위됨. 승화承和 2년(835년)에 출가, 지변원池邊院(조쇼지超昇寺)를 창건하여 그곳에 거주. 또 구카이空海의 제자가 되어 삼론三論·진언眞言을 깊이 연구함. 정관 3년에 입당入唐. 이어서 천축天竺(인도)으로 향하던 중, 나월국羅越國(싱가포르)에서 사망(『속일본후기續日本後紀』, 『삼대실록三代實錄』, 『입당오가전入唐五家傳』, 『승강보임초출僧綱補任抄出』). ⑭ 34

[자]

조간淨觀

정확하게는 조간靜觀 ?~연장延長 5년(927). 시호는 조묘增命. 천수원千手院 좌주座主(천광원千光院 좌주라고도 함). 속성은 구와우치 씨桑內氏. 안보安峰의 아들. 엔사이延最의 제자. 연희延喜 6

년(906) 제10대 천태좌주天台座主. 제4대 보당원寶幢院(서탑西塔) 검교檢校. 연장 3년, 승정僧正 겸 법무를 맡음. 향년 85세. ⑬ 3

조기定基

?~장원長元 6년(1033). 속성俗姓은 미나모토 씨源氏. 시게스케成助의 아들(『사문전기보록寺門傳記補錄』). 천태종의 승려. 지벤智辨의 제자. 관인寬仁 4년(1020) 제28대 덴노지天王寺 별당別當, 14년간 통치(『덴노지 별당차제天王寺別當次第』, 『이중력二中歷』). 장원 4년, 대승도大僧都를 맡음. 향년 37세(『승강보임僧綱補任』, 『유취잡례類聚雜例』). ⑭ 11·14

지쇼智證 **대사**大師

홍인弘仁 5년(814)~관평寬平 3년(891). 사누키 지방讚岐國 사람. 속성俗姓은 와케 씨和気氏. 법명은 엔친圓珍. 소승도少僧都. 천태종 사문파寺門派의 종조宗祖. 기신義眞의 제자. 인수仁壽 3년(853) 입당. 천안天安 2년(858) 귀국. 정관貞觀 10년(868) 제5대 천태좌주天台座主가 되어 23년간 다스림. 미이데라三井寺(온조지園城寺)를 다시 일으켜 엔랴쿠지延曆寺의 별당으로 삼음. 그 뒤 제자들이 사문파로써 세력을 확대하여 본산本山에 대항하기에 이름. 죽은 뒤 조정으로부터 '지쇼智證 대사大師'라는 시호謚號가 내려짐. 또한 입당에 관한 자세한 내용은 『행력초行歷抄』에 실려 있음. ⑭ 45

지쓰인實因

천경天慶 8년(945)~장보長保 2년(1000). 좌경左京 사람. 다치바나노 도시사다橘敏貞의 아들. 천덕天德 3년(959)에 득도수계得度受戒. 히에이 산比叡山에 올라, 엔쇼延昌, 고엔弘延에게 사사師事. 서탑西塔의 구족방具足房에 살아서 구보 승도具房僧都라고도 불림. 권소승도權少僧都·권대승도權大僧都 등을 거쳐 장덕長德 4년(998) 10월 29일 대승도大僧都가 됨. 병에 걸려 몸져눕게 된 후, 고마쓰지小松寺로 이주하였기에 고마쓰 승도小松僧都라고도 칭함. 『속본조왕생전續本朝往生傳』 이치조一條 천황의 조에 "學德則源信·覺運·實因"이라 보임. 장보 2년 8월 16일에 56세의 나이로 사망(『승강보임僧綱補任』, 『법화험기法華驗記』, 『존비분맥尊卑分脈』). ⑭ 39

[하]

헤과惠果

천평天平 18년(746)~연력延曆 24년(805). 당唐의 진언종眞言宗 승려. 청룡사화상靑龍寺和尙이라고도 함. 대아사리大阿闍梨. 진언종 도지東寺 파에서는 부법상승付法相承의 제7조祖. 불공不空에게 태장胎藏과 금강金剛의 양부대법兩部大法과 밀교密敎의 오의를 전수받고 선무외善無畏의 제자 현초玄超로부터 태장법胎藏法을 배움. 당의 황제 대종代宗·덕종德宗·순종順宗에게 국사國師로 존경받음. ⑭ 45

호리카와堀河 **태정대신**太政大臣

후지와라노 모토쓰네藤原基經. 승화承和 3년(836)~관평寬平 3년(891). '호리카와'는 모토쓰네 저택을 가리킴. 나가라長良의 아들. 어머니는 후지와라노 오토하루藤原乙春. 이후 요시후사良房의 양자가 됨. 섭정攝政·관백關白·태정대신太政大臣. 종일위從一位. 추증정일위追贈正一位. 시호는 쇼센 공昭宣公. 요제이陽成·고코光孝 천황을 옹립하여 권세를 휘두름. ⑭ 35

후지와라노 고타카藤原子高

출생, 사망 시기는 자세히 전해지지 않음. 에치고越後·미카와三河·비젠備前·이가伊賀·야마시로山城·사누키讃岐 등의 수령을 역임. 중궁소진中宮少進. 종사위從四位(『존비분맥尊卑分脈』). 천경天慶 2년(939) 7월 5일 조(『본조세기本朝世紀』, 『정신공기초貞信公記抄』) 천경 2년 12월 26일 조(『본조세기』, 『일본기략日本紀略』, 『정신공기초』), 천경 3년 11월 21일 조(『부상약기扶桑略記』), 천원天元 5년(982) 2월 19일 조(『소우기小右記』) 등에 이름이 보임, 『이중력二中歷』 일능력一能歷·무인舞人 항목에도 보임. ⑭ 6

후지와라노 기미노리藤原公則

출생, 사망 시기는 자세히 전해지지 않음. 伊傳의 아들. 훗날 미나모토노 아키쓰네源章經의 양자가 됨. 시나노信濃·빈고備後·오와리尾張·가와치河內·스루가駿河·이가伊賀 등의 수령을 역임. 종사위상從四位上. 미치나가道長의 가사家司(『미도관백기御堂關白記』, 『소우기小右記』, 『부상약기扶桑略記』, 『영화 이야기榮花物語』, 『존비분맥尊卑分脈』). ⑭ 11

후지와라노 도시유키藤原敏行

?~창태昌泰 4년(901) 혹은 연희延喜 7년(907). 후지마로富士麿의 아들. 좌근위중장左近衛中將·우병위독右兵衛督. 종사위상從四位上. 능서能書·가인歌人. 삼십육가선三十六歌仙의 한사람. → 다치바나노 도시유키橘敏行. ⑭ 29

후지와라노 도시히토藤原利仁

출생, 사망 시기는 자세히 전해지지 않음. 우다宇多·다이고醍醐 천황 시기의 사람. 도키나가時長의 아들. 우에노上野·가즈사上總의 개介, 에치젠越前·노토能登·가가加賀·무사시武藏의 수령을 역임. 종사위하從四位下. 『이중력二中歷』 일능력一能歷·무자武者 항목에 이름이 보임. 고대로부터 영웅으로서 전설화되었음. ⑭ 45

후지와라노 미치나가藤原道長

강보康保 3년(966)~만수萬壽 4년(1027). 가네이에兼家의 아들. 어머니는 후지와라노 나카마사藤原中正의 딸 도키히메時姬. 섭정攝政·태정대신太政大臣이 되지만 관백關白은 되지 않음. 하지만 세간에서는 미도 관백御堂關白·호조지 관백法成寺關白이라 칭해짐. 큰형 미치타카道隆·둘째 형 미치가네道兼가 잇달아 사망하고 미치타카의 아들 고리치카伊周·다카치카隆家가 실각하자 후지와라 일족에서 그에게 대항할 자가 없어져 '일가삼후一家三后'의 외척 전성시기를 실현함. 처인 린시倫子와의 사이에서 태어난 쇼시彰子는 이치조一條 천황의 중궁이 되고, 그 시녀 중에 무라사키 식부紫式部가 있었고, 역시 이치조 천황의 황후가 된 미치타카의 딸 데이시定子의 시녀에는 세이 소납언淸少納言이 있어서 여방문학원女房文學園의 정화精華를 연 것으로 유명하지만 본서에는 거기에 대해서는 일절 기록이 없음. 미치나가의 일기인 『미도관백기御堂關白記』는 헤이안 시대의 정치, 사회, 언어생활을 알 수 있는 귀중한 자료. ⑭ 11

후지와라노 지카이에藤原周家

출생, 사망 시기는 자세히 전해지지 않음. 미치다카道隆의 아들. 어머니는 이요伊予 지방 수령 도모타카奉孝의 딸(『존비분맥尊卑分脈』). 대사인大舍人. 종사위하從四位下. ⑭ 14

불교용어 해설

1. 본문 중에 나오는 불교 관련 용어를 모아 해석하였다.
2. 불교용어로 본 것은 불전佛典 혹은 불전에 나오는 불교와 관계된 용어, 불교 행사와 관계된 용어이지만 실재 인명, 지명, 사찰명은 제외하였다.
3. 배열은 가나다 순으로 하였다.
4. 각 항의 말미에 해당 단어가 등장하는 각 편을 숫자로 표시하였다. 예를 들면 '⑬ 1'은 '권13 제1화'를 가리킨다.

㉮

가지加持

범어梵語 adhisthana(서식棲息 장소)의 번역. 부처의 가호를 바라며 주문을 외고 인印을 맺거나 하며 기원하는 일. ⑭ 40

갑가사甲袈裟

바탕색과는 별계로 가장자리에 검은 천을 덴 가사. 고위의 승관僧官이 착용. 이에 비해 단색單色으로 같은 질의 천을 덴 가사를 평가사平袈裟라 함. ⑭ 11

강講

경전의 강의나 논의를 하는 집회. 또 염불·독경을 위해 신자들이 모이는 법회法會. 로쿠하라미쓰지六波羅蜜寺에서의 강의는 결연공화회結緣供花會(법화팔강法華八講, 본조문수本朝文粹의 제10)가 유명. 또 보리강菩提講(『영화 이야기榮花物語』), 지장강地藏講(권10 제17화~28화)이 행해짐. ⑬ 42·43·44

강경講經

강사講師가 경전의 뜻을 많은 사람들에게 설파하는 행사. ⑬ 33

강당講堂

불교사원에서 칠당가람七堂伽藍중 하나. 설교나 경전의 강의 등에 사용되는 당사堂舍로 사원건축에 있어서는 보통 본당本堂·불전佛殿의 뒤에 위치함. ⑬ 36

강사講師

법회 때에 경전 강의를 하는 승려. 또 독경·설법을 하는 승려. ⑬43 ⑭39

겁劫

범어梵語 kalpa의 음사音寫 '겁파劫波' 혹은 '겁파劫簸'의 줄임말. 실로 긴 시간의 단위로, 그 길이는 여러 비유(반석겁磐石劫의 비유·개자겁芥子劫의 비유 등)를 들어 설명됨. 영원永遠, 영구永久라는 뜻. ⑭ 5·8·17

게偈

범어梵語 gatha의 음사音寫 '게타偈陀' '가타伽陀' 등의 줄임말. 게송偈頌이라고도 함. 경전의 산문 부분의 의미를 시의 형태로 표현한 것. 부처의 공덕을 찬미하고 불교의 교리를 설명한 시구. 한역경전에서는 '제행무상諸行無常'처럼 4구로 되어 있는 것이 보통. ⑬ 14

결연結緣

불도와 인연을 맺는 것. 성불·득도를 바라고 경전을 베끼거나 법회를 행하여 인연을 만드는 것. ⑬ 2·9·21 ⑭ 14·39

결원結願

부처에게 소원을 빌며 정해진 기간 동안 행해진 법회 등의 마지막 날로, 만원滿願의 날. ⑭ 40·45

공덕功德

현재 혹은 장래에 선한 과보果報를 가지고 올 선행. 보통 기도·사경寫經·희사喜捨 등의 행위를 말함. 정토교에서는 염불이 최고로 공덕이 있는 행위라 함. ⑬ 6·9·21·34·39·43·44 ⑭ 4·8·10·15·18·21·23·24·27·29·39

공승供僧

'공봉승供奉僧'의 줄임말. 본존本尊에게 봉사하는 승려를 의미. 공양이나 법회 등의 사무를 맡는 승려. ⑬ 8

관무량수경觀無量壽經

줄여서 『관경觀經』이라고도 함. 『무량수경無量壽經』, 『아미타경阿彌陀經』과 함께 정토삼부경淨土三部經의 하나. 5세기 전반 강량야사畺良耶舍가 번역. 석존釋尊이 아사세 왕阿闍世王의 어머니 위제희韋提希 부인의 청을 받아들여 시방十方의 정토를 시현하여 아미타불阿彌陀佛과 극락정토를 보는 방법을 가르쳐, 극락왕생을 위한 십육관十六觀을 설명한 경전. ⑬ 32

관음觀音

범어梵語 Avalokitesvara의 한역 '관세음보살觀世音菩薩'의 줄임말. 관세음·관자재觀自在(현장玄奘 신역新譯)라고도 함. 큰 자비심을 갖고 중생을 구제하는 보살이라 하며, 구세보살·대비관음大悲觀音이라고도 함. 지혜를 뜻하는 오른쪽의 세지勢至와 함께 아미타여래阿彌陀如來의 왼쪽의 협사脇士로 여겨짐. 또 현세이익의 부처로서 십일면十一面·천수千手·마두馬頭·여의륜如意輪 등 많은 형상을 갖고 있기에 본래의 관음을 이들과 구별하여 성聖(정正)관음觀音이라 부름. 그 정토는 『화엄경華嚴經』에 의하면 남해南海의 보타락 산補陀落山이라 함. ⑬ 34·35 ⑭ 7·12·20

관음경觀音經

→ 관음품觀音品. ⑭ 7

관음품觀音品

『묘법연화경妙法蓮華經』 제25품·관세음보살보문품觀世音菩薩普門品의 줄임말. 보문품普門品이라고도 함. 원래 『관음경觀音經』으로 독립되어 있던 경전. 현세이익의 부처로서 관세음보살이 33신身으로 나타나 중생을 구제하는 공덕과 영험을 담은 경전. ⑬ 15 ⑭ 15

구반다鳩槃荼

범어梵語 Kumbhanda(항아리와 같은 음낭陰囊을 가진 자)의 음사音寫. 옹형귀甕形鬼·동과귀冬瓜鬼라고도 번역됨. 고대 인도의 귀령설鬼靈說에 등장하는 귀신. 증장천왕增長天王의 부하. 사람의 정기를 빨아들이며 바람과 같이 움직인다고 함. 밀교密教에서는 남녀 두 개의 몸, 태장계만다라胎藏界曼茶羅에서는 백마의 머리에 사람의 몸을 하고 있다고 함. ⑭ 43

국분사國分寺

천평天平 13년(741) 쇼무聖武 천황의 칙원勅願에 의해 여러 지방마다 건립한 승려와 비구니를 위한 절. 전자를 국분사國分寺, 후자를 국분니사國分尼寺라 하며, 지금도 각지에 그 이름이 남아 있음. 국분사의 전국적 총본산으로 도다이지東大寺가, 국분니사의 전국적 총본산으로 홋케지法華寺가 건립됨. ⑬ 40

군다리명왕軍荼利明王

범어梵語 Kundali의 음사音寫. 밀교의 오대명왕五大明王 중 하나. '군다리軍荼利'는 힌두교의 여신 쿤달리니(Kundalini)에서 유래. 불교에서는 전신이 청색으로 팔이 여덟에 분노의 상을 하고 있으며 화염에 휩싸인 모습이라고 함. 악귀를 제압하고 질병과 재앙을 없앤다고 함. ⑭ 40

권속眷屬

종자. 시자侍者. 『대지도론大智度論』에는 석가釋迦의 출가 전의 왕비, 차닉車匿, 종자 아난阿難을 내권속內眷屬, 사리불舍利弗, 목련目蓮, 마하가섭摩訶迦葉·수보리須菩提 등의 불제자나 미륵彌勒·문수文殊 등의 협사脇士 보살, 일생보처一生補處의 보살을 대권속大眷屬이라 함. ⑬ 26·34 ⑭ 17

권화權化

부처·보살이 중생교화를 위해 임시로 화신化身하여 세상에 나타난 것. 권현權現이라고도 함. ⑬ 27

귀의歸依

범어梵語 sarana(구호救護하는 것)의 번역. 부처의 가르침을 믿고 몸을 부처의 수호와 구제에 맡기는 일. ⑬ 16·18·39·40 ⑭ 34

극락極樂

아미타불阿彌陀佛이 사는 정토. 십만억토十萬億土로 펼쳐져 괴로움이 전혀 없는 안락한 세계. 『관무량수경觀無量壽經』에 의하면 사람이 생전에 쌓은 공덕에 의해 아홉 종류의 단계로 왕생한다 함. 이를 구품왕생九品往生이라 하여 상품上品·중품中品·하품下品의 각각을 상생上生·중생中生·하생下生으로 구분함. ⑬ 5·8·9·13·19·29·31·32·36·42·44 ⑭ 1·23·29

금강金剛

'금강저金剛杵'의 줄임말. 밀교에서 번뇌를 끊는 지혜의 이검利劍이라고 하며, 보리심菩提心을 표현하는 금속제의 법구法具. → 삼고三鈷 ⑭ 17

금강계 만다라金剛界曼荼羅

밀교에서는 우주 일체란 대일여래大日如來가 나타나는 것이라 보고, 그 이덕理德을 표현하는 태장계胎藏界와 달리 지덕智德을 표현. 만다라曼荼羅는 이를 그림으로 표현한 것으로 대일여래가 중앙에 자리하고 성신회成身會를 중심으로 상하좌우 구회九會로 구성되어 천 사백 육십일존의 부처와 보살·제천諸天을 그림. 대일여래로부터 여러 부처가 전개되어, 각 그림의 배열은 불과성도佛果成道의 계제階梯를 그림으로 설명함. ⑭ 44

금강반야金剛般若

『금강반야바라밀경金剛般若波羅蜜經』의 줄임말. 『금강반야경金剛般若經』, 『금강경金剛經』이라고도 함. 1권. 여섯 종류의 번역이 있지만 5세기 초에 구마라습鳩摩羅什이 번역한 것이 가장 일반적임. 금강저金剛杵처럼 일체의 번뇌를 끊는 '반야般若'(모든 도리를 꿰뚫어보는 완전한 지혜)의 가르침. 모든 것에의 집착을 끊고 '나'라고 하는 관념을 떨치는 것에 의해 깨달음을 얻는다는 '공空'을 설명한 경전. ⑬ 41 ⑭ 33 · 34

금고金鼓

금속으로 된 정고鉦鼓. 승려가 포교나 법회 때에 사용하는 악기. 한 손에 매어 쥐고 당목撞木으로 침. ⑬ 18

금당金堂

칠당가람七堂伽藍의 중심으로 본존불을 안치하는 당사堂舍. 본당本堂, 불전佛殿이라고도 함. ⑬ 36

금생今生

이 세계. 현세. 현재의 인생. 전생前生과 대비됨. ⑬ 7 · 29 ⑭ 10 · 12 · 14 · 17 · 18 · 19 · 21 · 23 · 25

기원정사祇薗精舍

중인도, 사위국舍衛國의 수도에 있는 사위성舍衛城의 남쪽에 있던 사원. 석가釋迦가 설법한 땅. '기원祇薗'은 '기원祇園'과 같음. '기수원祇樹園', '기수급고독원祇樹給孤獨園'의 줄임말로 원래 사위국의 기타祇陀 태자의 정원이었으나 사위성의 수달須達(給孤獨)이 양도받아 사원을 건립하여 석가에게 헌상. 『헤이케 이야기平家物語』 앞머리에 적혀 있는 것으로 유명. ⑬ 9

길상어원吉祥御願

동박본東博本 『삼보회三寶繪』에는 "길상회과吉祥悔過". 『최승왕경最勝王經』의 대길상천녀증장재물품大吉祥天女增長財物品 제17에 기반하여, 죄를 길상천녀吉祥天女에게 참회하고 뉘우쳐 재난을 없애고 복이 들어오기를 기원함. 길상참회라고도 함. ⑬ 40

㉯

내공內供

공봉십선사供奉十禪師. 내공봉십선사內供奉十禪師. '내공內供' '내공봉內供奉' '공봉供奉'이라고도 함. 여러 지역에서 선발된 열 명의 승려로 궁중의 내도장內道場에서 봉사함. 어재회御齋會때에는 강사講師를 맡아 청량전淸涼殿에서 요이夜居(야간에 숙직하는 것)를 맡는 승직. ⑭ 39

내원內院

도솔천兜率天의 내원內院

→ 도솔천兜率天 ⑬ 11 · 15

㉰

다라니陀羅尼

범어梵語 dharani의 음사音寫로, 범어 문구를 그대로 원어로 독송하는 주문呪文. 액난구제厄難驅除 · 역병소멸疫病消滅 · 연명장수延命長壽 등 여러 공덕이 있다고 함. ⑬ 4

다보탑多寶塔

『법화경法華經』 권4 견보답품見寶塔品 제11에서 설하고 있으며, 땅속에서 튀어나온 일곱 보물의 보탑을 본뜬 2층의 탑. 위층은 원형, 아래층은 방형方形으로 꼭대기에 상륜相輪을 설치함. 석가釋迦 · 다보여래多寶如來 두 부처를 안치함. ⑬ 7

단나檀那

범어梵語 danapati(보시하는 사람)의 dana(선물 · 보시布施)의 음사音寫. 사원寺院을 경제적으로 원조援助하는 신자를 승려가 부를 때의 호칭. ⑬ 39 · 41

대가섭大迦葉

범어梵語 Mahakasyapa(위대한 가섭)으로부터 kasyapa의 음사音寫에 maha의 뜻을 가진 '大'를 붙인 가섭의 존칭. 석가의 열 제자 중의 제3 제자로 아난阿難과 함께 2대 현인 중 한 사람. 석가의 입멸 이후, 아난과 함께 제1회의 경전결집을 함. ⑭ 39

대단大壇

호마단護摩壇·관정단灌頂壇 등에 대한 본존불本尊佛을 안치하는 단의 명칭. ⑭ 40

대반야경大般若經

『대반야바라밀다경大般若波羅蜜多經』의 줄임말. 6백 권. 현장玄奘이 번역함. 반야경전류를 집대성한 것으로 대승불교의 근본사상인 '공空'을 설명하고 있으며, 지智에 의해 만유萬有가 모두 공空이라는 것을 관념할 수 있다면 깨달음에 이를 수 있다고 설함. ⑭ 30

대범천왕大梵天王

범천왕梵天王의 미칭美稱. → 범천. ⑬ 33

대비관세음大悲觀世音

대비관음大悲觀音. '대비大悲'는 범어 maha-karuna(크나큰 동정심)의 번역. 모든 중생의 고통을 구제하는 광대한 자비심을 지닌 관음. ⑭ 12

대승大乘

범어梵語 mahayana(커다란 탈것)의 약자. 자신의 이득(자기구제)을 추구하는 소승불교와 대비되어 일체의 중생을 성불시키기 위한, 이타利他의 보살도菩薩道를 설법 함. '승乘'이란 경법經法을 탈것에 비유하여, 중생을 방황하는 차안此岸에서 해탈의 피안彼岸으로 데려가는 것을 의미함. ⑬ 39

도리천忉利天

범어梵語 Trayastrimsa의 음사音寫. 해당 번역은 '삼십삼천三十三天'. 욕계欲界 육천六天 중 밑에서부터 두 번째 천天에 해당하며, 수미산須彌山 정상, 염부제閻浮提의 위, 팔만유순八萬由旬의 높은 곳에 위치함. 제석천왕帝釋天王의 희견성喜見城(선견성善見城)이 소재하는 제석천을 중심으로, 사방에 각 팔천八天이 있으며 이를 합쳐 삼십삼천을 이룸. ⑭ 2·3·5·7·8

도솔천兜率天(都率天·도사다천覩史多天)

범어梵語 Tusita의 음사音寫. '상족上足', '묘족妙足', '지족知足'이라 번역됨. 인간계 위에 욕계欲界의 천天이 육중六重으로 있으며, 도솔천兜率天은 아래로부터 제4번째의 천天. 수미산須彌山 정상, 24만 유순由旬에 있으며 내외 두 원院으로 이루어짐. 내원內院은 미륵彌勒의 정토淨土이며 외원外院은 권속眷屬인 천인天人의 유락遊樂 장소. 제4 도솔천, 도솔천상兜率天上, 도솔천내원兜率天內院이라고도 함. ⑬ 2·7·11·15 ⑭ 3·4·10·18

도솔천상兜率天上

→ 도솔천兜率天 ⑬ 36 ⑭ 20

도파塔婆

솔도파卒都婆. 범어梵語 stupa(유골을 이장한 무덤)의 음사音寫. 본래는 불사리佛舍利를 매장, 봉안한 탑. 일본에서는 상부上部를 오륜탑의 형태로 새긴, 얇고 긴 공양을 위한 판목으로 된 비碑. ⑬ 13

독사讀師

법회가 행해질 때 강사講師와 마주하여 불전을

향해 왼쪽에 앉아, 경제經題나 경문經文을 읽는 역할의 승려. ⑬ 42

동행同行

불도수업佛道修業의 동배同輩. 동학同學하는 동료. ⑬ 2·28

[마]

마하지관摩訶止觀

천태종天台宗의 삼대저서 중 하나. 지의智顗가 594년에 형주荊州의 옥천사玉泉寺에서 강술한 것을, 제자인 장안관정章安灌頂이 필록, 교정한 것. 마하는 '크다'는 의미의 범어梵語 maha의 음사音寫. 지관은 중국철학 용어로 마음을 정지靜止하고 대상에 정신을 집중하면, 올바른 견해(관觀)가 생겨난다고 하는 것. 이것에는 차례적인 단계가 있어, 수행에 의해 오의奧義에 도달한다고 함. 일본에서는 천태종 교의서로서 존중됨. 줄여서 '지관'이라고도 함. ⑬ 5·32

명관冥官

명도冥途의 관리. 염마왕閻魔王의 휘하에 속하는 관리·장관 등을 가리킴. 죽은 자의 생전의 선악을 심판審判하는 재판에 종사. ⑬ 35 ⑭ 7

명도冥途

죽은 사람의 혼이 헤매는 도道. 명계冥界, 명부冥府, 황천黃泉이라고도 함. ⑬ 6·35 ⑭ 8·29~31

묘음보살妙音菩薩

『법화경法華經』 묘음보살품妙音菩薩品 제24에서 설해지는 보살. 동방정화숙왕지불東方淨華宿王智佛의 정광장엄국淨光莊嚴國에 살고 있다고 함. 석가가 『법화경』을 설할 때 이 보살도 사바娑婆 세계에 찾아왔는데, 그때 사방이 진동하고, 칠보七寶의 연화蓮花를 내리게 하고 아름다운 음악이 울려 퍼졌다고 하며 이를 바탕으로 '묘음妙音'이라는 이름을 가짐. 여러 중생에 대해 서른네 가지로 모습을 바꾸어 이를 구해준다고 함. ⑬ 32

묘장엄왕품妙莊嚴王品

『법화경法華經』 제27품 '묘장엄왕본사품妙莊嚴王本事品'의 줄임말. 사견邪見에 방황하는 묘장엄왕이 정덕부인淨德夫人과 정장淨藏·정안淨眼 두 왕자에 의해 정법正法에 귀의하기 까지의 내력과 인연을 설명한 것. ⑭ 16

무량의경無量義經

1권. 중국 남북조시대, 중천축中天竺 사람 담마가타야사曇摩伽陀耶舍가 번역. 중국에서 찬술된 위경僞經이라고도 함. 석가가 『법화경』을 설하기 전에, 그 서序·개경開經으로서 설해진 것이라 여겨짐. 무상정각無上正覺을 이루기 위한 법문法門에 대해, 또 그 수행 방법에 대해 설명한 것. 법화삼부경法華三部經의 하나. ⑬ 36

무상보리無上菩提

최고의 깨달음. 정각正覺. 또는 그 깨달음을 얻는 것. 무상정등각無上正等覺, 아뇩다라삼먁삼보리阿耨多羅三藐三菩提라고도 함. ⑭ 13·18

무차無遮의 법회法會

성속聖俗·귀천貴賤·현우賢愚·노약老若·남녀男女의 차별 없이 모두 평등하게 재시財施와 법시法施를 베푸는 법회. ⑬ 19

문구文句

『묘법연화경문구妙法蓮華經文句』의 약칭. 10권. 천태대사天台大師 지의智顗가 구마라습鳩摩羅什이 번역한 『묘법연화경妙法蓮華經』에 대해 강설講

說한 주석注釋을 제자인 장안章安대사가 기록한 것. 『법화현의法華玄義』, 『마하지관摩訶止觀』과 함께, 법화삼대부의 하나로 천태교의의 근간을 이룸. ⑬ 32

문수文殊

범어梵語 Manjusri(manju 신묘하다, 아름답다 sri 변설辨說의 여신女神)의 음사音寫. '문수사리文殊師利'의 줄임말. 원래는 석가 설법의 목소리가 신격화神格化된 보살. '길상吉祥', '묘덕妙德'이라고도 번역함. 지혜智惠 제일의 보살. 석가삼존釋迦三尊의 하나로, 오른쪽 보현普賢을 마주하며 왼쪽의 협사脇士. 일반적으로 사자를 타고 있는 모습으로 알려짐. ⑬ 15 · 21 · 24

미륵彌勒

보살의 하나. 범어梵語 Maitreya(친근하다, 정이 깊다)의 음사音寫. '자씨慈氏', '자씨존慈氏尊', '자존慈尊' 등으로 번역됨. 도솔천兜率天 내원內院에 살며, 석가입멸 후 56억 7천만 년 후에 이 세계에 나타나서, 중생 구제를 위해 용화수龍華樹 아래에서 성불하고, 삼회三會에 걸쳐 설법한다고 일컬어지는 미래불未來佛. ⑬ 2 · 15

[바]

반야경般若經

→ 반야심경般若心經. ⑭ 31

반야심경般若心經

현장玄奘이 번역한 『반야바라밀다심경般若波羅蜜多心經』의 줄임말. 1권. 이 외에도 구마라습鳩摩羅什이 번역한 『마하반야바라밀대명주경摩訶般若波羅密大明呪經』 등 여러 번역이 있다. 『대반야경大般若經』의 요점을 약설한 것으로, 대승불교의 근본적 종교철학인 '공空' 사상을 간결하게 설명하고 있음. 진언종眞言宗 · 선종禪宗 등에서는 이 경을 독송함으로써 고뇌와 재화災禍에서 구원받을 수 있다고 신앙되어짐. → 대반야경大般若經 ⑭ 32

방광경方廣經

→ 방광대승경方廣大乘經 ⑭ 37 · 38

방광대승경方廣大乘經

통칭 '방광경方廣經'. 사리방정事理方正하고 언사광박言詞廣博한 경전이라는 뜻으로, 대승경전의 총칭. 법화法華 · 화엄華嚴 · 범망梵網 · 아미타阿彌陀 등의 여러 경전을 가리키는 경우가 많음. ⑭ 36

방편품方便品

『법화경法華經』 제2품. 법화사요품法華四要品의 하나. 중생을 불과佛果로 인도하는 교법으로서 성문聲聞 · 연각緣覺 · 보살菩薩의 삼승三乘을 세우는 것은 방편으로 법화일승法華一乘이야말로 유일절대唯一絶對의 가르침이라고 설명. ⑭ 12

백상白象

보현보살普賢菩薩의 탈것으로 6개의 엄니가 있음. 보현보살은 이 백상에 탄 모습으로, 석가모니불釋迦牟尼佛을 향해 오른쪽의 협사脇士임. ⑬ 10 · 15

번뇌煩惱

신심身心을 어지럽히고 혼란스럽게 하며, 올바른 판단을 방해하는 마음의 작용. 인간이 가지고 있는 방황하는 마음. ⑬ 9

범망경梵網經

『범망경노사나불설보살심지계품제십梵網經盧舍那佛說菩薩心地戒品第十』의 줄임말. 상 · 하 2권. 구마라습鳩摩羅什 번역. 보살이 준수遵守해야만 하는 십중금계十重禁戒, 사십팔경계四十八輕戒 등을 설명하고 있으며, 대승보살계의 근본경전. 일본에서는 천태종天台宗·정토종淨土宗 등에서 특히 중시되고 있음. ⑭ 31

범천梵天

범어梵語 brahman의 번역 '범천왕梵天王'의 줄임말. 힌두교 3대신의 하나. 범왕梵王, 범천왕, 대범천왕大梵天王이라고도 함. 색계色界의 제1천天, 초선천初禪天의 왕으로, 제석천帝釋天과 함께 불법호지신佛法護持神으로 여겨짐. ⑬ 7·39

법상대승法相大乘

법상종法相宗은 대승불교의 한 파派라는 사실에서 유래한 용어. 남도육종南都六宗의 하나로 해심밀경解深密經·유가론瑜伽論·유식론唯識論 등을 소의所依 경론으로 함. 만물은 유식唯識의 변화로 실태가 없고, 단지 심식心識만이 실재한다고 설명. 즉, 눈·귀·코·혀·신체·뜻(마음)意의 육식六識 위에 제7의 말나식末那識, 제8의 아뢰야식阿賴耶識을 세워 존재의 본원本源을 아뢰야식에서 봄. 현장玄奘의 제자 규기窺基(자은慈恩대사)가 개조라고 함. 일본 전래에 대해서는 본집 권11 제4·6화 참조. ⑬ 2

법안法眼

승강僧綱의 하나. 정관貞觀 6년(864), 승정僧正·승도僧都·율사律師로 구성된 기존의 승강직과는 별도로 제정된 승강위僧綱位. 승정에 상당하는 법사대화상위法師大和尚位에 이어 두 번째로 높은 직위로 승도의 직위에 해당. 또한, 율사에 상당하는 것으로 법교法橋가 있음. ⑭ 1

법화경法華(花)經

현존 한역본에는 3세기 후반 축법호竺法護가 번역한 『정법화경正法華經』(10권, 27품)과 구마라습鳩摩羅什이 번역한 『묘법연화경妙法蓮華經』, 사나굴다闍那崛多·달마급다達磨笈多 번역의 『첨품묘법연화경添品妙法蓮華經』(7권, 27품)이 있음. 일본에서는 대개 구마라습이 번역한 『묘법연화경』을 가리키며, 부처가 설명한 경전 중에서 가장 중요한 경전으로 여겨짐. 『마하지관摩訶止觀』, 『법화문구法華文句』, 『법화현의法華玄義』의 천태삼대부天台三大部를 저술한 지의智顗가 이 경전의 진의를 설명한 이래, 천태종, 일련종日蓮宗 등 많은 법화종파가 이 경전에 의거함. ⑬ 1~44 ⑭ 1~29

법화대승法華(花)大乘

『법화경法華經』의 미칭. 대승불교의 교법을 설명하는 경전이라는 뜻. ⑬ 8

별당別堂

승직僧職의 하나. 도다이지東大寺·고후쿠지興福寺·닌나지仁和寺·호류지法隆寺·시텐노지四天王寺 등 여러 대사大寺에서 삼강三綱 위에 위치하여 일산一山의 사무寺務를 통괄. 천평승보天平勝寶 4년(752) 로벤良辨이 도다이지 별당이 된 것이 처음. ⑬ 10·44 ⑭ 11

별소別所

대사원의 별원으로 히에이 산比叡山·도다이지東大寺·고후쿠지興福寺·고야산高野山 등에 있었음. 히에이 산에는 5별소·7별소가 소재. 헤이안平安 중기 이후, 대사大寺 불교에 비판적인 승려나 명리명문名利名聞을 꺼려한 은둔 성인·염불念佛 성인 등이 종파를 초월하여 모여서 활동 거점으로 삼음. 그들의 행장行狀·활동은 중세문학을 낳는 모태가 되었으며, 많은 작품에 투영되어 있음. ⑬ 29

보라寶螺

'법라法螺'의 미칭. 수행자의 소지품 중 하나. 법라를 불어 서로의 위치 확인이나, 신호, 맹수 퇴치 등에 사용함. ⑬ 21

보리菩提

범어梵語 bodhi(깨달음·도道)의 음사音寫. 성문聲聞·연각緣覺·부처가 불과佛果로서 얻는 깨달음의 경지. 이것에서 극락왕생이나 명복冥福의 의미로도 사용됨. ⑬ 14·30 ⑭ 1·14·15·23·25·34

보리심菩提心

도를 깨닫고 왕생을 기원하는 마음. 도심道心. ⑬ 2·3

보살菩薩

'보리살타菩提薩埵'의 줄임말. 범어梵語 bodhisattva(깨달음에 이르려고 하는 자)의 음사音寫. 대승불교에서 이타利他를 근본으로 하여 스스로 깨달음을 구하며 수행하는 한편, 다른 중생 또한 깨달음에 인도하기 위한 교화에 힘쓰고, 그러한 공덕에 의해 성불하는 자. 부처(여래如來) 다음가는 지위. 덕이 높은 수행승에 대한 존칭. ⑬ 19·30·34·36 ⑭ 15·36·40

보타락산補陀洛山

'보타락補陀洛'은 범어梵語 Potalaka(남인도에 있는 산)의 음사音寫. '광명산光名山', '해도산海島山' 등으로 번역한다. 관세음보살觀世音菩薩이 모습을 드러내는 장소, 정토淨土라고 여겨져, 일본에서는 헤이안平安 중기 이후, 관음신앙과 함께, 구마노熊野 나치 산那智山·나치 폭포는 일본의 보타락산으로서 널리 신앙됨. 또한, 나치우라那智浦의 아미다지阿彌陀寺·하마노미야浜の宮에서는 살아서 보타락산을 향해 남방南方 해상海上으로 배를 타고 나가는 '보타락도해補墮落渡海'가 행해짐. ⑬ 34

보탑寶塔

칠보七寶로 건립된 불사리佛舍利를 모셔둔 불탑佛塔. 솔도파卒塔婆. ⑬ 6

보탑품寶塔品

『법화경法華經』 권4·견보탑품見寶塔品 제11의 줄임말. 입멸入滅 후의 석가모니불釋迦牟尼佛이 부활하여, 『법화경』의 공덕이 무량無量함을 설하자, 땅속에서 보탑寶塔이 허공虛空으로 솟아올라, 안에서 부처의 가르침의 상징인 다보여래多寶如來가 출현한 것을 대중이 보았다는 것에서 '견보탑품'이라고 명명. 이 장章에 의해, 입멸 후 석가의 부활을 설명하고, 사람들에게 가르침을 설파하며, 성불로 인도하는 부처로서 영원한 존재라는 것을 서술하고 있음. ⑬ 6·9

보현普賢

범어梵語 Samantabhadra(유덕有德을 두루 갖춘 자)의 번역. 보살菩薩의 하나. 부처의 이理·정定·행行의 덕을 관장하며, 석가여래釋迦如來를 향하여 오른쪽의 협사脇士로 6개의 엄니牙가 있는 흰 코끼리를 타고다님. 단독적으로도 신앙의 대상이 되며 특히 『법화경法華經』 지경자持經者를 수호함. ⑬ 10·15·20·24·31 ⑭ 16

보현경普賢經

『불설관보현보살행법경佛說觀普賢菩薩行法經』의 줄임말. 『관보현경觀普賢經』이라고도 함. 1권. 유송劉宋의 담무밀다曇無蜜多의 번역. 보현보살을 본존으로서 죄장罪障을 참회하는 법을 설명하며, 『법화경法華經』의 보현보살권발품普賢菩薩勸

發品의 내용과 안팎이 되어 『법화경』의 결경結經(결론)이라고 함. 법화삼부경法華三部經의 하나. 또한, 『법화경』 8권을 본권으로 하며, 『무량의경無量義經』을 개경開經, 『보현경』을 결경으로 하여 10권을 독송하는 것은 천태종의 교설. ⑬ 36

보현보살普賢菩薩

→ 보현普賢 ⑭ 16

보현품普賢品

『법화경法華經』 8권 · 보현보살권발품普賢菩薩勸發品 제28의 줄임말. 『법화경』의 최종품最終品. 동방에서 찾아온 보현보살의 질문에 석가釋迦가 답하고, 불멸佛滅 후에 『법화경』 호지護持의 방법을 설명한 것. ⑬ 7 ⑭ 16

부단염불不斷念佛

3일 · 7일 · 21일 등, 일정 기간을 정하여 밤낮 끊임없이 아미타阿彌陀의 명호를 외는 법회. 정관貞觀 7년(865) 지카쿠慈覺 대사가 창시한 행법으로 사종삼매四種三昧 중 상행삼매常行三昧에 해당. 후에는 여러 사찰, 이와시미즈하치만 궁石清水八幡宮 등에서도 행해짐(『삼보회三寶繪』). ⑬ 3

부동존不動尊

부동명왕不動明王. 밀교에서의 오대명왕五大明王(오대존五大尊)의 중앙존. 분노상忿怒相을 나타내며 색은 청흑색으로, 화염火焰을 등지고 있음. 오른손에는 '항마降魔의 이검利劍'을, 왼손에는 박승縛繩을 들고 있으며, 모든 번뇌와 악마를 항복시키고 퇴치하고, 보리菩提를 성취시킨다고 여겨져, 헤이안平安 초기 이래, 널리 신앙됨. ⑬ 21

불과佛果

불도를 수행하여 그 과보로서 성불하는 것. ⑭ 17

[사]

사견邪見

범어梵語 mithya-drsti의 번역. 불교에서 정견正見을 방해하는 오견五見 내지 십견十見의 하나. 인과의 도리를 깨닫지 못하도록 해 버리는 생각. 망견妄見. ⑭ 10 · 38

사권경四卷經

담무참曇無讖의 구역 『금광명경金光明經』. 새로 번역된 『금광명최승왕경金光明最勝王經』 열 권과 달리 네 권으로 이루어진 것에서 붙여진 이름. ⑭ 29

사대천왕四大天王

사천왕四天王. 수미산須彌山 중턱에 거주하며 동방을 지키는 지국천왕持國天王, 남방을 지키는 증장천왕增長天王, 서방을 지키는 광목천왕廣目天王, 북방을 지키는 다문천왕多聞天王을 말함. ⑬ 39

사도蛇道

사도에서 생을 받은 자의 괴로움. 용사龍蛇가 받는 아홉 가지 고통. ⑬ 42

사리舍利

범어梵語 sarira(身體, 骨格)의 음사音寫. 화장한 유골. 특히 불타佛陀의 유골을 뜻하는 경우가 많아 '불사리佛舍利'라 함. 탑에 넣어 공양함. 석가釋迦 입멸 후 각지에 분배되어 믿어짐. 사리 숭배가 널리 퍼짐에 따라 보석 등으로 대용되기도 함. 신앙에 따라 감득感得되거나 증식하기도 한다고 여겨짐. ⑬ 14

사미沙彌

범어梵語 sramanera의 음사音寫. 불문에 들어 머

리를 자르고 득도식을 막 마쳐 아직 구족계具足戒를 받지 않은 견습 승려. ⑬ 31

사바娑婆

범어梵語 saha의 음사音寫. 한역漢譯은 '감인堪忍' '인사忍土'. 육도六道의 중생이 섞여 살며 번뇌·고통에 익숙해져 출리해탈出離解脫을 구하려고 하지 않게 된 세계. 인간계. ⑭ 29

사요품四要品

『법화경法華經』 28품 중 두 번째인 방편품方便品, 열네 번째 안락행품安樂行品, 열여섯 번째 여래수량품如來壽量品, 스물다섯 번째 관세음보살보문품觀世音菩薩普門品의 총칭. 이 네 개의 품의 설교가 『법화경』 중추를 담당하는 생각에서 기초한 것으로, 방편품은 '교敎', 안락행품은 '법法', 수량품은 '체體', 보문품은 '용用'을 가리킨다 함.
⑬ 27·38

산화散花

법회 때에 연화 꽃잎 모양으로 종이꽃을 흩뿌리는 일. 단, 꿈에 천인天人이 꽃을 뿌리라고 한 경우에는 조화가 아니라 실제로 꽃을 뿌렸다고 함.
⑬ 3·6

살생生殺

살아 있는 것을 죽이는 일. 불교에서는 산 것의 생명을 끊는 것이 큰 죄로, 오악五惡·십악十惡 중 하나. ⑭ 10

삼고三鈷

금강저金剛杵의 한 종류로 밀교의 법구. 본래 고대 인도의 무기. 금속제로 중앙에 손잡이가 있어 양쪽이 셋으로 갈라지는 것을 삼고, 다섯으로 갈라지는 것을 오고五鈷라 함. 또 양쪽이 갈라지지 않은 것은 독고獨鈷. 번뇌·악마를 때려 부수는 보리심菩提心의 상징象徵. ⑬ 21

삼도三途

지옥·아귀·축생의 3악도惡道. 지옥도는 맹렬한 불꽃에 타며(화도火途), 아귀도는 칼·몽둥이 등으로 고문당하며(도도刀途), 축생도는 서로 잡아먹는다(혈도血途)고 함. ⑭ 10·21

삼보三寶

불교에서 받들어 모셔야만 할 세 가지의 보물. 불타佛陀(bud-dha)·법法(dharma)·승僧(samgha)의 총칭. ⑬ 16·31·37·44 ⑭ 10·13·14·31·45

삼세三世

과거·현재·미래의 세 시대. ⑬ 6

삼시三時

주간에 근행勤行하는 세 시각으로, 신조晨朝·일중日中·일몰日沒이라 함. ⑬ 5·23·29

삼악도三惡道

삼악취三惡趣, 삼도三途라고도 함. 현세 악업의 응보에 의해 사후에 떨어지게 된다는 지옥地獄·아귀餓鬼·축생畜生의 삼도三道. → 삼도三途.
⑬ 10·33·44 ⑭ 39

삼업三業

업業을 셋으로 분류한 것. 몸(신체)·입(언어표현)·뜻(마음) 세 가지에서 비롯되는 행위에 의해 발생하는 죄의 총칭. ⑭ 18

삼의三衣

승려의 개인적인 소유가 허가된 세 종류의 가사袈裟. 승가리僧伽梨(대의大衣)·울다라승鬱多羅僧

(상의)·안타회安陀會(하의)의 총칭. 재단·봉제 방법은 각각 5조·7조·9조로 정해져 있다 하나 여러 설이 있음. 이 삼의와 탁발托鉢 때에 보시布施를 받는 발 하나가 승려에게 허락된 소지품의 전부였음. ⑬ 5·24

상좌上座

사주寺主·유나維那와 함께 삼강三綱의 하나. 절 내의 승려를 감독하여 불사를 관장하며 사무寺務를 통괄하는 승관僧官. 법랍法臘을 쌓은 상석上席의 승려가 임명됨. ⑭ 11

상품하생上品下生

구품정토九品淨土의 제3단계로 상품중생上品中生의 다음. → 극락極樂 ⑬ 34

생사生死

범어梵語 samsara의 번역. '윤회'라고도 번역됨. 이 세상에 태어나서는 죽고, 죽어서는 다양한 곳에 다시 태어나는 것을 반복하는 일. 헤매는 세계, 괴로움의 세계에 흘러들어가 성불하지 못하는 것. 불교에서는 처음에는 이 생사의 무한한 반복의 수레바퀴에서 벗어나 열반涅槃에 이르는 것이 이상이었지만, 이후에 '생사즉열반生死卽涅槃'이라는 주장도 나타남. ⑬ 25 30 ⑭ 17 23

석가여래釋迦如來

석가釋迦. 범어梵語 sakya의 음사音寫로 고대 인도의 부족명. 또 '석가여래釋迦如來', '석가모니불釋迦牟尼佛', '석가보살'의 약칭으로, 석존釋尊을 말함. 불교의 개조開祖인 고타마 싯다르타(Gautama Siddhartha). 샤카족 출신으로, 생몰연도에 대해서는 여러 설이 있으나 기원전 5~4세기경의 사람. 가비라위국迦毘羅衛國 정반왕淨飯王의 아들. 어머니는 마야부인摩耶夫人. 29세에 출가하여 35세에 깨달음을 얻어 불타佛陀(깨달은 자)가 됨. 바라나시에서 첫 설법을 한 이후 여러 지역에서 설법을 열어 교화에 매진. 그의 설교는 현세의 괴로움에서 벗어나 깨달음을 얻어 진리의 자각자自覺者가 되는 것을 목적으로 하였으나, 그가 죽은 이후에는 각 지역과 시대의 영향을 받아 다양한 전개를 보이며 퍼져나가 불교에서는 신격화됨. ⑬ 36

석장錫杖

비구십팔물比丘十八物의 하나. 승려나 수행자가 외출할 때 휴대하는 지팡이. 끝에 금속의 종이 몇 개 달려 있어 이것을 흔들어 소리를 내며 악수惡獸·독충의 피해를 막았고, 걸식乞食을 할 때에 방문을 알렸음. 지장智杖·덕장德杖이라고도 하며, 지덕을 나타냄. 보통 지장地藏보살의 소지품으로 그의 본서本誓를 상징하였으나 연화蓮華와 함께 관음觀音보살의 소지품이 됨. 하세데라長谷寺(나라 현奈良縣 사쿠라이 시櫻井市)에 있는 십일면관음보살상十一面觀音菩薩像이 유명. ⑬ 35

석장공양錫杖供養

석장을 흔들어 가타伽陀(게송偈頌) 혹은 화찬和讚 등을 청하여 공양하는 것. ⑭ 8

석존尺(釋)尊

→ 석가여래. ⑬ 9

선근善根

선한 과보果報를 가져오는 행위. ⑬ 7·19·29·30·33·36·42·44 ⑭ 2~4·6·8·25·30·36

선소善所

극락 등의 정토淨土를 말함. ⑬ 29·35·42 ⑭ 3

선여용왕善如龍王

선녀용왕善女龍王이라고도 함. 아누달지阿耨達池의 용왕 중 하나라 함. → 아누달지阿耨達池 ⑭ 41

선지식善知識

범어梵語 kalyana-mitra(선한 친구)의 번역. 정법正法을 설명한 불도에 이끌려 불과佛果를 얻은 사람. 특히 덕이 높은 승려를 말함. ⑭ 2·4·5

성인聖

덕이 높은 승려. 특히 특정 사원에 소속하지 않고, 산림山林에서 수행하며, 불도에 전심專心하는 승려. '고야 성인高野聖' 등은 그 하나. 성인이 모이는 장소를 별소別所라고 함. ⑬ 1·2·4·5·6·9·10·17·19·22·23·24·27·33·34·39·40·41 ⑭ 3·6·8·10·39

성중聖衆

'성자중聖者衆'이라는 뜻으로, 부처·보살의 모임을 말함. ⑬ 39·41

세계世界

범어梵語 loka-dhatu의 번역. 사람들이 사는 곳. 불교의 세계관에서는 수미산須彌山을 중심으로 네 개의 섬이 하나의 세계로 되어 있어, 이것이 십억 개 모여 삼천대천세계三千大千世界, 즉 우주를 형성한다고 함. 수미산의 남쪽에 있는 섬이 염부제閻浮提인데, 수미산은 히말라야 산맥을 이미지한 것이고 염부제는 인도 대륙이라고 인식하게 되어 헤이안平安 후기에는 일본이 그 주변의 섬이라고 여겨짐. ⑬ 6 ⑭ 41

소지옥小地獄

불전『정법념처경正法念處經』이나『구사론俱舍論』 등에 설명된 8대 지옥·8한 지옥 중에 8대 지옥에 속하는 증지옥增地獄, 부지옥副地獄 등을 가리킴. 경설經說에 따라 다르지만『대지도론大智度論』16권에는 16 소지옥을 말하고 있고,『구사론』11권은 8대 지옥에 각각 16개의 소지옥이 있다고 되어 있음. ⑭ 7

수계受戒

불문에 들어온 자가 지녀야만 할 계율을 받는 것. 사미沙彌·사미니沙彌尼가 받는 십계十戒, 비구比丘·비구니比丘尼가 받는 구족계具足戒가 있음. ⑬ 31

수량일품壽量一品

→ 수량품壽量品. ⑬ 37

수량품壽量品

『법화경法華經』6권·여래수량품如來壽量品 제16의 줄임말. 석가여래는 수명이 영원하여불멸임을 설하고 이미 먼 옛날에 성불하였음을 설함. 장수와 병의 치료를 기원함. ⑬ 14·37

수병水瓶

마실 물을 넣는 깨끗한 병과, 측간에서 사용하는 촉병觸瓶 등이 있음. 비구십팔물比丘十八物 중 하나로, 수행승이 반드시 휴대하여 할 용기였음. 비발飛鉢과 마찬가지로 수병을 던져 사용하는 것은 수행을 쌓아 험력驗力을 얻은 수행자나 성인의 기술 중 하나. ⑬ 1

수보리須菩提

범어梵語 subhuti의 음사音寫. 무쟁론주자제일無諍論住者第一(교화활동에 있어 어떤 박해에 부딪혀도 다투지 않음) 소공양제일所供養第一(많은 사람들로부터 한없는 공양을 얻음)이었다는 불제자. 대승大乘불교에서는 해공解空 제일이라고

하여 석가釋迦의 십대제자 중 한 명이라 함. 『금강반야경金剛般若經』에는 석가와 문답하며 반야般若의 이법理法을 설함. 공생空生이라고도 함. ⑬ 41

숙보宿報

전세로부터의 인연에 의해 생겨난 현세에서의 과보果報. 전세에서 지워진 숙명. ⑭ 4

숙세宿世**의 보**報

전세의 업인業因에 의한 응보. 숙보宿報. → 宿報 ⑬ 19 · 26 ⑭ 25

숙업宿業

과거세過去世에서 행해진 행위의 선악이 현세에 미치는 잠재적인 힘. ⑬ 19 ⑭ 10 · 12 · 21 · 24 · 36

숙인宿因

전세의 업이 현세에서 선악의 결과로 대응되는 것. ⑬ 40 ⑭ 13~16 · 18 · 19

승강僧綱

승려와 비구니를 관리하고 법무法務를 통괄하는 승려의 관직으로 승정僧正 · 승도僧都 · 율사律師의 세 직책. 보통 승정 · 대승도大僧都 · 소승도少僧都 · 율사律師의 네 가지 밑에 위의사威儀師 · 율의사律儀師를 두어 구성됨. ⑭ 1

승도僧都

승강僧綱의 하나로 승정僧正보다는 밑이고 율사律師보다는 위임. 나중에는 대승도 · 권대승도權大僧都 · 소승도 · 권소승도權少僧都 등이 생김. ⑬ 37 ⑭ 11 · 39 · 40 · 41

시식施食

시주에게 공양받은 식사. ⑬ 41

심경心經

→ 반야심경般若心經 ⑭ 31 · 32

십나찰十羅刹

'십나찰녀十羅刹女'의 줄임말. 『법화경法華經』 다라니품陀羅尼品에 귀자모신鬼子母神과 함께 『법화경』의 지경자를 보호하고 수행을 돕기로 맹세한 열 명의 나찰녀. 『법화경』 다라니품에 나오는 남파藍婆 · 비람파毘藍婆 · 곡치曲齒 · 화치華齒 · 흑치黑齒 · 다발多髮 · 무염족無厭足 · 지영락持瓔珞 · 고제皐帝 · 탈일체중생정기奪一切衆生精氣를 가리킴. ⑬ 23 · 41

십나찰녀十羅刹女

→ 십나찰十羅刹. ⑬ 4 · 41

[아]

아누달지阿耨達池

범어梵語 Anavatapta의 음사音寫. '아누달지阿耨達智'라고도 함. 한역은 '무열뇌지無熱惱池' 등. 불교에서의 상상속의 연못. 섬부주贍部洲의 중심, 대설산大雪山의 북쪽, 향취산香醉山의 남쪽에 있으며 주위 8백리에 금 · 은 · 유리瑠璃 · 파지頗胝(수정)가 그 물가를 꾸미고 있어 부동지不動地의 보살이 용왕이 되어 살고 있다 함. ⑭ 41

아미타불阿彌陀佛

아미타阿彌陀. 범어梵語 Amitayus(무량수無量壽), Amitabha(무량광無量光)의 줄임말인 amita의 음사音寫. 아미타불阿彌陀佛, 아미타여래阿彌陀如來라고도 함. 서방극락정토西方極樂淨土의 교주. 정토교의 본존불本尊佛. 법장法藏 보살이 중생구제를 위해 48개의 원願을 세워 본원本願을 성취하고 부처가 된 것임. 이 부처에게 빌고 이름을 외우면 극락왕생할 수 있다고 여겨짐. 일본에서는 헤이안平安 중기부터 미륵彌勒이 있는 도솔천兜率天보다 아미타阿彌陀가 있는 극락정토를 염원하는 사상이 널리 퍼지게 되어 말법末法 사상과 함께 정토교가 널리 퍼지는 풍조가 나타남. ⑬ 31·32

아사리阿闍梨

범어梵語 acarya의 음사音寫. '궤범사軌範師' '교수敎授' 등으로 번역함. 제자에게 십계十戒·구족계具足戒를 내려 위의威儀(작법作法)를 가르치는 사승師僧으로 대승大乘·소승小乘, 현교顯敎·밀교密敎 모두 수계受戒 혹은 관정灌頂에 있어 이를 집행하는 승려. 일본에서는 직관職官의 하나로 관부官符에 의해 보임되었음. 승화承和 3년(836), 닌묘仁明 천황 시대에 히에이 산比叡山·히라 산比良山·이부키 산伊吹山·아타고 산愛宕山·고노미네지神峰寺·긴푸센지金峰山寺·가쓰라기 산葛城山의 일곱 산에서 아사리의 칭호를 받아(칠고산아사리七高山阿闍梨) 오곡풍양五穀豊穰을 기원한 것이 최초라고 하며, 이후에는 궁에서 보임을 받지 않고 각 종파에서 임의로 칭호를 사용하게 됨. ⑭ 41·42·44·45

악도惡道

→ 악취惡趣. ⑬ 37 ⑭ 10·23

악업惡業

몸·입·뜻意에 의한 사악한 행위. 몸(육체)에 의한 살생·도둑질·사음邪淫, 입에 의한 망어妄語·정어精語·악구惡口·양설兩舌·뜻(마음)에 의한 탐욕貪欲·진에瞋恚·사견邪見. 몸으로 세 개, 입으로 네 개, 마음으로 세 개의 열 가지 업業. ⑬ 33·44 ⑭ 19·23·33

악연惡緣

나쁜 인연. 사후死後, 악도惡道에 떨어질 사정이나 행위. ⑬ 42

악취惡趣

범어梵語 durgati의 한역. '취趣'는 '향하여 가는 곳'이라는 뜻. 현세에서 지은 나쁜 일(악업)에 의해 사후에 환생하게 되는 고경苦境. 육도六道 중 지옥도地獄道·아귀도餓鬼道·축생도畜生道를 가리킴. 악도惡道라고도 함. → 삼악도三惡道·삼도三途·육도六道. ⑬ 19·29·35

안거安居

범어梵語 varsa(우기雨期)의 번역. 하안거夏安居, 일하一夏, 일하구순一夏九旬이라고도 함. 인도에는 봄부터 여름에 걸쳐 약 3개월 간의 우기雨期가 있는데, 그 사이에 승려들이 일정한 장소에 모여 일정 기간 동안 수행하던 우안거雨安居에서 시작하여 일본에서도 시행되게 됨. 이 기간은 일본에서는 음력 4월 16일부터 7월 15일까지 3개월. ⑬ 34 ⑭ 17

알가閼伽

범어梵語arghya의 음사音寫. 부처에게 공양하는 청결한 물, 향수香水. 혹은 꽃·향 등의 공물. ⑭ 17

야차夜叉

범어梵語 yaksa의 음사音寫. '첩질귀捷疾鬼', '용건勇健' 등으로 한역함. 팔부중八部衆의 하나. 원래는 맹악猛惡한 인도의 악귀, 후에는 불도에 귀의하여 비사문천毘沙門天의 권속眷屬으로서 북방北方을 수호하고, 『법화경法華經』 행자行者를 수호한다고 함. ⑬ 1 ⑭ 17

약사여래藥師如來

범어梵語 Bhaisajyaguruvaiduryaprabha 약사유리광여래藥師琉璃光如來라고 번역하며, 줄여서 '약사여래', '약사불藥師佛', '약사藥師'라고 칭함. 이 세계에서 동방東方에 있는 정유리세계淨琉璃世界라고 하는 정토에 사는 부처로, 일광日光·월광月光 보살을 좌우의 협사脇士로 하며, 약사삼존藥師三尊을 이룸. 또한 십이신장十二神將을 권속眷屬으로 함. 이 세상의 중생의 병고病苦를 없애 안락을 주고, 현세이익을 불러온다고 함. 일본에서는 불교도래 초기부터 신앙되어 많은 불상佛像·사원寺院이 만들어짐. ⑭ 25

약왕품藥王品

『법화경法華經』 약왕보살본사품藥王菩薩本事品 제23의 줄임말. 약왕보살이 일월정명덕여래日月淨明德如來의 시대에 법화法華를 공양하기 위해 몸을 불태우고, 팔을 태운 고사故事에서 시작하여 소신소비燒身燒臂 공양보다도 불멸佛滅 후에 『법화경法華經』을 널리 알리는 공덕이 보다 크다는 것을 서술하고 있음. '약왕'은 좋은 약을 중생에게 베풀어 심신의 병을 치료하는 보살이라는 점에서 병의 치유를 기원할 때 독송함. 또 여인구제를 설하는 것으로도 알려져 있음. ⑭ 14

어재회御齋(齊)會

'재회齋會'는 승려를 초대하여 재식齋食을 공양하는 법회라는 뜻으로, 궁중宮中의 대극전大極殿에서 행해졌던 법회를 '어재회'라고 함. 유마회維摩會·최승회最勝會와 함께 삼회三會의 하나. ⑬ 40

업業

범어梵語 karman(행위)의 번역. 몸·입·마음에서 유래되는 선악의 소행. 전세와 이번 생에서의 행위가 이번 생 및 내세에서 받는 과보果報의 원인이 된다고 함. ⑬ 7·8·37 ⑭ 7·8·37

여덟 사람의 동자八人の童子

부동명왕不動明王의 시자侍者인 팔대금강동자八大金剛童子. 혜광慧光·혜희慧喜·아뇩달阿耨達·지덕指德·조구파아烏俱婆誐·청정비구淸淨比丘·긍갈라矜羯羅·제타가制吒迦의 팔존尊을 가리킴. ⑬ 21

여래수량품如來壽量品

→ 수량품壽量品 ⑭ 3

연분도자年分度者

매년 일정수의 여러 종宗·여러 대사大寺에 할당된 득도자得度者로 수계受戒 후에 12~16년간 경륜經綸을 수학修學. ⑬ 7

연일緣日

십재일十齋日을 부처·보살과 인연이 있는 날로 보는 사상. 부처와 인연을 맺는 날로, 그 날에 참배하면 큰 이익이 있다 함. ⑭ 7

열반涅槃

범어梵語 nirvana(소멸하다, 불어 꺼지다)의 음사音寫. '멸도滅度', '적멸寂滅', '원적圓寂'이라 번역함. 번뇌의 불을 꺼서 깨달음의 경지에 이르는 것. 불전佛典에서는 석가의 죽음을 의미함. ⑬ 36

열반경涅槃經

대승大乘의 『대반열반경大般涅槃經』(북본北本)의 줄임말. 40권. 담무참曇無讖 번역. 석가釋迦가 열반涅槃에 오르신 후에도 그 불성佛性은 상주불멸常住佛滅이라 이야기함. 이외에도 혜관慧觀·혜엄慧嚴·사영운謝靈運 등이 함께 번역, 재편한 남본南本(36권 본)·법현法顯이 번역한 6권 본 등이

있음. ⑬ 32 ⑭ 39

염마왕閻(琰)魔王
'염마'는 범어梵語 Yama의 음사音寫. raja(왕)를 붙인 음사에서 '염마라사閻魔羅闍'라고 쓰며 그 줄임말의 형태로 '염마라閻魔羅', '염라왕閻羅王'이라고도 함. 명계·지옥의 왕으로, 죽은 자의 전생에서의 죄를 심판함. 중국에서는 재판관이라는 이미지가 강하며, 일본에서는 그 무서운 형상과 함께 공포의 대상이 됨. 일설에는 지장地藏 보살의 화신이라 함. ⑬ 6·13·35

염불念佛
'나무아미타불南無阿彌陀佛' 여섯 글자의 명호名號를 외우는 것. ⑬ 19·31·32·42 ⑭ 1

영락瓔珞
인도의 장신구로 주옥珠玉을 이은 장신구. 불상佛像을 장식할 때도 사용되며, 머리·목·가슴 등에 걸침. 천개天蓋 장식에도 사용. ⑬ 30·36 ⑭ 17

영저鈴杵
밀교密教의 법구法具. 금강저金剛杵 형태의 손잡이가 달린 방울. ⑬ 21

영취산靈鷲山
범어梵語 Grdhrakuta의 번역. '기사굴산耆闍崛山'이라고도 번역됨. 고대 인도 마가다국摩揭陀國의 수도, 왕사성王舍城(현재 라즈기르)의 동북에 있음. 석가재세釋迦在世 때의 『법화경法華經』을 설법한 곳. 석가는 입멸 후에도 이곳에서 설법을 계속하고 있다고 여겨져, 영취산을 불국토佛國土(정토)로 하는 신앙이 왕성해짐. 영산靈山, 취산鷲山이라고도 함. ⑬ 36

영험靈驗
(1) 부처·보살신에 의해, 또는 독경에 의해 나타나는 불가사의한 징후. ⑬ 1·14·16·18·21·26·38·40~42 ⑭ 3·9·32·34·35· 42·45 (2)영험소靈驗所의 줄임말. ⑬ 17

영험소靈驗所
영험이 뛰어난 사사寺社·영장靈場.
⑬ 4·28 ⑭ 7·15

예당禮堂
예배당禮拜堂. 금당金堂 앞에 위치하며, 본존불을 예배하기 위한 당. 『색엽자유초色葉字類抄』 라ラ·지의地儀에 "예당은 금당 앞 당의 이름이다"라고 되어 있음. ⑭ 24

예반禮盤
불단을 안치하는 수미단須彌壇 정면에 있으며, 법회 때 도사導師가 착좌着座하여 예배하고, 독경을 올리거나 경백敬白을 아뢰는 고좌高座. ⑭ 39

오고五鈷
→ 금강金剛 → 삼고三鈷 ⑬ 21

왕생往生
원래는 이 세상에서의 수명이 다해 다른 세계에서 다시 태어나는 것을 의미하지만, 정토사상이 발전함에 따라 이 세상을 떠나 정토에서 다시 태어나는 의미가 되어 극락왕생·왕생극락이라고 사용되게 됨. 일본에서는 예전에는 미륵彌勒 신앙에 의한 도솔兜率 왕생, 헤이안平安 중기 이후에는 아미타阿彌陀 신앙에 의한 극락왕생의 사상이 널리 퍼짐. ⑬ 5·9

외전外典

내전內典과 대비되는 말. 불교에서 불교경전(내전) 이외의 전적典籍을 일컬음. 주로 도교·유교의 서적. ⑬ 5

용궁龍宮

칠보七寶로 만들어진 용왕의 궁전으로 불설佛說에서는 해저海底에 있으며, 『일체경一切經』을 수장收藏함. ⑭ 29

용수龍樹

범어梵語 Nagarujuna(용龍을 얻은 자)의 번역. '용맹龍猛'이라고도 번역함. 2~3세기경에 남 인도에 출현한 대승의 논사論師. 『중론中論』, 『대지도론大智度論』, 『십주비바사론十住毘婆沙論』 등을 저술하였으며 대승불교를 이론적으로 체계화함. 『중론』은 천태종天台宗·삼론종三論宗에, 『십주비바사론』은 정토종淨土宗 등이 의거하여 중요시하였기 때문에, 팔종八宗의 시조로 공경 받았으며, 중국·일본 불교에 지대한 영향을 끼침. ⑬ 15 ⑭ 21

우전왕于闐王

'우전于闐'은 범어梵語 Udayana의 음사音寫. '우전왕優塡王'이라고도 함. 석존釋尊 시대의 고대인도의 코삼비국憍賞彌國의 왕. 왕비의 교화에 의해 석가釋迦에 귀의하여 전단목栴檀木으로 최초의 불상을 만들었다 함. ⑬ 21

우치愚痴

'무명無明'과 같은 뜻. 탐욕貪慾·진에瞋恚와 함께 삼독三毒의 하나. 번뇌에 휘둘려 이비理非를 깨닫지 못하는 일. ⑬ 4·16·41 ⑭ 24

유정有情

범어梵語 sattva(현상계에 존재하는 것)의 번역. 생명이 있는 것이라고 풀이되어 '중생'이라 번역되었으나 후에 감정이나 의식을 갖는 모든 생물을 의미하는 '유정'이라 번역됨. 이에 비해 산·강·초목·대지 등은 '비정非情'(비유정非有情·무정無情이라고도 함). ⑬ 3·22

육근六根

눈·귀·코·혀·몸體·뜻意의 여섯 가지 감각기관感覺器官. '근根'은 생명이 대경對境에 반응하는 작용을 갖는 것을 말함. 이 육근이 색色·성聲·향香·미味·촉觸·법法(육진六塵)과 연을 맺어 중생의 번뇌를 일으킨다고 함. ⑭ 21

육근청정六根淸淨

육근六根에서 생기는 죄나 부정을 없애고, 청정한 경지에 이르는 것. 『법화경法華經』 권6·법사공덕품法師功德品 제19에 의하면, 『법화경』을 수지受持하고, 독송 또는 해설解說·서사書寫하면 육근을 장엄莊嚴하여 청정한 몸이 된다고 함. ⑬ 25

육도六道

현세에서의 선악의 업業이 원인이 되어, 중생이 사후死後에 향하게 되는 세계. 십계十界 중 지옥地獄·아귀餓鬼·축생畜生의 삼악도三惡道와 수라修羅·인간人間·천天의 여섯 계界를 총칭한 것으로 헤매는 중생이 윤회輪廻하는 경계. 사성四聖(성문聲聞·연각緣覺·보살菩薩·부처佛)과 대비되는 말. 육취六趣라고도 함. ⑬ 35

육시六時

승려가 염불·독경 등의 근행을 하는 시각時刻. 하루를 낮 삼시三時와 밤 삼시로 나누어, 오전 6시부터 4시간 씩, 신조晨朝·일중日中·일몰日沒·초야初夜·중야中夜·후야後夜로 하는 것의 총칭. ⑬ 15 ⑭ 17

의발衣鉢

비구육물比丘六物 중 삼의三衣와 일발一鉢. 승려가 지녀야만 하는 최소한의 물건. 또한 선종의 시조인 달마達磨가 제2대조인 혜가慧可에게 인가印可를 내릴 때, 가사와 철발鐵鉢을 준 고사故事로부터 스승이 전해준 가르침의 오의奧儀를 의미하기도 함. ⑬ 19 · 32

이익利益

공덕功德을 얻는 것. 현세에서의 선행에 대하여 현세에 얻게 되는 공덕을 현세이익이라고 함. ⑭ 4

인계人界

인간이 사는 인간계人間界를 말함. 십계十界의 하나. ⑭ 6 · 25

인과因果

몸(육체) · 입(언어표현) · 뜻(마음)에 의한 행위(업)와 그것이 원인이 되어 생기는 과보果報. 불교의 근본도리에서는 선업善業에 의해 선한 과보가 있고, 악업惡業이 원인이 되어 악한 과보가 있다고 함. 이를 '선인선과善因善果 · 악업악과惡業惡果'라 하며 총체적으로 '인과응보因果應報'라 함. ⑬ 37 · 44 ⑭ 22 · 31

인왕경仁王經

구마라습鳩摩羅什이 5세기 초에 번역한 『불설인왕반야바라밀경佛說仁王般若波羅蜜經』 두 권과 불공不空이 765년에 번역한 『인왕호국반야바라밀경仁王護國般若波羅蜜經(인왕호국경仁王護國經)』 두 권이 있음. 태밀台密에서는 전자를 동밀東密에서는 후자를 사용함. 『법화경法華經』과 함께 호국삼부경護國三部經의 하나. ⑭ 35

인욕忍辱

육바라밀六波羅蜜의 세 번째인 인욕바라밀忍辱波羅蜜을 가리킴. 여러 가지의 많은 회욕悔辱 · 고뇌苦惱 · 박해迫害를 참고 견디며 마음을 움직이지 않는 것. ⑭ 10

일승一乘

범어梵語 eka-yana(유일한 탈것)의 번역. 다시 말해 모든 중생을 방황(차안此岸)에서 깨달음(피안彼岸)으로 옮기는 탈것을 의미함. 『법화경法華經』에 처음으로 보이는 사상으로 중생의 사회적 지위나 성별 · 노소에 관계없이 평등하게 동일한 최고의 깨달음으로 인도하는 유일한 법문法門으로 『법화경』의 가르침을 의미. 또한 구카이空海는 밀교密敎만이 부처의 진정한 가르침이라고 하는 입장에서 '일승'을 '밀교'의 뜻으로 해석하였고 신란親鸞은 '타력본원他力本願'을 '일승'이라 함. ⑬ 2

일하一夏

한 번의 안거安居를 시행하는 90일간(음력4월 16일~7월 15일). → 안거安居 ⑬ 15 ⑭ 16 · 17 · 18

입도入道

불도佛道에 들어가는 것. 또, 그러한 사람. ⑭13

입정入定

선정禪定에 들어간 것을 '입정入定'이라 함. 선정은 범어梵語 dhyana(명상 · 사유思惟)의 음사音寫. '선禪'과 그 번역어 '정定'의 복합어. 대승불교의 종교이론인 육바라밀六波羅蜜 중 하나. 정신을 통일하여 조용히 진리를 관상觀想하는 것. ⑬ 12

[자]

자씨慈氏

범어梵語 Maitreya(친분이 있는 사람. 정이 깊은

사람)의 번역. 미륵보살의 다른 이름. 자존慈尊, 자씨존慈氏尊이라고도 함. ⑭ 20

자씨존慈氏尊

→ 자씨慈氏. ⑬ 11

자오藏王

'자오 권현藏王權'의 생략. 자오藏王 보살이라고도 함. 수험도修驗道의 선조라고 하는 엔 행자役行者(엔노 오즈누役小角)가 긴푸 산金峰山에서 감득感得한 악마를 제압하는 보살. 형상은 일면一面·삼안三眼·이비二臂·청흑색의 분노상忿怒像으로, 반석磐石을 딛고 서서 오른발을 공중에 세우고 있음. 석가釋迦·천수관음千手觀音·미륵彌勒 보살의 덕을 갖추었다고 하여 산악신앙과 결합되어 믿어짐. 자오당藏王堂은 현재現在 요시노吉野에 있는 긴푸센지金峰山寺의 본당本堂. ⑬ 21 ⑭ 17

자존慈尊

→ 자씨慈氏. ⑭ 20

전독轉讀

진독眞讀과 대비되는 말로 분량이 많은 경전을 읽을 경우에 경문經文의 제목, 또는 각권의 처음, 중간, 끝의 몇 행을 차례대로 건너뛰며 읽는 것. ⑭ 33·34·37

전생前生

이 세상에 태어나기 전의 세계에서의 삶. 불법에서 설명하는 금생今生, 후생後生과 함께 삼생三生의 하나. ⑬ 44 ⑭ 12~15·19~25

정定

범어梵語 samadhi의 번역. 정신을 통일하여 명상하여 진리를 보는 일. '계戒' '혜慧'와 함께 삼학三學의 하나로 불교의 중요한 실천윤리. 선종에서 특히 중시함. ⑬ 5

정인定印

입정入定의 상을 표현하는 인계印契로, 법계정인法界定印·아미타정인阿彌陀定印 등이 있음. 인계는 인印이라고도 하여, 양손의 손가락을 각자 교차시켜 부처·보살의 종교 이념을 상징적으로 표현하는 수인手印을 말함. 특히 밀교에서 사용됨. ⑬ 5

정토淨土

청정한 국토라는 뜻으로, 부처가 통괄하는 국토, 즉 불국토佛國土. ⑬ 8·14 16·17·25·27·35·36·41~43 ⑭ 6 ·21·25

정혜定惠(慧)

정학定學과 혜학慧學, 선정禪定과 지혜(智慧)의 병칭倂稱. 여기에 '계戒'를 더해 삼학三學이라고 총칭되어, 불도수행의 3대 요강要綱. '정定'은 잡념을 떨쳐 마음을 집중하는 일이고 '혜惠(慧)'는 번뇌를 끊고 진리를 깨닫는 수행으로, 이 두 가지는 서로 떼어 놓을 수 없는 관계라 함. ⑬ 29

제석帝釋(尺)

'제석천왕帝釋天王'의 약자. 범어梵語 sakro devanamindrah(여러 하늘의 주된 샤크라=천제 샤크라)의 약자. 천제석天帝釋, 제석천帝釋天이라고도 함. 욕계육천欲界六天의 제2천. 도리천忉利天의 왕. 수미산須彌山 정상의 희견성喜見城(선견성善見城)에 살고 있으며 사천왕을 통솔하는 불법수호의 선신善神. ⑬ 7·39

조좌朝座 · **석좌**夕座

아침 법좌法座와 저녁 법좌. 법화팔강法華八講은 아침, 저녁으로 2좌, 4일간 행해짐. ⑬ 19

존승다라니尊勝陀羅尼

'불정존승다라니佛頂尊勝陀羅尼'의 축약. 존승진언이라고도 함. 석가여래釋迦如來의 불정존佛頂尊(부처의 정수리에 있는 머리카락)으로부터 나타난 존승불정존의 다라니 주술로 병에 대한 고민이 사라지고 안락하게 장수한다고 함 ⑬ 3 ⑭42

존승진언尊勝眞言

→ 존승다라니尊勝陀羅尼 ⑭ 42

주원呪願

법회나 식사가 행해질 때에 법어法語를 외며 시주의 공덕을 기원하는 것. 그 주원문을 읽는 승려를 주원사呪願師라 하며 줄여서 '주원呪願'이라 함. ⑬ 41

중유中有

탄생의 순간인 '생유生有', 태어나서 죽음에 이르기까지가 '본유本有', 죽음의 순간인 '사유死有'와 함께 유성有性이 전회轉回를 거듭하는 네 가지 과정 즉 '사유四有'의 하나로 죽음으로부터 다음 삶이 주어지기 전의 중간 상태를 말함. 그 기간은 보통 49일간으로 여겨져 '중음中陰'이라고도 칭함. 이 기간은 7일마다 다음 생이 주어지는 기회가 있다고 하여 7일마다 추선공양追善供養이 행해짐. ⑬ 29

지관止觀

'마하지관摩訶止觀'의 줄임말. 천태종에서 『법화경法華經』 3대 주역서注釋書 중 하나. 20권(혹은 열 권). 수나라의 지의智顗(천태대사天台大師 · 지자대사智者大師)가 설법한 원돈지관圓頓止觀의 방법을 설명하여 그것을 제자 장안章安이 적은 것. 천태종에서 가장 중요하게 여겨지는 수행법. ⑬ 5

지옥地獄

범어梵語 naraka의 번역. 범어梵語를 그대로 음역音譯한 것은 '나락奈落', '니리泥梨'라 함. 이 세상에서 나쁜 짓을 한 자가 사후에 떨어져 온갖 고통을 받게 된다는 지하세계. 삼악취三惡趣 · 8대지옥 등 다양한 지옥이 있으나, 일본에서는 겐신源信의 『왕생요집往生要集』이 사람들의 사후관에 깊은 영향을 미쳤고, 더구나 중세 이후에는 중국에서 지옥회地獄繪가 들어와서 현실적인 이미지가 정착됨. ⑬ 6 ⑭ 7

지장地藏

범어梵語 ksitigarbha(대지를 품은 자)의 번역. 지장보살. 지장존地藏尊이라고 함. 석가釋迦 입멸 후, 미륵보살이 출현할 때까지 석가의 의뢰를 받고 육도六道의 중생을 교화하고 제도하는 보살로, 목적이 성취될 때까지는 스스로도 왕생하지 않는다 함. 일본에서는 주로 동자의 형태로 석장錫杖을 짚었으며, 가장 대중적인 민간신앙의 대상이 됨. ⑬ 15

진언眞言

범어梵語 mantra의 번역. 다라니陀羅尼라고도 함. 기도를 할 때에 읊는 경문經文 · 게송偈頌 등을 범어梵語 그대로 읽는 주문의 총칭. 일본에서는 원어의 구절을 번역하지 않고 범자 그대로, 혹은 한자의 음을 빌린 것을 독송함. ⑬ 20 ⑭ 12 · 25 · 34 · 43~45

진언眞言의 밀법密(蜜)法

진언을 읊는 밀교의 수법. ⑬ 29

진에瞋恚

불교에서는 탐욕·무지와 함께 선을 해하는 삼독三毒의 하나. 화내고 원망하는 일. ⑬ 6·8 ⑭ 17

진여眞如

범어梵語 tathata(진실, 그대로의 상태)의 번역. 영구불변의 진리. 다양한 현상의 근저에는 차이를 넘은 평등·무차별의 절대의 진리가 있다는 것을 말함. ⑬ 27

진여眞如의 세계

범어梵語 bhutatathata(진리가 있는 대지)의 번역. 진리가 실재하고 상주하는 땅. 정토淨土를 말함. ⑬ 27

[차]

참법懺法

육근六根의 죄과를 참회하는 수법. 경전이나 본존에 따라 다양한 이름이 있는데, 예를 들면 『법화경法華經』을 독송하는 법화참법法華懺法 등이 있음. ⑬ 15·19

천동天童

불법佛法을 수호하는 제천諸天의 권속인 동자 모습의 천인天人. 호법동자護法童子라고도 함. ⑬ 16·36 ⑭ 16

천마파순天魔波(破)旬

욕계欲界 제6천天의 마왕으로 불법佛法을 저해하는 대악마. '파순波旬'은 살인자·악한이라는 뜻으로 마왕의 이름. ⑬ 2

천수관음千手觀音

범어梵語 sahasrabhuja(천 개의 팔을 가진 자)의 번역. 관세음觀世音 보살의 한 형태. 구제력이 크기에 연화왕蓮華王 보살이라고도 불림. ⑭ 43

천수다라니千手陀羅尼

대비주大悲呪, 천수千手의 진언眞言이라고도 함. 천수관음의 공덕을 설명한 범어梵語의 주문. 대비주 82개 구句의 다라니陀羅尼. ⑭ 43

천신天神

범천梵天·제석천帝釋天 등 불법佛法의 수호자인 제천선신諸天善神. ⑬ 5

천의天衣

보살이나 천인의 착의着衣. 얇고 길이가 긴 천으로 바느질한 자국이 없다고 함. ⑬ 28 ⑭ 17

천제석天帝釋

→ 제석帝釋 ⑭ 7

천태좌주天台座主

히에이 산比叡山 엔랴쿠지延曆寺 일산一山을 통치하는 천태종 최고승직. 엔랴쿠지 좌주의 공식 선명公式宣明과 명칭은 제형齊衡 원년(854) 관부官符로써 좌주가 된 제3대 지카쿠慈覺를 최초로 함. ⑬ 29·32

청우경請雨經

기우祈雨의 단을 세워 『대운륜청우경大雲輪請雨經』, 『대방등대운경大方等大雲經』 등, 청우請雨의 여러 경을 독송하여 용왕에게 청하여 비가 오기를 기도하는 밀교密敎, 특히 동밀東密계에서 행해지는 수법. ⑭ 41

초야初夜

근행勤行을 해야만 하는 여섯 시기 중 하나. 야간은 초야初夜·중야中夜·후야後夜의 세 번. 초야는 술시戌時로, 지금의 오후 여덟시 경. ⑬ 1 ⑭ 18

최승왕경最勝王經

『금광명최승왕경金光明最勝王經』의 줄임말. 대승경전 중의 하나. 의정義淨이 번역한 열 권(신역). 『인왕경仁王經』, 『법화경法華經』과 함께 진호국가삼부경鎭護國家三部經의 하나. 이외에도 담무참曇無讖이 번역한 4권(사권경四卷經이라고도 함. 구역), 진제眞諦의 번역, 사나굴다闍那崛多가 번역한 이역異譯 등이 있지만 완본으로써 현존하는 것은 담무참과 의정이 번역한 것뿐임. 일본에서는 진호국가鎭護國家의 경전으로 중시되어, 쇼무聖武 천황은 이 경전에 의해 국분사國分寺를 건립하였으며, 또 정월에 궁중에서 어재회나 여러 지방의 국분사에서 의정이 번역한 것이 읽히고 강의되었음. ⑬ 40

최승회最勝會

궁중최승회宮中最勝會·엔슈지圓宗寺 최승회·야쿠시지藥師寺 최승회 등이 있음. 유마회維摩會·어재회御齋會와 더불어 삼회三會 중의 하나. 천장天長 7년(830)에 시작되어, 3월 7일부터 13일까지의 일주일간, 『금광명최승왕경金光明最勝王經』(줄여서 『최승왕경最勝王經』)을 강의한 법회로 국가의 평안·천황의 식재息災를 기원함. 미나모토 씨源氏를 칙사勅使로 보냄. 권12 제5화에 상세히 기술됨. → 최승왕경最勝王經 ⑬ 40

축생畜生

범어梵語 tiryanc(길러져서 살아가는 것)의 번역. 불연佛緣이 없는 새, 짐승, 벌레, 물고기 류. ⑭ 6·10·20

칠보七寶

불전에서 설하는 일곱 가지의 보물. 『무량수경無量壽經』에서는 금·은·유리瑠璃· 파리玻璃·마노瑪瑙·차거硨磲·산호珊瑚. 『법화경法華經』에서는 금·은·유리瑠璃·차거硨磲·마노瑪瑙·진주眞珠· 매괴玫瑰를 들고 있음. ⑬ 6

칠칠일七七日

사망한 날부터 49일째의 법요法要. 불교에서는 사람이 죽은 뒤 49일 동안은 중음中陰(중유中有)이라 하여 죽은 자의 혼이 다른 곳으로 전생하지 못하고 중간 상태에 있다고 함. 그렇기에 7일마다 공양의 재식齋食을 베풀어 죽은 자의 명복을 빎. 마지막 49일을 만중음滿中陰이라 함. ⑭ 5·8·9

[타]

타계他界

인간계 이외의 세계. 십계十界 중 인간계를 제외한 지옥·아귀餓鬼·축생畜生·수라修羅·천상天上·성문聲聞·연각緣覺·보살菩薩·부처佛의 구계九界를 가리킴. 다른 의미로는 사후 세계를 말함. ⑬ 19

탁세濁世

탁하게 더러워진 세상 속. 인간계. 현세. 말세에 일어날 겁탁劫濁·견탁見濁·번뇌탁煩惱濁·중생탁衆生濁·명탁命濁 등 5탁의 더러움이 넘치는 세상의 모습. ⑬ 13

태장계공양법胎藏界供養法

태장계胎藏界의 만다라曼荼羅를 공양하여 소원성취하는 행법行法. ⑭ 44

태장계회胎藏界會**의 만다라**曼荼羅

금강계金剛界의 만다라曼荼羅와 함께 밀교의 근

본교의를 그림으로 나타낸 것. 대일여래大日如來의 자비를 나타냄. 대일여래가 중앙에 위치하는 중대中臺인 팔엽원八葉院을 중심으로 상하좌우의 열두 대원大院으로 이루어지며 7백여 존尊(414존이라고도 함)의 부처와 보살을 그려 대일여래 일불一佛부터 여러 부처가 현현顯現하여 모든 중생을 구제할 것이라는 교의를 도설圖說함. '태장계胎藏界'라는 명칭은 모태 속의 태아와 같이 모든 법이 이 만다라 속에 포함되어 있다는 점에서 붙여진 것임. '계界'라는 자를 구카이空海는 붙이지 않았으나 후에 '금강계'의 '계'를 따라 덧붙이게 되었음. '회會'는 부처와 보살의 집회라는 뜻. ⑭ 44

[파]

팔강八講

'법화팔강法華八講'의 줄임말. 『법화경法華經』 전 8권을 8좌座로 나누어, 여덟 명의 강사가 한 사람이 한 좌를 담당. 하루를 아침, 저녁 두 좌로 나누어, 한 좌에 한 권씩 강설하여 4일간 결원結願하는 법회. ⑬ 43 ⑭ 11

[하]

하랍下臈

상랍上臈과 대비되는 말. 승려가 된 지 얼마 되지 않아 수행이 얕은 승려를 말함. 1년의 수행을 일랍一臈이라 함. ⑭ 44

학생學生

원래는 절에서 외전外典을 학습하는 자를 의미했음(『남해기귀내법전南海寄歸內法傳』). 일본에서는 불도를 학습하는 학승學僧을 가리키며, 천태종에서는 득도得度·수계受戒한 승려를 히에이산比叡山에서 학문·수행시켰음. 학려學侶라고도 하며, 승려 중에서는 엘리트로 단순한 불도수행자인 해인行人(고야 산高野山)·당중堂衆(히에이산比叡山)·성인(聖)과는 구별되었으며, 이로 인해 그들과 대립하는 경우도 있었음. ⑭ 44

행도行道

불상이나 불단의 주위를 돌며 부처를 예배하는 작법作法 및 의식. 보통 오른쪽으로 세 번을 돎. ⑬ 13

행법行法

밀교승密教僧이 전법관정傳法灌頂을 받아 아사리阿闍梨가 되기 전에 행하지 않으면 안 되는 수행의 사계제四階梯. 사도가행四度加行. 십팔도十八道·금강계金剛界·태장계胎藏界·호마護摩의 사행법四行法을 말함. ⑬ 20·29 ⑭ 34·40

향로香爐

향을 피우는 그릇. 도자기·칠기·금속제 등이 있음. 손에 드는 것을 병향로柄香爐라 함. ⑬ 3·13 ⑭ 1·11·17

향수香水

범어梵語 arghya의 번역. → 알가閼伽 ⑭ 36

현교顯教

현교란 언어나 문자로 설파하는 교의로, 밀교 이외의 모든 불교. 특히 석가釋迦·아미타阿彌陀의 설교에 의한 종파. ⑭ 12

현보現報

현세에 있어 선한 행위 혹은 악한 행위에 의해 받게 되는 현세에서의 과보果報. 살아 있을 때에 받는 응보. ⑬ 20

현세現世

과거세過去世・미래세未來世와 함께 삼세三世 중 하나. 현재의 세계, 이 세계. ⑬ 14・21 ⑭ 1・13・26・34

호법護法

'호법신護法神'의 줄임말. 불법수호의 신령으로 호법천동護法天童, 호법선신護法善神, 호법동자護法童子 등으로 표현. 범천梵天・제석천帝釋天・금강역사金剛力士・사천왕四天王・십나찰녀十羅刹女・십이신장十二神將・십육선신十六善神・이십팔부중二十八部衆 등. 원래는 인도의 민간신앙의 신이었지만 불법에 귀의하여 불佛・법法・승僧의 삼보三寶를 수호하는 신이 되었다고 함. ⑬ 5・19・23・39・41 ⑭ 26・35

호법선신護法善神

불법을 수호하는 선신. → 호법護法 ⑬ 39

호지승護(御)持僧

궁중에 봉사하며 천황의 몸을 보호하기 위해 가지기도加持祈禱를 하는 승려. ⑭ 40

화상和尙(上)

수행을 쌓은 고승의 경칭. ⑬ 13・14

화엄경華(花)嚴經

『대방광불화엄경大方廣佛華嚴經』의 줄임말. 동진東晋의 불태발타라佛馱跋陀羅가 5세기 초반에 번역한 60권본(『육십화엄六十華嚴』 혹은 『구역화엄경舊譯華嚴經』), 당나라의 실차난타實叉難陀가 7세기 말에 번역한 80권본(『팔십화엄八十華嚴』 혹은 『신역화엄경新譯華嚴經』), 당나라의 반야般若가 8세기 말에 번역한 40권본(『사십화엄四十華嚴』)의 세 가지 한역이 있음. 화엄종의 소의所依경전. 무한한 공덕을 완성하고 중생을 교화하는 부처로써의 태양신太陽神 신앙과 맞물린 비로자나불毘盧舍那佛을 성립시켜, 보살의 수행단계인 52위와 그 공덕을 나타냄. 또 만법萬法은 자신의 일심一心으로 돌아온다는 유심법계唯心法界의 이치가 설명되어 있음.⑬ 39

화치花齒

십나찰녀十羅刹女 중 네번째. 치아가 선명해서 붙은 칭호. 제난장除難障의 덕을 갖춤. ⑬ 23

화택火宅

중생이 윤회 전생하는 욕계欲界・색계色界・무색계無色界의 번뇌의 세계, 즉 삼계를 불에 휩싸인 집에 빗댄 말. 『법화경法華経』 비유품譬喩品에서 나온 말. ⑬ 3

회향回(廻)向

자신이 수행한 선행善行의 결과인 공덕을 남들에게 돌리는 일. ⑬ 1・17・30・35

후세後世

후생後生과 동일. 내세에서의 안락. 사후에 극락으로 왕생하는 것. 또, 사후에 다시 태어난다고 믿어지는 세상 그 자체. ⑬ 7・9・30・33・38・42 ⑭ 1・5・13・20・23・34・38

후세보리後世菩提

사후에 극락왕생하는 것. 내세에서의 성불. ⑬ 14・23

훈수薰修

정확히는 '훈습薰習'. 범어梵語 vasana(향기로 충만한 것)의 번역. 훈향薰香이 물건에 스며들어 그 물건 자체에서 향기가 나는 것. 수행의 공덕이

지금 향기를 피워내고 있다는 의미. ⑬ 3

흑치黑齒

십나찰녀十羅刹女 중 다섯째. 치아가 검은 빛으로 무서운 형상을 하고 있음. 복덕을 만드는 힘이 있음. ⑬ 23

지명·사찰명 해설

1. 본문 중에 나오는 지명·사찰명 중 여러 번 나오는 것, 특히 긴 해설을 필요로 하는 것을 일괄적으로 해설하였다. 바로 해설하는 것이 좋은 것은 본문의 각주脚注에 설명했다.
2. 배열은 한글 표기 원칙에 의한 가나다 순으로 하였다.
3. 각 항의 말미에 그 지명·사찰명이 나온 이야기를 숫자로 표시하였다. 예를 들면 '⑬ 1'은 '권13 제1화'를 가리킨다.

[가]

가쓰라기 산葛城山

오사카 부大阪府와 나라 현奈良縣의 경계에 있는 곤고 산金剛山 자락의 산. 수험도修驗道의 영장靈場. 산기슭에 히토코토누시一言主 신사, 다카카모高鴨 신사 등이 있음. ⑬ 21

간고지元興寺

나라 시奈良市 시바노신야芝新屋에 있던 대사大寺. 현재는 관음당觀音堂, 탑이 있던 흔적만이 남아 있음. 화엄종華嚴宗. 남도칠대사南都七大寺·십오대사十五大寺 중 하나. 소가노 우마코蘇我馬子가 아스카飛鳥에 건립한 간고지元興寺를 헤이조 경平城京 천도와 함께 양로養老 2년(718)부터 천평天平 17년(745)에 걸쳐 이축한 것. 삼론三論·법상교학法相敎學의 거점. 헤이안平安 시대 이후는 지광만다라智光蔓荼羅를 안치한 극락방極樂坊(나라 시奈良市 주인中院)를 중심으로 정토교의 도장으로써 서민신앙을 모았음. 참고로 본간고지本元興寺는 지금의 나라 현奈良縣 다카이치군高市郡 아스카飛鳥에 있던 절. 아스카데라飛鳥寺·간고지元興寺·호코지法興寺라고도 함. 588년 소가노 우마코蘇我馬子의 본원本願에 의해 창건. 스이코推古 4년(718) 나라奈良로 이축하여 아스카에 남은 절은 본간고지라고 부르게 됨. 건구建久 7년(1196) 번개불로 인해 전소全燒. 현재는 구라쓰쿠리노토리鞍作鳥의 작품이라고 하는 아스카 대불大佛을 안치한 안거원安居院이 있음. ⑭ 16

간나비데라神奈比寺

교토 부京都府 쓰즈키 군綴喜郡 다나베 정田邊町 타키기薪에 소재. 원래 간나비 산甘南備山의 중턱에 있다가 현재 위치로 이축·수조修造했다고 함. 황벽종黃檗宗. 천평天平 연간(729~49) 교키行基에 의한 개기開基라고 전해짐. ⑭ 25

고류지香隆寺

교토 시京都市 기타 구北區의 등지원等持院의 동쪽에 있던 절. 닌나지仁和寺의 말사. 구카이空海의 제자 교니치敎日가 창건. 간쿠寬空(觀空)가 천력天曆 연간(947~57) 재흥시킴. 이후 교토 시京都市 기타 구北區에 있는 조본렌다이지上品蓮台寺에 병합되었으나 본래는 다른 절. ⑬ 37

고마데라高麗寺

교토 부京都府 사가라 군相樂郡 야마시로 정山城町 가미코마上狛에 있던 절. 가미코마上狛의 동쪽 기즈 강木津川 북쪽 기슭에 유적이 남아 있음. 고구려에서 도래한 고마 씨狛氏가 창건한 것으로 추정. 본존本尊은 약사여래藥師如來라고 전해짐. ⑭ 28

고쿠라쿠지極樂寺

교토 시京都市 후시미 구伏見區 후카쿠사深草에 있던 진언율종眞言律宗의 정액사定額寺. 『대경大鏡』에 의하면, 후지와라노 모토쓰네藤原基經가 닌묘仁明 천황이 아끼는 금琴의 가조각假爪角을 찾아낸 땅에 창건했다고 전해짐. 본존本尊은 아미타여래阿彌陀如來. 후지와라 씨藤原氏 가문의 절氏寺로, 모토쓰네 · 도키하라時平 · 나카히라仲平 · 다다히라忠平를 거치며 조영이 계승됨. 남북조南北朝 이후, 니치렌종으로 바뀌어, 현재는 신소 산深草山 호토지寶塔寺가 있음. ⑭ 35

고후쿠지興福寺

나라 시奈良市 노보리오지 정登大路町에 소재. 법상종 대본산. 남도칠대사南都七大寺 · 십오대사十五大寺 중 하나. 초창草創은 덴치天智 8년(669) 후지와라노 가마타리藤原鎌足의 부인 가가미노오키미鏡女王가 가마타리 사후, 석가삼존상釋迦三尊像을 안치하기 위해 야마시나데라山階寺(교토 시京都市 야마시나 구山科區 오타쿠大宅)를 건립한 것으로부터 시작. 덴무天武 천황이 도읍을 아스카飛鳥 기요미하라淨御原로 옮길 때, 우마사카데라廐坂寺(나라 현奈良縣 가시하라 시橿原市)로 이전, 헤이조 경平城京 천도와 함께 화동和銅 3년(710) 후지와라노 후히토藤原不比等에 의해 현재 위치로 조영, 이축되어 고후쿠지라고 불리게 됨. 후지와라 씨藤原氏 가문의 절氏寺로 융성했지만, 치승治承 4년(1180) 다이라노 시게히라平重衡의 남도南都(나라奈良) 방화로 대부분 전소全燒. 또한 이축 후에도 야마시나데라山階寺로 통칭. ⑭ 40 · 43

곤쇼지金勝寺

시가 현滋賀縣 구리타 군栗太郡 릿토 정栗東町의 곤쇼 산金勝山 정상에 소재. 천태종. 양로養老 원년(717) 로벤良辨 승정僧正이 개기開基라고 전해짐. 『속일본후기續日本後紀』에 의하면 천장天長 10년(833) 정액사定額寺가 됨. 원래 곤쇼 산金勝山 다이보다이지大菩提寺라 불리었음. ⑭ 23

교겐지經原寺

소재는 자세히 전해지지 않음. 『법화험기法華驗記』에는 "經厚寺"라 되어 있음. 『요조 선인전陽勝仙人傳』에는 '도겐지堂原寺'이라고 되어 있음. 도겐지는 나라 현奈良縣 요시노 군吉野郡 구로타기촌黑瀧村 도겐堂原에 있던 절. ⑬ 3

구다라데라百濟寺

셋쓰 지방攝津國 구다라 군百濟郡에 구다라 향百濟鄕에 있던 절. 나니와구다라데라難波百濟寺. 지금의 오사카 시大阪市 덴노지 구天王寺區 도가시바堂ヶ芝의 간온지觀音寺 부근의 사적寺跡이 그 장소였다 함. 일대는 고대 백제왕씨가 거주했다고 하는 구다라노百濟野 지역.⑭ 32

구로다니黑谷

히에이 산比叡山 칠별소七別所 중 하나로, 서탑西塔에 속함. 세이류지靑龍寺가 현존. 에이쿠叡空 · 호넨法然이 나온 별소別所로 유명. 서탑西塔은 오곡五谷(북 · 동 · 남 · 남미南尾 · 북미北尾)과 구로다니黑谷 별소別所가 있음. → 서탑西塔 ⑬ 29

구마노熊野

구마노熊野 삼산三山. 구마노熊野 삼사三社. 와카야마 현和歌山縣 히가시무로 군東牟婁郡 혼구 정本宮町 혼구本宮에 있는 구마노니마쓰熊野坐 신사(본궁本宮·증성전證誠殿), 신구 시新宮市 신구新宮에 있는 구마노熊野 하야타마速玉 신사(신궁新宮·하야타마 궁早玉宮), 히가시무로 군東牟婁郡 나치 산那智山에 있는 구마노熊野 나치那智 신사(나치那智·결궁結宮)의 총칭. 보타락정토補陀落淨土로 관음신앙의 영장靈場. 또한 산악신앙의 성지이기도 함. ⑬ 1·11·17·21·28·34 ⑭ 3·18

근본중당根本 中堂

히에이 산比叡山 동탑東塔의 중심 가람. 중당中堂, 일승지관원一乘止觀院이라고도 함. 사이초最澄가 연력延曆 7년(788) 창건, 약사여래藥師如來를 안치함. 히에이 산比叡山 엔랴쿠지延曆寺 발상의 근본사원이었던 것에서 온 이름. 문수당文殊堂·약사당藥師堂·경장經藏 등이 있고, 약사당이 중앙에 위치했으므로 중당中堂이라 함(『산문당사기山門堂舍記』). ⑬ 30 ⑭ 19·23·24

기노토데라乙寺

니가타 현新潟縣 기타칸바라 군北蒲原郡 나카조 정中條町 기노토乙에 소재하는 옷포지乙寶寺. 신의진언종新義眞言宗 지산파智山派. 천평天平 8년(736) 쇼무聖武 천황의 칙원勅願에 의해 바라문婆羅門 승정僧正과 교키行基가 창건했다고 전해짐. 정화貞和 3년(1347) 성립되었다는 『월후국 옷포지연기越後國乙寶寺緣起』가 있음. ⑭ 6

기온祇園

기온사祇園社. 야사카八坂 신사의 옛 이름. 교토 시京都市의 시조四條 대교의 동쪽, 마루야마圓山 대곡大谷의 서쪽에 소재. 정관貞觀 918년(876), 나라奈良의 승려 엔뇨圓如가 하리마 지방播磨國 히로미네사廣峰社의 우두牛頭 천왕天王(무토武塔 천신天神)을 권청勸請하여 창건. 당초에는 지금의 교토 시京都市 히가시야마 구東山區에 祇園荒町 지역에 소재. 궁사宮寺인 감신원感神院은 고후쿠지興福寺의 말사末寺가 되었으며, 승평承平 5년(935) 정액사定額寺에 속했으나, 천연天延 2년(974) 3월(『일본기략日本紀略』에는 5월), 엔랴쿠지延曆寺 별원別院이 됨. 그 경위에 관해서는 권31 제24화에 상세히 나와 있음. 이십일사二十一寺 중 하나. ⑬ 20

기요미즈데라清水寺

교토 시京都市 히가시야마 구東山區 기요미즈清水에 소재. 현재 북법상종北法相宗 본사(본래 진언종). 보귀寶龜 11년(780) 사카노 우에노 다무라마로坂上田村麻呂가 창건했다고 전해짐. 본존本尊은 목조 십일면관음十一面觀音이다. 서국삼십삼소西國三十三所 관음영장觀音靈場 중 16번째. 헤이안平安 시대 이후, 이시야마데라石山寺·하세데라長谷寺와 함께 관음영장의 필두로써 신앙됨. 관음당觀音堂은 무대로 유명. 고지마야마데라子島山寺(미나미칸온지南觀音寺)와 대비되어 기타간온지北觀音寺라 불림.⑬ 21·44

긴푸 산金峰山

나라 현奈良縣 요시노 군吉野郡 요시노吉野에 속함. 요시노에서 오미네大峰에 이르는 산맥의 총칭. 미륵신앙의 거점. 수험도修驗道의 영장靈場. 긴푸센지金峰山寺가 있고, 장왕당藏王堂은 그 본당. ⑬ 1·3·21·28 ⑭ 17·18

㉯

노나카노데라野中寺

오사카 부大阪府 하비키노 시羽曳野市 노노우에

野々上에 소재. 세이류 산青龍山 덕련원德連院이라고도 하며, 야추지野中寺라고도 함. 고야 산高野山 진언종. 쇼토쿠聖德 태자가 開基라고 전해짐. ⑭ 26

닌나지仁和寺

교토 시京都市 우쿄 구右京區에 소재. 진언종 어실파御室派의 총본산. 본존本尊은 아미타삼존阿彌陀三尊. 인화仁和 2년(886) 고코光孝 천황에 의해 창건. 그 유지를 이어 우다宇多 천황이 인화 4년에 금당金堂을 건립하여 닌나지를 완성하여, 그 후 법황이 되어 입정했기에 어실어소御室御所라고도 함. 절 이름은 창건한 연호에서 딴 것. 또한 대대로 법친왕法親王이 문적門跡을 계승하여, 문적사원의 필두. 많은 탑두, 자원을 가지고 있음. ⑬ 37

[다]

다다원多多院

다다원多田院이라고도 함. 본래는 천태종의 절. 신불분리神佛分離 이후, 다다多田 신사로써 효고 현兵庫縣에 소재. 후지와라노 미치나카源滿仲가 천록天祿 원년(970)에 창건했다고 전해짐. ⑬ 6

다이고지醍醐寺

교토 시京都市 후시미 구伏見區 다이고가란 정醍醐伽藍町에 소재. 가사토리 산笠取山(다이고 산醍醐山)의 산위와 산밑에 가람을 배치하여 가미다이고上醍醐, 시모다이고下醍醐라 부름. 진언종 제호파醍醐派의 총본산. 본존本尊은 약사여래藥師如來. 삼보원三寶院·보은원報恩院·이성원理性院 등의 오문적五門跡이 있음. 리겐理源 대사 쇼보聖寶가 정관貞觀 16년(874)에 창건. 연희延喜 7년(907) 다이고醍醐 천황의 칙원사勅願寺가 됨. 이후 미야지 씨宮道氏의 비호를 받아 발전함. 초대 좌주座主는 쇼보의 제자 간겐觀賢. 동밀소야류東密小野流의 중심사원. ⑭ 12

다이안지大安寺

나라 시奈良市 다이안지 정大安寺町에 소재. 헤이조 경平城京 좌경左京 육조사방六條四坊에 위치함. 고야 산高野山 진언종. 본존本尊은 십일면관음十一面觀音. 남도칠대사南都七大寺·십오대사十五大寺 중 하나. 도다이지東大寺, 사이다이지西大寺와 함께 난다이지南大寺라고도 함. 쇼토쿠聖德 태자가 스이코推古 25년(617) 건립한 구마고리정사熊凝精舍에서 시작됨. 정사는 서명舒明 11년(639) 야마토 지방大和國 도이치 군十市郡의 구다라 강百濟川 근처로 옮겨 구다라다이지百濟大寺가 되었음. 천무天武 2년(673) 다카이치 군高市郡(지금의 나라 현奈良縣 아스카明日香)으로 옮겨 다케치노오데라高市大寺, 천무 6년에 다이칸다이지大官大寺라 불림. 그 뒤로 헤이조平城 천도에 따라 영귀靈龜 2년(716. 화동和銅 3년〈710〉, 천평天平 원년〈729〉이라는 설도 있음) 현재 위치로 이전하여 천평天平 17년에 다이안지大安寺로 개칭함. 양로養老 2年(718) 당으로부터 귀국한 도지道慈가 조영에 크게 공헌. 삼론종의 학문소로 융성함. ⑬ 33·39

다테 산立山

도야마 현富山縣의 남동부에 위치한 다테 산맥의 총칭. 다텐 산 본봉本峰은 오먀마雄山·오난지산大汝山·후지노오리타테富士ノ折立 등의 세 개의 봉으로 되어 있음. 또한 본봉·조도 산淨土山·벳 산別山을 다테산 삼산三山이라고 부름. 후지산富士·시라 산白山과 함께 일본 3대 영산 중 하나. 중세 이후, 수험도修驗道·정토신앙과 결합되어 신앙등산이 활발함. 산기슭의 아시쿠라지芦峅寺·이와쿠라지岩峅寺가 그 근거지. ⑭ 7·15

덴노지天王寺

시텐노지四天王寺. 오사카 시大阪市 덴노지 구天王寺區에 소재. 아라하카 산荒陵山 경천원敬天院이라 불림. 현재는 화종和宗 총본산. 본래 천태종 별격본산. 쇼토쿠聖德 태자가 소가노 우마코蘇我馬子와 함께 모노노베노 모리야物部守屋를 몰아낼 때 전승戰勝을 기원하며 사천왕상四天王像 조립을 서원, 용명用明 2년(587) 다마쓰쿠리玉造의 언덕 위에 창건. 스이코推古 원년(593) 현재 위치로 이축하여 조영됨. 가람은 중문中門·오중탑五重塔·금당金堂·강당講堂을 일직선으로 배치. 중세에는 시텐노지의 서문이 극락정토의 동문에 해당한다고 하여, 정토교 신앙이 번창했음. 줄여서 덴노지天王寺라고도 함. ⑬ 34 ⑭ 11

도다이지東大寺

나라 시奈良市 조시 정雜司町에 소재. 화엄종 총본산. 본존本尊은 국보 노자나불좌상盧舍那佛坐像(대불大佛). 남도칠대사南都七大寺의 하나. 십오대사十五大寺 중 하나. 쇼무聖武 천황 치세인 천평天平 13년(741)의 국분사國分寺를 창건, 천평 15년에 대불 조립造立을 시작으로 천평 17년 헤이조 경平城京에서 주조鑄造, 천평승보天平勝寶 4년(875) 대불개안공양大佛開眼供養, 대불전大佛殿 낙성落成을 거쳐 가람이 정비됨. 로벤良辨이 창건한 전신前身에서 도다이지로 발전함. 진호국가의 대사원으로 팔종겸학八宗兼學(당시는 6종)의 도장. 로벤 승정, 교키行基 보살의 조력으로 완성. ⑬ 3·15

도조지道成寺

와카야마 현和歌山縣 히다카 군日高郡 가와베 정川邊町 가네마키鐘卷에 소재. 덴논 산天音山 천수원千手院이라 불림. 대보大寶 원년(701) 몬무文武 천황의 칙원勅願에 의해 기엔義淵 승정僧正이 창건했다고 전해짐. 처음에는 법상종, 현재는 천태종. 국보 천수관음입상千手觀音立像, 중요문화재 『도조지 연기道成寺緣起』 에마키繪卷 등을 소장함. ⑭ 3

동원東院

호류지法隆寺의 동원東院. 몽전夢殿을 중심으로 하는 가람. 참고로 몽전夢殿은 호류지法隆寺 동원東院의 금당金堂. 상궁왕원上宮王院이라고도 함. 지금의 건물은 팔각원당八角圓堂으로, 천평天平 12년(739) 교신行信 승도僧都가 건립. 본존本尊은 쇼토쿠聖德 태자의 등신상等身像이라고 전해지는 구세관음救世觀音. ⑭ 11

동탑東塔

서탑西塔·요카와橫川와 함께 히에이 산比叡山 삼탑三塔 중 하나. 오미近江 사카모토坂本(시가 현滋賀縣 오쓰 시大津市 사카모토坂本)의 서쪽, 히에이 산의 동쪽 중턱 일대로 엔랴쿠지延曆寺의 중심지역. 근본중당根本中堂을 중심으로 함. ⑬ 1·11·16·30 ⑭ 24·39

[라]

로쿠하라미쓰지六波羅蜜寺

교토 시京都市 히가시야마 구東山區 로쿠로轆轤에 소재. 후다라쿠 산普陥落山 보문원普門院이라 불림. 현재는 진언종 지산파智山派. 본존本尊은 십일면관음十一面觀音으로, 서국삼십삼소西國三十三所 관음영장觀音靈場 중 17번째. 시정의 성인(市の聖)이라 불린 구야空也가 응화應和 3년(963)에 건립한 사이코지西光寺를 기원으로 함. 천록天祿 3년(972) 구야가 죽자, 제자 주신中信이 정원貞元 3년(977) 로쿠하라미쓰지로 개명하여 천태별원天台別院으로 삼음. 『본조문수本朝文粹』 10권에 의하면, 당시 낮에는 매일 법화강法華講

을 열었고, 밤에는 늘 염불삼매念佛三昧를 수행하는 도장으로 크게 융성했다고 함. ⑬ 42·44

류몬지龍門寺

나라 현奈良縣 요시노 군吉野郡에 있던 절. 류몬龍門 산맥 중턱에 있었음. 기엔義淵 승정僧正이 시조인 오룡사五龍寺 중 하나. ⑬ 3

[마]

무도지無動寺

히에이 산比叡山 동탑東塔 오곡五谷 중 하나. 동탑의 별소別所로, 근본중당根本中堂의 남쪽에 위치. 본당本堂은 무도지 명왕당明王堂(명왕원明王院·부동당不動堂이라고도 함)으로, 정관貞觀 7년(865) 소오相應 화상和尙이 창건하여, 부동명왕不動明王을 안치함. 원경元慶 6년(882) 칙명에 의해 천태별원天台別院이 됨. ⑭ 39

무타데라牟田寺

나라 현奈良縣 요시노 군吉野郡 요시노 정吉野町 무다六田에 소재. 현재는 초쇼 산超勝山 서방원西方院이라고 하며, 무덴지牟田寺라고 함. 시조는 요조陽勝라고 전해지며, 옛날에는 천태계天台系 수험修驗 사원이었으나, 현재는 정토종. 요시노吉野의 긴푸 산金峰山으로 오르는 초입. ⑬ 3

미이데라三井寺

정확하게는 온조지園城寺. 미이데라라는 이름은 통칭. 시가 현滋賀縣 오쓰 시大津市에 소재. 천태종 사문파寺門派 총본산. 본존本尊은 미륵보살彌勒菩薩. 오토모大友 황자의 아들, 오토모 요타노 오키미大友與多王의 집을 절로 만들어 창건했다고 전해짐. 오토모 씨大友氏 가문의 절氏寺이었으나 엔친圓珍이 부흥시켜 엔랴쿠지延曆寺의 별원別院으로 하고 초대 별당別當이 되었음. 사이초最澄가 죽은 후, 엔친圓珍이 제5대 천태좌주天台座主가 되지만, 엔닌圓仁의 문도파門徒派(산문파山門派)와 엔친의 문도파(사문파寺門派)의 대립이 생겨 정력正曆 4년(993) 엔친의 문도는 엔랴쿠지를 떠나 온조지를 거점으로 하여 독립함. 황실이나 권세 있는 가문의 비호를 받아 큰 사원이 됨. ⑬ 31·42 ⑭ 7·45

미타케金峰·金峰山

→ 긴푸 산金峰山 ⑬ 31·42 ⑭ 17·18

[바]

법화삼매당法華三昧堂

히에이 산比叡山 삼탑三塔에 건립된 사종삼매四種三昧 중 하나인 법화삼매法華三昧를 수련하기 위한 당사. 법화당法華堂·반행반좌삼매원당半行半座三昧院堂이라고도 함.

① 동탑東塔은 홍인弘仁 3년(812) 사이초最澄가 건립.

② 서탑西塔은 엔초圓澄와 엔슈延秀에 의해 천장天長 2년(825)에 건립.

③ 요카와橫川는 후지와라노 모로스케藤原師輔의 발원發願으로 천력天曆 8년(954)에 창건됨. 현재는 서탑西塔만 남아 있음. ⑭ 22

보당원寶幢院

히에이 산比叡山 서탑西塔의 중심적인 사원.『예악요기叡岳要記』에 의하면 가상嘉祥 연간(848~51) 에료惠亮에 의해 건립. 천수관음千手觀音·부동명왕不動明王·비사문천毘沙門天을 안치. ⑬ 7

[사]

사가라카 군相樂郡

지금의 교토 부京都府 사가라카 군相樂郡. ⑭ 28

서탑西塔

동탑東塔·요카와橫川와 함께 히에이 산比叡山 삼탑三塔 중 하나. 히에이 산比叡山의 서쪽에 위치하여, 석가당釋迦堂·보당원寶幢院이 핵을 이룸. ⑬ 3·7·8·29·32 ⑭ 22·39

석가당釋迦堂

히에이 산比叡山 서탑西塔 중 하나로 현존함.『예악요기叡岳要記』하下에 의하면 본존本尊인 석가상釋迦像은 사이초最澄의 본원本願. 혹은 사이초이 부탁을 받고 엔초圓澄 대법사가 건립했다고도 함. ⑭ 22

소오지相應寺

교토 부京都府 오토쿠니 군乙訓郡 오야마자키 정大山崎町 오야마자키大山崎에 있던 절. 리큐하치만 궁離宮八幡宮 남동쪽 부근에 위치.『삼대실록三代實錄』정관貞觀 8년(866) 10월 20일 조에 의하면 노파가 헌납한 땅에 이치엔壱演이 단법壇法을 행하자 땅속에서 불상이 출현하였고, 그 기적에 감복한 후지와라노 요시후사藤原良房가 건립하였다고 함. ⑭ 34

승련화원勝蓮華院

히에이 산比叡山 서탑西塔에 소속되었던 사원.『일본기략』장보長保 3년(1001) 4월 26일 조에 설립 취지가 보이나, 단『예악요기叡岳要記』에서는 일조원一條院의 어원御願으로 되어 있어, 본집 권13 제3화와는 시대적으로 모순됨. ⑬ 3

시라 산白山

이시카와 현石川縣·기후 현岐阜縣에 걸친 산맥. 고젠가미네御前峰·오난지미네大汝峰·겐가미네劍ヶ峰의 3봉과 벳 산別山·산노미네三ノ峰·하쿠산샤카다케白山釋迦岳를 포함한 총칭. 후지 산富士山·다테 산立山과 함께 일본 3 영산 중 하나. 양로養老 원년(717) 다이초泰澄 화상和尙이 개산開山했다고 함. 고젠가미네御前峰 정상에서는 시라야마히메 신사白山比咩神社 오궁奧宮, 산록에는 하쿠산 본궁白山本宮·금검궁金劍宮·암본궁岩本宮·중궁中宮·사라궁佐羅宮·별궁別宮 등 하쿠산 7사社가 있음. 옛날부터 영산靈山으로 신앙됨. ⑭ 15

[아]

아타고 산愛宕山

교토 시京都市 북서부, 우쿄 구右京區 사가아타고 정嵯峨愛宕町에 소재. 야마시로 지방山城國과 단바 지방丹波國의 경계에 있으며, 동북부의 히에이 산比叡山과 함께 왕성진호王城鎭護의 성지로 알려져 있음. 아타고愛宕 대권현大權現(현재의 아타고 신사神社)의 진좌지鎭座地로, 그 본지本地는 승군勝軍 지장地藏. 다이초泰澄가 개창開創한 것으로 알려진 아타고하쿠운지愛宕白雲寺가 있던 아사히 봉朝日峰을 비롯하여, 중국의 오대산을 모방하여 산 중의 오산五山에 오지五寺가 있음. 고대로부터 수험자修驗者의 행장行場으로 유명함.⑬ 15

안쇼지安祥寺

교토 시京都市 야마시나 구山科區 미사사기히라바야시御陵平林에 소재. 고야 산高野山 진언종. 가상嘉祥 원년(848. 단, 별전別傳에는 인수仁壽 원년〈851〉·인수 2년·인수 연간〈~854〉이라고도 함), 닌묘仁明 천황의 후궁 후지와라노 노부코藤原順子(후지와라노 후유쓰구藤原冬嗣의 딸)의 발원發願으로 승려 에운惠運이 창건. ⑬ 23

야쿠시지藥師寺

나라 시奈良市 니시노쿄西ノ京에 소재. 법상종 대

본산. 본존本尊은 약사삼불藥師三尊. 남도칠대사南都七大寺·십오대사十五大寺 중 하나. 덴무天武 천황이 황후의 병이 낫기를 기원하며 천무天武 9년(680)에 후지와라 경藤原京에서 만들기 시작하고, 지토持統 천황이 그 유지를 이어받아 문무文武 2년(698)에 완성시킴(본 야쿠시지本藥師寺라고 부르며, 나라 현奈良縣 가시하라 시橿原市에 사적寺跡이 남아 있음). 그 후 헤이조 경平城京으로 천도함에 따라 양로養老 2년(718) 헤이조 경의 우경右京 육종방六條二坊에 있는 현재 위치로 이축됨. ⑬ 40 ⑭ 33·34

오대산五臺山

중국 산서성山西省에 있는 산. 산 꼭대기에 평평한 다섯 봉우리가 동서남북중東西南北中으로 펼쳐져 있는 것에서 이름이 붙음. 당나라 시대 수도 장안長安의 동북 방면에 있었기에『화엄경華嚴經』보살주거품菩薩住處品에 설명된 문수보살文殊菩薩이 사는 동북의 청량산淸涼山이라고도 함. 문수보살文殊菩瞳이 살고 있다고 하여 당나라 시대 중기의 불교신앙의 큰 성지. 일본에서는 겐보玄昉·엔닌圓仁 등이 방문함. 엔닌의 여행기『입당구법순례행기入唐求法巡禮行記』에서 자세히 알 수 있음. ⑬15·21

오미네大峰

나라 현奈良縣 요시노 군吉野郡 요시노 정吉野町에 소재. 긴푸 산金峰山에서 구마노熊野에 이르는 산맥. 중심은 산조가타케山上ヶ岳(1719m). 수험도修驗道의 근본영장根本靈場으로 엔 행자役行者가 개산開山하고, 쇼보聖寶가 중흥시켰다고 전해짐. ⑬ 1·21

요카와橫川

동탑東搭·서탑西塔과 함께 히에이 산比叡山 삼탑三塔 중 하나. '橫河'라고도 표기하며, 북탑北塔이라고도 함. 근본중당根本中堂의 북쪽에 소재. 수릉엄원首楞嚴院(요카와橫川 중당中堂)을 중심으로 하는 구역. 엔닌圓仁이 창건, 료겐良源이 천록天祿 3년(972) 동서의 양 탑으로 부터 독립시켜 융성함. ⑭ 21·39

이나리稻荷

교토 시京都市 후시미 구伏見區 후카쿠사야부노우치 정深草藪之內町에 소재하는 후시미이나리伏見稻荷 대사大社. 연희식내사延喜式內社. 구관폐대사舊官幣大社. 제신祭神은 우카노미타마노 오카미宇迦之御魂大神. 사다히코노 오카미佐田彦大神·오미야노메노 오카미大宮能賣大神의 세 신. 화동和銅 4년(711) 하타노나카이에노 이미키秦中家忌寸가 모시기 시작하여, 하타 씨秦氏가 모심. 원래는 농경신農耕神이었지만, 헤이안平安 시대 이후, 초복제재招福除災·복덕경애福德敬愛의 신으로써 신앙됨. 하쓰우마 대제初午大祭·이나리제稻荷祭에는 참예자參詣者로 넘침. 도지東寺(교오고코쿠지敎王護國寺. 미나미 구南區 구조 정九條町)의 수호신이기도 함. ⑭ 18

이시야마데라石山寺

시가 현滋賀縣 오쓰 시大津市 이시야마데라石山寺에 소재. 도지東寺 진언종. 서국삼십삼소西國三十三所 관음영장觀音靈場 중 13번째 장소. 천평승보天平勝寶 원년(749) 쇼무聖武 천황의 칙원勅願에 의해, 로벤良辨 승정僧正이 개기開基. 본존本尊은 이비二臂의 여의륜관음如意輪觀音. 헤이안平安 시대 이후, 관음영장觀音靈場으로서 신앙을 모음. 그 창건설화가 권11 제13화에 보임. ⑬ 20

이와부치데라石淵寺

야마토 지방大和國 소에카미 군添上郡 가스가 산

春日山의 남쪽, 다카마도 산高圓山의 중턱에 있던 절. 지금의 뱌쿠고지白毫寺(나라 시奈良市 뱌쿠고지 정白毫寺町)는 그 중의 하나. 곤조勤操 승도僧都가 개기開基. 연력延暦 15년(796) 곤조勤操가 친구 에이코榮好의 어머니의 명복을 빌기 위해 법화팔강法華八講을 거행한 것(『삼보회三寶繪』)으로 유명. ⑭ 4

이와시미즈하치만 궁石清水八幡宮

교토 부京都府 하치만 시八幡市 하치만다카보八幡高坊에 소재. 오토코 산男山에 자리 잡고 있기에 오토코야마하치만 궁男山八幡宮이라고도 함. 구 관폐대사官幣大社. 다이안지大安寺의 승려 교쿄行教가 정관貞觀 원년(859) 규슈九州의 우사하치만 궁宇佐八幡宮의 탁선託宣을 받아 권청勸請하여 이듬해에 창건. 조정의 존숭尊崇이 두터워 국가진호·왕성수호의 신으로써 신앙됨. 그 창건과 방생회放生會에 대해서는 12권 제10화에 자세히 나옴.⑬ 16

[자]

조라쿠지長樂寺

교토 시京都市 히가시야마 구東山區 마루야마 정圓山町에 소재. 마루야마 공원圓山公園의 남동쪽에 위치. 시종時宗. 본존本尊은 천수관음千手觀音. 우다宇多 천황의 어원사御願寺. 본래 천태종에서 엔랴쿠지延暦寺의 별원別院. 헤이안平安 시대 말기, 호넨法然의 제자 류칸隆寬 때 정토종이 됨. 준지관음准胝觀音의 영지로 건례문建禮門 원락식院落飾의 절로 유명. ⑬ 12

조보지定法寺

지금의 교토 시京都市 히가시야마 구東山區 조보지 정定法寺町·유노키 정柚之木町 부근에 있던 절. 중세시대 청련원青蓮院의 원가院家 중 하나. 천태종. 오닌應仁의 난(1467~77) 이후 폐사. '호쇼지 어령산지도法性寺御領山指圖'에 의하면 최승광강원最勝光剛院의 북곡北谷부근에 소재. ⑬ 44

존승원尊勝院

호쇼지法性寺 내의 사원 중 하나. 『이부왕기李部王記』, 『하해초河海抄』 13권에 의하면, 후지와라노 모로우지藤原師氏가 천력天暦 3년(949) 다다히라忠平의 십칠하十七賀의 법회를 이곳에서 거행했다고 함. ⑬ 8

진제이鎭西

규슈九州의 다른 이름. 대재부大宰府를 진제이후鎭西府라 불렀던 것에서의 호칭. ⑬ 24

[차]

천광원千光院

히에이 산比叡山 서탑西塔의 사원 중 하나. ⑬ 3

천수원千手院

히에이 산比叡山 동탑東塔의 산왕원山王院(천수당千手堂)으로 추정. 『예악요기叡岳要記』, 『산문당사기山門堂舍記』에 의하면, 덴교傳敎 대사의 본원本願으로 천수관음千手觀音·성관음상聖觀音像을 안치함. 또한 『예악요기叡岳要記』에는 서탑西塔의 천수원千手院에 대한 기록이 있으나, 동탑東塔의 천수원千手院에 대한 기사는 없음. ⑬ 16·30 ⑭ 14

천태산天台山

중국 절강성浙江省에 있는 산. 높이 약 1100m. 지의智顗가 이 산에 들어간 이후 천태종의 근본도장이 되었음. 사이초最澄가 이곳에서 공부하여 천태종을 전한 것을 시작으로 일본에서도 많은 유학승이 방문함. ⑬ 11

[하]

하세데라長谷寺

나라 현奈良縣 사쿠라이 시櫻井市 하세 강初瀨川에 소재. 하세 강初瀨川의 북쪽 언덕, 하세 산初瀨山의 산기슭에 위치. 풍산신락원豊山神樂院이라고도 하며, 진언종 풍산파豊山派의 총본산. 본존本尊은 십일면관음十一面觀音. 서국삼십삼소西國三十三所 관음영장觀音靈場 중 여덟 번째. 국보 법화설상도동판명法華說相圖銅板銘에 의하면, 시조는 가와라데라川原寺의 도메이道明로, 주조朱鳥 원년(686) 덴무天武 천황을 위해 창건(본하세데라本長谷寺). 훗날 도쿠도德道가 십일면관음상十一面觀音像을 만들고, 천평天平 5년(733) 개안공양開眼供養, 관음당觀音堂(後長谷寺·新長谷寺)을 건립했다 함(『연기문緣起文』, 호국사본護國寺本『제사연기집諸寺緣起集』). 헤이안平安·가마쿠라鎌倉 시대에 걸쳐 관음영장觀音靈場으로도 유명. ⑬ 28 ⑭ 12·18·20

하쓰세長谷

→ 하세데라長谷寺 ⑬ 28 ⑭ 12·18·20

호류지法隆寺

나라 현奈良縣 이코마 군生駒郡 이카루가 정斑鳩町에 소재. 본래 법상종대본산法相宗大本山. 남도칠대사南都七大寺·십오대사十五大寺 중 하나. 쇼토쿠聖德 태자에 의해 스이코推古 15년(607) 창건되었으나 덴치天智 9년(670) 전소全燒되었다고 함. 현재의 절은 쇼토쿠聖德 태자가 창건한 이카루가데라斑鳩寺(와카쿠사가람적若草伽藍跡)를 재건한 것이라고도 함. 오중탑五重塔·금당金堂·강당講堂 등이 있는 서탑西塔과 몽전夢殿(상궁왕원上宮王院)을 중심으로 하는 동원가람東院伽藍이 있음. 호류가쿠몬데라法隆學問寺, 이카루가데라斑鳩寺라고도 함. ⑬ 4 ⑭ 11·18

호쇼지法性寺

교토 시京都市 히가시야마 구東山區 혼 정本町, 현재의 도후쿠지東福寺가 있는 곳에 소재한 대사大寺. 헤이안 경平安京 구조九條 끝, 가와라河原의 동쪽에 위치. 연장延長 3년(925) 후지와라노 다다히다藤原忠平가 창건. 개산開山은 천태좌주天台座主 손이尊意. 후지와라노 미치나가藤原道長가 관홍寬弘 3년(1006)에 이곳에 오대존상五大尊像을 안치한 오대당五大堂을 건립하여 공양함. 현재는 같은 이름의 정토종淨土宗 니시야마西山젠린지파禪林寺派의 작은 절이 있음. '홋쇼지'라고도 함. ⑬ 8·37·44

히라 산比良山

시가 현滋賀縣 시가 군滋賀郡에 소재. 비와 호琵琶湖의 서쪽 기슭, 히에이 산比叡山의 북쪽에 위치함. 표고 1214m. 산악수행의 영장. 법장法場 칠고산七高山 중 하나. 설경雪景은 오미近江 팔경八景 중 하나. ⑬ 2

히에이 산比叡(容)山

1) 히에이 산比叡山. 교토 시京都市와 시가 현滋賀縣 오쓰 시大津市에 걸친 산. 오히에이大比叡와 시메이가타케四明ケ岳 등으로 되어 있음. 엔랴쿠지延曆寺가 있어 덴다이 산天台山이라고도 함.
2) 엔랴쿠지延曆寺를 말함. 오쓰 시大津市 사카모토 정坂本町에 소재. 천태종天台宗 총본산. 에이산叡山이라고도 함. 연력延曆 7년(788) 사이초最澄가 창건한 일승지관원一乘止觀院을 기원으로 함. 대승계단大乘戒壇의 칙허勅許와 함께 홍인弘仁 14년(823) 엔랴쿠지라는 이름을 받음. 온조지園城寺(미이데라三井寺)를 '사문寺門', '사寺'로 칭하는 것에 비해, 엔랴쿠지를 '산문', '산'이라고 칭함. ⑬ 5·7·21·27 ⑭ 39

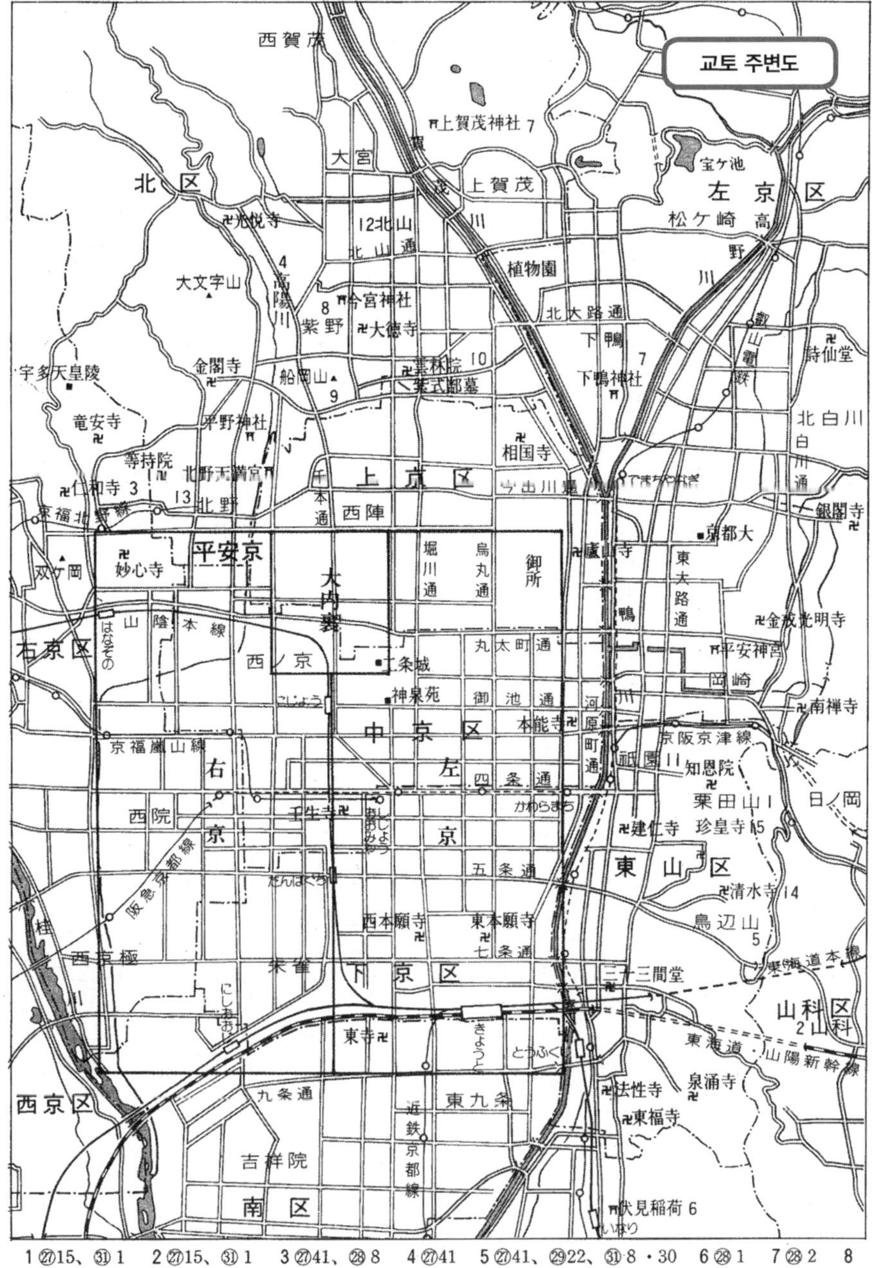

1㉗15、㉛1 2㉗15、㉛1 3㉗41、㉘8 4㉗41 5㉗41、㉙22、㉛8・30 6㉘1 7㉘2 8㉘2 9㉘3、㉙3 10㉘3、㉛23 11㉘11、㉛24 12㉘28、㉛15・20 13㉘35、㉛31 14㉙22・28 15㉛19

- 그림 중의 굵은 숫자는 권27~권31 이야기 속에 나오는 지점을 가리킨다.
- 지점 번호 및 그 지점이 나오는 권수 설화번호를 지점번호순으로 정리했다.
  1㉗1은 그림의 1 지점이 권27 제1화에 나온다는 의미이다.
  (다음의 헤이안경도의 경우도 동일하다)

1㉗1
2㉗2・17
3㉗3、㉘8
4㉗4
5㉗5
6㉗6・22
7㉗12
8㉗12
9㉗19
10㉗27
11㉗28
12㉗28
13㉗29(1)
14㉗29(2)
15㉗31
16㉗31
17㉗33
18㉗38、㉘3、㉛26
19——→㉗41
20㉘3
21㉘6
22㉘9
23㉘13
24㉘13・37
25---→㉘16
26㉘17
27㉘3・21
28㉘22、㉙39
29---→㉘32
30㉙1
31㉙7
32㉙8
33㉙8
34㉙14
35㉙18
36㉙37
37㉚1
38㉚2
39㉛5
40㉛6

• →은 이야기 속에서 등장인물이 이동한 경로를 가리킨다.

右京

宇多院
19
39
西市
30

西京極大路
無差小路
山小路
菖蒲小路
木辻大路
恵止利小路
馬代小路
宇多小路
道祖大路
野寺小路
西堀川小路
西靭負小路

헤이안경도

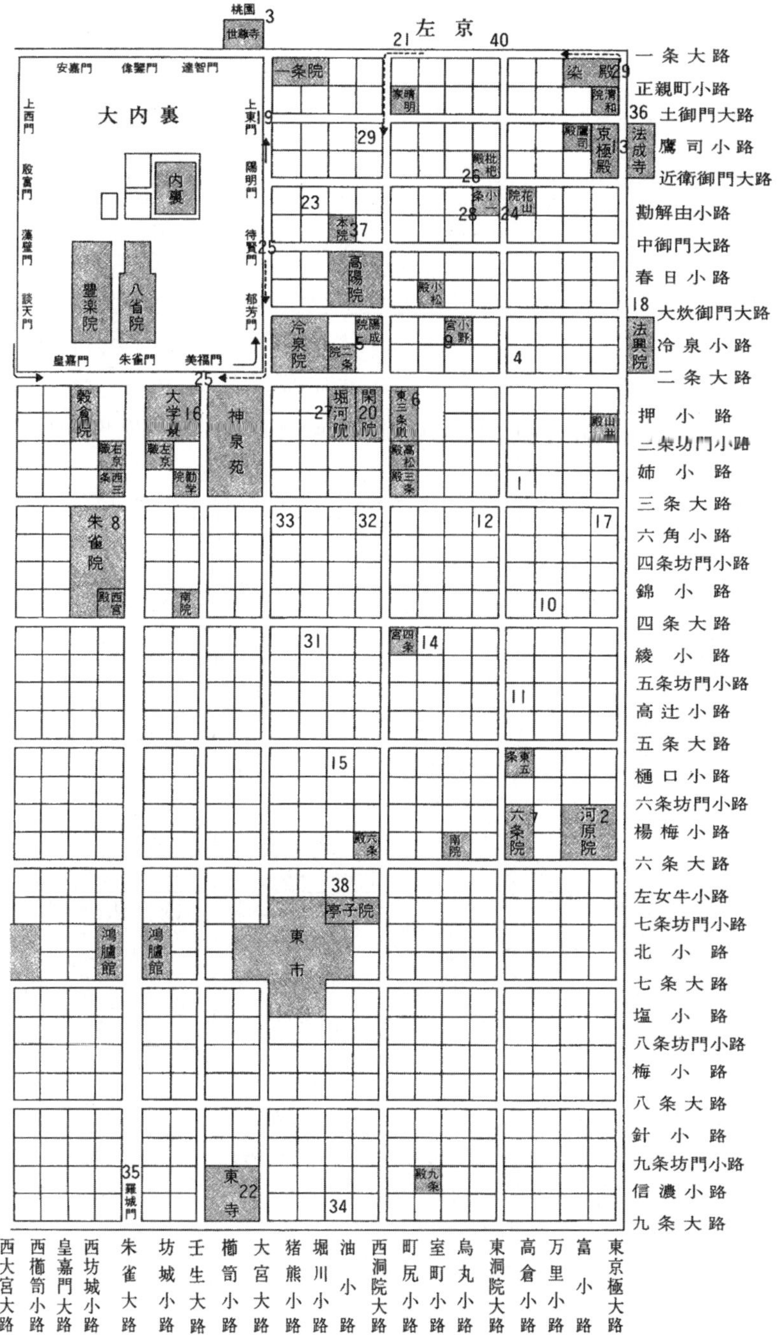
左京
大内裏
内裏
豊楽院
八省院
安嘉門
偉鑒門
達智門
上西門
殷富門
藻壁門
談天門
上東門
陽明門
待賢門
郁芳門
皇嘉門
朱雀門
美福門
桃園
世尊寺
一条院
晴明
染殿
清和院
鷹司殿
京極殿
法成寺
枇杷殿
小一条
花山院
本院
高陽院
小松殿
冷泉院
陽成院
二条院
小野宮
法興院
穀倉院
大学寮
神泉苑
堀河院
閑院
東三条殿
高松殿
三条殿
山井殿
右京職
左京職
西三条
勧学院
朱雀院
西宮殿
淳和院
四条宮
東五条
六条院
河原院
六条殿
南院
亭子院
鴻臚館
東市
東寺
九条殿
羅城門
一条大路
正親町小路
土御門大路
鷹司小路
近衛御門大路
勘解由小路
中御門大路
春日小路
大炊御門大路
冷泉小路
二条大路
押小路
三条坊門小路
姉小路
三条大路
六角小路
四条坊門小路
錦小路
四条大路
綾小路
五条坊門小路
高辻小路
五条大路
樋口小路
六条坊門小路
楊梅小路
六条大路
左女牛小路
七条坊門小路
北小路
七条大路
塩小路
八条坊門小路
梅小路
八条大路
針小路
九条坊門小路
信濃小路
九条大路
西大宮大路
西櫛笥小路
皇嘉門大路
西坊城小路
朱雀大路
坊城小路
壬生大路
櫛笥小路
大宮大路
猪熊小路
堀川小路
油小路
西洞院大路
町尻小路
室町小路
烏丸小路
東洞院大路
高倉小路
万里小路
富小路
東京極大路

헤이안경 대내리도

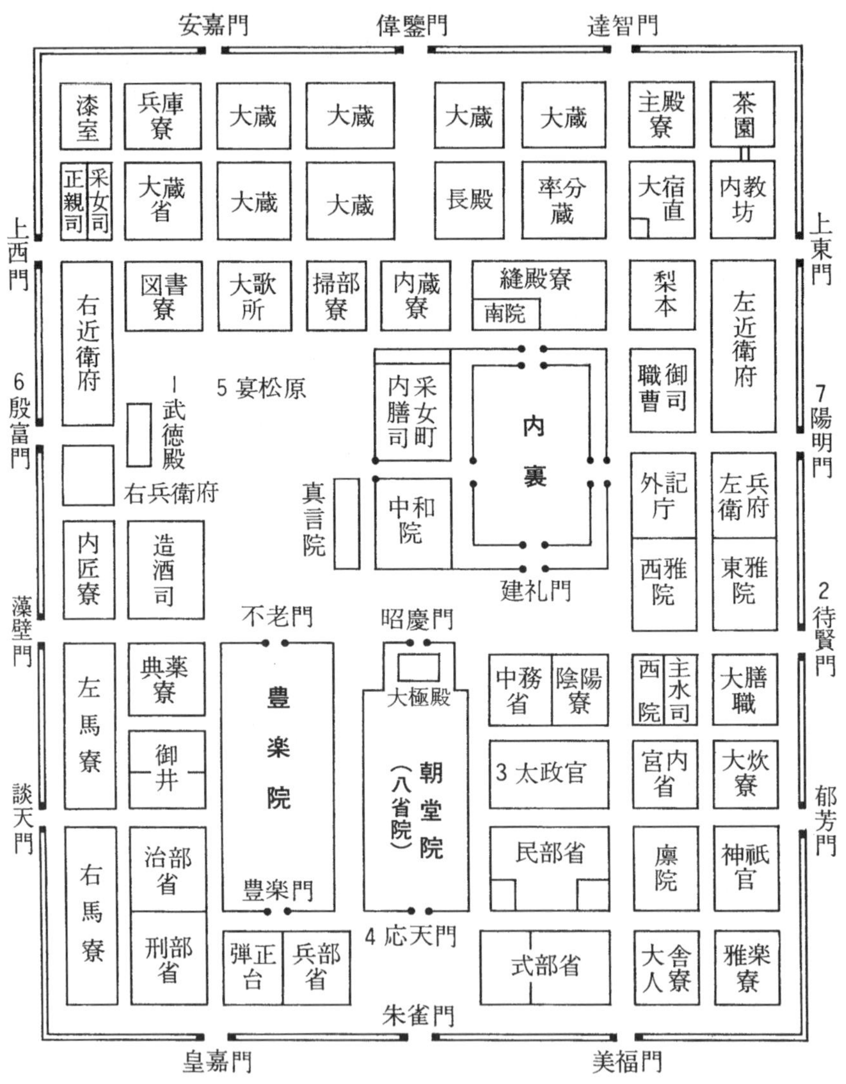

1㉗8　2(中御門)㉗9、(東中御門)㉘16　3(官)㉗9　4㉗33　5㉗38　6(近衛御門)㉗38　7(近衛御門)㉘41

● (　) 안은 이야기 속에서의 호칭.

헤이안경 내리도

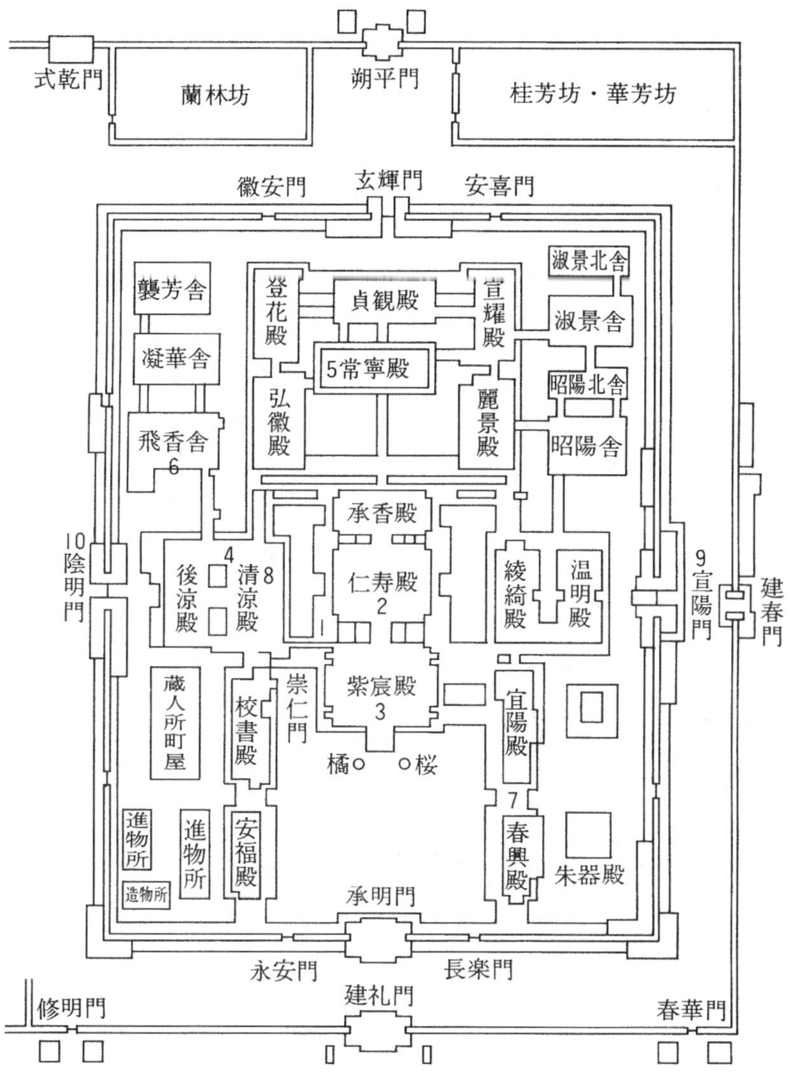

1（中橋）㉗10　2 ㉗10　3（南殿）㉗10　4（滝口）㉗41　5 ㉘ 4　6（藤壺）㉘14　7（陣の座）㉘25　8（夜御殿）㉙14　9（東ノ陣）㉛29　10(西ノ陣)㉛29

• (　) 안은 이야기 속에서의 호칭.

옛 지방명

- 율령제의 기본행정단위인 '지방國'을 나열하고, 지도에 위치를 나타냈다.
- 명칭의 배열은 가나다 순을 따랐으며, 국명의 뒤에는 국명보다 상위로 설정되었던 '오기칠도五畿七道' 구분을 적었고, 추가로 현대 도都·부府·현縣과의 개략적인 대응 관계를 나타냈다.
- 지방의 구분은 9세기경 이후에 이러한 모습으로 고정되었다. 무쓰陸奧와 데와出羽는 19세기에 세분되었다.

㉮

가가加賀 (북륙도) 이시카와 현石川縣 남부.

가와치河內 (기내) 오사카 부大阪府 남동부.

가이甲斐 (동해도) 야마나시 현山梨縣.

가즈사上總 (동해도) 치바 현千葉縣 중앙부.

고즈케上野 (동산도) 군마 현群馬縣.

기이紀伊 (남해도) 와카야마 현和歌山縣 전체, 미에 현三重縣의 일부.

㉯

나가토長門 (산양도) 야마구치 현山口縣 북서부.

노토能登 (북륙도) 이시카와 현石川縣 북부.

㉰

다지마但馬 (산음도) 효고 현兵庫縣 북부.

단고丹後 (산음도) 교토 부京都府 북부.

단바丹波 (산음도) 교토 부京都府 중부, 효고 현兵庫縣 동부.

데와出羽 (동산도) 야마가타 현山形縣·아키타 현秋田縣 거의 전체. 명치明治 원년(1868)에 우젠羽前·우고羽後로 분할되었다. → 우젠羽前·우고羽後

도사土佐 (남해도) 고치 현高知縣.

도토우미遠江 (동해도) 시즈오카 현靜岡縣 서부.

㉱

리쿠젠陸前 (동산도) 미야기 현宮城縣 대부분, 이와테 현岩手縣의 일부. → 무쓰陸津

리쿠추陸中 (동산도) 이와테 현岩手縣의 대부분, 아키타 현秋田縣의 일부. → 무쓰陸津

㉲

무사시 武藏 (동해도) 사이타마 현埼玉縣, 도쿄 도東京都 거의 전역, 가나가와 현神奈川縣의 동부.

무쓰陸津 (동산도) '미치노쿠みちのく'라고도 한다. 아오모리青森·이와테岩手·미야기宮城·후쿠시마福島 4개 현에 거의 상당한다. 명치明治 원년(1868) 세분 후의 무쓰는 아오모리 현 전부, 이와테 현 일부. → 이와키磐城·이와시로岩代·리쿠젠陸前·리쿠추陸中

미노美濃 (동산도) 기후 현岐阜縣 남부.

미마사카美作 (산양도) 오카야마 현岡山縣 북동부.

미치노쿠陸奧 '무쓰むつ'라고도 한다. → 무쓰陸津

미카와三河 (동해도) 아이치 현愛知縣 동부.

㉳

부젠豊前 (서해도) 오이타 현大分縣 북부, 후쿠오카 현福岡縣 동부.

분고豊後 (서해도) 오이타 현大分縣 대부분.

비젠備前 (서해도) 오카야마 현岡山縣.

빈고備後 (산양도) 히로시마 현廣島縣 동부.

빗추備中 (산양도) 오카야마 현岡山縣 서부.

㉶

사가미相模 (동해도) 가나가와 현神奈川縣의 대부분.
사누키讃岐 (남해도) 가가와 현香川縣.
사도佐渡 (북륙도) 니가타 현新潟縣 사도 섬佐渡島.
사쓰마薩摩 (서해도) 가고시마 현鹿兒島縣 서부.
셋쓰攝津 (기내) '쓰っ'라고도 한다. → 쓰攝津
스루가駿河 (동해도) 시즈오카 현靜岡縣 중부.
스오周防 (산양도) 야마구치 현山口縣 동부.
시나노信濃 (동산도) 나가노 현長野縣.
시마志摩 (동해도) 미에 현三重縣 시마 반도志摩半島.
시모쓰케下野 (동산도) 도치기 현栃木縣.
시모우사下總 (동해도) 치바 현千葉縣 북부, 이바라키 현茨城縣 남부.
쓰攝津 (기내) '셋쓰せっつ'라고도 한다. 오사카 부大阪府 북서부, 효고 현兵庫縣 남동부.
쓰시마對馬 (서해도) 나가사키 현長崎縣 쓰시마 전도對馬全島.

㉸

아와安房 (동해도) 치바 현千葉縣 남부.
아와阿波 (남해도) 도쿠시마 현德島縣.
아와지淡路 (남해도) 효고 현兵庫縣 아와지 섬淡路島.
아키安藝 (산양도) 히로시마 현廣島縣 서반.
야마시로山城 (기내) 교토 부京都府 남동부.
야마토大和 (기내) 나라 현奈良縣.
에치고越後 (북륙도) 사도 섬佐渡島을 제외한 니가타 현新潟縣의 대부분.
에치젠越前 (북륙도) 후쿠이 현福井縣 북부.
엣추越中 (북륙도) 도야마 현富山縣.
오미近江 (동산도) 시가 현滋賀縣.
오스미大隅 (서해도) 가고시마 현鹿兒島縣 동부, 오스미 제도大隅諸島.
오와리尾張 (동해도) 아이치 현愛知縣 서부.
오키隱岐 (산음도) 시마네 현島根縣 오키 제도隱岐諸島.
와카사若狹 (북륙도) 후쿠이 현福井縣 남서부.
우고羽後 (동산도) 아키타 현秋田縣의 대부분, 야마가타 현山形縣의 일부. → 데와出羽
우젠羽前 (동산도) 야마가타 현山形縣의 대부분. → 데와出羽
이가伊賀 (동해도) 미에 현三重縣 서부.
이나바因幡 (산음도) 돗토리 현鳥取縣 동부.
이세伊勢 (동해도) 미에 현三重縣 대부분.
이와미石見 (산음도) 시마네 현島根縣 서부.
이와시로岩代 후쿠시마 현福島縣 서부. → 무쓰陸奧
이와키磐城 후쿠시마 현福島縣 동부, 미야기 현宮城縣 남부. → 무쓰陸奧
이요伊予 (남해도) 에히메 현愛媛縣.
이즈伊豆 (동해도) 시즈오카 현靜岡縣 이즈 반도伊豆半島, 도쿄 도東京都 이즈 제도伊豆諸島.
이즈모出雲 (산음도) 시마네 현島根縣 동부.
이즈미和泉 (기내) 오사카 부大阪府 남부.
이키壹岐 (서해도) 나가사키 현長崎縣 이키 전도壹岐全島.

㉾

지쿠고筑後 (서해도) 후쿠오카 현福岡縣 남부.
지쿠젠筑前 (서해도) 후쿠오카 현福岡縣 북서부.

㉿

하리마播磨 (산양도) 효고 현兵庫縣 서남부.
호키伯耆 (산음도) 돗토리 현鳥取縣 중서부.
휴가日向 (서해도) 미야자키 현宮崎縣 전체, 가고시마 현鹿兒島縣 일부.
히고肥後 (서해도) 구마모토 현熊本縣.
히다飛驒 (동산도) 기후 현岐阜縣 북부.
히젠肥前 (서해도) 사가 현佐賀縣의 전부, 이키壹岐·쓰시마對馬를 제외한 나가사키 현長崎縣.
히타치常陸 (동해도) 이바라키 현茨城縣 북동부.

옛 지방명

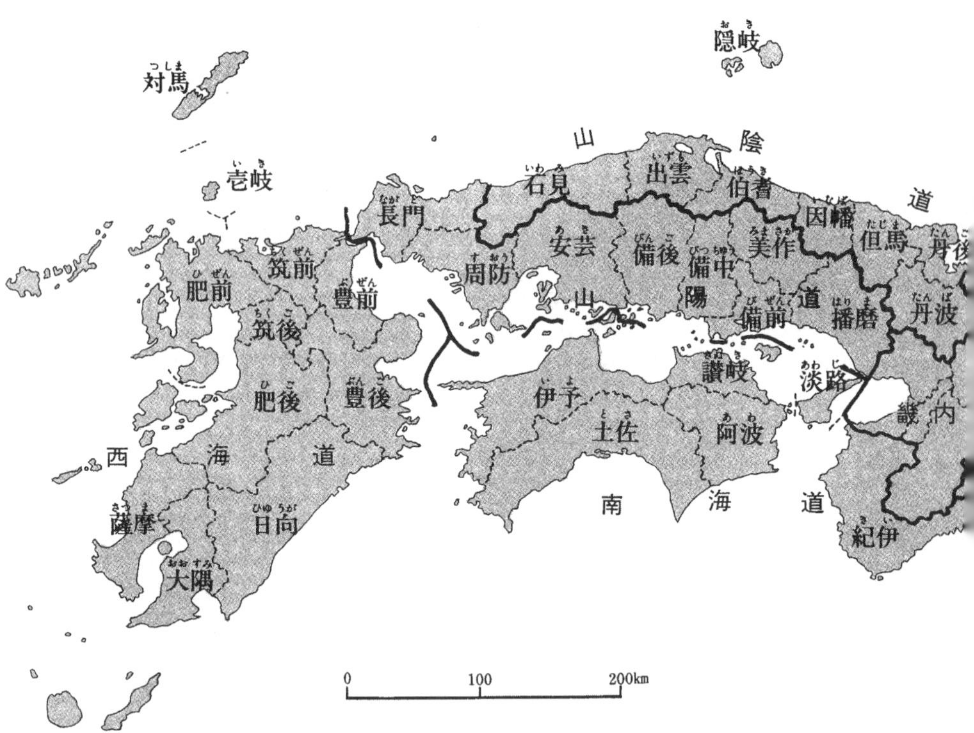

対馬
壱岐
隠岐
山
陰
道
石見
出雲
伯耆
因幡
但馬
丹後
長門
周防
安芸
備後
備中
美作
播磨
丹波
陽
備前
淡路
畿
内
筑前
肥前
豊前
筑後
讃岐
伊予
土佐
阿波
肥後
豊後
西
海
道
南
海
道
紀伊
薩摩
日向
大隅
0
100
200km

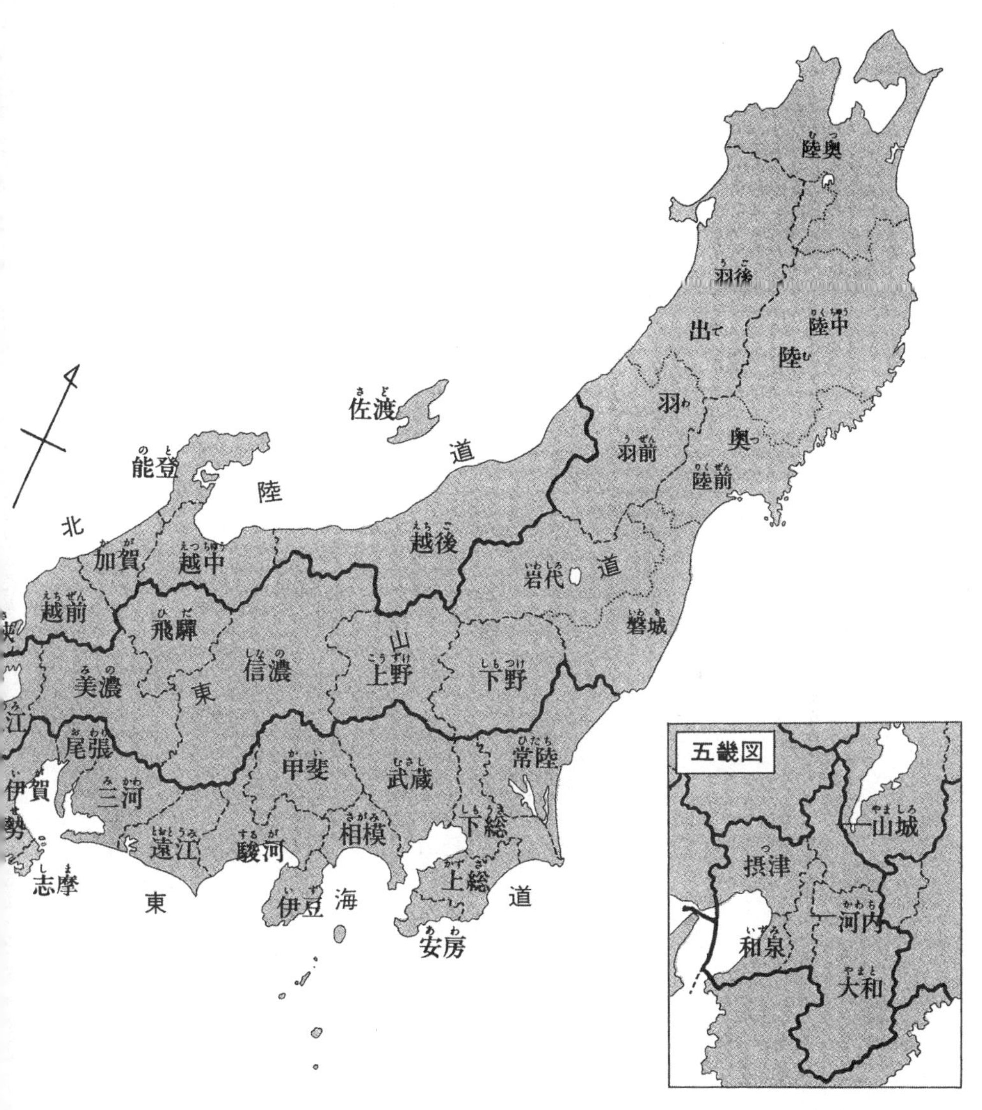

陸奥
羽後
出羽
陸中
陸奥
羽前
陸前
佐渡
道
能登
陸
北
加賀
越中
越後
岩代
道
越前
飛騨
信濃
山
上野
下野
磐城
美濃
東
江
尾張
甲斐
武蔵
常陸
伊賀
三河
伊勢
遠江
駿河
相模
下総
上総
志摩
東
伊豆
海
道
安房
五畿図
山城
摂津
河内
和泉
大和

교주·역자 소개

마부치 가즈오馬淵 和夫

1918년 아이치현愛知県 출생. 도쿄문리과대학東京文理科大學 졸업(국어사 전공). 前 쓰쿠바대학筑波大學 교수.

저 서: 『日本韻学史の研究』, 『悉曇学書選集』, 『今昔物語集文節索引·漢子索引』(감수) 외.

구니사키 후미마로国東 文麿

1916년 도쿄 출생. 와세다대학早稲田大學 졸업(일본문학 전공). 前 와세다대학 교수.

저 서: 『今昔物語集成立考』, 『校注·今昔物語集』, 『今昔物語集 1~9』(전권 역주) 외.

이나가키 다이이치稲垣 泰一

1945년 도쿄 출생. 도쿄교육대학東京教育大學 졸업(중고·중세문학 전공). 前 쓰쿠바대학筑波大學 교수.

저 서: 『今昔物語集文節索引巻十六』, 『考訂今昔物語』, 『寺社略縁起類聚 I』 외.

한역자 소개

이시준李市埈

한국외국어대학교 일본어과 및 동 대학원 석사졸업. 도쿄대학 대학원 총합문화연구과 박사(일본설화문학), 현 숭실대학교 일어일문학과 교수. 숭실대학교 동아시아언어문화연구소 소장.

저 서: 『今昔物語集 本朝部の研究』(일본), 『금석이야기집 일본부의 구성과 논리』.

공편저: 『古代中世の資料と文學』(義江彰夫 編, 일본), 『漢文文化圈の說話世界』(小峯和明 編, 일본), 『東アジアの今昔物語集』(小峯和明 編), 『說話から世界をどう解き明かすのか』(說話文學會 編, 일본), 『식민지 시기 일본어 조선설화집 기초적 연구 1, 2』.

번 역: 『일본불교사』, 『일본 설화문학의 세계』, 『암흑의 조선』, 『조선이야기집과 속담』, 『전설의 조선』, 『조선동화집』.

편 저: 『암흑의 조선』 등 식민지 시기 일본어 조선설화집자료 총서.

김태광金泰光

교토대학 일본어 · 일본문화연수생(일본문부성 국비유학생), 고베대학 대학원 문학연구과 석사졸업, 동 대학원 문화학연구과 박사(일본설화문학, 한일비교문화), 현 경동대학교 교수.

논 문: 「귀토설화의 한일비교 연구 -『三國史記』와 『今昔物語集』을 中心으로 -」, 「『今昔物語集』의 耶輸陀羅」, 「『今昔物語集』 석가출세성도담의 비교연구」, 「금석이야기집(今昔物語集)의 본생담 연구」 등 다수.

저역서: 『한일본생담설화집 "석가여래십지수행기"와 "삼보회"의 비교 연구』, 『세계 속의 일본문학』(공저), 『삼보에』(번역) 등 다수.

今昔物語集
日本部
二